NINA OHLANDT

JAN F. WIELPÜTZ

Kalte Marsch

Weitere Titel der Reihe:

Küstenmorde
Möwenschrei
Nebeltod
Sturmläuten
Eisige Flut
Dünengeister
Schweigende See
Tiefer Sand
Schwarze Dünen

Ist so kalt der Winter (Erzählung)
In der heißen Sonnenglut (Erzählung)
Schlaf in tödlicher Ruh (Erzählung)
Keine Seele weint um mich (Erzählung)
Nun schweigst auch du (Erzählung)

Über die Autoren:

Nina Ohlandt wurde in Wuppertal geboren, wuchs in Karlsruhe auf und machte in Paris eine Ausbildung zur Sprachlehrerin, daneben schrieb sie ihr erstes Kinderbuch. Später war sie als Übersetzerin, Sprachlehrerin und Marktforscherin tätig, bis sie zu ihrer wahren Berufung zurückfand: dem Krimischreiben im Land zwischen den Meeren, dem Land ihrer Vorfahren. Mit der Reihe um den Flensburger Hauptkommissar John Benthien wurde sie zur Bestsellerautorin. Nina Ohlandt starb im Dezember 2020.

Jan F. Wielpütz studierte Anglistik, Germanistik und Geschichte in Bonn und arbeitete als Journalist, bevor er als Verlagslektor viele Jahre Krimi- und Thrillerautoren betreute. Er leitete das E-Book-Lektorat und die Schreibschule eines großen Verlags, bis er sich dem Schreiben widmete. Unter Pseudonym hat er zahlreiche Sachbücher verfasst, die auf der SPIEGEL-Bestsellerliste standen, und mehrere Kriminalromane veröffentlicht.

NINA
OHLANDT
JAN F. WIELPÜTZ

KALTE MARSCH

NORDSEE-KRIMI

John Benthiens zehnter Fall

Lübbe

NACHHALTIG PRODUZIERT

Die Bastei Lübbe AG verfolgt eine nachhaltige Buchproduktion. Wir verwenden Papiere aus nachhaltiger Forstwirtschaft und verzichten darauf, Bücher einzeln in Folie zu verpacken. Wir stellen unsere Bücher in Deutschland und Europa (EU) her und arbeiten mit den Druckereien kontinuierlich an einer positiven Ökobilanz.

MIX
Papier | Fördert gute Waldnutzung
FSC® C014496
FSC www.fsc.org

Originalausgabe

Textredaktion: Angela Kuepper
Umschlaggestaltung: Christin Wilhelm, www.grafic4u.de
Satz: hanseatenSatz-bremen, Bremen
Gesetzt aus der Sabon LT Std
Druck und Verarbeitung: GGP Media GmbH, Pößneck
Printed in Germany
ISBN 978-3-404-19251-9

2 4 5 3 1

Sie finden uns im Internet unter
luebbe.de
Bitte beachten Sie auch: lesejury.de

Erster Teil

Es geschah in einer kleinen Stadt

1 John

Wie hatte er nur so tief fallen können?

Nein, so darfst du nicht denken, wies er sich augenblicklich selbst zurecht. Es gab keinen Grund, mit dem Schicksal zu hadern. Das hier hatte er sich selbst zuzuschreiben.

Er hatte gegen die Regeln verstoßen, und nun musste er mit der gerechten Strafe leben. Wobei er noch von Glück reden konnte, dass er nur versetzt und nicht suspendiert worden war. Besser also, er fand sich endlich mit der Situation ab. Nach beinahe anderthalb Jahren wurde es auch allmählich Zeit dafür.

»Herr Kommissar ...« Die Stimme der alten Dame riss John Benthien aus den Gedanken. »Hier, ich habe ihn gefunden.«

Erna Wiebe kam für ihre siebzig Jahre mit erstaunlich schwungvollem Schritt aus dem Haus, in der rechten Hand einen langen Bootshaken, den sie wie eine Trophäe in die Höhe hielt.

»Prima, ich denke, damit sollte es gehen.« John wischte sich den Schweiß von der Stirn. Es war früher Nachmittag und in der prallen Sonne kaum mehr auszuhalten. Schon seit Tagen hing die Hitze über dem Land.

»Kann ich Ihnen helfen?« Erna Wiebe rückte ihre silberne Brille zurecht und legte die Stirn in Falten.

»Nein, schon gut.«

»Zu zweit geht es aber vielleicht besser ... Ich könnte Sie festhalten.«

»Danke, Frau Wiebe, ich bekomme das alleine hin.«

John nahm den Bootshaken und schritt damit über die Wiese hinter dem Haus auf die Gracht zu.

Das Haus von Erna Wiebe lag am Ostersielzug, einer von mehreren Grachten, die den kleinen Ort Friedrichstadt durchzogen und die Treene im Norden mit der Eider im Süden verbanden.

Wie die Nachbargärten, die ebenfalls nach hinten zum Wasser hinausgingen, zierte auch den von Erna Wiebe ein Anlegesteg. Das Holz war an manchen Stellen morsch und mit Moos und Algen besetzt, sodass John sich nur vorsichtig darauf vorwagte.

Er blickte auf die Gracht hinaus und legte sich eine Strategie für die vor ihm liegende Aufgabe zurecht.

In seinem früheren Berufsleben hatte er in komplexen Mordfällen ermittelt, seine neue Dienststelle konfrontierte ihn hingegen mit den Problemen des Alltags. Heute hatte er bereits eine Katze von einem Baum gerettet, einen Falschparker zurechtgewiesen und einen Nachbarschaftsstreit um einen Gartenzaun geschlichtet, der fünf Zentimeter zu weit über einer Grundstücksgrenze errichtet worden war.

Und nun also die Boote.

Wenige Meter von ihm entfernt trieb auf dem Wasser das Ruderboot von Erna Wiebe. Nicht, dass die alte Dame damit noch fuhr. Es diente lediglich der Zierde und lag für gewöhnlich fest vertäut am Holzsteg. In der vergangenen Nacht hatte sich allerdings jemand einen Spaß erlaubt und es losgebunden. So wie die fünf anderen Boote der Nachbarn, die ebenfalls mitten auf dem Ostersielzug schwammen.

John tippte auf eine Gruppe von Jugendlichen, die seit einigen Wochen ihr Unwesen in Friedrichstadt trieben. Mit Lärmbelästigung hatte es angefangen. Dann hatten sie Graffiti an Sichtschutzzäune geschmiert. Die Boote waren der neueste Streich.

Erna Wiebe hatte ihn schon heute Morgen verständigt, doch

John hatte die Aufgabe nach hinten geschoben, da er sie für nicht vordringlich gehalten hatte.

Welch ein Trugschluss.

Die frei treibenden Boote stellten mittlerweile ein echtes Problem dar. Die Grachten waren nicht nur ein beliebtes Fotomotiv, sondern auch eine Einnahmequelle für den örtlichen Bootsverleih. Touristen schipperten mit Tret- und Elektrobooten über das Wasser, und jede Stunde machte ein größeres Ausflugsboot seine Runde. Sein Zögern hatte ihm mehrere erboste Anrufe des Bootsverleihers eingebracht. Zum Glück war Montag und nach dem wochenendlichen Ansturm von Tagesausflüglern nicht viel los in der Stadt.

»Eine Unverschämtheit ist das!«

John blickte zum Nachbargrundstück hinüber, wo ein Mann in Latzhose auf seinem mit Geranienkästen behängten Steg stand und empört gestikulierte.

»Ich werde Anzeige erstatten!«

»Ja, tun Sie das«, rief John zurück. »Aber kommen Sie dazu bitte nachher auf die Wache … Bei Ihrem Boot gehe ich Ihnen gleich zur Hand.«

Der Mann winkte ab. »Wird auch langsam Zeit. Aber helfen Sie mal erst Oma Wiebe.«

John ging auf die Knie, streckte den Bootshaken aus und angelte damit nach dem Ruderboot. Aussichtslos. Es fehlten zwei bis drei Meter. Von hier kam er nicht heran. Der Wind, der in den Bäumen auf der anderen Uferseite rauschte und das Wasser kräuselte, trieb das Boot zudem immer weiter von ihm weg.

John richtete sich auf, verließ den Steg und ging zum Ufer, wo das Schilf wucherte. Die Wiese fiel steil zum Wasser hin ab, aber ein paar dicke Steine befestigten die Böschung. Er krempelte Arme und Beine seiner Uniform hoch. Dann stieg er langsam zum Wasser hinunter, wobei er das Ende des Bootshakens in die Erde rammte, um sich damit abzustützen.

Unten angekommen, stellte er sich breitbeinig auf die nassen Steine, hob den Bootshaken mit beiden Händen in die Höhe und streckte ihn nach dem Ruderboot aus.

Es war nicht einfach, sich langzumachen und gleichzeitig auf dem rutschigen Untergrund das Gleichgewicht zu halten. Der Bootshaken hatte einiges Gewicht, und Johns Arme begannen nach wenigen Sekunden zu zittern.

Doch er schaffte es. Mit dem Haken bekam er das Festmacherauge am Bug zu fassen.

In dem Moment geschah es.

Ein kräftiger Windstoß drückte das Boot von John weg, wahrscheinlich nur wenige Zentimeter, doch das genügte. Er bekam den Haken nicht schnell genug wieder los, und das Boot zog ihn mit sich. John verlor den Halt unter den Füßen und landete bäuchlings in der Gracht.

Als er wieder auftauchte, schnappte er nach Luft und prustete im nächsten Moment das Wasser aus, das er vor Schreck geschluckt hatte.

Glücklicherweise war die Gracht nicht allzu tief, das Wasser reichte ihm bis zur Brust. Die Hitze der vergangenen Tage hatte das Gewässer so aufgeheizt, dass es einer lauwarmen Badewanne glich.

Hinter sich hörte John plötzlich das Tuckern eines Motors.

Er wischte sich mit einer Hand das Wasser aus dem Gesicht und drehte sich um.

Ein Motorboot kam langsam angeschippert. Als der Schiffsführer auf Johns Höhe war, drosselte er den Motor und hielt an.

Es war der Bootsverleiher. Er griff sich an die marinefarbene Schiffermütze. »Moin, Herr Kommissar. Gönnen Sie sich ’ne kleine Abkühlung?«

»Ich …«

»Ich dachte, ich kümmer mich wohl besser mal selbst um die Sache. Aber trotzdem nett, dass Sie doch noch aufgetaucht sind. Oma Wiebe, hilfst du dann mal dem Herrn Kommissar? Ich glaub, er kann 'n Handtuch gebrauchen.« Der Mann sah zum Ufer hinauf und zwinkerte der alten Dame zu. Dann warf er den Motor wieder an, nahm das Boot von Erna Wiebe mit wenigen Griffen ins Schlepptau und widmete sich anschließend den übrigen Booten.

»Herr Kommissar?« John sah zu der alten Dame hoch, die ihm die Hand entgegenstreckte. »Das wird schon noch.«

Die offizielle Sprachregelung bei der Kriminalpolizei in Flensburg hatte gelautet, dass sich John Benthien, einer der bekanntesten Kriminaler des Landes, von der aufreibenden Arbeit im Morddezernat zurückziehe, um mehr Zeit für die Familie zu haben.

John wusste, dass die Friedrichstädter dies dahingehend interpretierten, dass er hergekommen war, um eine ruhige Kugel zu schieben. Er hatte wohl gerade bewiesen, dass ihr Argwohn nicht ganz unbegründet war.

John seufzte, griff nach der Hand von Erna Wiebe und kletterte aus der Gracht.

Eine Viertelstunde später verabschiedete er sich an der Haustür und gab Erna Wiebe das Handtuch zurück, mit dem er sich notdürftig abgetrocknet hatte. Seine Uniform war pitschnass, ganz zu schweigen von der Ausrüstung an seinem Gürtel. Zum Glück hing auf der Wache eine Reservegarnitur bereit.

John schritt durch die schmalen Gassen von Friedrichstadt. Ohne sich etwas anmerken zu lassen, grüßte er im Vorübergehen einige Anwohner, die mit verwundertem Blick die nasse Fährte betrachteten, die er hinter sich herzog. Über die Große Brücke, die den Mittelburggraben überspannte, gelangte er schließlich auf den Marktplatz in der Stadtmitte, der von historischen Häusern mit Stufengiebeln gesäumt wurde.

Die architektonischen Ähnlichkeiten mit Holland kamen

nicht von irgendwoher, wie John sich während seiner ersten Wochen in einer Mittagspause von der Dame im Tourismusbüro, das direkt neben der Wache lag, hatte erklären lassen.

Friedrichstadt war 1621 von holländischen Religionsflüchtlingen gegründet worden. Herzog Friedrich III. suchte seinerzeit nach Siedlern, die sich darauf verstanden, das Land zu entwässern. Ihm schwebte nichts weniger vor als die Errichtung einer neuen Handelsmetropole. Es traf sich, dass just in jener Zeit viele Holländer aus ihrem Land flüchteten, weil sie wegen ihres Glaubens verfolgt wurden, besonders die Remonstranten. Friedrich III. gewährte ihnen Religionsfreiheit, wenn sie im Gegenzug ihr Wissen und ihre Tatkraft in seinen Dienst stellten. In den folgenden Jahren und Jahrzehnten zogen Mitglieder vieler unterschiedlicher Religionsgemeinschaften nach Friedrichstadt, das sich einen Namen als Stadt der Toleranz machte und seine Gründerväter bis heute nicht verleugnen konnte. Malerische, teils verwunschene Grachten, gesäumt von Kastanienbäumen und tief hängenden Trauerweiden, alte Holzbrücken, die üppige Blumenkästen zierten, enge Gassen, in denen sich Kaufmannshäuser und Backsteinbauten mit Stufengiebeln drängten. Dazu kleine individuelle Geschäfte und Manufakturen, die sich in den Straßen mit Cafés und Restaurants abwechselten. Das »Holländerstädtchen« zwischen Eider und Treene war ein Ort, der glücklich machte, wie die Einheimischen und vor allem die Tourismuszentrale sagten.

Für John schien das weniger zu gelten. Er hatte den Marktplatz gerade halb überquert, als er neuen Ärger witterte.

An der Marktpumpe, einem blauen Holzhäuschen mit einem Dach im Stil der Gotik, stand eine Menschengruppe. Etwa ein Dutzend Leute hatte sich um einen beleibten Mann in schwarzem Ordensgewand versammelt, der aufgeregt gestikulierte. Die Gesichter seiner Zuhörer waren gerötet, ob vor Wut oder von der Sonne, das vermochte John nicht zu sagen.

Auch in einer kleinen Stadt wie dieser konnte man in anderthalb Dienstjahren nicht alle Bürger kennenlernen, die wichtigsten Amtsträger kannte John hingegen sehr wohl. Es war der katholische Pfarrer Hanno Christensen, der da gerade für Aufruhr sorgte.

Als John sich der Gruppe näherte, winkte Christensen ihn zu sich. »Herr Kommissar, ich wollte zu Ihnen. Aber Sie waren leider nicht da.« Christensen deutete zur Wache hinüber, die sich im Parterre eines der Treppengiebelhäuser befand.

»Tut mir leid«, John breitete die Hände aus, »ich hatte zu tun ...«

Christensen, ein Mann mit Halbglatze und schwarzem Vollbart, musterte ihn von oben bis unten. »Was ist denn mit Ihnen passiert? Sie sind ja klatschnass.«

»Nicht weiter schlimm. Ein kleiner Ausrutscher. Was ist hier los?«

»Kommen Sie mit«, meinte der Pfarrer. »Ich zeige es Ihnen.«

»Würde es Ihnen etwas ausmachen ...« *Wenn ich mich umziehe*, wollte John sagen, doch Christensen eilte bereits mit entschlossenem Schritt davon.

John seufzte und fügte sich dem Schicksal. Er spürte die Blicke der Leute in seinem Rücken, als er dem Pfarrer in klitschnasser Uniform über den Marktplatz folgte.

Sie gingen die Prinzenstraße in Richtung Süden bis zum Fürstenburggraben. Die St.-Knud-Kirche befand sich auf der rechten Seite. Ein eher unscheinbarer Bau, nicht viel größer als die umstehenden Wohnhäuser.

Der Priester schritt über den Vorplatz auf das Eingangsportal zu. Kurz davor blieb er stehen, stemmte die Hände in die Hüften und deutete auf eine Stelle am Gemäuer, direkt neben dem linken Türflügel. Dort gab es eine Nische mit einem Spitzbogen.

»Wir haben unseren Herrn erst vor einem Monat dort angebracht«, sagte Christensen. »Und jetzt das.«

Es war unschwer zu erkennen, was den Geistlichen derart in Rage versetzte. In der Nische waren mehrere Schraublöcher zu sehen, die von ihrer Anordnung her ein Kreuz gehalten haben mussten. Wer auch immer es abmontiert hatte, musste entweder ein erbärmlicher Amateur gewesen sein oder es verdammt eilig gehabt haben. Der untere Teil des Kreuzes war dabei abgebrochen und hing noch an Ort und Stelle.

»Wann ist das passiert?«, fragte John.

»In der vergangenen Nacht. Das waren bestimmt diese jungen Leute. Jetzt stehlen sie schon ein Kreuz mit dem lieben Herrn Jesus. Herr Kommissar, Sie müssen diesem Treiben endlich Einhalt gebieten …«

John hob eine Hand. »Ich sehe keinen Hinweis darauf, wer genau hier am Werk war. Oder gibt es Zeugen oder Aufnahmen einer Überwachungskamera?«

Christensen fuhr sich mit der Hand durch den Bart. »Nein … also, nicht, dass ich wüsste. Und ich wollte auch niemanden zu Unrecht beschuldigen.«

»Dann wäre ich Ihnen sehr verbunden, wenn Sie keine weiteren Gerüchte in die Welt setzen würden. Sollten Sie die Sache zur Anzeige bringen wollen, können Sie gerne auf die Wache kommen.«

»Deshalb wollte ich ja gerade zu Ihnen. Können wir das jetzt sofort erledigen?«

John seufzte. »Also schön. Aber nur, wenn ich mich vorher kurz umziehen darf.«

Seine Anfangszeit im Streifendienst lag lange zurück, weshalb es John in den ersten Wochen einige Mühe gekostet hatte, sich wieder in den ganzen Papierkram einzuarbeiten. Doch inzwischen gehörte die Aufnahme einer Anzeige zu seinem Tagwerk.

Er nahm das Papier aus dem Drucker und schob dem Priester die ausgefüllte Anzeige über den Tisch zu. »Prüfen Sie die Angaben bitte auf Korrektheit. Dann unterschreiben Sie hier unten.« John tippte auf die dafür vorgesehene Zeile am unteren Blattrand.

Während Christensen die Anzeige studierte, lehnte sich John in seinem Stuhl zurück und blickte durch die bodentiefe Glasfront der Wache auf den Marktplatz hinaus.

Er hatte die Tür offen stehen gelassen, und ein warmer Wind wehte herein. Der Sommer machte dieses Jahr seinem Ruf alle Ehre, die Temperaturen verharrten seit Tagen um die dreißig Grad, selbst in den Nächten kühlte es oft nicht unter zwanzig ab.

Ein Audi-Cabrio hielt direkt vor der Wache und setzte rückwärts in eine freie Parklücke. Ein älterer Herr saß am Steuer, neben sich auf dem Beifahrersitz ein jüngerer Mann und auf dem Rücksitz ein Mädchen mit blonden Haaren. Die drei stiegen aus und holten einen Rucksack und eine Fotokamera aus dem Kofferraum.

»Schau mal, Opa, wie süß«, stieß das Mädchen hervor und deutete auf die Wache. »Eine Minipolizei!«

John konnte sich ein Schmunzeln nicht verkneifen. Schlaues Kind, dachte er. Das hier war wirklich die Minipolizei.

In Flensburg hatte es damals geheißen, er solle die Leitung der Polizeiwache übernehmen. So weit hatte das auch der Wahrheit entsprochen. Nur hatte niemand erwähnt, dass die bisherige Polizeistation wegen Einsparungen in eine Ein-Mann-Wache umgewandelt worden war, die letztendlich bloß noch dem Zweck diente, irgendeine Form von polizeilicher Präsenz aufrechtzuerhalten. John war hier auf sich allein gestellt. Bei Bedarf durfte er natürlich die Unterstützung der Kollegen aus Heide oder Husum anfordern.

Die Wache bestand aus einem Empfangsraum mit einem Tresen, hinter dem zwei Schreibtische standen. Im hinteren Teil gab es noch eine kleine Teeküche, eine Toilette und eine Dusche mit Umkleide. Immerhin hatte man sich beim Streifenwagen nicht knausrig gezeigt und ihm eine nagelneue Mercedes E-Klasse vor die Tür gestellt.

So oder so, er konnte sich nicht beschweren, und eine andere Wahl hatte er ohnehin nicht gehabt.

John sah den drei Urlaubern nach, wie sie die Straße überquerten und zum Imbiss an der gegenüberliegenden Ecke gingen, wo es holländische Pommes frites und weitere typische Frittiergerichte aus dem Land der Gründerväter von Friedrichstadt gab. Das Mädchen hüpfte vor Freude hinter seinem Großvater her.

John musste an seinen Vater Ben denken. Es war an der Zeit, sich wieder mal bei ihm zu melden. Trotz seines hohen Alters genoss er das Leben als Weltenbummler. Zuletzt hatte er sich mit seiner Freundin auf eine Karibikkreuzfahrt verabschiedet. Doch inzwischen müssten die beiden wieder zurück sein.

»Ich denke, das stimmt so alles«, bestätigte der Pfarrer. Er unterschrieb die Anzeige, da kam eine Frau eiligen Schrittes in die Wache gelaufen.

»Herr Wachtmeister, Sie müssen schnell kommen!«, sagte sie ebenso empört wie außer Atem.

»Was ist denn los?« John stand auf.

»Drüben auf der Großen Brücke … Schleswiger Straße. Eine Gruppe von Jugendlichen hat sich dort versammelt … bestimmt solche Klimakleber! Die Autofahrer sind kurz vorm Durchdrehen …«

»Auch das noch. Ich komme.« John schob den Priester zur Tür hinaus. »Um Ihre Angelegenheit werde ich mich beizeiten kümmern, Hochwürden.«

Er folgte der Frau, die mit eiligem Schritt voranging.

Die Brücke an der Schleswiger Straße war eine von zwei Brücken, die im Osten der Stadt über den Ostersielzug führten und mit der Landstraße verbunden waren. Es stand außer Frage, welche Aufregung entstehen würde, wenn eine Demonstration – eine unangemeldete noch dazu – diese Einflugschneise blockierte.

Als sie bei der Brücke ankamen, erkannte John sofort, dass es sich um eine dynamische Lage handelte, wie es im Polizeijargon so schön hieß.

Ein gutes Dutzend junger Menschen stand oder saß mitten auf der Brücke. Sie hielten Plakate und Spruchbänder in die Höhe, auf denen geschrieben stand: KOHLEAUSSTIEG JETZT!, RETTET UNSERE ZUKUNFT!!! und WO BLEIBT DAS TEMPOLIMIT?

Auf beiden Seiten stauten sich bereits die Autos. Einige Fahrer waren ausgestiegen und diskutierten lautstark mit den Demonstranten.

John überlegte, ob er Verstärkung anfordern sollte. Doch bis die hier war, konnte die Lage vollständig eskalieren. Er musste jetzt handeln.

Einer der Fahrer, ein drahtiger Kerl in Jeans und speckigem weißem Trägerunterhemd, den John dem Aussehen nach dem Lkw zuordnete, der weit vorne in der Schlange stand, lieferte sich gerade ein heftiges Wortgefecht mit einer jungen Frau, die sich mit ihrem Schild auf die Straße gesetzt hatte.

»Verpisst euch!«, rief er ihr entgegen, und als sie keine Anstalten machte, seiner Aufforderung Folge zu leisten, packte er sie am Arm und schleifte sie über die Fahrbahn. Die junge Frau schrie, und als sie den Kopf in seine Richtung wandte, erkannte John zu seinem Schrecken, dass es sich um Celine handelte, seine Tochter.

Mit ein paar schnellen Schritten war John bei den beiden. Er packte einen Arm des Mannes und drehte ihn auf den Rücken. Der Trucker schrie auf. »Eh, du Arsch, was soll das?!«

»Schnauze!«, zischte John ihm ins Ohr und verdrehte den Arm noch ein kleines Stück weiter. »Du lässt jetzt die Finger von ihr und verziehst dich wieder in dein Führerhaus. Aber dalli!«

Der Mann verzog das Gesicht vor Schmerzen, ihm traten die Tränen in die Augen. »Aber ich habe ein Recht …«

»Du hast das Recht, zu schweigen und abzuziehen. Und wenn ich sehe, dass du auch nur den Kopf zum Fenster rausstreckst, kassierst du eine Anzeige wegen Nötigung und Körperverletzung. Haben wir uns verstanden?«

Der Trucker nickte, und als John ihn losließ, verschwand er in seinem Brummi.

John streckte Celine die Hand hin, um ihr aufzuhelfen. »Bist du okay?«

»Ja, danke. Ich wäre auch alleine klargekommen. Und nein, ich werde mich jetzt wieder da hinsetzen.«

Sie ging zurück an ihren Platz in vorderster Reihe der Demonstrierenden.

Celine war Johns Stieftochter. Karin, seine Ex-Frau, war vor etlichen Jahren gestorben, und Celine hatte zunächst bei ihrem leiblichen Vater gelebt, Paul Jacobs, einem Frachterkapitän. Er hatte an der Marineakademie in Flensburg gearbeitet, bis seine Stelle im vergangenen Jahr gestrichen worden war. Seitdem fuhr er wieder zur See.

Celine hatte John schon immer als ihren wahren Vater angesehen, daher hatte es ihr keine Mühe bereitet, bei ihm einzuziehen. Dass er kurz darauf seine Dienststelle hatte wechseln und sie sich an ein völlig neues Umfeld mit neuen Freunden und einer neuen Schule hatte gewöhnen müssen, war so allerdings nicht geplant gewesen. Die Bereitwilligkeit, mit der Celine diese Herausforderung angenommen und gemeistert hatte, rechnete John ihr hoch an – ein Grund, weshalb er in erzieherischen Fragen auch eine gewisse Milde walten ließ. Außerdem hatte er es inzwischen mit einer erwachsenen jungen Dame zu tun. Celine war im vergangenen Jahr volljährig geworden und würde im kommenden Frühsommer Abitur machen. John hatte schnell gelernt, dass seine Einflussmöglichkeiten nur noch begrenzt waren. Er verlegte sich deshalb darauf, sie vor den größten Dummheiten zu beschützen. Solchen wie dieser hier.

Er wandte sich den Autofahrern zu, die mit den Demonstrierenden diskutierten.

»Wollen Sie etwa zusehen, wie die sich hier festkleben?«, rief ihm eine Frau entgegen.

John hob beschwichtigend die Hände. »Das hier ist Angelegenheit der Polizei. Sie kehren jetzt alle in Ihre Fahrzeuge zurück.«

Es dauerte einen Moment, die Leute sahen sich wechselseitig mit mürrischen Gesichtern an, kamen dann aber wohl zu der Einsicht, dass weiterer Einwand zwecklos war. Sie gingen zu ihren Wagen zurück.

Innerlich stieß John einen Seufzer der Erleichterung aus. Hätte die Meute entschieden, doch eigenhändig gegen die Protestgruppe vorzugehen, hätte er allein sie nicht aufhalten können.

Er drehte sich zu den Demonstrierenden um. Die meisten von ihnen befanden sich in Celines Alter, John erkannte einige Gesichter aus ihrer Stufe und zwei Freundinnen seiner Tochter wieder.

»Wessen Idee war das hier?«, fragte er.

Niemand antwortete. Doch das war auch nicht erforderlich. John konnte die Blicke lesen, die einige Unbedachte auf eine bestimmte Person richteten, die zu seinen Füßen saß, eine schwarze Lederjacke und zerschlissene Jeans trug und die schwarz gefärbten Haare zu einem Zopf gebunden hatte.

Celine.

Seine Tochter sah zu ihm auf und schenkte ihm ein verschmitztes Lächeln.

John schloss kurz die Augen und atmete tief durch. Contenance bewahren, mahnte er sich im Stillen, professionell bleiben.

»Also«, begann er, »niemand spricht euch das Recht ab, eure Meinung kundzutun und für eine Sache zu demonstrieren. Aber ihr könnt nicht so einfach den Verkehr blockieren und euch auf der Straße festkleben ...«

»Wer sagt denn, dass wir uns festkleben wollen?«, meinte eine junge Dame.

»Das hier ist nur eine Sitzblockade«, schob Celine nach. »Nicht mehr und nicht weniger.«

Wo sie recht hatte, hatte sie recht. Tatsächlich hatte sich niemand festgeklebt, noch nicht.

»Wie auch immer«, fuhr er fort. »Ihr müsst eine solche Demonstration anmelden. Und es muss sich jemand dafür verantwortlich zeigen. Da dies nicht geschehen ist, bitte ich euch, die Versammlung aufzulösen und nach Hause zu gehen. Ich drücke dann für meinen Teil ein Auge zu, und wir tun so, als wäre nichts gewesen.«

Er hob eine Augenbraue und schenkte Celine einen ernsten Blick, den sie zu deuten wusste und aus vielen langen Diskussionen mit ihm kannte. Es war ihr stilles Zeichen, dass sie an dem Punkt angekommen waren, an dem er keine weitere Diskussion duldete und ungemütlich werden würde, wenn sie seiner Aufforderung nicht nachkam.

Celine rollte mit den Augen, doch der aufmüpfige Ausdruck auf ihrem Gesicht verschwand schließlich, und sie wandte sich ihren Mitstreitern zu. Sie diskutierten kurz, aber Celine gelang es, alle zu überzeugen, dass sie lieber ein andermal wiederkommen und unter Einhaltung der Regeln für ihre Sache einstehen würden. Die Gruppe erhob sich und trottete langsam von dannen, während der Autoverkehr weiterrollte.

Celine wollte sich ihren Freunden anschließen, doch John hielt sie am Arm zurück.

»Du kommst mit mir.«

Das Haus, das John mit Celine bewohnte, befand sich auf dem Inselweg, der, wie der Name schon vermuten ließ, auf einer Insel im Ostersielzug lag. Haus Nummer dreizehn, ein rotbrauner Klinkerbau, war das letzte in der Straße und hatte wegen seiner Ecklage einen größeren Garten als die Nachbarhäuser. Natürlich gehörte der obligatorische Bootsanleger dazu, an dem derzeit das kleine Polizeimotorboot vertäut lag, ein Nachlass der vorigen Polizeistation, dessen Motor allerdings repariert werden musste. Das Glanzlicht des Gartens war ein Ahornbaum, gut sechs Meter hoch, unter dem man mit einem Glas Rotwein und einem Buch sitzen und den Abend an der Gracht ausklingen lassen konnte.

Aus der offen stehenden Haustür kam ihnen ein Mann in blauem Arbeitsoverall entgegen. Er ging zu dem Lieferwagen, der vor dem Haus geparkt hatte, und half einem Kollegen, ein kastenförmiges Gerät mit großem Ventilator in den Garten zu tragen. Die neue Wärmepumpe, die heute verbaut wurde.

Laas Riewerts, sein Vermieter, hatte es übernommen, die Erdarbeiten hinter dem Haus zu überwachen, sodass John nicht den Tag hatte freinehmen müssen. Er vertraute Riewerts, der stets zur Stelle war, wenn es Probleme gab, und manche Reparatur am Haus sogar selbst erledigte.

Riewerts gehörte einer Freikirche hier im Ort an, der Kirche des wahren Glaubens. John war kein religiöser Mensch, doch letztendlich kümmerte es ihn nicht, von wem er ein Haus mietete, solange der- oder diejenige ihn nicht belästigte. Ohnehin war die Auswahl an bezahlbaren Immobilien in Friedrichstadt nicht allzu groß gewesen, und da er unter Zeitdruck gestanden hatte, hatte John ohne langes Fackeln zugeschlagen.

John schob Celine durch den Eingangsflur vor sich her und dann in die Küche. Sie hatten auf dem Weg hierher kein Wort gesprochen. Er schloss die Tür hinter ihnen.

Celine hockte sich rittlings auf einen der Küchenstühle und sah ihn kaugummikauend in Erwartung einer Standpauke an.

»Hör zu …«, begann er und merkte, dass seine Stimme weniger überzeugend klang, als er beabsichtigte. Auch wenn Celine sich in ihrer neuen Umgebung gut eingefunden hatte, wusste er, wie herausfordernd das alles noch immer für sie war. Sie steckte mitten in einer schwierigen Phase ihres jungen Lebens, und er war zum ersten Mal allein verantwortlich für sie. Irgendwo tief in seinem Innern nagte die Sorge, dass es mit ihnen beiden doch nicht funktionieren und sie Reißaus nehmen könnte.

»Daddy?« Celine hob die Brauen. »Mach's dir nicht unnötig schwer.«

»Also … du weißt, dass ich in diesen Klimadingen auf deiner Seite stehe. Es ist höchste Zeit, dass sich etwas ändert. Und ich finde es auch gut, wenn du für eine Sache einstehst. Wenn du dich dabei an die Regeln halten würdest, wäre das …«

»In deinem Interesse?«

»Ja, auch das. Du bist leider die Tochter des Polizeichefs, und deshalb ist es nicht egal, was sich die Leute über dich und mich erzählen.« Er nahm sich einen Stuhl und setzte sich Celine gegenüber. »Was mir aber mehr am Herzen liegt … du machst nächstes Jahr Abitur. Danach willst du eine Ausbildung anfangen oder studieren. Du hast das Leben noch vor dir. Vermassel es dir nicht, weil du dich in etwas reinsteigerst, was dir hier und heute total wichtig erscheint, in ein paar Jahren aber niemanden mehr interessiert. Deshalb eine Vorstrafe oder Schlimmeres zu riskieren, ist es nicht wert.«

»Was soll das denn heißen … in ein paar Jahren interessiert das niemanden mehr?« Celine sah ihn ungläubig an. »Du hast es wie alle anderen echt nicht kapiert. Unser Planet ist am Arsch. Die Klimakatastrophe ist schon in vollem Gange. Ich finde, da wird eher andersherum ein Schuh draus. Was soll ich mich denn jetzt anstrengen und Abi machen und einen Job lernen, wenn in ein paar Jahren die Welt im Chaos versinkt? Das hat doch alles keinen Sinn mehr.«

John kniff die Lippen zusammen. Sie hatten diese Diskussion schon viele Male geführt. Ihm war nicht entgangen, dass seine Tochter zusehends am Zustand der Welt verzweifelte – angesichts der schlechten Nachrichten, die Tag für Tag auf einen einprasselten, eigentlich kein Wunder.

Er versuchte stets gegenzuhalten, dass die Menschheit sich schon in vergleichbaren oder noch wesentlich schlechteren Lagen befunden und dennoch einen Ausweg gefunden hatte. Er mochte an den Erfindungs- und Einfallsreichtum der Menschen glauben und die Hoffnung auf eine bessere Zukunft nicht fahren lassen. Gegen die Endzeitfantasien, die manche Klimaaktivisten verbreiteten und denen Celine augenscheinlich verfallen war, kam er aber nur schlecht an. Er wusste, dass sie viele Stunden im Internet damit verbrachte, sich über das Thema zu informieren, wobei sie auch mit entsprechenden Gruppen Kontakt hatte. Manchmal erinnerte deren Weltuntergangsglaube ihn an eine Religion, die die Leute wie eine der vielen Verschwörungstheorien in den Bann zog. Mit dem Unterschied natürlich, dass es eine wissenschaftliche Grundlage mit bitterernstem Szenario gab.

John wollte etwas entgegnen, als es an der Tür klopfte.

Laas Riewerts streckte den Kopf herein. »Tut mir leid, wenn ich störe, aber die Handwerker sind jetzt fertig. Wollen Sie gucken kommen?«

»Gerne.« John folgte ihm in den Garten.

Riewerts war Anfang vierzig, trug Jeans und eine graue Strickjacke über einem Karohemd. John fragte sich unwillkürlich, ob dem Mann bei diesen Temperaturen nicht schrecklich heiß sein musste. Doch das wenige, das er über die Freikirchler wusste, war, dass sie stets Wert auf ein gepflegtes – wenn auch eher konservatives – Äußeres legten.

John stellte zu seinem Entsetzen fest, dass die Handwerker die Wärmepumpe nur wenige Meter von seinem Lieblingsplatz unter dem Ahorn installiert hatten.

Laas Riewerts wusste seinen Blick offenbar zu deuten. »Das war der einzige sinnvolle Ort.«

»Ist das Ding laut?« John sah seine gemütlichen Lektüreabende dahinschwinden.

»Da brauchen Sie sich keine Sorgen zu machen. Ich habe mir

sagen lassen, es sind maximal dreißig bis fünfunddreißig Dezibel. Da zwitschert mancher Vogel lauter.«

»In Ordnung. Vielen Dank, dass Sie das hier heute übernommen haben.«

»Gerne.« Riewerts ließ den Blick durch den Garten schweifen. »An diesem Haus … hängen ein paar Erinnerungen.«

»Sie haben hier selbst gewohnt?«

»Ja. Mit meiner ersten Frau.« Riewerts biss sich auf die Unterlippe und schob die Hände in die Taschen. »Sagen Sie, da ist etwas …«

»Daddy?«

Celine kam in den Garten hinaus. »Ich muss jetzt zur Redaktionssitzung.«

»Was für eine Redaktionssitzung?«

»Von der Lokalzeitung. Hab ich dir doch erzählt.«

»Nein … oder ich erinnere mich zumindest nicht daran.«

»Wirst du jetzt schon dement?« Celine rollte mit den Augen. »Ich habe dir gesagt, dass ich mir ein bisschen Geld dazuverdienen will. Also warum nicht das Angenehme mit dem Nützlichen verbinden?«

»Aber ja … jetzt, wo du es sagst.« John konnte sich zwar noch immer nicht erinnern, doch er hatte auch keine Einwände gegen das Vorhaben. Im Gegenteil. Dass Celine trotz allem an ihrem Traum festhielt, Journalistin zu werden, machte ihm Hoffnung. Anscheinend hatte sie ihre Zukunft doch nicht ganz aufgegeben.

»Bis später, Daddy.« Celine beugte sich zu ihm herüber und drückte ihm einen Kuss auf die Wange, dann machte sie sich auf den Weg.

»Eine sehr nette Tochter haben Sie«, sagte Laas Riewerts.

»Danke«, erwiderte John. »Aber manchmal treibt sie mich in den Wahnsinn.«

»Gott hat Ihnen ein Geschenk gemacht. Ich hoffe, Sie wissen

es zu würdigen. Ich habe mir immer Kinder gewünscht, aber ... nun ja.«

»Ich bin in der Tat sehr dankbar, dass ich Celine aufwachsen sehen darf.« John deutete mit einem Nicken zu den Handwerkern, die gerade zusammenpackten. »Ich muss mich noch bei den Herren bedanken.«

Er wollte hinübergehen, doch Laas Riewerts fragte: »Sie ... waren Kommissar bei der Kripo, ist das richtig?«

John nickte. »Ja, warum?«

»Es gibt da eine Sache, über die ich gerne mit Ihnen sprechen würde.«

»Worum geht es denn?«

»Das ... ist hier vielleicht nicht der richtige Ort dafür.«

John taxierte den Mann. Sein Gesichtsausdruck verriet, dass ihn etwas bedrückte. »Was halten Sie davon, wenn Sie auf die Wache kommen? Wenn Sie mögen, gleich morgen. Oder, wenn Ihnen das nicht recht ist, gehen wir ein Bier trinken.«

»Ich ... trinke keinen Alkohol. Daher würde ich Ersteres bevorzugen.«

Vor dem Gartentor fuhr ein VW Beetle Cabrio vor. Eine schlanke Frau mit langem schwarzem Haar und Sommerkleid stieg aus und kam an den Zaun. Es war Mette Riewerts, die Frau seines Vermieters.

»Hallo, Herr Benthien!«, sagte sie. »Ich wollte meinen Mann abholen. Oder brauchen Sie ihn noch?«

John ging zu ihr hinüber. »Nein, Sie können ihn wiederhaben. Er hat ganze Arbeit geleistet.« Er streckte Laas Riewerts die Hand hin. »Vielen Dank noch mal.«

»Jederzeit gern.«

»Einen schönen Abend Ihnen beiden«, verabschiedete sich John.

»Gleichfalls!« Mette Riewerts winkte zum Abschied und setzte sich ins Cabrio.

»Also dann, Herr Kommissar«, sagte Laas Riewerts. »Bis morgen.«

John sah ihm nach, wie er zur Straße ging, und fragte sich, was der Mann ihm wohl so Dringendes mitzuteilen hatte.

2 Sanna

Im Schwurgerichtssaal des Flensburger Landgerichts, der mit seinen Holzvertäfelungen und der kunstvoll verzierten Deckenkonstruktion weitgehend in der ursprünglichen Bauweise des neunzehnten Jahrhunderts erhalten war, erhoben sich die Anwesenden zur Urteilsverkündung.

Staatsanwältin Sanna Harmstorf hielt unwillkürlich für einen Moment die Luft an, als die drei Richter mit den beiden Schöffen das mit Holz eingefasste und etwas erhöhte Podium betraten. Sie war sich ihrer Sache sehr sicher. Doch so sicher dann doch wieder nicht. Auch wenn die Beweislage klar war, der Verteidiger hatte sich alle Mühe gegeben, die Zurechnungsfähigkeit der Angeklagten Dorothea Schwenning und ihres Lebensgefährten Stefan Zurgiebel in Zweifel zu ziehen.

Sanna war schon lange genug im Geschäft, um zu wissen, dass der alte Spruch zutraf: Auf hoher See und vor Gericht war man allein. Am Ende konnte man nie mit absoluter Sicherheit sagen, wie ein Gericht entscheiden würde.

Der Vermisstenfall Mathilda Schwenning hatte die deutsche Medienlandschaft über Wochen in Atem gehalten.

Es war der erste Tag nach den langen Sommerferien gewesen, als die Sechsjährige morgens auf dem Weg zur Schule, die nur wenige Straßen vom Elternhaus in Maasholm entfernt lag, verschwunden war. Es hatte jede Spur gefehlt. Keine Zeugen, die etwas gesehen hatten, keine Nachricht von einem etwaigen

Entführer – wobei diese Variante ohnehin früh ausgeschieden war, da bei Dorothea Schwenning und Stefan Zurgiebel, einer Kassiererin und einem Paketboten, nichts zu holen gewesen wäre. Natürlich war neben Erpressung auch ein anderer Grund für eine Kindesentführung denkbar gewesen. Das Augenmerk der Ermittlungen hatte sich daher schnell auf das familiäre Umfeld gerichtet.

Sanna beobachtete, wie die Vorsitzende Richterin noch einmal auf die Aufzeichnungen sah, die sie in der Hand hielt, dann wanderte ihr Blick zu den Angeklagten, die mit ihrem Verteidiger der Staatsanwaltschaft gegenübersaßen. Die beiden Holztische waren schräg ausgerichtet, sodass die Parteien einander, gleichzeitig aber auch dem Richterpult zugewandt waren. Hinter diesem waren zwei Sprossenfenster geöffnet, damit ein wenig Luft in den stickigen Saal kam.

Der Richterin standen zwei Berufsrichter zur Seite, neben ihnen die Schöffen. Der Protokollant hatte außen links Platz genommen und war bereit, den Urteilspruch aufzuzeichnen.

Der Prozess hatte unter Ausschluss der Öffentlichkeit stattgefunden, obwohl das Interesse an dem Fall groß war. Vor der Tür des Schwurgerichts lagerten bereits die Reporter und warteten auf den Ausgang.

Sanna blickte zu den Zuschauerbänken hinüber. Die Richterin hatte lediglich direkte Angehörige und am Prozess Beteiligte zugelassen. Außer ihnen saßen noch die Kriminalkommissare Tommy Fitzen und Leon Kessler im Auditorium. Fitzen hatte die Mordkommission geleitet. Obwohl es das erste Mal gewesen war, dass er eine solche Führungsrolle übernommen hatte, hatte er seine Sache ausgezeichnet gemacht. Den Gesichtern der beiden konnte Sanna ansehen, dass sie ebenso angespannt auf den Ausgang des Verfahrens warteten wie sie.

Die Ermittlungen hatten zunächst auf der Stelle getreten. Denn es hatte neben Hinweisen auf ein Gewaltverbrechen eben auch jede Spur des Mädchens – beziehungsweise ihrer Leiche – gefehlt.

Letztendlich hatten sie es Kommissar Zufall zu verdanken gehabt, dass die sterblichen Überreste des Kindes gefunden worden waren. Aus der rechtsmedizinischen Obduktion hatten sich die Todesumstände und der mutmaßliche Tathergang rekonstruieren lassen.

Schwenning und Zurgiebel hatten Mathilda wochenlang in einem Kellerraum eingesperrt, weil sie ungehorsam gewesen war. Sie hatten dem Kind weder Wasser noch Essen gegeben. Die Kleine war elendig verdurstet. Tommy Fitzen hatte Dorothea Schwenning schließlich in der Vernehmung nach allen Regeln der Kunst auseinandergenommen, bis sie die Tat gestanden hatte.

»Im Namen des Volkes ergeht folgendes Urteil«, begann die Richterin. »Der Angeklagte Stefan Zurgiebel wird des Mordes für schuldig befunden. Er wird hierfür zu einer lebenslangen Haftstrafe verurteilt. Die Angeklagte Dorothea Schwenning wird der Beihilfe zum Mord für schuldig befunden. Sie wird hierfür zu einer Haftstrafe von fünfzehn Jahren verurteilt. Bitte setzten Sie sich …«

Die weiteren Ausführungen der Richterin nahm Sanna nur noch gedämpft wahr. Eine Woge der Erleichterung überflutete sie. Das Gericht war ihrer Argumentation gefolgt und hatte im Fall der Beihilfe sogar das maximale Strafmaß ausgenutzt. Es war ein gutes Gefühl, wenn nach Wochen und Monaten harter Arbeit der Gerechtigkeit Genüge getan wurde.

Die beiden Angeklagten nahmen das Urteil mit stoischer Miene hin. Sie setzten sich auf ihre Plätze, während die Richterin die Begründung verlas.

Dorothea Schwenning und Stefan Zurgiebel hatten die harte Strafe mehr als verdient, doch letztendlich wurde selbst diese der Tat nicht gerecht, die die beiden begangen hatten. Denn am Ende ihrer Haft würden sie das Gefängnis verlassen und noch ein Restleben haben.

Für ihre kleine Tochter Mathilda galt das nicht.

Sanna tauschte einen kurzen Blick mit Tommy Fitzen und nickte ihm anerkennend zu. Er hatte auch noch in anderer Hinsicht seinen Anteil daran, dass die Eltern nun ihrer gerechten Strafe zugeführt wurden. Wie es ihre Art war, hatte Sanna während der Ermittlungen auf die strikte Einhaltung der Verfahrensregeln gedrungen – gerade in einem Fall wie diesem mochte man sich das Fiasko nicht ausmalen, wenn zwei Mörder wegen eines Verfahrensfehlers freikämen. Fitzen hatte Sannas Erwartungen sogar noch übertroffen. Er hatte die Ermittlungen derart penibel geführt, wie sie es zuvor noch nicht erlebt hatte. Er hatte sich wohl ebenfalls keinen Schnitzer erlauben wollen. Vor der Anklageerhebung hatte er mehrere Nächte durchgearbeitet, um die komplette Ermittlungsakte noch einmal auf Unstimmigkeiten, vage Formulierungen und korrekte Aktenführung zu überprüfen. Der Aufwand hatte sich gelohnt.

Sanna sah zu, wie die beiden Angeklagten nach dem Urteilsspruch abgeführt wurden. Dann erhob sie sich, verließ den Saal und stellte sich den versammelten Medienvertretern. Das Interesse der Öffentlichkeit war so groß, dass sie es nicht bei ein paar lapidaren Worten bewenden lassen konnte. Es dauerte eine halbe Stunde, bis sie die wichtigsten Fragen beantwortet und ein Interview mit einem Kamerateam der Tagesschau geführt hatte.

Als sie das Gerichtsgebäude verließ und auf den kopfsteingepflasterten Platz davor trat, fiel eine Last von ihr ab. Sie atmete tief durch und ging zu Fitzen und Kessler hinüber, die unter einem der Bäume standen, welche den Platz in einem Halbkreis einrahmten.

Tommy Fitzen reichte ihr die Hand. »Meinen Glückwunsch zum gelungenen Prozess.«

»Das kann ich nur zurückgeben. Ohne Ihre brillante Vorarbeit hätte es auch anders ausgehen können.«

Sie streckte Leon Kessler ebenfalls die Hand hin, doch er griff nicht zu, sondern sagte nur nüchtern und mit unbewegter Miene: »Ich gratuliere, Frau Staatsanwältin.«

So war das schon die ganze Zeit gewesen.

Tommy Fitzen war offen und zugewandt, Leon Kessler zwar professionell, aber deutlich reserviert ihr gegenüber. Und nicht nur er war so gewesen, sondern auch einige seiner Kollegen aus der Mordkommission.

Üblicherweise hielt sich die Staatsanwaltschaft bei Ermittlungen zurück und ließ die Polizei ihre Arbeit machen. Sanna hatte allerdings mehr als einen Fall zum Erfolg geführt, indem sie das jeweilige Team eng begleitete. Manche Kollegen warfen ihr deshalb einen ausgeprägten Kontrollwahn vor.

Sie galt als emotionslos und unterkühlt, rein den Fakten und Paragrafen verschrieben, mit wenig Sinn für das Zwischenmenschliche. Ihrer Ansicht nach hielt sie sich lediglich an die Regeln, daher konnte sie nur ahnen, weshalb dieser Eindruck immer wieder entstand – schließlich hatte sie diesen Ruf bereits in ihrer alten Dienststelle in München gehabt, und er schien ihr hier nach Flensburg gefolgt zu sein. Es musste an ihrer friesischen Ader liegen, gepaart mit dem Aussehen. Sie war ein Albino, und sie wusste, dass die weißen Haare und die blauen Augen auf nicht wenige Menschen eine unterkühlte Ausstrahlung hatten.

Allerdings hatte Sanna die sichere Vermutung, dass nichts von alledem die Kollegen der Flensburger Kripo derart verstimmt hatte. Nein, der Grund lag ganz woanders.

»Also dann«, meinte Tommy Fitzen, dem die Situation sichtlich unangenehm war. »Ich habe mir den Nachmittag freigenommen. Schätze, bei den Temperaturen werde ich wohl mit meiner Tochter ins Freibad gehen. Wir sehen uns.«

Er klopfte Leon Kessler zum Abschied auf die Schulter und ging davon.

Kessler blieb stehen. »Auf ein Wort, Frau Staatsanwältin.«

Er griff in sein Jackett – vor Gericht hatte man ungeachtet

der Temperaturen in angemessener Kleidung zu erscheinen – und holte ein gefaltetes Blatt Papier hervor, das er Sanna hinhielt.

»Was ist das?«, fragte sie und nahm den Zettel entgegen.

»Sie sollten wissen, dass John Benthien hier in Flensburg noch immer sehr viele Freunde hat. Im Gegensatz zu Ihnen. Wir wissen Bescheid.« Kessler wandte sich zum Gehen. »Ich wünsche einen angenehmen Tag, Frau Staatsanwältin.«

Sanna faltete das Blatt auf.

Es war die Kopie eines Zeitungsartikels. Sie spürte, wie sich ihre Nackenhaare aufstellten. Bislang war es lediglich ein vager Verdacht gewesen. Nun hatte sie die Bestätigung, dass sich die Kriminalpolizei gegen sie verschworen hatte.

Das Hausboot, auf dem Sanna lebte, lag im Jachthafen unterhalb der Flensburger Marineschule. Ursprünglich hatte es eine Übergangslösung sein sollen, doch seit ihrem Amtsantritt hatte die Arbeit ihr Leben bestimmt. Für eine Wohnungssuche war keine Zeit gewesen. Mit Schlafzimmer, kombiniertem Wohn- und Essraum sowie Bad und Dusche bot das Hausboot genug Platz für eine Person.

Sanna hatte sich den Nachmittag freigenommen. Sie ging mit einem kalten alkoholfreien Pils hinaus auf die Terrasse und ließ die Flasche mit einem Ploppen aufschnappen. Einen Erfolg musste man feiern, man wusste nicht, ob es einen nächsten geben würde.

Sie hatte eine bequeme Baumwollhose und ein T-Shirt angezogen. Bevor sie sich setzte, spannte sie den Sonnenschirm auf. Die Holzklappstühle, die sie zu ihrem Einzug im Baumarkt gekauft hatte, hatte sie inzwischen gegen Loungesessel und einen Beistelltisch aus Korb getauscht.

Das Hausboot lag quer zur Landseite an einem Steg vertäut, sodass die Terrasse nach Osten zeigte. Sanna genoss die Aussicht auf die Förde, wo ein paar Segelschiffe ihre Bahnen zogen.

Sie führte die Bierflasche an die Lippen und wollte einen Schluck trinken, hielt dann aber inne. Sosehr sie sich auch Mühe gab, den Erfolg zu feiern, er fühlte sich mittlerweile schal an. Grau und drückend schwebte das Gewitter über ihrem Kopf, das sich in den vergangenen Monaten langsam, aber unaufhaltsam im Präsidium zusammengebraut hatte.

Ihr Vorgehen gegen John Benthien hatte es heraufbeschworen. Und nun war ein erster Blitz direkt neben ihr eingeschlagen, in Form des Artikels, den Kessler ihr in die Hand gedrückt hatte.

Sie hatte sich von Anfang an keine Illusionen gemacht, dass es John Benthien war, der ehemalige Erste Hauptkommissar der Flensburger Kripo, der die Kollegen gegen sie aufgebracht hatte. Oder besser gesagt, seine Strafversetzung, zu der sie ihren Beitrag geleistet hatte.

Benthien hatte in einem Mordfall Beweise unterschlagen, und das, weil er sich in die Täterin verliebt und sie beinahe mit der Tat hatte davonkommen lassen.

Sanna hatte heimlich gegen ihn ermittelt, ihm aber am Ende sogar geholfen, noch einigermaßen unbeschadet aus der Sache herauszukommen. Zunächst hatte es auch so ausgesehen, als wüsste die Truppe ihren Kniff wertzuschätzen, immerhin hatte sie der Polizei eine öffentliche Schmach erspart.

Doch die Begeisterung war schnell verflogen.

Auch wenn die offizielle Sprachregelung natürlich anders lautete, wussten alle, dass Benthien sich etwas hatte zuschulden kommen lassen. Nur was, das war lediglich einem eingeschworenen Kreis bekannt, zu dem neben Sanna selbst Tommy Fitzen, Lilly Velasco sowie Kriminalrat Gödecke und Oberstaatsanwalt Bleicken gehörten.

Alle hatten dichtgehalten, was Benthien betraf.

Was Sanna anging, sah das anders aus.

Jemand musste geplaudert haben. Denn es hatte die Runde gemacht, dass sie es gewesen war, die Benthien nachspioniert und ihm eine Falle gestellt hatte. Anders waren auch die Worte von Leon Kessler nicht zu interpretieren.

Nun galt sie als Verräterin. Dazu kam, dass sich offenbar jemand die Mühe gemacht hatte, in ihrer Vergangenheit zu graben.

Sanna stellte die Bierflasche auf dem Gartentisch ab und griff nach dem Artikel, den Kessler ihr gegeben hatte. Sie musste ihn nicht erst lesen.

Es ging um Mario Russo.

Sanna spürte, wie sich beim Gedanken an ihn ein Kloß in ihrem Hals bildete. Die Tränen schossen ihr unwillkürlich in die Augen. Sie presste die Lippen aufeinander und kämpfte dagegen an.

Mario war Hauptkommissar der Münchner Kriminalpolizei gewesen. Bis Sanna ihn als Staatsanwältin und Leiterin der Ermittlungen in eine völlig ausweglose Situation geschickt hatte. Mario hatte mit dem Leben bezahlt, und das, weil Sanna die Regeln streng befolgt hatte. Hätte sie fünfe gerade sein lassen, wie es vermutlich ein John Benthien getan hätte, wäre Mario noch am Leben, seine Tochter hätte noch ihren Vater und seine Frau ihren Ehemann.

Sie hatte Mario in den Tod geschickt, und das würde sie für den Rest ihres Lebens verfolgen, wie ihr nun klar wurde. In den vergangenen Monaten hatte sie tatsächlich gedacht, Mario und die Schuld, die mit ihm verbunden war, hinter sich gelassen zu haben. Doch dass sie keinen Gedanken an ihn verschwendet hatte, war offenbar nur der hohen Arbeitslast geschuldet und dem Bestreben, sich in Flensburg einzufinden. Mit ihrem Wechsel in den Norden hatte Sanna den dunklen Abschnitt ihres Lebens hinter sich lassen wollen. Nun holte ihre Vergangenheit sie ein.

Es lag auf der Hand, was Leon Kessler ihr hatte sagen wollen, als er ihr den Artikel überreicht hatte. Er kannte ihr Geheimnis.

Sanna sah auf die Förde hinaus, überlegte, was sie tun sollte, kam aber zu dem Schluss, dass ihr für den Moment wohl nichts anderes übrig blieb, als abzuwarten.

Dabei fiel ihr Blick auf die ungeöffnete Post, die sie mit nach draußen gebracht hatte. Es war ein Brief von der Stadtkasse Flensburg dabei. Sanna öffnete ihn. Es handelte sich um die Grundsteuerabrechnung für das Haus in Munkmarsch auf Sylt, das ihre Schwester Jaane und sie von ihrer Mutter geerbt hatten.

Jaane.

Verdammter Mist. Wie hatte sie das nur vergessen können?

Sie hatte ihrer kleinen Schwester versprochen, sich bei ihr zu melden. Wie lange war das jetzt schon her? Eine Woche?

Der Prozess hatte ihre ganze Aufmerksamkeit gefordert. Dabei war Jaane alles, was ihr von ihrer Familie geblieben war.

Als Sanna hergezogen war, hatten sie es sich zur Routine gemacht, am Wochenende nach Sylt zu fahren. Doch je mehr Akten sich auf ihrem Schreibtisch getürmt hatten, desto weniger Zeit hatte sie für Jaane gefunden.

Sanna sah auf die Uhr. Kurz nach vier.

Wenn sie sich beeilte, würde sie noch einen der Autozüge erwischen. Kurz entschlossen stand sie auf, brachte die Sachen hinein und zog sich um.

Eine Viertelstunde später fuhr sie über die Landstraße in Richtung Niebüll. Zur Hauptferienzeit ging es nur langsam voran.

Ihre Gedanken kehrten zu Mario Russo zurück. Bislang hatte lediglich eine Person hier oben in Flensburg von dieser Geschichte gewusst. Eine Person, die früher sowohl mit Leon Kessler gearbeitet hatte als auch John Benthien sehr nahe gewesen war.

Ursprünglich hatte Sanna angenommen, sie stünde auf ihrer Seite und könnte ein Geheimnis für sich behalten. Doch vielleicht hatte sie sich da getäuscht. Vielleicht war es an der Zeit, ein Gespräch unter Frauen zu führen.

Mit Lilly Velasco.

3 John

Lilly.

John musste unwillkürlich an sie denken, als er die Haustür hinter sich schloss und zu einem Abendspaziergang aufbrach.

Seine ehemalige Kollegin und Geliebte hatte er vor etwa einem Jahr das letzte Mal persönlich gesehen, als er sie im Krankenhaus kurz nach der Geburt ihrer Tochter besucht hatte. Sie hätten viel zu bereden gehabt, sehr viel, doch es war weder der richtige Moment noch der richtige Ort dazu gewesen.

John sollte sich bei ihr entschuldigen und obendrein auch bedanken. Er hatte sie mit einer anderen betrogen und ihrer Beziehung ein Ende gesetzt, indem er sich Hals über Kopf in eine Mörderin verliebt hatte, deren Tat er noch dazu versucht hatte zu vertuschen. Dennoch hatte Lilly Größe gezeigt und sich für ihn aufs Glatteis gewagt. Sie hatte brisante Details aus der Vergangenheit der Staatsanwältin zutage gefördert und sie damit unter Druck gesetzt. Letztendlich hatte er es Lilly zu verdanken, dass sich ihm mit der Versetzung nach Friedrichstadt ein Ausweg geboten hatte. Ohne sie wäre er jetzt nicht hier, sondern im Gefängnis.

Sie hatten sich gegenseitig versprochen, miteinander in Kontakt zu bleiben, und Lilly hatte Celine und ihn besuchen wollen. Aber wie das Leben so spielte … Lilly war nun stolze Mutter und hatte mit der Kinderbetreuung wohl genug zu tun. Er selbst hatte sich in seine neue Stelle und das Umfeld einfinden und sich um Celine kümmern müssen. So war die Zeit vergangen.

Von seinem besten Freund und Kollegen Tommy Fitzen, mit dem er ab und an telefonierte, wusste er, dass Lilly in der Zwischenzeit Juri geheiratet hatte, ebenfalls ein ehemaliger Kollege. Gott, immer wenn er an die alte Truppe dachte, wurde John bewusst, wie sehr er sie doch vermisste – als Kollegen, aber vor allem als Menschen, die ihm viel bedeuteten. Jedenfalls hatten Lilly und Juri ganz im Stillen ihre Hochzeit gefeiert, ohne großes Tamtam. John hatte lediglich eine Karte mit einem Foto erhalten. Er wünschte den beiden alles Glück der Welt.

Am besten sollte er wohl einfach zum Hörer greifen, wenn er gleich wieder zu Hause wäre, und Lilly spontan anrufen. Aber was sollte er sagen? Das Thema, was er mit ihr zu bereden hatte, war nichts fürs Telefon.

John schlenderte durch die Straßen zum Marktplatz. Er mochte die Abendstimmung. Die Dämmerung hatte eingesetzt, die Tagestouristen waren weg, und in den Gassen von Friedrichstadt kehrte langsam Ruhe ein. Die Hitze des Tages staute sich teils noch zwischen den Häusern, doch es war bedeutend angenehmer geworden. Deshalb hatte er es sich zur Angewohnheit gemacht, sich in den späten Stunden die Beine zu vertreten und bei der Gelegenheit noch einmal nach dem Rechten in seiner kleinen Stadt zu sehen.

Er ging am Mittelburggraben vorbei, der, umgeben von hohen Bäumen und Grünflächen, so etwas wie die grüne Lunge von Friedrichstadt war. An der Ecke Mittelburgwall und Westersielzug kam er am schiefen Haus vorbei, einem Wahrzeichen der Stadt. Der Giebel des aus weißen Klinkersteinen errichteten Gebäudes neigte sich in beachtlichem Winkel über die Straße, sodass man den Eindruck hatte, es wäre mit der Zeit auf dem instabilen Untergrund zur Seite gekippt. John hatte sich allerdings von den Einwohnern erklären lassen, dass es einen praktischen Grund dafür gab. Das Haus war ursprünglich als Kaufmannshaus errichtet worden, im Jahr 1688, einer wirtschaftlichen Blütezeit von Friedrichstadt. Damals zog man Lasten außen an den Häusern hoch, um sie im Speicher zu lagern. Damit die Fassade und der Giebel von sperrigen Gütern nicht beschädigt wurden, neigte man diesen absichtlich nach vorne, sodass die Last immer ein gutes Stück von der Hauswand entfernt in der Luft hing.

Plötzlich hörte John laute Stimmen.

Er sah sich um und erblickte ein kleines Café unweit des schiefen Hauses. *Himmelreich* stand auf einem Schild über dem Eingang in schwungvollen Lettern geschrieben.

John erinnerte sich, im Lokalblatt über das Café gelesen zu haben. Es war erst kürzlich eröffnet worden und gehörte der Freikirche.

Es brannte noch Licht, und John konnte zwei Männer erkennen, die sich hinter der Theke mit energischen Gesten unterhielten. Dabei fiel ihm auf, dass eine Hälfte des Schaufensters mit Graffiti beschmiert war. Ein rosafarbener Penis. John stieß einen Seufzer aus. Er musste gar nicht lange überlegen, wie der dort hingekommen war. Auf so eine Idee kam wohl tatsächlich nur eine Horde hormongesteuerter Jugendlicher.

Die Männer bemerkten ihn nicht, bis er an die Glastür klopfte. Sie schauten verdutzt zu ihm herüber. John winkte ihnen zu.

Der Jüngere und Schmächtigere der beiden öffnete die Tür einen Spalt weit. »Wir haben leider schon geschlossen. Besuchen Sie uns gerne morgen wieder.«

»Polizei. John Benthien. Ich leite die Wache hier.«

Der Mann sah ihn erschrocken an und blickte fragend zu dem Größeren hinüber. Der löste sich von der Theke und kam zu ihnen. Von Nahem erkannte John die Ähnlichkeit. Die beiden mussten Brüder sein, wenn auch ziemlich ungleiche. Der Schmächtige hatte ein zierliches Gesicht, das mit den geschwungenen Lippen und dünnen Augenbrauen beinahe etwas Weibliches hatte. Der Große war ein Muskelpaket mit kantigem Kinn und Dreitagebart. Beiden gemein waren die kurzen schwarzen Haare mit den hohen Geheimratsecken.

»Was können wir für Sie tun?«, fragte der Große.

»Es geht eher darum, was ich für Sie tun kann.« John deutete auf das beschmierte Schaufenster.

Die beiden folgten seinem Fingerzeig, und es schien, als bemerkten sie erst jetzt, was da auf der Frontscheibe ihres Cafés prangte.

»Ah ... das«, meinte der Schmächtige. Wieder sah er verunsichert seinen Bruder an.

»Das werden wir morgen wegwischen«, sagte der Große in bestimmtem Ton und griff nach der Tür, um sie zu schließen. »Wenn Sie uns jetzt entschuldigen.«

»Sie können das zur Anzeige bringen«, schlug John vor.

»Was?« Der Große hielt inne.

»Sie sind nicht als Einzige von diesem Vandalismus betroffen. Mit einer Anzeige wird die Sache aktenkundig, und ich kann ihr nachgehen ...«

»Wir überlegen es uns.« Er schloss die Tür vor Johns Nase und verriegelte sie. Die beiden gingen hinter die Theke und von dort zu einer Tür, die vermutlich zu einem Hinterzimmer führte. Bevor sie verschwanden, wandte sich der Schmächtige noch einmal nach John um. Etwas Sorgenvolles lag in seinem Blick. Dann folgte er seinem Bruder, und das Licht im Café erlosch.

John wunderte sich einigermaßen über die Reaktion der beiden. Die beschmierte Fensterscheibe schien sie nicht im Geringsten zu interessieren.

Er setzte seine Runde fort, überquerte die Fußgängerbrücke, die beim Bootsverleih über den Ostersielzug führte, und kam schließlich an der Schleswiger Straße nahe der Brücke vorbei, von der er vorhin Celine und ihre Freunde verscheucht hatte. John blieb kurz stehen und blickte auf das Wasser der Gracht, das sich im leichten Wind kräuselte.

Er kniff die Augen zusammen.

Weiter hinten konnte er auf dem Wasser einen Ruderer erkennen. Um wen genau es sich handelte, war wegen der aufziehenden Dunkelheit nicht auszumachen, nur dass sein Körper das Heck des kleinen Bootes ausfüllte. Wer immer es war, er oder sie stellte sich reichlich ungeschickt an und hatte Schwierigkeiten, die Ruder in einem synchronen Schlag zu bewegen. Ein Blatt hing noch in der Luft, während das andere bereits das Wasser berührte.

John verfolgte das Schauspiel noch einem Moment, dann ging er weiter den Ostersielzug entlang.

Dabei musste er einem schwarzen Dacia Duster ausweichen, der mit zwei Reifen auf dem Grünstreifen parkte. Aus dem Innenraum des SUV war das Glimmen einer Zigarette zu sehen. Der Fahrer trug eine Schiebermütze und hatte das Fenster auf seiner Seite heruntergelassen.

Einem Moment überlegte John, ob er den Mann zurechtweisen sollte. Doch man konnte es auch übertreiben.

Im Vorbeigehen warf John einen strengen Blick durch die Beifahrerscheibe. Der Fahrer bemerkte ihn jedoch nicht. Seine Augen waren auf die Häuser des gegenüberliegenden Ufers gerichtet.

Dort hatte der Ruderer offenbar sein Ziel erreicht. John konnte noch immer kein Gesicht erkennen, nur so viel, dass es tatsächlich ein recht beleibter Mann war, der bei einem der Häuser angelegt hatte und umständlich aus dem Boot auf den Steg kletterte.

John ging weiter, überquerte die nächste Brücke und schwenkte dann nach links in Richtung Heimat.

Aus den Fenstern zu beiden Seiten der Gasse fiel Licht auf das Kopfsteinpflaster. Die schmalen Giebelhäuser drängten sich hier dicht an dicht. John fühlte sich in frühere Zeiten zurückversetzt. Noch während er darüber nachdachte, wie die Menschen wohl einst hier gelebt hatten, wurde er eines Schattens gewahr, der sich in eine schummrige Seitengasse drückte.

John blieb stehen. »Hallo? Was treiben Sie da?«

Keine Reaktion.

»Ich habe Sie gesehen. Kommen Sie raus.«

John legte die Stirn in Falten und musterte den Mann, der sich vorsichtig aus der Gasse wagte.

Auf seiner knolligen Nase saß eine Stahlgestellbrille, deren linker Bügel mit Klebeband fixiert war. Er reichte John ungefähr bis zu den Schultern, hatte rostrotes Haar, und das Auffallendste an ihm war seine gekrümmte Körperhaltung. Unter dem Rücken seines schwarzen Sweatshirts zeichnete sich ein Buckel ab.

»Ich ... will keinen ... Ärger«, stotterte der Mann.

»Sie brauchen keine Angst zu haben«, sagte John, und da er in Zivil war, schob er hinterher: »Ich bin von der Polizei und will Ihnen nichts Böses.«

Der Angesprochene rückte seine Brille zurecht.

John warf einen Blick die Gasse hinunter. Sie endete an einer hohen Steinmauer. Zu beiden Seiten gab es weder Fenster noch Türen.

»Darf ich fragen, was Sie hier machen?«

Der Mann riss die Augen auf, und seine Unterlippe begann zu zittern. »Nix. Ich wandele.«

»Sie ... wandeln?«

»Ich wandele. Und rede mit Gott.«

»Aha.« John kratzte sich am Hinterkopf. »Und warum tun Sie das ausgerechnet hier in dieser dunklen Gasse?«

Der Mann antwortete nicht, doch John entging nicht, wie er kurz zu einem der Häuser hinübersah.

»Ich wiederhole meine Frage«, sagte er. »Was treiben Sie hier?«

Da nahm der Mann die Beine in die Hand. Er stolperte auf dem Kopfsteinpflaster, schlug der Länge nach hin, berappelte sich aber schnell wieder.

»Bleiben Sie stehen«, rief John und eilte ihm hinterher. Doch er hatte keine Chance. Der Mann verschwand mit einer erstaunlichen Geschwindigkeit um die nächste Ecke.

John gab auf und kehrte zu der Gasse zurück. Er drückte sich an die Wand, wo der Mann gerade gestanden hatte.

Der Blick ging von hier zum Haus von Laas Riewerts und seiner Frau Mette. Die beiden waren Nachbarn von Erna Wiebe, der John heute Morgen mit ihrem Boot geholfen hatte.

Hatte der Mann mit dem Buckel das Haus der Riewerts' beobachtet? Ein Spanner?

John raffte sich auf und ging weiter.

Kurz darauf öffnete er die Tür seines Hauses und betrat den Flur. Bis auf das Licht in der Küche lag alles im Dunkeln.

»Celine?«, rief John.

Keine Antwort.

Er ging hoch in den ersten Stock, fand ihr Zimmer aber verlassen vor. John blickte auf die Uhr. Es war schon kurz nach zehn.

Nun hatten sie keine Uhrzeit ausgemacht, zu der sie wieder zu Hause sein sollte, schließlich war Celine erwachsen. Die ständige Sorge, wenn sie unterwegs war, würde John aber wohl nie abschütteln können.

Natürlich konnte eine Redaktionskonferenz länger dauern. Aber bei einer Lokalzeitung im Beisein von Schülern?

John überlegte, ob er Celine oder bei der Zeitung anrufen sollte. Vermutlich hatte sie ihr Handy ohnehin auf lautlos gestellt, und es wäre ihr überaus peinlich, wenn ihr alter Herr sich mitten in einer Besprechung erkundigte, wann sie denn endlich nach Hause käme.

Er schrieb ihr lieber eine SMS.

Dauert es noch lange? Willst du Abendessen?

John wartete einen Moment, und als nicht direkt eine Antwort kam, steckte er das Handy in die Hosentasche.

Er holte sich ein kühles Pils aus dem Kühlschrank und ging damit hinaus in den Garten. Mit einer Hand zog er die Liege unter den Ahornbaum und legte sich hin.

Die Wolken rissen auf, und der Mond und die Sterne kamen

zum Vorschein. In der Gracht gluckste friedlich das Wasser, als John einen großen Schluck trank und merkte, wie fast augenblicklich die entspannende Wirkung des Alkohols einsetzte. Es waren Momente wie dieser, die ihn mit seiner neuen Wirkstätte versöhnten.

Da klingelte sein Handy.

Es war Ben, sein Vater. »Junge, wie geht es dir?«

»Kann nicht klagen, gerade ganz gut.« John trank noch einen Schluck.

»Schön, schön. Vivienne und ich sind auf Sylt. Ich wollte dir nur sagen, dass alles gut ist.«

John teilte sich mit seinem Vater ein altes Kapitänshaus in den Dünen von List, das sich schon seit Generationen im Familienbesitz befand.

»Ich habe drei Angebote von Dachdeckern eingeholt«, fuhr Ben fort. »Wir müssten uns beizeiten mal zusammenhocken und entscheiden.«

Die Renovierung am Reetdach der alten Kate war überfällig. John hatte sich eigentlich darum kümmern wollen, es aber immer wieder aufgeschoben, da er mit dem Umzug nach Friedrichstadt und der Vermietung seiner Altbauwohnung in Flensburg genug zu tun gehabt hatte.

»Nett, dass du dich darum kümmerst«, meinte John. »Magst du vielleicht mal herkommen, und wir sehen uns die Angebote zusammen an?«

»Sicher. Ich wollte dich doch ohnehin besuchen. Wann passt es?«

»Wann immer du willst. Das Leben als Kleinstadtpolizist ist eher beschaulich. Celine wird sich auch freuen, dich zu sehen. Es ist unglaublich, wie schnell sie erwachsen wird.«

»Ja.« Sein Vater lachte. »Ich erinnere mich. Ging mir mit dir nicht anders. Also, wir sehen uns.«

Kaum hatte John sich verabschiedet und aufgelegt, verkündete ein lautes Pling eine eingegangene SMS. Sie stammte von Celine.

SMS? echt? kein abendessen. Happchen hier. Dauerd noch spät. vertrau mir einfach mal, ja?

John schüttelte den Kopf. Hoffentlich würde sie ihre Abiturklausuren und Artikel in einwandfreiem Deutsch verfassen. Und was bedeutete spät? Halb elf? Elf Uhr? Noch später?

Sein Daumen schwebte über dem Display.

Vertrau mir.

Das war so einfach gesagt und doch so schwer.

John war auch einmal in Celines Alter gewesen. Er konnte nachfühlen, dass sie ihre Freiheit wollte. Sie war nun volljährig. Da gab es wenig, was mehr nervte als ein Vater, der einen ständig kontrollierte. Das war ihm damals nicht anders ergangen. Er erinnerte sich noch gut an die Wortgefechte, die er sich mit Ben geliefert hatte. Im Nachhinein musste er seinem Vater Abbitte leisten. Natürlich hatte er damals den normalen Abnabelungsprozess durchlaufen, den jeder junge Mensch mit seinen Eltern durchmachte. Was er aber nicht gekannt hatte, das waren die Emotionen auf der anderen Seite. Die Angst. Die immerwährende Furcht der Eltern, dass der Tochter oder dem Sohn etwas zustoßen könnte und man nicht da war, um zu helfen.

OK, tippte er und drückte auf Senden.

Dann lehnte er sich wieder zurück, verschränkte die Arme hinter dem Kopf und sah zu den Sternen hoch.

Gerne hätte er den Moment genossen, wenn da nicht dieses Schaben gewesen wäre, das seine Aufmerksamkeit erregte.

Er blickte zur Seite.

An den Wurzeln des Ahornbaums saß eine Feldmaus. Sie schaute kurz in Johns Richtung, ließ sich aber nicht beirren und buddelte weiter an einem kleinen Loch. Als er sich ein Stück zur Seite drehte, um sie besser beobachten zu können, gab die Liege ein lautes Knacken von sich. Die Maus nahm Reißaus.

John wollte sich schon wieder hinlegen, als er stutzte.

Dort unten an den Wurzeln, wo die Maus eben gegraben hatte, schimmerte etwas im Mondlicht.

John stand auf, ging zu dem Ahorn hinüber und bückte sich. Dann betrachtete er zwischen Daumen und Zeigefinger, was das Erdreich freigegeben hatte.

Einen goldenen Ring.

4 Sanna

Dort, wo der Munkhoog in die Munkmarscher Chaussee überging, bog Sanna linker Hand in eine Sackgasse ab. Die Straße machte im weiteren Verlauf einen Rechtsknick. Die Bebauung wurde hier spärlicher, rechts erstreckte sich die weite Heidelandschaft mit ein paar vereinzelten Bäumen. Der Weg führte in gerader Linie auf den Strand von Munkmarsch und das Meer zu. Vor dem letzten Haus in der Reihe stellte Sanna ihren Wagen ab und stieg aus. Sofort hörte sie das Rauschen der Brandung. Über ihr am Himmel standen die Sterne, und vereinzelte Wolken zogen vorüber.

Sie hatte länger gebraucht als erwartet. Die Autozüge waren zur Hochsaison dermaßen überbucht, dass sie geschlagene zwei Stunden in Niebüll hatte warten müssen, bis sie einen Platz ergattert hatte.

Sanna ging hinüber zur Haustür. Gegen die alten reetgedeckten Bauernhäuser oder die modernen Wohnkomplexe, die das Bild von Sylt prägten, nahm sich das Haus, das ihre Mutter ihnen hinterlassen hatte, regelrecht winzig aus. Es hatte ehemals einer Fischerfamilie gehört. Mama hatte es in den Achtzigern erworben und renoviert. Die weißen Steinmauern, auf denen ein hohes Spitzdach thronte, das fast bis zum Boden reichte, boten Platz für Wohnzimmer, Küche, Bad und zwei Schlafzimmer im Obergeschoss.

Nach Mutters Tod hatte Sanna kurz erwogen, das Haus zu

verkaufen, den Gedanken aber schnell verworfen, als sie begriffen hatte, wie glücklich ihre Schwester hier war.

Jetzt lag das Haus im Dunkeln. Kein Licht brannte.

Sanna schloss auf und schob sich in den schmalen Flur.

»Jaane?«

Nichts.

Sie machte Licht, ging ins Wohnzimmer und von dort in die Küche. Niemand. Sanna stieg die steile Treppe hinauf und inspizierte die Schlafzimmer. Ebenfalls Fehlanzeige.

Jaane war nicht da.

Bei einem gewöhnlichen erwachsenen Menschen wäre das keine beunruhigende Feststellung gewesen. Bei Jaane lagen die Dinge anders. Man hatte erst im Erwachsenenalter das Borderline-Syndrom bei ihr festgestellt. Oft reichte ein minimaler Anlass, um ihr emotionales Gleichgewicht kippen zu lassen. Wut, Angst oder Verzweiflung übermannten sie dann schlagartig und unkontrollierbar.

Sanna erteilte sich selbst einen stillen Tadel, dass sie den Kontakt zu ihrer Schwester in jüngster Zeit derart hatte schleifen lassen.

Sie hatte Jaane auf einen guten Weg gebracht, ihr einen neuen Therapeuten verschafft, dafür gesorgt, dass sie regelmäßig ihre Tabletten nahm. Die gemeinsamen Frühstücke auf Sannas Hausboot und ihre Besuche am Wochenende hier auf Sylt hatten ihr gutgetan. Doch das war nun alles schon eine Weile her. Sanna wusste nicht wirklich, wie sich Jaanes Leben in den vergangenen Monaten entwickelt hatte.

Sanna ging wieder hinunter in die Küche, um sich einen Tee zu machen. Als sie den Wasserkocher in die Hand nahm, hielt sie inne. Etwas stimmte hier nicht. Der Stecker des Geräts war aus der Steckdose in der Wand gezogen worden. Als sie sich umsah, stellte sie fest, dass Gleiches für den Toaster, die Kaffeemaschine und die Mikrowelle galt.

Die Tür des Kühlschranks stand einen Spalt breit offen, Sanna öffnete sie. Er war leer. Jaane hatte ihn wie die anderen Elektrogeräte ebenfalls ausgeschaltet. So, wie man es tat, wenn man für längere Zeit verreiste.

Sannas Blick blieb an einem Bild hängen, das ihre Schwester auf einem Küchenbord aufgestellt hatte. Es zeigte sie beide in der Sansibar. Ein glücklicher Tag, eine glückliche Jaane.

Sie verließ die Küche und ging noch einmal hoch ins Schlafzimmer. Der Kleiderschrank war leer geräumt.

Es gab kaum noch einen Zweifel. Ihre Schwester war verschwunden, und Sanna hatte nicht die geringste Ahnung, weshalb oder wohin.

Auf dem Handy wählte sie ihre Nummer. Sie ließ es lange klingeln, bis sich die Mailbox anschaltete, und hinterließ die Bitte um einen Rückruf.

Durch das Schlafzimmerfenster sah Sanna das Nachbarhaus. Die Hausmanns, ein mittlerweile älteres Ehepaar, das Sanna noch aus ihrer Jugend kannte. Bei ihnen brannte noch Licht.

Kurz entschlossen ging sie zu dem Reetdachhaus hinüber und klingelte. Es dauerte nicht lange, bis Frau Hausmann öffnete.

»Guten Abend, Erika«, sagte Sanna. »Entschuldige die späte Störung.«

Die alte Dame, die einen Morgenmantel über dem Schlafanzug trug, winkte ab. »Schon gut, Karl-Heinz und ich schauen uns Günther Jauch an. Ist richtig spannend heute Abend. Der Kandidat nähert sich gerade der Million.«

»Dann will ich nicht lange stören.« Sanna deutete zu ihrem Haus hinüber. »Ich bin gerade angekommen, und Jaane ist nicht da. Ihr habt nicht zufällig gesehen, ob sie fort ist?«

Erika Hausmann nickte. »Sie ist mit dem Taxi weg. Ich war gerade vor dem Haus mit den Rosen zugange.«

»Wann war das?«

»Oh … ist schon eine Weile her. Letzten Monat irgendwann.«

»Jaane ist schon einen Monat weg?« Sanna konnte es nicht fassen.

»Ja, wir haben uns auch gewundert.«

»Hast du mit ihr gesprochen, ich meine, du weißt nicht zufällig, wo sie hinwollte?«

»Tja ...« Erika Hausmann zögerte kurz. »Wir bekommen nicht viel von ihr mit. Du weißt ja, wie deine Schwester so ist ...«

»Natürlich.« Jaane redete nicht viel mit anderen Menschen, so wie sie generell nicht gerne unter Leute ging oder das Haus verließ. Umso überraschender war, dass sie offenbar einfach weggefahren war, und das für längere Zeit und ohne Bescheid zu geben. »Ist euch in letzter Zeit irgendetwas Ungewöhnliches bei ihr aufgefallen? Ich meine ...«

»Sie ist für ihre Verhältnisse ziemlich oft weggefahren. Immer mit dem Taxi. Einmal habe ich sie angesprochen, aber tja, Jaane meinte nur, sie wolle aufs Festland, und schwups, stieg sie ein und war weg.«

»Aufs Festland?« Sanna überlegte. »Was wollte sie dort?«

Jaane arbeitete als freischaffende Grafikerin. Ihr Arbeitsplatz war der Laptop auf dem Küchentisch. Sie hatte einige feste Kunden, und Absprachen liefen heutzutage über Videocalls oder E-Mail. Seit Sanna wieder hier oben im Norden lebte, war es kein einziges Mal vorgekommen, dass Jaane aus beruflichen Gründen irgendwo hinmusste, und Freunde, die sie auf dem Festland besuchte, gab es auch keine.

»Wie oft hast du sie in den vergangenen Monaten wegfahren sehen?«

Erika Hausmann dachte kurz nach. »Vier oder fünf Mal? Sie kann natürlich noch öfter gefahren sein, ich stehe ja nicht hinter dem Küchenfenster und spioniere sie aus.«

»Und sie nahm immer das Taxi?«

»Ja.«

»Weißt du, mit welchem Unternehmen sie gefahren ist?«

»Tja …« Die alte Dame hob die Augenbrauen. »Ich glaube, das war immer Taxi Sylt, also Hentschel. Aber … nein, es könnte auch der Sylter Taxiservice gewesen ein, das wäre Mathiesen. Wobei … na ja, die Wagen sehen alle gleich aus, ich weiß nicht …«

»Schon gut, Erika. Hatte Jaane eine Reisetasche oder einen Koffer dabei?«

»Aber ja. Einen Trolley und eine Reisetasche. Dabei verreist sie sonst nie, was?«

»Du hast mir sehr geholfen, vielen Dank. Und grüß mir den Karl-Heinz. Viel Spaß noch beim Mitraten.«

»Ja, mach's gut, Sanna. Und … viel Glück, ich drück die Daumen, dass Jaane keinen Unfug anstellt.«

Sanna ging zurück zu ihrem Haus. Sie bereitete sich einen Tee zu und trat damit hinaus auf die Terrasse. Eine leichte Brise spielte in den Bäumen und raschelte in der Hecke zum Nachbargrundstück. Kurz meinte Sanna, den Schatten einer Fledermaus durch die Nacht huschen zu sehen.

Sie trank einen Schluck und nahm ihr Handy hervor. Das Gute war, dass Taxizentralen rund um die Uhr besetzt waren.

Beim dritten Sylter Taxiunternehmen, das sie anrief, landete sie schließlich einen Treffer. Der Hinweis, dass sie Staatsanwältin war und auch den offiziellen Dienstweg beschreiten konnte, um eine Information zu erlangen, brachte die Leute wie so oft schnell zum Reden. Am Ende wollten doch alle nur ihre Ruhe.

Von der Dame in der Zentrale von Inseltaxi Lützen erfuhr sie, dass Jaane in den vergangenen Monaten regelmäßig ein Taxi angefordert hatte. Offenbar hatte sie die Menschenmassen in der Bahn gescheut und sich den Luxus gegönnt, sich vom Taxi im Autozug aufs Festland bringen zu lassen. Dort war es dann immer zum selben Ziel gegangen.

In den kleinen Ort Friedrichstadt.

5 John

John stand am Spülbecken in der Küche und drehte den Ring, den er im Garten gefunden hatte, zwischen den Fingern.

Wie war er dort hingekommen? Wem mochte er gehören?

War es einer von Celines Ringen?

John hielt das Stück unter den Wasserhahn und spülte die Erdreste ab, die daran klebten.

Dann betrachtete er ihn noch einmal aus der Nähe.

Auf der Innenseite war der Ring mit einer Punze versehen, jener vorschriftsmäßigen Prägung, die den Goldanteil in Promille angab. In diesem Fall stand die Zahl 750 auf dem Goldstempel, was bedeutete, dass der Ring zu 750 von 1000 Teilen aus reinem Gold bestand. Das entsprach 18 Karat. Ein Goldanteil, wie man ihn üblicherweise für Eheringe verwendete.

John drehte den Ring weiter zwischen den Fingern. Auf der gegenüberliegenden Innenseite waren zwei Initialen eingraviert.

LR & ER

Definitiv ein Ehering. Und der Größe nach zu urteilen, musste er der Frau gehören – oder eben einem Mann mit sehr zierlichen Fingern.

LR

John musste an seinen Vermieter denken. Die Initialen passten zu Laas Riewerts. Er erinnerte sich daran, wie er erwähnt hatte, dass er mit seiner ersten Frau in diesem Haus gelebt hatte. Ihren Namen hatte er nicht genannt.

Ob der Ring von ihr stammte?

Vielleicht hatte sie auch gerne im Sommer auf einer Liege im Garten gelegen, unter dem Baum, und irgendwann war er ihr vom Finger gefallen.

Nein, solch ein Ring wurde angepasst, er fiel einem nicht einfach so vom Finger, selbst wenn man sich ordentlich mit Sonnencreme einrieb. Den meisten Leuten wurde er eher zu eng, weil die Finger mit den Jahren dicker wurden.

Außerdem würde man nach einem so kostbaren Stück suchen …

John seufzte und schüttelte den Kopf.

Sein Kriminalistenhirn ging auf Wanderschaft. Die alten Instinkte schlummerten in irgendeiner Abstellkammer seines Geistes und streckten ab und an den Kopf zur Tür heraus.

Er würde einfach morgen Laas Riewerts fragen, ob er den Ring wiedererkannte.

John hörte, wie die Haustür aufgeschlossen wurde.

Er schob den Ring in die Hosentasche und stellte sich mit verschränkten Armen in den Türrahmen.

Celine trat in den Flur und schloss die Haustür hinter sich. »Hallo, Daddy.« Sie kam zu ihm herüber und drückte ihm einen Kuss auf die Wange.

»Ganz schön spät geworden.« John warf einen demonstrativen Blick auf die Küchenuhr hinter sich. Sie zeigte bereits zwanzig nach zehn.

»Aber es hat sich gelohnt.« Celine strahlte über beide Ohren.

Er hatte mit ihr einmal ausführlich darüber gesprochen, weshalb ihm mulmig zumute war, wenn sie abends allein unterwegs war. Ihm gingen dann all die unzähligen Fälle durch den Kopf, in denen junge Frauen in ihrem Alter in der Dunkelheit überfallen, verschleppt, vergewaltigt oder ermordet worden waren. John hatte ihr das ganz offen gesagt, damit sie sich der Gefahren bewusst war, aber auch, damit sie seine Gefühle nachempfinden konnte und sie nicht für übertriebenen Kontrollwahn hielt.

Doch er wollte ihr die gute Laune nicht verderben. »Darf ich an deiner Freude teilhaben?«

Celine schob sich wortlos an ihm vorbei in die Küche und ging zum Kühlschrank. Sie holte zwei Flaschen Pils heraus, ließ sie gleichzeitig aufschnappen und hielt John eine davon hin. »Stoßen wir darauf an, dass ich meinen ersten Artikel für eine echte Zeitung schreiben werde!«

Sie ließ die Flaschen gegeneinanderklirren und trank einen großen Schluck.

John konnte kaum glauben, was er da hörte, und vermochte das prickelnde Gefühl von Vaterstolz, das sich in seiner Brust ausbreitete, nicht zu unterdrücken.

Celine hockte sich auf den Küchentisch und gestikulierte mit der Bierflasche. »Eigentlich sollte ich nur was Kleines über den Heimatverein schreiben. Aber ich habe dann mal ein eigenes Thema vorgeschlagen.«

»Und das wäre?«

»Du kennst die Geschichte unserer Stadt?«

»Ein wenig. Erbaut von niederländischen Religionsflüchtlingen.«

»Sehr verknappt, aber richtig. Es gibt noch heute zahlreiche religiöse Gemeinschaften bei uns. War dir klar, dass aktuell Menschen aus sechs verschiedenen Konfessionen hier leben?«

»Nein.« John trank einen Schluck. »Ist mir aber auch neu, dass Religion dich interessiert. Damit hattest du doch bisher nichts am Hut?«

»Dass ich nicht an den ganzen Zinnober glaube, heißt ja nicht, dass ich nichts darüber weiß. Im Gegenteil, ich finde es überaus interessant, woran die Leute selbst im einundzwanzigsten Jahrhundert noch so alles glauben. Der Meinung war auch der Chefredakteur.«

»Dann geht es also um die Religionsgemeinschaften. Meinen Glückwunsch. Bis wann muss das gute Stück fertig sein?«

»Hat noch ein wenig Zeit. Aber ich fange gleich morgen mit der Recherche an.« Celine stand auf und stellte die leere Flasche ab. »Und jetzt muss ich noch ein bisschen für die Englischklausur morgen lernen.«

John verschluckte sich beinahe, als er trinken wollte. »Du musst … was?«

»Wir schreiben morgen Englisch.« Celine ging zur Tür hinaus.

»Davon hast du nichts gesagt. Dann hätte ich dich nicht …«

»… zur Redaktionskonferenz gehen lassen«, vollendete sie den Satz, während sie die Treppe hinauf in ihr Zimmer nahm.

John schüttelte den Kopf und trank den Rest seiner Flasche in einem Zug leer.

Als er den Fernseher einschaltete und sich auf die Couch im Wohnzimmer fallen ließ, lief eine Reportagereihe über Schicksale in Deutschland. Diesmal ging es um eine junge Frau in Bayern, die aus einer evangelikalen Freikirche ausgetreten und nun schweren Repressalien ausgesetzt war. Eine weitere Frau aus Norddeutschland hatte Ähnliches erlebt. Ihre Stimme war verzerrt und das Gesicht hinter einer Milchglasscheibe verborgen.

Dann kam ein Mann ins Bild, der als Experte und Gegner von Freikirchen vorgestellt wurde. Er setzte diese Kirchenform in einigen Fällen mit Sekten gleich und erzählte von den scheinheiligen Tricks, mit denen manche ihre Mitglieder hinters Licht führten. Sein Fazit lautete, dass sich auf dem freien Markt der Religion neben vielen aufrechten Gläubigen auch zahlreiche schwarze Schafe tummelten.

John setzte sich auf. Er erkannte das Gesicht des Mannes.

Es war einer der Brüder, die er vorhin im Café Himmelreich gesehen hatte, und zwar der Grobschlächtige. Am unteren Rand des Bilds stand sein Name. Keke Boysen. Ehemaliger Freikirchler.

Der Name der Kirche, der er angehört hatte, wurde nicht erwähnt, doch es musste die Freikirche hier in Friedrichstadt sein, die Kirche des wahren Glaubens.

John legte die Stirn in Falten, denn etwas an dem Bericht verwunderte ihn. Keke Boysen erzählte, wie er selbst einmal einer Freikirche angehört habe und schließlich ausgetreten sei, als er erkannt habe, welch betrügerischem System er da aufgesessen sei.

Aber was hast du dann vorhin mit deinem Bruder im Café Himmelreich, das ebendieser Freikirche gehört, zu suchen gehabt?, überlegte John im Stillen.

Kriminalistenhirn, da bist du ja wieder.

John schaltete auf einen anderen Sender um. Er sollte sich besser daran gewöhnen, dass diese Zeiten ein für alle Mal vorüber waren, und nicht hinter allem finstere Machenschaften wittern. Er wollte sich gerade wieder zurücklehnen, als es an der Haustür klingelte. John erhob sich.

»Gehst du, Daddy?«, hörte er von oben Celine.

»Schon unterwegs.«

Als er öffnete, sah er sich einem hageren Mann gegenüber, dem die Schweißperlen auf der Stirn standen. Er trug eine Brille mit orangefarbenem Rand.

»Herr Kommissar«, haspelte er, »Sie müssen sofort kommen ... Da ... da stimmt etwas nicht ... Oma Wiebe ...«

»Ganz ruhig«, versuchte John ihn zu besänftigen. »Eins nach dem anderen. Wer sind Sie?«

»Holger Dehnen. Ich wohne neben den Riewerts. Oma Wiebe ist gleich rüber zu ihnen ...«

»Weshalb?«

»Sie hat etwas gehört und meinte, da stimmt was nicht. Ich soll Sie schnell holen.«

»Also gut. Ich komme. Einen Moment, bitte.«

John ging hoch in sein Schlafzimmer, wo er seine Dienstwaffe in einem Safe aufbewahrte. Er legte seinen Ausrüstungsgürtel an und schob die Waffe ins Holster. Auf die Uniform verzichtete er, in der Eile mussten es auch Jeans und T-Shirt tun.

»Ich muss noch mal kurz los«, verabschiedete er sich von Celine.

»Ja, klar. Rette die Welt, wenn ich es schon nicht kann. Und lass es nicht zu spät werden, ja?«

John erwiderte nichts darauf, lief hinunter und folgte dem Mann. Holger Dehnen führte ihn in die Straße am Ostersielzug und hielt vor dem Haus der Riewerts' inne. Im Erdgeschoss brannte Licht, die Haustür stand offen.

»Sie bleiben hier«, sagte John, »und lassen niemanden rein, verstanden?«

Holger Dehnen nickte. »In Ordnung.«

Die Hand auf seine Dienstwaffe gelegt, schob sich John durch die Tür in den Hausflur.

An der Treppe zum Obergeschoss blieb er kurz stehen und spähte nach oben. Dort brannte weder Licht, noch konnte er jemanden sehen oder Geräusche hören.

Lediglich die Räume hier im Parterre waren beleuchtet.

Er ging weiter. Geradeaus schien die Küche zu liegen, rechts führte eine Tür zum Wohnzimmer.

John schob sich vorsichtig um die Ecke und hielt dann augenblicklich inne.

Der Anblick, der sich ihm bot, war ebenso skurril wie furchtbar.

Erna Wiebe stand wenige Schritte von der Tür entfernt mit einer Jagdflinte, die sie mit beiden Händen hochhielt. Sie zielte auf einen Mann in der Mitte des Raumes. Er trug Strickjacke, Hemd und Stoffhose und hielt beide Hände in die Luft gestreckt.

Zu seinen Füßen lag eine Pistole.

Einige Meter weiter links entdeckte John den Körper eines Mannes auf dem Fußboden. Das Gesicht zeigte nach oben.

Laas Riewerts.

In seiner Brust klaffte ein Loch, und eine Blutlache hatte sich auf dem Boden unter ihm ausgebreitet.

Seine Frau Mette lag einige Meter weiter neben dem Wohnzimmertisch – oder dem, was davon übrig war. Die Glasplatte war zersprungen. Ihr blutüberströmter Kopf war von Scherben umgeben.

John zog die Waffe und richtete sie auf den Mann.

»Wir bleiben jetzt alle schön ruhig«, sagte er. »Sie schieben die Pistole mit dem Fuß in meine Richtung, haben Sie das verstanden?«

Der Mann nickte und tat wie geheißen.

Die Pistole rutschte über den Teppich zu John. Er bückte sich nicht danach. Einerseits, weil er dem Mann keine Gelegenheit geben wollte, etwas Dummes zu tun, andererseits, weil sich Spuren darauf befinden konnten.

John trat einen Schritt vor, legte behutsam die Hand auf den Lauf von Erna Wiebes Jagdgewehr und drückte ihn hinunter.

»Ich bin jetzt da, Frau Wiebe. Sie können das Gewehr mir geben«, sagte er und nahm die Waffe an sich. »Und morgen unterhalten wir uns darüber, wo Sie das Ding herhaben, ja?«

Erna Wiebe nickte, und John konnte ihrem Gesicht den Schrecken und die Aufregung ansehen.

»Jetzt raus mit Ihnen.«

Die alte Frau ging mit langsamen Schritten rückwärts hinaus, wobei sie den Mann nicht aus den Augen ließ.

John machte mit erhobener Pistole einen Schritt auf ihn zu. »Sie gehen jetzt auf die Knie und verschränken die Arme hinter dem Kopf.«

Der Mann folgte seiner Aufforderung und stammelte mit zitternden Lippen: »Das hier ist nicht, wonach es aussieht.«

Zweiter Teil
Schatten in der Nacht

6 Lilly

Kontrolliere deine Atmung. Ein durch die Nase, aus durch den Mund. Verlangsame dein Tempo. Laufe ruhig und gleichmäßig. Ignoriere den Schmerz, er wird vorübergehen.

Lilly Velasco kam japsend zum Stehen und lehnte sich erschöpft auf das Geländer der Holzbrücke, die am Grenzübergang Schusterkate die Einfahrt zu einem kleinen Jollenhafen überspannte.

Es half alles nichts, sie war fix und fertig.

Sie hatte erst vor ein paar Wochen wieder mit dem Training begonnen, als klar gewesen war, dass sie tatsächlich zur Kriminalpolizei zurückkehren würde. Es würde wohl noch eine Weile dauern, bis sie ihre alte Form wiedererlangt hätte, wobei schon die nicht sonderlich berauschend gewesen war.

Über ein Jahr war nun seit der Geburt ihrer Tochter Frouke vergangen, ein Jahr voller Windeln, Babybrei, Fläschchen, durchwachter Nächte und Geschrei. Lilly kannte Freundinnen, die trotzdem ein eisernes Fitnessprogramm durchgezogen und ihren Körper wieder in Form gebracht hatten. Sosehr Lilly sie um diese Disziplin beneidete, sie verstand bei Gott nicht, wie sie das hinbekamen. Allein die knappe Stunde, die sie nun jeden Tag fürs Laufen aufbrachte, musste sie sich mühsam vom Familienleben abknapsen. Wäre Juri nicht schon seit einigen Wochen in Teilzeit, um sich langsam an seine neue Rolle zu gewöhnen und für einen möglichst reibungslosen Übergang zu sorgen, würde sie es vermutlich gar nicht schaffen.

Lilly ließ den Blick schweifen. Zu ihrer Linken weitete sich die Flensburger Förde. In der Ferne kroch die Morgensonne über den Horizont. Gegenüber konnte sie die Marineschule in Mürwick erkennen und die Einfahrt zum Flensburger Hafen. Rechts lag der Strand von Wassersleben. Kein Wind ging. Auf der spiegelglatten See zog ein früher Stand-up-Paddler seine Bahn.

Juri und sie waren vor einem halben Jahr in den kleinen Vorort nördlich von Flensburg gezogen. Einer verwitweten Tante von Juri gehörte hier ein Haus, das sie auf ihre alten Tage nicht mehr allein unterhalten konnte. Ein glücklicher Zufall. Denn Juri hatte seine zwölfjährige Tochter Amélie mit in die Ehe gebracht, und zu viert hatten sie händeringend nach einer größeren Bleibe gesucht. Also hatten sie getauscht: Juris Tante war in Lillys Wohnung in Flensburg gezogen, die ihr alle Annehmlichkeiten bot, und sie in das Haus in Wassersleben. Die beiden Mieten verrechneten sie, sodass die Tante mietfrei wohnte und Juri und Lilly ihr lediglich einen kleinen Abschlag für das Haus zahlten.

Lilly raffte sich auf und lief in gemächlichem Tempo weiter.

Eigentlich hatte sie gerade erst begonnen, die weitere Umgebung zu erkunden. Von hier war es zu Fuß nur ein Katzensprung nach Dänemark rüber. Ihre Joggingrunde führte sie am nördlichen Ende von Wassersleben über den Dammweg zum Grenzübergang Schusterkate und von dort ein Stück am Wasser entlang in den Wald von Kollund und wieder zurück. Für den Anfang genügte das.

Unter normalen Umständen hätten Juri und sie sich mit ihren beiden Polizistengehältern hier niemals ein Haus leisten können. Lilly lief vorbei an Villen, die sich hinter Hecken und unter hohen Bäumen verbargen. Einige der Grundstücke gingen sogar bis hinunter ans Wasser, private Anlegestege und Badestellen inklusive.

Das Haus von Juris Tante nahm sich im Vergleich dazu wie eine bessere Garage aus. Es war deutlich kleiner als die umstehenden Häuser und verfügte lediglich über einen Garten in Briefmarkengröße, der von den Nachbarhäusern zugebaut war. Dafür schmückte den roten Klinkerbau ein Reetdach, und Lilly konnte morgens beim Aufwachen aus dem Schlafzimmer den Blick auf die Förde genießen. Man konnte es bedeutend schlechter treffen.

Lilly schloss die Haustür auf und zog die Joggingschuhe im Flur aus. In der Küche mischte sie sich eine Apfelschorle und trank einen großen Schluck.

Juri saß am Küchentisch und fütterte Frouke, während seine Tochter Amélie die Tupperdose mit dem Pausenbrot im Schulranzen verstaute.

Es war immer noch ein ungewohnter Anblick, wie dieser muskulöse Kerl mit Dreitagebart und Narbe im Gesicht mit einem Baby hantierte. Dabei hatte Juri schon früher abseits der Arbeit am liebsten jede freie Minute mit Amélie verbracht. Ihre Mutter, Juris erste Frau, war vor Jahren bei einem Autounfall ums Leben gekommen. Er hatte sich immer mehr freie Zeit für Amélie gewünscht. Auch was Frouke betraf, hatte er sich von der Geburt an alle Mühe gegeben, seiner Vaterrolle gerecht zu werden. Und das, obwohl sie nicht sein leibliches Kind war. Trotzdem behandelte er sie wie ein solches und brachte ihr dieselbe Liebe entgegen wie Amélie.

Die Arbeit hatte ihm bislang allerdings wenig Zeit dazu gelassen. Hauptkommissar, das bedeutete lange Arbeitstage, Überstunden, Nachtschichten und Wochenendarbeit.

Juri liebte den Job, doch Lilly war nicht entgangen, dass er darunter litt, wie wenig er vom Familienleben und der Entwicklung der Kinder mitbekam.

Ihr hingegen fiel inzwischen zu Hause die Decke auf den Kopf. Natürlich war sie gerne bei den Kindern, und es war ein seltsamer Gedanke, die kleine Frouke nur noch morgens, abends und an den Wochenenden zu sehen, nachdem sie sich Tag und Nacht um sie gekümmert hatte. Doch gegen ein wenig Abwechslung hatte sie nichts einzuwenden. Außerdem konnte sie Juri wohl kaum seinen Wunsch verwehren, für die Kinder da zu sein.

Die Lösung war also denkbar einfach.

Ein Rollentausch.

Lilly würde wieder arbeiten gehen und Juri sich zusätzlich zu den Vätermonaten ein Jahr unbezahlte Auszeit nehmen.

Lilly sah seinem Gesicht an, wie glücklich und zufrieden er schon jetzt war. Während er Frouke einen Löffel mit Babybrei in den Mund schob, lag ein seliges Lächeln auf seinen Lippen. Sie fragte sich unwillkürlich, ob er in einem Jahr überhaupt noch zur Kripo würde zurückkehren wollen.

»Du bist spät dran«, meinte Juri mit einem Blick auf die Küchenuhr.

In einer halben Stunde begann Lillys erster Arbeitstag nach langer Zeit.

»Die alte Frau ist ziemlich eingerostet«, erwiderte Lilly und trank den Rest Apfelschorle.

Sie ging hoch ins Bad, duschte und zog sich an.

Als sie wieder unten war, drückte sie Juri einen Kuss auf die Wange.

»Viel Erfolg, Frau Oberkommissarin«, meinte Juri. »Und grüß die Kollegen von mir.«

»Mach ich.«

Sie küsste auch Frouke und Amélie, dann schnappte sie sich im Flur die Autoschlüssel und verschwand zur Tür hinaus.

»Das wird vielleicht nicht so einfach, wie du dir das vorstellst.« Tommy Fitzen hob die Augenbrauen und schenkte ihr einen mahnenden Blick.

Lilly lehnte sich in ihrem Bürostuhl zurück. Sie hatte ihren Schreibtisch im Großraumbüro der Kriminalpolizei so ordentlich vorgefunden, wie sie ihn verlassen hatte. Sogar die Topfpflanze, ein Ficus, hatte dank der steten Bewässerung durch die Kollegen ihre Abwesenheit gut überstanden.

»Wie meinst du das?«, fragte sie.

Zu dieser frühen Stunde war noch nicht allzu viel los im Präsidium, und die anwesenden Kollegen saßen außer Hörweite, sodass sie sich ungestört unterhalten konnten.

Dennoch sah Tommy sich kurz nach allen Seiten um, bevor er antwortete. »Gödecke.«

»Was ist mit ihm?« Lilly konnte sich schon denken, wo der Hase im Pfeffer lag.

Einerseits hatte Juri ihr berichtet, wie lange Kriminalrat Gödecke mit seinem Ansinnen gehadert hatte, ein Jahr Auszeit zu nehmen. Ein Mann, der freiwillig die Verbrecherjagd sausen ließ, um Windeln zu wechseln, das passte wohl nicht in sein Weltbild.

Andererseits wusste Lilly von Kolleginnen, dass ihnen nach der Schwangerschaft ein anderer Wind aus der Chefetage entgegengeweht war. Trotz aller Lippenbekenntnisse zur Gleichstellung existierten offenbar immer noch gewisse Vorbehalte gegenüber Müttern im Dienst.

Tommy hockte sich auf die Kante ihres Schreibtischs und beugte sich zu ihr herunter. »Der Alte fürchtet wohl, dass du der Sache jetzt nicht mehr gewachsen bist. Er hätte lieber Juri hierbehalten.«

»Das kann ich mir vorstellen.« Sie verschränkte die Arme hinter dem Kopf. »Dann werde ich mal versuchen, ihn eines Besseren zu belehren.«

Sie bemühte sich, möglichst selbstbewusst zu klingen. Dabei war das Gegenteil der Fall. Ihr war klar, dass sie eine gewisse Eingewöhnungszeit brauchen würde, nach einem Jahr Abwesenheit war das wohl normal. Davon abgesehen mochte sie es nicht, wenn Vorgesetzte sie in Zweifel zogen. Sie brauchte eine gewisse Nestwärme und das Gefühl, Rückendeckung zu genießen. Das beflügelte eher ihren Geist, als wenn sie bei jedem Schritt und Tritt darauf achten musste, nur ja keinen Fehler zu begehen.

Das Telefon auf Lillys Schreibtisch klingelte. Gödeckes Name blinkte auf dem Display. Lilly nahm ab.

»Würden Sie bitte sofort zu mir kommen?«, hörte sie die Stimme ihres Vorgesetzten. »Und den Kollegen Fitzen bringen Sie mal gleich mit.«

Lilly setzte sich auf und lugte zum Büro ihres Chefs hinüber, einem Glaskasten auf der anderen Seite des Großraumbüros. Kriminalrat Gödecke stand hinter der Scheibe und spreizte die Lamellenjalousien mit einer Hand. Er sah zu ihnen herüber.

»In Ordnung«, bestätigte Lilly und legte auf.

Tommy machte den Mund auf, als wollte er etwas sagen, doch es kam kein Wort über seine Lippen.

»Was ist?«, fragte Lilly.

»Ich … ich weiß nicht. Es könnte sein, dass ich dir da etwas eingebrockt habe, ohne dass ich es wollte.« Er blickte zu Gödeckes Büro hinüber.

»Und das wäre?«

»Warten wir es ab. Vielleicht ist ja auch gar nichts.«

Sie gingen zu Gödeckes Büro hinüber, und zu Lillys Überraschung war ihr Chef nicht allein. Neben ihm saßen Oberstaatsanwalt Bleicken und Sanna Harmstorf am Besprechungstisch.

»Bitte schließen Sie die Tür«, sagte Gödecke.

Lilly tat wie geheißen, dann nahmen sie und Tommy Platz.

»Es hat gestern Abend einen Doppelmord an einem Ehepaar gegeben«, berichtete Bleicken. »Laas und Mette Riewerts. Der Mann wurde nach ersten Erkenntnissen erschossen, die Frau stranguliert. Der mutmaßliche Mörder wurde am Tatort festgenommen. Ein Cornelis Mohr, verheiratet mit der Schwester von Mette Riewerts. Er wurde zunächst auf das Revier in Husum verbracht. Die Kollegin Harmstorf wird den Fall seitens der Staatsanwaltschaft übernehmen.«

Lilly nickte Sanna Harmstorf zu. Es war schon eine Weile her, dass sie zuletzt zusammengearbeitet hatten, und das hatte sich ein wenig unkonventionell entwickelt. Lilly hatte in der Vergangenheit der Frau herumschnüffeln müssen, um sie davon abzuhalten, dass sie John für seine Verfehlungen ins Gefängnis brachte. Wie sie Harmstorfs Gesichtsausdruck entnehmen konnte, schien sie einer neuerlichen Zusammenarbeit nicht gerade mit Freude entgegenzublicken.

»Sind uns schon die näheren Hintergründe der Opfer und des Täters bekannt?«, fragte Lilly.

Bleicken schürzte die Lippen. »Da gibt es noch nicht viel. Die Riewerts waren Mitglieder einer Freikirche. Laas Riewerts arbeitete beim örtlichen Bootsverleih, seine Frau Mette in einem Café, das der Kirchengemeinde gehörte. Über Cornelis Mohr wissen wir außer dem Verwandtschaftsverhältnis noch nichts.«

»Nun …« Gödecke richtete seine Krawatte. »Der Fall scheint mir doch recht eindeutig gelagert zu sein, und da die Kollegen gerade alle sehr beschäftigt sind, kommen wir wohl mit einer kleinen Truppe zurecht. Und … nun …« Er räusperte sich, und sein Blick wanderte zu Tommy. »Da der Kollege Fitzen für die Führungsaufgabe nicht zur Verfügung steht, möchte ich die Kollegin Velasco bitten, die Ermittlungen in dieser Sache zu leiten.«

Er kniff die Lippen zusammen.

»Aber … das ist heute mein erster Tag«, stammelte Lilly. »Es ist lange her, dass ich die Leitung …«

»Das ist mir klar. Und es wäre mir auch lieber, die Sache einem erfahrenen Kollegen in die Hände zu legen.« Er schenkte Tommy einen missbilligenden Blick. »Aber die sind entweder anderweitig eingebunden oder haben offenbar … eigene Vorstellungen von ihrer weiteren Laufbahn.«

»Also, ich weiß nicht …« Die Sache kam Lilly spanisch vor. Sie verstand nicht, was sich da zwischen Tommy und Gödecke abspielte. Aber ihr blieb wohl keine andere Wahl. Wenn sie jetzt ablehnte, verscherzte sie es sich mit dem Alten. »Ich … nehme an, ich finde alle nötigen Informationen in der Akte?«

Gödecke nickte. »Ich schlage vor, Sie sprechen als Erstes mit

Cornelis Mohr, nachdem Sie den Tatort in Augenschein genommen haben.«

»Natürlich.«

»Da wäre allerdings noch eine Sache …«

»Der Mord hat sich in Friedrichstadt ereignet«, schaltete sich Oberstaatsanwalt Bleicken ein.

Lilly warf Tommy einen Seitenblick zu.

Friedrichstadt.

Ihnen beiden war klar, was das bedeutete, und Sanna Harmstorf ebenfalls. Ihre Miene wurde lang.

»Ihr ehemaliger Kollege Benthien tut dort unten Dienst«, fuhr Bleicken fort. »Er hat Cornelis Mohr am Tatort festgenommen. Es ist nicht auszuschließen, dass er seinen alten Instinkten folgt. Ich möchte Sie daher eindringlich bitten, ihn aus der Ermittlung herauszuhalten. Das ist jetzt nicht mehr seine Aufgabe. Er kann gerne den Verkehr regeln oder Falschparker aufschreiben und soll Ihnen ansonsten nicht im Weg stehen. Haben wir uns da verstanden?«

Lilly nickte. »Ja.«

»Dann wünsche ich gutes Gelingen«, beendete Bleicken die Zusammenkunft.

Sie erhoben sich.

»Diese Freikirche, der die Riewerts angehörten«, meinte Sanna Harmstorf. »Gehe ich recht in der Annahme, dass sie sich ebenfalls in Friedrichstadt befindet?«

Erst jetzt fiel Lilly auf, dass die Staatsanwältin die ganze Zeit kein Wort gesagt hatte und fast ein wenig geistesabwesend wirkte.

Gödecke setzte seine Brille auf und warf einen Blick auf den Computermonitor. »Ja … es ist die Kirche des wahren Glaubens. Die Gemeinde lebt auf dem Friedenshof an der Treene in Friedrichstadt.«

»Vielen Dank.« Harmstorf wandte sich Bleicken zu. »Auf ein Wort, Herr Oberstaatsanwalt?«

Während Lilly mit Tommy das Zimmer verließ, blieb Sanna Harmstorf zurück.

»Was war das da drinnen gerade?«, fragte Lilly im Gehen.

»Was meinst du?« Tommy machte ein unschuldiges Gesicht.

»Ich hatte fast den Eindruck, als hätte Gödecke dir die Sache lieber übertragen. Was nach deinem jüngsten Erfolg wohl auch mehr Sinn gemacht hätte.«

»Mag schon sein. Aber … nun ja, ich habe ihm klargemacht, dass ich das nicht will.«

»Du hast mich reingeritten?« Lilly blieb stehen. »Er dient dir die Sache an, und du schlägst aus. War dir etwa klar, dass er sie dann auf mich abwälzt?«

»Nein, nein, so war das nicht. Ich hatte die Leitung in einem Fall, der gestern vor Gericht verhandelt wurde. Das war unheimlich viel Arbeit, mit Nacht- und Wochenendschichten. Die Frau Staatsanwältin hat uns alle zu Höchstleistungen angetrieben. Als Gödecke mit dem neuen Fall ankam, habe ich ihm klipp und klar gesagt, dass ich das nicht mehr machen werde. Ich will noch Zeit für meine Familie haben.«

Tommy war vor einiger Zeit wieder mit seiner Ex-Frau Katharina und ihrer gemeinsamen Tochter Jenny zusammengezogen. Lilly wusste, dass sich seine Ansichten seitdem verändert hatten, aber dass er dafür eine Karrierechance liegen ließ …

Tommy fuhr fort: »Jedenfalls konnte ich nicht ahnen, dass er dir diesen Fall übertragen würde. Wobei … Du willst Gödecke doch sicher eines Besseren belehren. Also, wenn das nicht *die* Gelegenheit ist, ihm zu zeigen, dass du es noch draufhast …«

Lilly seufzte. So hatte sie sich ihren ersten Arbeitstag nicht vorgestellt. Zumal sie sich nicht unbedingt auf ein Wiedersehen mit John freute. Sie hatte in letzter Zeit bewusst keinen Kontakt zu ihm gesucht, und dafür gab es einen guten Grund.

7 John

Was hatte Laas Riewerts ihm anvertrauen wollen?

Diese Frage ging John nicht mehr aus dem Kopf. Was auch immer es gewesen sein mochte, es war dem Mann unglaublich wichtig gewesen. Eigentlich hatte er heute Morgen auf der Wache erscheinen wollen.

Und da war noch etwas anderes. Der Ring, den John in seinem Garten gefunden hatte. Ob er wirklich Riewerts' erster Frau gehört hatte?

Gut möglich, dass er auf diese beiden Fragen keine Antwort mehr erhalten würde.

Es war eine lange Nacht geworden. Nachdem er Cornelis Mohr festgenommen hatte, hatte John die Kollegen in Husum benachrichtigt – seine Ein-Mann-Wache in Friedrichstadt verfügte über keine Arrestzelle. Dann hatte er die Gemüter beruhigt, zuvorderst Erna Wiebe, deren Hände erst nach zwei Gläsern Schnaps aufhörten zu zittern. Holger Dehnen, der andere Nachbar der Riewerts', hatte ihm mit einer Flasche Alter Friese assistiert. Natürlich hatte sich bis dahin eine Menschenmenge vor dem Haus versammelt. John hatte sie vom Tatort ferngehalten und die Straße abgesperrt. Cornelis Mohr hatte zunächst mit dem Kriminaldauerdienst gesprochen, der Bereitschaft der Kriminalpolizei, die rund um die Uhr in Schichten bereitstand und wie in diesem Fall auch zu nachtschlafender Zeit die ersten kriminalistischen Maßnahmen vor Ort einleitete, bevor die Kollegen des zuständigen Kommissariats übernahmen. Mohr hatte gegenüber dem KD immer wieder behauptet, die Tat nicht begangen zu haben. Schließlich war er auf das Revier nach Husum verbracht worden. John hatte dem KD Rede und Antwort gestanden. Eine seltsame Situation, den Kollegen dabei zuzusehen, wie sie all jene Maßnahmen erledigten, die er früher selbst übernommen hätte und die er mit seiner Erfahrung auch heute noch hätte durchführen können. Der KD würde die ersten Erkenntnisse nach Flensburg weiterleiten, und von dort würde man das Team einer Mordkommission losschicken, die die eigentlichen Ermittlungen durchführte. John hoffte nur, dass es niemand von seinen alten Kollegen sein würde, vor allem nicht Lilly oder Tommy. Bitte jemand Fremdes, ein paar Frischlinge, das würde die Sache einfacher machen, hatte John noch gedacht, als er in den frühen Morgenstunden in seiner Uniform todmüde ins Bett gefallen und sofort eingeschlafen war.

Heute Morgen fühlte er sich so zerknittert wie das Hemd seiner Uniform. Mit geröteten Augen und einem dampfenden Pappbecher in der Hand stand er vor dem Haus der Riewerts'. Zur Ausrüstung der Kriminaltechnik, die in aller Herrgottsfrühe angerückt war, gehörten auch zwei Thermoskannen Kaffee.

Auf beiden Seiten der Straße flatterte schwarz-gelbes Absperrband, und zwei Einsatzwagen der Kriminaltechnik parkten vor dem Haus. Durch die vorderen Fenster flackerte der Blitz des Polizeifotografen auf, der im Wohnzimmer den Schauplatz des Verbrechens ablichtete. Kriminaltechniker in weißen Schutzanzügen gingen ihrer Arbeit nach.

Im Nachbarhaus links neben den Riewerts öffnete Erna Wiebe das Küchenfenster und lehnte sich mit den Ellbogen auf das Fensterbrett. »Herr Kommissar?«

John ging zu ihr hinüber. »Guten Morgen, Frau Wiebe. Haben Sie sich inzwischen von dem Schreck erholt?«

»Ein bisschen. Weiß man denn schon, was genau passiert ist?«

»Nein. Wir werden die Ermittlungen der Kripo abwarten

müssen.« John sah eine Kriminaltechnikerin aus dem Haus treten und die Kapuze ihres Anzugs abstreifen. Ein kurzer brauner Haarschopf kam zum Vorschein. Claudia Matthis, die Leiterin der KT, die John von zahlreichen gemeinsamen Fällen her kannte. Sie grüßte ihn mit einem Nicken, was John erwiderte. Dann wandte er sich wieder Erna Wiebe zu: »Sagen Sie mal, woher stammte eigentlich gestern das Gewehr?«

Erna Wiebe setzte eine unschuldige Miene auf. »Von meinem Mann. Er war Jäger.«

»Soso.« John hatte die Waffe in Verwahrung genommen. »Haben Sie noch mehr Waffen von ihm im Haus?«

Erna Wiebe schüttelte den Kopf. »Nein.«

»Wenn Sie Ihre Nachbarn besuchen … nehmen Sie da immer gleich das Gewehr mit?«

»Herr Kommissar, natürlich nicht.« Sie machte ein schelmisches Gesicht. »Aber ich habe einen Knall gehört und eine laute Auseinandersetzung. Da dachte ich … Nun ja, heutzutage weiß man ja nie. Und ich habe ja wohl nicht so falschgelegen.«

»Wir unterhalten uns später noch in Ruhe, einverstanden?« John wollte sich abwenden und zu Claudia Matthis hinübergehen, aber die alte Dame hielt ihn zurück: »Sie haben nicht zufällig noch einen Moment Zeit, Herr Kommissar? Ich habe da nämlich ein Problem mit meinem Boot. Es treibt schon wieder in der Gracht …«

»Das lass mal meine Sorge sein«, sagte Holger Dehnen, der aus seinem Haus, das rechts von dem der Riewerts' lag, herüberkam. »Der Kommissar hat doch Wichtigeres zu tun. Ich helfe dir.«

John nickte dem Mann zu. »Das ist nett von Ihnen, vielen Dank.«

»Nicht dafür. Aber es wäre vielleicht gut, wenn wir uns später unterhalten könnten. Gestern Nacht … ich habe da etwas beobachtet.«

»Sicher, ich komme auf Sie zu.«

John trank seinen Kaffeebecher leer, stellte ihn auf dem Klapptisch mit den Thermoskannen ab und ging hinüber zu Claudia Matthis, die ihn von oben bis unten musterte.

»Steht Ihnen verdammt gut, die Uniform. Macht eine schlanke Taille.«

»Danke, aber ich hätte gern darauf verzichtet.«

»Tja ... ich hörte schon, dass Sie sich haben versetzen lassen. Dann war das also nicht ganz freiwillig?«

»Reden wir lieber über das, was hier geschehen ist. Schon erste Erkenntnisse?«

Claudia Matthis wandte sich zur Eingangstür um. »Da drinnen wurden zwei Menschen getötet.«

»Davon konnte ich mich letzte Nacht selbst überzeugen. Ich meinte auch eher die Spurensicherung ...«

»Herr Kollege, Sie wissen doch, dass ich darüber allenfalls mit den zuständigen Ermittlern der Kripo spreche.«

»Natürlich.« John senkte die Stimme. »Die Leute hier werden mich mit Fragen bombardieren. Es wirft ein schlechtes Licht auf die Polizei, wenn ich ständig antworten muss, dass ich auch keine Ahnung habe.«

Matthis schmunzelte. »Schon klar. Aber nur aus alter Verbundenheit, ja? Ziehen Sie sich was über.«

John ging zu einem der Einsatzwagen und nahm sich ein Paar Schuhüberzieher. Dann folgte er Matthis hinein ins Haus.

Im Wohnzimmer waren mehrere Kriminaltechniker mit der Spurensicherung befasst. Relevante Fundstücke hatten sie mit nummerierten Karten markiert. Ein roter Bindfaden, dort, wo gestern die Leiche von Laas Riewerts gelegen hatte, zeichnete die Flugbahn des Projektils nach, das ihn das Leben gekostet hatte.

»Ich nehme an, Sie haben gestern Abend und in der Nacht dafür gesorgt, dass der Tatort unverändert bleibt?«, fragte Matthis.

»Selbstverständlich.«

»Gut, wollte nur sichergehen, denn dann eröffnen sich zwei Möglichkeiten. Da wir keine Spuren eines Einbruchs entdeckt haben, könnten die Opfer den Täter gekannt und ihn selbst eingelassen haben. Oder …« Sie führte John in die Küche. »Oder er ist hier durch die Terrassentür gekommen. Die stand gestern Abend offen?«

»Wie gesagt, alles unverändert. Da es nicht regnete und die Temperaturen entsprechend sind, sah ich keinen Grund, sie zu schließen.«

»Wir haben die Tür jedenfalls untersucht und keine Spuren eines gewaltsamen Eindringens entdeckt.« Sie ging zurück ins Wohnzimmer. »Was andere Spuren angeht … es ist ein Wohnhaus. Es wimmelt hier also von Fingerabdrücken, DNA-Spuren und anderem. Wir müssen abwarten, ob sich etwas Verwertbares findet.«

»Was ist mit der Kugel?« John deutete mit einem Nicken auf den roten Bindfaden, der von einem Stativ aus zu einem Loch in der mit Blutspritzern versehenen Wand führte.

»Die hat den Körper von Laas Riewerts durchschlagen und ist in der Wand stecken geblieben. Wir haben sie schon rausgepult. Sie passt zum Kaliber der Waffe, die am Tatort lag.«

»Laas wurde also hier erschossen.« John trat an die Stelle, wo mit weißem Tape die Umrisse der Leiche markiert waren.

Gestern Abend hatte ihn das Adrenalin durchflutet. Jetzt, mit etwas Abstand, spürte John, dass ihm die ganze Sache doch naheging. Das Leben des Mannes, der gestern noch die Handwerker in seinem Haus beaufsichtigt hatte, hatte an dieser Stelle ein gewaltsames Ende gefunden. John sah wieder den leblosen Blick in Laas' Augen, wie er hier auf dem Rücken gelegen hatte.

Ihm fiel erneut ein, dass Riewerts heute mit ihm über irgendetwas hatte sprechen wollen, etwas, das ihn sehr beschäftigt hatte. Worum mochte es sich dabei bloß gehandelt haben?

»Die Möbel und der Teppich sind verrückt worden. Die

Lampe neben dem Sofa ist heruntergefallen. Und zwei Bilder an der Wand sind ebenfalls hinüber.« Matthis deutete an die entsprechende Stelle. An der Wand hingen Urlaubsbilder von Laas und Mette. Auf einem davon war auch ihr mutmaßlicher Mörder Cornelis Mohr mit seiner Frau, der Schwester von Mette Riewerts, zu sehen.

»Es gab also ein Gerangel«, mutmaßte John.

»Möglich.« Matthis deutete auf den Wohnzimmertisch. »Die Frau ist jedenfalls mit dem Kopf in den gläsernen Couchtisch gefallen. Dann hat er sie erwürgt. Unklar, ob sie sich gewehrt hat, sie könnte nach dem Sturz ohnmächtig gewesen sein. Wir werden gemeinsam mit der Rechtsmedizin sehen, was sich an verwertbarem DNA-Material und Fasern an den Leichen finden lässt.«

»Eines verstehe ich nicht«, meinte John. »Der Täter erschießt Laas. Warum …«

»… macht er sich dann die Mühe, die Frau zu erwürgen, wenn er sie doch auch einfach hätte erschießen können?« Es war eine wohlbekannte Stimme, die da an sein Ohr drang. John fuhr herum.

Sein Wunsch, dass jemand, den er nicht kannte, die Ermittlungen übernehmen würde, hatte sich wohl nicht erfüllt.

Im Türrahmen des Wohnzimmers stand Lilly.

»Hallo, John«, sagte sie.

Dieses Wiedersehen hatte er sich wahrlich anders vorgestellt. Und auf Sanna Harmstorf, die Staatsanwältin, die sich hinter Lilly durch die Wohnzimmertür schob, hätte er ebenfalls verzichten können. Er hatte gehofft, die Frau nie im Leben wiedersehen zu müssen. Natürlich hatte er es sich selbst zuzuschreiben, dass er hier gelandet war. Aber sie hatte sich an seine Fersen geheftet, und er war schließlich auf ihre Gnade angewiesen gewesen, dass ihm nicht eine noch schlimmere Strafe zuteilgeworden war.

Als wäre das nicht genug, tauchte jetzt auch noch Tommy Fitzen auf. Tommy war mehr als ein ehemaliger Kollege. Er war

Johns Freund aus Kindertagen, sie waren gemeinsam auf Sylt aufgewachsen. Tommy hatte ihn lange gedeckt, seine Verfehlungen für sich behalten, aber letztendlich hatte er den Beweis geliefert, der John zu Fall gebracht hatte.

Er konnte den Gesichtern von Lilly und Tommy ansehen, dass ihnen diese Situation ebenso unangenehm war.

Lilly tat ihnen allen einen Gefallen, indem sie einfach professionell zur Sache kam.

»Wie schaut es mit der Tatwaffe aus?«, fragte sie.

»Haben wir sichergestellt, sie wird ebenso untersucht wie die Kleidung des mutmaßlichen Täters«, antwortete Claudia Matthis.

»Du hast ihn auf frischer Tat mit der Waffe in der Hand erwischt?« Lilly sah John mit fragendem Blick an.

»Nicht ganz«, antwortete er. »Cornelis Mohr stand über der Leiche von Laas Riewerts. Die Waffe lag neben ihm auf dem Boden.«

»Wie sah Mohr aus?«

»Kreidebleich, unter Schock.«

»Hatte er Blut oder Spuren eines Kampfes an den Händen oder der Kleidung?

»Das weiß ich nicht genau, dafür ging es zu schnell.«

»Hat er dir gegenüber etwas gesagt, was nicht in den Aufzeichnungen des KD gelandet ist?«

»Nur, dass er unschuldig sei und die Tat nicht begangen habe.«

»In Ordnung. Etwas dagegen, wenn wir uns ein wenig umschauen?«, fragte Lilly.

»Nein«, sagte Claudia Matthis. »Ich gebe Ihnen gerne eine zweite Führung.«

John entging nicht, wie Lilly einen kurzen Blick mit der Staatsanwältin wechselte, bevor sie meinte: »John, kommst du mal gerade mit nach draußen?«

Während Tommy und Sanna Harmstorf der Kriminaltechnikerin in die Küche folgten, trat John hinter Lilly ins Freie. Sie entfernten sich ein paar Schritte vom Haus, tauchten unter dem Absperrband durch und blieben schließlich in der Nähe der Brücke an der Gracht stehen.

»Lilly, es ist schön, dich wieder…«, begann John, doch sie unterbrach ihn.

»Hör zu, John. Das hier ist für uns alle nicht einfach. Und was ich dir zu sagen habe, sage ich wirklich nicht gern. Deshalb tue ich es nur einmal, und ich hoffe, dass du dich daran hältst …« Sie biss sich auf die Lippe und sah zu ihm auf. Lilly hatte ihre braunblonden Haare zu einem Pferdeschwanz gebunden, und in ihren bernsteinfarbenen Augen lag ein Schimmer von Mitleid und Bedauern. John spürte einen Stich im Herzen.

»Wir freuen uns über deine Kooperation, soweit es den Kontakt zu Einwohnern und Informationen über die örtlichen Gegebenheiten betrifft. Es wäre uns zum Beispiel eine große Hilfe, wenn du die Nachbarn befragen könntest, ob sie gestern Nacht etwas beobachtet haben.« Lilly hielt erneut inne und meinte dann mit brüchiger Stimme: »Ansonsten muss ich dich aber bitten, dich aus den Ermittlungen herauszuhalten. Du … du bist nicht Teil unseres Teams, John.«

8 Sanna

»Ich schätze, das ist Ihnen schwergefallen.« Sanna saß auf dem Beifahrersitz und musterte Lilly Velasco von der Seite.

Sie hatten den Tatort in Augenschein genommen und waren nun auf dem Weg nach Husum, um Cornelis Mohr, den Tatverdächtigen, zu vernehmen. Tommy Fitzen würde in der Zwischenzeit in Friedrichstadt eine Bleibe für sie organisieren.

Sanna war nicht entgangen, wie schweigsam Velasco sich gab, nachdem sie John Benthien über seine Rolle aufgeklärt hatte.

»Spaß hat mir das sicher nicht gemacht«, erwiderte sie, ohne den Blick von der Straße zu nehmen. »Wir haben lange genug zusammengearbeitet. Außerdem wäre John mit seinem Erfahrungsschatz ebenso gut befähigt, diese Ermittlung zu leiten wie ich. Wenn nicht sogar noch mehr …«

»Sie werden das schon schaukeln«, sagte Sanna.

»Gibt es einen Grund, weshalb Sie wieder vor Ort bei den Ermittlungen dabei sind?«

»Bleicken hat mich darum gebeten. Wegen Benthien. Er ist sich wohl nicht sicher, ob Fitzen und Sie Ihren alten Kollegen im Zaum halten können.«

Das war natürlich gelogen, und Sanna war sich nicht sicher, ob Velasco ihr das abkaufen würde. Der wahre Grund war natürlich, dass Bleicken und Gödecke zwei Stichworte genannt hatten, die sie hellhörig gemacht hatten.

Friedrichstadt und Freikirche.

Von dem Sylter Taxiunternehmen, mit dem sie gesprochen hatte, hatte sie das Ziel der Fahrten erfahren, die ihre Schwester mit ihm unternommen hatte: der Friedenshof in Friedrichstadt und damit der Sitz einer Freikirche, die sich Kirche des wahren Glaubens nannte.

Sie hatte nicht die geringste Ahnung, was Jaane dort wollte. Gott und Glaube hatten in ihrem Leben bislang keine Rolle gespielt.

Nun waren zwei Menschen aus ebenjener Freikirche ermordet worden. An diesem Punkt setzte Sannas Beschützerinstinkt ein. Ihre kleine Schwester war schon immer ziemlich gut darin gewesen, sich in Probleme zu bringen.

Sanna hatte Bleicken darum gebeten, vor Ort den Gang der Ermittlungen verfolgen zu dürfen, wegen Benthien natürlich. Der Oberstaatsanwalt hatte sofort zugestimmt.

Lilly Velasco stellte das Autoradio an, vermutlich ein Zeichen, dass sie für den Moment nicht weiter an einer Konversation interessiert war. Es lief ein Regionalsender, der über die Vorbereitungen zu den Festtagen in Friedrichstadt berichtete, dem Höhepunkt des Sommers, der in einem Bootskorso auf den Grachten der Stadt gipfelte.

Sanna fuhr das Fenster auf ihrer Seite einen Spalt hinunter und ließ sich vom warmen Wind die Haare verwirbeln. Links und rechts lagen Felder und Marschwiesen, die meisten durch die Hitze und die anhaltende Trockenheit braun und kahl.

Eine halbe Stunde später hatten sie die Husumer Wache in der Nähe des Hafens erreicht.

Cornelis Mohr, der Tatverdächtige, erwartete sie bereits im Verhörraum. Neben ihm am Tisch hatte sein Anwalt Platz genommen.

Sanna betrat das Zimmer hinter Lilly Velasco. Sie setzten sich, und Velasco schaltete das Aufnahmegerät ein.

Cornelis Mohr trug die vollen grauen Haare zu einem Seitenscheitel gekämmt. Er wirkte sichtlich nervös, knetete die Hände, die er wie zum Gebet gefaltet vor sich auf dem Tisch liegen hatte.

Sein Anwalt schien die Ruhe selbst. Ein Mittfünfziger mit dunkelblauem Anzug und listigen Augen.

»Herr Mohr, erzählen Sie uns etwas über sich«, begann Sanna. »Was ist Ihr Beruf?«

Es war meist hilfreich, eine Vernehmung mit Unverfänglichem zu beginnen, vertrautem Terrain, das dem Gegenüber die Anspannung nahm und es zum Reden animierte.

»Ich ... bin Zahnarzt«, antwortete Mohr.

»Wo befindet sich Ihre Praxis?«

»Friedrichstadt.«

»Es läuft gut?«

Er nickte. »Ich kann nicht klagen. Ich bin ja der Einzige in Friedrichstadt. Erst vergangenes Jahr habe ich erweitert.«

»Und Ihre Frau?«

»Jolanda? Sie ist Immobilienmaklerin.«

»Herr Mohr, wir gehen davon aus, dass Ihnen bekannt ist, was Ihnen zur Last gelegt wird«, kam sie schließlich zur Sache.

Mohr nickte, und sein Anwalt sagte sogleich: »Mein Mandant erklärt, dass er die Tat nicht begangen hat und unschuldig ist.«

»Zur Kenntnis genommen«, erwiderte Sanna. »Dann erzählen Sie uns doch bitte, was am gestrigen Abend vorgefallen ist.«

Mohr blickte kurz zu seinem Anwalt, der ihm mit einem Nicken signalisierte, dass er der Aufforderung nachkommen solle.

»Als ich beim Haus von Mette und Laas ankam ...«

»Um wie viel Uhr war das?«, hakte Lilly Velasco ein.

»Uh, das ...«

»Ungefähr.«

»Gegen elf ... oder kurz danach.«

»In Ordnung. Weiter.«

»Ich klingelte, aber es öffnete niemand. Ich versuchte es an der Tür. Sie war nicht verschlossen. Also ging ich rein. Und …« Er senkte den Blick und knetete wieder die Hände. »Als ich ins Wohnzimmer kam … Ich sah Mette, wie sie auf dem Boden lag. Ihr Gesicht … es war blutüberströmt, sie schien in den Couchtisch gefallen zu sein. Überall waren Scherben. Ich dachte, sie lebt noch, aber … nein. Laas lag neben ihr auf dem Rücken. In seiner Brust klaffte ein Loch. Und dann erschien auch schon Ihr Kollege.«

»Haben Sie die Leichen berührt?«, fragte Lilly.

»Nein.«

»Die beiden waren also schon tot, als Sie ankamen«, fasste Sanna zusammen. »Als Sie ins Haus gingen, ist Ihnen da noch etwas aufgefallen? Hatten Sie zum Beispiel den Eindruck, dass außer Ihnen noch jemand im Haus war?«

Cornelis Mohr schüttelte den Kopf.

»Bitte ein vernehmbares Ja oder Nein für die Aufzeichnung«, bat Lilly Velasco.

»Nein. Mir ist nichts aufgefallen, und da war auch sonst niemand.«

»Aus welchem Grund haben Sie die Riewerts aufgesucht?« Sanna stützte die Ellbogen auf den Tisch. »Ich meine … elf Uhr, das ist doch ziemlich spät für einen abendlichen Besuch, finden Sie nicht?«

»Ich wollte mit Laas sprechen.«

»Worüber?«

»Wir …« Cornelis Mohr wollte etwas sagen, doch der Anwalt legte ihm eine Hand auf den Unterarm.

»Darauf müssen Sie nicht antworten. Sie brauchen keine Angaben zu machen, mit denen Sie sich selbst belasten.«

Jetzt wird es interessant, dachte Sanna und wandte gleich ein: »Das ist korrekt. Aber wenn Sie die Tat wirklich nicht begangen haben, wie Sie behaupten, könnte es vielleicht helfen, Ihre Unschuld zu untermauern.«

»Sie hat recht«, sagte Mohr zu seinem Anwalt. »Ich habe mir nichts vorzuwerfen. Deshalb möchte ich gerne wahrheitsgemäß antworten.«

Das gefiel dem Anwalt gar nicht. Er verzog die Mundwinkel. »Auf eigene Gefahr.«

Mohr nickte. »Meine Frau Jolanda und ihre Schwester Mette hatten einen Streit. Ich wollte mit Laas darüber reden in der Hoffnung, die Wogen irgendwie glätten zu können.«

»Um elf Uhr abends?«, warf Lilly Velasco ein.

»Jolanda und Mette waren gestern aneinandergeraten. In aller Öffentlichkeit auf dem Markt. Meine Frau erzählte mir davon, als ich abends aus der Praxis kam. Sie war völlig aufgelöst ... wohl auch, weil es vor aller Augen geschehen war. Sie wissen vielleicht, wie das in einer solch kleinen Stadt ist. Jedenfalls sagte ich ihr, dass sich das schon einrenken würde. Aber die Sache ließ ihr keine Ruhe. Sie weinte und war verzweifelt. Also dachte ich, ich spreche am besten mit Laas. Am Ende würde es ohnehin wohl auf sein Wort ankommen.«

»Was soll das heißen?«, fragte Sanna. »Ich denke, Ihre Frau stritt sich mit ihrer Schwester?«

»Laas und Mette waren Mitglieder der Freikirche. Die Kirche des wahren Glaubens.« Cornelis Mohr schüttelte den Kopf. »Deren Weltansichten sind alttestamentarisch. Das Wort des Mannes steht über dem der Frau. Daher war es bei Laas und Mette bei allen Streitfragen unabdingbar, dass Laas am Ende seinen Senf dazugab.«

Sanna musste sich Mühe geben, bei der Sache zu bleiben. Ihre Gedanken schweiften unweigerlich zu Jaane ab. Was hatte ihre Schwester bei einer solchen Vereinigung zu suchen?

»Was ist mit Ihnen und Ihrer Frau? Sie sind nicht religiös?«, fragte Lilly Velasco.

»Nein. Zumindest nicht in dieser Form.«

»Also gut«, ergriff Sanna das Wort, um das Gespräch voranzutreiben. »Sie wollten mit Laas Riewerts sprechen. Aber seine Frau Mette war doch ganz offensichtlich ebenfalls zu Hause …«

»Womit ich nicht rechnete. Mette besucht für gewöhnlich dienstags den Spieleabend in der Freikirche. Üblicherweise wird es spät, ich machte mir also Hoffnung, Laas alleine anzutreffen.«

»Dem war aber nicht so.«

»Mette kam wohl früher nach Hause …«

»… und überraschte Sie.«

Cornelis Mohr blickte sie verdattert an. »Nein, wieso, ich sagte doch …«

»Netter Versuch, Frau Staatsanwältin«, kam der Anwalt ihm zu Hilfe. »Aber leider nicht zulässig. Spielen Sie bitte nach den Regeln.«

Sanna schenkte dem Mann ein Lächeln. »Also, worum ging es in dem Streit zwischen Ihrer Frau und Ihrer Schwester?«

»Um Mettes Vermögen«, sagte Cornelis Mohr.

»Das erklärten Sie mir bitte.«

»Meine Schwiegereltern sind vor einem halben Jahr verstorben. Mette und Jolanda haben ein kleines Vermögen geerbt.«

»Worüber sprechen wir da genau?«

»Barvermögen. Etwa zweihunderttausend Euro. Dazu vier Häuser in Friedrichstadt, zwei davon vermietet.«

Sanna tauschte aus dem Augenwinkel einen Blick mit Lilly Velasco. Dann fragte sie: »Und was war der Streitpunkt?«

»Wie ich schon sagte, gehörten Mette und Laas der Freikirche an. Einer der etwas seltsamen Bräuche dort ist, dass die Mitglieder mit ihrem Eintritt in die Freikirche der Gemeinde ihr Vermögen überschreiben. Alles gehört allen. Es gibt kein Eigentum.«

»Klingt mehr nach Kommunismus als nach Religion«, meinte Lilly Velasco.

»Das dachten Jolanda und ich uns auch. Jedenfalls wollte Mette ihren Teil des Vermögens der Freikirche überschreiben.«

»Wogegen Sie und Ihre Frau etwas einzuwenden hatten«, mutmaßte Sanna.

»Das können Sie sich wohl vorstellen.« Mohr hob die Augenbrauen. »Wir reden ja hier nicht von Peanuts. Ich hoffe, da ist es nachvollziehbar, dass wir nicht zulassen wollten, dass Mette alles so mir nichts, dir nichts diesen Scharlatanen in den Rachen warf.«

Er wirkte nun ernsthaft aufgebracht, sein Gesicht war vor Zorn gerötet.

»Ich nehme an, darüber hatten Ihre Frau und Sie bereits mit Ihrer Schwägerin gesprochen?«

»Natürlich. Aber Mette war kein Verstand an den Kopf zu reden.«

»Was ist mit Mettes Mann? Wie stand Laas Riewerts dazu?«

»Das kann ich nicht genau sagen. Er hatte sich bislang eher bedeckt gehalten. Vermutlich tendierte er zu Mette und zugunsten der Freikirche. Es lief bei ihm immer so, dass er sich eine Weile lang alle Argumente anhörte und dann irgendwann ein Machtwort sprach ... zumindest, was Mette anging. Wir ließen uns natürlich nicht von ihm auf der Nase herumtanzen.«

Sanna lehnte sich zurück. Solche Bräuche waren bei Sekten nicht unüblich, aber auch bei den herkömmlichen Amtskirchen nicht selten. Immer wieder gab es alleinstehende ältere Herrschaften, die ihr Vermögen nach dem Tod den Amtskirchen hinterließen. Allerdings lief so etwas üblicherweise natürlich nicht ohne Testament ab.

»Wie weit waren die Pläne Ihrer Schwägerin schon gediehen?«

»Mette und Laas hatten einen Notartermin vereinbart. In zwei Wochen. Das ... machte alles noch emotionaler.«

»Kann ich mir denken«, sagte Sanna. »Was ist mit der Waffe, die wir am Tatort gefunden haben?«

»Was?«

»Die Waffe.«

»Die stammt nicht von mir. Sie lag auf dem Boden neben Laas, als ich eintraf.«

Sanna erhob sich. »Bis hierhin vielen Dank für Ihre Offenheit, Herr Mohr.«

Er blickte zu ihr auf. »Was geschieht jetzt mit mir?«

»Sie werden dem Haftrichter vorgeführt, und wir gehen unserer Arbeit nach. Sollten Sie uns angelogen und die Tat doch begangen haben, werden wir das herausfinden. Gleiches gilt, falls Sie tatsächlich unschuldig sind.«

Als sie sich kurz darauf wieder ins Auto setzten, fragte Lilly Velasco, während sie den Motor startete: »Was denken Sie, sagt der Mann die Wahrheit?«

»Schwer zu sagen. Er klingt zumindest aufrichtig.«

»Andererseits ist da ein ziemliches Vermögen im Spiel. Sofern es nicht noch andere Verwandte gibt, wird das nun Cornelis Mohr und seiner Frau zufallen.«

Sanna war klar, worauf Velasco hinauswollte. »Ja, aber das würde man wohl anders anstellen und es wie einen Unfall aussehen lassen.«

»Natürlich. Doch wir wissen nicht, was Cornelis Mohr vorhatte. Vielleicht ist die Sache aus dem Ruder gelaufen. Das Wohnzimmer der Riewerts' sah ziemlich wüst aus, als wäre es zu einem Gerangel gekommen.«

»Im Moment müssen wir alles in Betracht ziehen. Ebenso könnte ihr Gespräch in einen handfesten Streit ausgeartet sein, der völlig eskalierte. Mohr muss Riewerts nicht unbedingt mit Vorsatz getötet haben. Mette kam vielleicht einfach zum falschen Zeitpunkt nach Hause, überraschte ihn und musste dann ebenfalls dran glauben.«

»Wenn Mohrs Fingerabdrücke auf der Waffe sind, ist die Sache schon klarer …«

Sannas Gedanken schweiften ab, während Lilly Velasco weitersprach und den Wagen auf die Landstraße zurück nach Friedrichstadt lenkte.

Das Vermögen, ging es ihr durch den Kopf.

Jaane und sie hatten ebenfalls nicht zu knapp von ihrer Mutter geerbt. Barvermögen, aber vor allem das Haus auf Sylt.

Sie konnte nur hoffen, dass Jaane nicht im Begriff war, eine Dummheit zu begehen.

9 John

Erna Wiebe und ihr Nachbar Holger Dehnen saßen im Garten der alten Dame, wo es direkt an der Gracht eine aus Holz gezimmerte Terrasse gab, deren eine Seite auf langen Pfählen über das Wasser ragte. Zwei Tassen und eine Teekanne standen auf dem Tisch zwischen ihnen. Holger Dehnen war gerade dabei, seine Socken auszuwringen. Die Schuhe, die er ausgezogen hatte, waren komplett durchnässt, und dasselbe galt für seine Bermudashorts.

»Die Uferböschung ist ganz schön rutschig«, erklärte Dehnen, als er John herankommen sah.

»Ja, die Erfahrung habe ich gestern auch schon gemacht.«

John hatte sich gedacht, dass er die Nachbarschaftsbefragung am besten mit den beiden beginnen sollte. Erna Wiebe war ohnehin in die Ereignisse der vergangenen Nacht verwickelt gewesen, und Holger Dehnen schien ebenfalls etwas beobachtet zu haben.

Die Haustür von Erna Wiebe hatte offen gestanden. John hatte trotzdem geklingelt und einen Ruf aus dem Garten vernommen.

»Setzen Sie sich doch zu uns, Herr Kommissar«, lud die alte Dame ihn ein. »Wollen Sie auch etwas trinken?«

»Nein, danke.«

»Oma Wiebes Boot trieb in der Gracht«, meinte Holger Dehnen. Er legte die nassen Socken zum Trocknen auf die Lehne eines freien Stuhls. »Vermutlich wieder diese Jugendlichen …«

Insgeheim war John froh, dass er offensichtlich nicht der Einzige hier im Ort war, der sich bei der Bergung eines Bootes ungeschickt anstellte. Im Gegensatz zu ihm selbst war es Dehnen allerdings sehr wohl gelungen, das kleine Ruderboot an Land zu ziehen. Es dümpelte nun wieder fest vertäut an seinem Liegeplatz.

John setzte sich auf den freien Stuhl neben Erna Wiebe, der im Schatten des großen Gartenschirms lag, der über dem Tisch aufgespannt war.

»Ich möchte über die vergangene Nacht mit Ihnen sprechen. Sie werden Ihre Aussagen später noch bei mir auf der Wache zu Protokoll geben müssen, aber es ist mir wichtig, Ihre Eindrücke festzuhalten, solange sie noch frisch sind.«

Üblicherweise wäre es auch angebracht gewesen, die Zeugen getrennt voneinander zu befragen, damit sie sich in ihren Aussagen nicht gegenseitig beeinflussten. Doch davon wollte er absehen, wenn er sie nun schon einmal beide hier zu fassen bekam.

»Frau Wiebe, beginnen wir mit Ihnen.« John nahm Notizblock und Bleistift aus der Brusttasche seiner Uniform. »Sie sagten mir vorhin …«

»Da waren laute Stimmen und ein Knall, und dann habe ich die Flinte genommen und …«

»Ganz langsam«, bremste er den Redefluss der alten Dame. »Der Reihe nach. Was haben Sie als Erstes gehört?«

»Die Stimmen … nein … den Knall.«

»Was denn nun?«

Sie überlegte noch einmal und meinte dann mit überzeugtem Nicken: »Die Stimmen. Ja, die habe ich als Erstes gehört.«

»Können Sie sie näher beschreiben? War es eine laute Unterhaltung oder eher ein Streit?«

»Eher wie eine Standpauke. Jemand sprach sehr laut und offensichtlich erregt.«

»Konnten Sie die Stimme identifizieren?«

»Wie meinen Sie das?«

»Erkannten Sie die Stimme? War es die Ihres Nachbarn, die von Laas Riewerts?«

»Schwer zu sagen. Aber … nein, ich glaube, das war nicht Laas.«

»In Ordnung. Wo waren Sie, als Sie die Stimme hörten?«

»Im Wohnzimmer. Ich sah fern. Die Wiederholung von einer Backsendung, wie heißt sie noch gleich …«

»Wie spät war es da?«

»Hm, also, die Sendung begann um zehn …«

»Als Sie die Stimme hörten.«

Die alte Dame schürzte die Lippen. »Schwer zu sagen, ich hab nicht auf die Uhr gesehen. Aber … da war gerade Werbung, ich schaltete um, und im Ersten liefen gerade Nachrichten. Oder war das im Zweiten?«

John machte sich Notizen. »Haben Sie gestern Abend zufällig beobachtet, dass die Riewerts Besuch bekamen?«

»Nein. Ich spioniere doch nicht meinen Nachbarn hinterher.«

»War auch nicht so gemeint. Wie ging es weiter?«

»Ich habe wieder auf meine Backsendung umgeschaltet. Und dann war da wie gesagt dieser Knall.«

»Das Geräusch kam definitiv nicht aus dem Fernseher?«

»Herr Kommissar, ich bitte Sie. Beim Backen wird doch nicht geschossen.«

»Dann war es also ein Schuss, den Sie hörten?«

»Natürlich. Ich meine, das haben wir doch wohl beide gestern Abend gesehen … das Loch, das der arme Laas in der Brust hatte. Der Knall konnte ja nur von einem Schuss stammen.«

»Lassen Sie sich davon bitte nicht täuschen. Denken Sie an gestern zurück, wie Sie hier vor dem Fernseher saßen und noch nichts wussten. Was dachten Sie, als Sie den Knall hörten?«

»Ich dachte zuerst an … einen lauten Silvesterknaller … aber ein wenig gedämpft.«

»Wie spät war es da?«

»Da habe ich zufällig wirklich auf die Uhr gesehen. Es war Viertel vor elf.«

»Also zweiundzwanzig Uhr fünfundvierzig …«

»Ich habe ungefähr zur selben Zeit …«, schaltete sich Holger Dehnen ein, doch John unterbrach ihn.

»Einer nach dem anderen. Sie sind gleich dran.« Er richtete sich wieder an Erna Wiebe: »Als Sie diesen Knall hörten, sind Sie aber nicht sofort rüber, oder? Ich meine, es war später, nach elf, als ich Sie im Wohnzimmer mit Cornelis Mohr antraf.«

»Richtig.« Erna Wiebe nickte. »Aber etwas kam mir seltsam vor, da die Riewerts sonst sehr ruhige Nachbarn sind. Ich hörte nämlich lautes Rumpeln von drüben. Irgendetwas zerbrach, Glas klirrte.«

Das konnte der Glastisch im Wohnzimmer der Riewerts' gewesen sein, in den Mette mit dem Kopf stürzte, überlegte John.

»Und bevor Sie fragen …« Erna Wiebe nahm das Handy, das auf dem Gartentisch lag, und aktivierte den Bildschirm. Sie tippte ein paarmal darauf, dann hielt sie es John hin. »Bitte sehr. Ich schrieb gerade mit meinem Enkelsohn, als es nebenan zur Sache ging.«

John nahm das Handy entgegen. Darauf war ein Chatverlauf bei WhatsApp zu sehen. Die Unterhaltung hatte gegen zweiundzwanzig Uhr fünfundfünfzig stattgefunden.

Er gab ihr das Gerät zurück. »Was taten Sie dann?«

»Das wissen Sie doch …«

»Bitte. Ich möchte nicht raten, sondern es von Ihnen hören.«

»Das Ganze war mir nicht geheuer. Ich holte das Gewehr meines Mannes, Gott hab ihn selig. Es liegt immer unter meinem Bett. Damit bin ich dann rüber. Die Haustür war nicht verschlossen, und im Wohnzimmer stieß ich auf diesen Mann, der neben den Leichen stand.«

»Der Rest ist mir bekannt.« Er wollte der alten Dame ersparen, sich noch einmal an die unappetitlichen Details zu erinnern.

»Frau Wiebe, sollten Ihnen die Erlebnisse des gestrigen Abends nachgehen und Probleme bereiten, kann ich Ihnen Hilfe von unserer Seite anbieten. Es gibt ausgezeichnete Psychologen bei der Polizei, die für solche Situationen geschult sind.«

Die alte Dame lächelte. »Das ist nett. Wenn mich das noch lange umtreibt, versuche ich es erst mal mit einer Flasche Korn, und wenn das nicht hilft, komme ich gerne auf Ihr Angebot zurück.«

John wandte sich Holger Dehnen zu, der an seiner Tasse Tee nippte. »Nun zu Ihnen. Sie meinten vorhin, Sie hätten gestern Abend ebenfalls etwas beobachtet.«

»So ist es.« Dehnen stellte die Tasse auf dem Tisch ab und rückte sein pinkfarbenes Polohemd zurecht. Auf John wirkte er wie jemand, der sich freute, dass er etwas Aufregendes mitzuteilen hatte. Er hatte den Mann bislang allenfalls im Vorübergehen gegrüßt und wusste nichts über ihn.

»Sie leben allein?«, fragte er.

Dehnen nickte. »Ja. Ich habe das Haus von meinen Eltern geerbt und wohne jetzt seit fünf Jahren darin.«

»Besonders oft ist er allerdings nicht zu Hause«, bemerkte Erna Wiebe.

John lehnte sich zu der alten Dame hinüber. »Wissen Sie, was? Ich glaube, ich komme auf Ihr Angebot zurück und nehme auch eine Tasse von Ihrem köstlichen Tee.«

»Aber gerne.« Erna Wiebe erhob sich und ging über den Rasen ins Haus hinein.

»Sie sind also nicht oft zu Hause«, wandte John sich wieder Dehnen zu.

»Ich bin Handelsvertreter. Da ist man viel unterwegs.«

»In welcher Branche sind Sie tätig?«

»Für ein Unternehmen in der Backzutaten Branche. Wir beraten Bäcker, Konditoren, Gastronomen und Eisdielen und versorgen sie mit unseren Produkten. Einer meiner Kollegen ist in Rente gegangen, ein anderer krankheitsbedingt ausgefallen, und der Nachwuchsmangel trifft auch uns. Ich betreue derzeit drei Gebiete, Dithmarschen, Nordfriesland und Schleswig-Flensburg.«

»Dann haben Sie ganz schön was um die Ohren.«

»Kann man wohl sagen.«

»Andererseits kein Wunder, dass Sie sich mit Frau Wiebe so gut verstehen, wenn Sie aus der Backbranche kommen.«

Dehnen lächelte. »Ich versorge Sie nur mit den besten Zutaten. Außerdem habe ich eine Bäckerlehre gemacht … Erna ist ganz wild auf meine Rezepte.«

»Nun zum gestrigen Abend. Sie haben von dem ganzen Lärm bei den Riewerts nichts mitbekommen?«

Dehnen wirkte für einen Moment verunsichert. »Nein … ich … habe geschlafen?«

»Sie haben geschlafen?« John blickte dann auf seine Notizen. »Das Ganze hat sich ungefähr zwischen halb elf und elf abgespielt.«

»Ich bin gestern von einer längeren Tagung zurückgekommen. Außendiensttagung in der Zentrale. Ich war ziemlich platt.«

»Wann waren Sie denn wieder zu Hause?«

»Gegen achtzehn Uhr. Ich hab mich erst mal auf die Couch gelegt und bin eingenickt.«

»Und Sie sind nicht mal von dem Knall wach geworden, den Frau Wiebe hörte? Ich meine, wir können uns wohl ziemlich sicher sein, dass es sich dabei um den tödlichen Schuss auf Laas Riewerts handelte.«

Es waren alte Reihenhäuser, in denen Erna Wiebe, die Riewerts und Holger Dehnen wohnten. John erschien es wenig wahrscheinlich, dass Dehnen ein derart lautes Geräusch nicht gehört haben sollte, schließlich hatte auf der Tatwaffe kein Schalldämpfer gesteckt.

»Nein, zumindest nicht bewusst. Möglich, dass ich davon aufgewacht bin. Ich habe den Fernseher eingeschaltet, mir ein Bier aus dem Kühlschrank geholt und bin raus auf die Terrasse, um eine zu rauchen, und da … ja, da habe ich ihn dann gesehen.«

»Sie haben wen gesehen?«

»Den Mauerkletterer. Zwischen dem Garten der Riewerts' und meinem steht eine Mauer …« Dehnen deutete in Richtung seines Hauses.

Johns Blick folgte dem Fingerzeig. In Erna Wiebes Garten gab es zu den Riewerts hin lediglich eine hüfthohe Hecke. Selbst im Sitzen konnte er über sie hinweg auf den Garten der Riewerts' sehen, wo auf der anderen Seite eine mannshohe Mauer aufragte.

»Meine Eltern haben sie vor langer Zeit gebaut«, erklärte Dehnen. »Sie verstanden sich nicht gut mit den Leuten, die vor den Riewerts nebenan wohnten.«

»Waren das ebenfalls Mitglieder der Freikirche?«

»Anfangs nicht. Erst als sie aus der evangelischen Kirche ausgetreten sind. Sie haben ihr Haus an die Freikirche überschrieben. Na ja … jedenfalls waren Laas und Mette unter dem Strich sehr nette Menschen …«

Er brach ab, biss sich auf die Lippe und machte ein betroffenes Gesicht.

»Zurück zu dem Mauerkletterer. Was haben Sie beobachtet?«

»Wie gesagt, ich stand mit einer Zigarette auf der Terrasse. Da sah ich, wie ein Mann versuchte, über die Mauer zu meinem Grundstück zu klettern.«

»Haben Sie sein Gesicht erkennt?«

»Nein. Es war dunkel, und weder bei mir noch bei den Riewerts brannte hintenraus Licht. Der Kerl brach den Versuch dann auch schnell ab.«

»Eine Ahnung, um wie viel Uhr das war?«

»Als ich den Fernseher einschaltete, liefen gerade die Tagesthemen.«

John notierte sich die Angaben. Es war erstaunlich, wie sehr das Leben vieler Menschen trotz des Streamingbooms immer noch vom guten alten Fernsehprogramm getaktet war.

»Und das kam Ihnen noch immer nicht seltsam vor?«, fragte er. »Da versucht jemand, über die Mauer zu Ihrem Grundstück zu klettern ... Ich meine, da geht man doch vielleicht mal rüber zu seinen Nachbarn, wenn man nicht lieber gleich die Polizei ruft.«

Holger Dehnen errötete. »Ja, da haben Sie wohl recht. Es war nur so, dass ich ziemlich erschöpft war. Und ich wollte keine Scherereien ...«

John kannte diesen Typ Mensch. Er wollte in keine Unannehmlichkeiten verwickelt werden, alles sollte seinen gewohnten Gang gehen. Dahinter steckte meist keine böse Absicht, sondern vielmehr die Furcht vor der Schlechtheit der Welt dort draußen, die in die eigenen vier Wände eindringen und den Frieden stören könnte.

Dennoch erschien ihm Dehnen angesichts dessen, was sich vergangene Nacht abgespielt und was er beobachtet hatte, ziemlich unbekümmert.

»Vielen Dank«, sagte John. »Es wäre gut, wenn Sie morgen oder übermorgen auf die Wache kommen und das noch einmal offiziell zu Protokoll geben könnten.«

Er erhob sich, als Dehnen meinte: »Da war noch etwas.«

»Ich höre.«

»Ich bin wieder rein, hab die Nachrichten geguckt. Als die zu Ende waren, bin ich hoch, um mich für die Nacht fertig zu machen. Ich öffnete das Fenster im Schlafzimmer, um frische Luft reinzulassen. Und da ... da hörte ich ein Klatschen.«

»So als ob jemand in die Hände klatscht?«

»Nein, ich meine, es klatschte, als wäre jemand ins Wasser gefallen.«

John musste unwillkürlich an den Ruderer denken, den er gestern Abend auf der Gracht beobachtet hatte. Der Kerl hatte sich ziemlich unbeholfen angestellt. Ein Wunder, dass er nicht gleich im Wasser gelandet war.

»Haben Sie etwas gesehen?«

»Nein. Keine Ahnung, was da los war.«

Der Ruderer konnte es wohl nicht gewesen sein. Wie John sich entsann, hatte er an einem Steg festgemacht.

»Waren Sie eigentlich den ganzen Abend allein, Herr Dehnen?«

»Ich … ja, natürlich. Warum fragen Sie?«

»Nur so. Wir sehen uns dann auf der Wache.«

John ging nach draußen. Die Kriminaltechniker packten gerade ihre Ausrüstung zusammen und verluden sie in die Einsatzwagen. Er sah, wie sich Tommy mit Claudia Matthis unterhielt. John hätte allzu gerne ein Wort mit seinem alten Freund gewechselt, doch er wollte etwas überprüfen.

Er bückte sich unter dem Absperrband hindurch, wobei er einen kurzen Blick in die Gasse warf, in der er am Abend zuvor den Mann mit dem Buckel ertappt hatte. Dann lief er die Straße entlang bis zum Ende, überquerte die Brücke und folgte in umgekehrter Richtung dem Weg, den er gestern gegangen war.

Er hatte Lilly versprochen, sich aus den Ermittlungen herauszuhalten. Ein wirklich unangenehmer Moment. Er hatte Lilly angesehen, dass sie genauso empfunden hatte. Aber so war es nun mal. John beabsichtigte, sein Versprechen zu halten, schließlich wollte er ihr keine unnötigen Scherereien machen.

Dennoch stimmte hier etwas nicht.

Die Auseinandersetzung und der Knall, den Erna Wiebe gehört hatte. Der Mauerkletterer. Das Klatschen, als wäre jemand in die Gracht gefallen.

Was John zu denken gab, war, dass diese Angaben nicht mit dem Tathergang korrespondierten, wie er sich dem ersten Anschein nach darstellte. Bislang ergab sich das Bild eines Mörders, der zwei Menschen nacheinander kaltblütig getötet hatte und dann auf frischer Tat ertappt worden war.

Doch das passte nicht zu den Angaben von Erna Wiebe und Holger Dehnen. Die Zeitabstände waren zu groß.

Das Drama bei den Riewerts hatte sich über die Dauer von gut einer halben Stunde entfaltet.

Die ersten lauten Stimmen, der Knall, dann eine handfeste Auseinandersetzung und zerspringendes Glas.

John erinnerte sich an den Blick von Cornelis Mohr, wie er über den Leichen von Mette und Laas Riewerts gestanden hatte. Purer Schock und Panik hatten darin gelegen. Das war nicht der Blick eines Mannes gewesen, der mit zeitlichem Abstand zwei Morde begangen hatte.

Dann war da ein auffallend unbekümmerter Holger Dehnen. Warum hatte er nicht wie Erna Wiebe bei den Nachbarn nachgesehen oder die Polizei verständigt?

Wer war der Mauerkletterer?

John blieb an der Stelle stehen, wo er gestern Abend den Falschparker gesehen hatte. Den Mann im SUV, der den Blick auf die Gracht gerichtet hatte.

Gegenüber lag das Haus der Riewerts', daneben das von Holger Dehnen und auf der anderen Seite das von Erna Wiebe.

Hatte der SUV-Fahrer das Haus der Riewerts' beobachtet? So wie der Mann mit dem Buckel in der Gasse?

John spürte, wie in seiner Magengegend ein altbekanntes Feuer zu brennen begann. Laas und Mette Riewerts waren ermordet worden, und eine Menge Leute hatten sich zu dieser Zeit in der Nähe ihres Hauses herumgetrieben. Wie passte das alles zusammen?

John trat auf den Grünstreifen und ging ein paar Schritte auf das Wasser zu.

Möglich, dass er sich täuschte. Wenn es dunkel wurde, spielten einem die Augen Streiche, und Erinnerungen waren nicht immer so präzise, wie man sich das wünschte.

Vor seinem inneren Auge lief noch einmal der Moment ab, als

er den Ruderer am gegenüberliegenden Ufer sein Boot festmachen sah.

Er mochte sich wirklich täuschen.

Dennoch hatte er den sicheren Verdacht, dass der Mann den Steg von Holger Dehnen angesteuert hatte.

10 Lilly

Als sie das Ortsschild von Friedrichstadt passierten, kam ihnen auf der Gegenfahrbahn ein Einsatzwagen der Kriminaltechnik entgegen. Ein Teil des Teams hatte seine Arbeit beendet, der Rest war vermutlich noch vor Ort. Lilly bog von der Hauptstraße ab und lenkte den Wagen entlang einer Gracht ins Ortszentrum. Neben ihr auf dem Beifahrersitz wählte Sanna Harmstorf auf dem Handy eine Nummer, ließ einige Male durchklingeln und legte dann wieder auf. Auf ihrem Gesicht zeigten sich Sorgenfalten.

»Ein Problem?«, fragte Lilly.

»Nein, kein Problem.« Die Staatsanwältin wandte den Blick zum Seitenfenster hinaus. »Was denken Sie wirklich über Cornelis Mohr?«

»Das habe ich doch schon gesagt.« Sie hatten sich auf der Fahrt bereits über die Vernehmung ausgetauscht. »Er könnte ein finanzielles Motiv für die Tat gehabt haben, und John hat ihn am Tatort erwischt …«

»Ich weiß. Mich interessiert mehr Ihre Intuition. Was sagt Ihr Bauchgefühl?«

Lilly überlegte einen Moment, antwortete dann aber ehrlich: »Er schien aufrichtig von seiner Unschuld überzeugt.«

»Den Eindruck hatte ich auch. Das mag jedoch gut gespielt gewesen sein. Trotzdem sollten wir davon ausgehen, dass es eventuell noch andere Tatbeteiligte gibt.« Die Staatsanwältin sah Lilly von der Seite an. »Sagen Sie, darf ich Sie etwas fragen?«

»Sicher …« Lilly verstand nicht, worauf sie hinauswollte.

»Sie wissen um meine Vergangenheit, und auch der Name Mario Russo sagt Ihnen etwas.« Es war mehr eine Feststellung als eine Frage.

»Ja«, antwortete Lilly dennoch. Sie hatte die Staatsanwältin mit ihrem Wissen unter Druck gesetzt, damit sie John gegenüber Milde walten ließ.

»Haben Sie mit jemandem darüber geredet?«

»Nein. Das hatte ich Ihnen versprochen, und dazu stehe ich.«

»Und da sind Sie ganz sicher?«

»Absolut. Warum fragen Sie?«

»Wollte nur sichergehen.« Sanna Harmstorf wandte den Blick wieder zum Beifahrerfenster hinaus und schien ihren Gedanken nachzuhängen.

Was sollte das?, dachte Lilly. Sie hatte die Sache als abgeschlossen betrachtet. Doch dem schien nicht so zu sein, nicht nur für die Staatsanwältin.

Lilly musste an John denken und seinen Gesichtsausdruck, als sie ihm erklärt hatte, dass er nichts mit dieser Ermittlung zu schaffen hätte.

Sie hatte alles getan, um ihm einen Ausweg zu bahnen. Das hatte auch funktioniert. Doch er machte keinen glücklichen Eindruck. Sie kannte noch den John von früher, der seinen Beruf liebte und darin aufging. Der John hier in Friedrichstadt war ein anderer geworden. Er wirkte wie ein Feuer, das jemand ausgetreten hatte. Graue verkohlte Asche an der Oberfläche, doch irgendwo darunter glomm noch ein Funke. Und das zehrte an ihm. Lilly hatte es in seinen Augen gesehen.

Das machte alles noch schwieriger.

Sie war so oft kurz davor gewesen, einfach ins Auto zu steigen und nach Friedrichstadt zu fahren. Sie wollte es ihm nicht länger verschweigen, ihm nicht vorenthalten. Frouke war seine Tochter, sein Kind.

John sollte es endlich wissen, das hatte auch Juri sie einige Male gemahnt.

Warum gab sie John keine Chance?

Aus einem guten Grund. John hatte sie mit einer anderen betrogen, und zwar nicht irgendeiner anderen, sondern mit einer Mörderin, die er obendrein geschützt hatte, indem er die Ermittlungen manipulierte.

Dafür hatte er seine Strafe verdient.

Lilly stoppte den Wagen vor dem Absperrband, das noch immer vor dem Haus der Riewerts' quer über der Straße flatterte. Am gegenüberliegenden Ende war John gerade damit beschäftigt, das Band einzuwickeln.

Als sie ausstiegen, kam Tommy aus dem Haus der Riewerts'.

»Wie ist es gelaufen?«, fragte er.

»Kommt drauf an«, sagte Lilly. »Mohr war zwar gesprächig, behauptet aber, er sei unschuldig.«

»Tja, das könnte der Wahrheit entsprechen«, meinte Tommy.

»Was soll das bedeuten? Hat die KT neue Hinweise gefunden?« Lilly deutete mit einem Nicken auf das Haus.

»Am besten seht ihr euch das selbst an.«

Sie zogen Überzieher über ihre Schuhe und Einmalhandschuhe an, um den Tatort nicht zu verunreinigen. Dann ging Tommy voraus durch die Eingangstür.

Während die Staatsanwältin ihm folgte, sah Lilly noch einmal kurz zu John hinüber, und ihre Blicke trafen sich. Sie wollte wissen, ob er schon mit den Nachbarn gesprochen hatte, und bedeutete ihm, zu ihr herüberzukommen. John machte sich auf den Weg, da trat eine Frau aus einem der Nachbarhäuser und hielt auf ihn zu. Er gab Lilly mit einem Wink zu verstehen, dass er gleich nachkommen würde.

Lilly ging ins Haus und Tommy und der Staatsanwältin hinterher durch das Wohnzimmer und die Küche hinaus in den Garten.

»Übrigens«, meinte Tommy, »ich habe ein paar Hotels abgeklappert. Das Klein Amsterdam hat noch drei Zimmer frei.«

»Gut«, sagte die Staatsanwältin und blickte Lilly fragend an. »Für Sie auch okay?«

Lilly hatte zwar den Notfallkoffer mit Wechselsachen eingepackt, der immer im Büro bereitstand, falls eine Ermittlung eine Übernachtung erforderte. Dennoch hatte sie sich ihren ersten Arbeitstag anders vorgestellt. Wie mochte es Frouke gehen? Sie hatte nun ein Jahr lang fast jede Minute mit ihrem Kind verbracht. Die Kleine nicht ständig um sich zu haben fühlte sich an, als fehlte ein Teil von ihr selbst. Und ob Juri mit den Kindern klarkam? Sie wollte ihn ungern gleich am ersten Abend allein lassen. Natürlich konnte sie auch pendeln, nach Flensburg war es nur eine gute Stunde. Andererseits, würde sie damit nicht Gödeckes Vorurteil bestätigen, dass sie sich als Mutter nicht mehr voll reinhängte?

»Ich muss zu Hause Bescheid geben«, sagte sie zögerlich, »aber ich schätze, das ist okay.«

»Dann buchen Sie die drei Zimmer«, wies Sanna Harmstorf Tommy an.

»In Ordnung.« Tommy nickte und zeigte dann auf das Blumenbeet neben der Mauer zum Nachbargarten. »Seht euch das da mal an.«

Lilly ging von der mit Steinen gefliesten Terrasse über den Rasen zu der Stelle hinüber. Ein schmales Blumenbeet erstreckte sich an der Mauer entlang bis ans Ufer der Gracht.

Einer der Kriminaltechniker, der Schutzkleidung trug, schien die Mauer gerade nach Spuren zu untersuchen. Er trat einen Schritt zur Seite und machte Lilly Platz.

Sie kniete sich hin. Was die Spurensicherung dort zwischen den teils zertrampelten Stiefmütterchen entdeckt hatte, war selbsterklärend. Mehrere tiefe Schuhabdrücke.

Lilly blickte zu Tommy auf.

»Sie haben Abdrücke genommen«, erklärte er. Sie würden also

bald wissen, um welche Schuhgröße es sich handelte, und damit auch, ob die Schuhe eher einer Frau oder einem Mann gehörten.

Eines war nun schon sicher. Es waren wohl nicht Mette und Laas Riewerts gewesen, die diese Schuhabdrücke hinterlassen hatten.

Natürlich waren in einem Garten Fußspuren nichts Ungewöhnliches. Doch dessen gepflegtem Zustand nach zu urteilen, hatte seinen Besitzern sehr viel an ihm gelegen. Und solche Leute trampelten üblicherweise nicht blindlings in ihren Blumenbeeten herum.

Auffallend waren auch die Spuren an der Mauer. Mehrere Striemen aus Dreck zogen sich daran entlang, ganz so, als hätte jemand versucht, dort hochzuklettern.

Als sie aufstand, sah Lilly, wie John im Rücken von Tommy und Sanna Harmstorf auf die Terrasse trat. Er wischte sich den Schweiß von der Stirn. Es war noch immer ein ungewohnter Anblick, ihn in Uniform zu sehen.

»Wir müssen reden«, meinte er, »hier passt so manches nicht zusammen.«

»Ja«, bestätigte Lilly, »den Eindruck habe ich auch …«

»Ich nehme an, Sie haben die Nachbarn befragt?« Die Staatsanwältin blickte ihn mit hochgezogenen Brauen an.

John nickte und erzählte, was er in Erfahrung gebracht hatte. Die Auseinandersetzung und der Schuss, die Erna Wiebe zu Ohren gekommen waren. Der Mauerkletterer, den Holger Dehnen gesehen hatte.

»Letzteres können wir bestätigen«, meinte Lilly und deutete auf das Blumenbeet. »Der Mann hat keine Gespenster gesehen, hier hat tatsächlich jemand versucht, über die Mauer zu klettern.«

»Aber er hat es laut Holger Dehnen nicht geschafft«, sagte John. »Fragt sich, wo der Mann dann hin ist?«

»Du meintest doch, Dehnen hätte gehört, wie jemand ins Wasser sprang.«

»Er hörte lediglich ein Klatschen. Könnte alles Mögliche gewesen sein. Außerdem hörte er das Geräusch eine Weile nachdem er den Mauerkletterer gesehen hatte.«

Lilly sah sich um. Außer dem Sprung über die Mauer gab es nur drei weitere Wege: den zum Nachbargrundstück, wo lediglich eine niedrige Hecke stand, den durchs Wasser auf die andere Seite der Gracht oder zurück ins Haus.

»Was hat Cornelis Mohr gesagt?«, erkundigte sich Tommy. »War außer ihm noch jemand im Haus?«

»Nein, angeblich nicht«, berichtete Lilly.

»Falls doch, könnte der- oder diejenige die Tat beobachtet haben.« Tommy blickte in die Runde.

»Möglich ...« Lilly blickte zur Küchentür, die zur Terrasse hinausging. Sie lag direkt neben der Mauer. Durchaus nachvollziehbar, dass jemand, der in Panik aus dem Haus gerannt kam, zunächst dort sein Glück versuchte, bevor er eines anderen, einfacheren Fluchtwegs gewahr wurde.

Dass es sich bei dem Mauerkletterer um Cornelis Mohr selbst gehandelt hatte, konnten sie wohl ausschließen. Es machte keinen Sinn, die Flucht über die Mauer zu versuchen, dann aufzugeben und nach drinnen zurückzukehren. Außerdem hätten sie mit Sicherheit Schuhabdrücke im Wohnzimmer und Schmutz unter seinen Sohlen entdeckt.

»Das könnte allerdings auch die Behauptung von Cornelis Mohr unterstützen«, meinte die Staatsanwältin nachdenklich. »Vielleicht hat er den wahren Täter in die Flucht geschlagen.«

»Das würde jedenfalls besser zu den Beobachtungen der Nachbarn passen«, schaltete sich John ein. »Der Streit. Der Schuss. Die lautstarke Auseinandersetzung. Der Mauerkletterer ... das alles geschah mit zeitlichem Abstand.«

»Was ist mit der Frau?«, meinte Lilly. »Cornelis Mohr sagte, dass Mette gestern bei einem Spieleabend in der Freikirche war.«

»Dann war sie gar nicht zu Hause, als Laas Riewerts seinen

Mörder hereinließ«, spann John den Faden weiter. »Laas stritt mit seinem Mörder. Erna Wiebe hörte das, dachte sich aber noch nichts dabei. Dann der Knall, der Täter erschoss Laas. Wenig später folgte eine weitere Auseinandersetzung mit berstendem Glas. Vermutlich der Wohnzimmertisch. Mette Riewerts war nach Hause gekommen und hatte den Täter überrascht.«

»Guter Gedanke. Das würde auch erklären, weshalb Laas erschossen und seine Frau erwürgt wurde«, sagte Lilly. »Der Mörder hatte die Waffe abgelegt und nicht in Griffweite, als Mette hereinkam.«

»Möglicherweise wollte sie fliehen. Er brachte sie zu Fall, sie stürzte in den Glastisch und verlor das Bewusstsein. Dann hat er sie erwürgt.«

»Und dann kommst du und ertappst Cornelis Mohr praktisch auf frischer Tat.«

»Wenn er es denn war«, meinte John. »Es ist genauso gut möglich, dass Mohr den wahren Täter vertrieb und einfach Pech hatte, dass ich just in dem Moment auftauchte, als er die Leichen fand.«

Lilly bemerkte, wie sich ein flüchtiges Lächeln auf Johns Lippen schlich, und sie konnte nicht anders, als es zu erwidern. Sie war noch da, die Chemie zwischen ihnen. Dieses instinktive Verstehen und das Gedankentennis, das sie bei so vielen Ermittlungen gespielt hatten.

»Bravo.« Sanna Harmstorf schenkte John einen warnenden Blick. »Das Aufstellen von Theorien überlassen Sie aber von nun an bitte uns. Wie die Kollegin Velasco Ihnen schon gesagt hat …«

John hob beschwichtigend die Hände. »Keine Sorge. Ich halte mich zurück. Aber es spricht wohl nichts dagegen, Informationen auszutauschen.«

»Die notwendigen. Wir werden Sie nicht in diese Ermittlungen einbinden.«

»Es dürfte Sie interessieren, dass das noch nicht alles war, was darauf hindeutet, dass dieser Fall vielleicht doch etwas vertrackter ist, als es den Anschein hat.« John verzog den Mundwinkel. »Als ich gestern einen Abendspaziergang machte, überraschte ich jemanden in der Gasse direkt gegenüber dem Haus hier. Es war ein Mann. Er schien die Riewerts zu beobachten.«

»Da bist du dir sicher?«, fragte Lilly.

»Ziemlich.«

»Kennen Sie den Mann?«, wollte die Staatsanwältin wissen.

»Nein, und ich konnte seine Personalien nicht feststellen, weil er das Weite suchte. Aber ...« John deutete mit dem Daumen in Richtung der Straße. »Eine aufmerksame Nachbarin hat mich eben angesprochen. Der Mann hat einen Buckel und ist damit recht einprägsam. Wie es scheint, ist er gestern noch einmal zurückgekommen. Die Frau sah ihn wieder in der Gasse herumlungern.«

»Kennt sie ihn?«

»Nicht mit Namen. Aber sie sagt, dass sie den Kerl schon öfter dort beobachtet hat.«

Das konnte alles und nichts bedeuten, dachte Lilly. Vielleicht war der Kerl ein Spanner. Vielleicht hatte er etwas mit dem Mord zu tun. Vielleicht war es aber auch purer Zufall.

»Das war es?«, fragte die Staatsanwältin.

»Ja, das war alles.« John presste die Lippen aufeinander.

Das war nicht alles. Lilly konnte es seinem Gesicht ansehen, wollte aber nicht nachbohren.

»Halten wir uns erst mal an die Fakten«, meinte sie. »Wir müssen überprüfen, ob Mette Mohr tatsächlich bei diesem Spieleabend in der Freikirche war und wann sie ihn verlassen hat. Außerdem meinte Cornelis Mohr, dass seine Frau Jolanda und ihre Schwester Mette einen Streit in aller Öffentlichkeit auf dem Markt hatten. Vielleicht gibt es Zeugen.«

»Ich könnte mich umhören«, bot John an.

Lilly warf der Staatsanwältin einen fragenden Blick zu, woraufhin diese antwortete: »Solange Sie es beim Umhören belassen, spricht wohl nichts dagegen. Sie kennen die Leute hier besser als wir.«

»Ich werde Kontakt mit dieser Freikirche aufnehmen«, sagte Lilly. »Wie heißt sie noch gleich?«

»Die Kirche des wahren Glaubens«, antwortete John.

»Weißt du etwas über sie?«

»Nicht viel. Ich habe mich einmal mit Laas Riewerts unterhalten …«

»Wie gut kannten Sie den Mann eigentlich?«, wollte die Staatsanwältin wissen.

»Oberflächlich. Er war quasi mein Vermieter.«

»Dein Vermieter?« Tommy machte große Augen. »Wow, Johnny. Das ist ja der Traum von jedermann – den eigenen Vermieter tot auf dem Teppich finden!«

»Tommy!« Lilly warf ihm einen mahnenden Blick zu. Manchmal gingen wirklich die Pferde mit ihm durch.

»Er war nicht direkt mein Vermieter«, erklärte John. »Das Haus gehört der Freikirche. Laas Riewerts kümmerte sich um den Papierkram, die Handwerker und solche Dinge. Ich glaube, er war früher so eine Art Finanzvorstand der Freikirche.«

»Was hat Laas dir über die Freikirche erzählt?«, wollte Lilly wissen.

»Der Kirche des wahren Glaubens gehört ein alter Gutshof vor den Toren der Stadt, der Friedenshof. Er liegt direkt an der Treene. Ich glaube, die Freikirche ist seit 2006 hier ansässig …« John überlegte einen Moment. »Wenn ich mich recht entsinne, wurde sie von einem Haaie Boysen gegründet. Jedenfalls gilt die Bibel dort Wort für Wort. Danach richten sich das Gemeindeleben und die Weltanschauung der Gläubigen.«

»Klingt ja wie im Mittelalter«, stellte Tommy fest.

»Das sehen hier viele ähnlich«, bestätigte John, »und sind nicht gut auf die Freikirche zu sprechen.«

Lilly dachte über die nächsten Schritte nach. »Jolanda Mohr hat ihre Schwester und ihren Schwager verloren, und ihr Ehemann Cornelis sitzt hinter Gittern und wird des Mordes an den beiden verdächtigt. Wir sollten der Frau unsere Aufwartung machen. Tommy, das übernimmst du, und die Frau Staatsanwältin möchte dich vielleicht begleiten.« Sie warf Sanna Harmstorf einen auffordernden Blick zu. »In der Zwischenzeit fahre ich zum Friedenshof. John, du bist mein Türöffner.«

»So gut kenne ich die Leute da auch wieder nicht«, wandte er ein.

Lilly entging nicht, wie Sanna Harmstorf ihr einen missbilligenden Blick zuwarf, doch das störte sie nicht. Wenn sie die Ermittlungen leiten sollte, brauchte sie schon ein wenig Freiraum.

Sie folgte den dreien zur Straße hinaus, blieb aber, bevor sie das Haus verließ, noch einmal stehen. Bislang hatte sie sich nur im Erdgeschoss umgesehen.

»Ihr könnt euch schon mal auf den Weg machen«, sagte sie zu Tommy und der Staatsanwältin. »John, können wir deinen Streifenwagen nehmen?«

»Ich hole ihn.«

»Gut, ich werfe in der Zwischenzeit noch einen Blick ins Obergeschoss.«

Sie drehte sich um und ging die Treppe hinauf. Neben einem großen Bad gab es dort lediglich zwei weitere Zimmer. Eines davon stand leer, das andere war das Schlafzimmer. Die Einrichtung konnte man als spartanisch betrachten. Ein Ehebett mit Eichenholzrahmen. Ein Kleiderschrank aus demselben Holz. Zwei Nachttische.

Über dem Bett hing mittig ein Kreuz an der Wand.

Der Nachttisch auf der rechten Seite war leer.

Auf dem linken erspähte Lilly eine Marienstatue, einen Rosenkranz mit kleinem Holzkreuz, der an der Nachttischlampe hing, sowie zwei Bücher und eine Flasche Nagellack.

Sie ging zu dem Nachttisch hinüber und nahm die Bücher in die Hand. Bei dem einen handelte es sich um eine Ausgabe der Bibel, die in einem selbst gehäkelten Einband steckte.

Das andere Buch war ein Ratgeber über Schwangerschaft.

11 John

Der Friedenshof lag nur wenige Fahrminuten im Norden von Friedrichstadt. Aus dem Stadtzentrum betrug die Entfernung in direkter Linie etwas mehr als einen Kilometer, eine Strecke, die man gut zu Fuß hätte gehen können, wäre da nicht die Treene gewesen, die es zu überwinden galt. So mussten sie den Ort umrunden – in Johns Gedanken war das kleine Friedrichstadt immer noch ein Ort und keine richtige Stadt. Er steuerte den Streifenwagen den Treenedeich entlang, folgte dann der Straße rechts zwischen den Feldern und bog schließlich auf eine schmale, mit Pappeln bestandene Allee ein, die direkt auf den Hof führte.

»Wie geht es dir, John?«, fragte Lilly vom Beifahrersitz aus.

»Ganz gut. Der Arzt meint, er gibt mir noch ein paar Jahre.«

»Nimm mich nicht auf den Arm.« Sie grinste. »Ich meinte, wie hast du dich hier eingefunden, wie kommst du klar?«

»Es geht. Am Anfang war es gewöhnungsbedürftig. Recht betulich hier, was aber auch seine Vorteile hat.«

»Du vermisst es.«

Er warf Lilly einen kurzen Blick zu. Sie kannte ihn einfach zu gut. »Wenn ich ehrlich bin, ja.«

»Kann ich verstehen. Hör zu, es ist nichts Persönliches. Gödecke und Bleicken haben mich explizit angewiesen, dass ich dich ...«

John hob eine Hand. »Schon gut. Du brauchst dich nicht zu

entschuldigen. Mir ist doch klar, wie das läuft, und ich werde dir keine Schwierigkeiten machen.«

Er lenkte den Streifenwagen auf das mit Kies aufgestreute Rondell vor dem Friedenshof.

Ursprünglich musste das Anwesen ein einfacher Bauernhof gewesen sein. In seiner Mitte befand sich ein lang gezogenes Haupthaus aus roten Backsteinen und weißem Fachwerk mit hochgezogenem Reetdach. Links und rechts davon standen weitere Häuser in ähnlichem Stil, allerdings deutlich kleiner. Die Gebäude waren mit Kieswegen verbunden – dazwischen gepflegter Rasen und Blumenbeete –, die in der Mitte zu einem Platz mit Bänken und einem Brunnen zusammenliefen. Das gesamte Areal war zur Landseite hin mit einer hohen Hecke umgeben, lediglich ein schmiedeeisernes Flügeltor gewährte einen Blick hinein. Hinter dem Haupthaus glitzerte das Wasser der Treene im Sonnenlicht.

»Sieh dir das an.« Lilly deutete auf das Feld, das sich vor dem Friedenshof auf einer Seite entlang der Pappelallee erstreckte. Männer in weißen Hemden und Strohhüten hackten das Erdreich. Ein Pferdegespann rumpelte über den Acker.

»Weißt du, woran mich das erinnert?«, fragte John. »An diesen Film mit Harrison Ford … wie hieß er noch gleich …«

»Du meinst *Der einzige Zeuge*. Der, wo er sich bei den Amish versteckt.«

»Ja, genau.«

»Glaubst du, es geht hier ähnlich orthodox zu?«

»Die Leute hier halten sich bedeckt.« John deutete auf die Feldarbeiter. »Sie bauen Obst und Gemüse an, das sie auf den Wochenmärkten bei uns und in der Umgebung verkaufen.«

Lilly schmunzelte. »Weißt du, als ich den Film als Kind zum ersten Mal gesehen habe, da hab ich mir gewünscht, auch so zu leben wie die Amish. Es wirkte alles … so einfach.«

»Ja. Man fragt sich mittlerweile ohnehin, ob deren Lebensstil nicht der bessere ist. Würden wir alle so leben … dann wäre zumindest der Planet nicht im Eimer.«

»Bist du jetzt unter die Klimaschützer gegangen?«

»Das Thema ist bei Celine gerade ganz groß. Ich habe sie erst gestern bei einer nicht genehmigten Protestaktion erwischt. Ich verstehe sie ja, aber … das Kind verzweifelt zusehends am Zustand unserer Welt. Sie liest eine Menge darüber und schaut sich im Internet die Videos von Weltuntergangspropheten an. Ich weiß nicht, das macht mir langsam große Sorgen. Es ist, als driftete sie in eine Parallelwelt ab, in der die Apokalypse wirklich kurz bevorsteht.«

»Vielleicht ist das ja auch so.« Lilly sah versonnen zu den Arbeitern auf dem Feld hinaus. »Ehrlich gesagt, habe ich mich auch schon bei dem Gedanken ertappt, ob es wirklich eine gute Idee war, ein Kind in diese Welt zu setzen …«

Sie brach abrupt ab, als hätte sie etwas Falsches gesagt, schüttelte den Kopf, öffnete mit einem Ruck die Beifahrertür und stieg aus.

John blickte ihr kurz nach. Lilly hatte sich verändert in der Zeit, in der sie sich nicht gesehen hatten. Sie schien nicht mehr so unbeschwert wie früher, sondern nachdenklicher, sorgenvoller. Vielleicht war das der Tribut, den das Elternsein einem abverlangte.

Er öffnete die Tür, und ein Schwall heißer Luft überflutete ihn, als er das klimatisierte Auto verließ.

Sie gingen zu dem schmiedeeisernen Tor hinüber und betätigten die Klingel. Während sie warteten, las John den Spruch, der sich in schwungvollen Lettern bogenförmig über die beiden Flügel des Tors spannte.

Seid allzeit fröhlich, betet ohne Unterlass,
seid dankbar in allen Dingen,
denn das ist der Wille Gottes in Christus Jesus für euch.

Er sah aus dem Augenwinkel zu Lilly. »Ein Bibelvers?«

»Sorry.« Sie hob die Schultern. »Da kenne ich mich nicht aus.«

Ein Mann mit dichtem Vollbart und Latzhose über einem Karohemd trat an das Tor. »Moin. Was kann ich für euch tun?«

»Wir kommen wegen Laas und Mette Riewerts. Sie sind Mitglieder in Ihrer Kirche«, sagte Lilly.

»So ist es.«

»Wir haben leider eine traurige Mitteilung. Die beiden wurden gestern Abend tot in ihrem Haus aufgefunden.«

Der Bärtige nickte und wirkte nicht überrascht. »Ja, die schlechte Nachricht hat sich bereits verbreitet. Eine furchtbare Sache.«

»Wir haben einige Fragen und möchten gerne mit dem Vorstand Ihrer Kirche sprechen. Haaie Boysen, wenn ich recht informiert bin.« Lilly zeigte dem Mann ihren Dienstausweis.

Einer der wenigen Vorteile einer Uniform war, dass man sich nicht ausweisen musste, dachte John.

»Einen Moment bitte«, sagte der Mann und öffnete das Tor. »Sie können in der Zwischenzeit hier warten.«

Er führte sie zu dem Platz in der Mitte zwischen den Häusern und bedeutete ihnen, sich auf eine der Bänke zu setzen. Dann ging er zum Haupthaus hinüber und verschwand durch die Tür. Es dauerte einen Moment, bis sie sich wieder öffnete und ein Mann in Jeans und weißem Hemd zu ihnen herüberkam.

John erkannte ihn sofort.

Die schmächtige Gestalt, das zierliche Gesicht mit den geschwungenen Lippen und dünnen Augenbrauen, dazu die kurzen schwarzen Haare mit hohen Geheimratsecken. Es war der Jüngere der beiden Brüder, mit denen er am Mordabend in dem Café der Freikirche gesprochen hatte.

»Sie müssen entschuldigen«, sagte er und reichte Lilly und John die Hand. »Mein Vater ist derzeit sehr krank. Ich vertrete ihn. Abbe Boysen.«

»Wir kommen wegen Laas und Mette Riewerts«, erklärte John.

»Ja, es hat sich schon rumgesprochen. Eine schlimme Sache. Wir sind alle in tiefer Trauer.«

»Mein Beileid. Es gibt einige Fragen, die wir ... die die Kollegin von der Kriminalpolizei gerne mit Ihnen klären würde.«

»Wenn ich helfen kann, jederzeit.«

»Laas und Mette Riewerts waren Mitglieder Ihrer Gemeinde«, begann Lilly. »Laas war Ihr ... Finanzvorstand, wenn man das so sagen kann?«

Abbe Boysen zögerte. »Es ist schon eine Weile her, dass Laas diesen Posten bekleidet hat. Diese Aufgabe obliegt inzwischen mir. Laas regelte vor meiner Zeit die Finanzen und kümmerte sich auch um die Vermietung unserer Häuser in der Stadt. Danach arbeitete er woanders.«

»Und mögen Sie uns auch verraten, wo?« Lilly hob die Augenbrauen.

»Beim Bootsverleih in der Stadt. Er erledigte dort die Buchhaltung.«

»Wann hat er gewechselt?«

»Oh, das müsste jetzt ... fast zehn Jahre her sein.«

»Er war aber weiterhin Mitglied Ihrer Kirche?«

»Natürlich.«

»Gab es einen bestimmten Grund für den Wechsel?«

Abbe Boysen schürzte die Lippen. »Daran erinnere ich mich nicht mehr. Da müssten Sie Laas oder meinen Vater fragen.«

Der eine ist tot und der andere praktischerweise gerade krank, dachte John. Und noch etwas anderes ergab keinen Sinn.

»Ich bin Mieter in einem Ihrer Häuser. Wie kommt es, dass Laas weiterhin mein Ansprechpartner war?«

»Nun ... er war Ihr Ansprechpartner, weil ... die Vermietung nach wie vor in seiner Hand lag.«

»Wie viele Häuser gehören Ihrer Kirche?«, erkundigte sich Lilly.

»Zehn.«

»Und die sind alle vermietet?«

»Nein … nur das eine, in dem Sie wohnen.« Abbe Boysen sah John an.«

»Da komme ich nicht ganz mit«, sagte Lilly. »Warum nur dieses eine?«

»Die Häuser in der Stadt sind den verheirateten Paaren in unserer Gemeinde vorbehalten. Aber nicht alle entscheiden sich dafür.« Abbe Boysen deutete auf zwei der niedrigeren Häuser zu ihrer Rechten. »Die alleinstehenden Mitglieder und Paare ohne Kinder leben gemeinsam hier auf dem Friedenshof. Wer heiratet und Nachwuchs bekommt, hat ein Anrecht auf eines der Häuser. Manche entscheiden sich aber auch hierzubleiben. Für das Haus Ihres Kollegen hatte sich niemand gefunden, also vermieten wir es.«

»Wie kommt es, dass Ihre Kirche über so viele Immobilien verfügt?«, fragte Lilly.

»Es gibt bei uns kein Eigentum. Beim Eintritt in unsere Gemeinde übertragen die Mitglieder ihr Hab und Gut unserer Kirche. Alles gehört allen. Die Häuser stammen also aus unseren eigenen Reihen.«

»War das auch bei Mette Riewerts so?«, fragte Lilly. »Ich meine, übergab sie ihr Hab und Gut an die Freikirche?«

»Natürlich. Mette übertrug ihr Eigentum, als sie in unsere Arme kam. Laas natürlich auch, doch das liegt schon lange zurück.«

Lilly rückte auf der Bank ein Stück nach vorn. »Allerdings war Mette durch eine Erbschaft zu neuem Vermögen gekommen. Nach den bestehenden Regeln hätte sie dieses auch an Sie übertragen müssen?«

»Nicht an mich persönlich.« Abbe Boysen hob die Hände. »An unsere Gemeinschaft, ja.«

»Dazu gab es einen Streit mit ihrer Schwester Jolanda und deren Mann.«

Boysen nickte. »Ja. Die Mohrs ... Sie hatten ihre eigenen Ansichten.«

»Welche Rolle spielten Sie dabei?«

»Ich ... verstehe nicht ganz, worauf Sie hinauswollen.«

»Das ist doch recht einfach«, meinte Lilly. »Ihnen muss ja daran gelegen gewesen sein, dass ein Vermögen in Ihre Hände überging ...«

»In die Gemeinschaft. Es wäre die Gemeinschaft, der es zugutekäme. Weder ich noch jemand anderes hegt egoistische Absichten.«

Lilly versuchte es erneut: »Schalteten Sie sich in den Streit ein und sprachen mit den Mohrs?«

»Ähm ... ja, das tat ich. Einmal. Es war ein Versuch, zu schlichten. Ich erklärte Cornelis und Jolanda unsere Regeln und den Sinn dahinter. Aber wie gesagt, die Ansichten gingen da auseinander.«

»Wir suchen nach einer Erklärung für das, was vorgefallen ist«, sagte Lilly. »Hatten Laas und Mette oder einer der beiden mit noch jemandem Streit? Hatten sie Feinde? Vielleicht in Ihrer Gemeinde?«

»Das kann ich mir nicht vorstellen. Wir leben hier ein zurückgezogenes und friedliches Leben ...« Abbe Boysen schüttelte den Kopf. »Nein, davon hätte ich etwas mitbekommen. Außerdem legen wir großen Wert darauf, Differenzen und Missverständnisse unter unseren Schutzbefohlenen umgehend beizulegen, damit erst gar kein böses Blut aufkommt.«

Sie wurden von lautem Kindergeschrei unterbrochen. Aus dem kleinen Haus, das links von ihnen abseits der anderen auf einer grünen Wiese stand, stürmte eine Horde von Kindern. Sie trugen Kladden und Mäppchen bei sich und rannten auf das Haupthaus zu.

»Die Schulzeit ist zu Ende«, erklärte Abbe Boysen, »jetzt gibt es Mittagessen.«

John stutzte. »Sie unterrichten die Kinder hier selbst?«

»Richtig. Wir haben dazu eine Sondergenehmigung, die wir regelmäßig erneuern müssen. Das hat alles seine Richtigkeit.«

»Mette Riewerts hat angeblich gestern Abend an einem Spieleabend hier teilgenommen. Können Sie das bestätigen?«, fragte Lilly.

»In der Tat. Wir treffen uns einmal die Woche zum geselligen Spielen im Haupthaus. Mette war gestern Abend dort, ich bin ihr selbst begegnet.«

»Wissen Sie, wann sie nach Hause gegangen ist?«

»Das kann ich Ihnen nicht sagen. Ich höre mich aber gerne um.«

»Tun Sie das.«

»Sie waren selbst wohl nicht lange bei dem Spieleabend anwesend«, schaltete John sich ein. »Wenn ich mich recht entsinne, war es gestern kurz vor zweiundzwanzig Uhr, als wir uns im Café unterhalten haben.«

John bemerkte, wie Lilly ihn argwöhnisch von der Seite betrachtete.

Boysen zuckte kaum merklich ein Stück zurück. »Ich … ja, ich bin um die Zeit dort gewesen.«

»Wann haben Sie dann Mette getroffen?«

»Vorher. Der Spieleabend begann um zwanzig Uhr. Irgendwann um die Zeit also.«

»Wer war der Mann, mit dem ich Sie im Café gesehen habe?«

»Das war mein Bruder. Keke.«

»Und haben Sie sich schon entschieden, ob Sie eine Anzeige stellen wollen?«

»Eine Anzeige.« Boysen legte die Stirn in Falten. »Weshalb?«

Der Mann hatte entweder ein kurzes Gedächtnis, oder er war gestern Abend mit dem Kopf tatsächlich ganz woanders gewesen. »Wegen der Schmierereien auf dem Schaufenster.«

»Ach ja. Nein … wir … haben sie bereits entfernt. Wir wollen keine weiteren Scherereien.«

John bemerkte aus dem Augenwinkel eine Bewegung.

Neben dem Haupthaus stand eine reetgedeckte Fachwerkkapelle aus rotem Backstein. Die Eingangstür hatte sich geöffnet, und zwei Frauen traten ins Freie.

Die eine trug ein langes weißes Gewand. Das strohblonde Haar fiel ihr offen bis weit über die Schultern.

Engelsgleich, fuhr es John durch den Kopf.

Die Frau an ihrer Seite wirkte etwas jünger. Dennoch war auch ihre Erscheinung mehr als einprägsam. Sie hatte ein blasses Gesicht und weißes Haar. Ein Albino. Selbst aus der Distanz konnte John die Ähnlichkeit erkennen. Sie war Sanna Harmstorf wie aus dem Gesicht geschnitten, und John hatte augenblicklich den Verdacht, sie schon einmal gesehen zu haben.

Er tauschte einen kurzen Blick mit Lilly, auf deren Gesicht sich ebenfalls Verwirrung abzeichnete.

Die beiden Frauen sprachen kurz miteinander, dann ging die Albinofrau hinüber zu einem der kleineren Häuser.

Die Frau mit dem Engelshaar sah zu ihnen herüber und setzte einen mahnenden Blick auf.

Abbe Boysen erhob sich sogleich. »Sie müssen mich jetzt leider entschuldigen. Sollten Sie noch Fragen haben …«

»Rufen wir Sie an. Wie können wir Sie erreichen?«, fragte Lilly.

»Ich bedauere. Wir nutzen hier weder Telefon noch Internet oder andere elektronische Geräte. Ich fürchte, Sie müssten sich erneut hierherbemühen.« Er hob die Hand zum Abschied. »Möge Gott mit Ihnen sein und Sie auf Ihren Wegen begleiten.«

Der Bärtige kam wieder und geleitete sie zum Ausgang.

Als das schmiedeeiserne Tor hinter ihnen zufiel, gingen sie ein paar Schritte, bis sie außer Hörweite waren.

»Mein lieber Scholli«, meinte Lilly. »Ein ganz schön seltsamer Laden. Ist ja wie bei einer Sekte.«

»Ja, das habe ich mir auch gedacht«, bestätigte John.

Lilly blieb neben dem Streifenwagen stehen. »Und nun zu dir, John. Packst du freiwillig aus, oder muss ich dich in die Mangel nehmen?«

»Wie meinst du das?«

»Wir kennen uns lange genug. Die Staatsanwältin kannst du vielleicht für dumm verkaufen. Mich nicht. Ich sehe es deiner Nasenspitze an. Was ist gestern Abend noch alles passiert? Der Mann mit dem Buckel ist nicht die einzige Beobachtung, die du gemacht hast. Was hat es mit dem Treffen im Café auf sich?« Lilly setzte ein verschmitztes Lächeln auf und sah ihn mit ihren bernsteinfarbenen Augen an.

John erzählte ihr von seinem Gespräch mit den Boysens, dem unbeholfenen Ruderer, der mutmaßlich am Steg von Holger Dehnen angelegt hatte, und dem Falschparker, der mit seinem SUV auf der anderen Seite der Gracht gegenüber dem Haus der Riewerts' geparkt hatte.

»Und was schließt du aus alledem?«, fragte Lilly.

»Kann ich dir noch nicht sagen. Ich weiß nur, dass da gestern Abend irgendetwas Seltsames vor sich gegangen ist, das schlussendlich zum Tod von Mette und Laas Riewerts geführt hat. Und mein Bauch sagt mir, dass Cornelis Mohr dabei eher eine Nebenrolle gespielt hat.«

Er hielt mit einem Mal inne.

Während er gesprochen hatte, hatte er den Blick auf den Acker gerichtet, ein Erdbeerfeld, wenn er das richtig erkannte. Die Arbeiter waren nun näher an den Zaun herangerückt. Nicht so weit, dass er Gesichter erkennen konnte, doch das war auch nicht nötig. Es genügte die Körperhaltung eines Mannes.

»Da laust mich doch der Affe«, entfuhr es John. »Das da drüben ist dieser Vogel von gestern Abend. Der Mann mit dem Buckel.«

12 Sanna

Das Haus von Jolanda Mohr, der Frau des Tatverdächtigen, befand sich am Mittelburgwall in direkter Nähe des Museums Alte Münze, einer historischen Münzwerkstatt aus dem siebzehnten Jahrhundert, dessen Exponate sowohl die Geschichte der Münzprägung als auch die von Friedrichstadt erzählten. Sanna betätigte die Türklingel und wartete mit Tommy Fitzen, dass jemand öffnete.

Die Hausfassade schmückten weiße Klinkersteine. In dem großen Fenster, das zur Straße hinausging, waren die Jalousien halb heruntergelassen. Sannas Blick wanderte hoch zum Stufengiebel, unter dem eine Hausmarke angebracht war. Die wappenähnlichen Zeichen gehörten zum Stadtbild, wie ihr schon aufgefallen war. Sie konnte sich aus dem Geschichtsunterricht noch dunkel an deren Zweck erinnern. Die Hausmarken hatten früher zur Orientierung gedient, als es noch keine Hausnummern gegeben hatte. Sie hatten den Beruf oder eine Leidenschaft der jeweiligen Bewohner angezeigt. In diesem Fall bestand die Hausmarke aus einem Kutter, der seine Netze seitlich ausgebracht hatte.

Ein junger Mann mit einem Stethoskop öffnete ihnen die Tür. »Was kann ich für Sie tun?«

Sanna und Tommy zeigten ihm ihre Ausweise.

»Wir möchten mit Frau Mohr sprechen«, erklärte Sanna.

»Ich bin ihr Hausarzt«, sagte der Mann. »Ich habe sie gerade untersucht, Frau Mohr geht es nicht sonderlich gut. Aus bekannten Gründen. Sie braucht Ruhe. Müssen Sie dieses Gespräch jetzt führen?«

»Ich fürchte, ja.«

»Dann fassen Sie sich bitte kurz und vermeiden jede weitere Aufregung.«

»Wir geben unser Bestes«, sagte Tommy und schob sich an dem Mann vorbei durch die Tür.

Sanna folgte ihm.

Jolanda Mohr saß im abgedunkelten Wohnzimmer auf dem Sofa. Vor ihr auf dem Couchtisch lagen ein Blutdruckmessgerät und eine weiße Tablettenschachtel. Auf dem Boden stand ein Arztkoffer.

Die Einrichtung wurde von dunklen Echtholzmöbeln dominiert. Trotz heruntergelassener Jalousie hatte sich das Zimmer aufgewärmt, die Luft roch stickig und verbraucht.

»Staatsanwaltschaft Flensburg«, stellte Sanna sich vor. »Das ist mein Kollege Thomas Fitzen von der Kriminalpolizei. Wir würden uns gerne mit Ihnen unterhalten, Frau Mohr.«

Die Frau nickte dem Hausarzt zu. »Schon gut.«

»Ich komme später noch einmal vorbei, einverstanden? Und wenn Sie mich brauchen, rufen Sie jederzeit an.« Er packte seine Sachen zusammen und verabschiedete sich.

Jolanda Mohr deutete auf die beiden Sessel, die dem Sofa gegenüberstanden. »Bitte, setzen Sie sich.«

Sanna und Tommy nahmen Platz.

»Wir möchten Ihnen unser Beileid ausdrücken«, begann Sanna. »Wir verstehen, dass dies eine außergewöhnliche …«

»Ersparen wir uns doch die Floskeln«, bat Jolanda Mohr. »Kommen wir lieber zur Sache. Ich weiß, dass mein Mann diese Tat nicht begangen hat. Und ich will, dass Sie den wahren Mörder meiner Schwester und meines Schwagers finden!«

Das Haar von Jolanda Mohr, das sie zu einem Pferdeschwanz

gebunden hatte, war bereits vollständig ergraut. Eine Strähne hing ihr ins Gesicht. Ihre Augen waren gerötet und von Schatten untermalt.

Sanna nahm ihr den emotionalen Ausbruch nicht übel. Die Frau hatte immerhin gerade zwei Familienangehörige durch eine Bluttat verloren, und ihr Ehemann galt als mutmaßlicher Mörder.

»Wie kommen Sie zu der Einschätzung, dass Ihr Mann unschuldig ist?«, hakte sie nach.

»Cornelis ist zu so etwas Abscheulichem nicht fähig. Außerdem … warum hätte er Mette und Laas so etwas antun sollen?«

»Das wollen wir herausfinden«, sagte Sanna mit ruhiger Stimme. »Ihr Mann wurde am Tatort festgenommen. Sie sollten wissen, dass wir sowohl belastend als auch entlastend ermitteln. Uns interessiert die Wahrheit. Sollten wir bei unseren Ermittlungen also auf Indizien stoßen, die Ihren Mann von der Schuld freisprechen, werden wir ihn keine Minute länger festhalten.«

»Frau Mohr, wann haben Sie Ihren Mann gestern Abend zum letzten Mal gesehen?«, schaltete sich Tommy Fitzen ein.

»Als er zu Mette und Laas aufbrach.«

»Wann war das?«

»Kurz vor dreiundzwanzig Uhr.«

»Gab es einen Grund, weshalb er noch so spät zu ihnen wollte?«

Jolanda Mohr seufzte und lehnte sich zurück. »Mette und ich … wir hatten einen Streit. Das hat mich sehr aufgeregt …« Sie schloss die Augen und verzog das Gesicht, als sie mit den Tränen rang. »Meine Schwester und ich sind in Wut auseinandergegangen. Als ich sie das letzte Mal lebend gesehen habe, da … da habe ich sie beschimpft.«

»Wollen Sie uns davon erzählen, Frau Mohr?«, bat Sanna.

Sie bekamen dieselbe Geschichte zu hören, die ihnen Cornelis Mohr bereits erzählt hatte. Vom Streit auf dem Markt bis hin zu Mettes geerbtem Vermögen, das sie der Freikirche vermachen wollte.

»Es war immer Segen und Fluch zugleich, dass Mette dieser Freikirche beigetreten ist«, meinte Jolanda Mohr, als sie ihre Erzählung beendete. »Vermutlich hat ihr die Entscheidung das Leben gerettet, aber für mich ... waren das schon immer sehr seltsame Menschen.«

Sanna lehnte sich vor. Sie musste an Jaane denken und stellte die folgende Frage nicht nur aus beruflichem Interesse: »Ich fürchte, Sie müssen uns erklären, wie Sie zu dieser Einschätzung kommen. Und was bedeutet das – die Freikirche habe Ihrer Schwester das Leben gerettet?«

Jolanda Mohr hob die Hände in die Luft. »Wo soll ich anfangen? Das ist eine lange Geschichte.«

»Wir sind geduldige Zuhörer«, versicherte Tommy.

»Wissen Sie, in unserer Familie hat Religion eigentlich nie eine besondere Rolle gespielt. Unsere Eltern waren zwar evangelisch, aber im Alltag ... Die Kirche besuchten wir nur sporadisch an Feiertagen. Wir mussten auch nicht bei Tisch beten oder die Bibel lesen. Unsere Eltern drängten uns zu nichts, wir ließen uns nicht konfirmieren und wählten den Religionsunterricht in der Schule ab, sobald wir konnten. Als Mette und ich erwachsen waren, gingen wir gemeinsam aufs Amt, um den Kirchenaustritt zu beantragen. Glaube war in unserem Leben nicht existent. Ich weiß nicht, wie Sie darüber denken und ob Sie das nachvollziehen können ...«

Sanna schenkte der Frau ein Lächeln. »Das kann ich ganz gut.« Bei Jaane und ihr war es schließlich ganz ähnlich gewesen. Jaane hatten die Superhelden der Marvelcomics immer mehr in den Bann gezogen als die Wundertaten Jesu. Umso verwunderlicher, dass sie sich nun offenbar zu derselben Kirche hingezogen fühlte wie Mette Mohr.

»Jedenfalls entwickelten Mette und ich uns als Erwachsene

ziemlich auseinander. Ich ging in die Immobilienbranche, heiratete Cornelis. Man kann unser Leben wohl als sehr bodenständig, vielleicht etwas langweilig bezeichnen. Mette war anders. Sie wollte immer hoch hinaus, wollte Schauspielerin werden. Sie ging nach der Schule nach Hamburg, versuchte sich am Theater. Tatsächlich verdiente sie sich ihr Geld dann als Kellnerin. Als ihr klar wurde, dass aus dem großen Traum nichts werden würde, geriet sie auf die schiefe Bahn.«

»Sie wurde kriminell?«, fragte Tommy.

»Nein, das meinte ich nicht. Mette begann Drogen zu nehmen. Heroin. Ich stand ihr zur Seite, bezahlte ihr den Entzug. Aber Mette wurde immer wieder rückfällig. Bis sie dann eines Tages in Kontakt mit der Kirche des wahren Glaubens kam. Eine von ihren zugedröhnten Freundinnen war im Internet auf Videos von denen gestoßen. YouTube war damals noch recht neu, und die Freikirche hatte die Plattform als Werbemittel entdeckt, um neue Schäfchen anzulocken. Jedenfalls schloss sich Mette der Freikirche an. Immerhin ließ sie fortan die Finger von den Drogen. Dafür begab sie sich in eine andere, meiner Meinung nach ebenso verhängnisvolle Abhängigkeit.«

»Wann trat Ihre Schwester der Freikirche bei?«, fragte Sanna.

»Das war 2010.«

»Sie lernte Laas Riewerts auf dem Friedenshof kennen?«

»Richtig. Sie brach damals alle Zelte ab und zog dorthin. Laas lebte zu der Zeit schon auf dem Hof. Mette verliebte sich wohl in ihn, allerdings heiratete Laas dann seine erste Frau, Eef.«

»Was ist aus ihr geworden?«, hakte Sanna nach. »In solch orthodoxen Kreisen ist Scheidung vermutlich nicht besonders angesagt …«

»Laas ließ sich nicht scheiden«, Jolanda Mohr machte eine Pause. »Das mit Eef war eine traurige Geschichte. Eef verschwand eines Tages spurlos …«

»Wann war das?«

»2013.«

»Tauchte sie wieder auf?«, fragte Sanna.

»Nein, es ist nie rausgekommen, was mit ihr geschehen war. Es gab damals eine Ermittlung. Die plausibelste Erklärung lautete, dass Eef das Weite gesucht hatte und nichts mehr mit der Freikirche zu tun haben wollte. Laas hat nie darüber gesprochen, aber ich glaube, Eef hat ihn noch immer sehr beschäftigt ... Er gab sich wohl persönlich die Schuld, dass er das nicht hatte kommen sehen.«

»Wann heiratete Ihre Schwester Laas Riewerts?«

»Die beiden kamen beim Bootskorso zusammen, der hier jeden Sommer stattfindet. Eine durchaus romantische Geschichte. Laas arbeitete damals schon für den Bootsverleih. Am späten Abend, als eigentlich schon alles vorüber war, lud er Mette zu einer kleinen privaten Fahrt auf den Grachten ein. Sie verliebten sich und heirateten noch im selben Jahr.«

»Sie sagten eben, Ihre Schwester hätte sich bei der Freikirche in eine verhängnisvolle Abhängigkeit begeben«, fragte Sanna. »Wie meinten Sie das?«

Jolanda Mohr setzte eine ernste Miene auf. »Diese Freikirche ist nichts anderes als ein Personenkult. Sie beten alle dieses Gotteskind an und sind ihr hörig.«

Sanna wechselte einen Blick mit Tommy Fitzen, der ein verdutztes Gesicht machte und fragte: »Das Gotteskind?«

»Ja, so nennen Sie sie. Nele Flohr heißt die Frau eigentlich. Sie ist das spirituelle Oberhaupt der Freikirche. Die Gläubigen nennen sie das Gotteskind, weil sie genau das für sie ist. Eine Abgesandte Gottes, die eine direkte Verbindung zum Allmächtigen hat. Von dessen Willen kündet sie der Gemeinde. Mette erzählte mir einmal davon. Nele Flohr hat angeblich Visionen, in denen Gott ihr erscheint. Mal sind seine Worte klar und deutlich, mal sind sie interpretationswürdig. Sie hält die Gläubigen in der Erwartung, dass der Messias eines Tages erscheinen werde, so wie es in der

Bibel geschrieben steht. Für diesen Tag gilt es, sich vorzubereiten und seine Seele rein zu halten, nach den Regeln der Bibel zu leben und seine Sünden zu sühnen. Wenn Sie mich fragen ... das ist ein reiner Personenkult, blanker Irrsinn.«

»Das wissen Sie alles von Ihrer Schwester?«, fragte Sanna.

»Ja.«

»Dann hatten Sie also weiterhin einen guten Kontakt zu ihr, nachdem sie der Kirche beigetreten war.«

»Ich weiß nicht, ob man ihn gut nennen kann, aber ja, wir hielten Kontakt. Ich hatte die Hoffnung, dass ich eines Tages doch noch an ihren Verstand appellieren könnte. Aber wenn ein Mensch so tief in einer solchen Parallelwelt versunken ist ... dann wird es schwer, überhaupt zu ihm durchzudringen.«

»Ich nehme an, so verhielt es sich auch bei dem Streit um das Vermögen Ihrer Schwester. Sie und Ihr Mann drangen nicht mehr zu ihr durch.«

»So ist es. Mette war diesen Leuten völlig erlegen. Wobei man da differenzieren muss. Nele Flohr verdreht den Menschen auf spiritueller Ebene den Kopf. Aber diese Boysens, die die Kirche gegründet haben, denen ging es immer nur ums Geld und darum, sich selbst an den Gläubigen zu bereichern.«

»Wenn ich Sie recht verstehe«, meinte Sanna, »dann wollten Sie um jeden Preis verhindern, dass Ihre Schwester ihr Vermögen der Freikirche vermacht.«

Jolanda Mohr lachte kurz auf. »Ich hätte sie jedenfalls deshalb nicht ermordet, falls Sie das meinen, und dasselbe gilt für Cornelis. Aber tatenlos zusehen wollten wir ganz bestimmt nicht. Ich hatte schon meine Schwester an diese Scharlatane verloren. Ich wollte nicht, dass sie das, was sich unsere Eltern aufgebaut hatten, auch noch diesen Irren vermachte.«

»Hat Ihre Schwester ein Testament hinterlassen?«

»Nicht, dass ich wüsste.«

»Wie stand Ihr Schwager Laas zu der ganzen Sache?«, fragte

Tommy. »Ich nehme an, es hatte einen Grund, weshalb Ihr Mann ihn aufsuchte … und das nicht nur, weil sein Wort als Mann in der Freikirche mehr zählte.«

»In der Tat. Wir hatten zuletzt den Eindruck, dass Laas unseren Argumenten zugänglich war und durchaus im positiven Sinne Einfluss auf Mette ausüben wollte.« Jolanda Mohr beugte sich vor. »Falls seine Haltung jemandem in der Freikirche zu Ohren gekommen sein sollte, dürfte er sich damit keine Freunde gemacht haben.«

13 John

Der Boden staubte unter Johns Füßen, als er über den Acker auf die Feldarbeiter zuging. Bei der anhaltenden Hitze und Trockenheit grenzte es fast an ein Wunder, dass hier überhaupt etwas gedieh. Die Erdbeeren in den Körben der Pflücker waren so groß und rot wie aus einem Werbeprospekt, und ihr süßer Duft lag in der Luft.

John wünschte sich auch einen Strohhut, wie ihn die Arbeiter trugen. Die Sonne brannte unerbittlich vom Himmel. Obwohl er die Sommeruniform mit hellblauem Kurzarmhemd trug, lief ihm der Schweiß den Rücken hinunter.

»Was hast du vor?«, hörte er Lilly fragen, die ihm folgte.

»Nur ein wenig plaudern.«

Im Näherkommen erkannte er, dass auch einige Frauen auf dem Acker waren. Was harte Arbeit betraf, herrschte in der Glaubensgemeinschaft offenbar Gleichstellung.

Der Mann mit dem Buckel hockte ein wenig abseits der anderen auf den Knien und pflückte Erdbeeren. Er hatte die Ärmel seines Leinenhemds hochgekrempelt, sodass man seine kräftigen Unterarme sah. Mit seinem breiten Kreuz mochte er einen grobschlächtigen Eindruck machen, doch im Gegensatz zu seinen Glaubensbrüdern und -schwestern, die eher gemächlich vorankamen, legte er ein erstaunliches Tempo vor. Mit flinken Fingern zupfte er Erdbeere um Erdbeere von den Stängeln. Sein Bastkorb füllte sich zusehends.

John blieb vor dem Mann stehen und stemmte die Arme in die Hüften. »Guten Tag.«

Der Mann hob die Hand vor die Augen, um sie vor der Sonne zu schützen.

»Erinnern Sie sich an mich?«, fragte John.

Die Lippen des Mannes waren trocken und eingerissen, seine Wangen und die Nase trotz Kopfbedeckung von der Sonne gerötet. Er schüttelte langsam dem Kopf.

»Wir sind uns gestern Abend begegnet«, erklärte John.

»Du ...«, formten die Lippen des Mannes langsam, »... du bist von der Polizei?«

»Ja, ganz recht. Und das hier ist meine Kollegin Lilly Velasco von der Kripo Flensburg.«

Der Mann griff mit beiden Händen in den Bastkorb und holte zwei Erdbeeren heraus, die er ihnen hinhielt. »Probiert mal. Sind die leckersten, die's hier gibt.«

»Nein, danke ...«, sagte John noch, als Lilly bereits nach einer Erdbeere griff und sie sich in den Mund schob.

»Wirklich köstlich!«, bestätigte sie.

Der Mann lächelte und streckte die verbliebene Erdbeere noch einmal auffordernd in Johns Richtung.

Der seufzte und griff schließlich zu.

»Hervorragend«, sagte er im Kauen. »Wie ist Ihr Name?«

»Nils.«

»Und weiter?«

»Löhr.«

»Sie standen gestern Abend in der Gasse gegenüber dem Haus von Laas und Mette Riewerts.«

Nun weiteten sich die mit roten Äderchen durchzogenen Augen des Mannes.

»Warum hatten Sie es denn so eilig wegzulaufen, als ich Sie angesprochen habe?«, bohrte John weiter nach.

»Weil ... du mich überfallen wolltest.«

John lächelte. »Ich habe mich doch als Polizist …«

»Du wolltest mich überfallen, und ich bin weggelaufen«, wiederholte Nils Löhr.

»Ich wollte Sie nicht überfallen«, versicherte John. »Tut mir leid, wenn dieser Eindruck entstanden sein sollte. Ich hatte keine Uniform an.«

Nils Löhr griff erneut in den Bastkorb und bot John eine weitere Erdbeere an. »Nicht schlimm. Sind wir wieder Freunde?«

»Das … ist furchtbar nett. Freunde, ja.« John griff nach der Erdbeere. Für einen Moment tat es ihm fast leid, dass er den offensichtlich recht freundlich gestimmten Mann in die Mangel nehmen musste. Er kaute die Frucht und fragte dann: »Jemand hat Sie dabei beobachtet, wie Sie gestern Abend noch einmal zurückkamen und das Haus der Riewerts' beobachteten. Ist das richtig?«

Nils Löhr antwortete nicht. Sein Blick wanderte zwischen John und Lilly hin und her. Dann rückte er seinen Hut zurecht und widmete sich wieder den Erdbeeren. »Hab noch viel zu tun.«

Aus dem Augenwinkel sah John einen der anderen Feldarbeiter, die in ein paar Metern Entfernung standen und ihr Gespräch beobachtet hatten, in Richtung Haupthaus verschwinden.

»Bitte beantworten Sie meine Frage«, setzte er nach. »Sind Sie gestern Abend noch einmal zum Haus der Riewerts' zurückgekehrt? Es wäre möglich, dass Sie etwas beobachtet haben. In dem Haus wurde gestern Abend ein Mord verübt. Laas und Mette …« John hielt plötzlich inne.

Der Mann mit dem Buckel krümmte sich zusammen, schlug die Hände über den Kopf und begann zu schluchzen.

Lilly kniete sich neben ihn und legte ihm die Hand auf den Rücken. »Schon gut. Was ist denn los, Herr Löhr?«

Mit tränenerstickter Stimme antwortete er: »Ich liebe sie.«

John hockte sich neben ihn und Lilly. »Wen lieben Sie?«

»Ich liebe sie …« Nils Löhr blickte zu ihm auf, wischte sich die Tränen aus den Augen. »Ich liebe Mette. Und jetzt … ist sie tot.«

»War das der Grund, weshalb Sie noch einmal hingingen und das Haus beobachteten?«, fragte Lilly. »Weil Sie Mette liebten und sie sehen wollten?«

»Ja.« Nils Löhr nickte. »Ich bin … sehr traurig.«

»Das kann ich wohl verstehen.« John erhob sich in dem Moment, als er hinter sich eine Stimme hörte.

»Was soll das hier werden?«

Er drehte sich um und blickte in das Gesicht der engelsgleichen Frau, die er vorhin aus der Fachwerkkapelle hatte kommen sehen. Sie trug noch immer ihr weißes Gewand, hatte aber einen Strohhut aufgesetzt, unter dem die langen blonden Haare hervorlugten.

Mit ihren blauen Augen blickte sie ihn herausfordernd an. Hinter ihr hatten sich die anderen Arbeiter versammelt.

John stellte Lilly und sich vor, und Lilly zeigte der Frau ihren Dienstausweis. »Wir haben mit Herrn Löhr über Mette und Laas Riewerts gesprochen. Ich gehe davon aus, Sie wissen bereits, was mit den beiden geschehen ist«, erklärte John, woraufhin die Frau nickte. »Herr Löhr könnte etwas beobachtet haben, was uns weiterhilft.«

»Oder Sie verdrehen ihm das Wort im Mund, und schwups belastet er sich selbst.« Die Engelsfrau schüttelte den Kopf. »Nein, so läuft das hier nicht.«

»Dürfte ich Ihren Namen erfahren?«, schaltete sich Lilly ein. Sie hatte Nils Löhr aufgeholfen.

»Ich wüsste nicht, weshalb der von Belang ist«, gab die Frau zurück und verschränkte die Arme vor der Brust.

John wollte es nicht auf eine weitere Konfrontation ankommen lassen. Sie konnten ein andermal wiederkommen, wenn sich die Gemüter beruhigt hatten.

»Ich nehme an, dass Herr Löhr hier auf dem Friedenshof wohnt?«, fragte er.

»Wenn Sie mit ihm sprechen wollen, können Sie Herrn Löhr gerne vorladen, allerdings wird er dann seinen Anwalt mitbringen.«

»In Ordnung.« John zog sich zurück, und Lilly folgte ihm.

»Was war das denn gerade?«, meinte sie, als sie sich ins Auto setzten und die Türen zuzogen.

»Weiß ich auch nicht.«

»Immerhin lagen wir nicht falsch. Der Kerl war gestern Abend noch einmal bei den Riewerts. Ich frage mich, was er da getan und ob er etwas gesehen hat.«

»Selbst wenn«, meinte Lilly. »Dir ist schon aufgefallen, dass er nicht unbedingt die hellste Kerze auf der Torte ist? Daher wäre ich mir nicht sicher, welches Gewicht seine Aussage überhaupt hätte.«

Johns Smartphone klingelte, und er ging ran. Es war Tommy.

»Was kann ich für dich tun?«

»Die Rechtsmedizin hat sich gemeldet«, sagte Tommy. »Wir haben gleich einen Call mit Dr. Radke. Gibt es bei dir in der Wache einen Raum, in den wir uns zurückziehen können?«

»Nein, leider nicht. Es sei denn, die Teeküche genügt euch. Aber ich habe noch einen zweiten Schreibtisch, an den ihr euch setzen könnt.«

»Besser als nichts. Ist Lilly noch bei dir?«

»Ja.« John stellte auf laut. »Sie hört dich.«

»Willst du auch dabei sein?«, fragte Tommy.

»Gerne.«

»Dann treffen wir uns gleich auf der Wache. Ich baue dann eine Leitung zu Radke auf.«

John beendete das Gespräch und schob das Handy in seine Hosentasche. »Ich bin gespannt, was Radke zu berichten hat. So, wie es gestern aussah, hat der Mörder zuerst ...«

»John?« Lilly sah ihn mit ernstem Blick von der Seite an.

»Was denn?«

»Du merkst, was du da tust, oder?«

»Ich …«

»Du mischst dich ein, John.«

Nun, wo sie es sagte, wurde es ihm plötzlich klar. Dabei war er einfach seinen Instinkten gefolgt. Doch die waren in dieser Situation wohl nicht allzu hilfreich.

»Hör zu, Lilly. Das war nicht böse gemeint. Ich habe diesen Kerl erkannt, und ich dachte …«

»Das weiß ich.« Sie schenkte ihm ein Lächeln. »Trotzdem. Der Mann ist vielleicht ein Zeuge, eventuell sogar ein Verdächtiger. Überlass das also von nun an bitte uns. Du solltest mir bloß einen Kontakt zu den Leuten herstellen. Halt dich aus den Ermittlungen raus, John. Das meine ich ernst.«

14 Lilly

Ein Schuhkarton. Diese Beschreibung traf wohl am besten auf die Wache von Friedrichstadt zu. Lilly beneidete John nicht um seinen Arbeitsplatz. Er bot gerade Raum für das Nötigste.

Sie setzte sich an den Schreibtisch, wo Tommy bereits den Laptop an einen Monitor angeschlossen und eine Videokonferenz mit dem Rechtsmedizinischen Institut in Kiel eingerichtet hatte. Sanna Harmstorf nahm mit einer Tasse Kaffee neben ihr Platz. Die beiden hatten Lilly gerade von ihrem Gespräch mit Jolanda Mohr berichtet. Wie die Frau dabei zugesehen hatte, wie ihre Schwester Mette den Versprechungen jener Freikirche erlag, die eine Frau namens Nele Flohr ihre spirituelle Anführerin nannte. Vermutlich hatten John und Lilly sie gerade eben kennengelernt.

John hatte alles mitgehört, was sich in einer kleinen Wache wie dieser kaum vermeiden ließ. Die beiden Schreibtische standen hinter der Empfangstheke, an der John gerade die Anzeige eines Mannes entgegennahm, dem man die Gartenbank direkt vor der Haustür gestohlen hatte. Er hatte das gute Stück inzwischen in einer Gracht wiederentdeckt.

Auf dem Monitor erschien das Gesicht von Dr. Helmut Radke. Er fuhr sich mit der Hand über die Glatze, die ein spärlicher silberner Haarkranz zierte. Wie immer wirkte der Rechtsmediziner etwas brummelig. Radke begann zu reden und gestikulierte mit den Händen. Allerdings war er nicht zu hören.

»Dr. Radke«, sagte Tommy, »wir können Sie nicht hören. Hören Sie uns?«

Der Rechtsmediziner stockte und blickte verdattert drein, dann lief sein Gesicht rot an, und es folgte eine Schimpfkanonade, die seinen Lippen abzulesen war.

»Sie müssen das Mikrofon einschalten«, riet Tommy.

Radke fummelte mit der Maus herum, hob aber schließlich konsterniert die Hände. Dann wandte er sich um und schien etwas zu brüllen. Er wartete, stand schließlich mit hochrotem Kopf auf und verschwand, vermutlich, um Hilfe zu holen.

»Ich nehme mir dann noch einen Kaffee«, sagte Tommy, während sie warteten. »Möchte noch jemand einen?«

»Gerne«, antwortete Lilly, trank den letzten Schluck und reichte ihm ihren Becher.

»Danke, ich hab noch«, winkte die Staatsanwältin ab. »Ich weiß nicht, wie viel Zeit ich in den vergangenen Jahren schon mit Warten in diesen Videoschalten verbracht habe ... Frage eigentlich nur ich mich, ob die neue Technik mehr Fluch als Segen ist?«

»Wenn ich mir ansehe, was da im Internet alles kursiert, würde ich eher auf Fluch tippen«, meinte Lilly. Sie musste an Mette Mohr denken, die über YouTube-Videos zur Freikirche gekommen war. Aus einem spontanen Impuls heraus griff sie nach der Maus und öffnete in einem neuen Browserfenster YouTube.

Die Kirche des wahren Glaubens besaß einen eigenen Kanal mit Hunderten von Videos. Darunter Aufnahmen von Festen und Zusammenkünften, Online-Gottesdienste, Bibelstunden und Geistlich-Inspirierendes von der Marke »Jesus liebt auch dich«.

Die ältesten Videos reichten über zehn Jahre zurück, was Jolanda Mohrs Aussage bestätigte, dass die Freikirche wohl sehr früh ein digitales Sendungsbewusstsein entwickelt hatte.

Ein Protagonist zog sich durch alle Clips: Abbe Boysen. Er galt wohl als das junge Gesicht der Kirche des wahren Glaubens.

»Klicken Sie das mal an«, meinte Sanna Harmstorf, deren Interesse nun ebenfalls geweckt schien. Sie deutete auf ein Video mit dem Titel: *Dein Weg in Gottes Arme. Deine neue Familie. KDWG HD*

Lilly wechselte sicherheitshalber kurz in das andere Browserfenster und sah aber, dass Radke noch immer nicht wieder am Platz war. Dann ließ sie das Video abspielen.

Es war ein relativ kurzer Clip, keine zwei Minuten, in dem Abbe Boysen die Kirche des wahren Glaubens anpries. Tenor: Jesus liebt dich, ganz gleich, wer du bist, wo du herkommst, welche Probleme du hast. In Gottes Armen findest du Zuflucht und Geborgenheit. Werde Teil unserer wunderbaren Familie. Auf dem Friedenshof sind alle gleich, wir sorgen füreinander, niemand ist allein. Dazu Bilder von glücklichen Menschen auf einer Wiese im Sonnenschein, einem gemeinsamen Lagerfeuer mit Gesang und Gitarre, spielenden Kindern. Untermalt wurde das Ganze von John Lennons Song *Imagine*, der heutzutage wohl für jedwedes Anliegen als Soundtrack herhalten musste.

Am Ende sah man den Friedenshof aus der Luft, vermutlich mit einer Drohne gefilmt. Vor dem Eingangstor standen etwa zwei oder drei Dutzend Gläubige, zuvorderst Abbe Boysen und Nele Flohr in weißem Gewand, die mit einem Lächeln die Arme zu einem Willkommen ausbreitete.

»Ich kann mir vorstellen, dass es Leute gibt, die das anspricht«, meinte Lilly. »Eine heile Welt. Wer träumt nicht davon. Besonders, wenn man Probleme hat.«

»Allerdings«, stimmte ihr die Staatsanwältin zu und wiederholte mit besorgtem Blick: »Besonders, wenn man Probleme hat.«

Verglichen mit den vielen Verschwörungstheorien, die ungehindert auf YouTube und anderen Plattformen grassierten, nahm sich das hier harmlos aus. Doch Lilly machte sich keine Illusionen. Wie man am Beispiel von Mette Mohr sehen konnte, steckte dahinter ebenfalls ein System, dem es in letzter Instanz offenbar auch nur um Geld ging, genauer gesagt, um das Vermögen der Mitglieder.

»Hallo?«

Lilly schloss das YouTube-Fenster.

In der Videoschalte war nun wieder Radke zu sehen. Neben ihm stand seine deutlich jüngere Assistentin Jassie Behnke. Sie wischte sich eine Strähne ihres blonden Haars aus dem Gesicht und meinte: »So, jetzt müsste es gehen.«

»Hallo?«, rief Radke erneut. »Hören. Sie. Mich. Jetzt?«

Der Monitorlautsprecher knackste.

»Ja«, gab Tommy zurück. »Laut und deutlich. Sie brauchen nicht so zu schreien, die Lautsprecher explodieren hier gleich.«

»Vermaledeite Technik. Früher hätte man das mit einem Telefonanruf erledigt …«

»Oder einer Brieftaube«, meinte Jassie Behnke.

Radke scheuchte sie mit einem Handwedeln weg. »Sie dürfen jetzt gehen, Fräulein.«

»Danke, dass Sie sich Zeit für uns nehmen«, sagte Lilly.

Radke schnitt eine Grimasse. »Sie lassen mir ja sonst ohnehin keine Ruhe. Und ich habe die Tische hier gerade voll liegen mit Kunden. Ihre beiden haben mir da gerade noch gefehlt. Die müssen also noch ein wenig warten. Aber ich kenne ja Ihre Ungeduld und dachte, ein paar sehr eindeutige Befunde kann ich Ihnen schon mal mitteilen, bevor Sie mich mit Telefonterror überziehen.«

»Wir sind ganz Ohr.«

»Also, der Mann … wie hieß er gleich?« Radke blätterte in seinen Unterlagen. »Laas Riewerts. Ja, also der wurde erschossen. Das Projektil trat von schräg unten in die Brust ein. Ich habe wie gesagt noch nicht in ihn reingeschaut, aber der wirklich üblen Austrittswunde auf dem Rücken nach zu urteilen, muss es das Herz regelrecht zerfetzt haben. Der Mann wird auf der Stelle tot gewesen sein. Dann gibt es noch einige Hämatome im Gesicht, im Bereich der Wangenknochen, und die Nase ist ebenfalls gebrochen.«

»Es wäre also möglich, dass er in eine handgreifliche Auseinandersetzung verwickelt war?«, fragte Lilly.

»Das müssen Sie schon selbst herausfinden. Aber möglich wäre es, ja.« Radke blätterte weiter. »Sollte sich der Mann gewehrt haben, hat er jedenfalls keine Chance gegen den Angreifer gehabt. Das Ergebnis der DNA-Analyse steht zwar noch aus, aber ich habe schon mal mit den Kollegen von der KT gesprochen, die den Toten auf Spuren hin abgesucht haben. Da scheint nichts zu sein. Der Täter hat ihn also schnell ausgeschaltet ...«

»Was ist mit den Verletzungen im Gesicht?«

»Warten Sie es ab«, grummelte Dr. Radke. »Kommen wir zu der Frau. Mette Riewerts. Die wurde erwürgt. An ihrem Hals gibt es eindeutige Würgemale, außerdem die Petechien im Gesicht und in den Augen. Da besteht also kein Zweifel. Allerdings hat der Täter auch hier keine Spuren hinterlassen, wird also Handschuhe getragen haben, was erklärt, warum die Verletzungen im Gesicht nicht ergiebig sind.«

»Was aber bedeutet, dass der Mörder die Tat geplant hatte«, überlegte John laut. »Er wird kaum im Hochsommer mit Handschuhen zu einem Freundschaftsbesuch gegangen sein.«

»Was gegen Cornelis Mohr als Täter spricht«, sagte Lilly. »Oder trug er Handschuhe, als du ihn festgenommen hast?«

»Nein«, antwortete John. »Und die Kriminaltechnik hat bei der Spurensicherung auch keine am Tatort gefunden.«

Dr. Radke räusperte sich. »Wahnsinnig interessant, Ihnen zuzuhören, aber könnten Sie Ihr Schwätzchen bitte weiterhalten, wenn wir hier durch sind? Ich habe zu tun.«

»Entschuldigen Sie, Doktor«, sagte Lilly.

»Da Sie gerade bei dem Tatverdächtigen sind ... Die Kriminaltechnik hat bei ihm keinerlei Spuren finden können, die mit den Mordopfern und der Tat in Verbindung gebracht werden können.«

»Das würde bedeuten …«, begann Lilly, doch der Rechtsmediziner unterbrach sie mit lauter Stimme.

»Noch einmal zurück zu der Frau. Da ist auch noch eine Schädelfraktur am Hinterkopf. In der Wunde haben wir Glassplitter gefunden. Ist die Frau irgendwo mit dem Kopf aufgeschlagen?«

»Ja, sie wurde neben einem zertrümmerten Glastisch gefunden.«

»Da haben wir es ja. Diese Verletzung war aber nicht tödlich. Der Tod trat eindeutig durch das Erwürgen auf.«

»In Ordnung. Noch etwas?«

»Nein. Sollte ich bei der Obduktion auf weitere wichtige Punkte stoßen, erfahren Sie es umgehend. Ansonsten erhalten Sie beizeiten meinen Bericht.«

»Dr. Radke«, sagte Lilly, »ich hätte eine Bitte.«

»Nämlich?«

»Ich habe Grund zu der Annahme, dass Mette Riewerts ein Kind erwartete. Das könnte für die Ermittlungen von Bedeutung sein. Nun weiß ich, dass Sie viel zu tun haben, aber … wäre es Ihnen möglich, die Obduktion vorzuziehen, damit wir Gewissheit haben?«

Auf der Stirn von Radke bildeten sich tiefe Falten, als er die Augenbrauen zusammenkniff. »Wissen Sie, wie oft mich Ihre Kollegen genau das fragen? Alle Ermittlungen sind wichtig, und immer ist die Obduktion von großer Bedeutung …«

»Dr. Radke. Bitte.« Lilly schenkte ihm ein Lächeln. »Aus alter Verbundenheit.«

Radke verdrehte die Augen. »Ich könnte Behnke das machen lassen, dann kann sie etwas lernen.«

»Sehr gerne«, sagte Lilly, der es im Grunde egal war, wer die Obduktion durchführte. Bei ihrer letzten Ermittlung hatte Jassie Behnke zudem bewiesen, dass sie eine exzellente Rechtsmedizinerin war, die es längst verdiente, über den Assistentinnenstatus hinauszukommen.

»Also dann.« Radke verabschiedete sich. Es dauerte einen Moment, bis er den entsprechenden Button gefunden hatte, mit dem er die Videokonferenz beendete.

Tommy und Sanna Harmstorf sahen Lilly verwundert an.

»Ein Kind?«, fragte Tommy. »Wie kommst du denn darauf?«

»Weibliche Intuition.« Lilly grinste. »Ich habe auf ihrem Nachttisch ein Buch über Schwangerschaft gefunden.«

»Warten wir die Obduktion ab«, sagte die Staatsanwältin. »Es wäre immerhin ein Anhaltspunkt. Alles andere bringt uns gerade nicht wirklich weiter.«

Lilly trank einen Schluck Kaffee. »Nein, nicht wirklich. Radke unterstützt nur, was wir uns schon zusammengereimt haben. Laas Riewerts muss seinen Mörder ins Haus gelassen haben, es gibt keine Einbruchsspuren. Es kommt zu einer Auseinandersetzung, Laas wird erschossen. Möglich wäre, dass der Mörder es auf ihn allein abgesehen hatte und wusste, dass Mette nicht zu Hause war. Wie auch immer. Sie kommt vom Spieleabend auf dem Friedenshof wieder, vielleicht früher als sonst, jedenfalls überrascht sie den Täter. Anscheinend hat der die Waffe gerade nicht in seiner Nähe, sonst hätte er sie wohl auch erschossen. So versetzt er ihr einen Schlag, sie stürzt auf den Glastisch, verliert das Bewusstsein.«

»Das würde die fehlenden Abwehrspuren erklären«, schob Tommy ein.

»Richtig. Der Täter nutzt das aus und erwürgt sie.«

»Sollte Cornelis Mohr der Täter sein, ist unklar, ob es einen Komplizen oder aber einen Zeugen gibt, der durch den Garten geflohen ist. Der Mauerkletterer ...«

»... bei dem es sich um den wahren Täter handeln könnte, den Cornelis vertrieben hat, falls er selbst die Tat nicht begangen hat«, sagte Lilly.

»Da ist noch eine Sache, die mir zu denken gibt«, meinte

Sanna Harmstorf. »Die Waffe. Natürlich kann ich eine Pistole dabeihaben, um jemanden einzuschüchtern, und dann läuft die Situation aus dem Ruder. Wenn ich aber den Vorsatz habe, jemanden zu erschießen, und dabei nicht erwischt werden möchte, also möglichst wenig Aufsehen erregen will, dann würde ich mir doch eine schallgedämpfte Pistole besorgen, richtig?«

Lilly schürzte die Lippe. »Erscheint mir sinnvoll. Aber wir wissen ja, wie es ist … Kriminelle sind oft eher geistige Energiesparlampen. Und wer zum ersten Mal solch eine Tat begeht, denkt vielleicht nicht daran.«

»Die andere Möglichkeit wäre«, fuhr die Staatsanwältin fort, »dass die Waffe bereits im Haus, also im Besitz von Laas Riewerts war. Er holte sie vielleicht zum Selbstschutz hervor, wurde dann aber überwältigt.«

»So oder so wäre es hilfreich, wenn wir wüssten, woher das gute Stück stammt. Würdest du dich darum kümmern, Tommy?«

»Geht klar.«

»Und da wäre noch etwas«, schob Lilly hinterher. »Ich wüsste gerne, ob es auf dem Markt Zeugen der Auseinandersetzung zwischen Mette und Jolanda Mohr gab. Vielleicht könntest du dich dieser Sache ebenfalls annehmen.«

Tommy deutete mit dem Daumen zu John hinüber, der noch immer am Empfangstresen beschäftigt war. »Ich dachte, er …«

»Mir wäre lieber, du übernimmst das. Ich möchte John so weit wie möglich raushalten.«

»Wie du willst. Du leitest die Ermittlungen.«

»In der Zwischenzeit«, Lilly wandte sich an Sanna, »würde ich mich gemeinsam mit Ihnen gerne Mette Mohrs Vermögen widmen. Ich möchte im Detail wissen, worüber wir genau reden. Und: Wer erbt? Jolanda Mohr meinte, sie wüsste von keinem Testament, doch das muss nichts heißen.«

»Cornelis sagte, dass es bereits einen Notartermin für den Übertrag des Vermögens gegeben habe. Es muss also zumindest ein Vertragsentwurf bestehen. Den sollten wir uns anschauen.« Sanna Harmstorf erhob sich und zog ihr Smartphone aus der Hosentasche. »Ich besorge uns den richterlichen Beschluss.« Die Staatsanwältin ging hinüber in die Teeküche, wo sie ungestört telefonieren konnte.

»Dann kümmere ich mich mal um meine Hausaufgaben«, meinte Tommy und machte sich daran, dem Laptop wieder einzupacken.

Lilly stand auf und trat mit dem Kaffeebecher in der Hand vor die Wache. Sie lief gegen eine Wand aus warmer Luft, die über dem Marktplatz waberte. In der nächsten Seitengasse fand sie Schatten.

Sie holte ihr Smartphone raus und wählte Juris Nummer.

»Und, wie läuft es bei dir?«, hörte sie ihn.

»Für meinen Geschmack etwas zu abwechslungsreich. Sie haben mir die Ermittlungen in einem Doppelmord aufs Auge gedrückt.«

»Ach je. Das ist ja ein heißer Einstand. Wer ist dabei?«

»Tommy und Sanna Harmstorf. Fürs Erste.«

»Kommst du heute Abend heim?«

»Deshalb rufe ich an. Wir werden wohl hier übernachten. Wie lange es dauert, kann ich noch nicht sagen.«

»Wo ist denn *hier*?«

»Wir … sind in Friedrichstadt.«

»Friedrichstadt?«

»Ja.«

»Also bei John.«

»Richtig. Ich stehe gerade vor seiner neuen Wache.«

»Dann grüß ihn mal schön von mir. Hat er es nett?«

»Kann man nicht gerade sagen. Ganz ehrlich … ich glaube, er vermisst die alten Zeiten.«

»Sieh's positiv. In ihm hast du doch eine ebenso motivierte wie versierte Hilfskraft.«

»Eher nicht. Ich soll ihn aus der ganzen Sache raushalten, sagen Bleicken und Gödecke.«

Sie hörte Juri am anderen Ende lachen. »John Benthien aus einem Mordfall raushalten? Na, da kann man euch allen nur viel Glück wünschen!«

»Ja, das wird nicht einfach.«

»Sag mal, Lilly … Wo du bei ihm bist und ihr zusammenarbeitet …«

»Wir arbeiten nicht zusammen.«

»Hast du mal überlegt … Ich meine, wäre es nicht vielleicht eine Gelegenheit, ihm endlich die Wahrheit zu sagen?«

Lilly hielt inne. Juri hatte sie schon mehrere Male gemahnt, den Moment nicht immer wieder hinauszuzögern, denn andernfalls konnte die Gelegenheit auch verstreichen. Dabei sollte sie weniger an sich denken als an Frouke. Das Mädchen sollte seinen wahren Vater kennen, und John hatte ein Anrecht darauf, von seinem Kind zu erfahren.

»Du hast recht«, meinte sie schließlich. »Es ist nur so … Im Moment ist hier wenig Raum für Privates. Aber wenn sich die Chance ergibt … versprochen.«

»Spring über deinen Schatten, Lilly. Auch wenn es unangenehm ist. Das müssen wir manchmal alle tun.«

»Wie läuft es denn bei euch?«

»Wunderbar. Frouke und ich haben gerade ein kleines Mittagsschläfchen gemacht, und gleich kommt Amelié aus der Schule. Dann ist Hausaufgabenbetreuung angesagt.«

»Na, dir scheint dein neues Leben ja gut zu gefallen.«

»Frag besser in ein paar Wochen noch mal nach.«

»Ihr schafft das also ein, zwei Nächte ohne mich?«

»Natürlich, mach dir keine Sorgen. Und wenn es die ganze Woche wird, kriegen wir das auch geregelt. Zur Not ist Ameliés Oma ja noch zur Stelle.«

Sie verabschiedeten sich, und Lilly legte auf.

Während sie an ihrem Kaffee nippte, dachte sie über die nächsten Schritte nach und kam auf einen Gedanken.

Den Versuch war es wert.

Manchmal musste man gar nicht erst verschlüsselte Chats knacken oder sich Zugang zum Computer eines Verdächtigen verschaffen. Da genügte eine einfache Google-Suche. Das Internet war eine Fundgrube an Informationen, oft, ohne dass die Leute einen blassen Schimmer hatten, welche Hinweise sie tagtäglich streuten.

Lilly ging zurück in die Wache, stellte die Tasse in der Teeküche ab und setzte sich an den Schreibtisch. Sie schlug den Laptop auf und startete eine Suche nach der Kirche des wahren Glaubens.

In der Ergebnisliste fanden sich die Homepage sowie diverse Videos der Freikirche, zudem Erwähnungen in Forenbeiträgen. Wirklich interessant waren allerdings die Artikelüberschriften, die in der Nachrichtensuche auftauchten.

Sanna Harmstorf stellte sich hinter sie. »Wir können loslegen, der Richter gibt uns grünes Licht.«

»Könnten Sie das auch alleine übernehmen?«, bat Lilly, ohne den Blick vom Bildschirm zu nehmen.

»Natürlich, kein Problem.«

In dem Moment betrat ein älterer Herr die Wache. Er trug einen Sommerhut und eine Sonnenbrille.

»Guten Tag, die Herrschaften!«, sagte er und nahm den Hut ab.

Lilly erkannte ihn sofort an seiner weißen Mark-Twain-Mähne, dem braun gebrannten Gesicht mit dem Zahnpastalächeln und den strahlend blauen Augen. Ben Benthien.

»Vater«, entfuhr es John, der noch immer bei dem Mann stand, der die Anzeige aufgab.

»Junge, schön, dich zu sehen. Ich dachte, ich treff dich bestimmt hier bei der Arbeit, und nun sieh sich einer das an! Alle auf einen Streich.« Er blickte in die Runde. »Ist ja toll, dass ihr mal wieder zusammenarbeitet! Hat es einen Mord gegeben?«

Lilly wechselte einen Blick mit Sanna Harmstorf, dann sah sie zu John hinüber, der sich mit verdattertem Gesichtsausdruck zu ihnen umwandte.

Für einen langen Moment herrschte Schweigen in der kleinen Wache von Friedrichstadt.

15 John

»Du hättest Bescheid geben sollen«, sagte John, als er die Haustür aufschloss und den Koffer seines Vaters in den Flur trug.

»Ich hab doch gesagt, dass ich komme«, entgegnete Ben.

»Dass du irgendwann kommst. Eine Vorwarnung wäre nett gewesen.«

»Eine Warnung? Klingt, als wärst du nicht sonderlich erfreut, mich zu sehen.«

John schloss die Haustür und drehte sich zu seinem Vater um. »Doch, natürlich. Ich …« Er hob hilflos die Schultern, dann trat er an seinen Vater heran und umarmte ihn einfach. »Ich habe dich wirklich vermisst.«

Ben erwiderte die Umarmung. »Ich dich auch, min Jung, ich dich auch.«

So standen sie einen langen Moment Arm in Arm im Hausflur, bis von oben Celines Stimme zu hören war: »Daddy?«

Mit polternden Schritten kam sie die Treppe herunter und blieb auf der letzten Stufe stehen, als sie Ben erblickte.

»Grandpa!«

»Wenigstens einer, der sich freut.« Natürlich war Ben nicht ihr wirklicher Großvater, doch die beiden kannten sich schon so lange und verstanden sich so gut, dass sich eine innige Beziehung zwischen ihnen entwickelt hatte. »Celine, mein Mädchen, komm her.« Ben schloss sie in die Arme. »Sag mal, bist du noch ein Stück größer geworden?«

»Eigentlich nicht …«

»Dann liegt es wohl an mir. In meinem Alter soll man ja langsam wieder schrumpfen.«

»Warum bist du eigentlich schon zu Hause?«, fragte John an Celine gewandt.

»Die letzten beiden Stunden sind ausgefallen. Sportlehrer krank.« Sie hob die Schultern.

»Soll ich uns Mittagessen kochen?« John blickte Ben und Celine fragend an. Er hatte die Wache über Mittag geschlossen – Lilly und Tommy durften natürlich weiter dort arbeiten –, und ihm knurrte der Magen.

»Nee, ich hab mir auf dem Heimweg einen Döner geholt«, sagte Celine.

Ben winkte ebenfalls ab. »Danke, aber ich habe im Yoga-Retreat ein paar Kilo abgenommen. Das soll so bleiben. Im Moment frühstücke ich spät und spar mir das Mittagessen. Aber … ich habe uns einen wunderbaren Darjeelingtee aus Indien mitgebracht. Ich habe ihn selbst noch nicht probiert. Wie wär's?«

Eine Viertelstunde später saßen sie im Garten unter dem Sonnenschirm am Tisch. Schmetterlinge und Bienen flogen zwischen den Blumen und Sträuchern umher, und von der Gracht war das Schaufeln eines Tretboots zu hören. Zum Glück war das Schilf am Ufer so hoch gewachsen, dass man den Garten vom Wasser aus nicht einsehen konnte.

John hatte sich ein Butterbrot geschmiert, dessen letzte Reste er gerade verdrückte. Ben kostete den Tee, den er von seiner Reise mitgebracht hatte.

»Na ja«, meinte er mit nachdenklicher Miene. »So viel anders als unser Friesentee schmeckt der nun auch wieder nicht.«

»Vielleicht würdest du mehr schmecken, wenn du nicht vier Löffel Zucker in die Tasse kippen würdest«, schlug Celine vor.

Ben sah sie tadelnd an. »Süß wie die Liebe muss er sein.«

»Apropos«, meinte John. »Was macht Vivienne? Warum hast du sie nicht mitgebracht?«

Ben hatte im hohen Alter noch einmal Amors Pfeil getroffen. Vivienne war um einiges jünger, und die beiden teilten eine ausgeprägte Liebe fürs Reisen.

»Oh ... ich wollte mal wieder allein unterwegs sein.« Weiter ging sein Vater nicht auf die Frage ein. »Wie ist es euch hier denn bisher ergangen?«

»Ganz gut.« John trank ebenfalls einen Schluck Tee. »Die Arbeit ist zwar längst nicht so interessant, aber ... wir haben Zeit füreinander.« Er lächelte Celine an.

»Und wie läuft es in der Schule?«

»Auch nicht viel anders als in Flensburg«, antwortete Celine. »Ich glaub, das ist überall gleich öde. Aber weißt du was, Grandpa?«

»Nein, doch du wirst es mir bestimmt gleich sagen.«

»Ich schreibe meinen ersten großen Artikel für die Lokalzeitung.«

»Das ist ja ein Ding. Meinen Glückwunsch. Worum geht es?«

»Die Kirchen hier in Friedrichstadt.«

»Oh, wie interessant. Die Stadt ist ja von Religionsflüchtlingen erbaut worden, soviel ich weiß«, meinte Ben.

John stellte die Rückenlehne seines Gartenstuhls nach hinten, sodass die Sonne in sein Gesicht fiel. Er fühlte sich plötzlich ein wenig müde und schloss die Augen. »Sag mal, Vater. Dein großer Koffer sieht nach einem längeren Verbleib aus ...«

»Irgendwie kommt es mir so vor, als wäre ich hier wirklich nicht willkommen. Ich kann gerne wieder fahren.«

»Du kannst bleiben, solange du willst, Vater.« John schlug ein Auge auf. »Aber es hat nicht zufällig etwas mit Vivienne zu tun?«

Ben machte ein Unschuldsgesicht. »Was soll mein Besuch mit ihr zu tun haben? Wie kommst du darauf?«

»Du bist eben meiner Frage ausgewichen. Und dass dir deine Reiselust so plötzlich vergeht …«

»Ist das jetzt ein Verhör?«

»Ja. Raus mit der Sprache, Vater.«

Ben seufzte. »Also gut, wir haben uns gestritten. Sie … dreht gerade ein bisschen am Rad. Da ist es vielleicht gut, wenn wir uns eine Weile nicht sehen.«

»Und eine Weile bedeutet?«

»Zwei oder drei Wochen.«

»Ich hoffe, es ist nichts Ernstes?«

»Nein, vermutlich nicht. Es ist nur so, dass ich ihr UFO-Geschwätz nicht mehr hören kann.«

»UFOs?« Celine sah ihn ungläubig an. »Sie ist eine von diesen UFO-Gläubigen? Sie hat eigentlich einen total vernünftigen Eindruck auf mich gemacht.«

»Nun, man kann ja grundsätzlich nicht ausschließen, dass da oben mehr ist, als wir wissen.« Ben deutete mit dem Zeigefinger gen Himmel. »Aber … seitdem die Amis von Regierungsseite offiziell diese UFO-Sichtungen untersuchen, ist sie völlig durchgedreht. Sie schaut sich den halben Tag Videos an, in denen die Leute ungebremst Unfug erzählen. Vivienne meint sogar, sie hätte früher selbst solche fliegenden Objekte gesehen …« Zu den wenigen Dingen, die John über die Lebensgefährtin seines Vaters wusste, gehörte, dass sie Pilotin gewesen war. »Jedenfalls ist das Neueste, dass sie ernsthaft glaubt, die Menschheit wäre von Außerirdischen erschaffen worden. So eine Art Bio-Experiment.«

Celine kicherte. »Die Theorie kenne ich von YouTube. Total witzig.«

»Ich weiß nicht …« Ben hob die Augenbrauen. »Wenn man sich das den lieben langen Tag anhören muss …«

»Wir werden dich mit solchem Unfug verschonen«, versprach John. »Und Celine, am besten vorerst keine Science-Fiction-Filme in seiner Gegenwart. Und vielleicht besser auch nichts über die drohende Klimakatastrophe. Kleb dich bitte nicht irgendwo fest, wenn du mit Ben unterwegs bist.«

Sein Vater machte große Augen. »Um Himmels willen, du bist doch wohl nicht unter diese Klimakleber gegangen?!«

»Solange eure Generation den Planeten mit Flugreisen und Kreuzfahrten demoliert, bleibt mir gar nichts anderes übrig.« Celine verschränkte die Arme vor der Brust.

Von der Haustür her erklang zum Glück im nächsten Moment die Klingel. John erhob sich, ging hinein und öffnete.

Erna Wiebe stand vor ihm. »Entschuldigen Sie, wenn ich Sie in Ihrer Mittagspause störe, Herr Kommissar. Aber die Wache war dicht, und ich dachte, ich versuche es mal hier.«

»Kein Problem, Frau Wiebe. Wollen Sie reinkommen?«

»Nein, das ist nicht nötig ...«

»Bitte.« John hielt die Tür auf und wies einladend mit einer Hand ins Innere des Hauses. »Sie bekommen auch einen Kaffee oder Tee, wenn Sie mögen.«

»Das ist nett, aber wirklich nicht nötig.«

Die alte Dame folgte ihm dennoch in die Küche.

John bot ihr einen Platz am Küchentisch neben dem Fenster an.

»Ihre Tochter ist so ein reizendes Mädchen«, sagte sie mit Blick in den Garten. Ben war verschwunden und offenbar ebenfalls ins Haus gegangen.

»Ja, das ist sie. Ich wünschte nur, sie würde etwas optimistischer in die Zukunft blicken.«

»Das kenne ich von meinem Enkel auch. Aber haben die jungen Leute nicht recht, Herr Kommissar? Wir haben den Planeten versaubeutelt, und unsere Kinder und Enkel müssen das jetzt ausbaden.«

»Da ist was dran.« John setzte sich ihr gegenüber. »Was kann ich denn für Sie tun?«

»Ich komme wegen der Mohrs. Jolanda hat mich heute aufgesucht ...«

»Ich hoffe, sie hat nicht versucht, Ihnen Probleme zu machen oder Sie einzuschüchtern wegen dem, was Sie getan haben.« Immerhin war es Erna Wiebe gewesen, die Cornelis Mohr am Tatort ertappt und ihn mit ihrer Schrotflinte in Schach gehalten hatte.

»Nein, nein, ganz und gar nicht. Im Gegenteil. Sie wollte nur genau wissen, wie das war, was ich gesehen habe. Die Staatsanwaltschaft war bei ihr und … Es schien mir, als würde sie sich Sorgen machen, dass Cornelis die Leute tatsächlich ermordet haben könnte.«

»Er ist immerhin der Hauptverdächtige.«

»Das ist mir schon klar, und ich weiß auch, was ich gesehen habe. Aber Jolandas Besuch hat mich doch ins Grübeln gebracht. Ich meine, die beiden Riewerts lagen tot am Boden, und weder Sie noch ich haben gesehen, dass Cornelis sie getötet hat.«

»Richtig, und deshalb ermitteln die Kollegen von der Kripo derzeit in alle Richtungen, um herauszufinden, was tatsächlich geschehen ist.«

»Tja, auf Jolanda machte es wohl eher den Eindruck, als wären Ihre Kollegen von Cornelis' Schuld überzeugt. Doch ehrlich gesagt …« Erna Wiebe kratzte sich am Kopf. »Das sind wirklich sehr anständige, aufrichtige Leute, die Mohrs. Ich kann mir das nicht vorstellen. Und nach dem, was Holger Dehnen mir erzählt hat … Dieser Kerl, der in der Mordnacht über seine Mauer klettern wollte … Also, das könnte doch auch alles ganz anders gewesen sein.«

John setzte ein Lächeln auf, von dem er hoffte, dass es zuversichtlich und beruhigend wirkte. »Ich versichere Ihnen, die Kollegen verstehen ihr Handwerk. Wenn Cornelis Mohr es nicht getan hat, werden sie …«

»Ehrlich gesagt, hoffe ich da vielmehr auf Sie, Herr Kommissar. Und wenn ich mich so umhöre, geht mir das hier in der Stadt nicht alleine so.«

»Wie meinen Sie das?«

Oma Wiebe schmunzelte. »Ihr Ruf eilt Ihnen voraus, Herr Kommissar. Wir wissen doch alle, dass Sie früher selbst Morde aufgeklärt haben, und das wohl ziemlich erfolgreich. Ich …« Sie machte ein verschämtes Gesicht. »Ich habe Sie sogar mal im Fernsehen gesehen.«

»Ja, aber das ist lange her. Meine Zuständigkeit liegt nun hier in Friedrichstadt, und ich kann mich nicht …«

»Aber das ist es doch gerade. Hier ist Ihr Revier, Herr Kommissar. Diese Leute aus Flensburg, die machen doch Dienst nach Vorschrift und sind froh, wenn sie den Job schnell erledigt haben und wieder nach Hause können.« Erna Wiebe legte den Kopf schief. »Wenn ich so frei sein darf … Bisher haben Sie sich hier nicht gerade mit Ruhm bekleckert. Diese Sache mit dem Boot gestern, ich habe keinem was erzählt, aber wissen Sie, die ganze Stadt spricht davon, dass Sie wie ein begossener Pudel durch die Straßen gelaufen sind. Das hier wäre doch eine echte Chance, was für Ihre Leute zu tun. Ich für meinen Teil hätte wesentlich mehr Vertrauen in Sie, dass Sie in unserer Stadt für Recht und Ordnung sorgen.«

John atmete tief ein. »Vielen Dank für Ihre Offenheit. Ich … werde sehen, was sich machen lässt.«

Er begleitete die alte Dame zur Tür hinaus, dann kehrte er in den Garten zurück, der mittlerweile verlassen war. Celine war offenbar auf ihr Zimmer zurückgekehrt.

John setzte sich unter den Sonnenschirm und trank den erkalteten Tee.

Er spürte, wie sich in seinem Innersten etwas regte. Ein wenig Wut, ein wenig Trotz, ein wenig vom alten Ehrgeiz.

Oma Wiebe hatte wohl einen wunden Punkt getroffen.

Das hier war sein Revier.

Mit einem Mal konnte er die vielen Kollegen verstehen, in deren Zuständigkeitsbereichen er früher ermittelt hatte. Die Kooperationsbereitschaft hatte sich oft in Grenzen gehalten. Die Kollegen hatten es nie gemocht, wenn er in ihrem Revier gewildert hatte. Nun wusste er, wie sich das anfühlte.

»So, ich bin dann mal weg«, hörte er hinter sich Celines Stimme. Sie kam mit einer Fotokamera um den Hals an den Tisch.

»Wohin willst du denn?«

»Zu einem Interview.«

»Für deinen Artikel?«

»Ja. Der Chefredakteur meint, ich soll mit der Freikirche anfangen, die ist wegen den beiden Toten gerade in aller Munde.«

Bei John sprangen die Alarmglocken an. »Ich weiß nicht, ob das eine gute Idee ist.«

»Kann ich mir nicht aussuchen. Außerdem stehen die Interviews schon. Ich bin morgen auf dem Friedenshof und darf mir alles ansehen. Heute rede ich mit der anderen Seite.«

»Mit der anderen Seite, was soll das bedeuten?«

»Nicht alle sind gut auf die Freikirche zu sprechen. Zu ihren schärfsten Kritikern gehört ein Keke Boysen. Er wohnt drüben in Seeth.«

»Den Namen kenne ich …« Und ich habe den Kerl schon getroffen, dachte John. Keke Boysen, den die Gläubigen aus ihrer Gemeinschaft verstoßen hatten, der sich aber dennoch prächtig mit seinem Bruder verstand und mit ihm abends im Café der Freikirche herumlungerte.

John lehnte sich zurück und dachte einen Moment nach. »Wie kommst du hin?«

»Mit dem Fahrrad.«

»Wäre dir auch eine Fahrt mit dem Taxi Streifenwagen genehm?«

»Ich brauche keinen Wachhund.«

»Davon würde ich mich gerne selbst überzeugen.« John stand auf und lächelte. »Machen wir uns auf den Weg?«

16 Sanna

Eine vergleichsweise kleine Stadt wie Friedrichstadt hatte zwei Vorteile. Erstens hielt sich die Anzahl der Notare in Grenzen. Es gab lediglich zwei Kanzleien, weshalb es nicht lange dauerte, bis Sanna herausfand, bei welcher der beiden Mette Mohr den Vermögensübertrag hatte durchführen wollen. Zweitens konnte man in einem solch überschaubaren Ort sein Ziel bequem zu Fuß erreichen. Von der Wache am Markt waren es nur zwei Gehminuten bis zur Ecke Prinzenstraße und Kirchstraße. Dort hatte das Notariat Dr. Karl Breideneichen in der Hälfte eines weißen Doppelgiebelhauses aus dem Jahr 1621 seinen Sitz. Wie manch andere der alten, gedrungenen Bauwerke kam auch dieses Sanna leicht schief vor. Die beiden Stufengiebel lehnten sich unmerklich nach vorne, und die darunterliegenden Sprossenfenster, die auf beiden Hausseiten mit Schlagläden versehen waren, lagen nicht in einer hundertprozentig geraden Linie nebeneinander.

Sanna klingelte, und eine junge Dame in dunkelblauem Kostüm, das für die Temperaturen eigentlich völlig unangemessen war, öffnete ihr und bat sie hinein.

Vom Hausflur aus führte links eine Tür zur Rezeption, rechts lag ein moderner Besprechungsraum. Durch die halb durchsichtige Tür sah Sanna, dass gerade mehrere Parteien an einem Konferenztisch zur Vertragsunterzeichnung saßen.

Die junge Dame führte sie die Treppe in den ersten Stock hinauf und hielt ihr die Tür zu einem Büro auf.

»Der Herr Notar wird gleich kommen. Nehmen Sie doch schon Platz. Darf ich Ihnen etwas zu trinken anbieten?«

»Das ist nett, aber ich hatte gerade Kaffee.«

Sanna betrat das Zimmer, und die Tür wurde hinter ihr geschlossen.

Sie sah sich um.

Das Zimmer war geräumiger, als man von außen annehmen konnte, dennoch herrschte eine gedrückte Stimmung, was eindeutig dem Interieur geschuldet war. Die Wände waren mit dunklem Holz vertäfelt, der wuchtige Schreibtisch bestand aus Eichenholz, lediglich der Parkettfußboden hellte das Ganze ein wenig auf. Vor dem mit Akten überfüllten Schreibtisch standen zwei dunkelgrüne Ledersessel für die Besucher, rechts unter den Fenstern boten zwei Couchgarnituren und ein Beistelltisch Platz für Besprechungen. Ein langes Bücherregal beherbergte diverse Gesetzestexte und juristische Fachbücher. Es roch nach Papier und kaltem Zigarettenrauch.

Sanna trat an eines der Sprossenfenster. Der Blick ging hinaus auf die Kirchstraße, an deren Ende ein roter Kirchbau hoch über den Häusern thronte.

Die Tür hinter ihr würde geöffnet, und ein Mann in beigefarbenem Zweireiher und hellblauem Hemd kam herein. Unter einem Arm trug er mehrere Aktenmappen. Er ging schnurstracks auf den Schreibtisch zu und wies dabei auf einen der Besucherstühle.

»Frau Staatsanwältin, setzen Sie sich doch bitte.«

»Vielen Dank, dass Sie sich die Zeit nehmen«, sagte Sanna, sie hatte vorhin am Telefon mit dem Mann persönlich gesprochen.

Dr. Breideneichen setzte sich in seinen Lederstuhl, machte noch kurz ein paar Notizen in den Akten, die er mitgebracht hatte, dann sah er auf. »Was kann ich für Sie tun?«

»Mette Mohr.«

»Ja, richtig, wir sprachen darüber. Eine wirklich schlimme Sache. Kommen Sie voran?«

»Darüber kann ich keine Auskunft geben.«

»Natürlich, entschuldigen Sie.« Dr. Breideneichen setzte eine Silbergestellbrille auf. »Dürfte ich die richterliche Verfügung sehen?«

Sanna hielt ihm den entsprechenden Ausdruck hin. Der Notar studierte ihn kurz und reichte ihn mit einem Nicken zurück. »In Ordnung. Was wollen Sie wissen?«

»Soweit uns bekannt, hatte Mette Mohr die Absicht, ihr gesamtes Vermögen oder zumindest einen beträchtlichen Teil davon der Kirche des wahren Glaubens zu übertragen. Es soll ein Vorvertrag bestehen.«

»Das ist korrekt. Beide Parteien waren sich einig. Der Termin für die Beurkundung in zwei Wochen stand eigentlich bereits fest. Allerdings wurde er abgesagt.«

»Von wem?«, fragte Sanna überrascht.

»Vor drei Tagen suchten mich Frau Mohr und ihr Mann auf.«

»Nannte Frau Mohr Ihnen einen Grund?«

»Nein, und das musste sie auch nicht.« Der Notar schürzte die Lippen. »Unter uns gesagt, schien es mir, als hätte ihr Mann darauf gedrungen, weshalb er sie wohl auch begleitete.«

Seltsam, dachte Sanna. Laas Riewerts war ebenfalls Mitglied der Freikirche, hatte dort sogar im Vorstand gearbeitet. Weshalb sollte ausgerechnet er seine Frau zum Umdenken bewogen haben? Sie lehnte sich vor. »Welche Vermögenswerte wollte Frau Mohr der Freikirche genau übertragen?«

Dr. Breideneichen blickte auf den Monitor seines Computers und machte ein paar Klicks mit der Maus. »Es handelte sich um Barvermögen im Wert von einhunderttausend Euro und zwei Häuser hier in Friedrichstadt. Ein vermietetes Einfamilienhaus in der Eiderallee und ein Mehrfamilienhaus mit drei Wohnungen in der Brückenstraße.«

Das entsprach dem Teil, den Mette Mohr von ihren Eltern geerbt hatte. »Sollte für den Übertrag seitens der Freikirche eine Kaufsumme entrichtet werden?«, fragte Sanna.

»Nein.«

»Und das hielten Sie für ein sittsames Geschäft?«

»Wenn Sie nach meiner persönlichen Meinung fragen – nein.« Der Notar lehnte sich zurück. »Andererseits ist so etwas nicht unüblich. Auch bei Mitgliedern der Amtskirchen kommt es vor, dass sie der Kirchengemeinde ihrer Wahl hohe Vermögenswerte übertragen beziehungsweise vererben. Frau Mohr hatte in dieser Hinsicht bereits ihren Willen bekundet …«

»Sie wollen damit sagen, es gibt ein Testament?«

»Ja, darauf wollte ich gerade kommen. Es ist vor zwei Monaten rechtskräftig geworden. Im Fall ihres Todes vermacht Frau Mohr darin ebenfalls ihr gesamtes Vermögen der Kirche. Der nun geplante Eigentumsübertrag erschien mir daher wie eine vorgezogene Erfüllung ihrer ohnehin schon geäußerten Absicht zu Lebzeiten.«

Sanna legte die Stirn in Falten. »Das erscheint mir etwas seltsam. Soweit ich weiß, ist es in der Freikirche üblich, dass die Mitglieder ihr Vermögen sofort beim Eintritt übertragen. Warum also erst das Testament? Nannte Frau Mohr Ihnen Gründe?«

Insgeheim ahnte Sanna die Antwort. Mit der sofortigen Übertragung hatte es nicht geklappt, weil Jolanda und Cornelis Mohr interveniert hatten. Also hatte Mette offenbar an ihnen vorbei das Testament aufgesetzt – oder jemand hatte sie dazu bewogen, um die unbequeme Schwester und den Schwager auszumanövrieren.

»Nein«, sagte Dr. Breideneichen, »die Gründe sind mir nicht bekannt, und ich konnte Frau Mohr auch nicht danach fragen. Ehrlich gesagt habe ich sie vor drei Tagen zum ersten Mal persönlich kennengelernt.«

»Was soll das heißen?«

»Sie ließ sich, was das Testament betraf, zuvor durch einen Anwalt vertreten.«

Das wurde ja immer besser. Sanna hob eine Augenbraue. »Ein Anwalt, ja? Lassen Sie mich raten … Dieser Anwalt stand nicht zufällig der Freikirche nahe?«

»Es handelt sich dabei um den Kollegen Dr. Willem Tadeus Timm hier aus Friedrichstadt. Und es ist in der Tat so, dass er die Kirche des wahren Glaubens vertritt. Er hat bereits zuvor Eigentumsübertragungen anderer Mitglieder geregelt.«

Sanna entwich ein kurzes Lachen. »Das ist doch wohl ziemlich offensichtlich, was diese Freikirche treibt. Und das hat hier noch bei niemandem Argwohn geweckt?«

»Doch, durchaus. Sie sollten mal mit dem Bürgermeister sprechen. Allerdings war rechtlich bisher nichts einzuwenden. Und es ist schließlich so, dass es in dieser Stadt eine gewisse Tradition gibt …« Er erhob sich und trat ans Fenster. »Sehen Sie die Kirche?« Er deutete auf das hellrote Gotteshaus, das sich über die Dächer erhob. »Das ist die Remonstrantenkirche, übrigens die einzige in Deutschland. Noch heute halten dort Prediger aus den Niederlanden regelmäßig Gottesdienste ab. Sie wurde von den Gründervätern unserer Stadt errichtet. Religionsflüchtlingen. Sie lehnten die strenge calvinistische Prädestinationslehre ab, betonten stattdessen, dass jeder Mensch einen freien Willen habe und nicht alles von Gott vorherbestimmt sei. Sie traten für die Glaubensfreiheit ein. Tja, und so ist das auch heute noch. Wenn sich jemand entscheidet, dieser Freikirche beizutreten, sein Leben nach deren Regeln und im Glauben an Gott zu führen … dann kann und will ich ihn daran nicht hindern.«

Der Notar wandte sich wieder Sanna zu und presste die Lippen zu einem dünnen Strich zusammen, wohl als Ausdruck dessen, dass von seiner Seite nun alles zu diesem Thema gesagt war.

»Vielen Dank.« Sie stand auf. »Eine Frage noch … Wussten der Anwalt und die Freikirche, dass die Mohrs die Beurkundung abgesagt hatten?«

»Natürlich. Ich habe ihnen dies umgehend mitgeteilt.«

Sie verließ das Notariat und war in wenigen Minuten wieder bei der Wache. Lilly Velasco telefonierte gerade, und Tommy Fitzen machte sich in der Teeküche einen Kaffee.

Von Benthien war nichts zu sehen, vermutlich kümmerte er sich noch um seinen Vater, was ihr ganz recht war.

Familiär. Der Begriff kam ihr wieder in den Sinn, er beschrieb Benthiens Umfeld vielleicht am besten. Der Vater, dem er sich früher so offen anvertraut hatte, dass dieser einen Bestseller über die spektakulärsten Fälle seines Sohnes veröffentlicht hatte. Tommy, ein ehemaliger Kollege, zufällig auch Kindheitsfreund, mit dem er aufgewachsen war. Und Lilly Velasco, die sich zuletzt dafür eingesetzt hatte, dass Sanna Benthien einen Ausweg aus dem Schlamassel anbot, den er sich selbst eingebrockt hatte. Sie hatte dies derart vehement getan, dass die Vermutung nahelag, die beiden seien nicht nur Kollegen gewesen.

Nun waren sie alle wieder beisammen. Und obwohl die Anweisungen von Bleicken und Gödecke eindeutig waren, spürte Sanna die noch immer vorhandene Chemie zwischen den dreien. Jeder für sich, Benthien, Velasco, Fitzen, waren ausgezeichnete Ermittler. Doch wenn man sie in einen Raum steckte, konnte man die Luft förmlich vor Gedankenübertragung knistern spüren, so gut harmonierten sie. Auch wenn Velasco sich alle Mühe gab – es würde für sie nicht einfach werden, Benthien entgegen alter Gewohnheit aus dem Fall herauszuhalten. Einmal Spürnase, immer Spürnase.

Wenn es lediglich darum gegangen wäre, ein Team mit den besten Kompetenzen zusammenzustellen, hätte John Benthien ohne Zweifel dazugehört, an seinen Fähigkeiten zweifelte Sanna keine Sekunde. Und wenn sie es gewollt hätte, hätte sie sicherlich eine Möglichkeit finden können, den Benthien-Bann von Gödecke und Bleicken zu umschiffen.

Doch deren Weisung bestimmte nun mal die Regeln, nach denen sie zu spielen hatten.

Außerdem war da die emotionale Ebene. Selbst wenn sie freie Hand gehabt hätte, etwas in Sanna hätte sich dagegen gesträubt, Benthien einfach so wieder in Amt und Würden zu heben. Der Mann war unehrlich gewesen: gegenüber seinen Kollegen und auch gegenüber seiner – in dem Punkt war Sanna sich mittlerweile ziemlich sicher – Geliebten Lilly Velasco. Er hatte seine privaten Belange über die seines Berufs …

Bei dem Gedanken hielt sie inne.

Bist du selbst wirklich besser?, fuhr es ihr durch den Kopf. Den Regeln nach hättest du Bleicken und Gödecke umgehend über deine mögliche Befangenheit informieren müssen, als sie dir den Fall übertrugen und die Freikirche erwähnten, in der deine Schwester offenbar Zuflucht gesucht hat.

Hast du das getan? Nein. Weil du hoffst, dass du auf diese Weise schneller herausbekommst, was mit Jaane los ist, und ihr besser helfen kannst, falls sie sich in irgendeinen Schlamassel hineingeritten hat.

Vielleicht sollte sie darüber nachdenken, ob sie in ihrem Urteil über John Benthien nicht ein wenig zu hart war.

Fitzen kam aus der Teeküche, und sie warteten noch kurz, bis Velasco ihr Telefonat beendet hatte. Dann berichtete Sanna von ihrem Besuch beim Notar.

»Das ist interessant«, meinte Tommy Fitzen. »Ich habe einige der Marktverkäufer angerufen. Dabei waren zwei, die sich tatsächlich an den Streit von Mette Mohr und ihrer Schwester erinnerten. Es muss wohl am Käsestand passiert sein, der Verkäufer und seine Frau haben alles aus nächster Nähe mitbekommen. Ratet mal, worum es in dem Streit ging.«

Lilly Velasco verdrehte die Augen. »Lass das, du brauchst es nicht unnötig spannend zu machen.«

»Entschuldigt.« Fitzen hob die Schultern. »Sie stritten sich um Mettes Testament.«

»Sie hatte uns gegenüber behauptet, es gäbe kein Testament«, meinte Lilly Velasco. »Das bedeutet, Jolanda wusste also doch davon?«

Sanna schüttelte den Kopf. »Nicht zwangsläufig. Es wäre immerhin möglich, dass sie erst bei dem Streit auf dem Markt davon erfuhr. Cornelis sagte, dass seine Frau an dem Tag sehr aufgebracht über diesen Streit war. Wenn sie schon lange davon wusste, hätte sie das wohl kaum derart in Rage gebracht.«

»Das würde aber eventuell darauf hindeuten, dass die Riewerts den Mohrs nichts davon erzählten, dass die Beurkundung der Eigentumsübertragung bereits abgeblasen war«, sagte Fitzen.

»Aus welchem Grund hätten sie das verschweigen sollen?« Sanna blickte in die Runde. »Damit wäre doch der Familienstreit vom Tisch gewesen, abgesehen vom Testament natürlich, das weiterhin existierte.«

»Schwer zu sagen.« Velasco hob die Schultern. »Vielleicht wollte Mette ihre Schwester einfach noch ein wenig in der Luft hängen lassen. Oder sie hatte es sich wieder anders überlegt und wollte doch noch unterzeichnen … Das werden wir vielleicht nie herausfinden, jetzt, wo sie und ihr Mann tot sind.«

»Gehen wir mal der Reihe nach durch, was das für unseren Fall bedeutet«, schlug Sanna vor. »Die Vermögensübertragung ist also abgesagt. Damit würde eigentlich das Mordmotiv für Cornelis Mohr entfallen. Allerdings wissen er und seine Frau zum Zeitpunkt der Tat offenbar noch gar nichts davon – aus welchem Grund auch immer. Er könnte also in der Absicht zu den Riewerts gegangen sein, um sie mit allen Mitteln an der Übertragung zu hindern. Laas Riewerts hätte aber spätestens zu dem Zeitpunkt den Streit entschärfen können, indem er offenbarte, dass sie längst von dem Vorhaben abgerückt waren.«

»Spätestens, wenn Cornelis Mohr ihn mit der Waffe bedrohte …«, meinte Lilly, woraufhin Fitzen den Zeigefinger schüttelte.

»Die Waffe stammt nicht unbedingt von Cornelis. Es ist zumindest keine Waffe auf ihn registriert. Auch auf die Riewerts nicht. Außerdem habe ich mit der Kriminaltechnik telefoniert. Die Seriennummer wurde weggefräst.«

»Er könnte sie sich illegal besorgt haben«, warf Sanna ein. »Aber das Testament spricht ganz einfach gegen diese Theorie. Spätestens ab dem Streit auf dem Markt wusste Jolanda von dem Testament, und sie wird es Cornelis erzählt haben. Damit machte es aus Sicht der beiden gar keinen Sinn mehr, die Schwester zu töten, da das Vermögen dann automatisch an die Kirche gefallen wäre. Das Testament war rechtskräftig.«

»Damit wird es allerdings zweifelhaft, ob wir mit Cornelis Mohr den Richtigen haben«, meinte Lilly Velasco. »Das Motiv fällt zusehends in sich zusammen.«

»Ausschließen würde ich aber vorerst nichts. Es kann sich immer noch um einen Streit zwischen Laas Riewerts und Cornelis Mohr gehandelt haben, der eskaliert ist. Wobei zu klären wäre, wie die Waffe ins Spiel kam. Dennoch sollten wir herausfinden, wer noch vom Tod der Riewerts' profitiert haben könnte.«

»Ich hätte da einen Ansatz.« Lilly Velasco wandte sich dem Computermonitor zu und drehte ihn so, dass Sanna und Tommy Fitzen ihn sehen konnten. Velasco hatte einen Zeitungsartikel aufgerufen mit dem Titel »Eine flammende Prophezeiung«, darunter das Bild einer brennenden Halle.

Lilly fasste den Inhalt kurz zusammen. Im vergangenen Jahr war auf dem Friedenshof ein Gebäude, das als Lager genutzt wurde, vollständig ausgebrannt, womit ein Großteil der Ernte vernichtet worden war. Ein kapitaler Schaden. Das Mysteriöse an der ganzen Geschichte war, dass Nele Flohr, die spirituelle Vorsteherin der Freikirche, ein solches Ereignis ihren Jüngern prophezeit hatte. Sie hatte in ihrer Runde von einer Vision gesprochen, in der der Teufel die Gemeinschaft heimsuchen und auf eine harte Probe stellen werde. Flammen habe sie züngeln sehen.

Tommy Fitzen lachte und hakte an diesem Punkt ein. »Ist das nicht ein bisschen sehr viel Zufall?«

»Das dachte sich wohl auch die Versicherung. Man ging der Sache nach, und der Verdacht auf vorsätzliche Brandstiftung erhärtete sich. Wobei man nicht nachweisen konnte, dass jemand aus der Freikirche das Feuer gelegt hatte. Dennoch bezahlte die Versicherung nicht. Ich habe das eben nachrecherchiert und mit der Versicherung gesprochen. Außerdem habe ich bei der Gemeinde angerufen, denn dort hat laut Artikel die Freikirche finanzielle Hilfe beantragt, die aber abgelehnt wurde.«

»Wäre ja noch schöner, wenn so ein Verein mit Steuergeldern gepäppelt würde«, mokierte sich Fitzen.

»Heute wird ja so ziemlich alles und jeder mit unserem Geld gerettet«, erwiderte Lilly Velasco. »Der Versuch ist also durchaus nachvollziehbar. Der Freikirche scheint jedenfalls durch den Brand das Wasser finanziell bis zum Hals zu stehen. Das sagt hier in dem Bericht auch jemand, der es wissen muss.«

Velasco vergrößerte die Ansicht des Artikels und markierte einen Absatz. Darin kam ein Kritiker der Kirche zu Wort, Keke Boysen, ein Sohn des Kirchengründers, der vor Jahren aus der Gemeinde ausgeschlossen wurde, da er offenbar vom Glauben abgefallen war. Keke wurde mit den Worten zitiert: »Die Kassen dürften nun ziemlich geschröpft sein.«

Sanna trommelte mit den Fingern auf dem Schreibtisch. »Da wird das Erbe von Mette Mohr ja gerade recht kommen.«

»Das dachte ich mir auch«, meinte Lilly Velasco.

»Dann sollten wir uns noch mal mit den Leuten von der Freikirche unterhalten.«

»Dieser Abbe Boysen, mit dem wir gesprochen haben, war nicht sonderlich auskunftsfreudig. Aber vielleicht versuchen Sie es noch mal?«

»Das werde ich tun«, sagte Sanna. Ein Ausflug auf den Friedenshof schien überfällig. Auch aus persönlichen Gründen.

»Aber zuerst muss ich mich um die Fallakte kümmern, Bleicken bekommt sonst einen Herzinfarkt.«

»In der Zwischenzeit«, sagte Lilly Velasco, »werde ich mich mit Keke Boysen unterhalten. Mal sehen, was er so zu erzählen hat. Er lebt drüben in Seeth.«

17 John

Zu dem Ort Seeth, der im Osten von Friedrichstadt lag, waren es nur wenige Minuten Fahrt. John steuerte den Streifenwagen zwischen Feldern und Marschwiesen über die Landstraße. Durch das offene Fenster wehte warmer Wind herein. Im Radio endeten die Nachrichten, und der Wetterbericht warnte für den Abend vor heftigen Gewittern mit Starkregen. Die Abkühlung würde nur vorübergehend sein, gleich morgen warteten neue Temperaturrekorde.

John schaltete das Radio aus und sah zu Celine hinüber.

Sie hatte die Arme verschränkt und kaute trotzig einen Kaugummi. Ihr rechter Fuß lag auf dem Armaturenbrett.

»Würdest du bitte den Latschen runternehmen?«, bat John.

Celine warf ihm einen mürrischen Blick zu, tat ihm aber den Gefallen. »Würdest du bitte aufhören, mein Interview zu kapern?«

»Ich möchte dem Mann nur ein paar Fragen stellen. Dann lasse ich euch allein, und du kannst dein Interview machen.«

»Aber ich bin kein kleines Kind, das von seinem Papi dorthin kutschiert werden muss.«

»Natürlich.«

Sie passierten das Ortsschild von Seeth und fuhren an Einfamilienhäusern vorbei.

»Sieh es mal von der positiven Seite. Du tust der Polizei, deinem Freund und Helfer, einen großen Gefallen«, versuchte er, zumindest das Mikroklima im Auto ein wenig abzukühlen. »Ich muss mich nicht bei dem Mann anmelden, er hat also keine Gelegenheit, sich auf mein Erscheinen und meine Fragen vorzubereiten. Das ist oft sehr erkenntnisreich. Üblicherweise zeigt sich die Polizei für solch einen Dienst auch erkenntlich …«

Celine stöhnte, wandte ihm aber den Kopf zu und hob eine Augenbraue. »Erkenntlich in welcher Form?«

»Nun, das wäre Verhandlungssache.«

»Hm … Du hast doch bestimmt bald mal wieder in Flensburg zu tun. Ich meine, wegen der Mieter und so …«

John hatte die Altbauwohnung im Stadtteil Jürgensby, die er bislang bewohnt hatte, bis auf Weiteres vermietet. »Das könnte schon sein, ja.«

»Wie wäre es dann mit einem All-you-can-eat bei einem Sushi-Dealer meines Vertrauens?«

John musste schmunzeln. »Ich denke, das ließe sich einrichten.«

Celine streckte ihm die Hand hin. »Deal.«

Er schlug ein. »Sag mal … vermisst du es eigentlich?«

»Was soll ich vermissen?«

»Die Stadt. Deine Freunde. Die alte Schule …«

Celine hob die Schultern. »Weiß nicht. Eigentlich nicht. Und du?«

»Ich? Ob ich die Stadt vermisse … Nein, eigentlich auch nicht.«

»Deine Arbeit, meinte ich.«

»Ach so … nein, natürlich nicht. Ist doch schön hier. Das weite Land, die Leute, die Ruhe … die viele Zeit, die wir füreinander haben.«

»Ja … wirklich toll. Und so idyllisch hier.« Celine blickte auf ihr Smartphone, auf dem die Navigationsapp lief, und hob die Hand. »Mach mal langsam. Hier müssen wir links.«

Sie hatten die Kreuzung im Ortszentrum von Seeth erreicht, wo die Gööstraat von der Hauptstraße abzweigte.

John setzte den Blinker. Kurz nachdem sie eine Biogasanlage

passiert hatten, meinte Celine: »Hier noch mal links und dann gleich wieder links.«

»Bist du dir sicher?« John war den Anweisungen gefolgt, und nun standen sie vor einem schmalen Feldweg.

Celine hielt ihm das Handy hin. »Er hat mir seinen Standort geschickt …«

Auf der Karte war ein roter Kreis in ihrer Nähe zu sehen, der mitten auf einem freien Feld lag. »Da ist aber weit und breit nichts.«

Celine hob die Hände. »Frag mich nicht. Vielleicht sehen wir uns das einfach an?«

John lenkte den Wagen auf den Feldweg, und sie folgten der Rumpelpiste einige Hundert Meter, bis der Weg an einer Fußgängerbrücke endete.

Sie stellten den Wagen ab, stiegen aus und überquerten die Brücke. Dahinter erstreckte sich ein verdorrtes Feld, auf das die Sonne niederbrannte. Die Luft waberte über den braunen Grashalmen, und ein Schwarm Möwen kreiste auf der Suche nach Futter. Am Horizont, weit im Westen, zogen die ersten Gewittertürme auf.

»Was zum Teufel ist das?« John stemmte die Hände in die Hüften und sah Celine fragend an, die ebenso verblüfft wirkte.

Auf dem Feld standen etwa zwei Dutzend bogenförmige Betonbauten, jeder um die acht, maximal zehn Meter lang.

»Sollen das … Bunker sein?«

»Wie du gerade sagtest«, meinte John. »Sehen wir uns das mal an.«

Der Wind war ein wenig aufgefrischt und wehte den Staub über das Feld. Sie gingen zu einem der Bunker hinüber, vor dem ein schwarzer Wrangler-Jeep geparkt war.

Schon jetzt war John froh, dass er sich aus einer Laune heraus entschieden hatte, Celine hierher zu begleiten.

Aus dem Gebäude trat ein muskelbepackter Mann in schwarzem T-Shirt und gleichfarbiger Cargohose. In der einen Hand hielt er einen Vorschlaghammer, in der anderen eine Bohrmaschine. Er legte beides auf die Ladefläche des Jeeps, auf der weitere Gerätschaften und Kisten standen.

Es war Keke Boysen. John erkannte ihn an dem kantigen, mit Bartstoppeln bewachsenen Kinn und den kurzen schwarzen Haaren.

Boysen griff in eine Tasche seiner Hose und holte ein Tuch hervor, mit dem er sich den Schweiß von der hohen Stirn wischte.

Als er John und Celine kommen sah, zeigte sich kurz ein ebenso überraschter wie besorgter Ausdruck auf seinem Gesicht.

Noch bevor John etwas sagen konnte, überholte Celine ihn im Gehen und streckte dem Mann die Hand hin. »Guten Tag. Celine Jacobs. Wir haben miteinander gesprochen.«

Boysen ergriff ihre Hand. »Ja, natürlich. Ich ... hatte nur nicht damit gerechnet, dass Sie die Polizei mitbringen.«

»Oh.« Celine lächelte und blickte sich kurz zu John um. »Der Herr Wachtmeister hat mich netterweise mitgenommen. Mein Fahrrad hatte einen Platten. Sonst hätte ich es wohl nicht rechtzeitig geschafft.«

Schlaues Mädchen, dachte John. Auch wenn Celine jetzt bei ihm lebte, hatte sie den Familiennamen ihres Vaters beibehalten. Es konnte nicht schaden, wenn sie nicht jedem auf die Nase band, dass sie sein Schützling war.

»Ah.« Keke Boysen blickte zwischen ihnen beiden hin und her. »Und was verschafft mir die Ehre, Herr ... Wachtmeister?«

»John Benthien. Ich war gerade ebenfalls auf dem Weg zu Ihnen. Wir sind uns neulich Abend begegnet, falls Sie sich erinnern.«

Keke Boysen schloss die Heckklappe des Jeeps. »Ich entsinne mich, ja. Was kann ich für Sie tun?«

»Wenn ich recht informiert bin, dann haben Sie einmal der Kirche des wahren Glaubens angehört.«

»Das ist richtig. Mein Vater hat die Freikirche gegründet. Aber wie Sie schon angedeutet haben, bin ich nicht mehr Mitglied.«

»Es hat im Umfeld der Freikirche einen tragischen Vorfall gegeben. Zwei Menschen wurden ermordet.«

»Die Riewerts. Ja, ich habe davon gehört.« Boysen sprach mit einer tiefen, knurrigen Stimme.

»Die Kripo ermittelt in dieser Sache«, erklärte John. »Wir ... also die Kollegen stehen noch ganz am Anfang und interessieren sich vor allem für das Umfeld der Riewerts', also die Freikirche.«

Keke Boysen verschränkte die Arme vor der Brust und lehnte sich gegen den Jeep. »Und da dachten Sie an mich.«

»Sie sind bekannt als Insider, aber auch als Kritiker.«

»Kritiker ...« Boysen lachte kurz. »Wohl wahr. Mit der Kritik sollte man es in solchen Kreisen allerdings nicht übertreiben. Sehen Sie, mir kamen irgendwann Zweifel, und ich begann die ganze Sache mit Gott und der Bibel zu hinterfragen. Aber das war nicht erwünscht. Meine eigene Familie – meine Eltern, mein Bruder – wandten sich gegen mich und schlossen mich aus der Gemeinschaft aus. Wobei ich ohnehin kurz davor war, aus diesem Club auszutreten. Aber wir waren eine Familie, verstehen Sie, und ich hatte den guten Glauben, dass ich meinen Leuten doch noch Verstand an den Kopf reden und sie von dem Unsinn, den sie da treiben, abbringen könnte. Tja, da hatte ich mich wohl geirrt.«

»Was meinen Sie mit Unsinn?«, hakte John ein.

»Ist das nicht offensichtlich?« Boysen griff in eine der Taschen seiner Cargohose und holte ein Päckchen Zigaretten heraus. Er zündete sich eine an. »Wenn in der heutigen Zeit erwachsene Menschen Wort für Wort an das glauben, was in diesem Tausende Jahre alten Buch steht, dann kann man das doch nur als Unsinn bezeichnen. Ich meine ... wir fliegen dort oben mit Satelliten und Raumschiffen herum. Hat da irgendjemand Gott gesehen? Nein. Die Bibel, das ist für mich heute nicht viel mehr als ein urzeitlicher Comic mit der Frühform eines Superhelden, der magische Kräfte besitzt.«

»Mir scheint, mit der Meinung kommen Sie gut an«, warf John ein. »Ich habe Sie neulich in einem Fernsehbericht über eine andere Freikirchenaussteigerin gesehen.«

»Den Fernsehleuten geht es wie Ihnen. Die sprechen eben auch gerne mit jemandem, der sich auskennt. Es gibt noch mehr Vereine wie den meiner Eltern. Warum sollte ich andere Leute nicht davor warnen, sich ihnen anzuschließen?« Er breitete die Hände aus. »Und mit irgendwas muss ich ja Geld verdienen.«

John wandte den Blick zu den Bunkern. »Was ist das hier?«

»Es gibt eine Sache, in der die Bibel richtigliegt. Das Ende von allem. Allerdings hat das meiner Meinung nach nichts mit Gott zu tun, sondern vielmehr mit der Dummheit unserer Spezies. Man muss weder Gott noch Prophet sein, um zu wissen, dass es immer nur eine Frage der Zeit war, bis wir uns selbst den Garaus machen würden. Und jetzt ist es bald so weit.«

»Sie meinen den Klimawandel?«, schaltete sich Celine in das Gespräch ein.

Keke Boysen zeigte mit dem Finger auf sie und lächelte. »Ganz genau, junges Fräulein. Die Klimaapokalypse. Vielleicht aber auch ein Atomkrieg. Ist das nicht toll? Der Homo sapiens, die Menschheitsgeschichte, Hunderttausende Jahre, und wir werden das Ende erleben.«

»Soll das bedeuten, Sie planen hier für den Weltuntergang?«, fragte John.

»So ist es. Lange wird es nicht mehr dauern. Sie müssen nur in die richtigen Foren im Internet gehen. Wobei, inzwischen reicht auch YouTube. Da finden Sie Leute, die die Wahrheit sagen und die nicht von unseren Politikern weichgespült sind. Die geben uns nur noch ein paar Jahre, höchstens ein, zwei Jahrzehnte, bis der Planet für uns unbewohnbar wird. Das Chaos wird natürlich schon früher ausbrechen. Hungersnöte, Wassermangel, Naturkatastrophen, Flüchtlinge … Unsere Staaten werden darunter zusammenbrechen. Vorher sollten Sie sich ein sicheres Plätzchen gesucht haben.«

»Lassen Sie mich raten. Dieses sichere Plätzchen bekomme ich hier bei Ihnen?«

Keke Boysen deutete auf die rund zwei Dutzend Bunker. »Das hier ist erst der Anfang. Die gesamte Anlage wird autark sein, sowohl was Energie als auch Nahrung angeht. Wenn Sie sich schnell entschließen … noch gilt der Frühbucherrabatt.«

John hegte keinen Zweifel, dass Celine sich mit diesem Kerl abseits ihrer eigentlichen Kirchenrecherche prächtig unterhalten würde. Allerdings hatten solche Überzeugungen für ihn nichts mit der Realität zu tun. Vielmehr schien der Kerl den einen Glauben gegen einen anderen ausgetauscht zu haben – Gottes Himmelreich gegen den Weltuntergang. Er hegte keinen Zweifel daran, dass Keke Boysen mit seiner Anlage gutes Geld verdienen würde, heutzutage gab es schließlich genug Spinner, die auf so etwas abfuhren. Wie würde diese neue Gemeinschaft dann wohl heißen? Die Kirche vom Ende aller Tage?

»Ich hätte eine ganz andere Frage«, brachte er das Gespräch wieder auf das eigentliche Thema zurück. »Als ich Sie im Café gesehen habe – das war doch Ihr Bruder Abbe, der bei Ihnen war, richtig? Und das Café gehört der Freikirche. Wie kommt es, dass ich Sie dort angetroffen habe, wo man Sie doch verbannt hat?«

»Ganz einfach.« Keke Boysen zog ein letztes Mal an seinem Zigarettenstummel, warf ihn auf den Boden und trat ihn mit der Hacke seines rechten Bikerstiefels aus. »Mein Bruder ist immer noch mein Bruder. Und zu der Uhrzeit war er der Einzige im Café. Ich habe ihm ein neues Zuhause hier bei mir angeboten.«

»Zum Familienpreis, nehme ich an?«

»Natürlich. Er hat leider abgelehnt.«

»Haben Sie noch Kontakt zu anderen Mitgliedern der Freikirche?«

»Nicht wirklich. Aber ich kenne natürlich viele von ihnen, und in einer kleinen Ortschaft wie Friedrichstadt läuft man sich zwangsweise über den Weg.«

»Was ist mit den Riewerts?«

»Klar. Lars war damals im Vorstand. Und Mette wohnte noch auf dem Friedenshof. Allerdings hatte ich in den vergangenen Jahren kaum Kontakt mit den beiden.«

»Sind Ihnen Feinde der Riewerts' bekannt, Streitigkeiten, in die sie innerhalb der Freikirche verwickelt waren?«

»Nein.«

»Wie sieht es mit Nils Löhr aus?«

»Der mit dem Buckel und der Warze auf der Wange?« Keke Boysen sah John überrascht an. »Den kenne ich. Er ist schon lange dabei.«

»Welche Beziehung hatte er zu den Riewerts?«

»Tja … schwer zu sagen. Nils war schon immer jemand, der gerne für sich ist. Oder bei den Tieren, mit denen versteht er sich gut. Es ist daher schwer zu sagen, ob er überhaupt zu irgendjemand eine Beziehung hatte.«

»Er sagte mir, er sei in Mette Riewerts verliebt gewesen.«

Keke Boysen grinste. »Ach so, das. Ja, das war in der Tat ein wenig skurril.«

»Inwiefern?«

»Nils lebte schon eine Weile auf dem Friedenshof. Ich glaube, er interessierte sich in der ganzen Zeit nie für ein weibliches Wesen. Aber als Mette dann der Gemeinde beitrat … tja, da hat ihn mächtig der Hafer gestochen. Allen ist aufgefallen, wie er um sie herumscharwenzelte. Er …« Boysen kicherte. »Er rasierte sich neuerdings sogar und benutzte Aftershave. Ich habe ihn mir dann eines Tages gekauft und gefragt, was die Operette soll. Da erzählte er mir, dass er sich in Mette verliebt hätte und sie füreinander bestimmt wären.«

»Erwiderte Mette seine Avancen denn?«

»Wo denken Sie hin! So viel kann man als Frau doch gar nicht saufen. Sie wies ihn natürlich ab, als es ihr zu viel wurde. Ein paar von den jüngeren Männern haben sich damals einen Spaß mit ihm erlaubt, was natürlich nicht fair war. Sie steckten ihn in einen Anzug, drückten ihm einen Blumenstrauß und einen Ring in die Hand, den einer aus dem Kaugummiautomaten hatte, und schickten ihn los, damit er Mette einen Antrag machte. Die ertrug es mit Fassung, als Nils vor ihrer Zimmertür kniete. Sie machte ihm freundlich, aber verbindlich klar, dass das mit ihnen nichts werden würde. Vermutlich zu freundlich, denn Nils glaubte auch danach noch, dass er eine Chance hätte.«

»Aber dann heiratete Mette Laas Riewerts.«

»So ist es. Mette hatte schon die ganze Zeit ein Auge auf ihn geworfen, doch da war er noch ...« Keke Boysen hielt inne, wie jemand, der zu sehr in Plauderstimmung gekommen war und sich eines Besseren besann. »Er war noch mit seiner ersten Frau zusammen, Eef. Vermutlich kennen Sie die Geschichte nicht ... eine tragische Sache. Eef verschwand eines Tages spurlos. Bis heute weiß niemand, was mit ihr geschehen ist. Meine Vermutung war immer, dass sie von der Freikirche und ihrem Mann die Nase voll hatte und Reißaus nahm.«

»Davon habe ich gehört, ja.«

»Jedenfalls sah Mette nach Eefs Verschwinden ihre Chance gekommen. Sie wahrte natürlich eine Anstandsfrist, aber dann warf sie sich Laas an den Hals. Mit Erfolg. Die beiden heirateten auf dem Friedenshof, ein Tag, den der arme Nils nie verwunden hat. Er hat sich damals in der Scheune versteckt. Mein Bruder Abbe fand ihn weinend bei den Ponys. Er faselte etwas davon, dass Mette sich geirrt haben müsse, dass sie doch füreinander bestimmt seien.«

»Kann es sein, dass er bis zum Schluss dieser Auffassung war?«

»Allerdings. Es ist ein offenes Geheimnis, dass er es sich zur

Angewohnheit machte, abends und nachts vor dem Haus der Riewerts' herumzulungern, nur um einen Blick auf Mette zu erhaschen. Er hat deshalb mit Ihren Vorgängern schon mal Ärger gehabt.«

»Wie schätzen Sie ihn ein?«, fragte John. »Ist er jemals durch Gewalttätigkeit aufgefallen?«

Keke Boysen überlegte einen Moment. »Nicht wirklich. Aber er ist natürlich ein kräftiger Bursche. Auf dem Feld arbeitet er für drei. Und wenn er mal richtig sauer ist ... wer weiß. Wenn Sie mich fragen ... Bei der Vorgeschichte würde ich meine Hand nicht dafür ins Feuer legen, dass bei Nils am Ende nicht doch noch die Sicherung durchgebrannt ist.«

John nickte. »Vielen Dank.«

Celine ergriff das Wort und meinte zu John: »Ich will nicht unhöflich sein, aber ich würde auch gerne noch mit Herrn Boysen sprechen.«

»Sicher. Ich warte dann im Wagen auf Sie.«

»Nicht nötig, Sie brauchen mich nicht mit zurückzunehmen.«

»Aber ...«

»Machen Sie sich mal keine Sorgen, die Busverbindung ist ganz prima. Allerdings könnten Sie vielleicht mein Fahrrad einsammeln. Ich hole es mir dann gerne in der Wache ab.«

Sie kam zu ihm herüber und drückte ihm einen Schlüssel in die Hand und zwinkerte ihm so zu, dass Boysen es nicht sehen konnte. »Hier, für das Schloss.«

John zögerte. Es gefiel ihm nicht, seine Tochter mit irgendwelchen Kerlen allein zu lassen. Anderseits lief er Gefahr, ihre kleine Lügengeschichte zu zerstören, wenn er sich hier wie ihr Vater aufspielte.

Beruhig dich, Daddy, mahnte John sich im Stillen. Sie wird erwachsen, geht ihrer Wege, da kannst du sowieso nicht ewig hinter ihr herlaufen.

Er nahm den Schlüssel. »Ausnahmsweise. Eigentlich gehört

das nicht zu unserem Tätigkeitsfeld. Flicken werde ich Ihnen den alten Drahtesel ganz gewiss nicht.«

»Vielen Dank«, sagte Celine und wandte sich ab.

John ging zum Streifenwagen, wendete auf dem schmalen Feldweg und rumpelte zur Hauptstraße zurück.

Auf halbem Weg kam ihm ein anderes Auto entgegen.

John bremste ab und fuhr an den äußersten rechten Rand des Weges, damit sie aneinander vorbeipassten.

Als der andere Wagen auf gleicher Höhe war, hielt er an, und das Fenster auf der Fahrerseite fuhr herunter.

»Hallo, John«, sagte Lilly. »Was treibst du hier?«

18 Lilly

Etwa eine Stunde später sah Lilly sich in der Wache von Friedrichstadt Nils Löhr gegenüber. Sic hatten ihn auf einen unbequemen Besucherstuhl vor den Schreibtisch gesetzt, hinter dem Lilly Platz genommen hatte. Tommy lehnte im Rücken des Mannes an einem Aktenschrank.

Die Hitze hatte am Nachmittag ihren Höhepunkt erreicht. Draußen mussten es selbst im Schatten an die dreißig Grad sein. Zwar hatte der Wind aufgefrischt, doch durch die offen stehende Tür kam die Luft wie aus einem Föhn herein. Da half selbst der ratternde Ventilator nichts, der hinter der Empfangstheke Schwerstarbeit verrichtete.

Nils Löhr hockte vornübergebeugt auf seinem Stuhl und blickte ängstlich zwischen Lilly und Tommy hin und her. Er schien nervös, vermutlich, weil er nicht wusste, was ihn erwartete, und genau das war der Grund gewesen, ihn auf die Wache zu holen.

Lilly hatte sich in ihrer Annahme bestätigt gesehen, dass es nicht einfach sein würde, John Benthien aus einer Mordermittlung herauszuhalten. Dafür kannte sie ihn zu gut. Sein natürlicher Instinkt war einfach zu stark.

Allmählich fragte sie sich auch, ob es überhaupt Sinn machte, der Anweisung von Bleicken und Gödecke Folge zu leisten. Warum Johns Talent verschleudern? Er hatte einen vielleicht wichtigen Hinweis aus Keke Boysen herausbekommen.

Natürlich hatte sie ihn zurechtgewiesen, als sie auf dem Feldweg mit den Autos nebeneinandergestanden hatten. Denn sein Alleingang hätte peinlich für sie beide werden können, wenn sie sich nicht zufällig begegnet wären. Wie dumm und unprofessionell hätte es ausgesehen, wenn sie nacheinander den Mann aufgesucht hätten?

Sie war daher ganz froh, dass John jetzt anderweitig beschäftigt war. Als sie wieder bei der Wache angekommen waren, hatte ein Mann in schwarzem Ornat auf ihn gewartet, ein Pfarrer Christensen. John war mit dem Mann nach draußen gegangen, um sich mit ihm zu unterhalten.

Lilly stützte sich mit den Ellbogen auf den Schreibtisch und belehrte Nils Löhr über seine Rechte. Er trug noch immer seine Arbeitskleidung, und der Schweiß stand ihm auf der Stirn. Als Lilly sich erkundigte, ob er alles verstanden habe, nickte er stumm, doch sie bezweifelte, dass er wirklich begriffen hatte, in welcher Situation er sich befand.

Es war Sanna Harmstorfs Idee gewesen, ihn hierherzubringen. Als Lilly auf die Wache zurückgekehrt war, hatte die Staatsanwältin noch die digitale Fallakte gepflegt. Sie hatten entschieden, Nils Löhr zunächst als potenziellen Zeugen zu behandeln. Zwar konnte man bei ihm ein Motiv vermuten, doch sie hatten nichts gegen ihn in der Hand, und die Befragung als Zeuge vereinfachte das gesamte Prozedere ungemein. Der Mann war anstandslos mitgekommen, als Tommy ihn vom Friedenshof abgeholt hatte. Nele Flohr hatte ihn entgegen ihrer Drohung auch ohne Anwalt ziehen lassen, einerseits, weil er eben als Zeuge galt, andererseits vermutlich auch, um es sich nicht vollends mit der Polizei zu verscherzen.

Natürlich gab es noch eine dritte Möglichkeit für ihre plötzliche Kooperationsbereitschaft. Lilly kannte sich mit den Regeln in der Freikirche nicht aus, da dort allerdings großer Wert auf das Seelenheil gelegt wurde, konnte sie sich vorstellen, dass die Gläubigen die Möglichkeit zur Beichte hatten. Vielleicht hatte Nele

Flohr auf diesem Weg in der Zwischenzeit in Erfahrung gebracht, dass sie von Nils Löhr nichts zu befürchten hatte.

Ob dem tatsächlich so war, würden sie nun herausfinden.

Sanna Harmstorf kam aus der Teeküche und stellte Nils Löhr die Tasse kalten Kakao hin, um die er gebeten hatte.

Er umfasste sie mit beiden Händen, trank einen Schluck und meinte mit einem kurzen Lächeln auf den Lippen: »Schmeckt lecker. Vielen Dank.«

»Gerne.« Die Staatsanwältin nickte Lilly zu, während sie sich auf den freien Stuhl neben dem Mann setzte. »Wollen wir dann?«

»Es geht uns noch einmal um Mette und Laas Riewerts«, begann Lilly. »Mein Kollege John Benthien hat Sie am Abend der Tat vor deren Haus gesehen, und eine weitere Zeugin sagte uns, dass Sie später noch einmal zurückgekommen seien. Sie haben uns das heute Morgen bestätigt. So weit ist das korrekt?«

Nils Löhr trank noch einen Schluck Kakao. »Ist wirklich lecker. Wie machen Sie das?« Er sah Sanna an, die ihn anwies: »Verrate ich Ihnen später, bitte beantworten Sie die Frage der Kollegin. Stimmt es, dass Sie am betreffenden Abend zweimal am Haus der Riewerts' waren und es beobachteten?«

»Schon.« Nils Löhr nickte verhalten.

»Also ist das ein Ja?«, hakte Lilly nach und wies auf das Aufnahmegerät, das mitlief. »Ich brauche ein klares Ja oder Nein.«

»Ja.«

»Mein Kollege sah Sie gegen zweiundzwanzig Uhr bei dem Haus. Die Zeugin schätzt, dass es ungefähr gegen dreiundzwanzig Uhr war, als Sie ein zweites Mal dort auftauchten. Können Sie das bestätigen?«

Löhr nickte abermals. »Ja. Elf Uhr.«

»Warum sind Sie sich da so sicher?«

Er deutete auf die Uhr an seinem Handgelenk, eine rote Swatch. »Um Viertel nach elf Uhr gehe ich immer schlafen. Da muss ich pünktlich zurück sein.«

»Als wir heute Morgen miteinander gesprochen haben, sagten Sie uns, dass Sie Mette Riewerts liebten. Könnten Sie das spezifizieren?«

Nils Löhr sah sie mit verständnislosem Blick an. »Spezi... was?«

»Wollten Sie mit Mette zusammen sein?«, schaltete sich Tommy ein, und Lilly war ihm dankbar, dass er die Sache so einfach auf den Punkt brachte.

»Wir ...« Der Mann stockte kurz. »Wir waren füreinander bestimmt.« Bitterkeit lag in der Stimme des Mannes. Er verzog das Gesicht, und seine Augen füllten sich mit Tränen. Mit einer Hand auf dem Herzen meinte er: »Mette ist hier drin. Immer. Sie fehlt mir so.«

»Sie waren schon sehr lange in sie verliebt, richtig?«, fragte Lilly.

»Seit ich sie zum ersten Mal sah. Seitdem.«

»Aber sie wollte nichts von Ihnen wissen.«

Nils Löhr schüttelte den Kopf. »Mette wusste es nur noch nicht. Ich musste es ihr erklären.«

»Haben Sie deshalb vor dem Haus gestanden? Weil Sie auf sie warteten, um es ihr zu erklären?«

Nils Löhr hob die Schultern. »Ich vermisse Mette.«

»Sie lebte früher auf dem Friedenshof, da haben Sie sie jeden Tag gesehen, nicht wahr?«

»Ja.«

»Und dann heiratete sie Laas Riewerts und zog in das Haus in Friedrichstadt?«

»Da war ich sehr traurig.« Nils Löhr wischte sich die Tränen aus dem Gesicht. »Verstand ich nicht. Sie war doch mein.«

»Deshalb kamen Sie dann regelmäßig zum Haus der Riewerts'?«

»Mhm. Ich wollte Mette sehen. Dachte, sie überlegt es sich vielleicht anders.«

»Tat sie aber nicht«, sagte Tommy. »Ich an Ihrer Stelle wäre mächtig sauer auf sie gewesen.«

»Sauer ...«, wiederholte Nils Löhr nachdenklich, schüttelte dann aber mit ernster Miene den Kopf. »Nein. Sauer war ich nicht. Aber Sehnsucht hatte ich nach ihr.«

Lilly holte tief Luft und sah dem Mann in die Augen. »Herr Löhr, Sie sind hier als potenzieller Zeuge. So wie die Dinge liegen, muss ich Sie das jetzt aber fragen. Haben Sie Mette und Laas Riewerts aus Eifersucht etwas angetan?«

Der Mann schrak auf dem Stuhl zurück, dabei verschüttete er etwas aus der Kakaotasse, die er in der Hand hielt. »NEIN! NEIN!«

Lilly hob die Hand. »Beruhigen Sie sich. Wie gesagt, ich muss das fragen ...«

»Ich liebe Mette«, entgegnete er energisch. »Ich hab ihr nichts getan. Und Laas auch nicht. Und Gott ... Gott sagt, dass jemanden umbringen eine Sünde ist!«

»Ja, das ist wohl so.« Lilly lehnte sich zurück und machte eine kleine Pause, damit ihr Gegenüber wieder zu sich kommen konnte. »Als Sie an dem Abend vor dem Haus der Riewerts' standen, haben Sie da etwas beobachtet?«

»Der Mann kam ...«

»Mein Kollege, ja, das wissen wir.«

»Vor dem hatte ich Angst und lief weg. Dann bin ich aber wieder zurück. Laas guckte Fernsehen im Wohnzimmer. Die Frau im Haus gegenüber öffnete das Fenster und sagte, ich sollte weggehen. Dann kam der Mann und stritt mit ihm und ging wieder ...«

»Moment, Moment«, meinte Lilly. »Jemand kam zum Haus der Riewerts'?«

Nils Löhr hob die Augenbrauen. »Ein Mann kam, ja. Er klingelte, und Laas machte auf. Sie stritten sich. Böse Worte. Der Mann wollte rein, aber Laas schubste ihn weg. Und da ging er wieder.«

»Da war also ein Mann, den Sie gesehen haben, und er stritt sich mit Laas Riewerts?«

»Mhm. Ein Mann.«

»Und … haben Sie ihn zufälligerweise erkannt?«

»Ja.«

»Kennen Sie seinen Namen?«

»Ja.«

»Und würden Sie uns den Namen auch verraten?«

Nils Löhr strahlte wie ein Schuljunge, der endlich mal etwas zum Unterricht beitragen konnte. »Ja, der Mann, der mit Laas stritt, das war Abbe Boysen.«

19 John

»Herr Kommissar, so kann das wirklich nicht weitergehen«, sagte Pfarrer Christensen. »Sie müssen etwas unternehmen.«

»Ich fürchte, das ist leichter gesagt als getan«, meinte John.

Der Pfarrer hatte ihn an der Wache abgepasst. Weil er Lilly, Tommy und die Staatsanwältin bei ihrer Arbeit nicht mit Geplauder über alltägliche Nichtigkeiten stören wollte, war er mit dem Geistlichen über den Marktplatz und dann ein Stück am Mittelburggraben entlanggegangen. Nun standen sie auf der Kohbrüch, einer schmalen Fußgängerbrücke über die Gracht. Ihr Name stammte noch aus einer Zeit, als die Einheimischen Kühe über diese Brücke getrieben hatten. Von hier aus blickte man über den Mittelburggraben mit seinen vier Brücken, auf dem sich einige kleine Tret- und Elektroboote tummelten. Ein Rundfahrtschiff, dessen Kapitän seinen Passagieren im Plauderton die Sehenswürdigkeiten anpries, zwängte sich hinter ihnen in die enge Schleuse, die den Weg zum Westersielzug und der Treene freigab.

»Aber Sie müssen doch für Recht und Ordnung sorgen«, echauffierte sich der Pfarrer. »Die Mitglieder meiner Gemeinde sind empört über das Verhalten der Jugendlichen. Sie müssen das stoppen!«

»Ist denn schon wieder etwas passiert?«

John wollte dem Mann ungern sagen, dass seine Gedanken gerade einem Doppelmord galten und er weder Zeit noch Lust hatte, sich nachts auf die Lauer zu legen, um mit ein paar angetrunkenen Halbstarken Katz und Maus zu spielen. Zumindest nicht alleine. Das würde nur Sinn machen, wenn er Verstärkung aus Husum anforderte, die mit ihm auf Streife ging, so Präsenz zeigte und half, die Übeltäter zu fassen.

»Sie meinen, abgesehen vom Vandalismus?« Der Pfarrer hatte inzwischen einen hochroten Kopf. »Die jungen Leute hängen nun schon am helllichten Tag mit Alkohol in der Gegend rum.«

»Das ist mir nicht entgangen«, sagte John. Was hier für Aufsehen sorgte, gehörte in einer Großstadt zum Alltag. »Solange die jungen Leute sich ruhig verhalten, kann ich dagegen aber nichts unternehmen. Es gibt kein Gesetz, das Alkoholkonsum in der Öffentlichkeit verbietet. Wäre es nicht auch Ihre Sache, auf die Jüngeren unter Ihren Schäfchen einzuwirken?«

»Das tue ich bereits. Allerdings sind da nicht besonders viele junge Schäfchen. Sie wissen wohl um die anhaltende Austrittswelle. Außerdem ... muss ich mich für die Interessen meiner Kirchengemeinde einsetzen.« Der Pfarrer holte ein Taschentuch hervor und wischte sich über die Stirn. »Wir müssen auch an den Tourismus denken. Meine Gemeindemitglieder beschweren sich schon, was für ein Bild unsere Stadt abgibt.«

Daher weht also der Wind, dachte John. Der Pfarrer wollte den großen Kümmerer mimen und seinen verbliebenen Schäfchen demonstrieren, dass er sich für ihre Belange einsetzte und es doch noch einen Grund gab, die Kirchenmitgliedschaft aufrechtzuerhalten. Und da gefühlt mehr als die Hälfte der Leute hier von den Urlaubern lebten, war ihnen natürlich daran gelegen, dass die Idylle gewahrt wurde.

»Ich werde der Sache nachgehen«, versprach John. »Aber ich will ganz offen sein ... Die Kollegen von der Kripo sind in der Stadt, und ich unterstütze sie im Rahmen meiner Möglichkeiten. Ein Doppelmord hat Vorrang vor jugendlichem Unfug.«

Der Pfarrer hob beschwichtigend die Hände. »Natürlich, das verstehe ich, etwas anderes wollte ich auch gar nicht andeuten.«

»Sagen Sie, kannten Sie die Riewerts gut?«

»Laas und Mette?« Christensen schob die Unterlippe vor. »Ein wenig. Diese Freikirche … das ist eine recht verschlossene Gemeinschaft. Ich habe über die Jahre einige Schäfchen an sie verloren, und der Kontakt zu vielen ist völlig abgebrochen. Laas schien mir in letzter Zeit ein wenig zugänglicher. Ich sprach des Öfteren mit ihm. Schien mir ein netter Kerl zu sein.«

»Ja, den Eindruck hatte ich auch. Worüber sprachen Sie beide denn?«

»Alltägliches.«

»Je mehr ich über diese Freikirche erfahre, desto weniger verstehe ich, wie jemand wie Laas Riewerts sich einem solch altfränkischen Verein anschließen konnte.«

Der Pfarrer stieß ein leises Lachen aus. »Altfränkisch, das trifft es wohl ganz gut. Uns Amtskirchen wird oft vorgeworfen, hinter der Zeit zu leben. Aber ich weiß nicht, ob das eine gute Entwicklung ist, wenn uns Amtskirchen die Mitglieder davonlaufen und eine neue Heimat in diesen ultraorthodoxen Kreisen finden.«

»Macht Ihnen die Konkurrenz etwa Angst?«

»Ich bitte Sie, Herr Kommissar. Nur mal ein Beispiel: In der Kirche des wahren Glaubens gilt eine Frau als Hure, wenn sie in ihrem Leben mit mehr als zwei Männern geschlafen hat. Was sind denn das für Vorstellungen?«

»Wenn ich mich recht entsinne, ist es um die Sexualmoral der katholischen Kirche doch nicht viel anders bestellt«, wandte John ein. »Wenn man den Sex vor der Ehe tabuisiert, läuft das letztendlich auf dasselbe hinaus.«

»Nun, in Rom mag man das vielleicht noch so sehen, aber hierzulande hat sich da doch viel gewandelt. Nein … da drüben auf dem Friedenshof leben sie wie im Mittelalter. Sie verbieten ihren Mitgliedern sogar den Umgang mit elektronischem Gerät. Noch rückständiger geht es nun wirklich nicht.«

»Ich miete mein Haus von der Freikirche. Die Abrechnungen bekomme ich bislang alle per Mail.«

»Der Ältestenrat und der Vorstand nutzen durchaus Computer und das Internet für geschäftliche Zwecke. Den übrigen Mitgliedern hat Haaie Boysen nach der Sache mit Keke den Umgang damit verboten.«

»Sie meinen seinen Ausschluss aus der Freikirche?«

»Ja, genau.« Der Pfarrer grüßte ein älteres Ehepaar, das die Brücke überquerte.

John nutzte die Gelegenheit, einen kurzen Blick auf sein Smartphone zu werfen. Er hatte Celine eine Nachricht geschrieben, dass sie sich melden solle, wenn sie zu Hause sei, doch bislang war nichts zurückgekommen.

Der Pfarrer fuhr fort: »Keke nutzte das Internet als junger Mann sehr ausgiebig ... Wenn Sie verstehen, was ich meine.«

»Pornos?«

»Durchaus.« Ein Lächeln flog über die Lippen des Pfarrers. »Aber nicht nur das. Er trieb sich in allen möglichen Foren herum. Jedenfalls stieß er wohl mit der Zeit auf Stimmen, die den Glauben als ein überkommenes Fantasiekonstrukt abtaten. Was ja nicht weiter ungewöhnlich ist in unserer säkularen Welt. Ich selbst muss mich fast täglich kritischen Fragen stellen, vor allem von jüngeren Kirchenmitgliedern. Doch das tue ich gerne, wer von uns hat schließlich nicht einmal an Gott gezweifelt. In der Kirche des wahren Glaubens lässt man Kritik und Zweifel hingegen nicht gelten. Dass er seinen Vater und Nele Flohr vor den anderen Kirchenmitgliedern mit kritischen Fragen konfrontierte, war aber nur der Tropfen, der das Fass zum Überlaufen brachte.«

»Er hatte sich schon zuvor etwas zuschulden kommen lassen?«

»Ganz genau. Der Grund für Kekes Ausschluss waren nicht nur dessen Zweifel, sondern die Eskapaden, die er sich leistete. Als junger Mann schlug Keke ständig über die Stränge. Er trank in den Kneipen der Nachbargemeinden regelmäßig einen über den Durst, geriet in Schlägereien, und er … nun ja, er gab sich auch gerne den Verlockungen der Welt hin. Er fuhr häufig nach Hamburg und suchte dort gewisse Damen auf.«

John konnte sich vorstellen, was das bei seinen Eltern, die die Freikirche gegründet hatten, ausgelöst haben musste. Ausgerechnet der eigene Sprössling hielt sich nicht an die Regeln. »Das wird seinem alten Herrn nicht gefallen haben.«

»Haaie Boysen kehrte solche Eskapaden unter den Tisch, auf keinen Fall durfte etwas nach außen dringen. Dennoch konnte er natürlich nicht verhindern, dass geredet wurde. Als Keke dann wie gesagt auch noch anfing, innerhalb der Glaubensgemeinde kritische Fragen zu stellen …«

John schaute aus dem Augenwinkel erneut auf sein Smartphone. Noch immer keine Nachricht von Celine.

»Was ist mit dem Bruder, Abbe?«, fragte er. »Ich habe die beiden neulich gemeinsam im Café der Freikirche gesehen. Keke sagte mir, dass sie sich weiterhin gut verstehen würden.«

Pfarrer Christensen legte die Stirn in Falten. »Tatsächlich? Das ist seltsam. Soviel ich weiß, sind sich die beiden spinnefeind. Und mir wäre auch neu, dass Keke nach seinem Ausschluss noch Zugang zu den Räumlichkeiten der Freikirche hat.«

John lehnte sich mit den Armen auf das Brückengeländer. »Wie muss ich Abbe Boysen einschätzen? Er scheint mir von einem ganz anderen Schlag zu sein als Keke.«

»In der Tat. Abbe war immer der Clevere, aber auch der Hintertriebene der beiden Brüder. Abbe ist fest in seinem Glauben. Vor allem hat er eine besondere Gabe, er ist ein regelrechter Menschenfänger. Er hat Charme und ist klug, und er weiß die Gläubigen um den Finger zu wickeln. Er gilt nicht ohne Grund als designierter Nachfolger seines alten Herrn … was nun recht schnell gehen könnte, wo der Mann doch sehr krank ist, wie ich hörte. Tja …« Pfarrer Christensen sah sich nach allen Seiten um und meinte dann leiser: »Es soll nicht despektierlich klingen. Aber damit zerschlagen sich wohl auch die Hoffnungen, dass die Freikirche mit der Abberufung des Alten zerfällt.«

»Ist das eine persönliche Hoffnung von Ihnen?«

»Ich teile sie mit vielen Leuten hier, allen voran dem Bürgermeister. Die Kirche des wahren Glaubens ist für ihn eine reine Sekte. Aber so, wie es aussieht, wird er anders als sein Kollege in Maasholm noch lange mit ihr zu tun haben.«

»Maasholm? Was hat das mit der Freikirche zu tun?«

»Sie wurde dort gegründet. Als Haaie Boysen mit seinen Jüngern schließlich hierher umsiedelte, waren alle heilfroh.«

»Weshalb?«

»Die Freikirche war in Maasholm aus denselben Gründen wie hier nicht gerne gesehen. Außerdem sollen seltsame Dinge dort geschehen sein. Aber wenn Sie das interessiert, sollten Sie lieber mit Momme Teunen sprechen, dem Bürgermeister dort.«

Johns Smartphone klingelte. Er trat ein paar Schritte zur Seite und ging ran.

»Celine?«

»Ja. Ich wollte nur kurz sagen, dass ich wieder da bin. Keke hat mich zurückgefahren. Ist ein echt cooler Typ.«

20 Sanna

In der Ferne stieg über dem flachen Land ein Gewitterturm in die Höhe, und auch über Friedrichstadt hatte sich der Himmel bereits zugezogen, als Sanna den Ostersielzug entlang zum Steg des Bootsverleihs ging. Neben den Schiffen für die Grachtenrundfahrten legte dort eine kleine Fähre ab, die Fußgänger ans nördliche Ufer der Treene beförderte.

Sie hatte Velasco und Fitzen angewiesen, gemeinsam mit Nils Löhr seine Aussage noch einmal Satz für Satz durchzugehen und sie ihm anschließend zur Unterschrift vorzulegen. Das erforderte die Vorschrift ohnehin, doch Sanna hatte die beiden gebeten, in diesem Fall besonders penibel zu sein. Einerseits weil Löhr nicht gerade der Hellste zu sein schien und sie sichergehen mussten, dass er auch alles tatsächlich so meinte, wie er es gesagt hatte. Andererseits wollte Sanna die beiden bei ihrem Besuch auf dem Friedenshof nicht dabeihaben. Sie wollte nicht nur mit Abbe Boysen sprechen, sondern auch nach Jaane Ausschau halten.

Womit du eine Grenze überschreitest, ermahnte sie sich selbst im Stillen. Man sieht vielleicht noch darüber hinweg, wenn du dich aktiv in die Ermittlungsarbeit einmischst, solange du den Fall voranbringst und Ergebnisse lieferst. Man wird dir aber nicht verzeihen, dass du deine Befangenheit verschweigst und die Arbeit derart mit einem privaten Problem vermischst.

»Moin«, grüßte der Fährmann, als sie die Personenfähre betrat. Am Steg hatte gerade ein Rundfahrtschiff angelegt, und die Leute stiegen von Deck.

Sanna löste eine Hin- und Rückfahrt.

»Zurück müssen Sie gucken«, meinte der Fährmann, der ein marinefarbenes Poloshirt und eine Schiffermütze trug. »Da hinten zieht 'n Gewitter auf. Da fahr ich nich. Is ja klar. Müssen Sie dann warten. Und um zwanzig Uhr is eh Schluss.«

»So lange wollte ich nicht bleiben.« Sanna blickte auf die Uhr auf ihrem Smartphone. Es war kurz vor fünf.

»Ich sach ja nur.«

»Nett von Ihnen.«

»Jetzt müssen Sie nur kurz warten. Die nächste Tour geht in einer Viertelstunde. Für Sie allein fahrn tut sich ja nich lohnen.«

»Ich denke schon.« Sanna schob dem Mann einen zusätzlichen Zehn-Euro-Schein hin.

»Mensch ... Sie müssen's ja eilich haben.«

Sie schenkte ihm ein Lächeln und war froh, als er sich endlich an die Arbeit machte.

Sie legten ab, und der Fährmann brachte sie mit der Fährstange gemächlich hinaus auf die Treene. Das herannahende Gewitter trieb den Wind vor sich her. Das Wasser auf dem Fluss kräuselte sich, und eine Entenschar paddelte Schutz suchend in Richtung Ufer.

Als sie auf der anderen Seite ankamen, bedankte sich Sanna und folgte dann einem Kiesweg hinüber zum Friedenshof. Die Bäume, die das Anwesen umgaben, schwankten im Wind, und einzelne Blätter rieselten zu Boden. Im Haupthaus brannten die ersten Lichter in den Fenstern.

Eine bedrückende Stimmung ging von dem Hof aus, doch nicht nur deshalb fragte sich Sanna, weshalb es Menschen in eine solche Gemeinschaft zog. Sie entsagten damit vielem, was das Leben zu bieten hatte, und unterwarfen sich mehr oder weniger den Regeln, die andere für sie aufstellten. Vielleicht war es aber auch gerade das, was sie suchten. Ein geregeltes Leben. Ordnung, Geborgenheit, Zugehörigkeit in einer verwirrenden, oft chaotischen Welt. Religion war nie Bestandteil von Sannas Leben gewesen, doch in manch stiller Stunde hatte sie die Menschen beinahe ein wenig beneidet, die an einen Gott glauben konnten, daran, dass alles einen Sinn ergab. Erleichterte das nicht vieles? Denn wenn man ehrlich war, was ergab schon Sinn? Welchen Sinn hatte zum Beispiel das Leben von Mario Russo, dem Kommissar der Münchner Kripo, ergeben? Der Sinn wäre vielleicht gewesen, für seine Familie da zu sein, seine Tochter großzuziehen. Aber so war es nicht gelaufen. Dank mir, dachte Sanna. Marios Leben hatte sinnlos geendet, mit einer Kugel im Kopf.

Sanna hatte eines Tages erfahren, dass Mario einen korrupten Ermittler in seiner Einheit gedeckt hatte, der zudem ein Freund von ihm gewesen war. Deshalb hatte er wohl gehofft, dass der Mann wieder auf den rechten Weg finden würde. Sanna hatte das anders gesehen. Sie war streng nach den Regeln vorgegangen, hatte eine interne Ermittlung in Gang gebracht und Mario erklärt, dass er seinen Freund und Kollegen ans Messer liefern müsse, wenn er seinen Kopf aus der Schlinge ziehen wolle. Daraufhin hatte sich Russo auf die Suche nach handfesten Beweisen begeben. Doch sein Kollege hatte gemeinsame Sache mit der italienischen Mafia gemacht. Mario war in ihre Fänge geraten. Das hatte ihn und seinen Freund das Leben gekostet.

Wie hieß es noch in diesem einen Kirchenlied, das sie in der Grundschule singen mussten?, überlegte Sanna. Danke, dass ich all meine Sorgen auf dich werfen mag. Ja, vielleicht machte das wirklich vieles einfacher. Und man sparte sich damit die Besuche beim Therapeuten und die Psychopharmaka.

Hatte Jaane in den vergangenen Monaten auch so gedacht?

Sanna betätigte die Klingel am Hauptportal des Friedenshofs, wies sich aus und verlangte, mit Abbe Boysen zu sprechen.

Der Pförtner brachte sie zu einer kleinen, mit Reet gedeckten Fachwerkkapelle aus rotem Backstein direkt neben dem Haupthaus.

»Gehen Sie gerne schon rein«, sagte der Pförtner und hielt ihr die Tür auf. »Abbe kommt gleich.«

Sanna betrat die kleine Kirche. Im Innern war es angenehm kühl. Schlichte Bänke aus hellem Holz, vorne ein Rednerpult mit Mikrofon, darüber ein Jesuskreuz, das an zwei Drahtseilen von der Decke hing. Die Fenster in den Rundbögen bestanden aus klassischem Bleiglas mit buntem Mosaik.

Sanna ging vor bis zum Rednerpult. Dahinter hing an der Wand ein gerahmtes Foto, das eine Frau in einem langen weißen Gewand zeigte. Das strohblonde Haar fiel ihr offen über die Schultern bis zu den Hüften. Sie hatte das Gesicht eines Engels.

»Entschuldigen Sie«, hörte sie plötzlich eine Männerstimme hinter sich. Sanna fuhr herum. Abbe Boysen war lautlos an sie herangetreten. »Ich musste mich noch um meinen Vater kümmern, er ist sehr krank und benötigt meine Hilfe.«

»Sanna Harmstorf, Staatsanwaltschaft Flensburg.« Sie reichte ihm die Hand. »Es geht um Laas und Mette Riewerts.«

»Ich hatte heute Morgen schon das Vergnügen mit Ihren Kollegen von der Kripo.«

»Es gibt eine neue Entwicklung, die ich mit Ihnen besprechen möchte.«

»Gerne. Setzen wir uns doch.« Er deutete auf die Kirchenbänke, und sie nahmen einander gegenüber Platz.

»Sie wurden gestern Abend nach zweiundzwanzig Uhr am Haus der Riewerts' gesehen. Können Sie das bestätigen?«

Falls die Frage Abbe Boysen überraschte, ließ er es sich nicht anmerken. »Ich unternahm einen Abendspaziergang … ja, möglich, dass ich da bei den Riewerts vorbeigegangen bin.«

»Sind Sie sicher, dass Sie nur vorbeigegangen sind?«

»Wie meinen Sie das?«

»So, wie ich es gesagt habe«, bekräftigte Sanna. »Sie gingen tatsächlich nur an dem Haus vorbei?«

Nun schlich sich Unsicherheit auf Boysens Gesicht. Er überlegte augenscheinlich, ob er die Wahrheit sagen oder es mit einer Lügengeschichte probieren sollte.

»Es ... könnte sein, dass ich dort kurz angehalten habe«, meinte er schließlich.

»Geht es etwas konkreter?«

»Ich ... ich klingelte und unterhielt mich mit Laas.« Er nickte, um seine Worte zu bekräftigen.

»Laut einer Zeugenaussage war das mehr als eine Unterhaltung. Sie stritten mit ihm.«

»Also, ich weiß nicht, ob ich das einen Streit nennen würde. Vielleicht sprachen wir einfach etwas lauter miteinander.«

»Warum suchten Sie ihn auf?«

»Es ging um finanzielle Angelegenheiten.«

»Dabei handelte es sich nicht zufällig um das Vermögen, das Mette Riewerts Ihrer Kirche überschreiben sollte?«

»Das wäre möglich.«

»Ein klares Ja oder Nein wäre mir lieber.«

»Ja. Es ging um Mettes Vermögen.«

Sanna stutzte. »Soweit ich weiß, haben Sie meinen Kollegen erzählt, dass Sie am betreffenden Abend Mette hier auf dem Friedenshof trafen. Sie kam zum Spieleabend.«

»Das ist korrekt.«

»Warum redeten Sie dann nicht selbst mit ihr?«

Abbe Boysen setzte ein mitleidiges Lächeln auf, für das Sanna ihn am liebsten geohrfeigt hätte, als sie seine nächsten Worte hörte.

»Ich maß Laas in solchen Angelegenheiten mehr Rationalität zu. Als Ehemann stand ihm ohnehin die letzte Entscheidung in solchen Dingen zu.«

»Eines verstehe ich nicht ganz«, hakte Sanna ein. »Es waren

doch Jolanda und Cornelis Mohr, die sich gegen den Vermögensübertrag stemmten und Mette zum Umdenken bewegen wollten. Hätten Sie dann nicht vielmehr mit ihnen sprechen sollen? Mette und Laas waren Mitglieder Ihrer Kirche. Ich gehe davon aus, dass die beiden nicht das Problem waren. Warum redeten Sie also in der Sache mit Laas?«

Abbe Boysen befeuchtete seine Lippen mit der Zunge. »Ich wollte mich rückversichern …«

Sanna lehnte sich vor. In der Ferne grollte der Donner.

»Herr Boysen. Wie wäre es, wenn wir die Märchenstunde beenden. Sie merken wohl selbst, dass Ihre Geschichte vorne und hinten keinen Sinn ergibt. Wir wissen, dass Mette und Laas die Vermögensübertragung kurzfristig absagten. Ich habe mit dem Notar gesprochen. War es also nicht eher so, dass Sie davon erfahren hatten und zu Laas Riewerts gingen, um … in einem Männergespräch herauszufinden, was der Grund dafür war?«

Abbe Boysen senkte den Kopf. »Ich hatte am Morgen davon erfahren. Die Sache überraschte mich doch ziemlich. Ich ging zu Laas und erinnerte ihn an unsere Regeln. Wie ich feststellen musste, hatte er sich plötzlich auf die Seite seiner Schwägerin geschlagen. Er wollte nicht mehr, dass Mette uns das Vermögen übertrug.«

»Damit brach er mit den Regeln Ihrer Kirche. Wissen Sie, woher dieser plötzliche Sinneswandel rührte?«

Abbe Boysen hob die Schultern. »Ich kann es mir beim besten Willen nicht erklären.«

»Darum drehte sich also Ihr Streit an jenem Abend.«

»So ist es.«

»Gehe ich recht in der Annahme, dass das Vermögen von Mette Riewerts für Sie zur rechten Zeit gekommen wäre?«

»Wie meinen Sie das?«

Sanna lächelte. »Obwohl ich eine Frau bin, verstehe ich so viel von Finanzen, dass ich weiß, wie tief Ihre Kirche nach dem

Scheunenbrand und dem Ernteausfall in der Bredouille steckt. Mir ist schon klar, dass die Vermögen Ihrer Mitglieder eine wichtige Einnahmequelle sind.«

»Das kommt alles der Gemeinschaft zugute.« Boysen sprach nun mit fester Stimme und im Brustton der Überzeugung. »Wir haben den Kapitalismus hinter uns gelassen. Alles gehört allen.«

»Natürlich. Warum haben Sie die Kirche nicht gleich nach Karl Marx benannt?« Sanna stand auf und hockte sich auf die Lehne der Kirchenbank neben Abbe Boysen. Sie blickte zu ihm hinunter. »Ich glaube ehrlich gesagt nicht, dass Sie nur über den aufgekündigten Notartermin mit Laas stritten. Ich weiß von dem Testament. Das sollte wohl so eine Art Rückversicherung für genau diesen Fall sein. Sie fürchteten wohl, dass Jolanda ihrer Schwester Mette doch noch alles ausreden könnte. Doch dann war es Laas, der Ihnen in den Rücken fiel. Und nun ging Ihnen die Muffe, dass er seine Frau auch noch dazu drängen könnte, das Testament zu ändern.« Sie legte den Kopf schief und sah ihn fragend an.

Abbe Boysen war der Schweiß auf die Stirn getreten. Mit einem Seufzen gab er zu: »Ja. Das war genau das, was ich befürchtete.«

»Wie verlief der Streit zwischen Ihnen beiden?«

»Es war sinnlos. Laas wurde ausfallend. Ich ging schließlich.«

»Wohin?«

»Hierher.«

»Was taten Sie an dem Abend noch?«

»Nichts. Ich las ein Buch und ging bald zu Bett.«

»Kann das jemand bezeugen?«

»Ich kann Ihnen Leute nennen, die gesehen haben, wie ich heimkam. Aber darüber hinaus, nein … Ich bin ledig. Ich habe die Nacht alleine in meinen Räumlichkeiten verbracht.«

Sanna erhob sich zum Gehen. »Vielen Dank für Ihre Auskünfte. Ich möchte Sie bitten, sich zu unserer Verfügung zu halten. Sollten Sie eine längere Reise planen, geben Sie uns bitte Bescheid.«

»Soll das heißen, Sie verdächtigen mich?«

»Es bedeutet genau das, was ich gesagt habe. Wenn Sie Friedrichstadt verlassen, will ich es wissen.«

Sie ging zur Tür, und Abbe Boysen kam ihr nach.

»Ich bringe Sie zum Tor«, sagte er, als sie ins Freie traten.

Nieselregen hatte eingesetzt, und am Himmel über den Nachbardörfern zuckten die Blitze.

»Ich finde allein hinaus«, entgegnete Sanna.

Sie ging zum Haupttor und war bereits nach wenigen Schritten nass bis auf die Haut. Als sie über die Schulter sah, lief Abbe Boysen soeben zum Haupthaus und verschwand durch die Eingangstür.

Sanna blieb stehen. Außer ihr hielt sich niemand mehr im Freien auf. Sie duckte sich und schlich im Schutz der Büsche über die Wiese zu einem flachen Gebäude hinüber, das offenbar als eine Art Versammlungshalle diente. Gesang drang nach draußen.

Der Regen lief an der Fachwerkmauer herunter, aber Sanna drückte sich mit dem Rücken ihres nassen T-Shirts dagegen, schob sich zu einem der Fenster und spähte vorsichtig hinein.

In einem Kreis saß etwa ein Dutzend Frauen beisammen, junge Gesichter, schätzungsweise zwischen Anfang zwanzig und Mitte dreißig. Eine von ihnen spielte auf einer Westerngitarre. Im Chor sangen sie ein besinnliches Kirchenlied, in dem Gottes Barmherzigkeit beschworen wurde.

Sanna sah sich ein Gesicht nach dem anderen an. Schließlich blieb ihr Blick an dem Hinterkopf einer Frau haften, deren Gesicht zur anderen Seite gewandt war.

Schlohweißes Haar. Das gleiche wie ihres.

In der Nähe brach unter dem Wind ein belaubter Ast von einem Baum und schlug mit lautem Krachen auf eine der Gartenbänke.

Die Frau mit dem schlohweißen Haar fuhr herum und blickte wie alle anderen aus dem Fenster.

Sanna duckte sich und kauerte sich gegen die Mauer.

Ihre Befürchtung hatte sich bewahrheitet.

21 John

Im Rückspiegel ging über Friedrichstadt die Welt unter. Der Himmel hatte sich schwarz bedeckt, Blitze zuckten, und der Regen hing wie ein dunkelgrauer Vorhang über dem Land. Voraus herrschte hingegen noch schönstes Wetter.

John folgte der Landstraße und bog hinter Ellingstedt auf die B201 in östliche Richtung ab. Etwa eine Stunde Fahrt lag noch vor ihm.

Nachdem er Celine wieder wohlbehalten zu Hause wusste – Ben hatte ihm auf Nachfrage eine kurze Nachricht geschickt –, hatte er eine spontane Entscheidung getroffen.

Sicher, Lilly hatte ihn gebeten, sich aus den Ermittlungen rauszuhalten, und er wollte ihr keinen unnötigen Ärger machen.

Doch das Drängen von Oma Wiebe und das Gespräch mit Pfarrer Christensen hatten etwas in ihm ausgelöst. Friedrichstadt, das war nun sein Revier. Wenn es etwas oder – besser – jemanden gab, der den Einwohnern schaden konnte, dann war es seine Aufgabe, dem nachzugehen.

Außerdem hatte das, was er tat, streng genommen nichts mit den eigentlichen Mordermittlungen zu tun.

Was den Doppelmord an den Riewerts betraf, erschien ihm die Lage ziemlich verworren. Nach allem, was sie bislang in Erfahrung gebracht hatten, bestanden berechtigte Zweifel, dass es sich bei Cornelis Mohr tatsächlich um den Täter handelte. Ausschließen konnte man das aber nicht gänzlich. Dann waren da noch Abbe Boysen und Nils Löhr. Beide mochten jeder auf seine Art ein Motiv gehabt haben. Allerdings bedeutete das noch lange nicht, dass sie die Tat begangen hatten oder dazu im Stande gewesen wären. Möglich wäre auch, dass jemand anderes aus der Glaubensgemeinde der Freikirche den Riewerts nach dem Leben getrachtet hatte, und letztlich konnte es Personen außerhalb dieses Kreises geben, die sie bisher gar nicht auf dem Radar hatten.

In einer Hinsicht aber vertraute John seinem Bauchgefühl.

Bei der Kirche des wahren Glaubens ging nicht alles mit rechten Dingen zu. Wenn dem so war, wollte er es herausfinden, bevor die Freikirche in Friedrichstadt Schaden anrichtete.

John blickte auf die Uhr. Gleich halb sechs. Er griff nach seinem Smartphone, suchte die Nummer des Bürgermeisteramts in Maasholm und ließ sich mit Momme Teunen verbinden, um seinen Besuch anzukündigen.

Das kleine Fischerörtchen Maasholm, ursprünglich eine Insel in der Schleimündung, war über einen Damm zu erreichen. Nach einer staufreien Fahrt steuerte John den Streifenwagen über die Hauptstraße, vorbei an kleinen Fachwerkkaten mit Reetdach, weiß verputzten Hausfassaden, an denen Hausnummern in Form von Segelbooten angebracht waren, und gepflegten Vorgärten. Zwischen den Häusern konnte er das Wasser der Schlei schimmern sehen.

Er stellte den Wagen am Sportboothafen am südlichen Ende des Ortes ab. Er hatte den Bürgermeister kurz vor Dienstschluss erwischt, der Mann war schon mit einem Bein auf dem Sprung in den Feierabend gewesen, den er beim Angeln genießen wollte.

John betrat das Hafengelände und ging zu dem Steg, dessen Nummer Teunen ihm genannt hatte. Schon von Weitem sah er einen beleibten Mann in dunkelblauem Polohemd und kurzen Bermudashorts ein Tau zusammenlegen.

»John Benthien«, stellte er sich vor. »Wir haben telefoniert. Vielen Dank, dass Sie sich die Zeit nehmen.«

»Wenn ich der Polizei zu Diensten sein kann, jederzeit.« Momme Teunen streckte ihm die Hand entgegen. »Ich hoffe nur, Sie sind seefest.«

Der Bürgermeister musste schätzungsweise Anfang sechzig sein. Im Gegensatz zu anderen Männern in seinem Alter war er vom Haarausfall verschont geblieben. Ein grauer Lockenschopf wucherte etwas wild auf seinem Kopf, und sein Gesicht war von der Sonne gebräunt, die Haut wirkte beinahe lederartig.

»Wird schon gehen«, entgegnete John, »ich habe selbst ein Schiff.«

»Na, dann klettern Sie mal an Bord, Seemann. Es geht zum Angeln.«

Der Bürgermeister deutete mit einer einladenden Geste auf sein kleines Motorboot, das allenfalls für Tagesausflüge geeignet war. Auf dem Bug lag eine Angel parat.

John folgte der Aufforderung und setzte sich neben den Steuerstand.

Teunen machte die Leinen los und steuerte das Boot routiniert vom Steg weg zur Hafenausfahrt. Von dort ging es hinaus auf die Schlei, die weit ins Land einschnitt.

Hinter der Hafeneinfahrt übte eine Gruppe Kinder in Jollen das Segeln, und in Ufernähe tummelten sich Windsurfer und Stand-up-Paddler auf dem Wasser. Weiter draußen dampfte ein Krabbenkutter, begleitet von einem Schwarm Möwen, in Richtung Ostsee.

»Das Angeln hilft mir beim Abschalten«, erklärte Teunen. »Hier draußen auf dem Wasser kann die Seele entspannen.«

»Geht mir genauso«, sagte John. Sein letzter Törn lag schon eine ganze Weile zurück. Das war ein Nachteil, wenn man weiter im Landesinneren lebte, man konnte nicht mal eben auf sein Schiff gehen, wenn einem danach war. Er nahm sich vor, an einem der nächsten Wochenenden zu seinem Segelboot im Flensburger Hafen zu fahren. Celine würde sicherlich auch Freude daran haben.

Als sie weit genug draußen waren, stoppte der Bürgermeister den Motor und machte sich daran, die Angel auszuwerfen. »Sie sagten, es ginge Ihnen um die Kirche des wahren Glaubens?«

»So ist es.«

»Ich bin froh, dass wir diese Leute hier los sind. Das war nichts anderes als eine Sekte.«

»Das höre ich nicht zum ersten Mal.« John hielt die Angelrute, damit der Bürgermeister in Ruhe den Köder am Haken befestigen konnte. »Man spricht von seltsamen Ereignissen, die sich hier rund um die Freikirche zugetragen haben sollen.«

Teunen sah John aus dem Augenwinkel an. »Ja, das kann man wohl sagen.« Der Bürgermeister warf die Angel aus und setzte sich neben John. »Anfangs war das nichts anderes als eine gewöhnliche Freikirche. Sicher, die legten die Bibel noch orthodoxer aus als die konservativsten Katholiken, aber ich finde, in religiösen Dingen muss jeder für sich entscheiden, dagegen ist nichts zu sagen. Eine Weile sah es auch ganz danach aus, als hätten wir es mit einem vorübergehenden Phänomen zu tun.«

»Wie meinen Sie das?«

»Haaie Boysen gründete seine Kirche Anfang der Neunziger. Das war eine andere Zeit als heute, da traten die Leute noch nicht reihenweise bei den Katholiken und Evangelen aus und suchten nach Alternativen. Freikirchen waren etwas für Exoten.« Teunen griff mit der freien Hand in die Kühlbox neben ihm und holte eine Dose Pils heraus, die er John hinhielt.

»Danke, aber ich muss noch fahren.«

»Jedenfalls fiel es Boysen schwer, neue Mitglieder zu finden …«

»Warum suchte er sich denn ausgerechnet Maasholm aus? Ich kann mir vorstellen, dass es in einem derart kleinen Ort ohnehin schwierig ist, genügend Menschen für so etwas zu begeistern.«

»Nicht zwangsläufig.« Teunen öffnete die Dose und trank einen Schluck. »Haaie Boysen stammt von hier. Er hatte sich an einem Theologiestudium versucht, dann aber abgebrochen. Als er in die Heimat zurückkehrte, wusste er erst mal nichts mit sich anzufangen. Dann kam ihm die Idee, eine eigene Kirche zu gründen. Draußen vor dem Ort gab es einen alten verfallenen Bauernhof. Niemand interessierte sich dafür. Boysen mietete das Gehöft für einen Spottpreis. Dann dürfen Sie nicht vergessen, dass sich die Gegend hier zu einer äußerst beliebten Urlaubsregion entwickelt hat. Die Leute lieben die Idylle fernab vom Großstadttrubel. Das hat damals auch Boysen erkannt. Er warb damit, dass man hier in Ruhe und Abgeschiedenheit zu sich und Gott finden könne. Und das zog die Leute selbst von fern hierher.«

»Aber offenbar waren es am Ende doch nicht genügend.«

»Richtig. Jedenfalls bis zu dem Tag, als diese Frau vor den Toren der Freikirche auftauchte. Nele Flohr. Eine Wanderin, so behauptete sie selbst, die der Herr geschickt habe, um sein Wort in dieser freien Gemeinde zu verkünden. Die Kirche des wahren Glaubens sei von ihm auserwählt worden.«

»Und die Leute glaubten ihr das?«

»Nein, zunächst jedenfalls nicht. Dann fing das mit den Prophezeiungen an. Nele Flohr sagte im Kreis der Gläubigen Dinge voraus, die dann tatsächlich eintraten. Da war zum Beispiel die Sache mit dem Unfall eines Gemeindemitglieds, Erik Klaasen hieß der Mann. Der Bauernhof der Freikirche musste damals renoviert werden, und die Leute erledigten das selbst. Sie hatten ein Gerüst an dem Haus angebracht. Klaasen stürzte eines Tages schwer, als ein Teil des Gerüsts unter ihm zusammenbrach. Er zog sich eine Kopfverletzung zu und landete im Koma. Als er wieder erwachte, hatte er bleibende Hirnschäden davongetragen.«

»Was hat das mit Nele Flohr zu tun?«

»Dazu komme ich jetzt. Wie man herausfand, hatte Nele Flohr den Unfall vorhergesagt ... nicht irgendeinen Unfall, sondern ganz speziell einen Unfall von Erik Klaasen. Ihm werde etwas Schlimmes widerfahren, hatte sie im Kreis der Gläubigen kundgetan. Bemerkenswert ist, dass Klaasen wohl einer ihrer schärfsten Kritiker in der Freikirche war, der ihr die Geschichte, dass Gott sie gesandt habe, nicht abkaufte.«

»Hat sich die Polizei damals mit dem Geschehen befasst?«

»Ja, den Unfallhergang haben sich Sachverständige angesehen. Man kam zu dem Schluss, dass das Gerüst stümperhaft aufgebaut worden war. Also selbst schuld.«

»Aber genauso gut hätte jemand es manipuliert haben können.«

»Dafür fand man keine Beweise, aber ausgeschlossen werden konnte das nie. Doch es kam noch besser.« Teunen drehte die Bierdose in der Hand und blickte aufs Wasser hinaus. »Wenige Monate später ereilte Nele Flohr eine neue Botschaft Gottes. Ein großes Übel werde die Gemeinde heimsuchen, eine Prüfung, die es zu bestehen gelte und aus der alle gestärkt hervorgehen würden. Die Ungläubigen unter ihnen hätten Gottes Zorn heraufbeschworen. Dieser sollte sich in Form einer Überschwemmung entladen. Und … tja, wenige Tage später schüttete es tatsächlich wie aus Kübeln, und die Felder, auf denen die Kirche Gemüse anbaute, wurden komplett überspült.«

»Könnte es vielleicht sein, dass der Wetterbericht solche Regenfälle zuvor angekündigt hatte?« John konnte sich ein Grinsen nicht verkneifen, das der Bürgermeister erwiderte.

»So ist es, mein Freund. Aber …« Teunen lächelte und hielt den Zeigefinger in die Höhe. »In der Freikirche wird Medienkonsum verteufelt, also keine Wetter-App und nicht mal der Wetterfrosch in den Abendnachrichten. Das erklärt vielleicht, warum die Gläubigen Nele Flohr nun zu Füßen lagen. Die Kunde, dass Gottes Tochter nach Maasholm gekommen sei, verbreitete sich wie ein Lauffeuer, und Haaie Boysen konnte sich über viele neue Mitglieder freuen.«

»Ich weiß nicht, wie Sie es mit dem Glauben halten«, sagte John, »aber so etwas kann man doch fühlen.«

»Der Meinung war ich schon damals. Wissen Sie, ich bin im evangelischen Glauben aufgewachsen und gehe noch heute jeden Sonntag in die Kirche. Ich denke nicht, dass man das, was in der Bibel geschrieben steht, heute noch Wort für Wort für bare Münze nehmen sollte. Aber ich möchte glauben, dass es dort oben jemanden oder etwas gibt, das all das hier erschaffen hat. Dass es einen Grund für alles gibt.« Teunen stellte die leere Bierdose zurück in die Kühlbox und kontrollierte die Angel. »Trotzdem gebe ich mich keinen Illusionen hin. Im Laufe der Geschichte ist der Glaube immer wieder von Scharlatanen missbraucht worden. Und Haaie Boysen und Nele Flohr fallen für mich genau in diese Kategorie.«

»Hat niemand versucht, diesem Treiben ein Ende zu setzen?«

Der Bürgermeister hob die Schultern. »Dagegen kann man wenig ausrichten. Außerdem habe ich dann am eigenen Leib erfahren, dass man sich besser nicht in die Belange der Freikirche einmischt.«

»Das müssen Sie mir erklären.«

»Ich weiß nicht, ob das heute noch immer so ist, aber damals mussten die Mitglieder der Kirche ihr Vermögen überschreiben. Auf diese Weise kamen Boysen und seine Kirche in den Besitz von etlichen Häusern hier in Maasholm. Entweder wurden sie auf ihn übertragen, oder er kaufte sie mit dem Geld, das er von den Mitgliedern einsammelte. Jedenfalls erlangte er damit einen gewissen Einfluss hier im Ort. Ich war damals ins Bürgermeisteramt berufen worden und wollte diesem Treiben nicht tatenlos zusehen. Tja, und das hätte ich besser nicht getan.«

»Man bedrohte Sie?«

Teunen lachte. »Wo denken Sie hin, mein Freund. Man prophezeite mir! Als ich einmal auf dem Hof der Freikirche war, sagte Nele Flohr zu mir, sie habe gesehen, wie mich ein Unglück ereilen würde. Ich solle gut auf mich aufpassen. Ein paar Tage später flog ich dann mit dem Auto aus der Kurve und überschlug mich. Die Bremsen hatten versagt.«

»Hatte jemand Ihren Wagen manipuliert?«

»Ihr Kollege hier vor Ort und ein Fachmann sahen sich das an. Sie vermuteten einen Marderbiss.« Teunen sah John mit finsterem Blick an. »Die Wege des Herrn sind unergründlich, nicht wahr? Ich verstand es als Warnung, mich nicht weiter einzumischen. Was ich natürlich trotzdem tat. Boysen hatte den Hof lediglich gemietet. Ich schaffte es, den Besitzer mit einem Investor zu verkuppeln, der Ferienhäuser auf dem Gelände bauen würde. Und damit war die Kirche des wahren Glaubens Geschichte. Wenigstens für uns. Wie mir scheint, haben Sie jetzt den Verein an der Backe.«

»Allerdings. Was ist mit den Häusern, die die Freikirche hier in Maasholm besaß?«

»Die hat Boysen verkauft. Er brauchte sicherlich Startkapital für sein neues Domizil in Friedrichstadt.«

»Ich danke Ihnen für die offenen Worte, Herr Bürgermeister.«

»Kein Problem. Nehmen Sie sich in Acht, mein Freund. Mit diesen Leuten spaßt man besser nicht.« Teunens Blick wanderte zum Himmel, wo sich von Westen her die Gewitterfront heranschob. »Wir machen uns jetzt wohl besser auf den Rückweg.«

Wenig später fuhr John auf der Bundesstraße zurück nach Friedrichstadt. Sein Weg führte ihn direkt in das Unwetter. Der Wind peitschte den Regen wie aus einem Feuerwehrschlauch gegen die Windschutzscheibe, und die Fahrbahn füllte sich derart schnell mit Wasser, dass er Probleme hatte, den Wagen unter Kontrolle zu halten. Unter einer Brücke fuhr John rechts ran, um das Unwetter auszusitzen.

Während um ihn herum die Welt unterging, klingelte sein Telefon. Es war Ben.

»Junge«, hörte er die Stimme seines Vaters. »Wo steckst du?«

»Ich bin auf dem Rückweg.«

»Dann beeil dich. Du kannst dir nicht vorstellen, was hier los ist.«

Dritter Teil
Die Wurzeln des Bösen

22 John

Am nächsten Morgen stand John mit einer Tasse Kaffee in der Küche und blickte hinaus. Erst jetzt ließ sich mit den ersten Sonnenstrahlen der Schaden in seinem Garten wirklich begutachten. Und was die Stadt betraf, würde es vermutlich noch Tage, wenn nicht gar Wochen dauern, das wahre Ausmaß zu bestimmen.

Die Gewitterfront war zwischen Husum und Heide durchgezogen und hatte Sturmböen und extreme Regenfälle mit sich gebracht. Auch von mehreren Blitzeinschlägen war in den Nachrichten die Rede und von einem Tornado, der in Lunden einen Bauernhof abgedeckt hatte.

John drehte das Radio auf dem Fenstersims auf, weil sich Celine nebenan im Wohnzimmer lautstark mit Ben unterhielt.

Sie hatten noch Glück gehabt.

Friedrichstadt zählte zu den Gemeinden, die es weniger schlimm getroffen hatte, doch auch das war schlimm genug. Die Treene und die Eider waren über die Ufer getreten, mit ihnen die Grachten, die die Stadt durchzogen. Keller und Erdgeschosse waren vollgelaufen, Vorgärten weggespült, Dächer abgedeckt worden und Bäume umgestürzt.

Feuerwehren und Technisches Hilfswerk waren die gesamte Nacht über im Einsatz gewesen.

John hatte Lilly in der Nacht kurz eine SMS geschickt, um zu hören, ob es ihr und den anderen gut ging. Daher wusste er, dass sie, Tommy und Sanna Harmstorf im Hotel geholfen hatten, mit

Wischern, Eimern und Handtüchern das Wasser aus dem Parterre zu vertreiben. Die Hilfskräfte hatten nicht überall zugleich sein können, viele Einwohner mussten sich selbst helfen.

Der Marktplatz war ebenfalls nicht verschont geblieben und mit ihm die Polizeiwache. Das Wasser war dort einfach durch die Vordertür eingedrungen.

Als John von seinem Ausflug nach Maasholm zurückgekommen war, hatte er den Stadtkern nur noch mit Mühe erreichen können, so hoch hatte das Wasser schon auf den Straßen gestanden. Wie alle anderen hatte er nur noch hilflos mitansehen können, wie die Fluten sich ihren Weg bahnten.

Was sein eigenes Haus betraf, konnte John nur von Glück sagen. Der Ostersielzug hinter dem Haus war über die Ufer getreten, und es war lediglich der Geistesgegenwart von Celine und Ben zu verdanken, dass sich der Schaden in Grenzen hielt.

Die beiden hatten Badehandtücher und einen alten zusammengerollten Teppich vor die Terrassentür gelegt und damit das Wasser zumindest so weit aufgehalten, dass es nicht ungehindert ins Wohnzimmer und die dahinterliegenden Räume geströmt war. Natürlich war trotzdem etwas durchgedrungen und hatte Teile des Parkettbodens ruiniert. Doch Ben und Celine hatten zumindest verhindert, dass der Schlamm, den das Wasser mit sich führte, im Haus gelandet war. Ganz anders als in der Polizeiwache, wo John erst mal hatte saubermachen müssen.

Jemand von der Feuerwehr hatte John erklärt, dass sie in mehrfacher Hinsicht Glück im Unglück gehabt hätten. Erstens war das Unwetter rasch vorübergezogen, weswegen das Wasser nicht noch weiter angestiegen und bald wieder abgeflossen war. Zweitens handelte es sich beim Ostersielzug nicht um ein fließendes Gewässer, jedenfalls nicht im Sinne eines Flusses, der sich in einem solchen Fall schnell in einen reißenden Strom verwandelt hätte. Und drittens stieg die Uferböschung bei ihnen ein wenig an, bot also die entscheidenden Zentimeter mehr Schutz als bei den Nachbarhäusern.

Außer dem Wohnzimmer hatte es das Dach erwischt. Der Wind hatte mehrere Pfannen verschoben. Und dann war da noch der Baum im Garten.

John spähte aus dem Fenster und nippte an seinem Kaffee.

Es hatte ausgerechnet den Ahorn erwischt, unter dem er so gerne den Feierabend bei einem kühlen Pils genoss. Der Sturzregen hatte den Boden derart aufgeweicht, dass die Sturmböen leichtes Spiel gehabt hatten. Der Baum war der Länge nach umgeknickt. Auf der einen Seite ragte das Wurzelwerk in die Luft, auf der anderen lag die belaubte Krone halb in der Gracht und blockierte den Wasserweg.

Er würde den Baum rasch beseitigen müssen, da machte sich John keine Illusionen. Das Tourismusgeschäft und damit die Bootsfahrten würden mit das Erste sein, was die Leute wieder in Gang bringen wollten.

Wie aufs Stichwort kam im Radio der Bürgermeister von Friedrichstadt zu Wort. Er bekräftigte, dass das Sommerfest in ein paar Tagen wie geplant stattfinden würde. Ein Zeichen des Trotzes und dafür, dass man sich nicht unterkriegen ließ. In einer solchen Ausnahmesituation stand die ganze Stadt zusammen.

John wählte auf seinem Handy die Nummer eines Baumpflegers, die er herausgesucht hatte. Nachdem er einen Preis ausgehandelt hatte, versprach der Mann, noch heute mit der Kettensäge anzurücken.

Als er auflegte, hörte er hinter sich Ben und Celine in die Küche kommen.

»Das ist überhaupt kein Problem«, sagte sein Vater soeben. »So was habe ich schon gemacht. Ich schnapp mir eine Leiter, und dann ist das im Handumdrehen erledigt.«

Celine sah John an und tippte sich mit dem Zeigefinger an die Schläfe. »Er will in seinem Alter noch aufs Dach steigen.«

»Kommt nicht infrage«, meinte John. »Das sollen die Dachdecker erledigen.«

Ben prustete. »Weißt du, wie viel die gerade zu tun haben? Da kannst du lange warten. Währenddessen regnet es dir schön in die Bude.«

»Vater …«

»Keine Diskussion. Ich mache das. Sind doch nur zwei oder drei verrutschte Pfannen. Für irgendwas muss ich ja noch gut sein.«

John sah ein, dass Widerrede sinnlos war. »Die Leiter findest du in der Garage.«

»Soll ich in der Zwischenzeit mal im Garten aufräumen?«, fragte Celine. Neben dem umgestürzten Baum lagen dort Blumentöpfe und Gartenmöbel wild verstreut herum.

»Kannst du machen«, sagte John. »Ich werde jetzt gleich erst mal nach der Wache sehen müssen. Um den Parkettboden im Wohnzimmer kümmern wir uns heute Abend gemeinsam.«

»Aber es spricht wohl nichts dagegen, wenn ich mal ein bisschen herumtelefoniere und höre, wer den Fußboden reparieren könnte«, meinte sein Vater.

»Das ist nicht mein Haus, Ben. Wir wohnen hier nur zur Miete.«

»Dann sprech ich eben mit deinem Vermieter.«

»Das …« John stutzte. Nach dem Tod von Laas Riewerts wusste er gar nicht, wer nun sein Ansprechpartner für solche Dinge in der Freikirche war. Deshalb sagte er kurz und bestimmt: »Das nehme ich selbst in die Hand.«

»Wie du willst.« Ben hob beschwichtigend die Hände.

Celine trat an die Kaffeemaschine und ließ sich ebenfalls eine Tasse einlaufen. »Glaubt ihr beiden mir jetzt vielleicht endlich mal, dass die Leute nicht zum Spaß demonstrieren und die Sache mit dem Klimawandel ernst ist?«

Ben winkte ab. »Min Deern, geregnet hat's früher auch schon.«

»Echt jetzt?« Celine verdrehte die Augen. »Aber wohl nicht dermaßen. Durch die Erderwärmung ist mehr Wasserdampf in der Atmosphäre. Damit wird auch der Regen heftiger. Wenn das jetzt dauernd so kommt, werden wir uns noch ganz schön umgucken.«

Ben war bereits zum Flur hinaus, öffnete die Haustür und rief: »Ich steig deinem Vater dann jetzt mal aufs Dach.«

Celine schüttelte den Kopf und ging zur Terrassentür hinüber. »Dem Alten bekommt man keinen Verstand mehr an den Kopf geredet.«

»Trotzdem kann man respektvoll übereinander sprechen«, erinnerte John sie. Er trank seinen Kaffee aus und beobachtete, wie Celine im Garten anfing, das Chaos zu beseitigen.

Nachdem er die Tasse in die Spülmaschine gestellt hatte, ging John hoch ins Schlafzimmer, um sich für den Dienst anzuziehen.

Er legte gerade den Ausrüstungsgürtel an, als er durch das offene Fenster einen spitzen Schrei und dann Celines Stimme hörte.

»Daddy! Schnell ... Daddy, du musst kommen!«

John rannte die Treppe hinunter und stürmte raus in den Garten. »Was ist los?«

Celine zeigte im Rückwärtsgehen auf die Wurzeln des umgestürzten Baums. Die Farbe war aus ihrem Gesicht gewichen. »Da.«

John ging zu dem Ahorn hinüber. Am Rand des Lochs, das sich im Boden aufgetan hatte, blieb er stehen. Es brauchte einen Moment, bis er realisierte, was er da unten in der Erde sah.

Ben hatte offenbar Celines Schrei ebenfalls gehört. Er kam in den Garten gelaufen. John wollte ihn noch abhalten, doch sein Vater war bereits neben ihm und spähte in das Loch hinunter.

»Mein Gott!«

23 Lilly

»Wir kommen klar, wirklich«, hörte sie Juris Stimme aus dem Smartphone, das sie sich im Gehen ans Ohr hielt. »Du brauchst dir keine Sorgen zu machen. Den Kindern geht es gut?«

»Natürlich, auch wenn Frouke ihre Mama ein wenig vermisst. Und ich natürlich auch.«

Lilly spürte einen Stich in ihrer Brust und hätte am liebsten alles stehen und liegen gelassen, um bei ihrer Kleinen zu sein. Sie biss sich auf die Lippe und bohrte an dieser Stelle lieber nicht weiter nach, um den Schmerz nicht noch größer zu machen.

»Bekommst du genug Schlaf?«, fragte Lilly, während sie über den Marktplatz in Friedrichstadt lief. Tommy war ihr ein paar Schritte voraus.

Juri lachte. »Ehrlich, ich habe doch den ganzen Tag frei. Was macht es da, nachts mal eine Windel zu wechseln. Sag mir lieber, wie es dir geht. Das muss bei euch ja furchtbar gewesen sein letzte Nacht.«

Lilly berichtete, wie sie dem Hotelier mit Putzlappen und Eimern geholfen hatten, sein Foyer wieder trocken zu bekommen.

An einen normalen Betrieb mit Frühstück war heute Morgen im Hotel nicht zu denken gewesen. Lillys Magen knurrte, und sie fühlte sich wie gerädert. Erst in den frühen Morgenstunden hatte sie ein paar Stunden Schlaf gefunden.

Allerdings war das derzeit das geringste Problem.

Sie erzählte Juri von dem Fund, den John in seinem Garten gemacht hatte.

»Was?«, entfuhr es ihm.

»Das verkompliziert die Sache ungemein.«

»Ich wünschte, ich könnte euch helfen.«

»Das ist lieb. Du hilfst mir schon enorm, wenn ich weiß, dass es euch dreien gut geht.«

»Verlass dich drauf.«

Sie waren bei Johns Haus angekommen, und Lilly beendete das Telefonat.

John hatte sich vorschriftsmäßig verhalten. Er hatte zunächst die Kollegen in Husum verständigt, die sofort alles abgesichert und auch die Gracht hinter dem Haus gesperrt hatten, um schaulustige Wassertouristen fernzuhalten, natürlich unter Protest des hiesigen Bootsverleihers.

Dann hatte John bei ihr angerufen, und Lilly hatte umgehend die Kriminaltechnik und Dr. Radke informiert, der wie immer nur ungern das Rechtsmedizinische Institut verließ, sodass sie ihn dreimal bitten musste, bis er das Unumgängliche akzeptierte und sich auf den Weg hierher machte.

Vor dem Haus am Inselweg standen die Fahrzeuge der Kriminaltechnik und ein silberfarbener Mercedes mit Kieler Kennzeichen, vermutlich Radkes Wagen.

Die Truppe war komplett, lediglich auf die Staatsanwältin mussten sie verzichten. Lilly hatte mehrfach an ihre Zimmertür geklopft und es auf dem Handy versucht, ohne Erfolg. Vermutlich war sie von den Strapazen der Nacht einfach so erschöpft, dass sie noch schlief. Sollte sie ruhig. Lilly war es sogar ganz recht, sie nicht dabeizuhaben, das würde manches einfacher machen.

Celine und Ben saßen auf einer Bank vor dem Haus. John unterhielt sich mit einem der uniformierten Kollegen aus Husum. Lilly ging zu ihm hinüber.

»Matthis und Radke sind im Garten«, sagte er und zeigte auf die Haustür.

»Wir sehen uns das an, und dann sprechen wir«, sagte Lilly. Sie bedeutete Tommy, ihr zu folgen.

Im Garten standen mehrere Kriminaltechniker in weißen Schutzanzügen um einen umgestürzten Ahorn herum, genauer gesagt, um dessen Wurzeln, die in die Luft ragten und ein Loch im Boden aufgerissen hatten. Darin hockte ein untersetzter Mann, ebenfalls in Schutzanzug.

»Guten Morgen«, machte Lilly die Runde auf sich aufmerksam.

»Da sind Sie ja.« Lilly erkannte Claudia Matthis mehr an der Stimme als am Aussehen, da im Grunde alle gleich aussahen mit ihren Schutzbrillen und -anzügen. »Der Doktor ist schon bei der Arbeit.«

Lilly kniete sich neben den untersetzten Mann im Loch, der an seinem grummeligen Ton eindeutig zu erkennen war. »Immerhin hat sich die Reise gelohnt«, sagte er. »Das hier ist wirklich interessant.«

»Allerdings.« Tommy hockte sich neben sie. »So etwas habe ich auch noch nicht gesehen.«

Lilly warf einen Blick auf den Fund in dem Erdloch. Trotz ihrer langen Berufserfahrung lief es ihr kalt den Rücken hinunter.

Umrankt von den Wurzeln des umgestürzten Baums, lag dort unten im Erdreich eine skelettierte Leiche.

Dr. Radke arbeitete wie ein Archäologe und legte die menschlichen Überreste vorsichtig mit einem Pinsel frei, um keine Spuren zu zerstören. Er war bei den Beinen angekommen, den Kopf und den Torso hatte er bereits von der Erde befreit.

Ein Totenkopf sah mit aufgerissenem Mund und hohlen Augen zu ihnen herauf. Eine Wurzel hatte sich den Weg durch eine der Augenhöhlen gebahnt und hielt die eine Seite des Schädels umschlungen. Der Brustkorb und das Becken lagen frei, und Reste verwester Kleidungsstücke hingen an den Knochen.

»Ich fürchte, diesmal kann ich Ihnen noch weniger als wenig sagen«, meinte Dr. Radke. »Nämlich gar nichts.«

»Etwas anderes hatte ich kaum erwartet«, antwortete Lilly. »Mir ist klar, dass Sie sich einen solchen Fund erst genau im Institut ansehen müssen. Aber man kann immer hoffen ... Manchmal findet sich ja eine Brieftasche oder Ähnliches, das bei der Identifikation hilft.«

»Vielleicht die Kleidungsstücke. Möglich, dass derjenige, der das hier getan hat, es eilig hatte. Sonst hätte er die Leiche wohl entkleidet. Wenn wir rekonstruieren können, was das Opfer anhatte, können wir eventuell Rückschlüsse ziehen.« Radke deutete mit dem Pinsel auf die Beckenknochen. »Lediglich eines kann ich jetzt schon sagen. Das hier ist das Becken einer Frau.«

»Wie lange mag sie hier schon liegen?«

»Tja, das ist die Preisfrage, nicht wahr.« Der Doktor hielt inne und sah zu Claudia Matthis auf. »Könnte mir vielleicht jemand mal den Schweiß abwischen.«

Die Kriminaltechnikerin tat ihm den Gefallen, nahm ihm die Schutzbrille ab und wischte ihm mit einem Tuch über das Gesicht.

Der Gewittersturm letzte Nacht hatte kaum Abkühlung gebracht, die Sonne brannte erneut auf sie nieder.

Radke wandte sich wieder seinem Untersuchungsobjekt zu. »Dem Verwesungsgrad nach zu urteilen, würde ich etwa zehn Jahre schätzen. Plusminus.« Er deutete auf den umgestürzten Ahorn. »Und wenn ich mir die Größe des Baums anschaue, würde ich jede Wette eingehen, dass er ungefähr zur selben Zeit gepflanzt wurde, als die Leiche hier vergraben wurde. Ansonsten hätte sich wohl kaum das Wurzelwerk derart um sie geschlungen.«

Tommy tippte Lillys Schulter an und bedeutete ihr, aufzustehen. Sie taten ein paar Schritte zur Seite, bis sie außer Hörweite waren.

»Sag mal«, meinte Tommy, »wir gehen doch jetzt nicht davon aus, dass John irgendetwas hiermit zu tun haben könnte?«

Sie antwortete nicht sofort. Denn das war die Frage, die auch ihr schon die ganze Zeit durch den Kopf ging, seit John sie vorhin angerufen und von dem Fund in seinem Garten berichtet hatte.

»Ich denke, wir behandeln das hier wie jeden anderen Fall auch«, meinte sie schließlich. »Die Leiche wurde in seinem Garten gefunden, also …«

»Lilly.« Tommy stemmte die Hände in die Hüften. »John wohnt hier gerade mal seit einem Jahr. Du hast Radke gehört. Die Leiche liegt dort seit mindestens zehn Jahren.«

Natürlich, da hatte er recht. Allerdings wollte sie keinen Fehler begehen und sich später von Gödecke aufs Brot schmieren lassen, dass sie die Verfahrensregeln nicht eingehalten hatte, nur, weil ihr alter Freund John Benthien involviert war.

»Ich meine, wie soll er das gemacht haben«, redete Tommy weiter. »Denkst du, er hatte vielleicht irgendwo in Flensburg noch eine Leiche im Keller liegen, die er mit umgezogen und dann hier verbuddelt hat?«

»Schon gut«, beruhigte sie ihn. »Ich bin ja ganz bei dir. Das ergibt keinen Sinn. Trotzdem müssen wir objektiv und sachlich bleiben. Folgen wir den Spuren, und sehen wir, welche Geschichte sie erzählen.«

Hinter ihnen hörten sie die Stimme von Doktor Radke. »Ich störe das Kaffeekränzchen nur ungern. Aber vielleicht kommen Sie beide noch mal her …«

Lilly hatte sich schon umgewandt, aber Tommy hielt sie an der Schulter zurück. »Was ich meine, ist nur … Wir sollten John hier keine unnötigen Steine in den Weg legen. Ich glaube, es ist schwer genug für ihn. Sollten jetzt auch noch irgendwelche Gerüchte ins Kraut schießen …«

»Ja. Wir passen auf ihn auf, einverstanden?«

Tommy nickte, und sie gingen wieder zu Radke hinüber.

Er hatte inzwischen den unteren Teil des Skeletts von Erde befreit. Die Überreste einer Jeans bedeckten die Beinknochen, die Fußknochen jedoch lagen bloß.

Radke deutete auf etwas Silbernes, das an einem der beiden Fußknöchel schimmerte.

Lilly konnte aus der Distanz nicht genau erkennen, was es war. Erst als Claudia Matthis dem Rechtsmediziner zur Hand ging und das Fundstück vorsichtig aus dem Erdreich angelte, erkannte sie es.

Ein silbernes Fußkettchen. Mit einem Namensschild.

Lilly ließ sich Handschuhe geben und betrachtete die Kette von Nahem. Die Glieder hatten Rost angesetzt, und auch dem Namensschild hatten die Jahre unter der Erde zugesetzt.

Dennoch konnte man mit ein wenig Mühe die Buchstaben erkennen und einen Namen entziffern.

»Eef«, las Lilly laut vor.

»Oh mein Gott«, hörte sie Johns Stimme. Sie blickte über die Schulter und sah, dass er hinter sie getreten war. »Eef?«

Lilly nickte. »Sagt dir das etwas?«

John atmete tief ein. »Allerdings. Das war der Name von Laas Riewerts erster Frau. Eef Riewerts. Sie verschwand vor zehn Jahren spurlos.«

24 Sanna

Sie war lange nicht mehr bei den Toten gewesen.

Ein Flur, an dessen Ende eine Doppeltür aus Metall lag. Die Wände zu beiden Seiten weiß gefliest. Flackernde Leuchtstoffröhren an der Decke.

Ihre Beine bewegten sich nicht. Dennoch raste sie wie von einem unsichtbaren Fließband getragen auf die Tür zu, die vor ihr aufschwang.

Ein weiterer Raum, ebenfalls weiß gefliest. Er war leer. Bis auf den Obduktionstisch in der Mitte. Auf dem Boden hatten sich Wasser und Schlamm gesammelt, sie spürte es an ihren nackten Füßen.

Auf dem Tisch lag der Körper eines Mannes.

Das halblange schwarze Haar hatte man ihm abrasiert. Ein Schnitt reichte von Ohr zu Ohr quer über den kahlen Schädel – oder das, was davon noch übrig war. Vom unteren Teil des Hinterkopfes fehlte ein ganzes Stück. Ein Loch mit Knochensplittern, Hautfetzen und verkrustetem Blut klaffte dort.

Sein Oberkörper war mit einem langen Schnitt vom Schambein zum Kehlkopf geöffnet worden. Zwei weitere Schnitte führten zu den Schultern. Der Brustkorb war mit einem Spreizer geöffnet, sodass man die inneren Organe sah.

Der Tote richtete sich auf und sah sie an.

Ohne dass sich ihre Lippen öffneten, entfuhr ihrem Mund sein Name.

Mario.

Er blickte an sich hinunter, dann griff er mit einer Hand in seinen Brustkorb und nahm sein Herz heraus, das er ihr hinhielt.

Für dich. Ich wollte es dir schon lange geben.

Sanna fuhr mit einem Ruck aus dem Schlaf hoch und setzte sich kerzengerade im Bett auf. Ihre Hände waren eiskalt, zitterten, und ihre Kehle schnürte sich zu. Sie rang nach Luft. Die Panik ließ sie am ganzen Körper zittern.

Beruhige dich, sprach sie sich selbst zu. Deine Angst ist irrational. Du bist in Sicherheit. Atme. Ein und aus. Ganz ruhig.

Sanna setzte sich auf die Bettkante und wartete, dass die Angstattacke vorüberging.

Sie hatte sehr lange nicht mehr von Mario geträumt, über ein Jahr musste das her sein, und eigentlich hatte sie gehofft, mit diesem Kapitel ihres Lebens abgeschlossen zu haben.

Doch dem war offenbar nicht so.

Bedank dich bei Leon Kessler, dachte sie, er hat mit diesem verdammten Zeitungsartikel alles wieder hervorgeholt.

Sie blieb noch einen Moment sitzen, bis ihr Herz wieder gleichmäßig und ruhig schlug. Erst da bemerkte sie, dass bereits Tageslicht durch die Vorhänge des Hotelzimmers fiel.

Sie griff nach ihrem Handy, um auf die Uhr zu sehen. Doch das Display blieb dunkel. Der Akku war leer.

Sanna schloss das Gerät an den Auflader an, dann schaltete sie den Fernseher ein, wo bei einem Dauernachrichtensender die Uhrzeit eingeblendet wurde.

Fast halb zehn.

Sie hatte verschlafen, was nach den Ereignissen der vergangenen Nacht wohl kein Wunder war.

Sie stand auf und ging ins Bad, um sich frisch zu machen.

Als sie gestern Abend unten im Foyer bis zu den Knöcheln im Wasser gestanden und mit den Folgen des Unwetters gekämpft hatten, hatte ihre größte Sorge weder den Kollegen noch ihr selbst gegolten, sondern ihrer Schwester. Das Anwesen der Freikirche stand direkt an der Treene, musste also ebenfalls von der Überflutung betroffen sein.

Natürlich hatte sie versucht, Jaane auf dem Handy zu erreichen, obwohl sie gewusst hatte, dass dies nach allem, was sie über die Freikirche bisher in Erfahrung gebracht hatten, von vornherein zum Scheitern verurteilt war. Schließlich wurden die Mitglieder von allem elektronischen Gerät ferngehalten. Sie konnte also einstweilen nur hoffen, dass es Jaane gutging. Sofern es die Ermittlung zuließ, wollte sie sich aber noch heute selbst davon überzeugen.

Als sie das Bad verließ, hatte sich ihr Smartphone so weit aufgeladen, dass es sich wieder aktivieren ließ.

Auf dem Bildschirm leuchteten mehrere verpasste Anrufe, eine Mailboxnachricht und eine SMS auf. Alle stammten von Lilly Velasco.

Sanna hörte sich zunächst an, was sie auf die Mailbox gesprochen hatte, und konnte kaum glauben, was sie da hörte.

John Benthien hatte in seinem Garten eine Leiche gefunden.

In der SMS, die Velasco etwas später geschickt hatte, teilte sie mit, dass sie mit Fitzen, der Kriminaltechnik und der Rechtsmedizin bei Benthien sei.

Sanna zog sich schnell an und machte sich auf den Weg.

Warum geriet jeder Fall, in den John Benthien verwickelt war, zu einem ausufernden Drama?

Sie überquerte die Brücke über den Mittelburggraben und dann den Marktplatz, wo die Feuerwehr und Kehrmaschinen die Reste der Flut beseitigten. Sie ging weiter durch die kleinen Gassen, in denen die Menschen dabei waren, Möbel und andere Gegenstände, die das Wasser unbrauchbar gemacht hatte, vor die Tür zu räumen. Über die Hebammenbrücke kam sie schließlich zum Inselweg, wo Absperrband vor Benthiens Haus flatterte und die Einsatzwagen der KT standen.

Sie fand Lilly Velasco und Tommy Fitzen in der Küche. Die beiden saßen am Esstisch, einen Laptop vor sich aufgeklappt.

»Tut mir leid«, sagte Sanna. »Ich habe verschlafen.«

»Nach der vergangenen Nacht nicht verwunderlich«, meinte Lilly Velasco. »Wenn meine innere Uhr nicht immer noch nach Babyzeit laufen würde, wäre ich vermutlich auch liegen geblieben.«

»Was ist der Stand der Dinge?«

Sanna setzte sich an den Tisch und hörte zu, was Velasco und Fitzen über das Skelett im Garten zu berichten hatten.

Als sie fertig waren, meinte Sanna: »Ich stimme Ihrer Schlussfolgerung grundsätzlich zu. Wenn die Leiche vor zehn Jahren dort vergraben wurde, ist es eher unwahrscheinlich, dass Benthien irgendetwas damit zu tun hat. Trotzdem, sie liegt in seinem Garten. Bis wir also nicht alle Fakten auf dem Tisch haben, Identität, Todesursache et cetera, werden wir uns an die Formalien halten. Benthien ist kein Verdächtiger, aber wir können ihn nicht final aus dem Kreis der potenziellen Verdächtigen ausschließen. Wo ist er jetzt?«

»John räumt die Wache auf«, sagte Fitzen.

»In Ordnung. Wir halten ihn hier raus, verstanden?«

Velasco und Fitzen tauschten einen Blick.

»Darf ich offen sein?«, fragte Fitzen.

»Nur zu«, antwortete Sanna.

»Uns ist das übliche Verfahren durchaus klar. Streng genommen ist John natürlich ein Beteiligter in dieser Sache. Wenn wir aber nicht ernsthaft in Erwägung ziehen, dass er diese Frau getötet und in seinem Garten vergraben hat, dann sollten wir vielleicht mit etwas mehr Feingefühl vorgehen.«

»Angenommen, ich wäre bereit, die Regeln für John Benthien zu biegen«, meinte Sanna, »welchen Grund hätten wir dazu?«

»In einer so kleinen Stadt wie dieser sprechen sich die Dinge schnell herum«, erklärte Velasco. »Wenn im Garten des Polizeichefs eine Leiche gefunden wird, dann schießen die Gerüchte ins Kraut. John scheint ohnehin einen schweren Stand hier zu haben. Wir könnten ihm einige Scherereien ersparen …«

»… wenn wir von vornherein klarmachen, dass John nichts mit alledem zu tun hat und im Gegenteil an der Aufklärung der ganzen Angelegenheit beteiligt ist, sich also mit ganzer Kraft für seine Stadt einsetzt«, beendete Fitzen den Satz.

Sanna betrachtete die beiden.

Die Anweisungen von Bleicken und Gödecke hinsichtlich Benthien waren eindeutig gewesen, und obwohl Sanna noch nicht mit ihnen über die neue Entwicklung gesprochen hatte, hegte sie keinen Zweifel, dass sich unter diesen Umständen nichts daran ändern würde. Eher das Gegenteil wäre der Fall. Der Oberstaatsanwalt und der Kriminalrat würden noch mehr auf die Einhaltung der Regularien pochen, nun, wo einer der ihren involviert war, noch dazu John Benthien.

Sanna war sich darüber bewusst, dass sie derzeit ohnehin einen schweren Stand hatte, besonders bei Bleicken. Sie war nicht gewillt, ihre persönliche Lage für Benthien weiter zu verschlimmern.

»Nein«, sagte sie. »Wir werden streng nach Vorschrift verfahren. Keine Sonderbehandlung für Ihren alten Freund. Ist das klar?« Um zu verdeutlichen, dass es ihr ernst war, schob sie hinterher: »Ich überlege mir noch, ob wir hier nicht doch eine komplette Hausdurchsuchung machen.«

Velasco und Fitzen tauschten erneut einen Blick, dann nickten sie stumm.

Fitzen sagte: »Zurück zur Sache. Zumindest, was die Identität angeht, haben wir eine erste Vermutung. Eef Riewerts, geborene Andres.« Er drehte den Laptop so, dass Sanna den Bildschirm sehen konnte. »Sie verschwand vor etwa zehn Jahren spurlos. Wir haben gerade die digitale Fallakte in der Sache studiert.«

»Und?«

»Tja«, Lilly Velasco verzog den Mundwinkel, »offensichtlich haben wir die Antwort auf die Frage gefunden, die sich die Kollegen damals gestellt haben. Wo ist Eef Riewerts abgeblieben? Es gibt allerdings noch ein paar andere Punkte, die durchaus interessant sind und die wir in Verbindung mit unserem aktuellen Fall nicht außer Acht lassen sollten.«

»Erzählen Sie.«

Velasco lieferte ihr eine Kurzfassung dessen, was in der Fallakte geschrieben stand.

An einem Julimorgen vor zehn Jahren meldete Laas Riewerts seine damalige Ehefrau Eef Riewerts als vermisst. Sie war am vorangegangenen Abend aus dem Haus gegangen, um sich mit einer Freundin zu treffen, dann aber nicht wiedergekommen. Auch bei der Freundin war sie nicht erschienen. Es lag also die Vermutung nahe, dass ihr auf dem Weg etwas zugestoßen war.

Eef war fünf Jahre jünger als Laas, und beide waren Mitglieder der Kirche des wahren Glaubens.

Es folgte das übliche Prozedere, einschließlich einer groß angelegten Suchaktion, die aber erfolglos blieb. Aufgrund der Spurenlage und der Befragungen im Umfeld der Vermissten gingen die Kollegen schließlich davon aus, dass Eef Riewerts aus eigenen Stücken untergetaucht war. Soweit man das rekonstruieren konnte, wollte Eef aus der Freikirche austreten, fürchtete aber Repressalien. Vermutlich traute sie nicht mal ihrem Ehemann über den Weg.

Eef besuchte einen Dänischkurs, schwärmte ihrer Freundin gegenüber immer wieder von dem Nachbarland. Die Kollegen nahmen deshalb an, dass sie sich in Dänemark eine neue Existenz aufbauen wollte. Als weiteres Indiz dafür betrachtete man den Umstand, dass sie offenbar ohne Wissen ihres Ehemanns ein eigenes Konto geführt hatte. In den Wochen vor ihrem Verschwinden hatte sie dieses mit regelmäßigen Abhebungen am Geldautomaten leer geräumt. Kein Vermögen, aber mehrere tausend Euro, die beim Start in ein neues Leben hilfreich sein würden.

Die Suche nach ihr wurde schließlich eingestellt.

Für Unklarheiten sorgte ein Tagebuch, das Eef geführt und zu Hause zurückgelassen hatte. Darin erwähnte sie ihren Zweifel an der Freikirche und ihre Fluchtpläne allerdings mit keinem Wort.

Ihr Verbleib wurde jedenfalls nie geklärt.

»Dann lagen die Kollegen damals also schwer daneben«, meinte Sanna. »Fragt sich, wer Eef Riewerts auf dem Gewissen haben könnte?«

»Laas Riewerts wäre wohl der erste Verdächtige«, schlug Lilly Velasco vor. »Schließlich wohnte er damals mit Eef in diesem Haus hier, und nun haben wir ihre Leiche im Garten gefunden. Denkbar, dass er sie ermordet und vergraben hat. Vielleicht hatte er spitzbekommen, dass sie die Kirche verlassen wollte. Und mit Abweichlern geht man in solchen Kreisen nicht zimperlich um. Siehe Keke Boysen. Selbst den eigenen Sohn haben sie verbannt, weil er ein paar kritische Fragen stellte.«

»Dumm nur, dass wir Laas Riewerts nicht mehr befragen können.« Sanna hob die Augenbrauen.

»Stimmt schon«, sagte Tommy Fitzen. »Allerdings ist hier noch etwas.« Er markierte eine Stelle in der Fallakte. »Laas Riewerts hatte ein Alibi für die betreffende Nacht. Zwei Glaubensbrüder aus der Freikirche gaben an, an dem Abend, als Eef verschwand, mit Laas bei ihm zu Hause Fußball geschaut zu haben.«

»Und um wen handelte es sich?«, fragte Sanna.

Fitzen setzte ein Lächeln auf. »Abbe und Keke Boysen.«

25 John

»Ist es denn schlimm?« Erna Wiebe lugte an John vorbei in die Polizeiwache.

»Es geht. Wasser, Schlamm, das Mobiliar weitgehend unbrauchbar. Aber andere hat es wohl schlimmer erwischt.« John stand mit einem Besen im Eingang der Wache. »Und bei Ihnen?«

Erna Wiebe winkte ab. »Mein Mann – Gott hab ihn selig – hat immer mit so etwas gerechnet und entsprechende Vorkehrungen am Haus getroffen. Das Wasser ist in den Wintergarten und das Wohnzimmer gelaufen. Mein lieber Nachbar, der Herr Dehnen, hilft mir. Und heute Nachmittag packt mein Enkel mit seinen Jungs an. Das wird schon wieder.«

Ben kam an die Tür und streckte den Kopf heraus. Er hielt einen triefend nassen Internetrouter in der Hand. »Was machen wir hiermit? Kann weg, oder?«

»Kann weg«, bestätigte John. »Ich besorge einen neuen.«

»Moin«, begrüßte Ben die alte Frau Wiebe. »Hat es Sie auch erwischt?«

»Ein bisschen. Aber da muss man durch.«

»So isses.«

»Mein Vater«, stellte John ihn vor. »Ich glaube, seinen Urlaub hat er sich anders vorgestellt.«

»Ach was, etwas Bewegung schadet ja nicht.«

Celine trat zu ihnen. »Wollt ihr nur schnacken, oder packt ihr beiden auch mal mit an?«

Ben hob entschuldigend die Hand und verabschiedete sich von Erna Wiebe mit den Worten: »Na, denn man tau.«

Als die beiden wieder nach drinnen verschwanden, trat die alte Dame ein paar Schritte auf John zu und meinte in vertrauensvollem Ton: »Sagen Sie mal, Herr Kommissar, stimmt es, was man sich erzählt?«

John stellte sich dumm. »Was erzählt man sich denn?«

»Nun, das mit dem Fund in Ihrem Garten. Dort … war wirklich eine Leiche vergraben?«

Die Gerüchteküche kochte ganz offenkundig bereits auf großer Flamme, daher machte es wohl keinen Sinn, mit der Wahrheit hinter dem Berg zu halten. »Ja. Die Flut hat sie aufgespült.«

Erna Wiebe schlug eine Hand vor den Mund. »Jesses, dann ist es also wahr.«

»Um gleich Ihre nächste Frage zu beantworten und Sie zu beruhigen«, sagte John und beugte sich ans Ohr der alten Dame. »Ich habe sie weder aus Flensburg mitgebracht, noch habe ich seit meinem Amtsantritt hier jemanden ermordet und dort vergraben.«

Frau Wiebe sah ihn mit großen Augen an. »Das hatte ich auch nicht vermutet.« Sie blickte sich nach allen Richtungen um. »Aber die Leute … Sie wissen ja, wie das ist … Sie tuscheln so einiges.«

»Dachte ich mir. Vielleicht könnten Sie das Getuschel ja zu meinen Gunsten beeinflussen.«

»Ich werde mir jedenfalls alle Mühe geben, Herr Kommissar.«

»Also dann …«

John blickte der alten Dame nach, wie sie über den Marktplatz davonging.

Er wollte sich gerade wieder ans Aufräumen machen, als er aus dem Augenwinkel Lilly und Tommy herankommen sah.

»Seid ihr hier, um mich zu verhaften?«, fragte er.

»Natürlich nicht«, antwortete Tommy. »Was die Staatsanwältin angeht, bin ich mir da nicht so sicher. Sie will die Sache streng nach Regelbuch spielen, und damit gehörst du zum Kreis der potenziellen Verdächtigen.«

John stützte sich auf den Besen und schüttelte den Kopf. »Ernsthaft, das kann doch nicht …«

»Schon gut, John. Wir sind auf deiner Seite«, meinte Tommy. »Uns brauchst du das nicht zu erklären.«

»Ich meine, die Gerüchte scheinen hier ohnehin schon ins Kraut zu schießen. Wenn bald die halbe Stadt der Meinung ist, ich hätte eine Leiche in meinem Garten vergraben, kann ich einpacken.«

»Wir tun unser Bestes, um die Sache schnell aufzuklären«, sagte Lilly jenen Satz, den er selbst schon unzählige Male zum Besten gegeben hatte, um die an einer Ermittlung Beteiligten zu beruhigen.

Die beiden gingen hinüber zu ihrem Wagen und stiegen ein, Tommy auf der Fahrerseite. Sie redeten kurz miteinander. Dann stieg Tommy wieder aus, obwohl Lilly ihn anscheinend daran hindern wollte.

Er kam zu John herüber. »Unser Wagen springt nicht an. Vermutlich hat er vom Wasser einen Schaden davongetragen.«

»Tatsächlich?« Das Auto hatte zwar die ganze Zeit hier vor der Wache geparkt, allerdings hatte es nicht komplett unter Wasser gestanden. Und Tommy hatte nicht einmal versucht, den Motor anzulassen.

John blickte zu Lilly hinüber, die in der geöffneten Beifahrertür stand. Ihrem Blick nach zu urteilen, war sie mit Tommys Verhalten nicht einverstanden.

»Wir wollten zu Olger Andres, dem Vater von Eef Riewerts, und ihm die traurige Nachricht überbringen, dass wir seine Tochter gefunden haben«, erklärte Tommy. »Er wohnt drüben in Büsum. Tja … da unser Wagen nicht anspringt, haben wir uns gefragt, ob du uns vielleicht mit dem Streifenwagen aushelfen könntest?«

»Ihr könnt ihn haben, kein Problem.«

»Ich hatte eigentlich etwas anderes im Sinn«, meinte Tommy. »Du könntest dich als Chauffeur betätigen.«

»Ich soll mitkommen?«

»So ist es.«

John blickte erneut an Tommy vorbei zu Lilly. »Und da seid ihr euch einig?«

»In Teilen.«

»Tommy, hältst du das wirklich für eine gute Idee?«

»Oh, ich schon.«

»Gib mir einen Moment.«

John stellte den Besen ab und ging in die Wache. Celine wischte gerade die Teeküche, Ben war damit beschäftigt, die nunmehr nutzlosen Elektrogeräte auf einem der Schreibtische zu sammeln.

»Kommt ihr hier ohne mich klar?«, fragte John. »Wir können sonst auch später gemeinsam weitermachen.«

»Das geht schon«, meinte Ben.

»Da die Schule ausfällt«, stimmte Celine zu, »kann ich mich wenigstens hier nützlich machen. Wenn du wiederkommst, ist alles wieder picobello.«

»Ich weiß euren Einsatz sehr zu schätzen«, sagte John. »Ich mache es bei Gelegenheit wieder gut.« Er wandte sich zum Gehen. »Also dann.«

Etwa eine halbe Stunde später fuhren sie an dem kleinen Flugplatz Heide-Büsum vorbei und näherten sich Büsum. John saß am Steuer, Lilly auf dem Beifahrersitz, und Tommy hatte hinten Platz genommen.

Bislang hatte sich ihr Gespräch um gestern Nacht gedreht, das Unwetter, die Überschwemmung, die Rettungsarbeiten. John hatte sich vor allem mit Tommy unterhalten, Lilly hatte vielleicht zwei oder drei Sätze beigesteuert. Etwas Unausgesprochenes lag in der Luft, was John nicht behagte. Er war ein Freund der offenen Worte.

»Ich möchte nicht, dass ihr meinetwegen Schwierigkeiten bekommt«, ergriff er schließlich die Initiative.

»Und wir wollen nicht, dass du Schwierigkeiten bekommst«, antwortete Tommy. »Wenn diese Leiche dort vor zehn Jahren vergraben wurde, ist doch erstens klar, dass du nichts damit zu tun haben kannst. Zweitens kennen wir dich lange genug, um dich nicht einer solchen Tat zu verdächtigen.«

John blickte zu Lilly hinüber. Es war augenscheinlich, dass dies hier Tommys Idee gewesen war, nicht ihre.

»Und was denkst du?«, fragte er.

Lilly konzentrierte sich aufs Fahren, er konnte ihren Kiefer mahlen sehen. Dann meinte sie: »Tommy hat recht. Die Chance, dass du diese Frau ermordet und vergraben hast, tendiert gegen null. Die Staatsanwältin sieht das anders, denn streng genommen zählst du natürlich zum Kreis der Verdächtigen. Trotzdem …« Sie holte tief Luft und seufzte. »Das hier ist meine Ermittlung. Ich werde sie so führen, wie ich es für richtig halte. Und das bedeutet erstens, dass ich keine Zeit mit unsinnigen Verdächtigungen verplempern werde. Zweitens werde ich keine Ressourcen vergeuden. Du hast die meiste Erfahrung von uns allen, John, und darauf werde ich nicht länger verzichten.«

»Du hast deine Anweisungen von Bleicken und Gödecke …«, wandte er ein, doch Lilly ließ ihn nicht ausreden.

»Ich gebe zu, dass das hier vor allem Tommys Idee war. Aber je länger ich darüber nachdenke, desto lachhafter erscheint mir das Vorhaben, dich aus diesen Ermittlungen herauszuhalten. Gemeinsam kommen wir schneller voran.«

Tommy lehnte sich über die beiden Rücksitzlehnen nach vorne. »Ganz meine Meinung.« Er hob einen Zeigefinger. »Ich würde nur vorschlagen, dass wir das erst mal für uns behalten und der Staatsanwältin gegenüber die Fassade aufrechterhalten. Was meint ihr?«

Ein Lächeln huschte über Lillys Lippen. »Klingt nach einem Plan.«

John nickte und konnte sich ebenfalls ein Grinsen nicht verkneifen. »Geht klar.«

Sie sahen sich an, und für einen Moment schien durch ihre Köpfe derselbe Gedanke zu huschen.

Fast ein wenig wie in alten Zeiten.

Olger Andres, der Vater von Eef Riewerts, wohnte in einem Haus an der Heider Straße, direkt gegenüber dem Büsumer Friedhof. Nachdem sie mehrmals erfolglos geklingelt hatten, erfuhren sie von seiner Nachbarin, dass sie ihn in der Perlebucht antreffen würden. Dort bessere er sich die Rente an einem Getränke- und Imbissstand auf.

Die Perlebucht befand sich im Osten von Büsum und grenzte an ein Neubaugebiet mit Ferienhäusern und –wohnungen. Die Bucht war eine künstlich angelegte Lagune mit Sandstrand, die der Deich gegen die Nordsee schützte. Ein begehbarer Weg führte mitten durch das flache Wasser und teilte es in zwei Hälften. Auf der einen Seite übten Kite- und Windsurfer, auf der anderen hatten Familien mit Kindern ihren Spaß beim Plantschen und Sandburgenbauen. Das Unwetter schien hier keine Spuren hinterlassen zu haben.

Oben auf dem Deich boten mehrere Dutzend Strandkörbe mit Blick auf das Meer Platz zur Entspannung. Eine Imbissbude und ein Getränkestand sorgten in direkter Nachbarschaft für das leibliche Wohl. Der Geruch von Sonnencreme und Pommes frites lag in der Luft, irgendwo dudelte in einem Strandkorb ein Radio, und über ihnen stieß eine Möwe einen Schrei aus.

John folgte Lilly und Tommy zu dem Getränkestand, wo eine junge Dame gerade die Gläser spülte. Auf einer Seite ihres Kopfes hing eine lange schwarze Mähne herab, die andere war kahl rasiert. In ihrer Lippe steckte ein Piercing, die Arme waren mit zahlreichen Tattoos versehen.

»Wir sind auf der Suche nach Olger Andres«, sagte Lilly und zeigte ihren Dienstausweis vor.

»Olger?« Die junge Dame kaute auf ihrem Kaugummi, putzte das Glas fertig und stellte es ins Regal. »Hat der alte Knabe was ausgefressen?«

»Nein. Wir wollen nur mit ihm reden.«

»Worüber denn?«

John trat neben Lilly an die behelfsmäßige Theke, ein breites Brett, das vor die Verkaufsluke des Stands gezimmert war.

Manchmal machte eine Polizeiuniform bei den Leuten mehr Eindruck als ein schnöder Dienstausweis.

»Das geht Sie nichts an«, sagte er. »Ganz offensichtlich kennen Sie Olger. Also, wo finden wir ihn?«

»Kein Grund, pampig zu werden.« Sie schnappte sich das nächste Glas. »Ihr seid hier schon richtig. Olger ist dreimal die Woche hier. Schon echt mies, dass man in seinem Alter noch solche Jobs schieben muss, damit man über die Runden kommt ...«

»Wenn ich mir einen Vortrag über Altersarmut anhören möchte, fahre ich nach Hamburg an die Uni«, unterbrach John sie. »Wo steckt er?«

»Ihr habt ihn knapp verpasst. Er ist in den Ort, ihm war nicht gut.«

»Was heißt das, ihm war nicht gut?«

Die junge Dame hob die Schultern. »Ihm war halt nicht gut. Er meint, er hat schlecht geschlafen. Es ...« Sie seufzte und stellte das Glas ab. Dann beugte sie sich zu ihnen herunter und stützte die Ellbogen auf die Theke. »Es hat wohl mit seiner Tochter zu tun. Olger erzählt oft von ihr. Sie ist vor etlichen Jahren spurlos verschwunden. Das macht ihm wohl immer noch zu schaffen. Es gibt solche und solche Tage. Er hat mir mal gesagt, dass er sich dann gerne in die Betbude verzieht, vielleicht versucht ihr es da mal.«

»Die Betbude?« John kannte von Celine allerhand Modebegriffe, den hier allerdings noch nicht, wobei er sich schon zusammenreimen konnte, was damit gemeint war.

Das ging wohl auch Tommy so. »Die Kirche natürlich«, sagte er. »Fragt sich nur, welche?«

»Die alte Fischerkirche. Fahrt am Deich entlang bis zum Hafen und von dort aus dann einfach die Alleestraße weiter, dann kommt ihr automatisch hin.«

Sie folgten der Wegbeschreibung und standen schließlich vor einem weiß verputzten Sakralbau, umgeben von einer grünen Wiese und einem kleinen Park. Auf dem mit roten Pfannen gedeckten Satteldach saß ein Dachreiter, ein kleiner spitzer Turm mit Geländer und Uhr. Der eigentliche Glockenturm befand sich auf der Wiese neben dem Kirchengebäude.

Sie betraten die Kirche nacheinander.

Die Decke bestand aus weißen Holzbohlen, gestützt von einem Ständerwerk aus hellgrünen Balken. An einem von ihnen hing eine Jesusfigur. Auf der Nordseite befanden sich unterhalb einer Empore mehrere Gestühlreihen und Logen. Die Fenster zeigten Erzählungen aus der Bibel.

Trotz der Sommerhitze war es hier drinnen angenehm kühl. Der Geruch der Jahrhunderte lag in der Luft.

Unterhalb der Jesusfigur saß ein Mann vornübergebeugt in einer der Kirchenbänke.

Tommy blieb beim Taufbecken aus Bronze zurück. John ging mit Lilly zu dem Mann hinüber.

»Olger Andres?«, erkundigte sie sich.

Er sah müde zu ihr auf und nickte.

»Lilly Velasco von der Kripo Flensburg, das ist mein Kollege John Benthien aus Friedrichstadt. Hätten Sie etwas dagegen, wenn wir uns kurz zu Ihnen setzen?«

»Nein.«

Das Gesicht des Mannes war von einigen Falten durchzogen, und John schätzte, dass er Mitte, Ende der sechzig sein musste. Er trug eine Stahlgestellbrille. Die grauen Haare hatte er mit Pomade nach hinten gekämmt. Er hatte ein Allerweltsgesicht, und vielleicht kam es John deshalb bekannt vor.

Sie schoben sich zu ihm in die Kirchenbank.

»Ich komme wegen der Stille hierher, wissen Sie«, erzählte er unvermittelt. »Eigentlich bin ich ja von der anderen Fraktion. Aber unsere katholische Kirche … die ist mir zu modern. Das hier ist ein spiritueller Ort für mich. Und meinen Sie nicht auch, dass es Gott egal ist, in welcher Kirche wir ihn aufsuchen?«

»Vermutlich ist das so. Herr Andres …«, hob Lilly an, doch er unterbrach sie mit erhobener Hand, einer eher müden Geste, als fehlte ihm die Kraft, den Arm zu heben.

»Sie kommen wegen Eef.«

»Woher wissen Sie das?«

»Weil ich von ihr geträumt habe.« Er lächelte kurz. »Wissen Sie, als Eef verschwand … Ich hatte in jener Nacht einen Traum. Sie stand in einem weißen Gewand vor mir und sagte, dass es ihr leidtäte. Ich wollte sie fragen, was sie meinte, doch da hörte ich einen spitzen Schrei und schrak aus dem Schlaf hoch. Obwohl ich Eef vermisse und seitdem jeden Tag an sie denke, habe ich nie wieder von ihr geträumt. Seltsam, nicht wahr? Bis heute Nacht. Da kam sie wieder im Traum zu mir. Alles wird jetzt gut, Papa, hat sie gesagt.«

Er presste die Lippen zusammen, und eine Träne rann ihm die Wange hinunter.

John konnte sehen, dass es Lilly buchstäblich die Sprache verschlagen hatte. Sie wusste offenbar nicht, was sie auf diese überaus emotionale Offenbarung antworten sollte. Er kam ihr zu Hilfe. »Herr Andres, ich fürchte, wir müssen Ihnen eine traurige Mitteilung machen …«

»Haben Sie sie gefunden?«

John nickte. »Ja.«

Olger Andres faltete die Hände auf der Lehne der Bank vor ihnen und legte den Kopf darauf. Sein Rücken bebte, und er schluchzte.

Sie ließen ihm Zeit, bis er sich wieder gefangen hatte.

»Ist schon in Ordnung«, meinte er. »Jetzt habe ich … endlich Gewissheit.«

John hatte diesen Moment schon viele Male erlebt. Wenn jemand vermisst wurde, besonders über einen so langen Zeitraum hinweg, bedeutete am Ende selbst die Nachricht vom Tod eine Erlösung für die Angehörigen. Auch Hoffnung konnte eine Qual sein. Nun konnte der Mann zumindest trauern und Abschied nehmen.

»Wir haben sie im Garten ihres ehemaligen Hauses gefunden«, erklärte Lilly, und John war ihr dankbar, dass er dies nicht selbst sagen musste.

»Das Haus, in dem sie mit Laas wohnte?«, fragte Andres.

»Ja.«

Er nickte wissend. »Ich hatte so etwas schon immer vermutet.«

»Was genau meinen Sie damit?«, hakte John nach.

»Dass Laas ihr etwas angetan hatte.«

»Dafür haben wir keinerlei Beweis«, stellte Lilly klar. »Auch können wir noch nicht mit endgültiger Sicherheit sagen, dass es sich um Ihre Tochter handelt. Die Analyse der Rechtsmedizin steht noch aus. Wir haben allerdings erste Indizien, dass es sich um Eef handeln könnte.«

Sie holte den Beweismittelbeutel mit dem Fußkettchen hervor und reichte ihn Andres, der ihn betrachtete.

»Das habe ich ihr mal geschenkt. Also, ja, das gehörte definitiv Eef.«

»Danke.« Lilly nahm das Stück wieder an sich. »Gibt es vielleicht etwas, was Sie von Ihrer Tochter aufbewahrt haben … Haare zum Beispiel? Das würde den DNA-Abgleich vereinfachen.«

Olger Andres überlegte kurz, schüttelte dann aber den Kopf. »Nein, so etwas in der Art gibt es nicht. Aber … das Gebiss, darüber geht es doch auch, nicht wahr?«

»Das stimmt.«

»Ich gebe Ihnen den Namen des Zahnarztes, den wir damals in Friedrichstadt aufsuchten.«

»Das wird sicherlich helfen. Dann werden wir bald endgültige Gewissheit haben.«

»Wenn ich das eben richtig verstanden habe, hatten Sie Laas Riewerts im Verdacht, dass er Ihrer Tochter etwas angetan haben könnte«, meinte John. »Gab es dazu einen konkreten Anlass?«

»Tja, wenn Sie jetzt einen direkten Beweis meinen, dann nein. Deshalb haben mir Ihre Kollegen damals schon nicht geglaubt. Es ist einfach so … Mit dem Kerl hat das ganze Übel angefangen. Ohne ihn wäre sie vielleicht nie in die Hände dieser Scharlatane geraten.«

»Vielleicht erzählen Sie uns die Geschichte von Anfang an?«, ermunterte Lilly ihn.

»Meine Frau Greet … der Herr hab sie selig.« Er machte eine Pause und rang wieder mit den Tränen. »Wir waren immer sehr gläubige Menschen. Wir hatten ein gutes Leben, und Eef sollte es auch gut haben.«

»Sie lebten damals noch in Friedrichstadt?«, fragte John.

»Ja. Greet arbeitete im Gemeindebüro der katholischen Kirche, ich beim Landesbetrieb Küstenschutz in Husum. Der Besuch der Kirche, das Leben in der Gemeinde … das alles gehörte für uns dazu. Und auch Eef liebte schon als Kind die Geschichten der Bibel. Besonders die Vorstellung, dass es einen Gott gibt, der über uns wacht und unsere Geschicke lenkt … das gefiel ihr, das wohlige Vertrauen darin, dass alles einem höheren Sinn dient und es ein Leben nach dem Tod im Himmel gibt, wo wir uns alle wiedersehen.«

»Eef wuchs also als gläubige Katholikin auf.«

»So ist es. Eine besondere Beziehung hatte sie zum damaligen Pfarrer Bensen. Sie war zunächst Messdienerin, sang später im Kirchenchor und engagierte sich in der Jugendarbeit.« Andres räusperte sich. »Eefs Glaubensgerüst kam ins Wanken, als Greet … Die beiden haben sich wirklich über alles geliebt. Greet starb 2007 überraschend an einer Hirnblutung. Eef war da gerade siebzehn Jahre alt. Sie fragte sich, warum das geschehen musste. Warum wollte Gott das so? Warum hatte er es zugelassen? Wo war Mutter jetzt? Sie führte darüber Gespräche mit Pfarrer Bensen. Seine Antworten … verwirrten sie. Und das zu Recht. Ich weiß bis heute nicht, was da in ihn gefahren war. Andererseits war das kurz vor seiner Abberufung, wir erfuhren später, dass er damals schon sehr krank war. Also, vielleicht war er nicht mehr er selbst. Jedenfalls sagte er ihr, dass es einen Gott, der über uns wacht und unsere Geschicke bestimmt, den Gott, von dem in der Bibel die Rede ist, nicht gebe. Das Ganze sei eben Auslegungssache. Er begreife Gott eher als eine unsichtbare, nicht näher erklärbare Macht, die für den Ursprung allen Lebens verantwortlich sei und alles zusammenhalten würde. Aber es sei fraglich, ob diese Kraft über die Geschicke jedes Einzelnen bestimme … Pfarrer Bensen erklärte Eef, dass es an der Zeit sei, von ihrem Kinderglauben abzulassen. Was … ich meine, was sagt man dazu?«

John konnte die Gefühle des älteren Mannes durchaus nachvollziehen. Soweit er wusste, entsprach das, was dieser Pfarrer Eef erzählt hatte, dem Konzept von Gott, wie der progressive Teil der Kirchenvertreter es heutzutage an eine aufgeklärte, von Wissenschaft geprägte Welt anpasste. Ganz im Gegensatz zum strenggläubigen Teil, den solche Vorstellungen völlig aus dem Konzept brachten und der sie deshalb auch rundheraus ablehnte.

»Jedenfalls fand Eef in seinen Worten keinen Trost«, erzählte

Andres weiter. »Wenn die Bibel doch Gottes Wort war, fragte sie mich, was sei daran interpretationswürdig? Da hatte sie wohl recht. Diese Fragen beschäftigten sie die kommenden Jahre. Sie wuchs heran, machte eine Ausbildung zur Köchin in einem Restaurant in Friedrichstadt, schien auf einem guten Weg. Doch der Tod von Greet, die Worte von Bensen, all das beschäftigte sie wohl mehr, als ich dachte … Auf der Suche nach Erklärungen verfing dann bei Eef die Botschaft einer neuen freikirchlichen Gemeinde, die sich damals in Friedrichstadt niedergelassen hatte. Die Kirche des wahren Glaubens.«

»Ist uns bestens bekannt«, sagte John. »Wann kam Eef mit denen in Kontakt?«

»Das war 2011, als sie das alljährliche Fest auf dem Friedenshof besuchte, bei dem auch Außenstehende willkommen waren. Dort lernte sie Laas kennen. Er war bereits Mitglied der Freikirche, und er wickelte sie um den Finger. Eef wurde Mitglied der Freikirche, besuchte regelmäßig deren Gottesdienste und tauchte in das Gemeindeleben ein.«

John warf Lilly einen Blick zu, und sie schien dasselbe zu denken. Wie sich die Geschichten glichen. Etwas Ähnliches hatten sie bereits über den spirituellen Werdegang von Mette Riewerts zu hören bekommen. Besonders für junge Menschen, denen das Leben übel mitspielte, schien die Botschaft der Freikirche verlockend zu sein – beziehungsweise, diese wusste sich deren problematische Lebenssituationen zunutze zu machen.

»Um auf Ihre eigentliche Frage zurückzukommen«, sagte Andres. »Zum Schluss, kurz vor ihrem Verschwinden … da gab es einen Moment, als mir eine Rettung möglich erschien. Der Kontakt zu Eef war sehr spärlich geworden, wir sahen uns nur noch selten, obwohl wir im selben Ort wohnten. Doch eines Tages kam sie zu mir. Wir tranken Kaffee, sie backte mir einen Kuchen. Eef schien verwandelt, sich ihrer Sache nicht mehr so sicher. Als Eltern hat man für so etwas eine Antenne. Ich wollte sie aber nicht gleich bedrängen und nachbohren, aus Angst, sie könnte sich mir gegenüber wieder verschließen. Pfarrer Bensen war damals schon nicht mehr da. Es gab einen jungen, sehr aufgeräumten Nachfolger, der die Bibel wieder ernst nahm. Ich schlug Eef vor, doch mal mit ihm zu reden.«

»Und, tat sie das?«, fragte Lilly.

»Ja. Sie ging zu ihm hin. Und ...« Er setzte einen entschuldigenden Blick auf. »Ich habe mich natürlich hintenrum bei ihm erkundigt. Er erzählte mir, dass sie wohl tatsächlich einen Sinneswandel erlebte. Sie rang mit dem Gedanken, aus der Freikirche auszutreten.«

John beugte sich zu Andres hinüber. »Wie hieß dieser Pfarrer? Das war noch in Friedrichstadt, oder?«

»Ja. Ich bin erst nach Eefs Verschwinden hierhergezogen. Christensen hieß der Mann.«

Lilly sah John fragend an, worauf er sagte: »Ich kenne ihn.«

»War das der Grund, weshalb sie Laas verdächtigten?« Lilly wandte sich wieder Olger Andres zu. »Weil Eef sich von der Freikirche lossagen wollte?«

»Allerdings«, sagte er. »Laas wusste mit Sicherheit davon. Er war damals Finanzvorstand. Das wäre ein Gesichtsverlust für ihn gewesen, wenn ausgerechnet seine Frau das Weite gesucht hätte. Deshalb musste Eef sterben.«

Könnte so gewesen sein, dachte John. Allerdings werden wir das vielleicht niemals beweisen können. Laas Riewerts wird uns nicht mehr Rede und Antwort stehen. Weshalb sich die Frage aufdrängte, worüber der Mann mit ihm hatte reden wollen. Hatte er etwas über den Mord an seiner Frau gewusst?

Immerhin gab es nun kaum noch einen Zweifel, wie der Ring, den John gefunden hatte, in seinen Garten gekommen war und dass er Eef Riewerts gehört hatte.

»Hat Laas Ihnen gegenüber jemals erwähnt, ob er wusste, dass Eef die Freikirche verlassen wollte?«, fragte John.

Olger Andres schüttelte den Kopf. »Nein.«

»Dann könnte es auch noch andere Erklärungen geben.«

Andres sah John einen langen Moment unbewegt an und schien seine Worte genau abzuwägen. »Möglich ist das. Dennoch hat Laas sie auf dem Gewissen. Er wusste Bescheid. Ich hoffe, er wird in der Hölle schmoren.«

»Sie wissen von seinem Tod?«

»Konnte man in der Zeitung lesen.«

»Vielen Dank.« Lilly erhob sich. Offenbar hatte sie genug von vagen Verdächtigungen, die auf keinerlei Beweisen basierten. »Wir melden uns wieder bei Ihnen, sobald wir mit der Identifikation weiter sind.«

»Tun Sie das. Und wenn ich noch irgendwie helfen kann, lassen Sie es mich wissen.«

Olger Andres begleitete sie zur Tür, und sie verließen gemeinsam die Kirche. Dann trennten sich ihre Wege.

»Und, wie war es?«, fragte Tommy, als Olger Andres außer Hörweite war. Er war während ihres Gesprächs ins Freie gegangen.

Lilly berichtete ihm davon.

John sah derweil Olger Andres nach. Abgesehen von einem kurzen Gefühlsausbruch hatte der Mann die Nachricht eher stoisch aufgenommen. Nicht ungewöhnlich in solchen Fällen. Was ihn stutzig machte, war die bittere Inbrunst, mit welcher der Mann von Laas Riewerts' Schuld überzeugt war und ihn hasste, selbst über dessen Tod hinaus.

Andres ging über die Wiese zu einer Seitenstraße hinüber, wo ein Wagen geparkt stand. Er stieg ein und startete den Motor.

Als er an ihnen vorüberfuhr, erinnerte sich John.

Er kannte diesen Wagen. Er kannte diesen Mann.

Es war der schwarze SUV, der in der Mordnacht auf der anderen Seite der Gracht gegenüber dem Haus der Riewerts' geparkt hatte.

26 Sanna

Auf dem Friedenshof herrschte Chaos. Mehrere Einsatzwagen der Feuerwehr und des THW standen vor dem Haupteingang, Schläuche verliefen über den aufgeweichten Boden zu den Häusern, und Pumpen arbeiteten auf Hochtouren, um das Wasser abzuleiten. Neben den Feuerwehrleuten und den Kräften des THW packten auch die Mitglieder der Freikirche an – sowohl Männer als auch Frauen, in der Not schien der Geschlechterunterschied keine große Rolle zu spielen.

In Jeans und schwarzem T-Shirt fiel Sanna unter den vielen Menschen nicht weiter auf. Jeder ging seiner Aufgabe nach. Die Einsatzkräfte hielten sie wohl für eines der Freikirchenmitglieder, und Letztere waren zu sehr damit beschäftigt, ihr Hab und Gut zu retten, als eine Fremde wahrzunehmen.

Dennoch schnappte sich Sanna einen der Sandsäcke, die neben einem Feuerwehrwagen lagen, und warf ihn sich über die Schulter, als sie durch den Haupteingang trat. Dies war kein Besuch, den sie der Freikirche in ihrer offiziellen Funktion abstattete.

Das Unwetter hatte den Friedenshof schlimm erwischt.

Die Treene, die direkt hinter dem Haupthaus verlief, musste binnen kurzer Zeit über die Ufer getreten sein und hatte das Gelände vollständig überspült. Überall lag Treibholz herum, das der Fluss mit sich geführt hatte. Ein kleiner Schuppen war mitgerissen worden. Seine Überreste und die Gerätschaften, die darin aufbewahrt worden waren, waren über den Hof verteilt. Anhand der Schatten an den Hauswänden konnte sie erahnen, wie hoch das Wasser gestanden haben musste. Offenbar war auch ein Öltank in Mitleidenschaft gezogen worden, die Ausdünstungen stiegen vom durchnässten Boden auf.

Sanna ging am Haupthaus vorbei zu der kleinen Fachwerkkapelle. Dort kehrte eine Frau mit einem Besen den Unrat zusammen. Schon von Weitem hatte sie ihre Schwester erkannt. Sie ließ den Sandsack zu ihren Füßen fallen. Eine Woge des Glücks durchflutete sie, Jaane wohlauf zu sehen. Sie versuchte aber, sich das nicht anmerken zu lassen. »Guten Morgen.«

Jaane hielt inne und sah zu ihr auf. »Sanna?«

»Geht es dir gut?«

»Schon, ja.«

Sanna sah sich kurz um und packte Jaane dann am Unterarm. »Komm mit.«

»Was … wohin willst du?«

»Um die Ecke, wo uns niemand sieht.« Das hier mochte nicht der richtige Moment für solch eine Unterhaltung sein, doch sie wollte endlich wissen, was ihre Schwester hier trieb. Sie schob Jaane vor sich her und um die Fachwerkkapelle herum. Auf deren Rückseite waren sie allein. »Was zum Kuckuck machst du hier?«

»Das wollte ich dich gerade auch fragen. Ich …«, Jaane deutete mit einem Nicken auf den Besen, »… helfe beim Aufräumen.«

»Das meine ich nicht. Was hast du bei der Freikirche zu suchen?«

Jaane setzte ein Lächeln auf, ein zufriedenes, glückliches, wie Sanna es bei ihrer Schwester lange nicht mehr gesehen hatte. »Das ist meine neue Familie.«

Sanna stemmte die Hände in die Hüften. »Dir ist schon klar, dass die Leute hier an Gott glauben, oder? Sag mir bitte, seit wann *du* gläubig bist? Religion hat doch in deinem Leben noch nie eine Rolle gespielt.«

»Leider. Ich wünschte, ich hätte früher hierhergefunden. Ich … fühle mich zum ersten Mal geborgen, alles hat einen Sinn. Weißt du, ich … ich brauche die Medikamente und diese ganzen Gespräche jetzt nicht mehr.«

Sanna seufzte innerlich. Sie hatten diese Diskussion schon unzählige Male geführt. Jaane waren die Sitzungen bei ihrem Therapeuten zuwider, und auch die Psychopharmaka nahm sie ungern. Sanna machte ihr daraus keinen Vorwurf, ihr selbst wäre es in einer vergleichbaren Lage vermutlich ähnlich gegangen. Der Punkt war nur der: Beides half Jaane, ihr Borderline-Syndrom im Griff zu behalten. Manchmal ging es ihr dann allerdings auch zu gut. Dann setzte sie die Tabletten ab, ließ sie Sitzungen schleifen. Meist funktionierte das eine Weile, bis sie den nächsten Zusammenbruch erlebte. Sanna war sich ziemlich sicher, dass es auch diesmal nicht anders sein würde, Gott und Glaube hin oder her.

»Seit wann geht das schon?«

»Drei oder vier Monate …«

»Warum hast du mir nichts davon erzählt?«

Jaane hob die Schultern. »Du warst ja nie da. Außerdem bin ich erwachsen und kann machen, was ich will.«

»Es tut mir leid, dass ich nicht so für dich da sein konnte, wie ich das gerne gewollt hätte. Aber ich hatte eine Menge Arbeit …«

»Du bist ständig am Arbeiten, Sanna. Da bist du nicht anders als Mama.«

Sie beide waren alleine bei ihrer Mutter aufgewachsen, ohne Vater. Mama hatte die meiste Zeit ihres Lebens für ihre Literaturagentur aufgewendet und ihre Töchter sich selbst überlassen. Sanna hatte das stärker gemacht, sie hatte früh begriffen, dass sie auf sich gestellt war und sich ihren Platz im Leben erstreiten musste. Bei Jaane hatte die fehlende Zuwendung den gegenteiligen Effekt gehabt und war wohl einer, wenn nicht *der* Grund für ihre späteren Probleme. Sie hatte sich zurückgezogen und vor der Welt dort draußen verschanzt. Insofern war es schon ein kleines Wunder, dass sie aus ihrem Schneckenhaus gekrochen war und Kontakt mit der Freikirche gesucht hatte. Sie musste sich wirklich stark fühlen.

Sanna ging nicht auf die Bemerkung ein. Weil Jaane recht hatte. Sie hatte versprochen, für sie da zu sein, und dieses Versprechen dann nicht gehalten. Außerdem wollte sie hier keinen Streit vom Zaun brechen.

»Mag schon sein«, sagte sie. »Aber deshalb musst du dich ja nicht gleich diesen Leuten hier unterwerfen.«

Jaane verzog den Mund. »Wir sind eine Glaubensgemeinschaft, und jeder ist aus freien Stücken hier.«

In Sannas Ohren klang das wie auswendig gelernt. »Wie bist du überhaupt auf diesen Trichter gekommen?«

»Ich ... habe auf YouTube Videos von Abbe Boysen gesehen. Erst ... na ja, erst fand ich das etwas albern. Aber dann habe ich über seine Worte nachgedacht und gemerkt, dass mir das irgendwie guttut. Also bin ich mal hierhergefahren.«

»Und wie stellst du dir das jetzt vor? Willst du wirklich hier leben?«

»Ja, warum denn nicht? Sanna, ich bin zum ersten Mal Teil von etwas. Ich gehöre zu einer großen, glücklichen Familie. Das ist so wunderschön!«

»Eine Familie, in der die Frauen nichts zu sagen haben, du deinen ganzen Besitz abgeben sollst, den Tag mit Beten und Feldarbeit verbringst und tun musst, was andere dir sagen?« Sanna schüttelte den Kopf. »Klingt wirklich wunderschön.«

»Du bist zynisch«, erwiderte Jaane, verschränkte die Arme vor der Brust und schob den Unterkiefer vor.

Sanna kannte diese Geste. So trotzig hatte sich Jaane schon verhalten, als sie noch Kinder gewesen waren, nämlich immer dann, wenn sie Unfug angestellt hatte, es aber nicht zugeben wollte.

»Ich sage nur, wie es ist.«

Jaane wich ihrem Blick aus und sah zu Boden. Sie kaute auf ihrer Unterlippe.

Sanna kannte ihre Schwester gut genug. Sosehr Jaane ihr neues Leben auch anpreisen mochte, irgendwo tief in ihr drinnen gab es Bedenken. Da war etwas, das sie zweifeln ließ – zumindest konnte Sanna das nur hoffen. Sie wollte ihre Schwester noch nicht verloren geben.

»Wo du das mit dem Besitz erwähnst«, meinte Jaane, und in ihrer Stimme klang Trotz mit. »Du hattest doch ohnehin vor, das Haus auf Sylt zu verkaufen.«

»Ich hatte es in Erwägung gezogen. Aber weil dir so viel daran liegt, habe ich das ganz schnell wieder vergessen, falls du dich erinnerst.«

»Wie dem auch sei. Nun, wo ich hier lebe, brauche ich das Haus nicht mehr. Du kannst es verkaufen. Ich werde meinen Teil dann der Freikirche übertragen.«

Sanna trat einen Schritt auf ihre Schwester zu. Jaane sprach im Zorn, sie konnte das nicht wirklich ernst meinen. »Darüber solltest du noch einmal nachdenken. Lass uns nicht hier und jetzt darüber reden. Wir treffen uns irgendwo, wo es ruhig ist und wir unter uns sind.«

»Ach.« Jaane lachte. »Wenn es ums Geld geht, hast du plötzlich wieder Zeit für mich, ja?«

Sanna sah zu Boden und schob die Hände in die Hosentaschen. »Ich ... habe doch schon gesagt, dass es mir leidtut. Also lass uns nicht streiten.« Sie wusste nicht, was sie noch sagen sollte, also sprach sie einfach aus, was ihr auf dem Herzen lag. »Jaane, ich bin einfach froh, dass dir nichts passiert ist. Das war furchtbar letzte Nacht. Ich schätze, wir haben großes Glück gehabt, dass niemand zu Schaden gekommen ist.«

Ihre Schwester stützte sich auf den Besen. »Das hatte weniger mit Glück als mit Vorsehung zu tun.«

»Was soll das heißen?«

»Nele Flohr hatte eine Vision. Sie hat schon vor Tagen ein Hochwasser verkündet, das unserer Gemeinde bevorstehe.«

»Du meinst, sie hat es prophezeit?«

»So ist es.«

»Und es könnte nicht sein, dass sie einfach den Wetterbericht gelesen hat?«

»Nein. Denn da war in den Nachrichten noch gar keine Rede von einem Unwetter.«

»Aha. Und warum habt ihr dann keine entsprechenden Vorkehrungen getroffen?«

»Haben wir doch. Wir haben uns alle im oberen Stockwerk des Haupthauses versammelt. Dort konnte uns nichts zustoßen.«

»Das war vermutlich ganz gut so. Aber ihr hättet auch Sandsäcke aufhäufen oder andere Maßnahmen ergreifen können?«

»Nele sagte, es wäre Gottes Wille. Eine Prüfung, die er uns auferlege. Und es ziemt sich nicht, Gottes Willen entgegenzutreten oder ihn in seinem Wirken aufhalten zu wollen. Alles geschieht so, wie es geschehen soll.«

»Das erzähl mal den Leuten drüben in der Stadt. Wenn das Gottes Wille war, dann hat er sich keine Freunde gemacht. Was meinst du, was da letzte Nacht los war.«

»Woher willst du das wissen?«

»Weil ich da war. Wir haben den ganzen Abend im Hotel …«

»Was für ein Hotel?«

»Das, in dem ich mit den Kollegen übernachte …«

»Kollegen?« Jaane hob die Augenbrauen. »Aha. Du bist also wegen der Arbeit hier? Hätte ich mir gleich denken können, dass du nicht meinetwegen hergekommen bist.«

»Jaane.« Sanna fasste ihre Schwester bei den Schultern und sah ihr in die Augen. »Ich war schon auf dem Weg hierher zu dir.

Das hat sich mit einem neuen Fall überschnitten. Ein Zufall … oder meinetwegen Gottes Wille.«

»Meinst du, ja?«

»Wie auch immer. Es geht mir nur um dich, Jaane. Der Mord an Laas und Mette …«

»Was für ein Mord?«

»Du weißt es nicht?«

»Ich weiß, dass die beiden gestorben sind«, sagte Jaane. »Sie sagten uns, es wäre ein Unfall gewesen.«

»Ein Unfall? Nein, das kann man nun wirklich nicht sagen. Hast du es denn nicht im Internet gelesen?«

»Wir haben hier keinen Internetzugang. Ich … musste auch mein Handy abgeben.« Wieder schlich sich ein Zögern in Jaanes Stimme.

»Die beiden wurden ermordet, und wir ermitteln in dem Fall.«

»Weißt du, hier glauben tatsächlich alle an einen Unfall. Auch, weil das nicht ganz überraschend kam.« Jaane druckste einen Moment herum. »Das Unwetter … es war nicht die einzige Prophezeiung von Nele.«

»Tatsächlich?« Sanna hob die Augenbrauen.

»Gott spricht mit ihr in den Träumen. Vor einer Woche … das war wirklich unheimlich, da hat sie gesehen, wie …« Jaane schüttelte den Kopf. »Du glaubst mir ja eh nicht.«

»Jaane. Du kannst mir alles anvertrauen, das weißt du doch.«

Ihre Schwester seufzte. »Es gibt einen Kreis für Neulinge wie mich. Dazu gehören noch drei andere, zwei Frauen und ein Mann. Wir sind dreimal in der Woche bei Nele. Wir reden über die Bibel, über Gott, das Leben hier auf dem Hof …« Jaane wischte sich eine Haarsträhne aus dem Gesicht. »Vor einer Woche waren wir auch bei ihr. Es war Abend und schon dunkel. Wir saßen im Schneidersitz in einem Kreis auf dem Boden und beteten gemeinsam. Plötzlich … sackte Nele in sich zusammen, ihre Augen verdrehten sich in den Höhlen, die Lider flackerten. Das war echt gruselig. Wir dachten, sie hätte irgendeinen Anfall oder so. Jedenfalls kam sie wieder zu sich und meinte: Ihnen wird etwas Schlimmes zustoßen.«

»Wen meinte sie? Etwa Laas und Mette Riewerts?«

»Ja.«

»Und das kommt dir nicht etwas merkwürdig vor?«

»Ich ... weiß nicht.« Jaane blickte wieder zu Boden.

Sanna spürte, wie ihre Gedanken augenblicklich zu ihrem Fall drifteten, doch sie riss sich zusammen. »Hör zu.« Sie hob behutsam das Kinn ihrer Schwester an. »Mir geht es hier um dich, Jaane. Ich habe geahnt, dass du hier bist, und als ich erfahren habe, was geschehen ist ... ganz ehrlich, da hab ich's mit der Angst zu tun bekommen.«

Jaane versuchte sich an einem Lächeln. »Ehrlich?«

»Großes Schwesternehrenwort. Ich möchte, dass es dir gut geht. Und ich glaube nicht, dass die Leute ehrlich zu dir sind. Hier ist irgendetwas nicht ganz koscher.«

Jaane seufzte. »Da magst du recht haben. Weißt du, was sie hier tun ...?« Jaane wollte weiterreden, verstummte aber abrupt.

Bevor Sanna weiterbohren konnte, bemerkte sie Jaanes Blick, der über ihre Schulter ging.

Eine Frau war hinter sie getreten, ohne dass sie es gehört hatte. Sie trug ein weißes Kleid, das bis zu den Knöcheln reichte. Aus der Tatsache, dass es nicht mit Schlamm besudelt war, schloss Sanna, dass sie sich nicht an den Aufräumarbeiten beteiligte. Das blonde Haar fiel ihr bis weit über die Schultern.

»Nele Flohr«, stellte die Frau sich mit einem Lächeln vor. »Und Sie müssen die Schwester sein, von der ich schon so viel gehört habe.«

Sanna sah sich nach Jaane um. »Ist dem so?«

»Natürlich nur Gutes.« Nele Flohr nickte Jaane zu, die ohne ein weiteres Wort ihren Besen nahm und davonging. Dann nahm die Frau Sanna am Arm und zog sie mit sich. »Gehen wir ein Stück.«

Sie führte Sanna an der Fachwerkkapelle entlang zu einer Gruppe von hochgewachsenen Buchen, unter denen ein paar Steinbänke standen.

»Ich wollte ohnehin mit Ihnen sprechen«, sagte Sanna. »Ich arbeite für …«

»Die Staatsanwaltschaft, ich weiß.« Das Lächeln auf Nele Flohrs Lippen schien immer präsent. »Sie führen die Ermittlungen in der Sache mit den armen Riewerts. Ich hoffe, Sie kommen voran?«

»Darüber kann ich Ihnen keine Auskunft geben. Wäre es möglich, dass wir Abbe Boysen zu unserem Gespräch hinzuziehen?«

Nele Flohr ließ den Blick über den Hof schweifen, auf dem die Einsatzkräfte weiterhin beschäftigt waren. »Nein, ich denke nicht. Sie müssen mit mir vorliebnehmen. Worüber möchten Sie denn so dringend sprechen?«

»Eef Riewerts. Wir haben ihre Leiche gefunden.«

Nele Flohr legte den Kopf zur Seite, und das Lächeln erstarb. »Das ist ebenso unerwartet wie traurig. Damit ist auch die letzte Hoffnung verblasst.«

»Welche Hoffnung meinen Sie genau?«

»Dass Eef noch lebt, natürlich«, sagte Nele Flohr. »Sie werden jetzt auch in dieser Sache ermitteln?«

»Ja. Damals bestand offenbar der Verdacht, dass Eef Ihre Gemeinde verlassen wollte.«

»Eine solche Absicht war mir nicht bekannt. Selbst wenn dem so gewesen wäre, wäre das zwar bedauerlich gewesen, aber auch kein Problem. Hier ist jeder frei, zu kommen und zu gehen, wie er will.«

»Wir haben Eefs Überreste hinter dem Haus gefunden, das sie damals mit Laas Riewerts bewohnte. Das lässt gewisse Theorien zu. In den Akten steht wenig über das Privatleben der beiden. Ist Ihnen bekannt, ob es damals Streit zwischen ihnen gab?«

»Nein, von einem Streit hätte ich erfahren.« Das Lächeln

kehrte zurück. »Wissen Sie, es ist so ... Die Gläubigen kommen zu mir, wenn etwas auf ihrer Seele lastet. Sie kommen zu mir, um ihre Seele zu reinigen. Laas und Eef hätten also mit mir darüber gesprochen, wenn etwas zwischen ihnen gestanden hätte. Es war alles gut. Sie führten eine glückliche Ehe und ein zufriedenes Leben. Deshalb hat es uns ja auch alle so überrascht, als Eef damals verschwand. Wir konnten uns das einfach nicht erklären.«

»Abbe und sein Bruder Keke waren angeblich an jenem Abend, als Eef verschwand, bei Laas Riewerts«, sagte Sanna. »Wenn Herr Boysen hier fertig ist, soll er sich bitte bei mir melden.«

»Das richte ich ihm gerne aus.« Nele Flohr musterte Sanna. »Die Ähnlichkeit ist wirklich verblüffend ... und sie erklärt alles.«

Sanna stutzte. »Welche Ähnlichkeit?«

»Die mit Ihrer Schwester. Ich habe von Ihnen geträumt. Zuerst dachte ich, es wäre Jaane gewesen, weshalb ich keinen rechten Sinn in meinem Traum erkennen konnte. Andererseits sind Gottes Botschaften oft rätselhaft.«

Sanna musste sich zusammenreißen, um die Contenance zu wahren. »Sie hatten also eine ... Vision. Von Gott. Und in der kam ich vor?«

Das Gesicht von Nele Flohr wurde plötzlich ernst. Eine Wolke schob sich vor die Sonne und warf ihren Schatten auf sie. »Ich sah die Dunkelheit, die auf Ihrer Seele lastet. Sie haben eine schwere Schuld auf sich geladen. Sie müssen gut auf sich achtgeben. Die Vergangenheit schläft nie.«

27 John

»Und du bist dir ganz sicher?«, fragte Lilly vom Beifahrersitz her, als sie aus Büsum zurückkamen und John den Streifenwagen auf den Marktplatz steuerte.

»Ja«, antwortete er. »Ich habe den SUV von Olger Andres am Abend vor dem Mord an der Gracht gesehen, und zwar gegenüber dem Haus der Riewerts'. Da bin ich mir hundertprozentig sicher.«

»Aber du hast nicht das Kennzeichen«, bemerkte Tommy, »und es gibt Tausende schwarze SUVs. Außerdem hat es schon gedämmert.«

»Es war Olger Andres, der in dem Wagen saß.«

John parkte vor der Polizeiwache, und Lilly löste den Sicherheitsgurt.

»Falls dem wirklich so war …«, sagte sie. »Andres hielt Laas Riewerts für den Mörder seiner Tochter. Dann hatte er ein klares Motiv und war in direkter Nähe des Tatorts.«

»Ein Verdächtiger mehr auf unserer Liste«, meinte Tommy und stieg aus.

John ging den beiden voraus zur Wache. Die Aufräumarbeiten kamen erstaunlich schnell voran. Schlamm und Unrat waren auf dem Marktplatz beinahe beseitigt. Eine Feuerwehrmannschaft beseitigte den letzten Rest, während ihre Kollegen sich wahrscheinlich schon dem nächsten Einsatzort widmeten.

»Wir müssen herausfinden, ob Olger Andres wirklich hier

war und weshalb«, sagte Lilly. »An dem Tag jährte sich das Verschwinden seiner Tochter zum zehnten Mal. Möglich, dass er auf Rache sann. Allerdings frage ich mich, ob er auch so kaltblütig gewesen wäre, Mette Riewerts zu ermorden, die mit der ganzen Sache nichts zu tun hatte.«

»Wenn sie ihn auf frischer Tat ertappte, wäre das doch denkbar«, meinte Tommy.

»Jedenfalls könnte das den weiteren Ablauf nach dem Mord erklären«, überlegte Lilly. »Cornelis Mohr könnte ihn überrascht und zur Flucht getrieben haben. Olger Andres floh nach hinten raus, versuchte es erst an der Mauer von Holger Dehnen und entkam dann über das Grundstück von Erna Wiebe …«

»Möglich.« John wiegte den Kopf. »Allerdings erklärt das nicht das zweite Geräusch. Holger Dehnen hörte ein wenig später ein Klatschen, als wäre jemand ins Wasser gesprungen.«

»Aber das macht doch Sinn«, sagte Tommy. »Andres' Auto stand auf der anderen Seite der Gracht geparkt. Der schnellste Weg für ihn.«

»Und was hat er in der Zwischenzeit gemacht? Bei Erna Wiebe die Blumen gegossen?« John hob die Augenbrauen. »Der vermeintliche Sprung ins Wasser kam mit deutlichem zeitlichem Abstand.«

Er betrat die Wache und traute seinen Augen nicht. Der Boden war sauber, die Möbel abgewischt und die unbrauchbaren Elektrogeräte in einer Ecke gestapelt. Celine putzte gerade die vordere Fensterscheibe, und Ben machte sich an den Schreibtischen zu schaffen.

»Ein Glück, dass die heute alles aus Plastik bauen«, meinte er. »Die müssen wir nur abwischen, dann kannst du sie wieder benutzen. Bei der Theke sieht es etwas anders aus, das Holz hat ganz gut Wasser gezogen. Schätze, die ist hin.«

»Ihr beiden seid Gold wert«, lobte John. »Ich wüsste nicht, was ich ohne euch gemacht hätte.«

Ben stand auf und lehnte sich auf die Theke. »Wo die ganze Stadt doch so emsig aufräumt, kann die Polizei ihr in nichts nachstehen. Wo kommen wir denn da hin, wenn es bei dir weiter wie bei Hempels aussieht.«

»Danke«, sagte John noch einmal, schenkte seinem Vater dann einen mahnenden Blick. »Übernimm dich aber nicht.«

Ben winkte ab. »Eine alte Eiche haut so schnell nichts um.«

John wandte sich wieder Lilly und Tommy zu. »Wie geht es weiter?«

Lilly überlegte kurz. »Dieser Pfarrer, den Olger Andres erwähnte, du kennst ihn?«

»Pfarrer Christensen, ja, natürlich.«

»Ich möchte, dass du mit ihm sprichst. Finde heraus, was er über Eef Riewerts' Ausstiegspläne wusste und was sie ihm vielleicht sonst noch anvertraut hat. Ich werde mich derweil mit Keke Boysen unterhalten. Sanna Harmstorf ist gerade bei seinem Bruder Abbe. Ich will wissen, was die beiden damals in der Nacht, als Eef verschwand, bei Laas Riewerts getrieben haben und was ihnen womöglich aufgefallen ist.«

»Dann stöbere ich derweil mal die Kollegen auf, die in dem Fall ermittelt haben«, sagte Tommy. »Unser Fund wird sie sicher interessieren, und dann höre ich auch, ob es vielleicht noch andere Verdachtsmomente gab, die den Weg nicht in die Akte gefunden haben.«

»Gut.« John sah sich noch einmal nach Celine und Ben um. »Ihr zwei kommt klar?«

Celine schenkte ihm einen Blick, als könnte er eins und eins nicht zusammenzählen. »Natürlich. Mach du deine Arbeit.«

Er wollte schon zur Tür hinaus, als Lilly meinte: »Und, John ... wie besprochen. Häng es nicht an die große Glocke, dass du uns hilfst, vor allem die Staatsanwältin sollte das nicht spitzkriegen.«

»Sicher.« Er nickte ihr zu und machte sich auf den Weg.

Die St.-Knud-Kirche schien das Unwetter und die Flut glimpflich überstanden zu haben. Der neugotische braungelbe Backsteinbau, dem nicht einmal ein Glockenturm vergönnt war, stand wie eh und je am Fürstenburggraben. Auf dem Weg zum Portal fiel Johns Blick auf die leere Stelle, an der das Holzkreuz mit der Jesusfigur gehangen hatte.

Er fand Pfarrer Christensen am Altar vor bei jener Tätigkeit, der wohl die meisten Bewohner Friedrichstadts heute nachgingen: putzen. Mit einem Wischmopp beseitigte er die letzten Pfützen.

Das Innere der Kirche war beinahe vollständig in Weiß gehalten. Die Wände, die Decke, die Empore mit weißem Holzgeländer. Sogar die Kirchenbänke, die in zwei Reihen vor dem Altar standen, glänzten weiß. Ihre Seiten waren ebenso mit goldenen Ornamenten verziert wie die Bögen der bunt verglasten Kirchenfenster. An den Seiten des Kirchenschiffs sahen von den Wänden sechs hölzerne Figuren herab – Ansgar, Bonifatius, Johannes, Joseph, Knut und Petrus.

»Moin, Herr Pfarrer«, machte John auf sich aufmerksam.

Christensen fuhr herum, er hatte ihn nicht kommen hören. Der Schweiß stand ihm auf der Stirn. »Herr Kommissar. Wollen Sie mir etwa zur Hand gehen?«

»War es schlimm hier bei Ihnen?«

»Es geht, der liebe Herrgott hat wohl seine schützende Hand über uns gehalten.« Der Pfarrer sah sich um. »Ein wenig Wasser, ein wenig Dreck, nichts, womit man nicht klarkommt. Lediglich bei den Podesten werden wir uns wohl etwas einfallen lassen müssen.«

Er deutete auf die Kirchenbänke, die zum Glück auf erhöhten Podesten errichtet worden waren, was sie vor dem Wasser geschützt hatte. Die Podeste selbst waren allerdings völlig durchnässt und würden wohl ersetzt werden müssen.

Der Pfarrer winkte ab. »Aber wissen Sie, St. Knud wurde

im Jahr 1854 erbaut, sie ist die älteste katholische Kirche hier in Schleswig-Holstein, und wir waren die erste katholische Gemeinde hier nach der Reformation. Nach einer so langen Geschichte lassen wir uns doch von einem Unwetter nicht kleinkriegen.«

»Ja, es hätte vermutlich schlimmer kommen können.«

»Außerdem haben wir ja Erfahrung mit solchen Dingen«, meinte Christensen und deutete auf den Corpus Christi am Altarkreuz. »Unser Jesus hier stammt aus dem Jahr 1230. Er soll aus Strandgut aus dem Meer gerettet worden sein. Der Überlieferung nach stammt er aus einer der Nordstrander Kirchen, die in der Burchardiflut von 1634 untergegangen sind.«

»Solche Zeiten hatten wir eigentlich hinter uns. Ich hoffe, so etwas wird jetzt nicht wieder zur Gewohnheit«, sagte John. »Weswegen ich eigentlich hierherkomme ... Sie haben vielleicht gehört, was die Flut zutage gefördert hat?«

Der Pfarrer hob eine Hand und massierte sich das Kinn. »Man spricht davon. Und dann auch noch in Ihrem Garten.«

John hob die Schultern. »Tja ...«

»Die Wege unseres Herrn sind unergründlich, wie es so schön heißt. Vielleicht sollte es so sein, damit Sie sich der Sache annehmen. Hat man denn schon einen Verdacht, um wen es sich handeln könnte?«

»In der Tat. Es ist offenbar Eef Riewerts.«

»Du meine Güte!« Vor Schreck entglitt dem Pfarrer der Wischmopp und fiel scheppernd zu Boden. »Wir haben uns immer damit getröstet, dass sie irgendwo anders ein besseres Leben gefunden hätte ...«

»Davon gingen wohl auch meine Kollegen aus. Ich habe mich bereits mit Eefs Vater unterhalten. Er sagte mir, dass Sie damals Kontakt zu seiner Tochter hatten ... Sie schien Zweifel an der Freikirche bekommen zu haben.«

»Dem war auch so.« Der Pfarrer hob den Mopp auf und

lehnte ihn an die Wand. Dann bedeutete er John, sich neben ihn auf eine der Kirchenbänke zu setzen. »Es war damals noch nicht lange her, dass ich die Gemeinde übernommen hatte. Olger Andres war ein verschlossener, in sich zurückgezogener Mann. Ich führte es zunächst darauf zurück, dass er seine Frau früh verloren hatte. Dann kam ich ihm näher und begriff, dass er noch einen Menschen verloren hatte. Seine Tochter, die ihm alles bedeutete.«

»Eef.«

»So ist es. Olger war und ist ein zutiefst gläubiger Mensch. Es hat ihn tief getroffen, wie sich Eef von ihm und von Gott abgewandt und sich den Überzeugungen der Kirche des wahren Glaubens hingegeben hat ...«

John hob die Hand. »Das verstehe ich nicht ganz. Wenn er so gläubig ist ... Die Freikirche vertritt doch den Glauben an denselben Gott.«

»Mir erging es zunächst genauso wie Ihnen. Für Olger war die Freikirche aber schon damals nichts als eine Truppe von Scharlatanen, die den Glauben für ihre eigenen Zwecke ausnutzten. Mein Umdenken begann, als einige meiner liebsten Schäfchen sich ebenfalls den Überzeugungen der Freikirche hingaben. Da begriff auch ich, dass es sich mehr um einen Personenkult und eine Sekte handelt als alles andere.«

»Aber Sie hielten es für möglich, Eef von diesem Weg abzubringen?«

»Die Initiative ging nicht von mir aus. Eef suchte mich aus eigenen Stücken auf. Sie war ... verwirrt. Sie liebte Laas, ihren Mann, und sie hatte Geborgenheit und Halt in der Freikirche gefunden. Aber ...« Pfarrer Christensen verstummte.

»Aber etwas hatte sie zum Umdenken bewogen?«

»Ja. Es gab da wohl manches, was sie störte, Dinge, die mit dem Glauben und der Bibel nicht vereinbar waren.«

»Verriet sie Ihnen Genaueres?«

Der Pfarrer sah zu dem Jesuskreuz über dem Altar auf und

schien einen Moment zu überlegen. »Nein, da blieb sie leider vage. Ich habe das nie wirklich aus ihr herausbekommen. Aber irgendetwas war da. Ich kann nur vermuten, dass es etwas Gravierendes war.«

»Das bedeutet also, sie hatte tatsächlich vor, die Freikirche zu verlassen?«

»So ist es.«

»Sprach sie mit Ihnen über ihre Pläne?«

»Sie fürchtete Repressalien. Es gab vor ihr wohl schon eine Aussteigerin, die als mahnendes Beispiel diente. Deshalb hatte sie Angst.«

»War dieser Frau ebenfalls etwas zugestoßen?«

»Nein, soviel ich weiß, nicht. Es sind auch nur Gerüchte, die ich aufgeschnappt habe, aber die Frau sah sich wohl mit übler Nachrede und dergleichen konfrontiert.« Christensen hob die Hände. »Genaues weiß ich aber nicht.«

John beschlich das sichere Gefühl, dass der Geistliche nicht die volle Wahrheit sagte. »Wusste Laas Riewerts von den Überlegungen seiner Frau?«

»Das haben mich Ihre Kollegen damals auch gefragt. Auch das weiß ich leider nicht. Jedenfalls gehörte Laas damals noch dem Vorstand der Freikirche an. Er war linientreu, wenn man so sagen will. Wenn ausgerechnet seine Frau der Freikirche den Rücken gekehrt hätte …«

»Wäre das ein Problem für ihn gewesen? Olger Andres war offenbar immer der Ansicht, dass Laas hinter dem Verschwinden seiner Tochter steckte.«

»Richtig, und dieser Hass hat Olger aufgezehrt.«

»Halten Sie es denn für möglich, dass er seine Frau ermordete?«

»Wie gesagt, wenn Eef ganz offiziell der Kirche den Rücken gekehrt hätte, hätte das Laas in Schwierigkeiten gebracht. So blieb Eefs Verschwinden ein Rätsel. Aber ich habe mich etliche

Male mit Laas unterhalten und selten einen frommeren, bibeltreueren Menschen als ihn getroffen. Fester in seinem Glauben als viele andere, die jeden Sonntag hier in meine Kirche kommen. Daher habe ich damals nie ernsthaft in Betracht gezogen, dass er seiner Frau etwas angetan haben könnte.«

»Wenn ich das alles recht verstehe, ist Laas nach dem Verschwinden von Eef selbst von der Freikirche abgerückt.«

»Ganz genau. Noch ein Grund, weshalb ich nie an Olger Andres' Verdacht geglaubt habe. Möglich, dass Eef Laas mit ihren Zweifeln angesteckt hatte. Und zuletzt, vor seinem Tod … Ich will das nicht beschwören, aber mir schien, dass Laas sogar selbst Gedanken an einen Austritt hegte. Er suchte mich auf und da … nun ja, da …«

Der Pfarrer sah zu Boden und presste die Lippen zu einem schmalen Schlitz zusammen. Aus irgendeinem Grund schien es ihm schwerzufallen, darüber zu sprechen.

»Warum kam er zu Ihnen?«, fragte John.

»Laas wollte mit mir über etwas sprechen, worüber er offenbar in der Freikirche mit niemandem reden konnte. Er sagte, eine schwere Last liege ihm auf der Seele, er … wollte beichten.«

»Wann hat er diese Absicht kundgetan?«

»Das war am Tag vor seinem Tod.«

John musste daran denken, wie er mit Laas Riewerts an jenem Tag im Garten hinter seinem Haus gestanden hatte. Riewerts hatte auch mit ihm sprechen wollen. Am nächsten Tag. Aber worüber?

Eine schwere Last lag auf seiner Seele.

Hatte er etwa nach all den Jahren den Mord an seiner Frau gestehen wollen?

28 Lilly

Sie hatte eine Entscheidung getroffen. Eine sehr spontane, nicht ganz freiwillige, und sie sorgte sich, dass sie es noch bereuen würde. Nein, sie war sich sogar ziemlich sicher, dass sie es bereuen würde. Es war nur eine Frage der Zeit.

Dabei sprach einiges dafür, John an dieser Ermittlung zu beteiligen, so, wie man üblicherweise auch jeden anderen Kollegen in einer vergleichbaren Position hinzuzog und sich seine Ortskenntnisse und Kontakte zu Einwohnern zunutze machte. Nur, dass sie damit gegen eine direkte Dienstanweisung verstieß. Und so etwas holte einen früher oder später immer ein.

»Du hättest mich vorher fragen sollen, ob wir John als unseren Chauffeur engagieren«, sagte Lilly zu Tommy. »Ich leite diese Ermittlung, und damit ist es auch meine Entscheidung.«

Sie hatte den Moment abgepasst und gewartet, bis Celine und Ben die Wache verlassen hatten, um den Unrat zu entsorgen, den sie zusammengekehrt hatten.

Tommy hob entschuldigend die Schultern. »Ich weiß. Aber du hättest es nicht gut gefunden.«

»Allerdings. Und glaub bloß nicht, ich hätte deine kleine Scharade nicht bemerkt.«

Als sie vor ihrer Abfahrt nach Büsum im Auto vor der Wache gesessen hatten, hatte Tommy so getan, als würde der Motor nicht anspringen – was eindeutig daran gelegen hatte, dass er den Schlüssel nicht ins Schloss geschoben hatte, bevor er den Startknopf gedrückt hatte. Dann war er mit den Worten ausgestiegen: »Ich glaube, wir brauchen ein Taxi nach Büsum.«

Sie hatte keine Zeit für Widerrede gehabt, und wenige Minuten später hatten sie auch schon in Johns Streifenwagen gesessen.

»Immerhin haben wir dank Johns Hilfe eine neue Spur«, verteidigte sich Tommy. »Der SUV von Olger Andres.«

»Da hast du recht«, stimmte sie ihm zu. »Aber ob Gödecke und Bleicken das auch so sehen? Dafür muss ich meinen Kopf hinhalten.«

»Du kannst es gerne auf mich abwälzen.«

Lilly winkte ab. »Es ist jetzt so, wie es ist.«

»Ich meine ...« Tommy schob die Hände in die Hosentaschen. »Du und John, ich weiß, was zwischen euch gewesen ist ... Vielleicht war ich wirklich etwas voreilig.«

»Das lass mal meine Sorge sein. Außerdem wechseln wir jetzt vielleicht lieber das Thema.«

Der Dienstwagen mit dem Flensburger Kennzeichen fuhr vor der Wache vor, und die Staatsanwältin stieg aus.

Sanna Harmstorf kam mit entschlossenen Schritten in die Wache. Ihre Schuhe und der Saum ihrer Hose waren völlig verdreckt.

»Den Friedenshof hat es ganz schön erwischt«, sagte sie zur Erklärung. »Gibt es hier etwas Neues?«

Lilly berichtete ihr von ihrem Besuch bei Olger Andres, allerdings, ohne Johns Chauffeurdienst zu erwähnen.

Während sie zuhörte, ging die Staatsanwältin in die Teeküche und holte sich eine Flasche Wasser aus dem Kühlschrank.

»Ich fürchte, ich habe meinerseits wenig zu berichten«, sagte sie. »Ich habe nur diese Nele Flohr zu packen bekommen. Abbe Boysen war mit den Aufräumarbeiten beschäftigt, wobei ich ihn nirgends auf dem Hof entdecken konnte.«

»Ich wollte gerade zu seinem Bruder Keke«, sagte Lilly. »Wollen Sie mitkommen?«

Sanna Harmstorf nickte. In dem Moment klingelte Lillys Smartphone.

»Die Kriminaltechnik.« Sie aktivierte den Lautsprecher und legte das Gerät auf die Theke, damit Tommy und die Staatsanwältin mithören konnten.

»Ich wollte Ihnen die ersten Erkenntnisse nicht verheimlichen«, hörte sie die Stimme von Claudia Matthis. »Das Projektil, das Laas Riewerts tötete, stammt definitiv aus der Waffe, die wir vor Ort sichergestellt haben. Die Waffe selbst ist ein Problem ... die Seriennummer wurde unkenntlich gemacht. Es wird also schwer bis unmöglich, ihren Ursprung zu verfolgen. Dann wäre da noch die Kleidung von Cornelis Mohr. Wir haben sie auf Schmauchspuren untersucht und nichts gefunden.«

Sanna Harmstorf beugte sich über das Smartphone. »Was ist mit Mohr selbst?«

»Den haben sich die Kollegen bei der Festnahme angesehen, besonders seine Hände und Arme. Ebenfalls Fehlanzeige. Keine Schmauchspuren. Keine Spuren eines Kampfes. Außerdem hatte er keine Handschuhe an, doch die KT geht davon aus, dass der Täter Handschuhe trug.«

»Das war es?«

»Bis auf Weiteres. Sollte sich noch etwas ergeben, melde ich mich sofort bei Ihnen.«

Lilly beendete das Gespräch, dann sah sie nacheinander die Staatsanwältin und Tommy an. »Scheint ganz so, als könnten wir Cornelis Mohr von der Liste unserer Verdächtigen streichen.«

»Vermutlich«, Harmstorf nickte. »Nachdem sein Motiv schon zerbröselt ist ... Der Notartermin war abgesagt, Laas Riewerts hatte sich auf die Seite der Mohrs geschlagen und wirkte auf seine Frau ein, von der Freikirche Abstand zu nehmen. Außerdem war noch das Testament in Kraft. Aus Cornelis' Sicht hätte der Mord an dem Schwager und der Schwägerin absolut keinen Sinn ergeben.«

»Wir lassen ihn also frei?«

Die Staatsanwältin überlegte kurz. »Ja … ich werde dem Richter unsere Erkenntnisse vorlegen, und dann wäre das der logische Schluss.«

Wieder klingelte Lillys Handy. Sie warf einen Blick auf das Display. »Jetzt aber alle auf einmal. Das ist Dr. Radke.«

»Hallo?«, klang die Stimme des Rechtsmediziners aus dem Lautsprecher. »Hören Sie mich?«

»Laut und deutlich«, bestätigte Lilly.

»Ich … habe so ein Knarzen in der Leitung … Verdammte Handys. Moment … Ist es jetzt besser?«

»Ganz wunderbar.«

»Ich habe einen ersten Blick auf Ihr Skelett geworfen, also das aus dem Garten. Sie werden es nicht glauben, aber die Frau war schwanger!«

In den Gesichtern von Tommy und der Staatsanwältin zeichnete sich Überraschung ab. »Da sind Sie sich absolut sicher?«, hakte Lilly nach. »Ich meine … lässt sich das nach so langer Zeit noch eindeutig feststellen?«

»Das lassen Sie mal meine Sorge sein. Oder frage ich Sie, ob der Kerl, den Sie festnehmen, auch wirklich der Mörder ist und woher Sie das wissen können?«

»Pardon …«

»Wie auch immer. Wenn Sie Genaues über das Verfahren wissen wollen, müssen Sie mit meiner Assistentin, Frau Behnke sprechen. Aber das Ergebnis ist eindeutig. Schwanger, ungefähr fünfter Monat.«

Wenig später steuerte Lilly den Dienstwagen über den Schotterweg zwischen den Feldern westlich von Seeth und hielt an der kleinen Brücke, die hinüber auf das Grundstück führte, auf dem Keke Boysen seinen Bunkerpark baute. Sie stiegen aus und gingen über die Brücke. Dahinter versanken ihre Schuhe im Matsch; die Weide, auf der die Bunker standen, war mit Wasser getränkt.

Keke Boysen schraubte an der Tür eines der Bunker. Er hielt inne, als er sie kommen sah. »Moin. Was kann ich für Sie tun?«

Lilly zeigte ihm ihren Dienstausweis. »Kriminalpolizei. Das hier ist meine Kollegin Sanna Harmstorf von der Staatsanwaltschaft.«

»Welch hoher Besuch.« Keke Boysen drehte sich halb um und deutete mit dem Daumen in die entgegengesetzte Richtung, aus der die gekommen waren. »Wenn Sie mich jetzt öfter besuchen kommen, nehmen Sie doch lieber den anderen Weg. Gegenüber vom Bauernhof am Mildterkoog einfach der Furt über das Feld folgen. Ist etwas rumpelig.«

»Ich hatte mich schon gefragt, wie Sie das alles hierhergeschafft haben«, meinte Lilly mit Blick auf die Bunker.

»In Einzelteilen, damit die Wagen nicht auf dem Feld einsinken. Ich will noch eine befestigte Straße anlegen, doch dafür muss ich dem Bauern wohl ein Stück Land abkaufen.« Er hob die Schultern. »Fürchte, ich muss vorher erst ein paar von den Dingern hier an den Mann bringen.«

»Sie scheinen sich ja wirklich etwas auszurechnen«, sagte Sanna Harmstorf.

»Tja, unsere Welt ist dem Untergang geweiht. Solche Wettereskapaden wie gestern Nacht werden sich häufen. Und dann reißen sich die Leute um so etwas hier. Die Anlage wird vollständig autark und gegen die Wirren der Klimakatastrophe gewappnet sein.« Er hob den Zeigefinger. »Nur ein Beispiel, falls Sie sich fragen sollten, warum wir hier im Gegensatz zur Stadt drüben nicht abgesoffen sind. Das gesamte Areal ist mit einer Drainage versehen, die selbst Starkregen ableitet. Außerdem gibt es mehrere unterirdische Zisternen, die das Regenwasser auffangen, damit wir es später in Dürreperioden verwenden können. Ich schätze, die Dinger dürften jetzt gut gefüllt sein.«

Lilly konnte nicht an sich halten. »Für mich klingt das, als hätten Sie die eine Religion gegen eine andere getauscht.«

»Sie meinen, Weltuntergang statt Gott?« Er grinste und entblößte eine Reihe von gelblichen Zähnen. »Aber das ist doch das Besondere an meiner Idee. Beides widerspricht sich nicht, im Gegenteil. Am Ende werden hier alle zusammenkommen. Jene, die der Wissenschaft folgen und wissen, was uns blüht. Jene, die darin eine Strafe Gottes für unser lästerliches Leben und das Jüngste Gericht sehen. Und all die anderen, die das Problem geleugnet haben oder denen es schlicht egal war und denen jetzt der Hintern auf Grundeis geht. Ich würde sagen, das ist ein bombensicheres Geschäftsmodell.«

Lilly verkniff sich einen weiteren Kommentar und kam auf ihr eigentliches Anliegen zu sprechen. »Wir kommen wegen Eef Riewerts.«

»Eef?« Das Grinsen auf Keke Boysens Gesicht erstarb.

»Sie kennen sie?«

»Natürlich. Ich ... war damals noch Mitglied in der Freikirche. Eef verschwand eines Tages.«

»Richtig, und nun ist sie wieder aufgetaucht.«

»Wie meinen Sie das?«

»Wir haben ihre Leiche gefunden.«

»Das heißt ... Eef ist tot?«

»Ja. Wir rollen den Fall neu auf«, erklärte die Staatsanwältin. »Sie wurde ganz offensichtlich ermordet, und wir werden den Täter finden.«

Hinter Keke Boysen trat ein weiterer Mann aus der Tür des Bunkers. Es war sein Bruder Abbe.

»Es trifft sich, dass Sie beide hier sind«, sagte Lilly.

»Ich würde Ihre Freude gerne teilen«, entgegnete Abbe.

»Sie beide gaben Laas Riewerts damals ein Alibi«, sagte Lilly. »Sie waren an dem Abend, als seine Frau verschwand, bei ihm zu Hause.«

»Richtig.« Abbe schob sich an seinem Bruder vorbei, der stehen blieb, und kam zu ihnen herüber. »Das ist schon eine ganze Weile her.«

»Was taten Sie damals bei den Riewerts?«

Abbe druckste herum, sagte aber schließlich: »Wir ... haben mit Laas ferngesehen.«

»Ich dachte, das wäre in Ihrer Glaubensgemeinschaft verboten ... zumindest den niederen Schäfchen?«

»Nun ja, dass man ein gläubiger Mensch ist, bedeutet ja nicht, dass man keine weltlichen Interessen hat. Ab und zu jedenfalls.« Abbe machte ein verschämtes Gesicht.

»Was haben Sie sich angesehen?«

»Eine Champions-League-Partie.«

»War Eef Riewerts ebenfalls dabei?«

»Nein, sie hatte das Haus bereits verlassen, als wir kamen. Ein Männerabend. Eef wollte zu einer Freundin. Die rief später am Abend bei Laas an und machte sich Sorgen, weil Eef nicht wie verabredet bei ihr aufgetaucht war. Daraufhin rief Laas die Polizei ... und den Rest kennen Sie wohl.« Er kaute auf dem Zahnstocher in seinem Mundwinkel. »Sagen Sie, Sie glauben doch nicht, dass Laas seiner Frau etwas angetan hat, oder?«

»Sollten wir das denn tun?«

»Der Verdacht stand damals kurz im Raum.«

»Hatte Laas Riewerts denn einen Grund, seiner Frau etwas anzutun?« Lilly sah zu Keke Boysen hinauf.

Er schürzte die Lippen. »Nein, ich denke, nicht. Er liebte seine Frau, sie liebte ihn.«

»Es gab keinen Streit oder irgendwelche anderen Gründe, weshalb er ihr etwas angetan haben sollte«, schaltete sich Abbe ein.

»Wussten Sie, dass Eef sich mit dem Gedanken trug, die Freikirche zu verlassen?«

»Nein, zumindest nicht zu dem Zeitpunkt, als sie verschwand. Ihre Kollegen haben später etwas in der Art angedeutet.«

»Gehe ich recht in der Annahme, dass ein solches Vorhaben Eef in Schwierigkeiten gebracht hätte?«

Abbe Boysen schüttelte den Kopf. »Aber wieso denn? Bei uns ist jeder frei, zu gehen, wenn er einen Sinneswandel erfährt. Wir haben über all das vor langer Zeit bereits mit Ihren Kollegen gesprochen. Ich schlage vor, Sie konsultieren Ihre Akten.«

Damit wandte er sich um, trat zu seinem Bruder und zog ihn am Ellbogen in den Bunker. Die Tür fiel hinter den beiden ins Schloss.

29 John

Tommy stand mit dem Handy am Ohr vor der Wache, als John zurückkam.

»Ich telefoniere gerade die Kollegen ab, die damals am Fall Eef Riewerts gearbeitet haben«, erklärte er und legte auf. »Was hat sich bei dir ergeben?«

John berichtete von seinem Gespräch mit Pfarrer Christensen. »Laas Riewerts wollte ihm etwas anvertrauen und mir ebenfalls. Worum es sich dabei gehandelt haben könnte, darüber lässt sich nur rätseln. Was Eef betrifft, hat Christensen lediglich ein paar Andeutungen gemacht. Sie dachte wohl wirklich ans Aussteigen, etwas Gravierendes musste vorgefallen sein. Was, das konnte er mir nicht sagen. Außerdem sprach er von einer anderen Aussteigerin, die wohl unter Repressalien zu leiden hatte. Wäre vielleicht interessant herauszubekommen, um wen es sich dabei handelte.«

»Erwähnte der Pfarrer etwas von der Schwangerschaft?«

John stutzte. »Welche Schwangerschaft?«

»Entschuldige«, meinte Tommy und brachte ihn auf den neuesten Stand, was den Befund aus der Rechtsmedizin betraf. »Der Pfarrer wusste nichts davon?«

»Offenbar nicht. Dabei könnte ein Kind ein ziemlich guter Grund gewesen sein, aus der Freikirche auszutreten. Vielleicht wollte Eef es nicht in diesem Umfeld aufwachsen sehen.«

»Möglich. Würdest du den Pfarrer noch mal darauf ansprechen?«

»Sicher. Das ist ehrlich gesagt alles ziemlich seltsam.«

»Was ist mit Olger Andres? Wenn du ihn in der Mordnacht hier gesehen hast …«

»Ihr solltet ihn daraufhin befragen. Allerdings fürchte ich, dass er es einfach abstreiten könnte.«

Tommy hob den Zeigefinger. »Das wäre möglich, und deshalb fände ich es gut, wenn du ihn anrufst. Ich hätte da nämlich eine Idee. Sie ist nicht ganz sauber, könnte aber klappen.«

Er erzählte, was ihm vorschwebte, woraufhin John sich ein Lachen nicht verkneifen konnte. »Das ist so durchschaubar, dass es schon wirklich funktionieren könnte.«

»Das heißt, du bist dabei?«

»Natürlich.«

»Gut.« Tommy blickte über die Schulter in die Wache, wo sich noch immer Lilly und die Staatsanwältin aufhielten. »Ich würde nur vorschlagen, du führst das Gespräch nicht dort drinnen.«

»Ich bin hier auf dem Land nicht verblödet, weißt du.« John tippte sich an die Schläfe, dann ging er hinüber zum Streifenwagen und setzte sich hinein. Tommy folgte ihm und nahm auf dem Beifahrersitz Platz.

John tippte die Nummer von Olger Andres in sein Diensthandy und startete den Anruf. Nach mehrmaligem Klingeln ging Andres ran.

»Hallo?«

»John Benthien von der Polizei in Friedrichstadt. Ich war heute Morgen mit den Kollegen von der Kripo bei Ihnen. Sie erinnern sich?«

»Natürlich.«

John räusperte sich. Zuerst das Unangenehme, aber vielleicht ebenso Erkenntnisreiche. »Herr Andres, ich muss Ihnen leider eine weitere traurige Mitteilung machen. Es hat eine erste Untersuchung der Rechtsmedizin gegeben … Ihre Tochter erwartete zum Zeitpunkt ihres Todes ein Kind.«

Schweigen am anderen Ende. Dann ein Seufzen. »Hört das denn nie auf. Das … ist furchtbar. Ein Kind … sie …«

Andres verstummte, und John gab dem Mann ein wenig Zeit, um die Nachricht zu verarbeiten. »Es tut mir wirklich leid.«

»Es waren also zwei Leben, die genommen wurden. Ich mag mir gar nicht vorstellen, was alles hätte sein können …«

Was John nicht zu hören bekam, war der Satz, den viele Angehörige in einer solchen Situation aussprachen: Finden Sie denjenigen, der das getan hat.

»Herr Andres …« Nun zu Tommys Plan, in dessen Absurdität vermutlich das Geniale lag. »Da ist noch etwas anderes, und es ist mir überaus peinlich, dass ich das jetzt ansprechen muss. Ich kann mir ja denken, wie es Ihnen gerade geht …«

»Reden Sie nur.«

»Also, es ist so, dass … Sie müssen entschuldigen, das ist mir wirklich unangenehm. Aber ich habe hier eine Anzeige gegen Sie vorliegen.« Natürlich war das gelogen, doch wenn alles glatt lief, würde Andres das nie erfahren.

»Eine Anzeige?«

»Ja, wie gesagt, das ist mir in Anbetracht der Umstände wirklich unangenehm. Aber am vergangenen Montag hat jemand beobachtet, wie Sie am Ostersielzug abends auf einem Grünstreifen an der Gracht parkten. Ein schwarzer SUV mit dem Kennzeichen …«

»Was zum Kuckuck soll das denn?«

»Wie gesagt, es tut mir aufrichtig leid, dass ich Sie damit belästigen muss. Das ist eine kleine Stadt hier, und wir haben einige übereifrige Bürger, besonders, wenn es um die Grünanlagen geht. Dort ist nämlich Parkverbot, müssen Sie wissen. Und … tja, jemand hat Sie gesehen und Anzeige erstattet.«

»Das ist ja wohl nicht zu fassen! Haben die Leute nichts Besseres zu tun!?«

»Dann ist es aber korrekt, dass Sie mit Ihrem Fahrzeug dort parkten?«

»Ich …« Ein kurzes Schweigen entstand, da Olger Andres sich wohl bewusst wurde, dass er sich jetzt nicht mehr so einfach rausreden konnte. Er räusperte ich. »Ja, das war ich. Und ich habe nur kurz dort gestanden und eine Zigarette geraucht.«

»Herr Andres, ich würde diese Sache gerne auf dem kleinen Dienstweg aus der Welt schaffen und Sie in Ihrer derzeitigen Verfassung nicht noch mit einer Anzeige belästigen. Sie haben also wirklich nur ganz kurz dort gestanden und … Was hat Sie denn überhaupt zu so später Stunde nach Friedrichstadt geführt?«

Wieder eine Pause. Olger Andres schien zu überlegen. »Es war der zehnte Jahrestag von Eefs Verschwinden. Ich war allein zu Hause und hielt es nicht mehr aus. Ich wollte mit jemandem sprechen … Daher … suchte ich einen alten Vertrauten auf, der nachvollziehen konnte, wie es mir erging. Pfarrer Christensen.«

»Verstehe«, sagte John und warf Tommy einen Blick zu. Es klang ein wenig, als würde Andres frei improvisieren. Sie würden diese Angabe auf jeden Fall überprüfen. So oder so hatten sie aber nun die Bestätigung, dass John keinem Irrtum erlegen war. Olger Andres war in der Tatnacht vor Ort gewesen.

John beendete das Gespräch, indem er Andres versprach, es bei dieser Ermahnung zu belassen und die Sache aus der Welt zu schaffen.

»Interessant«, meinte Tommy, als John aufgelegt hatte, kam aber nicht weiter, da ein Cabrio an ihnen vorbeirauschte und vor der Wache parkte. Es waren Ben und Celine. »Die beiden haben schon mal die ersten Sachen zum Schrottplatz gefahren«, erklärte Tommy.

John schüttelte den Kopf. »Ben übernimmt sich noch. Er soll das mal lieber mir überlassen.«

Er stieg aus und wollte zu seinem Vater hinübergehen, als sein Smartphone klingelte.

»Moin, Herr Kommissar«, hörte er die Stimme des Besitzers des hiesigen Bootsverleihs. »Es gibt da ein Problem.«

»Ich glaube, die ganze Stadt hat gerade ein Problem. Aber wie kann ich Ihnen denn helfen?«

»An der Blauen Brücke hat sich ein mächtiges Stück Holz verfangen. Kann mir schon vorstellen, dass Sie gerade Besseres zu tun haben, aber ... Sie haben doch so 'n schickes Polizeiboot. Vielleicht fahren Sie da mal vorbei und ziehen das Ding weg. Ich komm grad nicht dazu, muss erst mal hier bei uns Ordnung schaffen.«

John seufzte. »Ja, ich kümmere mich darum. Aber geben Sie mir ein wenig Zeit ...«

»Geht klar. Und danke, Herr Kommissar.«

John ging zu Celine hinüber, die aus dem Cabrio stieg, Ben war bereits in die Wache vorausgegangen. Sie zog ein missmutiges Gesicht.

»Was ist los?«, erkundigte er sich.

»Ach ...« Celine machte mit der Hand, in der sie ihr Smartphone hielt, eine wegwerfende Bewegung. »Die Redaktion vom Lokalblatt hat gerade angerufen. Meine Serie über die Kirchen wird bis auf Weiteres geschoben. Erst mal geht es nur um die Überschwemmung.«

»Das tut mir leid.« John wusste, wie viel Celine daran gelegen hätte, nicht nur in der Schülerzeitung, sondern auch in der Tageszeitung zu veröffentlichen. »Vielleicht ergibt sich ja etwas anderes.«

»Das hat es schon. Ich habe denen vom Chaos auf dem Friedenshof erzählt.« Celine blickte verstohlen zur Wache. »Die Staatsanwältin hat vorhin davon berichtet. Das finden sie interessant.«

»Das ist doch gut ...«

»Geht so. Der Bericht über den Friedenshof wird maximal eine Spalte. Aber besser als nichts.«

»Genauso ist es. Immer positiv bleiben.« Er klopfte ihr auf die Schulter. »Aller Anfang ist schwer.«

Ben kam aus der Wache. Er trug einen der Besucherstühle heraus, die zwar aus Kunststoff waren, allerdings eine Reinigung vertragen konnten. »So, ich schlage vor, als Nächstes schaffen wir die Möbel raus, stellen sie hier in die Sonne und machen sie sauber.«

»Vater«, meinte John, »ihr müsst das wirklich nicht tun …«

»Papperlapapp.« Ben ließ sich nicht aufhalten. Als er den Stuhl abstellte, hielt er plötzlich inne. »Oh, verdammt …«

Sein Gesicht wurde aschfahl, und er griff sich an die Brust. Dann ging er in die Knie und fiel der Länge nach auf den Asphalt.

30 Lilly

Es war früher Abend, als sie schließlich vorgelassen wurde. Sie nahm den Aufzug hoch zur Intensivstation, meldete sich dort am Einlass und wurde dann von einer Krankenschwester zum Zimmer geführt. Tommy war mit Celine unten im Eingangsbereich geblieben, denn eigentlich durfte nur eine Person bei Ben sein. Es war eine Ausnahme, dass Lilly zu ihm durchgelassen wurde. John war natürlich schon dort.

Sie hatten Ben ins Westküstenklinikum in Heide gebracht.

Ein Herzinfarkt, mehr wusste Lilly noch nicht.

Der herbeigerufene Hausarzt hatte noch vor der Wache in Friedrichstadt erste Hilfe geleistet, mit einer Herzdruckmassage und Mund-zu-Mund-Beatmung, bis der Krankenwagen eintraf. John war mit Celine sofort hinterhergefahren, Lilly mit Tommy etwas später. Ihnen beiden war klar gewesen, dass sie an diesem Tag keinen Kopf mehr für etwas anderes haben würden als Bens Wohlergehen. Dafür kannten sie ihn einfach schon zu lange.

Bei Gott, dachte Lilly, der Mann hätte mein Schwiegervater werden können – werden sollen, wenn John es nicht vermasselt hätte. Und Ben wäre sicherlich ein wunderbarer Schwiegervater geworden, der beste, den sie sich vorstellen könnte. Selbst jetzt fühlte es sich für sie noch so an, als wäre sie mit ihm verwandt.

Es war das letzte Zimmer auf der rechten Seite. Die Schwester wies sie an, jegliche Aufregung zu vermeiden und ihren Besuch kurz zu halten.

John saß am Bett seines Vaters. Ben war von allerhand Überwachungsapparaturen umgeben, von denen Kabel zu seinem Körper verliefen. Er hatte die Augen aufgeschlagen und rang sich ein Lächeln ab, als er Lilly hereinkommen sah. Sein Gesicht war aschfahl, und die Wangen wirkten eingefallen. Müde hob er eine Hand und winkte sie herein.

John wandte sich zu ihr um. »Lilly. Schön, dass du kommst.«

»Ist doch selbstverständlich. Wie geht es ihm?«

»Den Umständen entsprechend …« John wurde von der dünnen Stimme seines Vaters unterbrochen.

»*Ihm* geht es gut. Ihr braucht nicht so zu tun, als wäre ich völlig hinüber.«

»War nicht so gemeint.« Lilly schenkte ihm ein Lächeln, setzte sich auf die Bettkante und drückte Bens Hand. »Wie fühlst du dich?«

»Ehrlich gesagt … als hätte mich ein Laster erwischt.«

»Sie sagen, dass er Glück hatte«, meinte John. »Wenn der Arzt in Friedrichstadt nicht sofort zur Stelle gewesen wäre …« Er presste die Lippen aufeinander.

Lilly kannte John lange genug. Ben und er standen sich so nahe, wie Vater und Sohn es nur konnten.

Ben schloss die Augen. »Ich wünschte, dieser Kerl hätte mich nicht zurückgeholt.«

»Was redest du da?«, fragte John. »Er hat dir das Leben gerettet.«

Ben sah seinen Sohn an. »Da war etwas, Junge.«

»Wo war was?«

»Ich … habe nie an so etwas geglaubt, aber … da war etwas. Ich sah mein Leben an mir vorbeiziehen, so eine Art Best-of. Dann … ich weiß nicht …« Er blickte Lilly an, und bei seinen nächsten Worten bekam sie eine Gänsehaut. »Ich habe euch beide gesehen, mit einem Kind, einem Mädchen. Es winkte mir zu und rief nach mir. Großvater. Und dann … dann hat mich etwas weggerissen, und ich liege hier im Krankenhaus. Das hat sich mies angefühlt.«

Lilly konnte sehen, wie John den Blick senkte, um sie nicht ansehen zu müssen. Er wusste nicht, dass dieses Mädchen, das Ben gesehen hatte, tatsächlich existierte. In diesem Moment hätte Lilly zu gerne in seinen Gedanken gelesen. Ob ihm durch den Kopf ging, was zwischen ihnen hätte sein können, wenn er sich nicht in diese Affäre gestürzt hätte, die ihn fast Kopf und Kragen gekostet hatte? Sie meinte, zumindest einen Anflug von Schuldbewusstsein auf seinem Gesicht zu sehen. Was auch immer er getan hat, ermahnte sie sich im Stillen, du solltest deinerseits fair bleiben. Es ist an der Zeit. Du musst es John sagen.

»Ihr glaubt mir natürlich kein Wort«, unterbrach Ben ihre Gedanken.

»Nun ja«, beruhigte ihn Lilly, »du bist nicht der Erste, der eine solche Nahtoderfahrung macht. Vielleicht ist also doch mehr dran, als man so denkt.«

Ben lächelte. »Wer weiß. Am Ende haben wir alle etwas, woran wir glauben und worauf wir das Gerüst unserer eigenen kleinen Welt errichten. Ist es nicht so? Vermutlich schulde ich Vivienne eine Entschuldigung ...«

John legte die Stirn in Falten. »Was meinst du damit? Eine Entschuldigung wofür?«

»Dafür, dass ich sie mit ihrem UFO-Glauben nicht ernst genommen habe. Dafür, dass ich einfach abgehauen bin.« Bens Stimme war dünner geworden, und Lilly merkte ihm an, dass das Sprechen ihm Mühe bereitete.

»Nun ja«, meinte John, »du kannst wohl kaum von einer Nahtoderfahrung auf UFOs schließen.«

»Egal, vielleicht gibt es doch mehr zwischen Himmel und Erde, als wir uns gemeinhin so vorstellen.« Ben schob sich im Bett hoch, und John richtete das Kissen hinter seinem Kopf. »Da ist etwas, das ich euch beiden schon lange sagen will. Jetzt ist wohl ein guter Zeitpunkt. Wenn man schon mit beiden Beinen in der Kiste war, plaudert es sich ziemlich ungeniert. Deshalb … Ich finde es sehr bedauerlich, dass das mit euch nicht geklappt hat. Was nicht heißt, dass ich dir mit Juri nicht ein wunderbares Leben wünsche, Lilly. Es ist vielmehr so …« Er rang nach Luft und schloss wieder die Augen.

»Vater«, meinte John, »du solltest dich ausruhen.«

Doch Ben ließ sich nicht beirren. »Ich … spüre, dass da etwas zwischen euch steht, und ich kann mir schon denken, was. Lasst euch eines von mir gesagt sein. Das Leben kann verflucht schnell vorbei sein. Damit kenne ich mich jetzt aus. Ihr solltet also eure Zeit nicht verplempern. Sagt euch, was gesagt werden muss. Und dann seid wieder Freunde.«

Er fasste John und Lilly bei den Händen, sah sie noch einen Moment beschwörend an, dann schloss er die Augen und schlief ein.

Hinter ihnen öffnete sich leise die Tür, und die Krankenschwester kam herein. »Es tut mir leid, aber die Besuchszeit ist für heute vorbei. Wenn ich Sie also bitten dürfte …«

John stand auf, drückte seinem Vater einen Kuss auf die Stirn und ging nach draußen. Lilly folgte ihm, nachdem sie einen letzten Blick auf Ben geworfen hatte.

Sie gingen den Flur in Richtung Aufzug hinunter.

»Die Ärzte sagen, dass er sich wieder berappeln wird«, meinte John. »Allerdings wird er wohl seine Lebensweise umstellen und sich gesünder ernähren müssen.«

»John, ich weiß, wie dir …«

»Und wenn er dann die Medikamente regelmäßig nimmt und sich mehr bewegt, kann er noch viele Jahre vor sich haben, meinen sie.«

Sie waren am Ende des Flurs angekommen. Neben den Aufzügen gab es eine breite Glasfront. John stellte sich ans Fenster und blickte hinaus in die Abenddämmerung.

Schließlich stützte er sich mit den Händen auf das Sims und lehnte den Kopf gegen das Fenster. »Ich hätte ihn beinahe verloren, Lilly.«

Sie zögerte einen Moment, dann trat sie dicht an ihn heran und legte eine Hand auf seine Schulter.

»Ich …« Er wandte den Kopf leicht zu ihr, sodass sie die Tränen sehen konnte, die seine Wangen hinabliefen. »Auf der Fahrt hierher … hinter dem Krankenwagen, in dem Ben um sein Leben rang … da habe ich mich gefragt, welchen Sinn das überhaupt alles macht. Ich meine, in unserem Beruf, wir verbringen die meiste Zeit unseres Lebens auf der dunklen Seite dieser Welt. Dabei … Sollten wir nicht die wenige kostbare Zeit, die uns bleibt, mit jenen Menschen verbringen, die uns etwas bedeuten, die wir lieben? Ben … weißt du, ich habe ihn in letzter Zeit ziemlich selten gesehen …«

»John, du brauchst dir keine Vorwürfe zu machen. Wir gehen unserem Leben nach. So ist das nun mal.«

»Ich weiß. Manchmal wünschte ich nur, das Hamsterrad würde sich etwas langsamer drehen.« Er rang sich ein Lächeln ab.

Eine helle Glocke verkündete, dass der Aufzug auf ihrer Etage angekommen war. Die Türen öffneten sich, und sie stiegen ein. Kaum hatte die Kabine sich in Bewegung gesetzt, da betätigte John den Kippschalter für den Nothalt.

»Hör zu«, sagte er, »das hier ist bestimmt nicht der passende Moment. Aber ich habe es jetzt so lange aufgeschoben … Es tut mir leid, Lilly. Alles. Wie ich mit dir umgegangen bin, was ich unserer Beziehung angetan habe. Das war dumm. Ich weiß auch nicht, was da in mich gefahren ist, ich glaube, ich habe … Wie soll ich das sagen …«

»Du hast dich von deinem besten Stück an der Nase herumführen lassen. Ist es das, was du meinst?«

Er schluckte und machte eine betretene Miene. »Ja, könnte man wohl so sagen.«

»Du hast tatsächlich großen Mist gebaut. Und dir ist hoffentlich klar, dass es keinen Weg zurück gibt.« Lilly wurde bewusst, dass sie das nicht nur zu John sagte, sondern ein Stück weit auch zu sich selbst. Sie liebte Juri, doch in ihrem tiefsten Innern hatte sich gerade etwas geregt. Da war noch immer ein Funke, den John Benthien zum Glimmen bringen konnte.

»Ich weiß«, sagte er, »und darum geht es mir auch nicht. Aber die Entschuldigung war überfällig, und wenn es irgendeine Möglichkeit gibt, es auch nur ansatzweise wiedergutzumachen, dann lass es mich wissen. Ich möchte auch nicht, dass das, was geschehen ist, länger zwischen uns steht. Denn Ben … Er hat ganz recht. Die Zeit ist kostbar. Und ich fände es gut, wenn wir wieder Freunde sein könnten. Nicht mehr, nicht weniger.«

Lilly seufzte und konnte sich ein Schmunzeln nicht länger verkneifen. »Vergeben. Nicht vergessen.« Sie tat einen Schritt auf ihn zu, nahm sein Gesicht in beide Hände und drückte ihm einen Kuss auf die Wange. »Für dich, John Benthien, wird immer ein Platz in meinem Leben sein.«

»Ich stehe in deiner Schuld, Lilly.«

»Ein wenig … aber da ist auch noch etwas anderes.« Sie rang mit sich, doch John hatte wohl recht, dieser Moment war genauso gut wie jeder andere, wenn nicht sogar besser. »Diese Vision, die Ben mit dem kleinen Mädchen hatte … also, als er uns beide mit ihr sah …«

»Hallo?«, ertönte plötzlich eine Stimme. Sie kam aus dem Lautsprecher in der Kontrollleiste des Aufzugs »Können Sie mich hören?«

John beugte sich zu dem Lautsprecher hinunter. »Verzeihen Sie, ich bin wohl versehentlich an den Notschalter gekommen.«

»Kein Problem. Legen Sie ihn einfach zurück, dann geht die Fahrt weiter.«

»In Ordnung, vielen Dank. Und entschuldigen Sie die Umstände.« John betätigte den Schalter, und der Aufzug setzte sich in Bewegung.

Er drehte sich wieder zu ihr herum. »Wo waren wir? Ach ja, Bens Vision. Da fällt mir übrigens ein, dass ich dir noch gar nicht von meinem kleinen Ausflug nach Maasholm erzählt habe.«

»Maasholm?«

»Ja, Ben ist offenbar nicht der Einzige hier in der Gegend, der Visionen hat ...«

Der nicht perfekte, aber eben doch perfekte Moment, ihm die Wahrheit zu sagen, war vorübergezogen. Typisch John, dachte Lilly. Eben noch zu Tränen gerührt, jetzt schon wieder bei der Arbeit.

»Was war denn so Wichtiges in Maasholm?« Sie klang schnippischer, als es ihre Absicht gewesen war. Doch das schien John nicht zu bemerken.

»Ich habe dort mit dem Bürgermeister gesprochen, und er konnte mir einige interessante Dinge über die Kirche des wahren Glaubens verraten. Unter anderem, dass diese Nele Flohr Visionen hat, die dann tatsächlich eintreffen. Seltsamerweise betreffen sie Leute, die den Belangen der Freikirche im Weg stehen.«

Lilly musste daran denken, was die Staatsanwältin nach ihrem Ausflug zum Friedenshof erwähnt hatte. »Von etwas in der Art sprach auch Sanna Harmstorf. Sie meinte, Nele Flohr hätte im Kreis der Gläubigen den Tod von Mette und Laas Riewerts prophezeit.«

»Ist nicht wahr?« John machte ein ungläubiges Gesicht. »Also, da glaubt hoffentlich niemand mehr an einen Zufall.«

»Ich ganz bestimmt nicht. Solange wir keine harten Beweise gegen sie in der Hand haben, bringt uns diese Erkenntnis jedoch wenig.«

Die Fahrstuhltüren öffneten sich. Sie waren wieder im Foyer. Als sie ins Freie traten, saßen Tommy und Celine, jeder mit einer Flasche Cola in der Hand, auf einer Bank.

Als er sie sah, sprang Tommy auf und kam mit der Flasche in

der einen und dem Handy in der anderen Hand auf sie zugelaufen. »Leute, das werdet ihr nicht glauben!«

»Was denn?«, fragte Lilly. »Du hast gerade rausgefunden, dass eisgekühlte Cola am besten schmeckt?«

»Nein, ernsthaft.« Er hielt das Handy in die Höhe. »Ich habe mit einem der alten Ermittler in der Sache Eef Riewerts gesprochen.«

»Und?«

»Es gab da tatsächlich etwas, was nicht Eingang in die Akten gefunden hat, weil der Kollege es zu abstrus fand.«

Lillys Mund war ganz trocken. Sie schnappte sich Tommys Colaflasche und trank einen Schluck. »Nun erzähl schon.«

»Der Kollege sprach von einer äußerst sonderbaren Begebenheit. Wenige Tage vor dem Verschwinden von Eef Riewerts hatte Nele Flohr im Kreis der Gläubigen eine Vision. Sie verkündete ihnen, dass Eef schon bald aus ihrer Mitte gerissen werden würde.«

31 Sanna

Es war beinahe dunkel, als Sanna erneut vor dem Haupttor des Friedenshofs stand. Das Hochwasser hatte auch die Passagierfähre über den Fluss vorübergehend lahmgelegt. Sie hatte sich kurzerhand den Streifenwagen geschnappt und war hergefahren.

Der Zusammenbruch von Benthiens Vater hatte auch sie nicht kaltgelassen. Natürlich kannte sie den alten Mann nicht so gut wie Velasco und Fitzen, dennoch konnte sie die Gefühle nachempfinden, die im Spiel sein mussten. Sie erinnerte sich noch genau daran, wie sie vom Tod ihrer Mutter erfahren hatte. Mitten in einem Gerichtsprozess. Gerade als sie dabei gewesen war, eine Zeugin zu befragen, hatte ihr Assistent ihr das Handy gereicht, mit Jaane am anderen Ende, die in Tränen aufgelöst gewesen war und ihr erzählt hatte, wie sie Mama tot im Wohnzimmer entdeckt hatte. Obwohl sie sich selbst für zäh gehalten hatte, war Sanna nicht in der Lage gewesen, die Verhandlung weiterzuführen. Daher hatte sie Nachsehen mit Velasco und Fitzen gehabt, die ins Krankenhaus gefahren waren.

Sanna hatte zunächst in der Wache die digitale Fallakte auf den neuesten Stand gebracht. Bleicken wartete sicherlich schon darauf, besonders jetzt, wo sie Cornelis Mohr von der Liste der Verdächtigen streichen und seine Freilassung erwirken wollte.

Danach hatte sie sich auf den Weg zum Friedenshof gemacht.

Eine Sache war ihr seit ihrem letzten Besuch hier nicht aus

dem Kopf gegangen, und dabei handelte es sich nicht um die düstere Prophezeiung, die ihr Nele Flohr aufgetischt hatte – vermutlich der billige Versuch einer Einschüchterung, die nur dazu beitrug, dass sie Nele Flohrs angebliche seherische Gabe noch genauer unter die Lupe nehmen würde.

Was ihr viel mehr Gedanken machte, war Jaane.

Sie kannte ihre Schwester zu gut und wusste es, wenn etwas nicht stimmte. Jaane war es schon immer schwergefallen, zuzugeben, wenn sie Mist gebaut oder sich bei einer Entscheidung grandios geirrt hatte. Sanna wurde den Verdacht nicht los, dass sich das auch in diesem Fall so verhielt. Jaanes Begeisterung über das selbst gewählte Leben in der Freikirche hatte doch irgendwie gedämpft auf sie gewirkt, ja, zwischen den auswendig gelernten Sätzen hatten Bedenken durchgeklungen. Vielleicht war Jaane aufgegangen, dass es doch keine gute Idee gewesen war, auf den Friedenshof zu ziehen. Nun kam sie dort womöglich nicht mehr so einfach weg. Danach zu urteilen, was sie über Mette, Laas und Eef wussten, bemühte man sich in der Kirche des wahren Glaubens darum, die Schäfchen zusammenzuhalten, und mit Abweichlern ging man nicht zimperlich um. Sanna konnte nicht ausschließen, dass sich ihre Schwester in ernste Probleme gebracht hatte und ihre Hilfe benötigte.

Sie betätigte die Klingel an der Hauptpforte.

Die Aufräumarbeiten vom Morgen schienen beendet. Von den Einsatzwagen gab es keine Spur mehr, und auch der Hof wirkte wieder einigermaßen ordentlich, soweit Sanna das im Dunkeln erkennen konnte. Lediglich im Haupthaus und in der kleinen Fachwerkkapelle daneben brannte Licht.

Die Sonne war inzwischen vollständig untergegangen, der Mond tauchte als Sichel immer wieder hinter den schnell vorbeiziehenden Wolken auf.

Sanna musste ein weiteres Mal klingeln, bis im Haupthaus die Tür geöffnet wurde und ein Mann in Jeans und Karohemd über den Kiesweg zum Tor herüberkam. Er hatte einen dichten Vollbart.

»Sie wünschen?«, brummte er.

»Sanna Harmstorf. Ich möchte zu meiner Schwester Jaane.«

»Ich fürchte, das ist um diese Uhrzeit nicht möglich. Bitte kommen Sie morgen wieder.«

»Vielleicht könnten Sie eine Ausnahme …«

»Wie gesagt, bitte kommen Sie morgen wieder.«

Sanna seufzte und holte ihren Ausweis hervor. »Staatsanwaltschaft Flensburg. Sie lassen mich jetzt bitte rein.«

Der Mann fuhr sich mit der Hand durch den Bart und zuckte dann nur die Schultern. »Vor Gott sind wir alle gleich. Ich fürchte, Ihr hübscher Ausweis nützt Ihnen nichts. Bitte kommen Sie …«

»Abbe Boysen. Ich möchte mit ihm sprechen. Holen Sie ihn, und zwar umgehend.«

Der Bärtige seufzte, zögerte noch einen Moment, ging dann aber zu der Fachwerkkapelle hinüber. Kurz darauf kam Abbe Boysen ans Tor. »Frau Staatsanwältin. Sie stören leider unsere abendliche Messe …«

»Das tut mir überaus leid. Trotzdem möchte ich gerne mit meiner Schwester sprechen.«

»Jaane? Nele erzählte mir davon.« Er zuckte mit den Schultern. »Ich fürchte, da es sich um ein privates Vergnügen handelt, wird das leider nicht möglich sein.«

»Was soll das heißen?«

»Ich kann Sie nicht zu Jaane vorlassen. Erstens wünschen wir um diese Uhrzeit generell keinen Besuch mehr auf unserem Gelände. Alle sollen die Möglichkeit haben, zur Ruhe zu finden, bevor wir uns zur Nachtruhe begeben. Zweitens weiß ich nicht, was Sie heute Morgen mit Ihrer Schwester besprochen haben. Aber es hat Jaane überaus bewegt, und sie hat darum gebeten, dass wir Sie abweisen, sollten Sie wieder herkommen.«

»Aber …«

»Ich sage es noch einmal in aller Deutlichkeit: Ihre Schwester möchte Sie nicht sehen. Und diesen Wunsch werden wir respektieren.«

»Aber warum will Jaane mich nicht …«

Abbe Boysen hob eine Hand. »Davon abgesehen darf ich Ihnen versichern, dass dies unsere Kooperationsbereitschaft, was Ihre Ermittlungen angeht, in keiner Weise beeinflusst. Nele Flohr und ich stehen Ihnen weiterhin jederzeit Rede und Antwort. Es wäre dennoch nett, wenn Sie Ihre Besuche fortan vorab ankündigen würden, und falls Sie das Gelände noch einmal betreten möchten, sollten Sie sich ein entsprechendes Mandat besorgen. Ich wünsche Ihnen einen schönen Abend.«

»Warten Sie!«, rief Sanna ihm hinterher, doch Abbe Boysen ging ohne ein weiteres Wort davon und verschwand wieder in der Kapelle.

Sanna stand noch einen Moment vor dem Tor.

Jaane wollte sie nicht sehen?

Das kaufte sie Boysen nicht ab, das war schlichtweg gelogen.

Viel eher konnte sie sich vorstellen, dass ihm und Nele Flohr erst nach ihrem Besuch heute Morgen aufgegangen war, dass Jaane ihre Schwester war und sie nun vielleicht ein Problem hatten. Deshalb schirmten sie Jaane ab.

Sanna musste den Impuls unterdrücken, einfach über das Tor zu klettern, Jaane aus der Kapelle zu holen und mit ihr nach Hause zu fahren.

Widerwillig trat sie den Rückzug an und ging zum Streifenwagen zurück.

Das hier erforderte ein filigraneres Vorgehen.

Eine Viertelstunde später stand sie am Fenster ihres Hotelzimmers. Die Wand hinter ihr spiegelte sich darin. Sie war mit einer Fototapete versehen, die eine Szene aus dem alten Friedrichstadt zeigte, eine Versammlung auf dem Marktplatz zu Beginn des vergangenen Jahrhunderts. Aus dem Fenster hatte Sanna fast dieselbe Perspektive auf den Platz, sodass sie das Bild in der Fensterscheibe zweimal sah – einmal in seiner historischen Variante und einmal in der heutigen, nächtlichen Version. Rings um den Marktplatz brannte Licht in den Fenstern der Giebelhäuser.

Sanna hatte Oberstaatsanwalt Bleicken am Telefon. Er hatte sich von ihr auf den neuesten Stand bringen lassen.

»Und Sie sind sich sicher, dass wir Cornelis Mohr aus dem Kreis der Verdächtigen ausschließen können?«

»Mit sehr hoher Wahrscheinlichkeit«, antwortete Sanna. »Ich sehe kein klares Motiv mehr. Die Waffe gehört nach dem jetzigen Stand nicht ihm, er hat keinen Schuss daraus abgefeuert, und es gibt auch keine Indizien, dass er in einen Kampf verwickelt war.«

Bleicken schwieg nachdenklich. »Nein ... das überzeugt mich noch nicht. Ich werde seine Freilassung nicht unterstützen. Der Mann war am Tatort. Wir müssen erst klären, weshalb.«

»Er wollte seinen Schwager besuchen. Den Grund kennen wir.«

»Dennoch können wir nicht zweifelsfrei sagen, was er dort getan hat.«

»Seiner Aussage nach waren die beiden tot, als er eintraf.«

»Natürlich sagt er das. Aber wirklich wissen tun wir es nicht. Also lassen wir den Verdacht gegen ihn vorerst noch nicht fallen. Was macht Benthien, haben Sie ihn im Griff?«

»Natürlich. Er unterstützt uns lediglich beim Kontakt zu den Bewohnern und informiert uns über örtliche Gegebenheiten. Ansonsten hat er nichts mit den Ermittlungen zu tun.«

»Wunderbar, sorgen Sie dafür, dass das so bleibt. Es gibt noch immer zu viele hier im Präsidium, die ihm trotz seiner Fehltritte nachweinen. Die sollen sich nicht ermuntert fühlen ... zumal das nur alle wieder daran erinnern würde, dass die Staatsanwaltschaft ihm einen Strick gedreht hat. Und das wäre besonders für Sie persönlich unvorteilhaft, gerade in der jetzigen Situation.«

»Darf ich fragen, was genau Sie damit meinen?« Sanna hatte durchaus eine Vorstellung, worauf er anspielte. Doch sie wollte es aus seinem Mund hören, auch, um zu erfahren, ob es in ihrer Abwesenheit neue Entwicklungen gegeben hatte.

»Es machen bestimmte Gerüchte die Runde«, sagte Bleicken. »Jemand scheint sich mit Ihrer Vergangenheit beschäftigt zu haben. Nun, die kennen Sie selbst wohl am besten, daher muss ich wohl nicht viel dazu sagen, und Sie können sich wohl denken, dass das, was damals geschehen ist, bei den Kollegen von der Kripo das Bild von Ihnen eintrübt, besonders nach Ihrer Beteiligung in der Sache Benthien.«

»Ich verstehe.«

»Es könnte sich als vorteilhaft erweisen, wenn Sie diese Ermittlungen sauber und erfolgreich abschließen und die involvierten Kollegen anschließend gut über Sie reden. Keine weiteren Komplikationen.«

»Ja, natürlich ...« Sie musste an Jaane denken.

»Sehr schön, dann sind wir uns also einig. Ich wünsche noch einen angenehmen Abend.«

Sanna legte auf und blieb mit dem Smartphone in der Hand am Fenster stehen. In der Scheibe vor ihr sah sie verschwommen das Gesicht von Mario Russo.

32 John

Als sie nach Hause kamen, verschwand Celine auf ihr Zimmer, und John ging als Erstes ins Wohnzimmer und öffnete dort im Schrank die Tür, hinter der sich seine kleine Apotheke verbarg, eine Sammlung erlesener Whiskys und Rums. Er goss sich ein Glas Single Malt ein, trank es in einem Schluck leer und schenkte sich nach.

Mit dem Glas in der Hand ging er hinaus in den Garten – oder dem, was davon übrig geblieben war.

Sein neues Leben hatte gerade begonnen, sich ein wenig zu ordnen, und plötzlich herrschte schon wieder das reinste Durcheinander. Der Zustand seines Gartens schien ihm fast wie ein Sinnbild. Der umgestürzte Ahorn, an dessen Wurzeln das Loch klaffte, in dem man das Skelett entdeckt hatte. Dazu noch allerhand Äste und kleinere Blumentöpfe, die das Unwetter durch den Garten gewirbelt und auf der Wiese verstreut hatte.

Während er den Ahorn betrachtete, kam John noch einmal der Ring in den Sinn, den er dort gefunden hatte. Der Ehering von Eef Riewerts, davon konnte er mit ziemlicher Sicherheit ausgehen. Da schoss John ein Gedanke durch den Kopf: War das Schicksal von Eef der Grund dafür, dass er das Haus so günstig hatte mieten können? Niemand aus der Freikirche hatte hier wohnen wollen. Ob die Leute gewusst oder zumindest geahnt hatten, dass hier etwas nicht stimmte? Möglicherweise. Bei Licht betrachtet, deutete einiges darauf hin, dass zumindest Laas Riewerts gewusst hatte, was sich hier verbarg. John erinnerte sich an die Hausübergabe. Da hatte er mit Riewerts hier im Garten gestanden. Der Mann hatte ihn darum gebeten, den Ahorn stehen zu lassen. Wie waren noch seine Worte gewesen? Der Baum sei eine Erinnerung an seine erste Frau. Bezeichnend war auch, dass Riewerts sich noch immer persönlich um das Haus gekümmert hatte und stets zur Stelle gewesen war, wenn es etwas zu reparieren gegeben hatte. Und das, obwohl er, wie John inzwischen wusste, schon vor vielen Jahren aus dem Verwaltungsgremium der Freikirche ausgeschieden war.

Bedeutete das, dass er seine Frau getötet und sie hinter dem Haus vergraben hatte? Vielleicht hatte er sogar selbst den Baum gepflanzt, damit die Stelle unberührt blieb.

Andererseits war Eef schwanger gewesen. Ob Laas davon gewusst hatte? Sie war ungefähr im fünften Monat gewesen, hatte Lilly gesagt. Meist konnte man es da nicht mehr verbergen. War Laas Riewerts der Typ gewesen, der eine Schwangere tötete? So wie John ihn kennengelernt hatte, eigentlich nicht, was aber nichts bedeuten musste. Eefs Tod lag zehn Jahre zurück. Die Menschen veränderten sich.

Eefs Vater, Olger Andres, hatte jedenfalls nie daran gezweifelt, dass Laas für das Verschwinden und den mutmaßlichen Tod seiner Tochter verantwortlich gewesen war. Hatte er deshalb Rache geübt – und dabei auch kaltblütig Riewerts' jetzige Frau Mette getötet?

Das konnte eine mögliche Version der Ereignisse sein.

Einwandfrei beweisen ließ sich das allerdings nicht.

Und eigentlich, dachte John, ist das auch gar nicht mehr deine Aufgabe. Warum also mischst du dich überhaupt ein?

Weil es in deinem Naturell liegt.

John trank noch einen Schluck.

Was machte er sich eigentlich Gedanken über diesen Fall, wo sein Vater im Krankenhaus lag und dem Totengräber heute nur knapp von der Schippe gesprungen war?

Ein furchtbarer Tag.

Er hatte lediglich einen guten Moment gehabt. Die Aussprache mit Lilly, die war überfällig gewesen. Es fühlte sich richtig an. Hätte er sich doch schon früher dazu durchgerungen.

John ließ den Blick schweifen und verharrte schließlich auf dem Gartentisch, wo noch ein Buch lag, in dem Ben zuletzt gelesen hatte.

Sicher, sein Vater war nicht mehr der Jüngste und manch anderer in seinem Alter längst nicht mehr so fidel. Doch wenn ein solches Bündel aus Tatendrang und Lebensfreude einfach vor einem zusammenklappte, dann … ja, was dann? Dann machte einem das so manches klar.

Dass der eigene Vater eben doch nicht unsterblich war.

Und dass das auch für einen selbst galt.

John wurde bewusst, dass er bereits über die Hälfte seines Lebens hinter sich hatte. Vielleicht sogar noch mehr, schließlich konnte er nicht davon ausgehen, auch einmal das Alter seines Vaters zu erreichen, der mit großen Schritten auf die achtzig zuging.

Was wollte er mit der Zeit anfangen, die ihm blieb?

Wenn er seinem Herzen folgte, wollte er Celine aufwachsen sehen, erleben, was aus ihr wurde und ob sie selbst eine Familie und Kinder haben würde.

Aber da war auch noch etwas anderes, ein tiefes Verlangen, das schon immer da gewesen war. Nach Gerechtigkeit in der Welt.

Er trank noch einen Schluck.

Dann blickte er auf sein Handy. Ein halbes Dutzend Anrufe in Abwesenheit. Alle von derselben Nummer. Der Anrufer hatte eine Nachricht auf der Mailbox hinterlassen.

John spielte sie ab.

»Ja, 'n Abend, Herr Kommissar. Ich will gar nicht stören oder Sie irgendwie stressen. Aber ich wollte doch noch mal hören, was mit dem Treibholz unter der Blauen Brücke ist. Also vielleicht würden Sie … ich meine, natürlich nicht mehr heute Abend …

Aber wenn Sie das gleich morgen früh wegmachen könnten, wär das sicher ganz fein. Also dann, noch einen Schönen!«

Der Bootsverleiher. Der Kerl ging ihm allmählich auf die Nerven.

Celine kam nach draußen. »Hier, ich hab schon mal die ersten Dinge für Ben in eine Tasche gepackt.« Sie winkte mit dem Zettel, auf dem sie seine Wünsche notiert hatten. Neben Kultursachen und Wechselkleidung ein paar Bücher, einen MP3-Player nebst Kopfhörern, nach Möglichkeit ein Tablet, auf dem er im Internet surfen und Filme oder Serien streamen konnte, und noch ein paar andere Sachen.

»Wunderbar«, lobte John. »Den Rest erledigen wir morgen früh. Hast du Lust auf ein kleines Abenteuer?«

Es war zwar schon dunkel, und etwas in ihm sträubte sich dagegen, dem Drängen des Bootsverleihers nachzugeben. Allerdings kam ihm alles gelegen, was ihn auf andere Gedanken brachte und davon abhielt, auch noch den Rest der Whiskyflasche zu leeren.

»Eigentlich fand ich den Tag aufregend genug«, meinte Celine.

John blickte zum Polizeiboot hinüber, das seit ihrer Ankunft in Friedrichstadt ungenutzt am Steg lag. »Wie wäre es, wenn wir das Ding endlich mal ausprobieren.«

»Ach so.« Ein Grinsen trat auf Celines Gesicht. »Aber nur, wenn ich steuern darf.«

»Na dann, alle Mann an Bord!«

Sie kletterten in das Polizeiboot, das in der Länge etwa viereinhalb Meter maß, mit Steuerstand und Sitzbank im Heck. Es war lediglich für den Einsatz auf den Grachten, der Eider und der Treene gedacht.

Der Motor sprang erst beim dritten Versuch an. Celine löste die Leinen, und John steuerte vom Anleger weg. Als sie sich ein Stück weit vom Ufer entfernt hatten, überließ er Celine das Steuer.

Der Vollmond stand hell am Sternenhimmel. Sie folgten dem Ostersielzug in die Treene, vorbei am Bootsverleih, wo zu dieser Stunde niemand mehr arbeitete, und fuhren dann links herum in Richtung des Westersielzugs, der sie zur Blauen Brücke brachte.

Die Klappbrücke war die längste Brücke in Friedrichstadt und verband den Bahnhof mit der historischen Altstadt. Ihren Namen verdankte sie ihrem Anstrich.

John holte einen Suchscheinwerfer aus der Kiste, in der sich auch die Rettungswesten und andere Utensilien befanden. Dann übernahm er wieder das Steuer, drosselte die Fahrt und brachte das Boot längsseits zur Brücke.

»Machst du mal Licht«, bat er Celine, die den Suchscheinwerfer aktivierte und ihn über das nächtliche Wasser fahren ließ.

Das Wasser glitzerte im hellen Mondlicht, doch das Holzstück war erst auf den zweiten Blick zu erkennen. Es hatte sich mit einer Menge Treibholz zwischen zwei Pfeilern der Brücke verfangen.

John fuhr näher heran und stoppte, als sie auf Armeslänge heran waren. Dann nahm er ein Tau, machte ein Ende an einer Klampe am Heck fest, das andere an dem Holzbalken. Er war massiv und musste mehrere Meter lang sein.

»Und jetzt?«, fragte Celine.

»Wir schleppen das Ding weg.«

»Schon klar, aber wohin? Wir müssen es ja auch irgendwie aus dem Wasser bekommen.«

»Natürlich.« So weit hatte John noch gar nicht gedacht.

»Lass mich mal«, meinte sie. »Drüben am Strand könnten wir es schaffen.«

Celine steuerte das Boot zurück auf die Treene und hielt Kurs auf den Badestrand hinter dem Bootsverleih. Sie fuhr so nahe heran, wie es ging, und stoppte dann.

John schwang sich über Bord in das flache Wasser und zog das Holz hinter sich her.

Celine warf den kleinen Anker ins Wasser, machte das Tauende, mit dem der Holzbalken noch mit dem Boot verbunden war, los und folgte John.

Gemeinsam schafften sie es, den Balken, der sich als noch größer und schwerer erwies als gedacht, an den Strand zu ziehen.

»Was zum Teufel …«, entfuhr es Celine, als deutlich wurde, was sie da aus dem Wasser gefischt hatten.

»Wohl eher ›Was zum Jesus‹«, kommentierte John und betrachtete das Fundstück.

Ein langer Balken von etwa drei Metern Länge mit einem kürzeren Querbalken. Darauf befestigt und ebenfalls aus Holz eine Jesusfigur, die im Wasser die ersten Grünalgen angesetzt hatte.

»Wie kommt das dahin?«, fragte Celine.

»Das weiß ich nicht. Aber woher es stammt, kann ich dir verraten.« Es war das Kreuz, das vor wenigen Tagen vor der katholischen Kirche St. Knud gestohlen worden war.

Vierter Teil
Das Tagebuch

33 John

Der nächste Morgen begann bei strahlend blauem Himmel dort, wo der vorherige seinen kuriosen Höhepunkt gefunden hatte: auf dem Strand hinter dem Bootsverleih. Sie hatten das Holzkreuz über Nacht an Ort und Stelle liegen gelassen. Die Chance, dass es erneut geklaut wurde, war gering. Die Bürger von Friedrichstadt hatten noch mit den Folgen des Unwetters zu kämpfen, und das schloss etwaige Jugendliche mit ein, denen aus Langeweile Unsinn im Kopf herumspukte. Auch sie hatten wohl derzeit Besseres zu tun und halfen bei den Aufräumarbeiten, statt in der Nacht ihr Unwesen zu treiben. Einer von wenigen Vorteilen dieses Ausnahmezustands.

Celine war heute Morgen wieder zur Schule gegangen. Im Laufe des Tages würden sie noch einmal gemeinsam nach Ben sehen. John hatte gerade mit ihm telefoniert, und es schien ihm den Umständen entsprechend gut zu gehen.

John hatte Pfarrer Christensen gebeten, ihn zum Strand zu begleiten. Der Geistliche stand, die Hände hinter dem Rücken verschränkt, über das Kreuz gebeugt und betrachtete es, während auf der Treene ein Ausflugsboot vorbeikreuzte und kleine Wellen an den Strand schlagen ließ.

»Das ist unseres«, sagte er. »Gar keine Frage.«

»Dann brauchen wir jemanden, der es zur Kirche zurückbringen kann«, sagte John.

»Das ist kein Problem. Mein Vikar hat einen Anhänger für

sein Auto, damit sollte es gehen. Aber sagen Sie … Warum hat man das gute Stück denn nicht schon früher hier am Strand entdeckt?«

»Es lag nicht hier«, erklärte John. »Wir haben es gestern Abend unter der Blauen Brücke gefunden.«

»Wie kam es denn dorthin?«

»Meine Vermutung ist, dass diejenigen, die es entwendet haben, das Kreuz irgendwo abgelegt haben, wo es dann von der Flut weggespült und unter die Brücke getrieben wurde.«

»Wissen Sie denn, wo man es hingebracht hatte?«

»Ich habe einen Verdacht. Direkt gegenüber der Blauen Brücke gibt es ein Wäldchen. Das ist fußläufig von Ihrer Kirche aus zu erreichen. Allzu weit kann man ein solches Gewicht ja nicht schleppen.«

»Jetzt, wo wir das Kreuz wiederhaben … werden Sie trotzdem noch weiter nach den Übeltätern fahnden?«

»Das könnte ich tun, ja. Also dürfen diejenigen nicht auf Ihre Vergebung hoffen?« John hatte die Hoffnung gehegt, dass der Pfarrer es dabei bewenden lassen würde. Im Moment hatte er genug andere Sorgen.

»Vergebung?« Der Pfarrer schürzte die Lippen. »Doch, doch, durchaus. Allerdings hätte ich mit den Übeltätern gerne ein Wort gewechselt und in Erfahrung gebracht, warum sie das getan haben. Ein wenig guter Zuspruch hält sie vielleicht davon ab, so etwas noch einmal zu tun.«

»Ich werde sehen, was sich machen lässt. Wenn die Diebe tatsächlich den Weg von St. Knud zum Wäldchen bei der Brücke genommen haben, hat sie vielleicht jemand gesehen. Sie verstehen aber hoffentlich, dass auch noch andere Aufgaben auf mich warten.«

»Aber sicher. Es hat keine Eile.«

»Wo wir gerade davon sprechen …« John blickte auf die Treene hinaus, in Richtung des Friedenshofs. »Als wir gestern über Eef Riewerts sprachen, da erwähnten Sie, dass es eventuell etwas gab, das sie zu ihrem Austritt aus der Freikirche bewogen haben könnte. Etwas Gravierendes.«

»Das ist richtig.«

»Und Sie wissen ganz sicher nicht, worum es sich dabei handelte?«

Der Pfarrer sah zu Boden und schob die Hände in die Taschen. »Nein … das kann ich nicht sagen.«

»Sie *können* es nicht sagen, oder *wissen* Sie es nicht?« John wartete, bis Christensen den Blick wieder hob, einen verstohlenen Ausdruck auf dem Gesicht. In versöhnlichem Ton meinte John: »Sie wissen etwas, oder?«

Christensen nickte langsam.

»Ich kann mir vorstellen, wo der Schuh drückt«, fuhr John fort. »Das Beichtgeheimnis.«

Der Pfarrer wiegte den Kopf. »Ja, das Beichtgeheimnis macht es einem nicht immer leicht.«

»Dann habe ich eine gute Nachricht. Ich denke, ich kann Sie davon erlösen. Wir wissen inzwischen, dass Eef Riewerts schwanger war.«

»Natürlich.« Christensen stieß einen Seufzer aus. »So ist es. Sie erwartete ein Kind, und das hatte sie zum Umdenken gebracht.«

Diese Antwort kam für Johns Dafürhalten ein wenig zu schnell. Ihm schien, als hätte der Pfarrer nur allzu dankbar nach dem Strohhalm gegriffen, den er ihm hingehalten hatte. »Das ist aber nicht alles, oder? Dass sie guter Hoffnung war, ließ sie nicht sofort vom Glauben abfallen.«

»Auch das ist richtig.« Der Pfarrer verschränkte die Arme hinter dem Rücken und sah John von der Seite an. »Gehen wir ein Stück?«

»Gerne.«

John folgte Christensen, und sie liefen am Bootsverleih vorbei.

»Darf ich Sie etwas ganz anderes fragen?«, meinte John im Gehen.

»Nur zu.«

»Olger Andres. Er erzählte mir, dass er in der Mordnacht hier bei Ihnen in Friedrichstadt war. Ist das richtig?«

Der Pfarrer hatte die Hände hinter dem Rücken verschränkt, und John konnte sein Gesicht nur von der Seite sehen. Dennoch erkannte er ein kurzes Zögern. »Ja ... Olger war bei mir.«

»Warum?«

»Er ... wollte sich mit mir unterhalten.«

»Wollen Sie mir sagen, worüber?«

Christensen sah ihn aus dem Augenwinkel an. »Das kann ich nicht.«

»Wieder das Beichtgeheimnis?«

Der Pfarrer nickte.

Sie blieben schließlich auf der schmalen Brücke neben dem Bootsverleih stehen, von wo aus man einen malerischen Blick auf den Ostersielzug hatte, auf der einen Seite üppige Bäume, deren Äste bis ins Wasser reichten, auf der anderen die Stege und Gärten der Häuser.

»Sie müssen verstehen, dass ich mich nicht an Gerüchten beteiligen möchte«, erklärte der Pfarrer und stützte sich mit den Ellbogen auf das Brückengeländer. »Man redete schon damals über die Freikirche. Es gab gewisse Zungen, die den Leuten dort einen schlechten Umgang mit Kindern nachsagten. Diese Gerüchte halten sich bis heute.«

»Was wollen Sie damit andeuten?«

»Wie gesagt, ich möchte keine Gerüchte anheizen, besonders, wenn ich selbst keine Belege habe. Sicher ist allerdings, dass in der Kirche des wahren Glaubens unsere Heilige Schrift sehr wörtlich ausgelegt wird. Leider wimmelt es darin vor schlimmen Versen, die heute natürlich überholt sind ...«

»Als da wären?«

»*Wer die Rute spart, hasst seinen Sohn; wer ihn liebt, nimmt ihn früh in Zucht.*«

John schenkte dem Pfarrer einen ernsten Blick. »Wollen Sie damit sagen, dass man dort drüben auf dem Friedenshof Kinder züchtigt?«

»Wie gesagt, ich weiß es nicht. Es gibt Gerüchte. Und sollten sie zutreffen, vermag ich nicht zu sagen, wie weit das geht ... Jedenfalls machte sich Eef deshalb Sorgen. Sie wollte ihr Kind nicht in einer solchen Umgebung aufwachsen sehen.«

»Was dachte Laas Riewerts darüber? Es war doch auch sein Kind.«

»Laas war damals noch ein anderer. Ob er die Hand gegen sein eigenes Fleisch und Blut erhoben hätte, das vermag ich nicht zu sagen. Aber er lebte nach den Regeln auf dem Friedenshof.«

»Also wollte Eef weg von ihm und der Kirche. Glaubte sie denn, dass man ihr ein solches Vorhaben durchgehen lassen würde?«

»Nein, auf gar keinen Fall. Entweder hätte man sie nicht gehen lassen, oder sie hätte unter Repressalien leiden müssen, zumindest, wenn sie in der Gegend geblieben wäre. Wie ich schon sagte, sie erzählte mir von einer anderen Frau, die diesen Schritt zuvor gewagt hatte ... ich habe ihren Namen vergessen. Jedenfalls wurde sie offenbar ihres Lebens nicht mehr froh.«

»Ich würde mich zu gerne einmal mit dieser Dame unterhalten.«

Christensen hob die Schultern. »Das verstehe ich. Aber meine Erinnerung lässt mich leider im Stich. Und ich bin mir wirklich nicht sicher, wie viel Wahrheit und wie viel Fiktion in der Geschichte steckten. Gut möglich, dass man den Gläubigen auf dem Friedenshof von dieser Frau erzählt und das aufgebauscht hat, um ihnen Angst einzujagen.«

»Was hatte Eef dann vor? Wissen Sie, ob sie tatsächlich nach Dänemark gehen wollte, wie meine Kollegen damals annahmen?«

Der Pfarrer legte die Stirn in Falten. »Da wären wir wieder beim Beichtgeheimnis.«

»Ich möchte Sie darauf hinweisen, dass wir es mit einem Mord zu tun haben, und wir können nicht ausschließen, dass dieser mit einem weiteren Doppelmord in Verbindung steht.« Diesmal schlug John einen mahnenden Ton an. »Ich habe durchaus Verständnis für Ihre Lage, allerdings muss ich Sie warnen, dass es keine gute Idee wäre, Wissen zurückzuhalten, das unsere Ermittlungen weiterbringen könnte. Wenn Sie also über wichtige Informationen verfügen ... Ich vermute, darüber dürfte Ihr Boss dort oben nicht allzu erzürnt sein.«

John zeigte gen Himmel, und der Pfarrer schmunzelte. »Wohl gesprochen, mein Freund. Es wäre nett, wenn mir auch von juristischer Seite kein Ärger drohen würde.«

»Ich weiß nicht, worauf Sie hinauswollen, daher kann ich nichts versprechen, aber ...« John lehnte sich nun ebenfalls auf das Brückengeländer und sah den Pfarrer von der Seite her an. »Es gibt auch in meinem Berufsstand so etwas wie ein Beichtgeheimnis.«

»Nun ... ich bin mir nicht sicher, was Sie da andeuten wollen.«

»Sie können sich auf meine Verschwiegenheit verlassen.«

»Das glaube ich Ihnen aufs Wort. Allerdings habe ich ein Gelübde abgelegt, wonach ...«

John holte tief Luft. »Mein lieber Herr Pfarrer, wir haben es hier wie gesagt mit mehreren gewaltsamen Todesfällen zu tun. Solange Sie selbst keine Straftat begangen oder bei einer solchen mitgewirkt haben, werde ich Ihnen gewiss keine Probleme bereiten.«

»Nun, wenn das so ist ... dann hoffe ich, dass mir wirklich nachträglich kein Ärger droht. Ich war es nämlich, der Eef damals bei ihrer Flucht half.«

»Sie halfen ihr unterzutauchen?«

»Nicht persönlich, nein. Aber ich half ihr dabei, jemanden zu finden, der darauf spezialisiert war, Menschen verschwinden zu lassen. Sein Name war Quentin Storm.«

34 Lilly

Die Polizeiwache von Friedrichstadt war ein Ort voller Überraschungen. Nicht nur, dass die Billigkaffeemaschine in der Teeküche, die von der Überschwemmung verschont geblieben war, einen unerwartet guten Kaffee machte. Nein, es gab auch noch einen kleinen verwunschenen Innenhof, den Lilly entdeckte, als sie aus Neugier die hintere Tür in der Abstellkammer öffnete, in der John Ausrüstung und Büromaterial lagerte. Der Rost hatte den Scharnieren und dem Schloss arg zugesetzt. Lilly gab der Tür einen ordentlichen Stoß mit der Schulter, damit sie aufsprang.

Sie fand sich in einem mit Efeu umwucherten Hof wieder, nicht viel größer als vielleicht zehn Quadratmeter. Links und rechts spendeten die Backsteinmauern der Nachbarhäuser Schatten, nach hinten grenzte ihn eine hohe Mauer vom nächsten Grundstück ab, in dem ein Nussbaum wuchs, dessen Äste in den Hof ragten.

Lilly war heute Morgen als Erste hier gewesen. Ihre innere Uhr lief nach wie vor im Babytakt. Sie wachte pünktlich um kurz nach sechs in der Früh auf, wenn Frouke nach der ersten Flasche verlangte. Sie konnte nur hoffen, dass sich das mit der Zeit wieder geben würde.

Tommy und die Staatsanwältin hatten noch in ihren Hotelbetten gelegen, als sie zu einem Morgenspaziergang durch die Straßen von Friedrichstadt aufgebrochen war. Dass sie dabei John vor der Wache in die Arme lief, war reiner Zufall gewesen. Er hatte ihr noch schnell die Tür aufgeschlossen, bevor er zum Strand geeilt war, wo es, wie er meinte, ein dringendes Kleinstadtproblem zu lösen gab.

Lilly sah sich um.

In einer Ecke des Hofs stand ein zusammengeklappter Plastiktisch, der seine besten Jahre eindeutig hinter sich hatte. Sie wischte ihn mit einem Lappen aus der Teeküche ab. In der Abstellkammer fand sie drei Klappstühle. Mit einem Kaffee setzte sie sich schließlich in den Hof, dazu ein Croissant, das sie sich auf ihrem Spaziergang beim Bäcker geholt hatte.

Die Sonne war längst über den Horizont gestiegen, doch die Luft war noch angenehm kühl.

Lilly startete auf dem Smartphone einen Anruf mit Juri. Unter Eltern mit Babys und Kleinkindern musste man keine Sorge haben, jemanden um diese Zeit aus dem Bett zu jagen.

»Hallo, Lilly«, hörte sie seine Stimme.

»Wie läuft es bei euch?«

»Es geht ... wunderbar, wirklich.«

»Das klingt aber nicht so.« Seine Stimme hörte sich belegt und heiser an.

»Doch, doch. Ich hätte nur gerne ein wenig mehr geschlafen ...«

»Juri Rabanus, was ist los? Du brauchst mir nichts vorzumachen.«

Er seufzte. »Amélie ist krank, und ich glaube, ich hab mich angesteckt. In ihrer Klasse geht irgendeine Sommererkältung um. Frouke ist putzmunter, auch nachts.«

»Du Ärmster ...«

»Aber du brauchst dir wirklich keine Sorgen zu machen, Lilly. Eine verstopfte Nase und ein wenig Halskratzen, mehr ist es nicht.«

»Ganz sicher? Wenn ich irgendwas für euch tun kann ...«

»Konzentrier dich auf deine Arbeit. Was macht der Fall?«

»Er ist verzwickt.« Sie erzählte ihm von den jüngsten Entwicklungen.

»Hört sich an, als könnte das noch etwas dauern«, meinte Juri.

»Ja, so wie es im Moment aussieht. Um ehrlich zu sein … Ich habe das Gefühl, das kommt alles zu früh für mich.«

»Ach was. Du hast im vergangenen Jahr vielleicht ein wenig Flugrost angesetzt, aber das ist ganz normal. Du hast die Erfahrung und das Können. Du schaffst das.«

»Mit Tommys und Johns Hilfe vielleicht.«

»John?« Argwohn lag in Juris Stimme. »Mischt er sich nun doch in den Fall ein?«

»Er ist eher unversehens Teil davon geworden, und … er kann uns hier vor Ort wirklich eine Hilfe sein.«

»Da wäre ich an deiner Stelle vorsichtig. Ich habe gestern mit Leon Kessler gesprochen. Er meint, Gödecke und Bleicken hätten noch immer das Messer gewetzt, was John angeht. Wenn die beiden mitbekommen, dass er seine Befugnisse überschreitet, kann dir das echten Ärger einbringen.«

In einem der Nachbarhäuser wurde ein Fenster geöffnet. Eine ältere Frau streckte den Kopf zum Innenhof heraus und lehnte sich mit einer Tasse in der Hand auf das Fenstersims.

»Das ist mir klar«, sagte Lilly. »Aber wenn John mit wichtigen Informationen ankommt, kann ich das schlecht ignorieren.« Lilly war sich nicht ganz sicher, ob Juris Vorsicht rein beruflicher Natur war. Vielleicht täuschte sie sich, doch sie hatte gelernt, solche Dinge lieber offen anzusprechen. »Falls du eifersüchtig bist wegen John … das musst du nicht. Wir haben uns ausgesprochen und sind wieder Freunde. Mehr allerdings auch nicht.«

»Ihr habt ein gemeinsames Kind.«

»Ich weiß. Ich hätte es ihm gestern beinahe gesagt, aber dann war der Moment irgendwie vorbei, und ich habe es doch wieder nicht getan.«

»Lilly.« Juris Stimme nahm den sonoren Klang an, der ihr immer ein Gefühl von Ruhe und Geborgenheit verschaffte. »Ich bin nicht eifersüchtig auf John. Du sollst nur mit ihm ins Reine kommen, um deinetwillen, aber auch für Frouke.«

»Ich weiß.«

»Irgendwann wird die Zeit kommen. Was alles andere angeht ... Um uns brauchst du dir hier keine Sorgen zu machen. Wir schaffen das, okay? Konzentrier dich also ganz auf deine Arbeit, und lass dich nicht verrückt machen.«

»Ich versuche es.«

»Und grüß Ben von mir, falls du noch mal zu ihm fährst. Er soll wieder auf die Beine kommen.«

»Mach ich«, sagte Lilly.

Sie verabschiedete sich und beendete das Gespräch.

Etwas später trafen Tommy und die Staatsanwältin ein. Sie holten sich Kaffee und kamen nach draußen in den Hof.

»Also, wo stehen wir?«, fragte Sanna Harmstorf, als sie sich setzte.

»Gehen wir es am besten der Reihe nach durch«, schlug Lilly vor. »Cornelis Mohr können wir bis auf Weiteres außen vor lassen. Da wäre dann zum einen Nils Löhr.«

»Eine Eifersuchtstat«, meinte Tommy. »Nils hatte schon lange ein Auge auf Mette geworfen. Doch die wies ihn ab und heiratete Laas Riewerts. Nils schlich fortan um das Haus der Riewerts' herum, hoffte anscheinend noch immer, dass Mette einen Sinneswandel erleben würde. John sah ihn am Tatabend dort, und Nils hat selbst bestätigt, dass er später noch einmal wiederkam. Er hätte also ein Motiv und die Gelegenheit zur Tat gehabt. Die könnte ungefähr so verlaufen sein: Er schaltet seinen Nebenbuhler aus. Dann kommt Mette früher als erwartet vom Spieleabend in der Freikirche zurück. Er gesteht ihr seine Liebe, versucht vielleicht, sie zu überzeugen. Aber Mette sieht ihren toten Ehemann, bekommt verständlicherweise Panik. Nils will sie zum Schweigen bringen und erwürgt sie. Eine emotionale Tat. Da taucht Cornelis Mohr auf. Nils flüchtet durch den Garten.«

Tommy sah sie beide erwartungsvoll an.

»Könnte so gewesen sein«, sagte Lilly nach einem Moment des Überlegens. »Da wären aber ein paar offene Fragen. Die Tatwaffe. Erstens, woher hatte Nils sie? Zweitens, wäre er überhaupt im Stande gewesen, sie sich zu besorgen, eine Pistole mit ausgefräster Seriennummer, für die man erst mal mit den entsprechenden Leuten in Kontakt kommen muss? Er macht mir doch eher einen … einfältigen Eindruck.«

»Was aber nicht bedeutet, dass ihm das alles nicht doch auf einem uns noch unbekannten Weg gelungen sein könnte«, warf Sanna Harmstorf ein. »Einfältigkeit bedeutet ja nicht, dass er nicht in der Lage gewesen wäre, zwei Menschen zu töten. Im Gegenteil. Wenn die Emotionen mit ihm durchgegangen sind, ist alles vorstellbar. Er bleibt also auf unserer Liste.«

»Einverstanden.« Lilly trank einen Schluck Kaffee. »Abbe Boysen. Nils Löhr sah ihn in der Mordnacht mit Laas Riewerts streiten.«

»Da ging es um das Vermögen von Mette«, nahm die Staatsanwältin den Faden auf. »Die Riewerts hatten den Vermögensübertrag kurz zuvor annulliert. Vermutlich ein Grund für Abbes Zorn. Wahrscheinlich hatten sie vor, auch Mettes Testament zu ändern, in welchem sie der Freikirche im Falle ihres Todes alles vermachte.«

»Damit hätte Abbe ein gutes Motiv gehabt, die Riewerts aus der Welt zu schaffen«, ergänzte Tommy. »Die Freikirche kann die Finanzspritze gebrauchen.«

»Was haltet ihr von Olger Andres?«, fragte Lilly. »John ist sich sicher, dass er ihn in der Mordnacht hier in Friedrichstadt gesehen hat, und Andres streitet es nicht ab. Er verdächtigte Laas Riewerts immer, mit dem Verschwinden seiner Tochter Eef in Verbindung zu stehen.«

Tommy gestikulierte mit der Tasse in seiner Hand. »Eef wurde auf den Tag genau seit zehn Jahren vermisst. Ein passender Zeitpunkt, sich zu rächen.«

Lilly stand auf und durchmaß mit langsamen Schritten den Innenhof. »Das alles sind noch immer bloße Theorien – was uns fehlt, sind handfeste Beweise. Vielleicht müssen wir auch in Betracht ziehen, dass wir es nicht mit einem Einzeltäter zu tun haben, sondern mehrere Menschen zumindest in den Tatablauf involviert waren.«

»Was bringt Sie zu der Annahme?«, wollte die Staatsanwältin wissen.

»Die Abfolge der Ereignisse beziehungsweise der Zeugenschilderungen, die John gesammelt hat.« Lilly blieb stehen. »Erna Wiebe hörte eine Auseinandersetzung und einen Knall. Dann ging sie rüber und entdeckte Cornelis Mohr bei den Opfern. Etwa zeitgleich sah ihr Nachbar Holger Dehnen, wie jemand versuchte, bei ihm über die Mauer zu klettern. Etwas später hörte er dann ein lautes Klatschen, mutmaßlich jemand, der in die Gracht sprang. Es könnte also neben dem Täter noch jemand im Haus gewesen sein, entweder ein Komplize oder sogar ein Zeuge.«

»Das halte ich für durchaus wahrscheinlich.« John kam durch die verrostete Tür nach draußen. »Wie ich sehe, habt ihr es euch gemütlich gemacht.«

»Etwas rustikal, aber zumindest bekommt man hier weder Hitzschlag noch Sonnenbrand«, meinte Tommy.

John lehnte sich in den Türrahmen. »Da ist ein Punkt, den ich übersehen habe und der vielleicht eine Rolle spielen könnte. Am Morgen nach der Tat trieb das kleine Boot, das Erna Wiebe an ihrem Steg hinter dem Haus liegen hat, in der Gracht. So etwas ist zuvor schon einmal passiert, vermutlich ein Streich von Jugendlichen. Ich ging davon aus, dass das wieder geschehen war. Aber wenn ich dir gerade so zuhöre, Lilly, ist auch eine andere Erklärung denkbar. Beim ersten Mal trieben nämlich auch die Boote der Nachbarn in der Gracht. Diesmal war es tatsächlich nur das von Frau Wiebe.«

»Ich verstehe, worauf du hinauswillst«, meinte Tommy. »Der Mauerkletterer hat es sich geschnappt. Über den Garten von Holger Dehnen konnte er nicht fliehen, wegen der Mauer. Also rannte er rüber zu Erna Wiebe, schnappte sich dort das Boot und entkam damit auf die andere Seite der Gracht.«

»Wo zum Beispiel der SUV von Olger Andres parkte«, vollendete Lilly den Gedankengang.

»Das wäre eine Möglichkeit«, sagte John. »Falls es noch einen dritten Beteiligten gab – ich denke an das Klatschen, das Holger Dehnen hörte –, dann gingen dem jedenfalls die Optionen aus. Auch ihm versperrte die Mauer auf der einen Seite den Fluchtweg. Erna Wiebes Boot trieb zu dem Zeitpunkt allerdings bereits in der Gracht. Also konnte er nicht anders, als in die Gracht zu springen.«

»Das würde Sinn ergeben.« Lilly konnte sich ein Lächeln nicht verkneifen. Es machte Spaß, mit John wieder an einem Fall zu arbeiten. Auch wenn die Staatsanwältin seinen Kommentar nicht sonderlich schätzte, wie an ihren Gesichtszügen abzulesen war.

»Vielen Dank für Ihre Erläuterungen«, sagte sie. »Wir wollen Sie dann auch nicht länger von Ihrer eigentlichen Arbeit abhalten.« Sie wandte sich Lilly und Tommy zu: »Reden wir über Eef Riewerts. Es gibt einige Verbindungen, oder?«

»Laas Riewerts, einmal Opfer, einmal vielleicht selbst der Täter? Olger Andres, einmal der trauernde Vater, dann der Rächer? Auf jeden Fall«, meinte Tommy. »Dann wären da auch diese seltsamen Prophezeiungen, die Nele Flohr ausgesprochen hat. Sie sagte alle Morde voraus. Damals den an Eef und später den an Laas und Mette.«

Lilly blickte in die Runde und sah dabei, wie John durch die Tür in der Wache verschwand.

»Wenn ich das recht sehe«, sagte Tommy, »glaubt hier niemand daran, dass tatsächlich Gott ihr das telegrafiert hat. Und Zufall wird das wohl kaum gewesen sein.«

Lilly schüttelte den Kopf. »Nein, meiner Meinung nach muss sie in beiden Fällen etwas gewusst haben. Auffallend ist doch, dass sowohl Eef als auch später Mette und Laas sich von der Freikirche distanzierten. Die Prophezeiung könnte also eine Warnung an alle gewesen sein, die …«

Sie brach den Satz ab, als John wieder zu ihnen nach draußen kam und sich mit verschränkten Armen vor ihnen aufbaute. Er tauschte einen Blick mit ihr, der besagte, dass ihr nicht gefallen würde, was er jetzt tat. Und wie sie John kannte, gab es dafür vermutlich einen guten Grund.

»Mir ist klar, dass ich mich nicht einmischen soll«, sagte er an die Staatsanwältin gewandt. »Aber vermutlich soll ich auch keine entscheidenden Informationen für mich behalten. Also auf die Gefahr hin, dass Sie mich lynchen …«

Sanna Harmstorf schürzte die Lippen. »Ich überlege es mir. Kommt ganz drauf an, was Sie haben.«

»Ich habe vorhin mit Pfarrer Christensen gesprochen«, erzählte John. »Er war Eef Riewerts damals ziemlich nahe. Er wusste von ihren Ausstiegsplänen und dem Wunsch, unterzutauchen. Christensen half ihr, indem er sie mit jemandem zusammenbrachte, der darauf spezialisiert war, Menschen eine neue Identität zu verschaffen.«

Lilly setzte sich auf. »Ernsthaft?«

John nickte. »Quentin Storm hieß der Mann. Und … ich habe mir die Freiheit genommen, kurz mit Esther Talley zu telefonieren.«

Esther war ihre Kollegin im Innendienst, die Berichte schrieb, Recherchen übernahm und die Fäden im Präsidium zusammenhielt. John und Lilly hatten in der Vergangenheit oft mit ihr zusammengearbeitet. Für Esther war eine Personenabfrage die leichteste Übung.

Die Staatsanwältin schüttelte missbilligend den Kopf und wollte etwas sagen, doch Lilly kam ihr zuvor. »Und, hat Esther etwas herausgefunden?«

»Ja«, sagte John. »Quentin Storm war früher einer von uns.«

35 John

Vielleicht sollte ich mir ein Beispiel an Quentin Storm nehmen, dachte John. Er lehnte an der Reling des Boots der Küstenwache, das sie von Büsum aus auf die Insel Trischen brachte. Der Bug pflügte gemächlich durch die Dünung.

Tief in seinem Innern spürte John, dass er genau das hier wollte. Seinen alten Job. Doch er machte sich nichts vor. Wenn dieser Fall abgeschlossen war und Lilly und Tommy wieder nach Flensburg verschwanden, würde in Friedrichstadt der Alltag einkehren. Jener ruhige, mittlerweile vertraute Trott voll von Nachbarschaftsstreitigkeiten, unartigen Jugendlichen, Beschwerden über Falschparker und Katzen, die vom Baum geholt werden wollten.

Sollte ihm dann irgendwann die Decke auf den Kopf fallen, könnte er es wie Quentin Storm machen und seine Fähigkeiten in der freien Wirtschaft anbieten.

Storm hatte als Zielfahnder gearbeitet, spezialisiert darauf, Menschen zu finden, die nicht gefunden werden wollten, bis er dann die Seite gewechselt hatte. Er wurde Fachmann für das Verschwindenlassen und half Menschen, die, aus welchem Grund auch immer, ihr altes Leben hinter sich lassen wollten, nicht gefunden zu werden.

Auch Eef Riewerts hatte anscheinend zu seinen Kunden gehört.

Heutzutage ließ Storm es ruhiger angehen. Der Mann war inzwischen jenseits der sechzig. In den Sommermonaten verdingte er sich ehrenamtlich als Vogelwart auf der Insel Trischen.

Lilly trat zu John an die Reling. Hinter ihnen wurden die Häuser auf dem Festland kleiner. In Ufernähe zogen einige Kitesurfer ihre Bahnen. Über dem Heck folgten ihnen ein paar Möwen, die aber bald desinteressiert abdrehten.

»Ich habe das hier vermisst«, sagte John. »Ich habe euch vermisst.«

»Leider wird es nur von kurzer Dauer sein.« Lilly ließ den Blick über die See schweifen. »Du fehlst in Flensburg. Die Kollegen fragen oft nach dir, und ehrlich gesagt, mir …« Sie brachte den Satz nicht zu Ende. Eine Welle traf das Boot von der Seite und brachte Lilly aus dem Gleichgewicht. Sie wurde in Johns Richtung geworfen, und er fing sie auf.

»Dann sollte ich das hier genießen.« John hielt Lilly fest, und sie blickten sich einen langen Moment in die Augen.

»He, ihr beiden.« Tommy kam aus der Kabine zu ihnen nach draußen, und sie lösten sich schnell voneinander. »Wir sollen uns gut festhalten, meint der Kapitän, es wird ruppig. Und, John, wie gefällt dir dein Job als Chauffeur?«

»Ganz wunderbar. Kann ewig so weitergehen«, John konnte sich ein Lachen nicht verkneifen.

Tommy hatte der Staatsanwältin diesmal ganz offiziell vorgeschlagen, dass John ihn und Lilly nach Büsum bringen sollte, natürlich ohne zu erwähnen, dass sie seine Fahrdienste bereits in Anspruch genommen hatten. Sie hatte nicht widersprochen, sondern überraschend schnell zugestimmt.

»Sie konnte ja auch schlecht Nein sagen«, meinte Tommy, »immerhin bist du auf diese Spur gestoßen.«

»Das ging für mein Dafürhalten ein wenig zu einfach«, wandte Lilly ein. »Auf mich wirkte es beinahe so, als wäre sie froh, uns drei loszuwerden.«

»Wie kommst du darauf?«, fragte John.

»Ich bin mir nicht sicher, aber ich habe das Gefühl, dass sie irgendetwas beschäftigt.«

»Da könntest du recht haben«, stimmte Tommy zu. »Bei unserer letzten Ermittlung habe ich sie anders kennengelernt. Anpackender. Präsenter. Im Moment scheint es mir so, als wäre sie nicht ganz bei der Sache. Was einerseits schade ist, denn sie hat ermittlungstechnisch einiges drauf. Das hat selbst Leon zugegeben.«

»Leon Kessler?« John hatte früher häufig mit ihm zu tun gehabt.

»Leon und ich haben mit ihr an einem Fall gearbeitet. Die Sache war erst vor ein paar Tagen vor Gericht. Mittlerweile hat sich allerdings rumgesprochen, dass die Harmstorf eine gewichtige Rolle in deiner Sache gespielt hat. Leon gehört zu den Kollegen, die ihr das nachtragen. Trotzdem musste er zugeben, dass die Frau was auf dem Kasten hat.«

»Ja«, sagte John, »das hat sie.« Er hatte es am eigenen Leib erfahren.

Lilly hielt sich an der Reling fest, als eine weitere Welle das Schiff schwanken ließ. Sie zog eine nachdenkliche Miene. »Sie war gestern auf dem Friedenshof. Danach wirkte sie irgendwie verändert.«

»Der Friedenshof …« John kam eine Erinnerung in den Sinn. »Da war diese Frau.«

»Was für eine Frau?«, fragte Lilly.

»Bei unserem ersten Besuch auf dem Friedenshof. Sie war an der Seite von Nele Flohr. Weißes Haar, weiße Augenbrauen, blaue Augen.«

Lilly überlegte einen Moment, dann weiteten sich ihre Augen. »Du hast recht. Diese Frau … sie war ein Albino. Ich wollte dich schon die ganze Zeit drauf ansprechen, ist aber immer was dazwischengekommen. Sie sah aus …«

»Wie die Staatsanwältin«, sagte John. »Sie glich ihr wie aus dem Gesicht geschnitten.«

»Die Schwester?«, warf Tommy ein.

»Ich bin mir nicht sicher.« John hob die Schultern. »Ich habe sie auf Sylt nur einmal von Weitem gesehen. Aber ich würde es mal stark vermuten.«

»Wir werden sehen«, sagte Lilly. »Jetzt sollten wir uns erst mal auf die vor uns liegende Aufgabe konzentrieren. Ich hoffe, dieser Storm bringt uns weiter.«

Das Schiff umrundete eine Sandbank, auf der sich die Seehunde in der Sonne suhlten. Dann steuerten sie auf die Insel Trischen zu.

36 Lilly

Ein Petit Four. Mit Erdbeer- oder Aprikosenmarmelade zwischen den Biskuitschichten, schönem Schokoboden und einem herrlich süßen Marzipanüberzug. Oder lieber gleich die mit Bienenstich und Eierlikör von ihrem Lieblingskonditor in Flensburg?

Herrgott. Weshalb musste sie ausgerechnet jetzt, wo sie auf einer der einsamsten Inseln im Wattenmeer über den Strand zur Hütte des Vogelwarts lief, an Gebäck denken?

Mittagszeit, schon klar.

Aber musste es denn gleich der Gedanke an ein so wunderbares Törtchen sein, der ihr hier in der Einöde das Wasser im Mund zusammenlaufen ließ?

Einer der wenigen Vorteile der Schwangerschaft war gewesen, dass sie ihren Fressattacken freien Lauf hatte lassen können. Die Kilos anschließend wieder runterzuhungern hatte allerdings eiserne Disziplin und intensives Training erfordert. Deshalb war sie nicht gewillt, ihren Gelüsten nun wieder freien Lauf zu lassen und sich die hart erarbeitete Figur zu versauen.

Gut so, dass es hier weit und breit nichts anderes gab außer Sand, Strandhafer und Vögel. Das musste wirklich der einsamste Arbeitsplatz im Norden sein. Außer dem Rauschen der Wellen, dem Wind und vereinzelten Möwenschreien herrschte hier absolute Stille.

Sie ging mit John und Tommy auf eine Holzhütte zu, die unweit des Strands auf Stelzen gebaut war. Zwei Treppen führten nach oben, ebenfalls aus Holz. Ein Mann mit Fernglas in der Hand erwartete sie.

»Kommen Sie rauf.« Er winkte ihnen zu. »Ich hab Sie schon anlegen sehen.«

»Vielen Dank, dass Sie uns empfangen«, sagte Lilly. Die Küstenwache hatte ihren Besuch vorher angekündigt.

»Ist ja nicht so, als würden die Leute mir hier die Türe einrennen.« Er schüttelte zunächst ihr, dann John und Tommy die Hand. »Quentin Storm.«

Storm trug eine Cargohose und ein kurzärmliges Baumwollhemd. Um seinen Mund herum wuchs ein Bärtchen, die grauen Haare hatte er kurz geschoren. Für einen Mann in seinem Alter, Anfang der sechzig, schien er sich gut in Form zu halten. In seinem Gesicht zeichneten sich die Wangenknochen deutlich ab, die Arme waren sehnige Muskelpakete.

»Ich würde Sie ja reinbitten, aber ich fürchte, das würde ein wenig eng …« Er deutete auf die Tür hinter sich.

Lilly konnte in einen winzigen Raum sehen, vielleicht zehn, maximal fünfzehn Quadratmeter, der gerade Platz für ein Bett, einen Stuhl mit Tisch und eine Kochecke bot.

»Kein Problem. Wir genießen gerne die Aussicht hier«, meinte Lilly. Ihr Blick ging weit über die sichelförmige Insel und das Meer hinaus bis hin zum Festland und zu den Nachbarinseln.

»Sie sagten, es ginge um Eef Riewerts.« Storm lehnte sich auf das Holzgeländer, das sein bescheidenes Heim umrandete.

»So ist es. Uns liegen Hinweise vor, dass Sie …«

»Das ist schon eine ganze Weile her«, meinte Storm, den Blick in die Ferne gerichtet. »Ich habe ihr damals geholfen, oder sagen wir lieber, ich habe es versucht. Aber irgendetwas ist schiefgelaufen.«

»Wir haben die sterblichen Überreste von Eef Riewerts gefunden«, sagte Lilly.

Storm ließ den Kopf sinken. »Ich hatte so etwas befürchtet. Wo?«

»Im Garten hinter dem Haus, das sie mit ihrem Mann Laas Riewerts bewohnte.«

»Laas …«

»Es ist also korrekt, dass Eef Riewerts damals Ihre Dienste in Anspruch genommen hat?«, schaltete John sich ein und fügte auf ein Nicken von Storm hinzu: »Wie kam dieser Kontakt überhaupt zustande?«

Storm verriet zunächst nur das, was sie bereits wussten: »Über den örtlichen Pfarrer, Herrn Christensen.«

»Woher kannte Christensen Sie?«

Storms Blick wechselte zwischen Lilly und John, ein kurzes Lächeln spielte um seine Mundwinkel. »Sagen wir doch einfach, dass der Herr Pfarrer nicht immer ein Herr Pfarrer war und wir es in seinem Sinne dabei belassen sollten.«

Lilly musste ihre Neugier zügeln, um nicht weiter nachzubohren. Sie hätte zu gerne gewusst, welches Geheimnis der Pfarrer mit sich herumtrug. Vielleicht hatte auch er einmal die Dienste von Storm in Anspruch genommen, um sich eine neue Identität zu verschaffen? Das tat allerdings nichts zur Sache, zumindest vorläufig nicht. Es machte also wenig Sinn, weiter nachzufragen. »Aus welchem Grund suchte Eef Riewerts Sie auf?«

»Ich gehe davon aus, dass Sie über ihre damalige Lebenssituation im Bilde sind?«

»Nicht in Gänze«, sagte Lilly. »Am besten schildern Sie mir die Situation einfach so, wie sie Ihnen bekannt ist.«

»Eef wollte raus aus der Freikirche«, sagte Storm, »ein neues Leben beginnen mit einer völlig neuen Identität, sodass niemand sie finden könnte.«

»Erzählte sie Ihnen, weshalb sie aussteigen wollte?«

Storm hob die Augenbrauen und richtete den Blick wieder in die Ferne. »Sehen Sie, als ich damals bei der Polizei alles hingeworfen habe, um mich selbstständig zu machen, da wollte ich etwas Sinnvolles tun. Sie wissen ja, wie das ist ... In unserem Beruf bewegt man sich in den Schatten dieser Welt, und es gibt Menschen, die einen guten Grund haben, vor ihnen zu fliehen. Ich wollte ihnen mit meinen Fähigkeiten helfen. Allerdings ... nun ja, ich hätte es wohl besser wissen müssen. Die meisten Menschen, die zu mir kamen, wollten meine Hilfe aus den falschen Gründen. Ich habe schlimme Dinge erfahren und gesehen. Das Böse ... es existiert wirklich da draußen. Das mag sich verschroben anhören ...«

»Das tut es nicht«, warf John ein. »Ich denke, wir können alle gut nachempfinden, wovon Sie sprechen.«

»Jedenfalls war das der Grund, warum ich irgendwann aufgegeben habe. Ich wollte nicht mehr jeden Tag in Kontakt mit alledem sein. Ich bin weiß Gott kein gläubiger Mensch, aber meine Seele fühlte sich beschmutzt an.« Er hob den Zeigefinger. »Von all diesen Menschen gab es einen, einen einzigen, der einen wirklich guten Grund hatte abzutauchen. Eef Riewerts. Sie erwartete damals ein Kind. Dessen Wohl hatte sie im Sinn. Eef wollte nicht, dass es in dieser Glaubensgemeinde aufwuchs.«

John stellte sich auf der anderen Seite an das Geländer neben Storm. »Ich hörte, dass es damals Gerüchte über Kindesmissbrauch in der Freikirche gab.«

»Eef erzählte mir lediglich, dass die Kinder gezüchtigt wurden. Aber in meinem Job – meinem ehemaligen Job – stellt man aus Selbstschutz nicht zu viele Fragen.«

»Wie gingen Sie vor?«, fragte Lilly.

»Wer verschwinden will, muss damit rechnen, dass er gesucht wird. Von Angehörigen, der Polizei, Privatdetektiven, in Eefs Fall von der Freikirche und ihrem Ehemann. Es mag naheliegen, den eigenen Tod vorzutäuschen, doch das gestaltet sich im echten Leben deutlich komplizierter als in manchem Fernsehkrimi. Besser ist es, eine falsche Fährte zu legen.«

»Dänemark.«

»Bingo. Sie haben Ihre Hausaufgaben gemacht.« Storm lächelte und kniff die Augen zusammen, als eine Windböe eine Ladung Sand zu ihnen heraufwehte. »Eef hatte ohnehin eine Affinität zu dem Land. Ich riet ihr, einen Dänischkurs zu besuchen. Nicht ganz einfach, da das Gemeindeleben auf dem Friedenshof streng überwacht wurde. Aber Eef schaffte es. Sie lieh sich auch Bücher über das Land in der Bibliothek aus, sprach unter Freunden darüber, wie sehr sie Dänemark liebte. Parallel besorgte ich ihr neue Papiere.«

»Sie haben gute Arbeit geleistet«, lobte John. »Unsere Kollegen sind damals prompt drauf reingefallen. Was war das eigentliche Ziel?«

»München. Weit weg und trotzdem in Deutschland, sodass sie keine neue Sprache lernen und sich auch nicht in einem anderen Kulturkreis zurechtfinden musste. Zudem stellen die Leute in einer Großstadt nicht so viele Fragen wie auf dem Land. Man lebt anonym, wenn man das will.«

»Darf ich fragen, wie Eef Sie bezahlte?«, fragte Lilly. »Unserer Kenntnis nach verfügen die Mitglieder der Freikirche über kein Eigentum. Trotzdem gab es wohl ein Konto, das Eef kurz vor ihrem Verschwinden auflöste. Einige tausend Euro befanden sich darauf. Wie konnte sie sich das leisten?«

Storm schnaufte. »Gar nicht. Als Christensen mir von ihrer Geschichte erzählte, verzichtete ich auf meinen Obolus. Ich wollte ein Mal etwas Gutes tun, einem ehrlichen, aufrichtigen Menschen helfen. Das Geld auf dem Konto stammte von uns. Einen Teil zweigte der Pfarrer heimlich von der Sonntagskollekte ab, den anderen zog ich aus meiner Pensionskasse.«

»Der Abend, als sie verschwand ... wie sollte das ursprünglich ablaufen?«

»Eef hatte eine Freundin, Karolin, ebenfalls verheiratet, die in der Nähe des Bahnhofs wohnte. Sie stand nicht in Verbindung mit der Freikirche. Eef verabredete sich mit ihr für den Abend. Sie würde den gewohnten Weg nehmen, der über die Blaue Brücke führte. Sollte sie jemandem in die Arme laufen, konnte sie glaubhaft versichern, dass sie zu Karolin ging. Ich wartete in meinem Wagen hinter der Brücke auf sie.«

»Aber sie kam nicht.«

»Richtig. Üblicherweise gibt es bei so etwas kein akademisches Viertel. Sie sollte pünktlich sein. Auf die Minute. Sonst wäre ich weg. Tatsächlich blieb ich eine halbe Stunde dort stehen und lief sogar den Weg bis zu ihrem Haus. Aber keine Spur von ihr.«

Lilly seufzte und sah einer Vogelschar nach, die aus dem Strandhafer aufstieg und an der Holzhütte vorbeiflog. »Es sieht so aus, als hätten Sie Ihre Arbeit ein wenig zu gut gemacht. Die Kollegen interpretierten die fingierten Spuren so, dass Eef tatsächlich ein neues Leben in Dänemark gesucht hatte, und legten den Fall zu den Akten.«

»Ja, das war in der Tat sehr bedauerlich.«

»Sie hätten den Irrtum aufklären können.« Die Bemerkung war eher rhetorischer Natur, Lilly war vollkommen klar, weshalb Storm sich nicht aus der Deckung gewagt hatte.

Dennoch bemühte er sich um eine Antwort. »Ich konnte schlecht die Karten auf den Tisch legen, ohne mein Geschäft aufzudecken. Natürlich gab es ehemalige Kollegen, denen bekannt war, womit ich mein Geld verdiente. Aber davon zu wissen und es stillschweigend zu dulden ist etwas anderes, als in einen heißen Fall involviert zu sein. In meiner Branche versteht es sich, dass man Letzteres unbedingt vermeiden möchte.«

»Dann hoffe ich, dass das Geld, das Sie mit Ihren anderen Fällen verdient haben, Ihr Gewissen beruhigt hat.«

John warf Lilly ob dieses Kommentars einen mahnenden Blick zu.

»Falls es Ihnen Genugtuung verschafft, das tat es nicht«,

antwortete Storm. »Ich konnte nicht helfen, aber ich konnte selbst Ermittlungen anstellen, was ich auch tat. Vor allem die Freikirche und Laas Riewerts nahm ich unter die Lupe. Ohne wirkliches Ergebnis. In den Monaten nach Eefs Verschwinden vollzogen sich allerdings einige überraschende Veränderungen. Laas Riewerts trat von allen Ämtern zurück, ging auf Distanz zur Kirchengemeinde. Offenbar, weil er um seine Frau trauerte. Mit meinem Wissen konnte man allerdings auch etwas anderes dahinter vermuten. Vielleicht hatte er Eefs Pläne durchschaut und versucht, sie aufzuhalten. Dabei … tja, ging möglicherweise etwas schief. Das erschien mir die wahrscheinlichste Erklärung dafür, dass er plötzlich allein sein wollte. Allerdings konnte ich das unmöglich nachweisen.« Er hob die Schultern. »Kurz danach habe ich dann meinen Beruf an den Nagel gehängt. Dass ich auf dieser Insel enden würde, konnte ich mir nicht vorstellen. Allerdings ist es der schönste Ort für mich. Denn, wissen Sie, was es hier nicht gibt?«

»Nein.« Lilly schüttelte den Kopf.

»Menschen.«

Sie konnte den Gedanken nachempfinden. In ihrem Beruf lernte man die Menschen von ihrer schlechtesten Seite kennen. Storm war nicht der Einzige, der sich im Laufe der Zeit zu einem Misanthropen entwickelt hatte.

»Wie es scheint, läuft alles auf Laas Riewerts hinaus«, schloss sie. »Wir haben bislang ebenfalls nichts gefunden, was eine andere Erklärung bieten würde. Das Dumme ist nur, dass wir ihn dazu nicht mehr befragen können. Laas und seine neue Frau wurden vor wenigen Tagen ebenfalls umgebracht.«

Storm reagierte darauf nicht einmal mit einem Wimpernzucken. Stattdessen meinte er: »Das Haus, in dem die Riewerts damals lebten und in dessen Garten Sie die Leiche gefunden haben … haben Sie noch Zugang?«

»Ich wohne darin«, erklärte John.

»Dann ist da etwas, dem Sie vielleicht nachgehen könnten. Eef führte damals ein Tagebuch.«

»Das ist in der Asservatenkammer gelandet«, warf Tommy ein. »Es steht in der Fallakte verzeichnet.«

Storm hob eine Augenbraue, wohl als Zeichen, dass er es nicht schätzte, unterbrochen zu werden. »Das dürfte das offizielle Tagebuch von Eef gewesen sein.«

»Was soll das bedeuten?«, fragte Lilly.

»Menschen neigen dazu, ihren Tagebüchern alles anzuvertrauen. Wenn man sich mit dem Gedanken trägt, ein neues Leben anzufangen, ist das nicht gut. Vor allem, falls der Ehemann heimlich in den Aufzeichnungen liest. So, wie ich Eef einschätzte, konnte sie diese Gewohnheit nicht einfach ablegen, was unserer Sache vielleicht sogar abträglich gewesen wäre, denn jede Veränderung macht die Leute neugierig. Ich riet ihr also, das bisherige Tagebuch weiterzuführen, allerdings ohne ihre wahren Gedanken darin preiszugeben.«

»Sie sollte es fälschen.«

Storm nickte. »Richtig. Parallel durfte sie ein geheimes Tagebuch führen, das sie allerdings gut vor ihrem Ehemann verstecken sollte.«

»Sie glauben, dass Laas Riewerts es gefunden hat und so Eef auf die Schliche kam?«

»Das wäre eine Möglichkeit, und das hätte seine Tat dann auch direkt motiviert.« Storm knetete die Hände. »Nun, wo wir wissen, dass Eef an jenem Abend wohl niemals das Haus verlassen hat, eröffnet sich aber noch eine andere Perspektive. Ich hatte ihr aufgetragen, das geheime Tagebuch zu verstecken, solange sie darin schrieb. An dem Abend ihrer Flucht sollte sie es vernichten und somit keine Spuren zurücklassen. Vermutlich ist sie dazu aber gar nicht gekommen …«

»Was bedeutet, dass sich das geheime Tagebuch eventuell noch irgendwo im Haus befindet. Kennen Sie das Versteck?«

»Nein. Ich an Ihrer Stelle würde mich aber auf die Suche machen. Der Inhalt könnte erhellend sein.«

Lilly bedankte sich für die Offenheit und die Gesprächsbereitschaft des Mannes. Dann verabschiedeten sie sich.

Sie waren die Holztreppe schon hinuntergestiegen, als John plötzlich stehen blieb. Er blickte zu Storm hoch, der mit den Ellbogen auf das Geländer gestützt dastand.

»Sie sagen«, meinte John, »als Sie an jenem Abend die Straßen von Friedrichstadt nach Eef absuchten, da gingen Sie auch zum Haus der Riewerts' …«

»Ja, natürlich. Aber ich klingelte nicht und ging auch nicht rein, falls Sie das wissen wollen.«

John schüttelte den Kopf. »Wie spät war es da?«

»Mit Eef hatte ich mich für zwanzig Uhr dreißig verabredet. Damals saßen die meisten Leute zu dieser Zeit vor dem Fernseher. Ich schätze, dass ich etwa eine halbe bis Dreiviertelstunde später beim Haus der Riewerts' war.«

»War es da schon dunkel?«

»Es begann zu dämmern.«

»Was sahen Sie?«

Storm hob die Schultern. »Wie meinen Sie das? Was soll ich gesehen haben? Ein Haus natürlich.«

»Das Wohnzimmer geht nach vorne raus. Brannte dort Licht?«

Storm überlegte kurz. »Das kann ich nicht mehr mit Sicherheit sagen, aber soweit ich mich erinnere … nein.«

»Kein Geflacker von einem Fernseher … Männerstimmen … Torjubel … irgendwas in der Art?«

»Nein. Da herrschte Totenstille.«

Lilly tauschte einen Blick mit Tommy. Dem Gesichtsausdruck nach zu urteilen, schien er dasselbe zu denken: Es ist immer gut, einen John Benthien an seiner Seite zu haben. Er hatte wahrlich nichts von seiner Brillanz eingebüßt.

Denn an besagtem Abend, als Eef Riewerts vom Antlitz der Welt verschwand, befand sich ihr Mann Laas laut übereinstimmenden Aussagen von Abbe und Keke Boysen im Wohnzimmer seines Hauses und sah die Live-Übertragung eines Champions-League-Spiels.

Und so wie Lilly Männerrunden dieser Art kannte, hätte im Wohnzimmer der Riewerts' das Gegenteil von Totenstille herrschen müssen, nämlich Stadionstimmung.

37 Sanna

Du wandelst auf einem schmalen Grat. Du vermischst Privates mit Beruflichem. Du tust das, worüber John Benthien gestolpert ist. Bist du dir darüber im Klaren?

Sanna saß im Innenhof der Polizeiwache, einen Laptop auf dem verrosteten Gartentisch vor sich aufgeklappt. In der Hand hielt sie den Artikel, den Leon Kessler ihr gegeben hatte.

Er stammte aus der *Süddeutschen Zeitung*, und man konnte ihn im Onlinearchiv der Publikation mühelos abrufen – vorausgesetzt, man wusste, wonach man suchte, und das hatten Leon Kessler oder derjenige, der ihm den Artikel zugespielt hatte, auch getan. Die Frage war lediglich, woher sie davon gewusst hatten.

Eine mögliche Quelle war, theoretisch, Lilly Velasco. Allerdings zweifelte Sanna mittlerweile an dieser Variante. Sie wusste, dass Velasco nach ihrer ersten Ermittlung lobende Worte über sie unter den Kollegen verloren hatte. Natürlich konnte sie ihre Meinung geändert haben, doch warum? Außerdem hatte sie sich schon lange im Mutterschaftsurlaub befunden, als die Gerüchteküche zu brodeln begann. Das hier war gezielt von jemandem platziert worden, der ihrem Ansehen und ihrer Karriere schaden wollte. Aus welchem Grund? Das vermochte Sanna nicht zu sagen. Jedenfalls machte Lilly Velasco bislang nicht den Eindruck, als hätte sie es darauf abgesehen. Im Gegenteil, die Zusammenarbeit mit ihr verlief nüchtern, sachlich und produktiv, und sie schien sich redlich Mühe zu geben, ihren alten Freund John Benthien am Rand der Ermittlungen zu halten.

Es stand außer Frage, dass Benthien Feuer gefangen hatte.

Von seinen Fähigkeiten als Ermittler hatte Sanna sich bei ihrem letzten und bislang einzigen gemeinsamen Fall selbst überzeugen können. Solche Instinkte ruhten allenfalls, sie verschwanden nicht, und nun waren sie wieder erwacht.

Der Ausflug zu Quentin Storm, den er gerade mit seinen beiden Freunden unternahm, kam Sanna gelegen. Das verschaffte ihr Zeit, um über ihre Probleme nachzudenken.

Da wären zum einen Mario Russo und die Gerüchte, die über sie verbreitet wurden. Und zum anderen Jaane.

Wie sollte sie an ihre Schwester herankommen, wo Abbe Boysen sie von der Außenwelt abschirmte? Da auf dem Friedenshof jegliches elektronische Gerät untersagt war, konnte sie Jaane nicht einmal auf dem Handy anrufen.

Irgendetwas bereitete ihr Angst, da war Sanna sich sicher, sie hatte es deutlich gespürt.

Vielleicht solltest du dich lieber auf deine eigentliche Aufgabe konzentrieren? Ein Doppelmord, dazu das Skelett einer vermissten Frau ... Diese Sache hier entwickelte sich zu etwas deutlich Komplexerem als gedacht.

Fang damit an, was du sicher weißt. Nämlich, wer es mit ziemlicher Sicherheit nicht war. Cornelis Mohr.

Oberstaatsanwalt Bleicken hätte nicht deutlicher sein können. Er wollte den Mann bis auf Weiteres festhalten.

Doch Sanna fragte sich, worauf sie noch warteten. Alles deutete darauf hin, dass Mohr sich einfach nur zur falschen Zeit an den falschen Ort begeben hatte.

Als Staatsanwältin ermittelte sie sowohl belastend als auch entlastend. So hatte Sanna es in ihrer Laufbahn immer gehalten, so waren nun einmal die Regeln. Wenn keine Beweise existierten – wie in seinem Fall – oder sich ein Verdacht als falsch entpuppte, dann gab es keinen Grund, weshalb ein Mensch eine Minute seiner Lebenszeit länger hinter Gittern verbringen sollte als notwendig. Das galt auch für Cornelis Mohr.

Natürlich würde sie gegen eine Dienstanweisung verstoßen, dessen war sie sich bewusst. Doch sie sah gute Gründe dafür. Was Bleicken betraf … Manchmal konnte es auch zielführender sein, die Leute einfach vor vollendete Tatsachen zu stellen.

Kurz entschlossen griff sie zum Telefon und ließ sich mit dem Haftrichter verbinden. Sie erklärte dem Mann die Situation. Er hörte geduldig zu und stimmte schließlich ihrer Sicht der Dinge zu. Alles würde seinen bürokratischen Lauf nehmen, was ein paar Stunden dauern konnte, aber spätestens am Abend würde Cornelis Mohr wieder ein freier Mann sein.

Als Sanna auflegte, spürte sie ein wohliges Kribbeln im Magen, das gute Gefühl, das Richtige getan zu haben.

»Wo ist mein Vater?«

Sanna fuhr herum.

Hinter ihr stand Benthiens Tochter im Türrahmen und sah sich im Innenhof um. »Ich wusste gar nicht, dass es das hier gibt.«

»Hallo«, sagte Sanna und stand auf. Celine erwiderte ihren Händedruck. Ihr letztes Zusammentreffen hatte unter weniger idyllischen Umständen stattgefunden. Da hatte die junge Dame in einer Gefängniszelle gesessen. »Ihr Vater ist mit den anderen zu einer Befragung nach Trischen.«

»Trischen?« Celine machte große Augen. »Die Insel?«

»Richtig.«

»Toll. Dann wird er ja nicht vor heute Abend zurück sein.«

»Das ist kaum anzunehmen. Kann ich etwas für Sie tun?«

»Nicht wirklich. Ich wollte nur Bescheid geben, dass ich gleich auf dem Friedenshof bin.«

»Darf ich fragen, was Sie dorthin führt?«

»Recherche. Ich schreibe für das Lokalblatt einen Bericht darüber, wie die Leute vom Friedenshof mit dem Unheil umgehen, das das Unwetter angerichtet hat.«

»Ich bin mir nicht sicher, ob das der Sache gerecht wird. Um ehrlich zu sein, diese Freikirche ...«

Celine hob beide Hände. »Brauchen Sie mir nicht zu erklären, ehrlich. Das ist nicht auf meinem Mist gewachsen. Die Chefredaktion will es so. Sie wissen schon ... wie der Glaube in schweren Zeiten Berge versetzen kann et cetera bla bla.«

Sanna musste schmunzeln. »Die scheinen noch nicht mitbekommen zu haben, dass die Leute gerade scharenweise den Kirchen davonlaufen.«

»Stimmt, die leben hier hinterm Mond. Wobei ... dass man aus der Kirche austritt, weil einem deren Methoden nicht mehr gefallen, heißt ja nicht, dass man nicht mehr an Gott glaubt. Klar, die hatten jetzt eine ganze Zeit lang so was wie ein Monopol auf Gott, aber das geht ja auch anders.«

»Vermutlich.« Sanna musste an Jaane denken, die sich zeit ihres Lebens nicht für die Kirche interessiert hatte. Doch Abbe Boysen und Nele Flohr schienen irgendwie einen Nerv getroffen zu haben.

»Jedenfalls«, meinte Celine, »ist das immer noch besser, als überhaupt keinen Artikel zu schreiben. Ich brauche ein paar Veröffentlichungen bei halbwegs ernst zu nehmenden Medien, wenn das nach der Schule mit dem Journalismus was werden soll. In der Einöde hier ist das Lokalblatt leider eine der wenigen Möglichkeiten.«

Erst jetzt wurde Sanna bewusst, dass es die ganze Zeit über nicht nur um John Benthiens Schicksal gegangen war, sondern auch um das seiner Tochter. Ihr Leben wäre zweifellos völlig anders verlaufen, wenn sie mit ihm in Flensburg hätte bleiben können.

»Es ... tut mir leid«, sagte Sanna aus einem spontanen Impuls heraus.

»Was tut Ihnen leid?« Celine sah sie stirnrunzelnd an.

»Das hier … Ich kann mir vorstellen, dass es für eine junge Frau wie Sie interessantere Orte gibt. Ich schätze, ich bin nicht ganz unschuldig daran, dass Sie jetzt hier sind.«

Celine stemmte die Hände in die Hüften. »Ach, das. Tja …« Sie schob die Unterlippe vor. »Ist es nicht so, dass John sich das selbst eingebrockt hat? Er ist da irgendwie vom Weg abgekommen. Ich glaube, er ist Ihnen eher einen Gefallen schuldig, dass Sie das Spiel mitgespielt haben. Sonst könnte ich ihn jetzt hinter Gittern besuchen. Und was das mit uns beiden betrifft … Ich hab mich dabei erwischen lassen, wie ich mit meiner Freundin Gras kaufen wollte. Sie haben mich aber laufen lassen. Also, danke noch mal dafür.«

»Dein Vater hat damals ein gutes Wort für dich eingelegt.«

»Sie hätten ja nicht auf ihn hören müssen.«

»Dann gibt es kein böses Blut zwischen uns?«

»Um Himmels willen, warum denn? Nein, Sie haben noch einen gut bei mir. Ich habe mich übrigens von dieser Freundin getrennt. Sie konnte die Finger nicht vom Stoff lassen. Vermutlich war das also ganz gut so, wie es gelaufen ist.«

»Freut mich, dass Sie das so empfinden. Wenn man in unserem Beruf unterwegs ist, sieht man leider zu viele Leute, die ihr Leben mit Drogen ruinieren …«

»Ich weiß, solche Typen kommen in Johns Gardinenpredigten immer wieder vor. Also dann, ich mach mich jetzt mal auf den Weg.«

Sanna begleitete sie zur Vordertür hinaus.

Celine verließ die Wache und zog im Gehen ihr Smartphone aus der Tasche. Als Sanna die junge Frau auf dem Bildschirm herumtippen sah, kam ihr ein Gedanke.

»Celine?«

Sie drehte sich um, und Sanna winkte sie noch einmal zu sich.

Was du vorhast, ist nicht in Ordnung, hörte sie eine mahnende

Stimme in ihrem Kopf. Ganz und gar nicht in Ordnung. Aber es ist vielleicht die einzige Chance.

»Was gibt es?«, fragte Celine.

»Sie könnten mir vielleicht einen Gefallen tun. Es ist allerdings etwas zweischneidig.«

»Okay?«

Sanna erklärte ihr das Problem und was sie sich überlegt hatte.

»Klar, das sollte gehen«, meinte Celine.

»Es wäre wohl besser, Sie lassen sich dabei nicht erwischen.«

»Ich weiß. Aber wenn ich helfen kann …«

»Gibt es denn hier in der Stadt einen Laden, wo man so etwas bekommt?«

»Ja, drüben die Einkaufsstraße runter. Wir können zusammen hingehen, wenn Sie wollen.«

»Einverstanden.«

Sanna schloss die Wache hinter sich, dann machten sie sich auf den Weg.

Etwa eine Stunde später saß Sanna wieder im Innenhof, das Smartphone vor sich auf dem rostigen Gartentisch. Ihre Finger trommelten ungeduldig auf der Lehne des Klappstuhls. Da, endlich vibrierte das Handy. Eine eingehende WhatsApp-Nachricht von Celine.

Ihr Paket wurde soeben zugestellt.

38 John

»Also, in welcher Ecke fangen wir an?«, fragte Tommy.

John stand mit ihm, Lilly und Sanna Harmstorf im Wohnzimmer seines Hauses in Friedrichstadt. Sie hatten die Staatsanwältin bei ihrer Rückkehr von der Wache abgeholt und sie über ihr Gespräch mit Quentin Storm informiert.

»Ich weiß es nicht«, sagte John. »Das ist wie die Suche nach der Nadel im Heuhaufen.«

»Wo würdest du ein geheimes Tagebuch verstecken?« Tommy sah sich um.

»Die Frage ist wohl eher, welche Versteckmöglichkeiten von früher überhaupt noch erhalten sind«, überlegte Lilly. »Habt ihr das Haus kahl oder möbliert übernommen?«

»Es war leer.«

»Dann suchen wir wohl eher nach geheimen Fächern in den Böden, Wänden oder Decken.«

»Teilen wir uns auf«, schlug Tommy vor. »Frau Staatsanwältin, Sie gehen in den Keller, Lilly und John, ihr nehmt euch die beiden oberen Stockwerke vor, und ich schau mich hier unten um.«

»Einverstanden«, sagte John, und auch die anderen nickten.

Er ging hinter Lilly die Wendeltreppe in den ersten Stock hinauf, wo sich sein Schlafzimmer, das Bad und ein Gästezimmer befanden. Sie einigten sich darauf, dass Lilly sich in Celines Reich umsehen würde, welches das gesamte Dachgeschoss umfasste.

Dies war eigentlich eine No-go-Area für Eltern, und John vermutete, dass es seiner Tochter lieber wäre, wenn er sich in ihrem Reich so weit wie möglich zurückhielt.

Im Mittelgeschoss waren die Versteckmöglichkeiten begrenzt. Im Schlafzimmer gab es einen Dielenboden – falls dieser denn überhaupt schon zu der Zeit existiert hatte, als Eef und Laas Riewerts hier gewohnt hatten. Die Wände waren mit einer einfachen Raufaser tapeziert.

John kniete sich hin und tastete die Dielen ab, doch keine davon bewegte sich auch nur einen Millimeter.

Im Badezimmer waren die Erfolgschancen noch geringer. Bei einem Dielenboden oder einer holzvertäfelten Wand entstanden durch die Bauweise automatisch Hohlräume, bei Fliesen üblicherweise nicht. Eef hätte schon eine Fliese entfernen und mit Hammer und Meißel ein Fach dahinter schaffen müssen, was zu aufwendig und auffallend gewesen wäre. Dennoch klopfte John zur Sicherheit in dem Raum Kachel für Kachel ab.

Das Gästezimmer konnte er ebenso schnell abhaken. Teppichboden auf dem Estrich, Raufaser an den Wänden. Hier hätte niemand etwas verstecken können.

Er ging hinauf ins Dachgeschoss zu Lilly.

Celine war beim Einzug sofort Feuer und Flamme gewesen, dass sie nicht nur ein eigenes Zimmer bekam, sondern gleich eine ganze Etage. Das Dachgeschoss bestand aus einem einzigen riesigen Raum, der mit einer Tür vom Treppenhaus abgetrennt war. Der optimale Rückzugsort für eine junge Dame. Selbst das angestaubte Raumdesign hatte ihrer Freude keinen Abbruch getan. Das Zimmer musste das letzte Mal in den Siebzigern oder Achtzigern renoviert worden sein und entsprach dem damaligen Zeitgeist. Die Wände und die Decke waren mit braunen Holzpaneelen vertäfelt und der Boden mit Dielen in einem etwas helleren Ton bedeckt.

Lilly tastete sich auf den Knien voran. »Das ging aber schnell bei dir.«

»Leider Fehlanzeige dort unten.« John machte sich daran, die Wandverkleidung abzusuchen. »Sag mal, was hältst du eigentlich von dieser Aussteigerin?«

»Die der Pfarrer erwähnte?«

»Genau. Ihr Schicksal war wohl ein treibender Faktor für Eef. Sie war das mahnende Beispiel, weshalb sie Repressalien fürchtete und abtauchen wollte.«

»Ja, wäre vermutlich interessant, mit ihr zu sprechen. Nur leider kennt niemand ihren Namen«, wandte Lilly ein.

Sie hielt inne, als sie auf eine Diele stieß, die sich bewegte. Mehr aber auch nicht. Sie war einfach locker, ließ sich aber nicht herausnehmen. »Was denkst du über Laas Riewerts? Alle, die sich mit dem Fall befasst haben, sind früher oder später bei der Überzeugung gelandet, dass er mit Eefs Verschwinden, respektive ihrem Tod zu tun hatte. Wenn er das geheime Tagebuch kannte, wusste er vielleicht wirklich von ihren wahren Absichten.«

»Tja.« John tastete sich an der Stirnseite des Zimmers voran, wo die Fenster zur Gracht hinausgingen. Am gegenüberliegenden Ufer war jemand damit beschäftigt, Lampions in den Bäumen zu befestigen. Nach den Aufräumarbeiten kamen die Vorbereitungen für das Sommerfest nun langsam in Gang. »Falls dem so war, würde das bedeuten, dass wir hier vergeblich suchen. Denn er hätte das Tagebuch sicherlich nicht in seinem Versteck belassen, als er später auszog.«

»Richtig. Allerdings könnte er auch auf anderem Wege von ihrem Fluchtplan erfahren haben.«

»Möglich. Auffallend ist jedenfalls, was er nach dem Verschwinden beziehungsweise dem Mord an seiner Frau tat. Nach allem, was ich bislang gehört habe, ging er auf Distanz zur Freikirche. Er legte sein Amt als Finanzvorstand nieder, zog sich weitgehend aus dem Gemeindeleben zurück und suchte sich eine neue Arbeit beim Bootsverleih. Auf dem Friedenshof ließ er sich allenfalls noch zu Gottesdiensten oder Festen blicken. Die anderen Kirchenmitglieder führten das auf Eefs Verschwinden zurück und vermuteten, dass er nicht damit klarkam.«

»Ist das denn so absonderlich?« Lilly stand auf und sah sich nun die linke Dachschräge an. »Es kommt doch häufig vor, dass in einem Vermisstenfall das Leben der Angehörigen vollkommen durcheinandergerät.«

»Ja, schon. Aber wäre für einen gläubigen Menschen wie Laas Riewerts nicht die gegenteilige Reaktion natürlich gewesen? Pfarrer Christensen sagte mir, dass Laas frommer gewesen sei als die meisten anderen Kirchgänger. Hätte er dann nicht Halt und Trost in seiner Gemeinde auf dem Friedenshof gesucht?«

»So gesehen ist das tatsächlich merkwürdig«, stimmte Lilly zu.

»Außerdem ... wenn die Theorie zutrifft, hat er Eef aus Glaubensgründen getötet und weil er unverbrüchlich zur Freikirche hielt. Für so etwas muss man dann wirklich schon fanatisch sein, und dann distanziert man sich nicht so einfach von dieser Kirche und gibt dem lieben Gott den Laufpass.«

»Möglich wäre natürlich, dass er selbst schon länger den Gedanken hegte, aus der Freikirche auszutreten. Dann hätte er jedoch auf keinen Fall seine Frau ermordet. Im Gegenteil, er hätte zu Eef gestanden, so, wie er es später auch bei Mette tat.«

»So ist es«, sagte John. »Daher erscheint mir das alles etwas wirr.«

»Es sei denn, es hat einen anderen Grund für seinen plötzlichen Sinneswandel gegeben«, überlegte Lilly. »Ein besonders krasses Ereignis, das seine Einstellung zur Kirche des wahren Glaubens von einem Tag auf den anderen veränderte.«

»Die Frage wäre bloß, was das gewesen sein könnte ...« John hielt inne. Er war inzwischen bei der Decke angekommen. Eines der kleineren Paneele, die an der Verbindung zur Dachschräge steckten, ließ sich bewegen.

Er nahm es vorsichtig heraus und griff in den Hohlraum, der

sich auftat. Staub rieselte herunter. Mit einer Hand tastete er die Rückseite der Paneele ab, bis er auf einen Gegenstand stieß. Er zog ihn heraus und hielt ihn Lilly hin.

»Voilà.« Eine Papiertüte, in der ein in dunkelbraunes Leder eingebundenes Notizbuch steckte.

39 Lilly

Die Sonne war bereits untergegangen, als Lilly von John aus zurück ins Hotel ging. Tommy war noch bei ihm geblieben, während die Staatsanwältin sich schon ein wenig früher mit den Worten ausgeklinkt hatte, sie müsse noch etwas erledigen.

In den Kopfsteinpflastergassen brannten die Straßenlaternen, aus den Fenstern der Häuser drang Licht nach draußen. Lilly schlenderte durch die Prinzeßstraße, vorbei an der Remonstrantenkirche und quer über den Marktplatz, wo die Giebel der Häuser angestrahlt waren. Gleiches galt für das Hotel Klein Amsterdam, dessen Lichter sie wie ein Fixstern in der Nacht nach Hause leiteten.

Lilly freute sich auf ihr Bett. Nach dem langen Tag fühlte sie sich müde und ausgelaugt.

Es hätte wirklich nicht gleich die Leitung einer Ermittlung sein müssen, dachte Lilly, als sie die Brücke vor dem Hotel überquerte. Für den Einstieg hätte es auch etwas Einfacheres getan. Aber damit musste sie jetzt klarkommen.

Immerhin waren sie heute auf einige Hinweise gestoßen, die sie weiterbringen würden, zumindest hoffte sie das. Denn das Tagebuch von Eef Riewerts, das sie gefunden hatten, deutete zwar in eine Richtung, warf jedoch gleichzeitig neue Fragen auf.

Sie hatten bis eben in Johns Küche zusammengesessen und darin geblättert, um einen ersten Eindruck zu bekommen. Es gemeinsam durchzulesen hätte sich wohl etwas mühsam gestaltet.

Lilly hatte es daher auf sich genommen, das Tagebuch durchzugehen.

So gern sie sich auch ins Bett gelegt hätte, es warteten also noch einige Stunden Arbeit auf sie.

Neben dem Hotel befand sich die Holländische Stube, ein Restaurant in einem alten Kaufmannshaus. Davor lud ein Biergarten zum Verweilen ein, umrandet von einem weißen, mit einer Lichterkette illuminierten Holzzaun, Sonnenschirmen, einigen Tischen und Strandkörben.

Lilly blieb stehen. Warum eigentlich nicht? Es steht doch nirgendwo geschrieben, dass du deine Arbeit im Hotelzimmer erledigen musst.

An dem Zaun waren zwei Kreidetafeln mit den Tagesgerichten befestigt. Ihr Heißhunger meldete sich wieder.

Wie lange hatte sie schon nicht mehr gemütlich in einem Restaurant gesessen, einfach für sich, und sich mit gutem Essen verwöhnen lassen?

Ein Schmunzeln trat auf ihre Lippen.

Heute war die Nacht der Nächte.

Sie setzte sich an den freien Tisch in der hinteren Ecke und ließ sich einen Prosecco kommen. Dann studierte sie die Speisekarte und entschied sich für die ausführliche Variante. Als Vorspeise die Eiderstedter Fischsuppe. Danach die Nordseescholle Finkenwerder Art mit Salzkartoffeln, zerlassener Butter und Salat. Und zum Abschluss eine Crème brûlée mit hausgemachtem Obstsalat und Himbeereis.

Dazu orderte sie ein Fläschchen Riesling Hattenheimer, laut Weinkarte ein hochwertiger Lagencuvée für den täglichen Genuss, der Erinnerungen an ein Fruchtkörbchen weckte. Ein extrem süffiger und animierender Wein. Genau das, was sie jetzt brauchte.

Als sie das opulente Mahl nach etwa anderthalb Stunden beendete, fühlte sie sich wieder mit der Welt im Einklang.

Sie schenkte sich noch ein Glas Wein ein und holte das Tagebuch aus ihrer Handtasche. Trotz der Papiertüte hatte der Zahn der Zeit daran genagt. Der Einband aus dunkelbraunem Leder wies deutliche Gebrauchsspuren auf, auch die Seiten waren vergilbt.

Der erste Eintrag stammte vom 01. Januar 2013, der letzte Tag vor Eefs Verschwinden.

Wenn sie regelmäßig Tagebuch geführt hatte, ließ dies darauf schließen, dass sie für jedes Jahr ein neues Notizbuch verwendet hatte. Dieses hier hatte Laas Riewerts nicht gefunden, sonst hätte er es nicht in seinem Versteck belassen. Aber es mussten noch weitere Bände existieren, allerdings gab es von denen keine Spur. Tommy hatte vorhin Claudia Matthis von der Spurensicherung angerufen. Doch im Haus von Laas und Mette Riewerts war keine derartige Tagebuchsammlung gefunden worden. Höchstwahrscheinlich hatte Laas sie verschwinden lassen. Alle, bis auf dieses geheime Tagebuch hier.

Lilly blätterte durch die Seiten. Eef hatte ihre Tagebucheinträge in Form einer Zwiesprache mit Gott verfasst. Sie erzählte ihm von ihren besonderen Erlebnissen, etwa einem fröhlichen Musizierabend unter den Frauen der Freikirche, einem Tagesausflug mit den anderen Gläubigen an die Küste oder dem Biikebrennen auf dem Friedenshof, einem alten nordfriesischen Brauch, bei dem mit großen Feuern der Winter vertrieben wurde. Aber auch der Alltag spielte eine Rolle. Eef berichtete Gott von der harten Arbeit auf dem Feld und hauswirtschaftlichen Tätigkeiten, mit denen sie betraut war. Und sie schrieb von Laas, den sie als fürsorglich und liebend darstellte. Manchmal bat sie Gott um Rat oder beichtete ihm ihre Verfehlungen.

Generell ließen sich zwei Dinge feststellen.

Der Glaube der Frau musste erstens wirklich ausgeprägt gewesen sein. Wogegen es grundsätzlich nichts einzuwenden gab. Es war dann auch mehr der zweite Punkt, der Lilly ein ungutes

Gefühl bereitete und sie wünschen ließ, sie hätte der jungen Frau irgendwie helfen können. Anfangs lasen sich die Einträge noch normal und durchaus optimistisch und lebensfroh. Doch mit der Zeit färbte sich Eef Riewerts' Leben in immer dunkleren Tönen.

Lilly trank noch einen Schluck, lehnte sich zurück, und während sich die anderen Gäste um sie herum ausgelassen unterhielten und lachten, las sie die Geschichte einer jungen Frau, der man furchtbar mitgespielt hatte, wie sie schon sehr bald verstand.

40 John

»Wie geht es Ben?«, fragte Tommy.

»Den Umständen entsprechend«, antwortete John. »Ich habe vorhin mit dem Arzt telefoniert. Er meint, dass er gute Chancen hat, wieder auf die Beine zu kommen.«

So wie der Tag gelaufen war, hatte John es nicht geschafft, seinem alten Herrn einen Besuch abzustatten. Allerdings mangelte es Ben nicht an Gesellschaft. Während des Telefonats hatte John erfahren, dass Vivienne bei ihm war und ihn mit dem Nötigen versorgt hatte.

»Hoffen wir das Beste für ihn.« Tommy ließ den Verschluss seiner Pilsflasche mit einem Ploppen aufschnappen. »Sag, was hältst du von diesem Tagebuch?«

John saß mit seinem alten Freund auf der Terrasse hinter dem Haus. Am Himmel zeigten sich die ersten Sterne. Die Grillen zirpten, und im hohen Schilf am Ufer der Gracht quakte ein Frosch. Von einem der Nachbargrundstücke wehte Grillgeruch herüber.

Er vermochte nicht zu sagen, wann er das letzte Mal einen Abend mit Tommy verbracht hatte. Das, was geschehen war, das, was er getan hatte, war auch an ihrem Verhältnis nicht spurlos vorübergegangen und hatte ihre Freundschaft schwer belastet. Doch nun hatte John zum ersten Mal das Gefühl, dass nicht alles verloren war, dass sie die Scherben wieder kitten konnten. Besonders nach dem, was Tommy in den vergangenen Tagen für ihn getan hatte. Schließlich hatte er es ihm zu verdanken, dass die

Staatsanwältin ihn nicht völlig zur Seite gedrängt hatte und er zumindest einen kleinen Anteil an den Ermittlungen haben durfte, was auch seinem Ansehen bei den Bürgern hier in Friedrichstadt zuträglich sein würde.

»Ich weiß es nicht«, antwortete er wahrheitsgemäß. Sie hatten lediglich einige Seiten des Tagebuchs überflogen. Dennoch war das, was sie dabei gelesen hatten, schon schlimm genug. Allerdings waren die Worte an vielen Stellen auch so vage, dass es einer eingehenderen Lektüre bedurfte, um Schlüsse daraus zu ziehen. »Warten wir ab, was Lilly sagt, wenn sie es vollständig gelesen hat.«

»Aber findest du es nicht auch ungeheuer, was diese junge Frau da mit sich hat machen lassen?«

»Sicher, aber sieh dir die Verhältnisse heute auf dem Friedenshof an, da hat sich nicht viel geändert. Frauen haben in dieser Gemeinschaft nichts zu melden.« John trank einen Schluck. »Ich glaube, so etwas macht man nur mit, wenn man einen absoluten Glauben hat.«

Er blickte kurz auf sein Smartphone, auf dem eine Nachricht von Celine eingegangen war. Sie hatte ihm schon geschrieben, dass sie nach der Schule zu einer Freundin gegangen war, jetzt teilte sie ihm mit, dass es noch ein wenig länger dauern würde.

»Man sagt ja, dass der Glaube Berge versetzen kann«, meinte Tommy. »Hast du dir schon mal überlegt, dass da was dran sein könnte?«

»Wie meinst du das?«

»Na ja, ist dir das noch nie passiert … Ich meine, wenn du absolut an eine Sache glaubst, voll überzeugt bist, dass sie gut wird, dass sie gelingt, und dann entwickelt sich tatsächlich alles so, und es klappt wie erhofft?«

»Ist ehrlich gesagt schon ziemlich lange her, dass mir so etwas passiert ist.«

»Aber du kennst das Gefühl? Diesen Flow, dass dir alles einfach von der Hand geht und gelingt, weil du überzeugt davon bist und tief in deinem Innern eine positive Einstellung hast?«

»Ja.«

»Dann ist das vielleicht dein Problem. Du glaubst nicht mehr daran.«

»Und woran sollte ich deiner Meinung nach glauben, Tommy?« John deutete mit der Bierflasche zum Himmel. »An den Allmächtigen und dass alles einen Sinn macht? Dass ich diesen ganzen Mist erlebt habe, weil er es so wollte, weil es ein höheres Ziel, ein großes Ganzes gibt?«

»Nein. Aber es würde vielleicht schon reichen, wenn du wieder an dich selbst glaubst.« Tommy beugte sich vor. »Mir ist nicht entgangen, dass dir unsere Ermittlungen hier gefallen, mein Freund, und zwar über alle Maßen. Dein Talent hast du nicht verloren. Du willst wieder mitmischen. Das ist es.«

John lehnte sich zurück und betrachtete seinen Freund. Tommy kannte ihn zu lange und zu gut. »Vielleicht. Ich weiß nicht. Es gibt Dinge hier, die gefallen mir sehr gut. Die viele Zeit, die ich mit Celine habe. Der Garten ...«

»Wahnsinn.« Tommy hob eine Augenbraue. »Und der Job? Den findest du stinklangweilig.«

John musste grinsen und hob die Hände. »Okay, ich gestehe, du hast mich durchschaut.«

»Wenn man den alten John Benthien kennt, merkt man es dir leider an. Du bist endgelangweilt.«

»Du kannst dir nicht vorstellen, wie das hier ist, diese Kleinstadtprobleme ...«

»Das muss ja nicht so bleiben.«

»Tommy, ich bitte dich. Für mich gibt es keinen Weg zurück.«

»Woher willst du das wissen?«

»Ich weiß es einfach.«

»Siehst du, das meine ich. Du glaubst nicht daran, und deshalb scheiterst du. Aber wenn du daran glaubst und diesen Weg beschreitest, werden sich Türen öffnen. Das ist immer so.«

»Vielleicht wäre es einen Versuch wert.«

Tommy lehnte sich vor und machte ein ernstes Gesicht. »Tu es, oder tu es nicht. Es gibt keinen Versuch.«

Wieder musste John lachen, diesmal laut und aus tiefstem Herzen, dass ihm die Tränen in die Augen schossen. »Oh Gott, Tommy, du klingst wie Yoda aus Star Wars.«

Tommy schob die Unterlippe vor. »Na ja, die Macht und die Jedi, das hat doch auch was mit Glauben und Religion zu tun.«

»Dein Wort in Gottes Ohr.« John trank noch einen Schluck und betrachtete seinen Freund, der den Blick zum Himmel hob. Für seine nächsten Worte musste John sich einen Ruck geben – im Flachsen waren sie beide Weltmeister, aber wenn es um Gefühle ging, behielt die jeder gerne für sich. »Weißt du, Tommy … manchmal kommt es mir so vor, als bräuchte Gott auch einen Vollstrecker hier auf Erden, der seinen Willen in die Tat umsetzt beziehungsweise das, was der Vollstrecker für Gottes Willen hält.«

»Und?«

»Und ich habe das Gefühl, in meinem Fall übernimmst du höchstpersönlich diese Rolle.«

»Ach, tatsächlich?« Tommy schmunzelte. »Ist ja 'ne lustige Vorstellung.«

»Ernsthaft, mir ist nicht entgangen, was du in den vergangenen Tagen für mich getan hast und … auch davor schon. Es … Verdammt, ich weiß nicht, wie ich dir das sagen soll, aber … das alles tut mir einfach sauleid, Tommy.«

»Das will ich auch hoffen.« Tommy lächelte und hielt ihm die halb leere Pilsflasche zum Anstoßen hin. »Ist alles vergeben und vergessen, was mich betrifft.«

»Ich möchte, dass wir wieder Freunde sind, so wie früher. Und ich weiß zu schätzen, dass du mir aufs Pferd helfen willst. Allerdings …« John biss sich auf die Unterlippe. »Ich will dich nicht enttäuschen. Die Chancen stehen einfach zu schlecht, das wird nicht klappen.«

»Sieh es doch mal so. Was hast du schon zu verlieren? Vielleicht finden wir einen Weg für dich. Und wenn nicht … nun ja, dann kannst du dich zumindest damit trösten, dass du nicht mehr als Kommissar in irgendwelchen Fernsehtalkshows rumsitzen musst.«

»Danke, dass du mich daran erinnerst. Das fehlt mir wirklich überhaupt nicht.« Bens Bestseller über Johns alte Fälle hatte in der Vergangenheit dazu geführt, dass er in den Medien wie ein Wanderpokal herumgereicht worden war. Sein persönlicher Tiefpunkt war der Auftritt in einer Talkshow gewesen, wo er sich völlig fehl am Platze gefühlt hatte, und das zur besten Sendezeit kurz nach der Tagesschau. »Oh, verdammt«, entfuhr es John.

»Was ist?«

»Mir fällt da gerade etwas ein. Komm mit.«

Er stellte das Bier auf dem Gartentisch ab und ging hinein in die Küche. Dort stand der Laptop auf dem Tisch. John setzte sich hin und schaltete ihn ein.

Tommy rückte sich den Stuhl neben ihm heran.

»Ich suche eine alte Sendung der Öffentlich-Rechtlichen«, sagte John.

»Wie alt?«

»Sie wurde in der Mordnacht ausgestrahlt.«

»Geh einfach in die Mediathek.« Tommy nahm das Gerät an sich. Mit wenigen Klicks hatte er die Seite aufgerufen.

Binnen Sekunden fand John die gesuchte Reportage. Es handelte sich um den Bericht über Freikirchen in Deutschland, den John neulich Abend gesehen hatte. Als Erstes wurde das Gespräch mit einer jungen Frau in Bayern eingeblendet, die aus einer evangelikalen Freikirche ausgetreten war und nun schweren Repressalien ausgesetzt war. Nach ihr kam eine zweite Frau zu Wort, die

Ähnliches erlebt hatte. Ihre Stimme war verzerrt und das Gesicht hinter einer Milchglasscheibe verborgen. Danach wurde der sogenannte Experte befragt, Keke Boysen.

»Spul zurück. Zu der zweiten Frau«, sagte John. »Und jetzt halt an.«

Im Bild war der Schemen der Frau zu sehen. In der Bauchbinde am unteren Bildrand stand ein kurzer Text geschrieben.

Sybille K. (Name geändert) möchte anonym bleiben. Ehemaliges Mitglied einer Freikirche in Schleswig-Holstein.

John tippte mit dem Zeigefinger auf den Bildschirm. »Einen Versuch wäre es wert.«

»Ich fürchte, ich kann dir nicht ganz folgen, mein Lieber.« Tommy runzelte die Stirn.

»Die Aussteigerin, von der Christensen und Andres sprachen. Vielleicht ist sie das.«

»Na, das wäre aber ein schöner Zufall.«

John schmunzelte und sah Tommy an. »Du hast doch vorhin von diesem Gefühl gesprochen, dass man an etwas glaubt, und dann läuft alles wie gewünscht – das habe ich gerade.«

»Dann lass uns beim Sender anrufen. Heute erreichen wir da aber niemanden mehr.«

»Dann eben morgen früh. Ich glaube, wir sind da auf etwas gestoßen. Vielleicht hast du ja recht, was den Glauben und die Berge betrifft.«

41 Sanna

Was sie tat, war nicht rational, dessen war sie sich bewusst. Andererseits: Wer würde in ihrer Situation noch rational und distanziert bleiben?

Sanna ging am Ufer der Treene entlang, in einer Hand ihr Smartphone. Jaane hatte ihr eine Kurznachricht mit einer Uhrzeit geschickt.

22 Uhr 05.

Nur noch fünf Minuten. Trotzdem konnte Sanna es nicht mehr abwarten. Das Tagebuch von Eef Riewerts hatte ihr den Rest gegeben.

Zwar hatte sie nur einen kleinen Teil gelesen, doch was Eef darin geschrieben hatte, genügte. Was die junge Frau auf dem Friedenshof erlebt hatte, wie eingeschränkt ihr Leben unter den Regeln der Freikirche gewesen war, das, was man ihr schließlich angetan hatte … Man konnte hier wirklich nicht mehr von einer wie auch immer gearteten Form von Kirche sprechen, es handelte sich um eine Sekte. Dennoch, all das hätte Sanna unter normalen Umständen vermutlich mit der gebotenen Professionalität betrachtet. Wenn sich aber die eigene Schwester in einer vergleichbaren Situation befand, war dies ein Ding der Unmöglichkeit.

Natürlich hatte Sanna sich immer um ihre kleine Schwester gesorgt. Doch das hier war anders. Zum ersten Mal in ihrem Leben spürte sie blanke Angst um Jaane. Denn ein Punkt in dem

Tagebuch, auch wenn sie ihn nur überflogen hatte, ließ bei ihr sowohl als Schwester als auch als Staatsanwältin die Alarmglocken schrillen. In der Kirche des wahren Glaubens schien es an der Tagesordnung, Frauen mit harter Hand zu züchtigen, die gegen die Regeln verstießen oder es mit Gottes Wort nicht allzu genau nahmen.

Sie hatte es bei Benthien nicht mehr ausgehalten und sich mit der Bemerkung aus der Affäre gezogen, dass sie Bleicken noch anrufen und ihm berichten musste.

22 Uhr 05.

Es war so weit.

Sie hatte mit Celine ein Prepaidhandy in einem kleinen Laden in der Stadt besorgt. Celine hatte es mit auf den Friedenshof genommen und Jaane zugesteckt.

Sanna blieb an einem Friedhof stehen, dort, wo der Westersielzug in die Treene mündete. Mehrere alte Grabsteine standen hier um eine Gedenktafel mit Davidstern versammelt.

Sie wandte den Blick auf das andere Ufer, wo der Friedenshof im Dunkeln lag. Kein Licht war von hier aus zu sehen.

22 Uhr 06.

Sannas Daumen kreiste über dem Display. Aber sie musste sich gedulden. Wenn sie den Anruf startete, konnte sie Jaane in Schwierigkeiten bringen. Sie hatte ihr eine genaue Uhrzeit mitgeteilt, weil sie dann unbemerkt telefonieren konnte.

Weitere fünf Minuten vergingen.

Sanna blieb stehen, den Blick unverändert auf das Anwesen am anderen Ufer gerichtet. Dann klingelte es endlich.

»Jaane?«

»Sanna«, hörte sie ihre Schwester flüstern.

»Kannst du sprechen?«

»Sie sind alle in der Kapelle zum Gutenachtgebet. Ich habe gesagt, ich muss raus, weil mir schlecht ist.«

»Ich wollte zu dir, aber …«

»Ich weiß, sie wollen mich nicht mit dir sprechen lassen. Ich versteh das alles nicht.«

Sannas Griff um das Smartphone verstärkte sich. »Sag mir – was du erzählt hast, dass du gerne dort bist und zu Gott gefunden hast, war das die Wahrheit?«

»Ich bin mir nicht sicher. Am Anfang hat sich das alles richtig angefühlt, so ehrlich und gut. Alle waren nett, wie eine große Familie. Aber seit ich hier bin …«

Sanna hörte ihre Schwester schluchzen und hätte sie am liebsten in die Arme geschlossen. Ihr Eindruck hatte sie nicht getrogen.

»Magst du mir sagen, was passiert ist?«

Es dauerte einen Moment, bis Jaane die Stimme wiederfand. »Es sind die Kinder, Sanna. Das, was sie mit ihnen tun.«

Ein Rauschen fuhr durch die Leitung, und die Verbindung brach kurz ab.

»Jaane? Bist du noch da?«

Ihre Stimme klang erst undeutlich, dann aber wieder klar. »Ja.«

»Was machen sie mit den Kindern?«

»Sie sind böse zu ihnen, sie tun ihnen weh und sagen auch noch, dass es Gottes Wille wäre, weil es so in der Bibel steht.«

Sanna spürte, wie sich ihre Gedanken plötzlich klärten und sie zu einer sachlichen Betrachtung zurückfand. Hier ging es um mehr als das Schicksal ihrer Schwester.

»Hast du das mit eigenen Augen gesehen, Jaane?«

»Ja. Ich … hatte einen Schrei gehört. Also bin ich hingegangen und habe durch das Fenster geschaut. Da war ein Vater, der seinen Sohn mit einem Gürtel schlug …«

»Warte mal«, unterbrach Sanna sie. »Ich dachte, auf dem Friedenshof leben nur Alleinstehende. Ehepaare, vor allem jene mit Kindern, haben doch ein Anrecht auf ein Haus in der Stadt.«

»Das Recht nutzen aber nicht alle. Genauso viele bleiben mit den Kindern auch hier. Außerdem werden die Kinder auf dem Hof unterrichtet.«

»Okay. Hör mir jetzt gut zu. Wissen alle in der Freikirche, was da läuft?«

»Viele, vor allem diejenigen, die schon länger hier sind. Ich habe mit ein paar Leuten darüber gesprochen.«

»Und sie unternehmen nichts dagegen?«

»Die einen finden es völlig normal, weil das mit der Züchtigung eben in der Bibel steht. Die anderen trauen sich nicht, etwas zu sagen. Sie haben Angst. Ich glaube, es hat auch damit zu tun, was mit dieser Frau geschehen ist, die vor vielen Jahren aus der Kirche ausgetreten ist.«

»Worum geht es da?«

»Eine Aussteigerin. Sie hat die Kirche verlassen, und danach haben sie ihr das Leben zur Hölle gemacht.«

»Kennst du ihren Namen?«

»Vibke Schwenning.«

»Schwenning …« Der Name sagte Sanna etwas.

»Kannst du ihnen helfen, Sanna? Den Kindern?«

Sie antwortete nicht sofort. Natürlich konnte sie helfen. Wenn ihr der Verdacht auf Kindesmisshandlung angetragen wurde, standen ihr zahlreiche Mittel zur Verfügung, und dabei spielte es keine Rolle, ob irgendwelche Glaubensgründe im Spiel waren.

»Jaane, sei jetzt bitte ganz ehrlich zu mir«, sagte sie. »Du brauchst keine Angst zu haben, dass ich dir wegen irgendetwas böse bin oder deine Entscheidung kritisiere. Ich muss das als Staatsanwältin von dir wissen, verstanden?«

»Mhm.«

»Wirst du gegen deinen Willen dort festgehalten?«

»Ja.«

»Du willst also da raus, Jaane? Du willst weg vom Friedenshof?«

»Ja. So schnell wie möglich.«

»In Ordnung. Dann kann ich dir helfen und den Kindern ebenfalls. Ich werde so schnell machen wie möglich. Bis dahin verhältst du dich ruhig. Stell keine weiteren Fragen, folge dem ganz normalen Alltag. Und versteck das Handy.«

»Mach ich. Und … danke, große Schwester.«

»Kein Problem. Es wird alles gut.«

Dann beendete sie das Gespräch.

Es wird alles gut. Das entsprach vielleicht nicht der ganzen Wahrheit. Sie mochte zwar genug in der Hand haben, um den Richter zu überzeugen, dass entsprechende Maßnahmen ergriffen wurden – eine Aussage über mutmaßliche Gewalt gegen Kinder und eine Frau, die gegen ihren Willen festgehalten wurde. Der Haken an der Sache war nur, dass es sich bei dieser Frau, der wichtigsten Zeugin, um ihre Schwester handelte. Das würde Konsequenzen mit sich bringen.

Doch was blieb ihr anderes übrig?

Sanna musste an das Tagebuch von Eef Riewerts denken. Allein das, was sie dort gelesen hatte, war Grund genug.

Wenn sie den Kindern und Jaane wirklich helfen wollte, musste sie ihre Befangenheit in diesem Fall aufdecken. Und damit vermutlich ihrer beruflichen Karriere schweren Schaden zufügen.

42 Lilly

Lilly klappte das Tagebuch zu und schenkte sich ein neues Glas Wein ein. Sie trank einen großen Schluck. Nach dem, was sie gelesen hatte, brauchte sie das.

Sie legte das Buch vor sich auf den Tisch.

Um sie herum fand eine Art Schichtwechsel statt. Die Leute, die sich ein Abendessen gegönnt hatten, wurden von jenen ersetzt, die einen späten Imbiss bevorzugten. Die frei gewordenen Tische blieben nicht lange unbesetzt, was für das Restaurant sprach, man schien das Essen hier zu schätzen.

Lilly lehnte sich zurück und betrachtete das braune Lederbüchlein. Was darin geschrieben stand, war der schicksalhafte Bericht einer jungen Frau, die in die Fänge rücksichtsloser Menschen geraten war, die den Glauben ausnutzten, um ihr finsteres Spiel zu treiben. Also im Grunde das, wozu die Menschheit die Religion in ihrer langen Geschichte immer wieder missbraucht hatte.

Die ersten Einträge in dem Tagebuch beschrieben zunächst alltägliche Erlebnisse. In ihrem Zwiegespräch mit Gott klang Eef glücklich und zufrieden mit sich, dem Leben in der Kirche des wahren Glaubens und der Ehe mit ihrem Mann Laas. Immer wieder dankte sie dem Herrn für das Glück, das ihr zuteilwurde. Natürlich berichtete sie auch von weniger guten Tagen, allerdings ging nichts davon über die normalen zwischenmenschlichen Streitigkeiten oder Malheure des Alltags hinaus. Kurz, zu Beginn des Jahres deutete nichts darauf hin, dass Eef ihrem Leben den Rücken kehren wollte.

Lilly schloss daraus, dass dieses Tagebuch hier das Original war. Eef hatte es geführt, noch bevor sie mit Quentin Storm in Kontakt gekommen war. Erst nach dem Treffen mit ihm musste sie damit begonnen haben, ein zweites, gefälschtes Tagebuch zu führen, während sie dieses hier im Geheimen weitergeschrieben hatte.

Die ungetrübte Stimmung verfinsterte sich bald. Alles änderte sich mit dem Frühlingsfest auf dem Friedenshof Ende März, als Eef schwanger wurde. In diesem geheimen Tagebuch schrieb sie offen und ausführlich über ihre Austrittsgedanken und welche Pläne sie schmiedete, um anderswo ein neues Leben zu beginnen.

In einem der letzten Einträge fantasierte sie von einer besseren Zukunft, einem sicheren, guten Ort, an dem ihr Kind aufwachsen sollte. Denn an einem ließ sie keinen Zweifel, sie wollte dieses Kind austragen, weil Gott es so wollte.

Die Lektüre hatte Lilly Unbehagen bereitet. Es war deprimierend, die Worte zu lesen, wenn man wusste, dass diese Hoffnung sich niemals erfüllt hatte.

Lilly nahm noch einmal das Tagebuch zur Hand und blätterte zu der Stelle, wo Eef über das Frühlingsfest schrieb, an dem das Verhängnis seinen Lauf genommen hatte.

Der Sündenfall, wie Eef es beschrieb.

Es war ein sonniger Tag. Der Friedenshof hatte schon früh am Morgen auch für Außenstehende seine Tore geöffnet. Die Frauen kümmerten sich um das leibliche Wohl der Gäste, boten diverse warme Speisen und Nachtisch an. Auch für Kuchen und Waffeln am Nachmittag war gesorgt. Die Männer unterhielten sich, organisierten Spiele für Kinder. Alkohol war generell in der Freikirche nicht erlaubt. Man trank Kaffee, Tee und selbst gemachte Limonade.

Eef half den anderen Frauen beim Aufbau, später gab sie Essen aus. Ihr Mann Laas war an diesem Tag mit wichtigen Gesprächen beschäftigt. Einerseits galt es, neue Mitglieder zu werben, andererseits standen politische Themen auf der Tagesordnung. So besuchte auch der Bürgermeister an diesem Tag das Frühlingsfest. Eef schrieb nicht ausführlich darüber, aber es schien um eine größere Spende zu gehen, die die Familie Boysen der Stadt zukommen lassen wollte. Anscheinend mit der Absicht, die Wogen zu glätten. In letzter Zeit waren der Freikirche einige Häuser in der Stadt zugefallen, was nicht jedem gefiel.

Am frühen Nachmittag zog Eef sich kurz zurück, um eine Pause zu machen. Sie suchte sich ein Fleckchen abseits des Trubels, hinter der großen Scheune am Treeneufer, wo sie sich ins hohe Gras legte.

Dort blieb sie nicht lange allein.

Ein Mann gesellte sich zu ihr.

Lilly hatte das gesamte Tagebuch aufmerksam durchgelesen, auf der Suche nach einem Hinweis oder einer Stelle, die zumindest Rückschlüsse zuließ. Nichts. Eef nannte den Namen des Mannes an keiner Stelle.

Warum? Darüber konnte Lilly nur mutmaßen.

Auf jeden Fall war es ungewöhnlich. Vielleicht lag es daran, dass sie derart Angst vor ihm gehabt hatte und seinen Namen selbst in ihrem Tagebuch nicht hatte niederschreiben wollen. Es mochte auch Glaubensgründe haben, schließlich hatte Eef sich in ihren Einträgen mit Gott unterhalten. Wie auch immer, das würden sie nicht mehr herausfinden können, also mussten sie mit den Informationen arbeiten, die vorlagen.

Lilly überflog die Zeilen, in denen Eef schilderte, was damals als Nächstes geschah.

Der Mann legte sich zu ihr ins Gras, sie schäkerten miteinander und vergaßen darüber die Zeit.

Aus ihren Worten war zu entnehmen, dass sie sich heimlich

schon länger zu ihm hingezogen fühlte, diese Gefühle als verheiratete Frau aber selbstverständlich unterdrückt hatte.

An diesem schönen Tag, auf der grünen Wiese, im hohen Gras, unter blauem Himmel und strahlender Sonne, war alles anders. Eef ließ sich gehen, gab sich ihm hin.

Er nahm sie mit in die große Scheune, wo sie sich eine Ecke auf dem Heuboden suchten. Sie küssten sich, doch als er sich daranmachte, ihre Bluse aufzuknöpfen, hielt Eef ihn davon ab und mahnte ihn, dass sie im Begriff seien, eine große Sünde zu begehen.

Der Mann ließ von ihr ab.

Während Eef ihre Bluse wieder zuknöpfte, holte er ein Papiertütchen und einen kleinen Klappspiegel hervor, auf den er ein weißes Pulver schüttete. Das würde sie beide näher zu Gott bringen, versprach er.

Eef schrieb, wie sie das Angebot zunächst ausschlagen wollte. Doch sie hatte dem Mann gerade erst einen Wunsch verwehrt, und sie fühlte sich eben zu ihm hingezogen. Außerdem, so kam zwischen den Zeilen zum Ausdruck, fürchtete sie sich vor dem, was er tun könnte, falls sie sich ihm völlig widersetzte.

Sie gab schließlich nach und probierte von dem Pulver, das mit einem Strohhalm durch die Nase inhaliert wurde.

Und, so beschrieb es Eef, der Mann hatte nicht zu viel versprochen. Was dann geschah, hatte sie noch nie erlebt. Sie fühlte sich frei und leicht …

Wie schon beim ersten Lesen musste Lilly bei diesen Sätzen innerlich den Kopf schütteln. Es sprach schon von einer gehörigen Portion Naivität, wenn man nicht wusste, was einem da angeboten wurde. Andererseits gehörte wohl eine ebenso große Portion Naivität dazu, wenn man sein Leben den Regeln einer solchen Sekte unterwarf.

Sie liebten sich, stand in dem Tagebuch geschrieben, und zwar auf eine wundervolle und intensive Weise, wie Eef es noch nie erlebt hatte.

Lilly wusste es besser. Der Kerl hatte sie mit Drogen gefügig gemacht und dann vergewaltigt – anders konnte man es nicht nennen, wenn eine Frau den Geschlechtsakt zuvor ausdrücklich abgelehnt hatte.

Du hättest davongehen sollen, Mädchen, dachte Lilly. Raus aus dieser Scheune und weg von diesem Hof.

Wenige Wochen nach dem Frühlingsfest – oder dem Sündenfall, wie Eef es nannte – wusste sie, dass sie schwanger war. Wobei sie sicher war, dass das Kind von dem Mann und nicht von Laas stammte.

Ein Kind, von Gott gewollt, so beschrieb sie es. Lilly las darin den Versuch, das schlimme Erlebnis zu verarbeiten.

Eef vertraute sich dem Mann an, offenbarte ihm, dass sie sein Kind erwartete.

Seine Reaktion fiel so aus, wie Lilly es erwartet hatte, und sie warf Eef völlig aus der Bahn. Er wies sie an, das Kind abtreiben zu lassen. Als sie das nicht wollte, bot er ihr sogar Geld an und bedrohte sie, falls sie mit jemand anderem darüber reden wollte.

Spätestens an diesem Punkt musste ihr gedämmert haben, mit wem sie es wirklich zu tun hatte. Dass Abtreibung laut Bibel eine Sünde war, interessierte den Mann nicht im Geringsten, und damit gerieten auch Eefs Glaube und ihr Bild von der Freikirche endgültig ins Wanken. Von nun an kreisten ihre Gedanken nur noch um den Austritt und ein neues Leben.

Lilly klappte das Tagebuch wieder zu und ließ es in ihrem Schoß liegen. Sie trommelte mit den Fingern darauf.

Wer war dieser Mann? Wie ließ sich das jetzt noch herausfinden? Hatte er ihr am Ende etwas angetan?

Oder war es doch Laas Riewerts gewesen?

Er mochte dieses Tagebuch vielleicht nicht entdeckt haben, doch er konnte auf andere Weise von dem Vorfall und der Schwangerschaft erfahren haben. Pfarrer Christensen hatte ihn als gottesfürchtigen Mann beschrieben. Was hätte er in einer solchen Situation getan? Es gab Männer, die unter vergleichbaren Umständen nicht ihren Nebenbuhler, sondern die Frau getötet hatten, weil sie sich düpiert fühlten.

Lilly ließ die Rechnung kommen und ging dann mit nachdenklichen Schritten hinüber ins Hotel.

Das hier konnte noch eine Weile dauern.

Sie hatte nach wie vor keine Beweise, und wie immer in solchen lang zurückliegenden Fällen würde es schwierig werden, solche zu finden.

Dafür aber keimte ein Verdacht in ihr auf.

43 John

»Um wen, denkst du, könnte es sich bei dem Mann handeln, der Eef Riewerts das angetan hat?«, fragte Tommy.

»Schwer zu sagen«, antwortete John. »Vielleicht stößt Lilly noch auf eine aussagekräftigere Stelle, doch aus dem, was wir bislang gelesen haben, geht das nicht hervor.«

Sie gingen am Ostersielzug entlang. Celine war eben erst nach Hause gekommen, hatte sich direkt auf ihr Zimmer verzogen und keine Lust mehr gehabt, mit ihnen zu reden. Tommy hatte vorgeschlagen, sich noch ein wenig die Beine zu vertreten.

»Wir können ja spekulieren«, schlug er vor. »Eef ist nach diesem Vorfall vom Glauben abgefallen und wollte aus der Freikirche austreten. Offenbar hat sie dort mit niemandem über ihr Problem gesprochen. Seltsam, oder?«

»So sonderbar finde ich das nicht. Überleg doch mal, sie nimmt Drogen, begeht Ehebruch und erwartet nun ein uneheliches Kind. Das kommt in solchen Kreisen einem bewaffneten Raubüberfall gleich.«

Tommy lachte. »In solchen Kreisen … wie sich das anhört. Ich glaube, wir beide könnten gut den CDA gründen.«

»Und was soll das sein?«

»Der Club der Atheisten. Religion hat uns noch nie viel gegeben, was?«

John hob die Schultern. »Ich glaube nicht an das, was Menschen in einem tausend Jahre alten Buch aufgeschrieben haben.

Mit den Werten des Christentums kann ich mich allerdings durchaus anfreunden. Liebe, Hoffnung, Mitmenschlichkeit, Barmherzigkeit … allerdings brauche ich weder Religion noch Kirche, um mich dementsprechend zu verhalten. Das ist für mich eine ganz natürliche Einstellung.«

»Weil du im christlichen Glauben sozialisiert wurdest, ob dir das passt oder nicht. Auf die eine oder andere Weise war das bereits in unserer Kindheit immer präsent. Allein der Religionsunterricht in der Schule …«

»Stimmt schon. Und jetzt versetz dich mal in Eefs Lage, in jemanden, der wirklich an die Worte der Bibel glaubt und diesen Glauben lebt. Sie befand sich in einer unmöglichen Situation. In gewisser Weise ist es schon bewundernswert, dass dieser Glaube ihr so viel Mut gegeben hat, das Kind trotz allem austragen zu wollen, weil sie es als eine göttliche Fügung ansah. Die gleiche Überzeugung wird ihr andererseits ein schlechtes Gewissen bereitet haben, weil sie eben Ehebruch begangen hatte. Außerdem musst du bedenken, welche Rolle die Frauen auf dem Friedenshof spielen. Möglich, dass sie sich sogar selbst die Schuld an allem gab.«

»Das mit dem schlechten Gewissen ist richtig«, sagte Tommy. »Ihre Seele war belastet. Und was tut ein gläubiger Mensch in einer solchen Lage? Er beichtet.«

»Darüber scheint sie nichts zu schreiben. Aber nehmen wir mal an, sie hat gebeichtet.« John blieb kurz stehen. Sie waren am Binnenhafen enlanggegangen und standen gegenüber der Blauen Brücke vor der ehemaligen Synagoge, einem quadratischen Bau aus hellbraunen Klinkersteinen mit rotem Spitzdach. »An wen hätte Eef sich in diesem Fall gewendet?«

»Nele Flohr«, sagte Tommy ohne langes Überlegen. »Die Frau, die wenig später Eefs Verschwinden voraussagte.«

»Was nicht bedeutet, dass sie Eef eigenhändig getötet und im Garten der Riewerts' verscharrt hat. Aber wenn Eef ihr von dem unehelichen Kind und den Umständen seiner Zeugung berichtete, wusste sie, welchen Aufruhr das in der Gemeinde verursacht hätte, wenn es bekannt geworden wäre. Durch Eefs Verschwinden hatte sie ein Problem weniger.«

»Und da ist noch ein Faktor«, sagte Tommy, als sie sich wieder in Bewegung setzten. »Eef fühlte sich zu diesem Mann hingezogen, aber er scheint auch irgendeine Machtposition innegehabt zu haben, weshalb sie Angst hatte, ihn abzuweisen.«

»Außerdem war sie offenbar in ihn verliebt, da begeht man manche Eseleien.«

»Da sprichst du ja aus Erfahrung.«

»Danke, dass du mich daran erinnerst.« John verschränkte im Gehen die Arme hinter dem Rücken. Sie wanderten den Mittelburgwall entlang. »Aber nehmen wir ruhig mal an, es wäre ein Mann in einer Machtposition gewesen. Das hätte die ganze Geschichte natürlich noch brisanter gemacht.«

»Wer kommt dafür infrage?«

»Wir müssten uns ansehen, wie die Freikirche damals strukturiert war. Nach unserem jetzigen Kenntnisstand würde ich sagen …«

»Einer der Boysens.«

»Abbe oder Keke oder ihr Vater«, bestätigte John. »Allerdings gibt es dafür keinerlei Beweise. Und damit sind wir letztendlich wieder bei Ockhams Rasiermesser.«

»›Von mehreren möglichen hinreichenden Erklärungen für ein und denselben Sachverhalt ist die einfachste Theorie allen anderen vorzuziehen‹«, zitierte Tommy die bekannte Regel.

»Laas Riewerts erfuhr also auf irgendeinem Weg vom Ehebruch seiner Frau und von der Schwangerschaft. Er war ein sehr gläubiger Mensch, zudem dürfte er sich wie jeder gehörnte Ehemann gekränkt gefühlt haben. Ihm brannten die Sicherungen durch und … warte mal.« John blieb stehen. Sie waren bei der Schleswiger Brücke angekommen. Er blickte auf die Gracht hinunter, von wo er ein Geräusch gehört hatte.

Dort unten auf dem nachtdunklen Wasser war der Schemen eines Mannes zu erkennen, der sich mit einem Ruderboot abmühte. John erkannte die Gestalt, die unbeholfene Art, wie er sich abmühte.

»Was ist?«, fragte Tomy.

»Ich glaube, das ist derselbe Kerl, den ich an dem Abend gesehen habe, als Mette und Laas Riewerts ermordet wurden.«

Sie beobachteten, wie der Mann in langsamer Fahrt am Garten von Erna Wiebe vorbeipaddelte, dann am Haus, in dem die Riewerts gewohnt hatten. Schließlich machte er am Steg von Holger Dehnen fest, kletterte aus dem Boot und verschwand in Richtung Terrassentür. Leider konnte John sein Gesicht nicht erkennen.

»Komm mit.« Er zog Tommy am Arm mit sich.

Wenige Minuten später standen sie vor der Haustür von Holger Dehnen. John klingelte mehrere Male, bis geöffnet wurde. Dehnen lugte in T-Shirt und Boxershorts durch den Türspalt. »Oh ... guten Abend. Was ist denn los?«

»Wir haben gerade beobachtet, wie ein Mann an Ihrem Steg hinten festgemacht und sich in Richtung Haus geschlichen hat. Ist alles in Ordnung bei Ihnen?«

»Ähm, ja, natürlich. Alles gut.«

»Also haben Sie den Besucher erwartet?«

»Ich weiß nicht ... also ... da haben Sie sich wohl verguckt. Hier ist niemand bei mir.«

»Sind Sie da sicher? Der Mann ist vom Steg über den Rasen auf Ihre Terrasse gelaufen.«

»Nein, das hätte ich doch bemerkt.«

»Sollen wir zur Sicherheit nachsehen?«

»Das ist nun wirklich nicht nötig.«

John seufzte. »Herr Dehnen. Wer ist da bei Ihnen? Es wäre möglich ...«

»Holger, lass gut sein«, drang eine Stimme aus dem Haus. Die Tür öffnete sich weiter. Ein korpulenter Mann schob sich neben

Holger Dehnen und legte ihm den Arm um die Schultern. »Guten Abend, Herr Kommissar.«

John hatte mit allem Möglichen gerechnet, hiermit allerdings nicht. Deshalb dauerte es einen Moment, bis ihm die Worte über die Lippen kamen: »Guten Abend, Herr Pfarrer.«

Holger Dehnen goss Ostfriesentee auf, den er in einer blau-weiß gemusterten Porzellankanne auf den Wohnzimmertisch stellte, um den sie sich versammelt hatten.

Er schenkte ihnen ein, dann setzte er sich zu ihnen.

»Also?«, fragte John und blickte Pfarrer Christensen an.

Der Pfarrer hob die Schultern. »Ich fürchte, da gibt es nicht viel zu erklären. Das hier ist genau das, wonach es aussieht. Holger und ich ... wir haben eine Beziehung.«

Dehnen schüttelte den Kopf. »Es ist wirklich ein Witz, dass man sich dafür im einundzwanzigsten Jahrhundert noch erklären muss ...«

Christensen legte ihm die Hand auf den Unterarm. »Daran können wir jetzt nichts ändern, also lohnt sich die Aufregung nicht. Ich denke, der Herr Kommissar versteht, dass eine solche Beziehung in meiner Position etwas schwierig ist.«

John nickte. »Durchaus. Und falls es Sie beide beruhigt, ich persönlich sehe darin nichts Ungewöhnliches. Aber ich verstehe die Implikationen, und von mir wird niemand etwas erfahren. Dennoch muss ich Ihnen ein paar Fragen stellen. Wie lange geht das schon?«

»Eine ganze Weile. Wir waren sehr vorsichtig.« Der Pfarrer deutete zum Garten. »Deshalb komme ich immer durch die Hintertür.«

John entging nicht, wie Tommy angesichts der doppeldeutigen Bemerkung ein Schmunzeln über die Lippen huschte.

»Ich weiß nicht, was die Polizei das angeht!«, beschwerte sich Holger Dehnen. »Erklären Sie uns das bitte!«

»In der Nacht, als nebenan die Riewerts ermordet wurden«, sagte John und sah den Pfarrer an, »habe ich Sie ebenfalls auf der Gracht gesehen, richtig?«

»Ja«, gab Christensen unumwunden zu. »Ich war an dem Abend hier bei Holger.«

»Mir gegenüber haben Sie aber angegeben, dass Sie Olger Andres an jenem Abend trafen. Müssen wir davon ausgehen, dass Sie diese Aussage zurückziehen?«

Der Pfarrer nickte. »So ist es.«

»Warum haben Sie uns angelogen?«

»Aus alter Verbundenheit mit Olger.«

»Wissen Sie, was er tatsächlich hier in Friedrichstadt trieb?«

»Nein. Ich weiß nur, dass es der zehnte Jahrestag des Verschwindens seiner Tochter war. Olger bat mich später um einen Gefallen, nämlich, seine Aussage zu stützen. Nach allem, was er durchgemacht hatte, glaubte ich, ihm damit etwas Gutes zu tun. Das war vielleicht falsch von mir.«

»Wir könnten darüber hinwegsehen, wenn Sie unsere Fragen von jetzt an ehrlich beantworten«, schaltete sich Tommy ein.

»Das werde ich machen.«

»Sie haben selbst gesagt, dass Olger Andres immer Laas Riewerts verdächtigte, was das Verschwinden von Fef betraf. Ist Ihnen bekannt, ob Olger an jenem Abend nach Friedrichstadt kam, um Rache zu üben?«

»Nein. In keiner Weise. Solches Wissen hätte ich Ihnen selbstverständlich umgehend kundgetan.«

»Reden wir noch mal über die Mordnacht«, sagte John. »Sie waren hier. Also können Sie vielleicht die Angaben Ihres Freundes bestätigen. Er sagte, dass er gegen 23 Uhr jemanden beobachtete, der über die Mauer zu seinem Grundstück klettern wollte.«

»Den Mauerkletterer hat nur Holger gesehen«, sagte der Pfarrer.

»Wo waren Sie in dem Moment?«

Der Pfarrer blickte verschämt zu Boden. »Ich lag oben im Bett. Holger rauchte auf der Terrasse eine Zigarette, kam dann hoch und erzählte mir von seiner Beobachtung.«

»Was ist mit dem lauten Klatschen, als wäre jemand ins Wasser gesprungen?«

»Das habe ich auch gehört. Das Schlafzimmerfenster stand offen. Das Geräusch muss aus der Nähe gekommen sein. An die genaue Uhrzeit erinnere ich mich allerdings nicht.«

»Ist Ihnen in jener Nacht sonst noch etwas aufgefallen, das Herrn Dehnen entgangen sein könnte?«

»Nein, da fällt mir nichts ein.«

»Wie sind Sie anschließend wieder von hier weggekommen?«

»Nun ja, das war nicht so einfach, wie Sie sich vorstellen können.« Der Pfarrer deutete mit einem Nicken in Richtung des Nachbarhauses. »Ich habe bis weit nach Mitternacht gewartet, bis Sie dort drüben alles abgesperrt haben. Ich bin dann wieder hintenraus zu meinem Boot, bevor Ihre Kollegen von der Spurensicherung auftauchten.«

»Und auf dem Heimweg ist Ihnen sonst nichts Verdächtiges aufgefallen?«

»Nein.«

John lehnte sich zurück und taxierte den Geistlichen. »Sagen Sie, Herr Pfarrer, woher kannten Sie eigentlich Quentin Storm?«

Christensen blickte zu Holger Dehnen. Die Frage war ihm sichtlich unangenehm, vielleicht, weil er über diesen Teil seines Lebens noch nicht mit ihm gesprochen hatte. Aber ein wenig Strafe musste sein. Außerdem interessierte John die Antwort. Er wollte wissen, mit wem er es hier wirklich zu tun hatte.

Der Pfarrer verzog die Mundwinkel. »Ihrer Frage entnehme ich, dass Sie sich mit Herrn Storm unterhalten haben. Offenbar hat er eine entsprechende Andeutung gemacht.«

John sagte nichts.

»Nun gut.« Christensen faltete die Hände auf dem Tisch.

»Sagen wir, ich habe in meinem früheren Leben an einer Stelle gewirkt, die Ihre Kollegen aus anderen Ressorts vielleicht interessieren könnte. Es ging dabei um das liebe Geld. Als ich damit anfing, war ich noch ein junger Mann und begriff nicht, worauf ich mich einließ. Und als ich es endlich begriff, war mir klar, dass man mich nicht so einfach ziehen lassen würde. Daher nahm ich die Dienste von Herrn Storm in Anspruch. Ich hoffe, das genügt Ihnen als Auskunft.«

»Fürs Erste.« John erhob sich. »Ich muss Sie bitten, einstweilen von größeren Reisen abzusehen, und sollten Sie die Grenzen von Friedrichstadt verlassen, informieren Sie mich bitte. Es könnte sein, dass die Kollegen von der Kripo noch weitere Fragen an Sie haben.«

»Natürlich.« Der Pfarrer erhob sich und begleitete sie zur Tür hinaus, gefolgt von Holger Dehnen, dem die Farbe aus dem Gesicht gewichen war. Die beiden hatten heute zweifelsohne noch einiges zu bereden.

Die Gassen waren inzwischen wie leer gefegt. Die Leute saßen in ihren Gärten, schauten fern oder schliefen bereits.

»Siehst du«, meinte Tommy mit einem Lächeln auf den Lippen, »ich hab doch gesagt, du kannst es noch. Jetzt müssen wir nur noch die entsprechenden Leute davon überzeugen, und im Handumdrehen bist du wieder in Flensburg.«

John hatte sich schon gewundert, warum sein Freund ihm den Großteil der Befragung überlassen hatte. »Dein Wort in Gottes Ohr.«

»So gut ist mein Draht nach oben nicht.«

Sie setzten sich in Bewegung und gingen Richtung Inselweg weiter durch die Gassen.

»Und nun im Ernst«, sagte John. »Olger Andres' Alibi hat sich wohl gerade in Luft aufgelöst.«

»Das sehe ich auch so«, sagte Tommy. »Also, möglicher Ablauf: Olgers Tochter Eef ist seit zehn Jahren verschwunden. Er glaubt noch immer, dass Laas Riewerts ihr etwas angetan hat. Am Jahrestag kommt er nach Friedrichstadt, parkt an der Gracht gegenüber dem Haus der Riewerts'. Er muss sich überlegt haben, dass er es an diesem Abend tut, hat sich eine Waffe besorgt. Vermutlich hat er die Riewerts auch ausgespäht, weiß, dass Mette nicht zu Hause ist und immer zum Spieleabend geht. Du bringst ihn kurz in die Bredouille, als du auf deinem Spaziergang auftauchst, aber zum Glück verschwindest du wieder. Er überlegt vielleicht kurz, ob er einen Rückzieher macht. Aber was hat er schon zu verlieren? Er lässt den Wagen stehen, damit ihn niemand vor dem Haus sieht, geht über die Brücke zum Haus der Riewerts'. Laas öffnet ihm, schließlich kennen sie sich, und lässt ihn ein. Olger erschießt ihn. Dann taucht unversehens Mette auf. Es kommt zu einem Gerangel, er tötet auch sie. Als wäre die Sache nicht schon gehörig schiefgelaufen, taucht auch noch Cornelis Mohr auf. Olger flieht durch den Garten, schnappt sich das Boot von Oma Wiebe und paddelt über die Gracht zu seinem Auto.«

»Ja ... so ungefähr könnte sich das abgespielt haben«, überlegte John laut. »Allerdings hat deine Theorie hintenraus ein paar Schönheitsfehler.«

»Die da wären?«

»Der Mauerkletterer. Warum sollte Olger versuchen, über die Mauer in den Garten von Holger Dehnen zu fliehen ...«

»Weil die Mauer direkt neben der Terrassentür ist. Wenn man in Panik ist, versucht man das vielleicht als Erstes.«

»Also, wenn er derart in Panik war, wäre es logischer gewesen, er springt direkt in die Gracht und rennt danach zu seinem Auto.«

»Der Pfarrer und Dehnen haben ja auch jemanden in die Gracht springen hören.«

»Sie haben ein Geräusch gehört, das danach klang. Aber nehmen wir an, es war so. Dann wäre Olger Andres nicht der Mauerkletterer gewesen, sondern jemand anderes.«

»Jemand, der sich schon vor ihm bei Laas Riewerts im Haus befand und zusah, wie Andres die Tat begang.«

»Genau.« John nickte. »Ein dritter Mann.«

Fünfter Teil
Der dritte Mann

44 John

Gleich am nächsten Morgen wählte John am Küchentisch beim ersten Kaffee auf seinem Smartphone die Telefonnummer der Fernsehredaktion. Im Grunde ahnte er das Ergebnis des Gesprächs bereits, einen Versuch war es dennoch wert. Sollte die Aussteigerin in dem Beitrag über die Freikirchen tatsächlich in Verbindung mit der Kirche des wahren Glaubens stehen, wollte er mit ihr sprechen. Tommy hatte ihn gebeten, sich darum zu kümmern. Nachdem Olger Andres' Alibi gestern geplatzt war, würden er und Lilly sich heute Morgen als Erstes um ihn kümmern.

Während das Freizeichen ertönte, goss John sich ein wenig Milch in den Kaffee. In der Küche roch es nach den Brötchen, die Celine heute Morgen aufgebacken hatte.

Man stellte ihn schließlich zur Redaktionsleitung durch. Zu seiner Überraschung kannte die Dame am anderen Ende der Leitung seinen Namen. Wobei es ihn nicht wirklich hätte überraschen sollen, nachdem er vor nicht allzu langer Zeit so prominent in den Medien gewesen war.

»Kommissar Benthien, guten Morgen. Worum geht es?«

»Ich arbeite hier an einem Fall, bei dem ich Ihre Hilfe gebrauchen könnte.«

»Ich bin ganz Ohr.«

»Es geht um einen Beitrag, der neulich in Ihrer Sendung lief.« John erklärte ihr, dass er gerne Kontakt mit der anonymen Aussteigerin aufnehmen würde.

»Tut mir leid.« Die Antwort kam prompt. »Das fällt unter Quellenschutz.«

»Das dachte ich mir schon«, sagte John. »Vielleicht können Sie eine Ausnahme machen. Die Dame könnte über Informationen verfügen, die für uns von großer Wichtigkeit sind. Es geht immerhin um einen Mord.«

»Wie gesagt, tut mir leid ...«

»Ich erwarte nicht, dass Sie mir gleich den Namen und die Kontaktdaten der Frau nennen, aber vielleicht können Sie meine Anfrage an sie weiterleiten. Dann kann sie selbst entscheiden.«

»Unter normalen Umständen könnte ich mich vielleicht dazu hinreißen lassen. In diesem Fall ist es allerdings so, dass die betreffende Person nur unter der Bedingung mitgemacht hat, dass ihre Anonymität gewahrt bleibt und wir alle, und zwar wirklich alle etwaigen Kontaktversuche abblocken. Es geht auch um das psychische Wohl der Person. Unser Interview sollte ein einmaliger Ausflug in ihre Vergangenheit bleiben.«

»Ihre Vergangenheit. Was meinen Sie damit genau?«

»Die Person möchte nicht an die Zeit erinnert werden ... die sie bei der Kirche des wahren Glaubens verbracht hat.«

Das war zumindest schon mal ein Hinweis, so unkooperativ war die Redaktionsleiterin dann doch nicht. Er hatte mit seiner Vermutung richtiggelegen. Die Frau hatte mit der Freikirche in Friedrichstadt in Verbindung gestanden. Umso wichtiger, mit ihr Kontakt aufzunehmen.

John drehte nachdenklich die Kaffeetasse auf dem Küchentisch. »Und ich kann Sie wirklich nicht ...«

»Sagen Sie, Herr Benthien, ich wundere mich ein wenig, dass Sie wieder in einem Mordfall ermitteln. Ich hatte zuletzt gelesen, dass Sie den Dienst bei der Kripo quittiert haben, um sich eine ruhigere Stelle zu suchen, in ... wo war das noch mal?«

»Friedrichstadt. Sagen wir einfach, es ist hier nicht so betulich, wie ich mir das vielleicht gewünscht hätte.«

»Was ist denn vorgefallen? Wenn ich recht informiert bin, residiert die Kirche des wahren Glaubens in Ihrer Stadt.«

»Ja.« John musste schmunzeln. »Ich fürchte, mehr kann ich Ihnen aber nicht sagen.«

»Touché«, antwortete die Dame amüsiert. »Sollten Sie Ihre Meinung einmal ändern, würde ich mich über einen erneuten Anruf freuen. Ihre bisherigen Fälle haben in der Öffentlichkeit …

»Ja«, meinte John kurz angebunden, »ich denke darüber nach und melde mich gegebenenfalls wieder bei Ihnen.« Dann beendete er das Gespräch.

Eine Sackgasse. Vorerst. Natürlich gab es rechtliche Mittel und Wege, die Redaktion unter Druck zu setzen und zum Einlenken zu bewegen. Allerdings lag das angesichts seiner jetzigen Position nicht in seiner Hand.

Er trank den Kaffee, ging dann zur Tür und nahm den Haustürschlüssel vom Schlüsselbrett, als sein Handy klingelte. Celine. Sie war auf dem Weg zur Schule.

»Was gibt es?«, fragte er.

»Daddy, du kommst besser mal runter zum Motorbootclub.«

»Warum, was ist passiert? Geht es dir gut?«

»Ja, keine Sorge, alles klar bei mir. Nein, es geht um ein paar Boote. Ich kam gerade hier lang. Der Hafenmeister fragte, ob ich dich kurz anrufen kann. Am besten, du siehst dir das selbst an.«

»Bin schon auf dem Weg.«

In den Straßen herrschte schon am frühen Morgen geschäftiges Treiben. Heute war der Tag des Sommerfests, der mit dem abendlichen Bootskorso auf den Grachten seinen Höhepunkt finden würde. Die ersten Besucher würden sicherlich schon bald eintrudeln.

Im Vorbeigehen grüßte John einige Einwohner, die auf dem Weg zum Marktplatz waren, um dort alles vorzubereiten.

Der Motorbootclub Westküste lag am südlichen Ende von Friedrichstadt, dort, wo der Westersielzug durch eine Schleuse von der Eider getrennt war. Umgeben von Wiesen und Bäumen, bestand die Marina aus einem lang gezogenen Steg, an dem auf der einen Seite kleinere Motorboote lagen und auf der anderen ausgewachsene Jachten, teils von hiesigen Eignern, teils von Urlaubern. Auch drei kleinere Segeljachten hatten sich einen Liegeplatz gesichert. In nächster Nähe befand sich der beliebte Wohnmobilstellplatz, der zu dieser Jahreszeit bis auf ein paar wenige Stellflächen ausgebucht war. Die Köpfe der Urlauber, die draußen an ihren Campingtischen beim Frühstück saßen, wandten sich zu ihm um, als John in Uniform Richtung Marina marschierte.

Celine erwartete ihn mit dem Hafenmeister am Zugang zum Steg.

»Danke, dass Sie so schnell kommen«, sagte der Mann. Er trug ein weißes Unterhemd über kurzen marineblauen Shorts. »Rohde mein Name.«

»Freut mich.« John schüttelte ihm die Hand. »Was gibt es denn?«

»Kommen Sie mit.«

Der Hafenmeister führte ihn auf den Steg zu drei größeren Motorjachten, die vor Kopf nebeneinanderlagen.

Das Unheil war schon von Weitem zu sehen.

Jemand hatte den Rumpf der Boote orangefarben angepinselt.

Der Hafenmeister blieb stehen und deutete auf den Schlamassel. »Das wird immer schlimmer mit diesen Jugendlichen! Sie müssen endlich was unternehmen.«

John wollte ihn schon fragen, weshalb er sich so sicher war, was die Täterschaft betraf, da sah er es selbst.

An der Reling jedes Bootes war ein Schild angebracht worden, schwarze Schrift auf weißem Untergrund.

KLIMASAU!

Aus dem Augenwinkel warf John seiner Tochter einen Blick zu. Celine hob die Schultern.

John ging den Steg entlang und besah sich den Schaden von der Seite. Bei allen Booten war lediglich der Rumpf angestrichen oder besprüht worden. Die Aufbauten und Fenster waren unversehrt geblieben, von ein paar Farbspritzern abgesehen. Es lag wohl nahe, dass die Übeltäter mit einem kleineren Boot hergekommen und an die Schiffe herangefahren waren, um ihre Tat zu verrichten.

An Bord der Jachten war niemand zu sehen, also handelte es sich vermutlich um Eignerschiffe.

John holte sein Smartphone aus der Hosentasche und machte Fotos aus verschiedenen Winkeln. »Haben Sie schon versucht, die Farbe abzubekommen?«

Der Hafenmeister schüttelte den Kopf.

»Darf ich?« John deutete auf den Wasserschlauch, der auf dem Steg montiert war.

»Nur zu.«

John drehte das Wasser auf und richtete den Strahl auf das Boot, das ihm am nächsten war. Die Farbe war zunächst hartnäckig, löste sich dann aber. Mit etwas Geduld und einem Schrubber würde sie sich abwaschen lassen. John stellte das Wasser wieder ab.

»Haben Sie die Eigner schon benachrichtigt?«

»Noch nicht.«

»Dann warten Sie noch bis heute Abend. Ich will sehen, ob ich in der Zwischenzeit etwas herausfinden kann. Wenn Sie bis dahin nichts von mir hören, verständigen Sie die Eigner. Sie sollen sich das ansehen und überlegen, ob sie Anzeige erstatten wollen.«

Der Hafenmeister nickte. »Sage ich denen. Und ich mach das ganz bestimmt nicht selbst weg.«

»Sollen Sie auch nicht. Wann haben Sie es entdeckt?«

»Gleich heute Morgen. Gestern Abend war noch alles in bester Ordnung.«

»Hat denn jemand etwas bemerkt?« John blickte sich um.

Die betroffenen Jachten lagen ein Stück von den Besucherschiffen entfernt. Auf der anderen Seite befand sich der Campingplatz.

»Ich hab mich gerade umgehört, bis jetzt nichts. Die sind bestimmt mitten in der Nacht gekommen, als alle schliefen.« Dann wiederholte er: »Das kann so wirklich nicht weitergehen, Sie müssen …«

»Ja, ich werde meine Arbeit tun, keine Sorge. Aber wie Sie vielleicht mitbekommen haben, ist gerade die Kripo in der Stadt. Ich kann mich nicht zweiteilen. Sobald ich weiß, wer das getan hat, erfahren Sie es als Erster.«

Er wandte sich ab und ging mit Celine am Campingplatz vorbei wieder zurück in Richtung Inselweg.

Ohne dass er es sagen musste, schwor sie: »Ich habe nichts davon gewusst, ehrlich!«

»Ich könnte mir aber gut vorstellen, dass das deine Klimafreunde waren, mit denen du dich auf die Straße kleben wolltest.«

»Wie gesagt, ich hab keine Ahnung, und wir haben auch bloß Transparente und keinen Klebstoff dabeigehabt.«

John blieb stehen. »Hör zu, kannst du dich bei deinen Leuten umhören?«

»Und sie verpfeifen? Vergiss es.«

»Darum geht es nicht.« John setzte einen ernsten Blick auf. »Du weißt, dass ich auf eurer Seite bin. Ich habt in der Sache recht, und es gibt allen Grund, zu demonstrieren. Aber das hier kann juristische Folgen haben. Für so etwas können euch die Leute wirklich ans Bein pinkeln und vor Gericht ziehen.«

»Das weiß ich, und deshalb wurde das hier wohl auch heimlich gemacht. Üblicherweise bekennen sich die Leute zu solchen Taten. Aber ich nehme an, die hier hatten keine Lust, dafür verknackt zu werden.«

»Gut, dann können wir das auf dem kleinen Dienstweg lösen. Ich will hier kein großes Theater. Wenn du rausfindest, wer das war, sollen sie sich bei mir melden. Sie sollen die Sauerei selbst beseitigen. Dann brauchen wir die Eigner vielleicht gar nicht zu verständigen, und falls doch, kann ich sie von einer Anzeige abhalten.«

Celine stemmte die Hände in die Hüften und sah ihn zweifelnd an. »Okay. Ich höre mich um. Aber ich nehm dich beim Wort. Sonst steh ich nachher als Verräterin da.«

45 Sanna

»Die Zeugin, von der Sie sprechen …« Die Stimme von Richter Hansen am anderen Ende der Leitung klang zweifelnd. »Sie hat den Missbrauch mit eigenen Augen gesehen?«

»Ja«, antwortete Sanna. »Sie hat mir die entsprechende Szene ausführlich geschildert.«

»Und das würde sie auch bezeugen?«

»Selbstverständlich.«

Sanna saß an dem kleinen Schreibpult in ihrem Hotelzimmer. Draußen vor dem Fenster fotografierten Urlauber die Gracht, auf der ein Tretboot vorbeischipperte. Der Hotelier war damit beschäftigt, die Bäume vor dem Haus mit Lichtern für das Sommerfest zu behängen.

Sie hätte sich einen erhabeneren Ort vorstellen können, um sich selbst ins Messer zu stürzen, doch letztlich spielte das keine Rolle. Alles, was jetzt zählte, waren Jaanes Wohl und das der Kinder auf dem Friedenshof. Andere aus selbstsüchtigen Gründen im Stich zu lassen war noch nie ihre Art gewesen. Dennoch war der Anruf bei Richter Hansen ihr nicht leichtgefallen, sie wusste, was auf dem Spiel stand.

»Wenn ich das richtig verstehe«, fragte der Richter weiter, »dann ist diese Frau bislang die einzige Zeugin eines solchen Vergehens auf dem Friedenshof?«

»Sie ist die Erste und Einzige, die bislang mit uns darüber gesprochen hat. Allerdings sind wir im Laufe der Ermittlungen immer wieder auf Gerüchte gestoßen, dass sich so etwas in der Freikirche zuträgt. Der Umgang mit den Kindern hat mit sehr hoher Wahrscheinlichkeit sogar eines der Opfer, Eef Riewerts, dazu bewegt, ihr Untertauchen zu organisieren.«

»Ich verstehe. Dennoch liegt uns nichts weiter vor als die mündliche Aussage dieser Frau.«

»Das ist richtig. Allerdings gehen wir davon aus, dass sich weitere Zeugen aus der Freikirchengemeinde zu Wort melden werden, sobald wir in Aktion treten und ihnen einen Schutzraum bieten können.« Sanna biss sich auf die Unterlippe. Sie bewegte sich nun auf dünnem Eis und konnte nur hoffen, dass sich bewahrheiten würde, was sie als Nächstes sagte: »Außerdem gehen wir davon aus, weitere Beweise vor Ort zu finden. Sollte jemand bei der Freikirche von unserem Verdacht erfahren, wäre es möglich, dass diese vernichtet werden.«

Schweigen am anderen Ende der Leitung. »Das ist nicht viel für eine Durchsuchung und etwaige Festnahmen, wie Ihnen wohl klar sein dürfte?«

»Es ist noch nicht alles. Die Frau wird gegen ihren Willen festgehalten, zudem erlaubt man ihr keinen Kontakt mit der Außenwelt. Unser Gespräch hat heimlich stattgefunden«, sagte Sanna. »Sie hat den ausdrücklichen Wunsch geäußert, aus ihrer Lage befreit zu werden.«

»Hm.« Wieder nahm sich der Richter eine Bedenkzeit. »Das verändert die Situation natürlich. Sagen Sie, diese Frau, sie hat bestimmt einen Namen?«

»Jaane.« Sanna räusperte sich. »Jaane Harmstorf.«

»Harmstorf? Ich darf davon ausgehen, dass es sich nicht um eine zufällige Namensidentität handelt?«

»Nein. Sie ist meine Schwester.«

»Sie ist also Mitglied in der Freikirche, die auch von den Ermittlungen in den beiden Mordfällen betroffen ist.«

»Korrekt.«

»Und seit wann, wenn ich fragen darf?«

»Auf den Tag genau kann ich das nicht sagen. Auf jeden Fall seit mehreren Wochen.«

»Dieser Umstand war Ihnen zu Beginn der Ermittlungen in dem Mordfall bekannt?«

»Ja.«

»Dann hätten Sie das früher offenbaren müssen, Frau Staatsanwältin.«

»Dessen bin ich mir bewusst. Ich wollte Ihnen zunächst die Fakten darlegen, damit Sie sich ein objektives Bild …«

»In Ihrem eigenen Interesse will ich hoffen, dass die persönliche Verwicklung Ihr Urteilsvermögen nicht beeinträchtigt.«

»Keineswegs.«

»Frau Harmstorf, ich habe die Zusammenarbeit mit Ihnen bislang als überaus professionell und korrekt empfunden. Ich möchte davon ausgehen, dass es sich auch in diesem Fall so verhält. Ich werde die entsprechenden Schritte einleiten. Bitte enttäuschen Sie mich nicht.«

»Gehen Sie davon aus, dass das, was ich Ihnen dargelegt habe, den Tatsachen entspricht.«

»Das werde ich«, sagte Richter Hansen, »und ich hoffe, Sie sind sich darüber im Klaren, was diese Befangenheit für Sie persönlich bedeutet.«

Sanna hörte nicht mehr zu, als der Richter ihr die Konsequenzen aufzählte, angefangen damit, dass sie von dem Fall abgezogen würde, bis hin zu einer Suspendierung … Ihr war bewusst, mit welchem Feuer sie spielte.

Sie wartete, bis er ausgeredet hatte, und verabschiedete sich. Dann machte sie sich mit der Pad-Maschine, die auf der Minibar stand, einen Kaffee und setzte sich wieder ans Fenster. Während sie das Treiben rund um die Gracht und auf dem Marktplatz gegenüber beobachtete, trank sie einen Schluck und versuchte, zu begreifen, was der Schritt bedeuten würde, den sie eben getan hatte. Dass ihr dies nicht wirklich gelingen wollte, lag wohl auch daran, dass die Konsequenzen derzeit völlig unabsehbar waren. Mit ein wenig gutem Willen konnte man ihre Verfehlung im Sande verlaufen lassen. Wer wollte, konnte ihr aber ebenso gut einen Strick daraus drehen.

Die Gerüchte sowie der Vorfall mit Leon Kessler und dem alten Zeitungsartikel über Mario Russo hatten ihr deutlich gemacht, dass es jemanden im Präsidium gab, der ihr schaden wollte. Und dem hatte sie gerade eine Steilvorlage geliefert.

Sie trank die Tasse leer und beging anschließend ihre wohl letzte Amtshandlung in diesem Fall. Ein Telefonat mit der Justizvollzugsanstalt in Fuhlsbüttel.

Ihr war ein Detail aus dem Gespräch mit Jaane in Erinnerung geblieben, das sie überprüfen wollte.

»Ihre Schwester.« Lilly Velasco blickte Sanna mit hochgezogenen Augenbrauen an.

Sie saßen sich in der Wache an einem der Schreibtische gegenüber. Tommy Fitzen hatte neben seiner Kollegin Platz genommen und aß ein Butterbrot. Benthien stand draußen vor der Tür und beruhigte einen älteren Herrn, der sich über Falschparker vor seinem Grundstück echauffierte.

Sanna hob beschwichtigend die Hände. »Ich bin mir über die Implikationen bewusst und habe meine Befangenheit dem Richter dargelegt.«

»Womit Sie sich ins eigene Knie geschossen haben«, sprach Tommy Fitzen das Offensichtliche aus.

»Eine andere Möglichkeit habe ich nicht gesehen«, sagte Sanna. »Der richterliche Beschluss für eine Durchsuchung auf dem Friedenshof liegt vor. Die Kollegen aus Husum werden uns Unterstützung leisten.«

»Und was wird aus Ihnen?«, fragte Velasco.

»Ich bin von dem Fall abgezogen. Angesichts der Umstände

könnte ich mir vorstellen, dass Oberstaatsanwalt Bleicken die Sache zunächst an sich zieht. Vermutlich wird er bei der Durchsuchung dabei sein wollen. Alles Weitere wird sich dann zeigen.«

»Tja«, Velasco spielte mit einem Bleistift zwischen den Fingern. »Dann wird Sie kaum interessieren, dass wir vielleicht einen entscheidenden Schritt getan haben.«

»Wie gesagt, ich bin offiziell nicht mehr zuständig, deshalb gibt es keinen Grund, weshalb Sie diese Informationen mit mir teilen sollten.«

»Himmelherrgott, nun tun Sie mal nicht so überkorrekt.« Fitzen verdrehte die Augen. »Sie haben mit uns an der Sache gearbeitet, und ich kenne Sie inzwischen gut genug, um zu wissen, entschuldigen Sie meine Wortwahl, dass Ihnen das alles nicht am Allerwertesten vorbeigeht. Dafür sind Sie zu sehr mit dem Herzen bei der Sache.«

Lilly Velasco lehnte sich vor. »Das Alibi von Olger Andres ist geplatzt. Er war also in der Tatnacht hier und hatte ein verdammt gutes Motiv, Laas Riewerts nach dem Leben zu trachten. Mette könnte ein Kollateralschaden sein.«

»Wie haben Sie das herausgefunden?«

»Pfarrer Christensen hat zugegeben, dass er gelogen hat.« Velasco sah zu Fitzen. »Tommy hat ihn zum Reden gebracht.«

»Nun ja, ich …«, begann Fitzen, schüttelte dann aber den Kopf. »Sie sind raus aus dem Fall, was soll die Charade also noch. Es war John, okay? John hat den Pfarrer der Lüge überführt. Er hatte ihn in der Tatnacht beobachtet.«

»Wobei beobachtet?«

»Das führt jetzt zu weit. Jedenfalls fand ich es schon immer falsch, John aufs Abstellgleis zu schieben, und nun hat er uns vielleicht zu einem wichtigen Durchbruch verholfen.«

»An seinen Qualitäten habe ich nie gezweifelt«, sagte Sanna, was der Wahrheit entsprach. »Mich geht das jetzt nichts mehr an, aber Sie sollten seine Beteiligung Bleicken und Gödecke besser nicht auf die Nase binden.«

»Keine Sorge«, sagte Lilly Velasco. »Jedenfalls möchten wir Olger Andres einbestellen. Es wäre gut, wenn Sie die entsprechenden Schritte als allerletzte Amtshandlung einleiten könnten.«

»Das kann ich tun …« Sanna verstummte aber, als Benthien die Wache betrat und zu Ihnen herüberkam.

»Da wäre etwas, was euch interessieren dürfte«, sagte er und lehnte sich an den Empfangstresen. »Diese Aussteigerin, von der immer wieder die Rede war und die Eef Riewerts vielleicht dazu veranlasst hat, lieber gleich unterzutauchen …«

»Hast du es bei der Redaktion versucht?«, fragte Tommy.

Benthien nickte.

»Könntet ihr mir erklären, was ihr da heimlich ausgeheckt habt?«, wollte Velasco wissen.

Benthien erzählte, wie er in einer Fernsehreportage auf eine anonyme Aussteigerin gestoßen war. »Die Redaktion will den Namen nicht rausrücken, aber sie haben durchblicken lassen, dass die Frau tatsächlich mit der Kirche des wahren Glaubens in Verbindung stand.«

»Gibt es eine Möglichkeit, sie zur Kooperation zu bewegen?«

»Die Redaktionsleiterin gibt sich hartleibig.«

Sanna räusperte sich. »Ich glaube, da könnte ich helfen. Vorausgesetzt, in dieser Runde ist die Einmischung einer nun Außenstehenden erwünscht.«

Lilly Velasco tauschte einen Blick mit ihren Kollegen und setzte ein Grinsen auf. »Ich denke, dagegen hätte hier niemand etwas einzuwenden.«

»Die Frau, von der Sie sprechen, ist auf dem Friedenshof bekannt. Meine Schwester hat mir ihren Namen genannt. Vibke Schwenning. Allerdings werden Sie die Dame unter diesem Namen nirgends finden.«

»Schwenning …« Tommy Fitzen runzelte die Stirn. »So hieß doch die Mutter der kleinen Mathilda.«

»Richtig«, bestätigte Sanna. »Dorothea Schwenning. Sie sitzt jetzt wegen Beihilfe zum Mord an ihrer Tochter für mindestens fünfzehn Jahre hinter Gittern.«

Fitzen wandte sich an Velasco und Benthien: »Der Fall, an dem wir zuletzt gemeinsam gearbeitet haben.«

»Der Name ihrer Schwester Vibke taucht irgendwo kurz in den Fallakten auf«, fuhr Sanna fort. »Jedenfalls habe ich Dorothea Schwenning vorhin in der JVA angerufen. Sie wollte eine Verkürzung ihrer Strafe, aber ich habe sie auf ein paar Hafterleichterungen für die entsprechenden Informationen runtergehandelt. Ihre Schwester Vibke hatte offenbar nach ihrem Austritt unter schweren Repressalien der Freikirche zu leiden. Details hat sie mir nicht verraten. Jedenfalls heiratete Vibke, nahm den Familiennamen ihres Mannes an und änderte ihren Vornamen. Valerie Tönning, wie sie heute heißt, lebt mit ihrer Familie in Lunden und arbeitet in der Strandbar 54 Grad Nord in St. Peter Ording.«

Lilly Velasco schmunzelte. »Ausgezeichnete Arbeit, Frau Staatsanwältin.«

»Ein Gespräch mit der Dame könnte aufschlussreich sein«, meinte Tommy Fitzen.

»Ja, allerdings haben wir wegen der Durchsuchung dafür erst mal keine Zeit«, wandte Velasco ein.

»Nun, ich hätte da vielleicht eine Idee.« Fitzen blickte zwischen Benthien und Sanna hin und her. »So, wie ich das sehe, wäre es vielleicht gar nicht so übel, wenn ihr beiden einen Ausflug machen würdet, für den Fall, dass Bleicken tatsächlich hier aufkreuzt. Die Frau Staatsanwältin hat ja jetzt ohnehin nichts zu tun, und John kann ein wenig Abwechslung gebrauchen. St. Peter Ording ist immer einen Besuch wert. Was meint ihr?«

Sanna lehnte sich zurück. Sie hatte bereits mit einem Fuß das brüchige Eis betreten. Den zweiten auch noch darauf zu setzen wäre nicht klug. Andererseits schätzte Fitzen sie richtig ein. »Wie der Kollege schon sagte«, sie schaute zu Benthien auf. »Ich bin wohl zu sehr mit dem Herzen bei der Sache.«

»Nun denn«, Benthien verzog einen Mundwinkel zu einem Lächeln. »Ich finde, es ist bestes Wetter für einen Strandspaziergang. Ich spendiere auch eine Pommes.«

Eine Viertelstunde später fuhren sie im Streifenwagen über die Landstraße in Richtung Westen. Im Autoradio spielte »The Partisan« von Leonard Cohen.

»Sagen Sie«, meinte Benthien, ohne den Blick von der Straße zu nehmen. »Ich hätte da eine Frage.«

»Nur zu.«

»Ihre Schwester. Wenn Sie auf dem Friedenshof von der Außenwelt abgeschirmt wird und man Sie nicht zu ihr vorlässt ... wie haben Sie es dann fertiggebracht, mit ihr zu sprechen?«

»Wir haben telefoniert.«

»Wie das? Mobiltelefone und Internet sind den gewöhnlichen Gemeindemitgliedern doch untersagt. Und sie wird kaum über ein öffentlich zugängliches Festnetz über diese Themen mit Ihnen gesprochen haben.«

»Ich weiß nicht, wie ich das sagen soll ...« Sanna sah zum Seitenfenster hinaus. Das hier konnte unangenehm werden. Die Wahrheit würde ihm gewiss nicht schmecken.

Das Klingeln von Benthiens Smartphone rettete sie.

Er ging ran.

Während er über die Freisprecheinrichtung zuhörte, was der Anrufer zu sagen hatte, wich die Farbe aus seinem Gesicht.

»In Ordnung, ich komme sofort«, sagte er und beendete das Gespräch.

Dann wendete er den Streifenwagen mitten auf der Landstraße und schaltete das Blaulicht ein.

46 John

Im Zimmer roch es nach den Tulpen, die Vivienne gestern seinem Vater mitgebracht und in eine Vase auf dem Nachttisch gestellt hatte. Das Sonnenlicht fiel schwach durch die heruntergelassenen Jalousien, und draußen vom Gang her waren gedämpft Schritte zu hören.

»Dieser zweite Infarkt war zum Glück deutlich schwächer als der erste«, sagte der Arzt und blickte auf Ben, der schlafend im Krankenbett lag. »Dennoch müssen wir das ernst nehmen.«

»Was genau bedeutet das?« John hasste es, wenn die Ärzte entweder in Fachkauderwelsch sprachen oder im Ungefähren blieben.

»Wir werden zur Sicherheit noch einige weitere Untersuchungen machen.«

Auf Deutsch heißt das wohl, wir haben auch keine Ahnung, dachte John. »Derzeit ist sein Zustand aber stabil?«

»Wie gesagt, es war ein leichter Infarkt. Er muss sich jetzt ausruhen. Auf jeden Fall wird er seine Lebensweise ändern müssen. Kein Alkohol, gesündere Ernährung, mehr Bewegung.«

»Natürlich.« Die Standardfloskel, an die sich die meisten Mediziner selbst nicht hielten. »Kann ich noch kurz hierbleiben?«

»Selbstverständlich. Aber lassen Sie ihn schlafen. Und sollte er aufwachen, vermeiden Sie jede Aufregung.«

Der Arzt reichte John die Hand, dann verließ er das Zimmer. Durch die offene Tür sah John Sanna Harmstorf auf dem Gang stehen. Er winkte ihr zu, dass sie hereinkommen sollte.

»Wie geht es ihm?«, fragte sie.

»Den Umständen entsprechend.«

»Das tut mir wirklich sehr leid.«

»Danke. Und ich entschuldige mich, dass ich Sie mitgeschleppt habe.«

»Das ist doch selbstverständlich in so einer Situation.«

»Setzen wir uns.« John deutete auf die beiden Besucherstühle neben dem Bett und sagte in gedämpfter Stimme: »Wir sollten leise sein.«

Ben lag auf dem Rücken, hatte die Augen geschlossen und die Hände auf den Bauch gelegt. Mit seinem braunen Teint und dem vollen Haar, das er neuerdings recht lang trug, hatte er immer einen vitalen Eindruck gemacht, und die Leute schätzten ihn gewöhnlich jünger ein, als er tatsächlich war. Jetzt sah man ihm das Alter zum ersten Mal an. Die Wangen waren eingefallen, und die Haut war so faltig und blass, dass die Altersflecken deutlich zutage traten.

John seufzte und berührte behutsam eine Hand seines Vaters.

»Sie stehen sich wirklich sehr nahe, oder?«, fragte Sanna Harmstorf.

»Das tun wir.« Die Frage war wohl eher rhetorischer Natur gewesen. Die Staatsanwältin wusste allzu gut, wie eng sie miteinander waren. In der Vergangenheit hatte sie zur Genüge kritisiert, dass John mit seinem Vater derart vertraut war, dass er über seine Fälle mit ihm sprach und es zuließ, dass er sich mit seiner Meinung in laufende Ermittlungen einmischte. Vermutlich hatte sie mit ihrer Bemerkung eine unangenehme Stille vermeiden wollen. Allerdings sah John keinen Grund, mit der Frau allzu persönlich zu werden. Wenn sie schon reden wollte, konnten sie auch über die wesentlichen Dinge sprechen.

In der Geschichte mit ihrer Schwester gab es eine kleine Unstimmigkeit, die sein Interesse geweckt hatte. Vorhin im Auto war ihm leider der Anruf dazwischengekommen.

»Noch einmal zurück zu Ihrer Schwester«, sagte er. »Kein Handy, kein Internet auf dem Friedenshof. Wie haben Sie Kontakt mit ihr aufgenommen?«

Sie zögerte, und er konnte sehen, wie sich ihre Kiefer anspannten. Mit einem Seitenblick auf Ben meinte sie: »Wollen Sie wirklich jetzt darüber reden?«

»Er schläft, und nach sentimentalem Gerede ist mir nicht zumute. Also können wir auch produktiv sein.«

»Wie Sie wollen. Es ist so …«, sagte sie. »Ich möchte Sie nicht anlügen, was das Telefonat mit meiner Schwester betrifft …«

»Dann tun Sie es auch nicht.«

»Meine Antwort wird Ihnen aber nicht gefallen.«

»Das lassen Sie mal meine Sorge sein.« Er hatte lauter gesprochen als beabsichtigt. Bens Hand zuckte kurz.

»Jemand hat mir geholfen, ein Prepaidhandy auf den Friedenshof zu schmuggeln.«

»Wer?«

Ihre Hände umfassten die Armlehnen des Stuhls. »Celine.«

John stutzte. Damit hatte er nicht gerechnet.

Sanna Harmstorf hatte recht. Die Antwort gefiel ihm nicht. Einerseits machte sie ihn ratlos, weil er die Zusammenhänge nicht verstand. Andererseits spürte er Wut in sich aufsteigen.

»Wann soll sie das getan haben?« war das Erste, was ihm einfiel.

»Gestern Nachmittag.«

»Das kann nicht sein. Sie war bis eins in der Schule und danach bis zum Abend bei einer Freundin. Sie haben für eine Klausur gelernt.«

»Tut mir leid, da hat sie Ihnen wohl etwas vorgeflunkert. Sie hatte für die Zeitung auf dem Friedenshof zu tun.«

»Aber davon hat sie mir nichts erzählt.«

Die Staatsanwältin hob die Schulter. »Sie ist eine erwachsene junge Frau. Ich vermute, sie sagt Ihnen so einiges nicht.«

Da hatte sie wohl einen wunden Punkt getroffen. Für ihn war Celine manchmal noch das kleine Mädchen von früher. Sie war so schnell groß geworden. »Sie gaben ihr also ein Handy mit, das sie Ihrer Schwester aushändigte.«

»So ist es.«

John lehnte sich vor und zischte: »Ist Ihnen eigentlich klar, in welche Gefahr Sie Celine da gebracht haben?«

»Ehrlich gesagt, die Gefahr war überschaubar, wenn sie denn überhaupt existierte. Celine hat ihr das Handy ja nicht direkt in die Hand gedrückt. Sie hat es auf dem Fenstersims in einer Ecke deponiert, wo Jaane es sich nehmen konnte. Celine konnte also behaupten, sie hätte es aus Versehen dort liegen lassen. Was hätten diese Leute also tun können? Im schlimmsten Fall hätten sie eine Reporterin wegen eines Handys des Hofes verwiesen. Na, das wären ja tolle Schlagzeilen für die Freikirche gewesen.«

John deutete mit ausgestrecktem Arm in die Himmelsrichtung, wo Friedrichstadt lag. »Ist Ihnen klar, mit was für Leuten wir es da zu tun haben? Sie haben doch selbst ausgegraben, dass dort Kinder misshandelt werden …«

»Das wusste ich zu dem Zeitpunkt noch nicht.«

»Außerdem sind drei Mitglieder der Freikirche ermordet worden, und wir können nicht ausschließen, dass der oder die Täter aus dem Kreis der Gemeinde stammen.«

Sanna Harmstorf hob mit einem Blick auf Ben die Hände in die Höhe. »Beruhigen Sie sich. Ihr Vater …«

»Selbst wenn das Ihrer Meinung nach völlig harmlos war – Ihnen ist nicht mal in den Sinn gekommen, mich einzubeziehen?«

»Wie gesagt, Celine ist erwachsen, und sie hat das freiwillig getan. Sie … wollte damit auch etwas wiedergutmachen.«

»Wiedergutmachen?« John spuckte das Wort förmlich aus. Was dachte diese Frau sich eigentlich. »Was soll das heißen?«

»Es war wohl ihre Art, sich dafür zu bedanken, dass ich in Ihrer Sache ein Auge zugedrückt habe.«

»Ach, so nennen Sie das? Ein Auge zugedrückt. Und nun vegetiere ich als Dorfsheriff vor mich hin.«

»Es hätte wohl bedeutend schlimmer kommen können.« Sanna Harmstorf hatte mit der Stimme der Staatsanwältin gesprochen. Ernst und klar.

John lehnte sich zurück und versuchte runterzukommen. Er durfte dieser Frau in seinem spontanen Zorn kein Unrecht tun. Hätte sie nicht diesen Ausweg für ihn gesucht, wäre er jetzt in der Tat schlimmer dran.

»Falls es Sie beruhigt«, sagte sie, »ich habe mir mit diesem Vorgehen selbst keinen Gefallen getan. Ich wusste zwar nicht, worauf das alles hinausläuft, als ich Celine um den Gefallen bat, aber letztendlich musste ich meine Befangenheit aufdecken, und das gereicht mir nun wirklich nicht zum Vorteil.«

»Wie lange wussten Sie schon, dass Ihre Schwester in die Freikirche eingetreten ist?«, fragte er, nun wieder gelassen.

»Seit Beginn der Ermittlungen. Ich hätte diesen Fall überhaupt nicht übernehmen dürfen oder ihn zumindest abgeben sollen, als sich herauskristallisierte, dass die Ermittlungen sich auch gegen die Freikirche richten.«

»Dann können Sie jetzt wohl nachempfinden, wie es ist, wenn sich Berufliches und Persönliches überschneiden.«

»Ich habe Ihnen nie einen Vorwurf gemacht, dass sich das bei Ihnen so entwickelt hat. Sie sind nicht der Erste, den eine unglückliche Liebe auf die falsche Fährte gelockt hat. Es war nur eben gegen die Regeln. In meinem Fall verhält es sich nicht anders. Ich hätte gerne auf diese Erfahrung verzichtet … zumal es nicht das erste Mal ist, dass sich bei mir Arbeit und Privates vermischen.«

»Was soll das heißen?«

»Mario Russo.« Sanna Harmstorf wandte den Blick ab und sah aus dem Fenster. »Kommissar der Münchner Kripo. Verheiratet, Frau, Kinder. Ich hatte eine Affäre mit ihm. Und dann habe ich ihn, weil ich mich unbedingt an die Regeln halten musste, in eine Situation geschickt, die er nicht überlebte.«

»Wir wissen alle, dass unser Beruf ein gewisses Risiko birgt.«

»In diesem Fall war es anders. Ich habe ihn auf dem Gewissen, weil ich ihn unter Druck setzte, sich überhaupt in diese Gefahr zu begeben. Er könnte noch leben.« Sie wandte den Blick wieder John zu. »Ich bin hergekommen, um das alles weit hinter mir zu lassen. Nun hat allerdings jemand im Präsidium davon Wind bekommen und streut Gerüchte. Sie können sich vorstellen, was das für mein Standing bedeutet. Dazu noch die Angelegenheit mit Jaane ... Mit etwas Glück werden Ihre Kollegen mich nicht mehr lange ertragen müssen.«

»Das tut mir leid für Sie«, sagte John. »Ich meine es ehrlich. Ich kenne die Details dieser alten Geschichte nicht, und Sie müssen sie mir auch nicht verraten. Aber in unserem Beruf sind wir immer wieder zu schwierigen Entscheidungen gezwungen, deren Ergebnisse wir selten absehen können. Am Ende ist es oft die Wahl zwischen Pest und Cholera. Mit Selbstvorwürfen wäre ich also vorsichtig. Und wenn wir unsere persönlichen Differenzen einmal beiseitelassen ... Ich habe schon mit vielen Staatsanwälten zusammengearbeitet. Keiner davon hatte Ihre Fähigkeiten.«

Ein Lächeln huschte über Sanna Harmstorfs Lippen. Die Sonne war durch die Wolken gebrochen, schien durch die Lamellen und ließ ihr langes weißes Haar glänzen. »Vielen Dank für die Blumen, Herr Kommissar. Das gebe ich gerne zurück. Wenn ich mich recht entsinne, habe ich Ihnen das schon gesagt, aber mir wäre es auch lieber, die Dinge hätten sich anders entwickelt. Sie sind immer noch einer der besten Ermittler, die mir je begegnet sind.«

Schweigend tauschten sie einen langen Blick aus. Der schließlich von einem Räuspern gestört wurde.

»So, dann seid ihr euch also doch einig.«

John wandte den Blick zu seinem Vater.

Ben lag noch immer mit den Händen auf dem Bauch da. Allerdings hatte er nun die Augen aufgeschlagen und sah sie beide an.

»Vater … wie fühlst du dich?« Er rückte näher an ihn heran.

»So, als hätte mich dieser Lkw ein zweites Mal überfahren. Diesmal aber nur mit einem Rad.« Er hob die Hand und versuchte, den Becher mit Wasser zu fassen zu bekommen, der auf dem Nachttisch stand, schaffte es aber nicht. Sanna Harmstorf kam ihm zu Hilfe. »Vielen Dank, junge Frau.«

»Die Ärzte sagen …«

Ben winkte ab und trank einen Schluck. »Jaja, ich weiß. Gesündere Ernährung, Bewegung und so weiter. Damit schwafeln die mich den ganzen Tag voll. Mein Motor hat nun mal ein paar Kilometer runter. Da fängt er irgendwann an zu stottern. So ist das nun mal.«

»Du hattest einen zweiten Herzinfarkt. Also wirst du dich schon ein wenig danach richten müssen.«

»Das lass mal meine Sorge sein.« Er stellte den Becher zurück auf den Nachttisch, was ihm diesmal gelang. »Siehst du, klappt doch schon wieder. So, und nun zu euch. Wie mir scheint, läuft das alles nicht so, wie ihr euch das denkt.«

John legte den Kopf zur Seite. »Sag mal, wie lange bist du eigentlich schon wach?«

»Ein Weilchen. Ich muss sagen, eure Unterhaltung war das Spannendste, was ich bislang hier erlebt habe.« Er hob den Kopf und sah Sanna Harmstorf an. »Sie sind die Frau Staatsanwältin? Mein Sohn hat mir schon viel von Ihnen erzählt.«

»Ich weiß ja nicht, was er gesagt hat, aber richtig, ich bin die Staatsanwältin. Sanna Harmstorf.«

»Hocherfreut, Sie kennenzulernen.« Er nickte ihr zu und meinte dann zu John: »Du solltest wirklich dankbarer sein, dass die junge Dame dir damals nicht den Hintern versohlt hat. Also zeig dich ein wenig erkenntlich.«

»Meinst du? Und wie stellst du dir das vor?«, fragte John.

»Ganz einfach. Wie mir scheint, habt ihr beide ein Problem, bei dem ihr euch gegenseitig helfen könnt. Das Leben ist zu kurz, um sich ständig zu streiten, das glaubt mir mal.« Ben stemmte sich auf beide Unterarme und richtete sich im Bett auf. »Ich glaube, wir können etwas für die Frau Staatsanwältin tun, und sie … könnte im Gegenzug ja vielleicht etwas für dich tun und ein gutes Wort für dich in Flensburg einlegen.« Er warf der Staatsanwältin ein Augenzwinkern zu. »Er wünscht sich nämlich nichts sehnlicher, als wieder an seine alte Arbeitsstelle zurückzukehren.«

John spürte, wie seine Backen zu glühen begannen. Er kam sich vor wie ein Schuljunge, dessen Vater gerade seiner Freundin die intimsten Geheimnisse verriet.

Er blickte zu Sanna Harmstorf. Es gab keine Frage, wie sie üblicherweise auf ein solches Ansinnen reagiert hätte. Doch zu Johns Überraschung zog sie ein heiteres Gesicht und meinte: »Ehrlich gesagt, ich habe nicht mehr viel zu verlieren. Warum nicht.«

»Du hast doch irgendwas im Sinn, Vater«, sagte John. »Also raus damit.«

»Was diese Gerüchte im Präsidium betrifft.« Ben winkte ihn zu sich heran. »Wir haben doch eine gute alte Freundin, die zwar auf dem Abstellgleis steht, aber immer noch beste Kontakte dorthin unterhält.«

47 Lilly

Olger Andres kam der Aufforderung, sich bei der Kripo auf der Wache in Friedrichstadt zu melden, schneller nach, als Lilly es erwartet hatte. Und er erschien nicht allein.

Ein Mann in dunkelblauem Zweireiher stieg hinter ihm auf der Fahrerseite aus dem Mercedes, mit dem sie vorgefahren waren. Vermutlich sein Anwalt.

Lilly stand auf und ging zum Empfangstresen hinüber. Sie war gerade mit Tommy dabei gewesen, ihre bisherigen Erkenntnisse in beiden Fällen noch einmal durchzusehen. Bislang, ohne dass sie dabei auf einen neuen Ansatz gestoßen wären.

Der Mann im Zweireiher betrat die Wache als Erster und hielt sich nicht mit Höflichkeiten auf. »Vincent Doyer. Ich bin der Rechtsbeistand von Herrn Andres. Ich würde Sie bitten, mir Ihr ungewöhnliches Vorgehen zu erklären.«

»Da gibt es nicht viel zu erklären. Es ist genau so, wie ich es Herrn Andres gesagt habe.« Lilly hob die Schultern. Sie hatte Olger Andres angerufen und ihm mitgeteilt, dass eine Vorladung zu ihm auf dem Weg sei, mit der Bitte, sich nach Möglichkeit noch vor deren Eintreffen gleich heute auf der Wache zu melden, da die Angelegenheit pressiere. »Ihr Mandant und Sie können die Vorladung gerne einsehen. Es hat alles seine Ordnung.«

Doyer streckte die Hand aus. »Her damit.«

Lilly reichte ihm das Dokument. Der Anwalt studierte es und nickte anschließend Olger Andres zu, der die Wache hinter ihm betreten hatte. »In Ordnung. Ich bitte Sie, es als äußerste Kooperationsbereitschaft meines Mandanten zu betrachten, dass er diesem Vorgehen zustimmt und sich umgehend zur Verfügung stellt.«

»Wir wissen es zu schätzen.« Lilly deutete auf den freien Schreibtisch, vor dem zwei Besucherstühle standen. »Nehmen Sie doch bitte Platz. Es ist ein wenig spartanisch hier. Einen Kaffee könnte ich Ihnen aber anbieten.«

»Nein, danke. Kommen wir doch gleich zur Sache.«

Sie setzten sich.

»Verzeihen Sie, wenn ich ein wenig improvisieren muss«, sagte Lilly und legte ihr Smartphone auf den Tisch, um das Gespräch aufzuzeichnen. »Aber das erspart uns allen die Fahrt nach Flensburg.«

Tommy blieb an dem anderen Schreibtisch sitzen und sah weiter die digitale Fallakte durch. Sie hatten sich darauf verständigt, dass sie die Befragung alleine durchführen würde.

»Herr Andres«, begann sie, nachdem sie die Namen der Anwesenden, Datum und Uhrzeit eingesprochen hatte, »Sie hatten uns gegenüber angegeben, dass Sie an dem Abend, als Laas und Mette Riewerts ermordet wurden, hier in Friedrichstadt Pfarrer Christensen besuchten. Ist das korrekt?«

Andres blickte verunsichert zu seinem Anwalt, nickte dann aber.

»Ich brauche ein Ja oder Nein für die Aufnahme«, forderte Lilly.

»Ja, das habe ich so gesagt.«

»Uns liegen mittlerweile Informationen vor, dass dies nicht der Wahrheit entsprechen kann. Herr Christensen hat seine Aussage, wonach er den Abend mit Ihnen verbrachte, glaubhaft widerrufen. Was haben Sie dazu zu sagen?«

Wieder sah Andres seinen Anwalt an, der erklärte: »Sie können die Aussage verweigern, wenn Sie sich damit selbst belasten.«

Andres überlegte kurz, schüttelte dann den Kopf. »Ich will mich nicht weiter in Schwierigkeiten bringen, schließlich habe ich nichts zu verbergen. Ich gebe zu, dass ich in diesem Punkt nicht die Wahrheit gesagt habe.«

»Sie waren an dem betreffenden Abend also nicht bei Pfarrer Andres?«

»So ist es.«

»Aber Sie hielten sich in Friedrichstadt auf?«

»Ja. Das Verschwinden meiner Tochter Eef jährte sich zum zehnten Mal. Mir ist zu Hause die Decke auf den Kopf gefallen. Also stieg ich ins Auto, fuhr in der Gegend herum und landete hier im Ort.«

»Warum kamen Sie her?«

»Das kann ich nicht erklären. Vielleicht, weil ich mich ihr in dem Ort, in dem sie zuletzt gelebt hat, irgendwie nahe fühle.«

»Mein hiesiger Kollege, Herr Benthien, sah, wie Sie mit Ihrem Wagen an der Gracht gegenüber dem Haus der Riewerts' parkten, was Sie bereits zugegeben haben. Das ist weiterhin korrekt?«

»Ja.«

»Was taten Sie dort?«

Andres blickte zu seinem Anwalt und fragte: »Dürfen wir uns kurz austauschen?«

»Natürlich«, sagte Lilly und stoppte die Aufnahme. Sie ging in die Teeküche und holte sich einen Kaffee, während die beiden miteinander sprachen.

»... dann sollten Sie das auch genau so zu Protokoll geben«, riet der Anwalt seinem Mandanten, als sie wieder Platz nahm.

»Machen wir weiter?«, fragte Lilly.

Andres nickte.

Sie startete die Aufnahme erneut. »Also, was taten Sie an dem Abend bei den Riewerts?«

Der Anwalt hob den Zeigefinger. »Netter Versuch. Aber mein

Mandant war nicht bei den Riewerts zu Hause. Wie Sie selbst festgestellt haben, parkte er lediglich mit einigem Abstand zu dem Haus auf der anderen Seite eines Gewässers.«

»Richtig. Also?«, fragte Lilly.

»Das ist der Grund, weshalb ich Pfarrer Christensen um ein Alibi gebeten habe«, sagte Olger Andres. »Ich parkte an der Stelle, weil ich einen Blick auf den Mann haben wollte, den ich für das Verschwinden meiner Tochter verantwortlich machte. Ich habe Ihnen ja bereits ganz offen gesagt, dass ich schon immer diese Vermutung hegte. Jedenfalls habe ich dort lediglich eine Weile im Wagen gesessen und bin dann wieder nach Hause gefahren. Mir war allerdings klar, wie das für Sie aussehen muss. Ich wollte nicht in Verdacht und in irgendwelche Scherereien geraten. Pfarrer Christensen bot mir aus alter Verbundenheit seine Hilfe an. Er konnte meine Gefühle nachempfinden.«

»Das möchte ich Ihnen gerne glauben«, sagte Lilly. »Allerdings wurden just an diesem Abend Laas Riewerts, den Sie für den Verlust Ihrer Tochter verantwortlich machten, und seine Frau ermordet. Sie befanden sich in direkter Nähe des Tatorts. Sie verstehen also, dass wir nicht ausschließen können, dass Sie diese günstige Gelegenheit ergriffen haben.«

Andres hob beide Hände. »Wie gesagt, ich bin mir bewusst, wie das aussieht, deshalb habe ich ja auch …«

Vincent Doyer schaltete sich ein. »Liegen Ihnen Beweise vor, dass mein Mandant tatsächlich im Haus der Riewerts' war?«

»Nein …«

»Gibt es Beweise, dass er den Tod dieser Menschen herbeigeführt hat?«

»Nein.«

»Also dann.« Der Anwalt erhob sich und zog sein Jackett zurecht. »Obwohl er das nicht müsste, hat mein Mandant sehr offen und ehrlich in dieser Sache ausgesagt. Seine vorigen Angaben gegenüber der Polizei fanden nicht unter Eid statt, daher hat er sich nicht strafbar gemacht, als er nur einen Teil der Wahrheit präsentierte. Zudem liegt nichts gegen ihn vor, weshalb Sie ihn festhalten könnten.«

Da hatte der Mann recht. Man konnte gegenüber der Polizei lügen und damit davonkommen. Eine Falschaussage konnte man nur unter Eid oder vor Gericht machen, und die Polizei war zu einer eidlichen Vernehmung nicht befugt.

Lilly schaltete die Aufnahme aus.

»Dann sind wir hier fertig«, sagte der Anwalt.

Olger Andres erhob sich. Mit einem knappen »Auf Wiedersehen« verabschiedeten sich die beiden und gingen zur Tür hinaus.

Tommy sah Lilly über den Rand des Laptops hinweg an. »Das lief jetzt ungefähr so, wie ich es erwartet hatte.«

»Ja«, gab Lilly zu, die sich ebenfalls keine Illusionen über den Ausgang des Gesprächs gemacht hatte. Sie nippte an ihrem Kaffee. »Dennoch war es interessant.«

»Inwiefern?«

»Erstens hätte Olger Andres das alles schon früher zugeben können, wenn er wirklich so eine ehrliche Haut wäre, wie er behauptet. Stattdessen hat er sich ein falsches Alibi besorgt.«

»Vielleicht hatte er wirklich Angst, er könnte Probleme bekommen. Du weißt, dass Leute in solchen Situationen nicht immer rational und zu ihrem Besten handeln.«

»Möglich. Oder er hat das Alibi erfunden, weil er tatsächlich etwas zu verbergen hat und fürchtet, dass wir ihm auf die Schliche kommen.« Lilly beobachtete durch das Fenster, wie die beiden Männer draußen in die Mercedes-Limousine stiegen und davonfuhren. »Zweitens ist er meinem eigentümlichen Ansinnen nachgekommen, hier stante pede aufzutauchen, noch bevor die Vorladung ihn erreicht hat.«

»Und was schließt du daraus?«

»Entweder er wollte die Sache wirklich schnell aus der Welt haben. Oder er kam, weil er es vor Neugierde nicht aushalten konnte. Er wollte wissen, ob wir tatsächlich etwas gegen ihn in der Hand haben.«

»Tja.« Tommy massierte sich die Schläfe. »Wir stochern weiter im Nebel herum.«

»Ja. Vielleicht bringt die Durchsuchung auf dem Friedenshof etwas Neues.« Sie deutete mit einem Nicken nach draußen.

Auf dem Marktplatz vor der Wache waren Streifenwagen vorgefahren. Vermutlich die Husumer Kollegen, die ihnen bei der Aktion Unterstützung leisten würden. Oberstaatsanwalt Bleicken hatte sich inzwischen ebenfalls telefonisch angekündigt.

Ihr gefiel nicht, wie sich dieser Fall entwickelte, und der Fauxpas der Staatsanwältin machte es nicht besser.

»Ich bin hier noch auf etwas Eigentümliches gestoßen«, sagte Tommy und deutete auf den Laptop.

»Was denn?«

»Pfarrer Christensen. Er war sowohl an dem Abend, als Eef verschwand und mutmaßlich getötet wurde, als auch an dem Abend, als Laas und Mette ermordet wurden, vor Ort. In der Fallakte steht eine Aussage von ihm protokolliert, wonach er Eef Riewerts am betreffenden Abend aufsuchen wollte, um mit ihr zu sprechen. Angeblich, weil sie in geistlichen Fragen Kontakt mit ihm aufgenommen hatte. Heute wissen wir mehr. Er wusste von ihren Plänen, vielleicht wollte er sehen, ob es ihr gut ging. Jedenfalls klingelte er bei den Riewerts. Abbe Boysen machte auf und wimmelte ihn ab. Eef sei nicht da, sagte er. Laas, Keke und er sähen gerade Fußball.«

»Verdammt«, meinte Lilly, »den Aspekt haben wir völlig vergessen.«

»Richtig«, pflichtete Tommy ihr bei.

»Warum öffnete Laas Riewerts ihm als Hausherr nicht selbst die Tür?«

»Das fragt man sich. Klar, vielleicht gab es einen profanen Grund, er war gerade auf Toilette oder so was. Aber da ist noch etwas … Du erinnerst dich an Quentin Storm und was er über den Abend erzählt hat?«

Lilly überlegte kurz. »Er wartete auf Eef, und als sie nicht auftauchte, suchte er nach ihr, ging durch die Gassen von Friedrichstadt und kam zum Haus der Riewerts', wo … kein Licht brannte.«

»Bingo.« Tommy formte Daumen und Zeigefinger zu einer Pistole und zielte auf sie. »Der Herr Pfarrer stört drei rechtschaffene Herren beim Fußballgucken. Nur wenig später scheint das Haus verlassen. Kein Licht, kein Fernseher, kein Fußball, nada. Wie passt das zusammen?«

48 John

John steuerte den Streifenwagen über den weichen Sand des Strandparkplatzes von St. Peter Ording. Es war kurz nach Mittag, und die Autos standen um diese Zeit bereits dicht an dicht auf der weiten Sandfläche. Er fand schließlich eine Lücke in einer der hinteren Reihen.

»Danke noch mal, dass Sie mir helfen«, sagte Sanna Harmstorf, als sie ausstiegen. »Wenn ich wieder in Flensburg bin, werde ich sehen, was ich für Sie tun kann.«

»Ehrlich gesagt ...« John schloss den Wagen ab und schob den Schlüssel in die Hosentasche. »Sie haben sich für mich doch schon weit aus dem Fenster gelehnt, indem Sie mir einen Ausweg angeboten haben. Andernfalls wäre ich sehr wahrscheinlich suspendiert worden. Sagen wir also einfach, wir sind quitt.«

»Wissen Sie, ich habe das damals nicht ganz freiwillig getan. Lilly Velasco ...«

»Das weiß ich. Sie hatte die Geschichte von Mario Russo ausgegraben und nutzte sie als Druckmittel.« Er setzte sich in Bewegung. »Allerdings wird sie die Information nicht im Präsidium verbreitet haben, dazu hatte sie keinen Grund. Das muss von jemand anderem kommen.«

»Ja, davon gehe ich ebenfalls aus.«

Sie gingen an einem Spielplatz vorbei und auf den breiten Strand zu, wo die Wellen schäumend an Land rauschten. Obwohl die Sonne vom Himmel stach, wehte ein kräftiger, warmer Wind aus West. Die Urlauber hatten Strandmuscheln und Sonnenschirme aufgespannt, lagen im Sand oder saßen mit einem Buch in Campingstühlen. Eltern spielten mit ihren Kindern Strandtennis und Frisbee. Etwas weiter zurückgesetzt standen mehrere Reihen weißer Strandkörbe, die allesamt belegt waren. Ein paar Wagemutige trauten sich in die Wellen, was die Mitarbeiter der DLRG von ihrer Station aus mit Ferngläsern überwachten.

Die Strandbar 54 Grad Nord befand sich auf einem Pfahlbau am Ende eines langen Stegs, der weit ins Wasser hineinreichte. Die Möwen kreisten am Himmel darüber, vermutlich, weil sich auf halbem Weg ein etwas weniger nobler Imbissstand mit Pommes frites befand, wo immer etwas für sie abfiel.

Es ließ sich nicht vermeiden, dass John in seiner Uniform die Blicke auf sich zog, als sie die Strandbar betraten. Die Gäste saßen auf der Terrasse hinter Plexiglasscheiben vor dem Wind geschützt. Die Luft war salzig und die Aussicht hier mitten auf dem Wasser atemberaubend.

Sie stellten sich dem Restaurantmanager vor, einem hageren Mittdreißiger mit gepflegtem Dreitagebart, und erkundigten sich nach Valerie Tönning, nicht ohne ihm die Natur ihres Anliegens zu verdeutlichen, damit ihr Besuch für die Frau keine negativen Konsequenzen haben würde.

»Ich werde sehen, was sich machen lässt«, sagte der Mann. »Die Mittagszeit ist etwas ungünstig, da brauchen wir hier jeden.«

Er verschwand durch eine Tür nach hinten in die Küche.

Kurz darauf kam eine untersetzte Frau in Kochmontur und Haarnetz zu ihnen heraus.

»Valerie Tönning?«, fragte Sanna Harmstorf.

»Ja, worum geht es denn? Es ist doch hoffentlich nichts mit meinen Kindern oder meinem Mann?«

»Nein«, sagte John, »da können wir Sie beruhigen. Wir kommen in einer ganz anderen Angelegenheit. Es geht um eine Freikirche in Friedrichstadt.«

Die beiden Stichworte genügten. Die Miene der Frau verfinsterte sich, und sie blickte sich um. »Ich wüsste nicht, wie ich Ihnen da weiterhelfen könnte.«

»Wir sind über Ihre Lebensumstände und Ihre Geschichte informiert«, erklärte die Staatsanwältin. »Ich habe mit Ihrer Schwester gesprochen, und ich versichere Ihnen, dass wir diese Informationen absolut vertraulich behandeln werden.«

»Meine Schwester ...« Die Frau schüttelte den Kopf, und Tränen traten in ihre Augen. »Ich will nie wieder etwas von ihr hören. Was sie getan hat ... Mein Leben war auch so schon schlimm genug.«

»Frau Tönning«, sagte John, »wir könnten Ihre Hilfe in einem aktuellen Fall gebrauchen. Ich darf Ihnen keine Details verraten, doch wir haben es mit einem Verbrechen zu tun, das der Tat Ihrer Schwester in nichts nachsteht.«

»Wie sind Sie überhaupt auf mich gekommen?«

Sanna Harmstorf setzte zu einer Erklärung an, doch John sagte rasch: »Die Fernsehreportage.«

»Ich wusste, dass ich mich besser nicht darauf eingelassen hätte. Mit meiner Vergangenheit wollte ich nie wieder etwas zu tun haben.«

»Bitte.« Sanna Harmstorf setzte ein Lächeln auf. »Es sind Menschen ums Leben gekommen, die sich wie Sie mit der Absicht trugen, aus der Freikirche auszutreten. Sie könnten zur Lösung des Falls beitragen.«

»Damit ich mich dann wieder mit der Freikirche herumschlagen kann?« Valerie Tönning schüttelte den Kopf. »Nein, danke. Ich mag mein neues Leben.«

»Ich verstehe absolut, dass Sie sich Sorgen machen«, sagte Sanna Harmstorf. »Allerdings geht es hier nicht um Sie und auch nicht um die Mordopfer allein. Wir müssen an die Frauen denken, die der Freikirche ins Netz gegangen sind und ein ähnliches Schicksal wie Sie oder Eef Riewerts erleiden könnten.«

Valerie Tönning presste die Lippen aufeinander, ihr Blick wurde nachdenklich. »Natürlich, so hatte ich das auch nicht gemeint. Mir ist schon klar, dass sich auf dem Friedenshof nicht viel geändert hat …«

»Wir haben es gemeinsam in der Hand, Schaden von diesen Menschen abzuwenden«, versuchte Sanna Harmstorf es weiter. »Und was Ihre Ängste betrifft, sind Sie nicht allein. Wir können Sie schützen.«

»Sie meinen wie in diesen Mafiafilmen, wo die Zeugen dann am Ende doch immer mit einem Betonklotz am Bein im Fluss landen?«

»Das hier ist kein Film«, schaltete John sich ein, »und die Boysens sind nicht die Mafia. Und selbst wenn, wir sind erfahren in solchen Dingen. Ich kann Ihnen versichern, dass Ihnen und Ihrer Familie nichts zustoßen wird.«

»Ich weiß nicht …« Valerie Tönning seufzte. »Aber Sie haben schon einen Punkt. Wenn ich helfen kann, dass es anderen Frauen nicht so ergeht wie mir …« Sie sah sich rasch um und meinte dann: »Also gut. Die Mittagessen sind fast alle durch, ich schätze also, die kommen hier einen Moment ohne mich klar.«

»Danke.«

»Aber wir sollten nicht hier reden. Gehen wir an den Strand.«

»Einverstanden.«

Die Frau zog das Haarnetz und das Oberteil ihrer Arbeitskluft aus. Dann gingen sie nach draußen und über den Steg Richtung Wasser. Sie liefen ein Stück in südliche Richtung, auf den Kitebuggy-Abschnitt zu, wo sich der Strand allmählich ein wenig leerte.

»In dem Bericht sprachen Sie von Repressalien, die Sie nach Ihrem Austritt erleiden mussten«, sagte John.

»Ja, das stimmt. Ein Schaf, das aus der Herde ausbricht, ist ein Problem, es könnte Nachahmer finden. Man gab sich große Mühe, mir das Leben zur Hölle zu machen. Drohbriefe, anonyme Anrufe, Morddrohungen per Mail, ein gehacktes Facebookprofil … ganz zu schweigen von den Lügen, die sie über mich unter den Mitgliedern ihrer Kirche verbreiteten.« Valerie Tönning blieb stehen und blickte auf das Meer hinaus. »Natürlich war alles so organisiert, dass man denen nichts nachweisen konnte. Aber ich habe mich nicht unterkriegen lassen.«

»Dachten Sie daran, wegzuziehen?«, fragte Sanna Harmstorf.

»Eine Zeit lang. Doch ich wollte meine Heimat nicht verlassen. Dann lernte ich meinen Mann kennen, nahm seinen Namen an. Ab da wurde es besser.«

»Es tut uns wirklich leid, dass wir alte Erinnerungen wachrufen müssen«, sagte John. »Kannten Sie eine Eef Riewerts?«

»Andres, sie hieß damals noch Andres. Eef war noch nicht lange da. Ein richtiger Sonnenschein. Im Nachhinein betrachtet ein Jammer, dass jemand wie sie einem solchen Verein in die Finger fiel. Ich habe sie nur kurz kennengelernt. Bald darauf bin ich weg. Soweit ich weiß, hat sie einige Jahre später ebenfalls Reißaus genommen. Ich habe in der Zeitung darüber gelesen. Eef verschwand spurlos. Vermutlich hat sie es cleverer angestellt als ich, sodass diese Typen sie gar nicht mehr finden konnten.«

»Eef ist tot«, sagte John. »Wir haben ihre sterblichen Überreste hinter dem Haus entdeckt, das sie mit Laas Riewerts bewohnte.«

Valerie Tönning schlug sich die Hand vor den Mund. »Oh, mein Gott. Wie furchtbar.«

»Wir tappen noch im Dunkeln, was ihr widerfahren ist. Allerdings wissen wir, dass sie tatsächlich ebenfalls aus der Freikirche aussteigen wollte. Außerdem erwartete sie ein Kind.«

Tönning sah kurz John und die Staatsanwältin an. Sie biss sich auf die Lippen, schob die Hände in die Hosentaschen und blickte wieder auf das Meer hinaus.

»Furchtbar«, wiederholte sie. »War es das Kind von Laas?«

»Das wissen wir nicht«, sagte John. »Welchen Eindruck hatten Sie damals von Laas Riewerts, was war er für ein Mensch?«

»Er war einer von den Guten in diesem Verein. Aufrecht, ehrlich, und er glaubte wirklich aus tiefstem Herzen an Gott. Falls Sie spekulieren, ob er Eef etwas angetan haben könnte, sollten Sie das schleunigst vergessen. Die waren wirklich über beide Ohren ineinander verliebt. Sie wünschten sich Kinder, also ... warum sollte er das getan haben.«

Sie gingen ein Stück weiter, vorbei an einem Vater, der mit seiner Tochter einen Drachen steigen ließ.

»Mich würde der Grund für Ihren Austritt interessieren«, sagte Sanna Harmstorf.

»Das war ein sehr persönlicher.«

»Dennoch. Es könnte von Belang sein.«

»Ja, das könnte es wirklich.«

»Wie meinen Sie das?«, fragte John.

Valerie Tönning blieb stehen. »Ich wurde vergewaltigt.«

»Das tut mir sehr leid.« John warf der Staatsanwältin einen Blick zu, als Zeichen, dass sie von nun an wohl besser das Gespräch lenken sollte.

»Wir verstehen, dass es Ihnen schwerfallen muss, darüber zu sprechen, also entschuldigen Sie, wenn ich ...«, sagte sie, aber Tönning hob eine Hand.

»Schon gut. Vielleicht wäre manches nicht geschehen, wenn ich früher darüber gesprochen hätte. Aber das waren damals andere Zeiten. Da gab es noch kein MeToo und solche Sachen. Am Ende hätte sein Wort gegen meines gestanden.«

»Von wem reden Sie?«

»Abbe Boysen.«

»Abbe?« John konnte seine Überraschung nicht verbergen.

»Es war ein lauer Sommerabend«, erzählte Tönning. »Abbe war ein charmanter, gut aussehender Kerl. Er lockte mich hinter der Scheune an den Fluss. Es war schon dunkel. Wir sahen uns die Sterne an. Abbe hatte Kokain dabei. Ich lehnte ab, aber er bestand darauf. Damals war ich jung und naiv, außerdem flößte mir seine Position in der Freikirche Furcht ein. Wir schnupften das Zeug. Und dann fiel er über mich her.«

Sie schwiegen einen Moment, bis Sanna Harmstorf fragte: »Wissen Sie, ob er das auch mit anderen getan hat?«

John konnte nachvollziehen, worauf sie hinauswollte, die Parallelen zu dem, was Eef Riewerts in ihrem geheimen Tagebuch beschrieb, waren frappierend.

»Ich weiß zumindest von einer anderen Frau. Irgendwie muss sie mir das in den Tagen danach angemerkt haben. Abbe hatte vor Jahren mit ihr dasselbe getan. Inzwischen war sie verheiratet. Sie hatte geschwiegen und mahnte mich, dasselbe zu tun. Vermutlich wäre das besser gewesen.«

»Das bedeutet, sie sprachen mit jemandem darüber?«

»Ich konnte und wollte das nicht für mich behalten. Was er getan hatte, war unrecht, auch vor Gott. Er hatte mir wehgetan. Also wandte ich mich an Nele Flohr. Ich beichtete.«

»Wie reagierte sie darauf?«

»Anders, als ich es mir gewünscht hätte.« Valerie Tönning schüttelte den Kopf. »Sie sah die Schuld bei mir, weil ich Abbe durch falsche Signale auf den Gedanken gebracht hätte. Sie erklärte mir, dass ich eine schwere Sünde begangen hätte, die nun auf meiner Seele lastete. Wissen Sie, in der Kirche des wahren Glaubens gilt eine Frau schon dann als Hure, wenn sie in ihrem Leben mit zwei Männern geschlafen hat. Nele erklärte mir, dass meine Seele nur durch Züchtigung wieder gereinigt werden könnte. Das war dann der Punkt, an dem ich Reißaus genommen habe.«

»Diese Züchtigungen«, schaltete sich John ein, »die waren an der Tagesordnung?«

»Was Frauen betrifft, nein. Allerdings weiß ich, dass in Familien die Kinder gezüchtigt wurden.«

»Das haben Sie selbst gesehen?«

»Zwei- oder dreimal, ja. Aber das war auch so etwas, was in der Gemeinde als völlig normal angesehen wurde.«

»Warum sprachen Sie später mit niemandem darüber?«

Valerie Tönning bedachte John mit einem missbilligenden Blick. »Sie haben mir vorhin nicht zugehört, was? Die haben mir das Leben zur Hölle gemacht, weil sie Angst hatten, dass etwas an die Öffentlichkeit dringen könnte. Und ich wollte nur noch, dass es aufhört. Ich wollte das alles vergessen und wieder ein normales Leben haben.«

»Das ist nachvollziehbar«, sagte Sanna Harmstorf. »Wie denken Sie heute darüber? Würden Sie dazu vor Gericht aussagen? Uns sind weitere Fälle von Züchtigungen an Kindern bekannt geworden, und unsere Kollegen führen heute deshalb auf dem Friedenshof eine Durchsuchung durch. Es gibt eine weitere Zeugin, und Ihre Aussage könnte diesen Kindern viel Leid ersparen.«

»Ich weiß nicht …« Tönning überlegte einen Moment. Schließlich nickte sie. »Es wäre besser gewesen, wenn ich das damals schon gemeldet hätte. Vielleicht ist es wirklich an der Zeit, damit aufzuräumen.«

»Vielen Dank.«

»Noch einmal zurück zu dem, was Abbe Boysen Ihnen antat«, sagte John. »Glauben Sie, dass Eef Riewerts ein ähnliches Schicksal widerfahren sein könnte?«

»Das kann ich nicht sagen. Ausschließen würde ich das aber nicht.« Tönning sah sie beide wechselseitig an und schien ihre nächsten Worte abzuwägen. »Ich meine … Eef kam schnell mit Laas zusammen und heiratete ihn. Aber ich weiß, dass Abbe immer ein Auge auf sie geworfen hatte.«

49 Lilly

Das Gesicht des alten Mannes, der vor ihr in dem schmalen Holzbett lag, war beinahe so weiß wie das Betttuch, das seinen von Krankheit ausgemergelten Körper bedeckte. Ein Leichentuch, dachte Lilly bei sich, denn der Mann hatte nicht mehr lange zu leben. Seine Augen waren geschlossen, sein Atem ging flach, unterbrochen von unregelmäßigen Aussetzern. Haaie Boysen, der Gründer der Kirche des wahren Glaubens, litt an einem malignen Melanom, das sich in einer Nebenhöhle gebildet und mittlerweile ins Gehirn ausgebreitet hatte. Eine Frage von Wochen, womöglich eher Tagen, hatte die Ärztin gemeint, die sie umgehend verständigt hatten, als sie bei der Durchsuchung des Friedenshofs im Obergeschoss des Haupthauses auf das Krankenzimmer des Alten gestoßen waren. Ohne Frage gehörte er in ein Krankenhaus, am besten sogar auf eine Palliativstation, wo man sich entsprechend um ihn kümmern könnte. Doch Abbe Boysen hatte es offenbar vorgezogen, seinen Vater in Gottes Hände zu geben, wie er es ausgedrückt hatte. Lediglich eine Krankenpflegerin wachte am Bett des alten Mannes, wobei es sich bei ihr nicht um eine ausgebildete Kraft handelte, wie eine erste Überprüfung ihrer Person ergeben hatte. Immerhin hatte sie ihrem Patienten starke Schmerzmittel verabreicht, was sein Leiden gelindert haben dürfte.

Lilly verabschiedete sich mit einem stillen Nicken von der Ärztin. Ein Krankenwagen war auf dem Weg und würde Haaie Boysen in das Klinikum nach Heide bringen.

Draußen vor der Tür empfing sie ein warmer Wind, der den Geruch nach Krankheit und Tod, der in dem Zimmer gehangen hatte, aus ihrer Nase vertrieb.

Sie trat auf den Balkon, von wo aus sie auf den Hof blicken konnte. Mehrere Einsatzwagen standen dort. Zwei Streifenbeamte kümmerten sich um Jaane Harmstorf. Lilly hatte sie angewiesen, die Schwester der Staatsanwältin, die eine wichtige Zeugin darstellte, umgehend von den übrigen Mitgliedern der Freikirche zu separieren. Sie würde sich später mit ihr unterhalten.

Die Kollegen aus Husum waren unter den Augen von Oberstaatsanwalt Bleicken schnell und effizient vorgegangen. Sie hatten zunächst die Kinder von ihren Eltern getrennt, nicht nur hier auf dem Hof, sondern zeitgleich auch bei den Familien, die Häuser der Freikirche in Friedrichstadt bewohnten. Speziell geschulte Kollegen und Psychologen kümmerten sich nun um die Kinder, während andere die Eltern und potenzielle Zeugen befragten.

»Da bist du ja«, hörte sie Tommys Stimme. Er trat zu ihr auf den Balkon heraus.

»Wie sieht es aus?«

»Gut. Ich meine … leider gut.« Tommy machte eine betretene Miene.

Lilly empfand dasselbe. Es stand außer Frage, dass es ihnen allen lieber gewesen wäre, der Verdacht wegen Kindesmissbrauch hätte sich nicht bestätigt, selbst wenn sich ihr Einsatz in diesem Fall als peinlicher Schlag ins Wasser entpuppt hätte.

»Aus dem Kreis der Kirchenmitglieder gibt es eine Handvoll Leute, die bislang unter dem Druck des Kollektivs geschwiegen haben. Sie wissen aber von den Züchtigungen und sind bereit, darüber auszusagen.« Tommy stützte sich mit beiden Händen auf das Balkongeländer und seufzte. »Außerdem haben wir ein Dutzend Kinder. Die Kinderpsychologin und eine Ärztin haben mit ihnen geredet und sie sich angesehen. Ihre Aussagen sind eindeutig. Und es gibt Verletzungen, die auf Gewaltanwendung schließen lassen.«

Lilly musste an Frouke und Amélie denken. Wer tat seinen Kindern so etwas an? Sie schüttelte den Gedanken ab. »Also gut. Was ist mit den Eltern?«

»Bleicken knöpft sie sich gerade vor. So wie es aussieht, machen sie gar keinen Hehl daraus, wie sie mit ihren Kindern umgegangen sind. Sie berufen sich auf die Bibel.«

»Natürlich. Als hätte dieses Buch in der Menschheitsgeschichte nicht schon für genug Verbrechen herhalten müssen.« Sie löste sich vom Balkongeländer. »Was ist mit Nele Flohr und Abbe Boysen?«

»Warten in getrennten Zimmern auf die erste Vernehmung. Ihr Anwalt ist eingetroffen, und ich habe ihn über die Anschuldigungen in Kenntnis gesetzt. Bleicken sagt, wir sollen ohne ihn anfangen.«

»Dann wollen wir sie nicht länger warten lassen.«

Sie folgte Tommy ins Haus, wo sie über eine breite Eichenholztreppe ins Erdgeschoss gelangten.

Nele Flohr wartete im Speisesaal der Gemeinde, Abbe Boysen eine Tür weiter im Gemeinschaftsraum.

Lilly hatte entschieden, die erste Vernehmung gleich hier vor Ort durchzuführen und die beiden nicht erst aufs Revier nach Husum zu verbringen. Je nachdem, wie es lief, war dafür auch später noch Zeit.

»Mit wem fangen wir an?«, fragte Tommy.

Lilly hob die Schultern. »Ich würde sagen, der Hackordnung nach. Also zuerst Gottes selbst ernannte Stellvertreterin auf Erden.«

Tommy öffnete die Tür, und sie betraten den Speisesaal, wo Nele Flohr und ihr Anwalt sie an einem langen Holztisch erwarteten. Es war ein schmuckloser Raum. Lediglich ein Holzkreuz zierte eine der ansonsten kahlen weißen Wände. Neben dem

Tisch und den Stühlen existierte nur ein weiterer Einrichtungsgegenstand, ein wuchtiger Büfettschrank aus Birke, in dem Gläser, Tassen und Geschirr aufbewahrt wurden.

Durch ein offenes Fenster wehte warme Luft herein, die den Essensgeruch, der im Zimmer hing, aber nicht ganz vertreiben konnte. Die Kirchengemeinde hatte das Mittagsmahl gerade beendet, als der Husumer Einsatztrupp das Gelände betreten hatte.

Nele Flohr trug ein weißes Kleid mit weiten Ärmeln. Ihre Gesichtszüge wirkten entspannt, und sie musterte Lilly mit neugierigem Blick, als sie sich mit Tommy ihr gegenüber an den Tisch setzte.

Lilly schaltete das Aufnahmegerät ein. Nach einer kurzen Vorrede, in der sie unter anderem die Anwesenden aufzählte, kam sie ohne Umschweife zur Sache. »Sie haben Ihrer Mandantin erklärt, welche Anschuldigungen im Raum stehen?«, wandte sie sich an den Anwalt, einen Mittfünfziger mit kurzen grauen Haaren und akkurat sitzendem Zweireiher.

Er nickte. »Das habe ich. Existieren entsprechende Beweise oder Aussagen, die diese Behauptungen untermauern?«

Lilly gab Tommy ein Zeichen, woraufhin er dem Anwalt, natürlich, ohne Namen zu nennen, von dem Zeugenbericht erzählte, der die Durchsuchung überhaupt losgetreten hatte, bis hin zu den Aussagen und Spuren, die sich gerade ergeben hatten. Zudem die Tatsache, dass eine Person auf dem Gelände der Freikirche gegen ihren Willen festgehalten und daran gehindert worden war, mit der Außenwelt Kontakt aufzunehmen.

»Wir gehen davon aus, dass Ihre Mandantin weiß, um wen es sich dabei handelt«, beendete Tommy seine Ausführungen.

Der Anwalt gebot Nele Flohr mit einer Handbewegung, nicht darauf einzugehen, und erklärte ihr: »Das sind gravierende Anschuldigungen. Sollte auch nur ein Teil davon zutreffen, sind Sie in Ihrer Funktion …«

»Ich glaube, hier liegt ein Missverständnis vor«, setzte sich

Flohr über ihren Anwalt hinweg. »In unserer Gemeinde sind wir alle freie Menschen. Niemand ist gegen seinen Willen hier. Außerdem richtet sich unser Leben streng nach dem Wort Gottes, so wie es in der Heiligen Schrift geschrieben steht. Auch, was den liebenden Umgang mit unseren Kindern betrifft.«

Lilly spürte die Wut in ihrer Brust brennen. Den liebenden Umgang. Nur zu gern hätte sie der Frau die Bibel an den Kopf geworfen, auf die sie sich berief. Sie schaffte es aber, keine Miene zu verziehen. »Vielleicht können Sie das präzisieren.«

Wieder wollte der Anwalt einschreiten, doch Nele Flohr ließ ihn nicht zu Wort kommen und erklärte mit erhobenen Augenbrauen: *»Jede Züchtigung aber, wenn sie da ist, scheint uns nicht Freude, sondern Schmerz zu sein; danach aber bringt sie als Frucht denen, die dadurch geübt sind, Frieden und Gerechtigkeit.«*

»Und das dient Ihnen als Rechtfertigung, Kinder zu misshandeln?« Tommy schüttelte den Kopf.

»Ich erwarte nicht, dass dies für einen Nichtgläubigen Sinn ergibt«, erwiderte Nele Flohr.

»Sie zitieren Hebräer, Kapitel zwölf«, schaltete sich Lilly ein. »Auch wenn ich nicht an das glaube, was darin geschrieben steht, habe ich die Bibel gelesen, und einige Passagen sind mir besonders gut im Gedächtnis geblieben. Ich werte Ihre Aussage als Eingeständnis, dass Sie als geistliches Oberhaupt der Freikirche über die Praktik der Züchtigung von Kindern im Bilde waren und diese mit Ihrer Billigung praktiziert wurden.«

»Wie ich bereits sagte«, wiederholte Nele Flohr, »wir leben im Einklang mit dem Wort Gottes und haben uns nichts vorzuwerfen.«

»Dann sind Sie sich hoffentlich darüber bewusst, dass in unserem Staat Religion nicht über dem Gesetz steht. In dieser Gemeinde wurden unter Ihrer Aufsicht Straftatbestände erfüllt, und weder die Bibel noch Ihr Glaube schützen Sie vor den Folgen.«

Lilly stoppte das Aufnahmegerät. Dann holte sie ihr Smartphone aus der Hosentasche und warf demonstrativ einen Blick auf die Uhr. »Ich gebe Ihnen eine Viertelstunde«, erklärte sie dem Anwalt. »Nutzen Sie die Zeit, um Ihrer Mandantin deutlich zu machen, wie gravierend die Anschuldigungen sind und was das für sie bedeutet. Mir scheint, sie ist sich dessen nicht bewusst. Anschließend möchten wir uns mit ihr noch über einen anderen Sachverhalt unterhalten. Sollte sie sich kooperationsbereit zeigen und in der Sache offen und ehrlich mit uns reden, wird die Staatsanwaltschaft dies sicherlich im Laufe der weiteren Ermittlungen zum Kindesmissbrauch berücksichtigen.«

»Und worum geht es in dieser anderen Angelegenheit, wenn ich fragen darf?«

»Um den Mord an Eef Riewerts.« Lilly blickte bei ihren Worten Nele Flohr an, deren Miene plötzlich angespannt wirkte.

Einen Kaffee und eine Viertelstunde später betraten sie wieder den Raum. Der Anwalt hockte auf dem Tisch vor Nele Flohr und schien ihr gerade noch einmal mit letzter Eindringlichkeit ins Gewissen zu reden.

Lilly setzte sich wieder. Auch wenn es ihr zuwider war, hatte sie Flohr und dem Anwalt ebenfalls Kaffee mitgebracht, als Zeichen des guten Willens. Sie schob die Tassen zusammen mit zwei Päckchen Zucker und zwei kleinen Dosen Milch zu den beiden hinüber.

»Also«, sagte Lilly und schaltete das Aufnahmegerät wieder ein, nachdem auch Tommy sich gesetzt hatte. »Reden wir über Eef Riewerts. Ihre Mandantin hat sich in dieser Sache bislang nicht sehr auskunftsfreudig gezeigt. Wir hoffen, dass sich das nun ändert.«

Der Anwalt nickte. »Frau Flohr wird Ihnen nach bestem Wissen und Gewissen Rede und Antwort stehen. Sollten ihre Angaben zur Lösung des Falls beitragen, erwarten wir, dass unsere Kooperationsbereitschaft entsprechend berücksichtigt wird.«

»Beginnen wir mit dem, was wir wissen«, sagte Lilly. »Wir haben die sterblichen Überreste von Eef Riewerts vor wenigen Tagen im Garten des Hauses gefunden, das sie zum Zeitpunkt ihres Verschwindens vor zehn Jahren mit ihrem damaligen Ehemann Laas Riewerts bewohnte. Es gibt Beweise und Zeugenaussagen, dass sich Eef vor ihrem gewaltsamen Tod mit der Absicht trug, die Freikirche zu verlassen. War Ihnen dieser Umstand damals bekannt, Frau Flohr?«

Die Antwort kam schnell und bestimmt: »Nein.«

»Da sind Sie sich sicher?«

»Absolut.« Nele Flohr verschränkte die Arme vor der Brust.

»Uns liegen Schriftstücke vor, aber auch Aussagen darüber, dass Sie im Kreis der Gläubigen in einer Art Prophezeiung kundtaten, Eef Riewerts würde ein schlimmes Schicksal ereilen. Vor selbigem scheinen Sie die Ermordete auch in einem persönlichen Gespräch gewarnt zu haben. Könnte es sich dabei um eine Drohung gehandelt haben, weil Sie eben doch um die Austrittsabsichten von Eef Riewerts wussten?«

Nele Flohr schüttelte den Kopf. Ein Lächeln trat auf ihr Gesicht, als sähe sie sich Kindern gegenüber, die für die komplexen Zusammenhänge der Erwachsenenwelt nicht genug Verstand hatten. »Ich wusste nichts davon. Ich hatte nur ihr Leid gesehen …«

»Wo haben Sie das gesehen?«, fragte Lilly. »Bitte präzisieren Sie das.«

»Gott spricht in meinen Träumen zu mir. Er zeigt mir Dinge. Lange Vergangenes. Was ist. Was sein wird. Die Bilder sind nicht immer klar, oft sind sie nur vage. Wie bei Eef. Ich sah ihr Gesicht und tiefe Agonie. Warum, das blieb mir verborgen. Dennoch wies ich sie darauf hin, dass ihr eine schwere Prüfung bevorstünde.«

Lilly wechselte einen kurzen Blick mit Tommy, lehnte sich dann im Stuhl zurück und taxierte die Frau, die ihr gegenübersaß. »Diese Visionen scheinen Sie besonders dann zu ereilen, wenn Leuten aus Ihrer Gemeinde wenig später etwas Schlimmes zustößt. Bei Laas und Mette Riewerts verkündeten Sie im Beisein Ihrer Gläubigen etwas Ähnliches.«

»Das stimmt. Doch auch bei ihnen konnte ich nicht sehen, was genau sie erwartete. Nur, dass Gott einen steinigen Weg vor ihnen ausgelegt hatte.«

So kann man das auch nennen, dachte Lilly. Immerhin gab die Frau unumwunden zu, dass sie diese Prophezeiungen ausgesprochen hatte. Vielleicht, weil sie wusste, dass ihr keine Beteiligung an den Morden nachzuweisen war? Oder weil sie tatsächlich an das glaubte, was sie erzählte?

Ihr Anwalt schien ähnlich zu denken. »Ich schlage vor, dass wir auf dem Boden der Tatsachen bleiben. Liegen Ihnen konkrete Beweise vor, die auf eine Mitwisserschaft meiner Mandantin in diesen Fällen schließen lassen?«

Lilly ging nicht darauf ein. Sie lehnte sich wieder vor und faltete die Hände wie zum Gebet auf dem Tisch. »Wir wissen inzwischen, weshalb Eef Riewerts austreten wollte. Sie war schwanger. Und das Kind stammte von jemandem aus der Freikirche. Wussten Sie von dieser Schwangerschaft?«

Nele Flohr blickte zu ihrem Anwalt, der einschob: »Meine Mandantin verfügt in dieser Sache über Informationen, die sie bislang für sich behalten hat. Sie tat dies, weil sie sich ähnlich einem kirchlichen Geistlichen einem Beichtgeheimnis unterworfen hat. Frau Flohr hat sich entschieden, dieses Gelübde zu brechen, zu ihrem eigenen Wohl, aber auch, um die Wahrheitsfindung in diesem Fall zu unterstützen. Ich bitte Sie, dies zu berücksichtigen.«

Lilly hob eine Augenbraue. »Zur Kenntnis genommen. Das heißt dann wohl, Sie wussten davon.«

»Eef hatte sich mir diesbezüglich in einer Beichte anvertraut.«

»Aus ihren persönlichen Aufzeichnungen in einem Tagebuch müssen wir schließen, dass das Kind eventuell nicht von ihrem Ehemann Laas stammte. Eef Riewerts wurde vermutlich vergewaltigt.«

»Diesen Begriff verwendete sie mir gegenüber nicht.«

»Was soll das heißen?«

»Sie sprach darüber, dass sie ein Kind erwartete. Von einer Vergewaltigung weiß ich nichts.«

»Nannte sie Ihnen denn den Namen des Mannes, von dem das Kind stammte?«

»Ja. Das tat sie.« Nele Flohr nickte langsam. »Und auch er legte eine Beichte bei mir ab.«

50 John

John bog von der Landstraße ab und wählte den Weg, der über die Brückenstraße nach Friedrichstadt hineinführte. Es war bereits später Nachmittag, und auf den Straßen ging es nur langsam voran. Stoßstange an Stoßstange krochen die Autos der Besucher des Sommerfests dahin. In wenigen Stunden würde der Bootskorso starten.

John stellte die Klimaanlage ab und öffnete das Fenster, um frische Luft hereinzulassen, doch alles, was kam, war ein Schwall warmer Backofenluft.

Er blickte zu Sanna Harmstorf auf dem Beifahrersitz hinüber. Sie ließ ebenfalls das Fenster herunter, und der Wind verwirbelte ihr weißes Haar.

Noch vor wenigen Tagen wäre es ihm undenkbar erschienen, jemals wieder mit dieser Frau zusammenzuarbeiten, geschweige denn, mit ihr einen Bund einzugehen, in dem sie versuchten, gegenseitig ihre Karrieren zu retten.

»Noch mal zu diesen Gerüchten um Mario Russo, die jemand auf dem Präsidium streut«, begann er.

Sanna Harmstorf sah ihn überrascht an, als wäre sie tief in Gedanken versunken gewesen. »Was?«

»Mario Russo. Die Gerüchte. Wissen Sie, wer diesen Artikel lanciert hat, der auf dem Präsidium kursiert?«

»Nein, nicht wirklich. Leon Kessler kam damit an. Aber ich weiß nicht, ob er ihn auch ausgegraben hat. Wir haben gemeinsam an einem Fall gearbeitet, und unser Verhältnis schien mir doch sehr professionell …«

»Ich werde mit Leon reden«, versprach John. »Ich kenne ihn gut. Solange er denkt, dass ich noch immer sauer auf Sie bin, bekomme ich vielleicht etwas aus ihm heraus. Und sonst ist da ja immer noch unsere alte Bekannte …«

»Was ist eigentlich mit Ihnen? Ist es Ihnen wirklich ernst mit einer Rückkehr zur Kripo?«

»Ich weiß nicht … Friedrichstadt ist ein netter Ort mit netten Menschen. Ich habe halbwegs geregelte Arbeitszeiten, Leichen kommen hier selten vor, ich muss mich nicht allenthalben in brenzlige Situationen begeben. Das hat schon viel Schönes.«

»Aber?« Sanna Harmstorf gehörte zu den Menschen, die John selten bis nie lachen sah, doch jetzt schlich sich ein Schmunzeln auf ihre Lippen. »Es ist auch reichlich langweilig. Geben Sie es zu.«

John konnte sich ein Grinsen ebenfalls nicht verkneifen. »Ertappt.«

»Ich habe Ihnen das schon einmal gesagt, Sie sind ein verdammt guter Ermittler, John Benthien, und ich bedauere, dass es so gelaufen ist. Wenn wir einen Weg finden, Sie wieder in Amt und Würden zu bringen, hätte das vielleicht auch für mich einen Vorteil. Ich wüsste dann, dass es zumindest einen bei der Kripo gibt, der noch mit mir zusammenarbeiten würde.«

»Da freuen Sie sich mal nicht zu früh!« John lachte. »Konzentrieren wir uns erst mal auf die Aufgabe, die vor uns liegt. Was denken Sie über Valerie Tönning? Ich meine, vor allem in Bezug auf Eef Riewerts.«

Die Staatsanwältin lehnte den Ellbogen aus dem Fenster und sah hinaus auf die Gracht, als sie die Brücke überquerten. Entlang des Ufers saßen bereits Besucher auf der Wiese und hatten sich die besten Plätze für den Bootskorso heute Abend gesichert.

»Wenn wir davon ausgehen, dass Tönning die Wahrheit sagt,

Abbe sie unter Drogen setzte und vergewaltigte und man ihr schließlich sogar Gewalt androhte … Vielleicht musste Eef am Ende das Schicksal erleiden, dem sie entgehen konnte.«

»Möglich, der Gedanke hat nur einen Haken. Eef verbarg ihre Schwangerschaft. Nicht einmal ihr Vater wusste davon. Die Theorie geht also nur auf, wenn sie in der Freikirche doch jemandem davon erzählt hat.«

»In einer Beichte zum Beispiel, wie Valerie Tönning.«

»Also Nele Flohr.«

»Flohr hat Tönning mit Züchtigung gedroht, als sie ihr den erzwungenen außerehelichen Beischlaf mit Abbe anvertraute«, überlegte Sanna Harmstorf. »Was wird sie da erst getan haben, als Eef ihr sagte, dass Abbe sie nicht nur vergewaltigt hatte, sondern sie auch noch ein Kind von ihm erwartete?«

»Wir kennen das Endergebnis. Eefs Leiche im Garten hinter meinem Haus. Wir könnten das Warum gelöst haben. Fragt sich nur noch, wer es getan hat.« John steuerte den Streifenwagen in langsamer Fahrt um den Marktplatz herum, wo bereits eine Bühne und diverse Essensstände aufgebaut waren, an denen sich die Gäste drängten.

»Wenn es nach Olger Andres geht, war es Laas Riewerts«, nahm Harmstorf den Faden auf. »Auch er hatte wie Abbe damals eine gehobene Stellung in der Freikirche. Sollte er die ganze Wahrheit gekannt haben, dürfte er sich darüber bewusst gewesen sein, wie unangenehm die Situation für ihn werden könnte. Die Schuld daran sah man in dieser Sekte augenscheinlich nicht beim Vergewaltiger, sondern bei der Frau, deren Seele durch Züchtigung reingewaschen werden sollte. Möglich, dass Laas Riewerts dies selbst übernahm. Dabei ging er dann zu weit.«

»Könnte so gewesen sein. Allerdings wäre da noch sein Alibi. Er saß an jenem Abend vor dem Fernseher mit Abbe und Keke Boysen.«

Die Staatsanwältin lehnte den Kopf in John Richtung und verzog den Mund zu einem schiefen Grinsen. »Er glotzte Fußball mit Abbe, der seine Frau vergewaltigt und geschwängert hatte? Natürlich. Das erscheint mir ziemlich unwahrscheinlich, wenn Riewerts die Wahrheit kannte, und die muss er gekannt haben, wenn er seine Frau umbrachte. Wir wissen außerdem, dass die drei nicht vor der Flimmerkiste gesessen haben, als Quentin Storm an dem Haus vorbeiging. Niemand war zu sehen. Wenn sie dort waren, müssen sie also mit etwas anderem beschäftigt gewesen sein.«

»Dann wäre da noch die Episode mit Pfarrer Christensen. Er war ebenfalls beim Haus der Riewerts'. Aber ihm öffnete nicht Laas die Tür, sondern Abbe, der ihn abwimmelte.«

»Von Laas und Abbe können wir annehmen, dass sie ein Motiv hatten, sich an Eef zu vergehen. Fragt sich, wie Keke Boysen in die Gleichung passt.«

Sanna Harmstorf hob die Schultern. »Ockhams Rasiermesser. Die einfachste Erklärung ist am Ende die beste.«

John musste schmunzeln, weil er selbst Tommy neulich mit der alten Regel gekommen war. »Keke steckte ebenfalls in der Sache mit drin.«

»Es kann natürlich auch sein, dass er gelogen hat, um seinem Bruder keine Probleme zu bereiten und dessen Alibi zu stützen.«

»Wie auch immer«, sagte John. »Am Ende haben wir ein Riesenproblem ...«

»Ich weiß. Nichts davon können wir beweisen.«

John parkte den Wagen vor der Wache.

Celine saß auf den Stufen vor dem Eingang und stand auf, als sie sie kommen sah.

»Da bist du ja endlich wieder«, sagte sie, als er ausstieg und zu ihr hinüberging. »Wie geht es Ben?«

Er hatte ihr von unterwegs eine Kurznachricht über den Zustand seines Vaters geschickt. »Könnte besser sein. Aber er hat seinen Humor nicht verloren und plaudert wie ein Wasserfall. Ich schätze also, das wird schon wieder.«

»Gut.« Celine seufzte erleichtert. »Ich habe übrigens die Namen.«

»Welche Namen?«

Celine verdrehte die Augen. »Ist das einsetzende Altersdemenz bei dir? Ich sollte mich für dich in der Klimagruppe nach potenziellen Vandalen umhören, falls du dich erinnerst.«

»Natürlich, entschuldige«, sagte John. Die Lappalie mit den jugendlichen Störenfrieden war ihm zwischenzeitlich entfallen. »Du warst erfolgreich?«

»Es gibt da vier Leute. Sie sind Teil unserer Klimagruppe. Allerdings reizt es sie offenbar lediglich, etwas Verbotenes zu tun und Unruhe zu stiften. Sie verfolgen unsere Ziele nicht wirklich. Die Sache heute im Jachthafen, das war nicht abgesprochen. Sie haben sich schon vor ein paar Tagen bei einem aus der Gruppe verquatscht und von der Sache mit dem Jesuskreuz erzählt. Sie haben wirklich Spaß an solchen Sachen. Jetzt haben die anderen die Nase voll von ihnen. Du hast mir versprochen, dass du das nicht an die große Glocke hängst.«

»Und dazu stehe ich auch. Die Sache hat mir schon genug Scherereien gemacht. Ich werde ein Wörtchen mit ihnen reden und dafür sorgen, dass das aufhört.«

Celine zog die Luft ein und stemmte die Hände in die Hüften. Schließlich nannte sie ihm die Namen.

»Wo finde ich sie?«, fragte John.

»Sie nehmen heute Abend am Bootskorso teil. Mit einem eigenen Gefährt. Ich hab gehört, dass sie es gerade einem letzten Test draußen auf der Treene unterziehen.«

»Vielen Dank.«

»Jetzt hab ich etwas gut bei dir.«

»Ja. Ich werde deshalb in einer anderen Sache ein Auge zudrücken.«

Celine runzelte die Stirn. »In welcher anderen Sache?«

John sah zu Sanna Harmstorf hinüber, die hinter ihm aus dem

Auto gestiegen war. Die Staatsanwältin hob beide Hände. »Er weiß es. Allerdings ist er nicht allzu wütend. Keine Sorge.«

»Wir reden später darüber«, sagte John zu Celine. »Es ehrt dich, dass du dich in die Dienste der Staatsanwaltschaft gestellt hast, aber du hast dich damit auch in große Gefahr gebracht.«

»Ich war ohnehin wegen der Recherche auf dem Friedenshof ...«

»Spielt keine Rolle, und ich will auch nicht jetzt darüber reden, okay?«

»Schon gut. Da wäre aber noch etwas anderes ...«

»Nämlich?«

»Ich möchte eine Demo anmelden«, sagte Celine.

»Eine Demo?«

»Diesmal ganz offiziell und nach den Regeln.«

»Wann?«

»Heute Abend.«

»Das ist sehr kurzfristig und der schlechteste Zeitpunkt überhaupt.«

»Sehe ich ganz anders«, widersprach Celine. »Die Stadt platzt vor Besuchern, wir werden also maximale Aufmerksamkeit haben.«

John seufzte. Lieber eine kurzfristige, ordnungsgemäße Demonstration als am Ende eine chaotische Klebeaktion, und das auch noch während des Lampionfests. »Was schwebt euch vor? Wie viele seid ihr?«

»Wir kommen hier auf den Marktplatz. Etwa vierzig Personen.«

John wies auf die Bühne und die Imbissstände, zwischen denen sich schon jetzt unzählige Besucher tummelten. »Wie stellt ihr euch das vor? Das wird im Chaos enden. Das bekomme ich ohne Unterstützung aus Husum nicht hin. Und du weißt, dass wir gerade Besseres zu tun haben.«

»Wir sollten alle Besseres zu tun haben. Nämlich den einzigen

Planeten retten, auf dem wir leben können. Wenn das also dein einziges Problem ist … wir kommen.«

»Wie wäre es drüben am Stadtfeld, gegenüber dem Hotel Klein Amsterdam? Da gib es eine große Wiese.«

»Bei dir piept's wohl. Viel zu weit ab vom Schuss.«

John vergrub das Gesicht in beiden Händen. »Du treibst mich noch in den Wahnsinn.« Er überlegte kurz. »Pass auf … andere Idee. Wir haben hier eine große Bühne. Ich rede mit dem Bürgermeister und den Organisatoren, dass sie euch fünf Minuten freischaufeln. Ihr geht da rauf, verkündet eure Botschaft. Mehr Aufmerksamkeit geht heute Abend gar nicht.«

Celine überlegte einen Moment. Ihrem Gesicht war anzusehen, dass sie von dem Vorschlag nicht allzu begeistert war. »Also gut«, meinte sie. »Als Kompromiss. Dafür will ich die Sache mit der Staatsanwältin von dir aber nicht aufs Brot geschmiert bekommen.«

John spürte, wie ihm das Blut in den Kopf schoss. »Das eine hat doch mit dem anderen nichts zu tun.«

»Vielleicht. Ist trotzdem Teil des Deals.« Celine streckte ihm die Hand hin. »Also?«

»Einverstanden.« John schlug ein. Bei Kindern musste man nehmen, was man kriegen konnte. Er holte sein Handy aus der Hosentasche. »Ich rufe den Bürgermeister gleich an.«

»Tu das. Wir bereiten dann schon mal alles vor.« Celine verabschiedete sich mit einem Nicken von der Staatsanwältin und wandte sich zum Gehen.

Sanna Harmstorf trat neben ihn. »Kleine Kinder, kleine Sorgen, große Kinder, große Sorgen?«

»Allerdings.«

»Ich schlage vor, Sie kümmern sich um das hier, und ich fahre rüber zum Friedenshof.«

»Dort werden Sie Bleicken in die Arme laufen«, wandte John ein. »Halten Sie das für eine gute Idee?«

»Nein.« Sie hielt ihr Smartphone in die Höhe. »Aber einer von uns sollte Lilly Velasco und Tommy Fitzen auf den aktuellen Stand bringen, finden Sie nicht? Die beiden gehen nicht ans Telefon. Und mir scheint, Sie haben mit den Jugendlichen hier gerade genug zu tun.«

51 Lilly

Sie mochte die Augen von Abbe Boysen nicht. Grün wie zwei Smaragde. Während sein Gesicht, das mit den geschwungenen Lippen und den dünnen Brauen etwas Weibliches hatte, einen harmlosen, fast zuvorkommenden Eindruck machte, lag in den Augen Verschlagenheit.

Lilly saß dem Mann und seinem Anwalt – demselben, der Nele Flohr vertrat – mit Tommy im Gemeinschaftsraum der Freikirche an einem breiten Eichenholztisch gegenüber. An den Wänden standen Regale voller Bücher und Gesellschaftsspiele. In einer Ecke neben dem offenen Kamin lehnte eine Gitarre in einem Ständer.

Der Anwalt hatte Abbe in ihrem Beisein noch einmal erklärt, in welcher Situation er sich befand, welche Vergehen unter seiner Leitung in der Kirchengemeinde sehr wahrscheinlich begangen worden waren, und hatte die Konsequenzen aufgezählt, die ihm nun drohten. Ob Boysen seinen Rat befolgen würde, mit der Polizei vollumfänglich zu kooperieren, auch was mögliches Wissen in den beiden Mordfällen betraf, blieb abzuwarten.

Lilly begann damit, dass sie Abbe mit der Aussage von Nele Flohr konfrontierte. Diese hatte berichtet, wie Abbe kurz nach Eef Riewerts ebenfalls zu ihr gekommen war, um den, wie sie es nannte, außerehelichen Beischlaf zu beichten. Ein Versehen von zwei jungen Menschen, die einander zugetan waren, hatte Flohr gesagt. Sowohl Eef als auch Abbe hatten Vergebung gesucht.

Die Frage, ob Laas Riewerts davon gewusst und über Eefs Schwangerschaft im Bilde gewesen sei, hatte Flohr bejaht.

»Laas wusste es«, bestätigte nun auch Abbe Boysen. Sein Gesicht blieb dabei reglos. Wenn ihn die Angaben von Nele Flohr überraschten, ließ er es sich nicht anmerken. »Eef und ich haben uns bei Laas entschuldigt, und wir suchten nach einer Möglichkeit, das, was passiert war, wiedergutzumachen. Dabei spielte natürlich auch unser Ansehen in der Gemeinde eine Rolle …«

»Der Reihe nach«, sagte Lilly und deutete auf das Aufnahmegerät, das auf dem Tisch lag. »Fürs Protokoll. Sie geben also zu, dass Sie Eef Riewerts verführten und Geschlechtsverkehr mit ihr hatten.«

»Nun, ich weiß nicht, ob man es verführen nennen kann, wenn es von beiden Seiten ausgeht. Aber ja, wir hatten Geschlechtsverkehr.«

Lilly lehnte sich vor. »Es existiert ein Tagebuch von Eef Riewerts. Darin schildert sie das Geschehene, und das klingt bei ihr nicht so einvernehmlich, wie Sie es darstellen. Eef schreibt, dass sie unter Drogen gesetzt und vergewaltigt wurde.« Die Tatsache, dass Eef in dem Tagebuch nicht den Namen ihres Peinigers nannte, umschiffte Lilly lieber.

»Ein Tagebuch?« Die beiden Smaragde musterten Lilly. Unsicherheit lag in der Frage. Diese Information schien neu für ihn zu sein.

»So ist es.«

Boysen blickte kurz zu seinem Anwalt, der aber keine Anstalten machte, zu intervenieren.

»Nun«, sagte Abbe, »sollte Eef das tatsächlich so empfunden haben, hat sie mir das damals nicht gesagt. Ich hätte mich dafür geschämt, wenn dieser Eindruck entstanden wäre. Es entsprach sicher nicht meiner Absicht und auch nicht den Tatsachen. Eef und ich … da war schon länger etwas zwischen uns. Sie hatte mir

Avancen gemacht. So, wie die Frauen das tun, wenn man ihnen gefällt.«

»Und Sie sind sicher, dass Sie sich das nicht eingebildet haben?«, fragte Lilly.

»Ich denke, nicht. Wir kamen auf dem Sommerfest zusammen. Und ja, ich hatte einen Joint dabei. Ich war jung, und ob Sie es glauben oder nicht, da tut man dumme Dinge, selbst als gläubiger Christ. Wir gingen in die Scheune.«

»Moment. Ein Joint, sagen Sie? Eef schreibt von Kokain, das Sie mit ihr geschnupft haben.«

»Ein Joint. Mehr nicht. Ich bot Eef an, auch daran zu ziehen, was sie tat, allerdings zwang ich sie zu nichts. Dann küssten wir uns und … nun, den Rest muss ich Ihnen sicherlich nicht im Detail schildern.«

»Das kommt drauf an. Wehrte sie sich?«

»Nein. Wie gesagt, es war ein einvernehmlicher Akt.«

Lilly sah zu Tommy. Sie arbeiteten lange genug zusammen, dass Blicke genügten. Er dachte dasselbe. Abbe Boysen konnte erzählen, was er wollte. Natürlich stritt er es ab, und damit stand seine Aussage gegen die Angaben in Eef Riewerts' persönlichen Aufzeichnungen.

»Es gibt eine weitere Passage in dem Tagebuch«, sagte Tommy, »in der Eef Riewerts schreibt, dass ihr Geld für eine Abtreibung geboten wurde.«

Wieder blickte Abbe zu seinem Anwalt, der empfahl: »Antworten Sie wahrheitsgemäß. Weder Abtreibung noch die Finanzierung einer solchen sind strafbar.«

Boysen nickte. »Ja. Ich bot ihr Geld an. Das war das Mindeste, was ich tun konnte. Wir beide hatten uns vergessen, uns von unseren Gefühlen übermannen lassen. Weder Ehebruch noch das Zeugen eines Kindes waren unsere Absicht gewesen. Laas hielt diesen Schritt ebenfalls für das Beste, und für mich war es eine Ehrensache, das Geld zur Verfügung zu stellen.«

»Aber Eef lehnte es ab«, erinnerte sich Lilly an die Zeilen im Tagebuch.

»In der Tat. Sie weigerte sich. Man könne nicht eine Sünde durch eine andere wiedergutmachen, sagte sie. Was natürlich stimmte, wir hätten gegen Gottes Regeln verstoßen.«

»Die schienen Sie aber nicht sonderlich zu interessieren?«, hakte Lilly ein.

»Nun … es gibt Ausnahmesituationen. Niemand wollte dieses Kind. Wir mussten an die Ehe von Laas und Eef denken.«

»Und an das Ansehen von Laas und Ihnen in der Freikirche«, sagte Lilly. »Das klingt für mich alles nach sehr weltlichen Motiven.«

»Ich gebe zu, dass solche Erwägungen eine Rolle spielten. Besonders meinem Vater war der Ruf der Familie ein Anliegen, und auch Laas bestand auf dieser Abtreibung.«

»Wir wissen, dass Eef Riewerts plante, der Freikirche den Rücken zu kehren und woanders ein neues Leben zu beginnen. War Ihnen das ebenfalls bekannt?«

»Nein.« Das klang ehrlich. »Im Gegenteil. Sie sagte, nur die Wahrheit könne unsere Seelen reinwaschen. Sie wollte offen damit umgehen, auch in der Kirchengemeinde. Wir alle seien nur Menschen und damit fehlerhaft. Gott habe uns diesen Weg gewiesen.«

»Das wird Ihnen kaum gefallen haben.«

»Ich hätte damit leben können. Sicher, es wäre unangenehm geworden, aber … wie Eef sagte, Gott unterzieht uns immer wieder den sonderlichsten Prüfungen. Laas hingegen sah das anders. Er versuchte weiter, Eef zu einer Abtreibung zu bewegen.«

Du machst es dir einfach, dachte Lilly. Dein Vater wird keine Widerworte leisten, er liegt im Sterben. Und Laas Riewerts ist schon tot, er ist der perfekte Sündenbock.

Dennoch konnte sie nicht ausschließen, dass es genau so gewesen war, wie er behauptete.

»Der Abend, als Eef Riewerts verschwand«, sagte Lilly. »Sie waren mit Ihrem Bruder bei den Riewerts zu Hause und sahen Fußball.«

»So ist es.«

Sie schüttelte den Kopf. »Allen Ernstes? Mit dem Mann, dessen Ehefrau Sie geschwängert hatten?«

»Laas war ein Mann, der sich in Vergebung und Mitmenschlichkeit übte.«

Lilly konnte ein Lachen nicht unterdrücken. »Für seine Frau galt das offenbar nicht.«

»Darf ich offen sein?«, fragte Abbe.

»Ich bitte darum.«

»Wir nahmen an, dass Eef an jenem Abend eine Freundin besuchte. Laas sagte uns, dass sie losgegangen sei, kurz bevor wir kamen. Als wir gingen, war sie noch nicht wieder da, und erst am nächsten Morgen erfuhren wir, dass sie nicht heimgekommen war und vermisst wurde.« Er machte eine kurze Pause. »Ich habe mir seitdem Vorwürfe gemacht. Ständig hat mich der Gedanke gemartert, dass Laas seiner Frau vielleicht schon etwas angetan hatte und ich es hätte verhindern können. Nun, wo Sie ihre sterblichen Überreste hinter ebenjenem Haus gefunden haben, das die beiden bewohnten ...«

»Sie wollen damit nahelegen, dass es Laas Riewerts war, der seine Frau tötete?«

»Es ist zumindest ein Gedanke, der mir damals kam. Vermutlich nicht nur mir allein. Laas ging in der Folge auf Distanz zu unserer Gemeinschaft. Er legte seinen Posten als Finanzvorstand nieder, suchte sich einen anderen Job und zeigte sich nur noch selten hier auf dem Friedenshof. Beinahe schien es so, als ... trüge er eine schwere Schuld mit sich herum.«

52 John

Nachdem er mit dem Bürgermeister und dem Festkomitee telefoniert und ihnen auf der Bühne ein Zeitfenster für die Klimademonstranten abgerungen hatte, machte sich John auf den Weg zum Anlegesteg der Grachten- und Treeneschifffahrt im nördlichen Teil des Stadtzentrums. Er schob sich durch die Menge auf dem Marktplatz und überquerte die Brücke des Mittelburggrabens, dessen Ufer nun zu beiden Seiten mit Zuschauern gefüllt waren, die freudig den Bootskorso erwarteten. Er folgte der Straße geradeaus, bis er die kleine Brücke erreichte, die zur Anlage des Tretbootverleihs führte. Mit einem kurzen Gruß ging er vorbei am Kassenhäuschen und betrat den breiten Steg, an dem heute neben den Ausflugsbooten zahlreiche selbst gebaute Gefährte für den Bootskorso lagen, die von ihren Besitzern einem letzten Funktionstest unterzogen wurden.

Eine Gruppe von jungen Frauen hatte auf einem kleinen Motorboot eine Miniaturversion der alten Kaufmannshäuser des Marktplatzes errichtet, originalgetreu mit Stufengiebeln und der tatsächlichen Farbe, illuminiert mit ein paar Lichterketten. Ein Trupp der hiesigen Feuerwehr hatte ein Tretboot mit Pappe und Holzständerwerk in einen Einsatzwagen mit einsatzbereiter Löschspritze verwandelt, die Schaum verteilte. Die Männer stießen gerade auf das Gelingen ihres Unterfangens an. Draußen auf der Treene tuckerte derweil eine Dampflok mit Anhänger vorbei, deren Erbauer anscheinend noch Schwierigkeiten mit einem Spezialeffekt hatte – mal quoll weißer Rauch aus dem Schornstein, mal nur ein blasser Schleier davon.

Johns Interesse galt dem schwimmenden Bierfass mit Außenborder, das am Kopf des Stegs festgemacht hatte und von drei jungen Männern und einem Mädchen umringt war, die alle eine Bierflasche in der Hand hielten.

Er ging zu ihnen hinüber und wurde von einem Raunen der Gruppe begrüßt.

»Eins, zwei, Polizei«, sagte ein Junge mit kurzen blonden Haaren, der einen Kopf größer war als John. »Haben wir etwas verbrochen, Herr Wachtmeister?«

Allgemeines Gelächter.

John ließ sich nicht davon beirren und behielt die Ruhe. Er hakte sich mit beiden Daumen im Ausrüstungsgürtel ein. »Ich will, dass das aufhört.«

Verdutzte Gesichter. Dann der Blonde: »Dass was aufhört?«

»Ich denke, das wisst ihr ganz genau. Die Schmierereien, die losgebundenen Boote, das Holzkreuz und erst heute Morgen die Sauerei im Jachthafen.«

»Aber wie kommen Sie darauf, dass wir das …«

John hob eine Hand. »Ihr habt es euch mit euren eigenen Leuten verscherzt. Die Klimagruppe hat ein ernstes Anliegen. Euch scheint es nur um Vandalismus zu gehen. Das im Jachthafen hättet ihr lieber bleiben lassen sollen.«

Der Blonde blickte zu seinen Mitstreitern, die überraschte Gesichter machten. Man konnte förmlich sehen, wie das überbordende jugendliche Selbstbewusstsein aus ihnen wich wie die Luft aus einem Ballon.

»Die … die haben uns verpfiffen?«, wunderte er sich mit schwerer Zunge.

John musste innerlich schmunzeln. Wie leicht es doch manchmal sein konnte, besonders wenn Alkohol im Spiel war. »Ihr steckt in großen Schwierigkeiten. Es liegen etliche Anzeigen vor, und ihr habt erheblichen Schaden mit euren Aktionen angerichtet. Die Leute hier in der Stadt wollen Blut sehen.«

Was natürlich maßlos übertrieben war, die meisten würden schon zufrieden sein, wenn wieder Ruhe einkehrte. Doch seine Worte taten die beabsichtigte Wirkung. Kreidebleiche Gesichter. Sie mochten in erwachsenen Körpern stecken, waren aber doch noch so unsicher.

»Und was ... was heißt das jetzt?«, fragte das Mädchen mit den blau gefärbten Haaren und einem Piercing in der Nase.

»Wenn die Anzeigen aufrechterhalten bleiben, werdet ihr euch vor Gericht verantworten müssen, Schadensersatzzahlungen nicht ausgeschlossen. Es sei denn ...«, in die erschrockenen Mienen mischte sich Hoffnung, »... ihr macht den entstandenen Schaden wieder gut.«

»Was schwebt Ihnen denn da vor?«, fragte der Blonde.

»Ihr wascht die Boote im Hafen ab. Pfarrer Christensen kann sicher Hilfe dabei gebrauchen, das Holzkreuz zurück an seinen angestammten Platz zu bringen, und rund um seine Kirche gibt es immer etwas zu tun, bei dem er helfende Hände gebrauchen kann. Was die losgebundenen Boote betrifft, könnte jedes davon eine liebevolle Handwäsche vertragen, und ich glaube, ein paar benötigen auch einen neuen Anstrich.« Die Jugendlichen sahen einander an und schienen dem Ansinnen nicht völlig abgeneigt. John schob hinterher: »Die Sache ist letztlich ganz einfach. Weder mir noch den Leuten hier geht es darum, euch Steine für euer weiteres Leben in den Weg zu legen. Was durchaus möglich wäre, nach allem, was ihr angestellt habt. Gerade die Sache mit den Booten. Ihr wisst sicherlich, dass mit Klimademonstranten gerade nicht zimperlich umgegangen wird. Ihr zeigt also Reue, macht den Schaden wieder gut und vertragt euch mit den Leuten. Am Ende wollen alle nur ihre Ruhe. Dann wird die Angelegenheit schnell vergessen sein. Überlegt es euch.«

Er trat ein paar Schritte zurück und wandte sich ab, damit die

Gruppe sich beraten konnte. Draußen auf der Treene hatte die Dampflok Fahrt aufgenommen und spie dichte Rauchschwaden aus. Zahlreiche weitere Gefährte hatten sich inzwischen auf dem Wasser dazugesellt und warteten auf die Einfahrt in die Grachtenrunde.

Der Blonde und das gepiercte Mädchen kamen schließlich zu ihm. »Wir können das gerne so machen«, sagte sie. »Sollen wir uns einfach bei den Leuten melden?«

»Nein, wir machen das gemeinsam. Ich werde das ein wenig vorbereiten und die Gemüter runterkochen. Dann kommt ihr zum Einsatz. Gebt mir bitte alle eure Namen, Adressen und Telefonnummern.«

Er schrieb die Kontaktdaten in den kleinen Notizblock, den er in der Brusttasche seiner Uniform mit sich führte.

»Wir möchten uns für das entschuldigen, was wir getan haben«, sagte der Blonde abschließend. »Es tut uns wirklich leid.«

»Das sollte es auch. Merkt euch das für die Zukunft. Unrecht lohnt sich nicht. Es holt einen immer ein.«

John wandte sich ab und ging den Steg hinunter. Dabei überflog er die Namen, die er notiert hatte. Zwei davon kannte er aus Celines Schule, die Eltern betätigten sich in der Schulpflegschaft. Der dritte junge Mann musste der Sohn eines Fensterputzers sein, dessen Werbung John schon mehrfach hier in der Gegend gesehen hatte. Lediglich der Nachname des Mädchens sagte ihm nichts, was aber nichts an seiner Einschätzung änderte, denn ihrer Kleidung nach zu urteilen, stammte sie aus einem ebenso gesitteten Elternhaus wie die Jungen. Er wäre jede Wette eingegangen, dass die vier zum ersten Mal ernsthaft mit der Polizei zu tun hatten. Ihr jugendlicher Übermut war schnell verflogen.

John kam am Kassenhäuschen des Bootsverleihs vorbei. Im Verkaufsfenster lehnte eine korpulente Dame mit Dauerwelle und Zigarette zwischen den Lippen.

»Moin«, sagte er. »Könnte ich einen Kaffee haben?«

»Natürlich. Sonst noch was, Herr Kommissar?«

»Nein, Kaffee reicht.«

Sie brachte ihm einen dampfenden Pappbecher. Während er Milch und Zucker einrührte, beantwortete die Dame einem Urlauberpärchen Fragen zu den Grachtenfahrten.

John lehnte sich mit dem Ellbogen auf das Abstellbrett vor der Verkaufstheke und sah zum Steg hinüber. Er traute dem Burgfrieden noch nicht ganz und wollte wissen, wie die Jugendlichen sich verhielten.

Die Bierflaschen verschwanden schnell, einige kippten den Rest ins Wasser, die Lust am Betrinken schien ihnen vergangen zu sein. Sie verrichteten einige letzte Handgriffe an ihrem schwimmenden Gefährt, verzurrten es noch einmal fest am Steg. Zwei von ihnen wurden zur Bewachung abgestellt, was einer gewissen Ironie nicht entbehrte, rührte diese Vorsicht wohl aus den eigenen Umtrieben.

Der blonde Junge und das Mädchen kamen den Steg entlang. Sie bemerkten John nicht, der von dem Touristenpärchen verdeckt wurde.

»Alter, da sind wir echt noch mal mit einem blauen Auge davongekommen«, hörte er das Mädchen sagen.

»Allerdings. Andererseits … der Spaß hat sich voll gelohnt. Wir hätten so manches nicht erlebt. Erinnerst du dich noch an den Verrückten?«

»Der Kerl, der im Stockdunkeln aus der Gracht kletterte?«

»Mhm. Der war doch echt irre.«

John ließ den Kaffee stehen, legte noch schnell einen Fünf-Euro-Schein unter den Becher und ging den beiden hinterher.

»Moment mal«, rief er, und sie blieben stehen. »Dieser Mann, von dem ihr gerade sprecht, was ist da genau passiert?«

»Was …?« Der Blonde machte ein verdutztes Gesicht.

»Hört zu, was ihr da beobachtet habt, könnte sehr wichtig sein. Also, bitte, was war da los?«

»Nun ja«, wand sich der Junge, »das war in der Nacht, als wir … also, wir waren auf dem Weg …«

»Auf dem Weg, das Holzkreuz zu entwenden«, kam ihm das Mädchen zur Hilfe. »Das war echt spooky. Im Stockdunkeln kam plötzlich dieser Typ aus der Gracht geklettert. Klatschnass und … er hatte echt einen irren Blick drauf. Ich dachte, der murkst uns alle ab.«

»Der Reihe nach«, sagte John. »Wo war das?«

»Wir gingen den Ostersielzug entlang. Hier, auf dieser Seite des Ufers.«

»Könnt ihr mich zu der Stelle bringen?«

»Klar«, sagte das Mädchen. »Ist gleich dort drüben. Liegt eh auf unserem Weg.«

John folgte den beiden, bis sie schließlich am Ostersielzug hinter der Brücke an der Schleswiger Straße stehen blieben.

»Ungefähr hier muss das gewesen sein«, sagte das Mädchen.

»Erinnert ihr euch an die Uhrzeit?«

»Uh, schwierig. Irgendwann nach elf Uhr oder so.«

John blickte auf die andere Seite der Gracht hinüber.

Das Haus der Riewerts'.

Er holte sein Smartphone heraus, öffnete die Fotogalerie und scrollte durch, bis er das Bild gefunden hatte, das er suchte. Er hielt es dem Mädchen und dem Jungen hin.

»War es dieser Mann?«

53 Sanna

Die Kollegen der Husumer Polizei hatten den Friedenshof weiträumig vor Schaulustigen abgeschirmt. Die Allee, die zu dem Anwesen führte, wurde von zwei Streifenbeamten bewacht. Sanna hatte statt der Fußgängerfähre, die wegen der Festivitäten außer Dienst war, diesmal den Landweg gewählt. Auch weil sie das Auto brauchte, um Jaane von hier fortbringen zu können. Ihre Aussage würde in dieser Sache wichtig sein, doch es gab für die Kripo keinen Anlass, sie dafür festzuhalten. So, wie Sanna ihre Schwester kannte, würde sie nach diesem Erlebnis so schnell wie möglich nach Hause wollen, um sich dort einzuigeln und vor der Welt zu verkriechen. Einsamkeit war aber mit Sicherheit das Letzte, was Jaane nun brauchte. Sie war in diese Situation geraten, weil Sanna sich nicht um sie gekümmert hatte. Den Fehler würde sie kein zweites Mal machen. Und wenn es darauf hinauslief, dass Jaane erst mal eine Nacht bei ihr im Hotel blieb.

Sanna legitimierte sich gegenüber den Streifenbeamten, und sie ließen sie passieren.

Sie fuhr die Allee entlang, hielt vor dem Haupttor des Friedenshofs und stieg aus. Im Innenhof parkten etliche Streifenwagen. Die Husumer Kollegen waren dabei, Aussagen aufzunehmen.

Noch immer lag die Hitze des Tages über dem Land, und das, obwohl die Sonne bereits tief am Horizont stand und alles in eine orangerote, fiebrige Atmosphäre tauchte.

Sanna entdeckte Jaane bei der kleinen Kapelle neben dem

Haupthaus, wo ein großer Nussbaum Schatten spendete. Tommy Fitzen stand bei ihr. Die beiden hielten Wasserflaschen in der Hand. Sanna ging zu ihnen hinüber.

Als Jaane sie kommen sah, breitete sie die Arme aus und fiel ihr um den Hals. »Danke, große Schwester.«

»Dafür sind große Schwestern da«, sagte Sanna und drückte Jaane an sich. »Es tut mir leid, dass ich nicht eher für dich da war.«

»Schon gut.« Jaane hatte Tränen in den Augen. »Ich habe mich selbst hier reingeritten.«

»Wir regeln das gemeinsam, okay?« Sanna sah zu Tommy Fitzen. »Danke, dass Sie sich um sie kümmern.«

»Kein Problem. Wir machen gerade eine Pause bei den Befragungen, da dachte ich, ich seh mal nach ihr.«

»Wurde ihre Aussage schon aufgenommen?«

»Die Husumer Kollegen haben eine erste Befragung durchgeführt.«

»Sie waren wirklich sehr nett«, warf Jaane ein.

»Den Rest können wir in den kommenden Tagen erledigen«, sagte Tommy Fitzen. »Ich schätze, Sie wollen jetzt bestimmt nach Hause.«

»Ich ... ja ... ich weiß nicht ...« Jaane blickte Sanna fragend an.

»Du kannst bei mir im Hotel übernachten«, antwortete sie. »Morgen fahren wir dann gemeinsam nach Sylt, und ich bleibe eine Weile bei dir. Ich ... habe nämlich Urlaub.«

Jaane zog die Augenbrauen zusammen. »Ich denke, du arbeitest hier an dem Fall?«

»Nein. Nicht mehr wirklich.«

»Du hast doch nicht etwa meinetwegen Ärger bekommen?«

Bevor Sanna antworten konnte, hörte sie hinter sich die Stimme von Lilly Velasco. »Sie trauen sich in die Höhle des Löwen? Bleicken schwirrt hier irgendwo rum.«

»Das Risiko muss ich eingehen«, sagte Sanna. »Es gibt Neuigkeiten.«

Sie berichtete Fitzen und Velasco von dem Gespräch, das Benthien und sie mit Valerie Tönning geführt hatten.

»Und das würde die Dame auch vor Gericht bezeugen?«, fragte Lilly Velasco.

»Ja.«

»Erscheint Ihnen die Aussage verlässlich?«

»So verlässlich, wie das in solchen Fällen sein kann, wenn die Opfer erst viele Jahre später die Vergewaltigung anzeigen. Jedenfalls hat die Freikirche sich seinerzeit große Mühe gegeben, sie nach ihrem Austritt mundtot zu machen«, sagte Sanna. Sie blickte sich auf dem Hof um. »Die Chancen stehen meines Erachtens aber hoch, dass wir weitere Frauen finden, an denen sich Abbe Boysen vergangen hat.«

»Es zeigen sich gerade tatsächlich etliche Leute, die bislang geschwiegen haben, überaus redselig«, bestätigte Tommy Fitzen.

»Abbe Boysen hat uns erklärt, dass er einvernehmlichen Sex mit Eef Riewerts hatte«, sagte Lilly Velasco. »Ich habe ihm das nicht abgekauft. Wir haben das Tagebuch von Eef, dazu nun die Aussage von Tönning. Ich würde vorschlagen, wir nehmen ihn noch mal in die Mangel.«

»Tun Sie das …« Sanna hätte sich am liebsten auf die Zunge gebissen. Sie war in diesem Fall nicht mehr zuständig, also hatte sie hier keine Weisungen zu erteilen. Doch die beiden schienen ihr das nicht übel zu nehmen.

Lilly Velasco lächelte Tommy Fitzen an. »Was meinst du, wollen wir?«

»Allzu gerne.«

Sie wurden in ihrem Eifer von Oberstaatsanwalt Bleicken gebremst, der aus dem Haupthaus zu ihnen herüberkam. An seiner Seite ging eine junge Dame, schlank, schwarzer Hosenanzug, lange dunkelbraune Haare. Sanna kannte sie flüchtig aus der

Staatsanwaltschaft. Annabell Bergmann, eine Referendarin, die kurz vor dem zweiten Staatsexamen stand. Was hatte sie hier an seiner Seite zu suchen?

»Ich hatte Sie doch von dem Fall abgezogen, Frau Staatsanwältin?«, sagte Bleicken.

»Es gibt neue Erkenntnisse, die ich den Kollegen nicht vorenthalten wollte«, antwortete sie wahrheitsgemäß.

»Und würden Sie diese auch mit mir teilen?«

»Wir haben eine Frau gefunden, die bezeugt, dass sie von Abbe Boysen unter Drogen gesetzt und vergewaltigt wurde, ganz so wie Eef Riewerts …«

»Wir? Darf ich mich erkundigen, wen genau Sie damit meinen?«, unterbrach Bleicken sie. »Wenn ich mich nicht irre, waren die Kollegen Velasco und Fitzen die ganze Zeit hier an meiner Seite.«

»Nun …« Sanna räusperte sich. Ein unbedachtes Wort zur falschen Zeit.

Bleickens Blick wanderte plötzlich zur Seite, als auf dem Hof ein weiterer Streifenwagen vorfuhr. John Benthien stieg aus, machte sich nicht einmal die Mühe, die Wagentür hinter sich zu schließen, und kam mit eiligen Schritten auf sie zu.

»Was, zum Kuckuck, will Benthien hier?«, entfuhr es Bleicken.

»Wir müssen reden«, sagte Benthien außer Atem. »Ich bin auf etwas gestoßen, das alles verändert. Ich habe den dritten Mann.«

»Tatsächlich?« Tommy Fitzen hob die Augenbrauen.

»Wäre jemand so freundlich, mir zu sagen, worum es hier geht?«, fragte Bleicken. »Was für ein dritter Mann?«

Sanna konnte sich eine gewisse Freude nicht verkneifen. Bleicken schien es nicht zu behagen, dass er auf dem Abstellgleis stand, während der Ermittlungszug in voller Fahrt an ihm vorbeirauschte. Velasco und Fitzen war anzusehen, dass sie ähnlich empfanden.

Benthien berichtete, wie er die jugendlichen Vandalen gefunden und diese ihm von ihrer Begegnung mit einem Mann erzählt hatten, der in der Tatnacht gegenüber dem Haus der Riewerts' aus der Gracht gestiegen war. »Es war Keke Boysen.«

»Und sie sahen ihn definitiv aus der Gracht beim Haus der Riewerts' steigen?«, fragte Sanna. Ihnen war wohl allen klar, was Benthiens Entdeckung bedeuten mochte.

»Ja, ich habe mir die Stelle von ihnen zeigen lassen«, bestätigte er. »Langsam ergibt das für mich alles einen Sinn.«

»Wobei Sie nichts mit diesen Ermittlungen zu tun haben«, ging Bleicken dazwischen. »Kriminalrat Gödecke und ich ...«

Sanna brachte den Oberstaatsanwalt zum Schweigen, indem sie seinen Einwand ignorierte und Benthien aufforderte: »Erzählen Sie.«

»In der Nacht, als Laas und Mette Riewerts ermordet wurden, habe ich Abbe und Keke im Café Himmelreich angetroffen. Später hat es mich gewundert, weshalb sich die beiden schiedlich-friedlich trafen, noch dazu in einem Lokal der Freikirche, wo die Brüder doch angeblich zerstritten sind und Keke nach seinem Ausschluss zu einem der schärfsten Kritiker der Freikirche geworden ist. Aber schon an dem Abend war da etwas, was mich stutzig machte«, erinnerte sich Benthien. »Die Fensterscheibe des Cafés war mit Graffiti besprüht. Obszönes Zeug. Ich bot Keke und Abbe an, dass sie eine Anzeige stellen und ich der Sache nachgehen würde. Doch das interessierte die beiden nicht im Geringsten. Sie waren froh, mich wieder loszuwerden.«

»Also gab es wohl etwas Dringenderes, was sie beschäftigte«, sagte Sanna.

»So ist es. Und was kann zwei Parteien, die über Kreuz liegen, vereinen?«

»Ein gemeinsames Problem«, überlegte Lilly Velasco, »eine Bedrohung, die sie wieder zusammenschweißt.«

»Sie denken da an Laas Riewerts, richtig?«, fragte Sanna. Sie ahnte, worauf Benthien hinauswollte.

»In der Tat. Laas hatte sich kurz zuvor an Pfarrer Christensen gewandt. Er suchte geistlichen Beistand bei ihm, etwas schien seine Seele schwer zu belasten. Er wollte beichten«, erzählte Benthien. »Laas sprach auch mich am Tag seines Todes an. Er war wegen Handwerkerarbeiten in meinem Haus und sagte, dass es etwas Problematisches gebe, über das er mit mir als Polizisten reden müsse.«

»Eef«, mutmaßte Sanna, da ihr dies die plausibelste Möglichkeit schien. »Er wollte mit Ihnen über Eef sprechen, weil er wusste, was damals wirklich geschehen war.«

»Richtig«, bestätigte Benthien. »Da kommen nur zwei Varianten infrage. Entweder, er hatte sie selbst getötet und wollte nun endlich sein Gewissen erleichtern. Oder, falls er es nicht war, er kannte den Täter und wollte auspacken.«

»Und da kommen die Gebrüder Boysen ins Spiel«, sagte Sanna und merkte Bleickens Blick an, dass er Mühe hatte, dem Gedankenspiel zu folgen. »Laas wusste, dass Abbe damals Eef vergewaltigt und ihr ein Kind gemacht hatte. Was, wenn er und Keke auch mit ihrem Tod zu tun hatten? Immerhin waren sie beide in der Nacht ihres Verschwindens bei den Riewerts im Haus.«

»Bleiben wir noch kurz im Hier und Jetzt«, warf Lilly Velasco ein. »John, kurz nachdem du Abbe mit Keke im Café getroffen hast, sah Nils Löhr ihn am Haus der Riewerts'. Er stritt mit Laas, der ihn abwimmelte.«

»Gehen wir mal davon aus, dass John recht hat.« Tommy Fitzen ließ den Blick durch die Runde schweifen. »Dann hatte Abbes abendlicher Besuch bei ihm gar nichts mit dem Vermögen von Mette Mohr zu tun. Es war ganz anders. Laas wollte auspacken, weil die Boysens mit dem Tod seiner ersten Frau zu tun hatten. Die Brüder ahnten das, und Abbe versuchte, ihn davon abzubringen. Aber Laas blieb standhaft.«

»Wenig später waren er und seine Frau tot, und die Jugendlichen sahen hinter dem Haus Keke Boysen aus der Gracht steigen«, vollendete Sanna den Gedankengang.

»Keke ist der dritte Mann«, sagte Benthien. »Olger Andres, Keke Boysen, Cornelis Mohr, sehr wahrscheinlich in dieser zeitlichen Reihenfolge. Olger Andres war an diesem Abend in der Stadt. Das Verschwinden von Eef jährte sich zum zehnten Mal. Ich sah ihn mit seinem Auto an der Gracht gegenüber dem Haus der Riewerts' parken. Er hielt Laas seit jeher für den Mörder seiner Tochter und wollte ihn nun endlich zum Reden bringen. Er ging als Erster ins Haus. Doch etwas kam dazwischen, oder besser gesagt, jemand: Keke Boysen. Er war schon immer das Raubein der beiden Brüder. Abbe könnte ihn geschickt haben, um Laas von seinem Vorhaben abzubringen, nachdem ihm das nicht gelungen war. Keke vertrieb also Olger Andres. Dann war Olger der Mauerkletterer, den Holger Dehnen gesehen hat. Vermutlich schnappte sich Olger das Boot von Oma Wiebe, paddelte ans andere Ufer und fuhr mit seinem Wagen davon. Bleibt noch Keke. Er suchte das Weite, als Cornelis Mohr auftauchte. Ihm blieb nichts anderes übrig, als in die Gracht zu springen. Am anderen Ufer lief er den Jugendlichen in die Arme.«

Für einen Moment herrschte Stille, als alle über Benthiens Worte nachdachten. Sanna musste zugeben, dass das Geschehen in dieser Form tatsächlich einen Sinn ergab.

Bleicken schickte sich an, das Wort zu ergreifen, doch bevor er etwas sagen konnte, meinte sie: »Wenn sich das tatsächlich so zugetragen hat, bleibt immer noch die Frage offen, wer von beiden der Täter ist. Olger Andres könnte sowohl der Mörder von Laas und Mette sein als auch Zeuge der Tat. Gleiches gilt für Keke Boysen.«

»Vielleicht kommen wir weiter, indem wir zuerst klären, was damals wirklich mit Eef Riewerts passiert ist«, sagte Lilly Velasco. »Mit der Aussage von Valerie Tönning, der Beobachtung der Jugendlichen und Johns Theorie haben wir genug, um Abbe unter Druck zu setzen.«

»Oder … wir machen es anders.« Tommy Fitzen massierte sich das Kinn. »Wir erklären ihm, dass sich in diesem Fall Abel nicht von Kain erschlagen lassen muss, und bieten ihm einen Ausweg.«

Sanna begriff, was Fitzen mit dem Vergleich sagen wollte, und sie genoss den perplexen Blick von Bleicken, der nun vollends den Faden verloren hatte.

In dem Moment klingelte John Benthiens Smartphone.

54 Lilly

Insgeheim beneidete Lilly John ein wenig. Der Anruf auf seinem Smartphone war vom Bürgermeister gekommen. Auf dem Sommerfest in Friedrichstadt gab es Probleme mit Klimademonstranten. John hatte sich sofort in den Streifenwagen gesetzt und war in die Stadt gefahren. Er durfte sich nun mit Kindern und Jugendlichen auseinandersetzen, eine vergleichsweise harmlose Aufgabe im Gegensatz zu jener, die auf sie wartete. Sie hätte in diesem Moment gerne mit ihm getauscht.

Sie betrat den Gemeinschaftsraum und setzte sich Abbe Boysen und seinem Anwalt gegenüber. Sanna Harmstorf folgte ihr und nahm neben ihr Platz.

Lilly war froh, sie an ihrer Seite zu wissen. Tommy und seine Erfahrung in allen Ehren, aber es machte doch einen Unterschied, ob man bei einer Befragung lediglich von einem Kollegen oder aber von einer Staatsanwältin sekundiert wurde.

Das hatte auch Oberstaatsanwalt Bleicken so gesehen. Natürlich hätte er selbst der Vernehmung beiwohnen können, doch er hatte Größe bewiesen, indem er unumwunden zugab, dass Sanna besser mit den Details des Falls vertraut sei und Lilly deshalb gemeinsam mit ihr versuchen solle, den Widerstand von Abbe Boysen zu brechen.

Lilly schaltete das Aufnahmegerät ein.

»Herr Boysen, reden wir noch einmal über den Geschlechtsakt, den Sie mit Eef Riewerts auf dem Sommerfest hier auf dem

Friedenshof vor etwa zehn Jahren begangen haben.« Abbe stieß seinen Missmut mit einem Seufzer aus und wollte etwas erwidern, doch sein Anwalt hielt ihn zurück, indem er eine Hand auf seinen Arm legte.

Lilly fuhr fort: »Sie haben bereits zugegeben, dass Drogen dabei im Spiel waren. Eef Riewerts beschreibt den Beischlaf in ihrem Tagebuch als einen Akt der Vergewaltigung. Sie hingegen erinnern sich an einvernehmlichen Sex. Bleiben Sie bei dieser Aussage?«

Abbe nickte. »Es geschah in beiderseitigem Einvernehmen, ja.«

Lilly wandte sich Sanna Harmstorf zu und signalisierte ihr mit einem Nicken, dass sie übernehmen solle.

Die Staatsanwältin schlug demonstrativ die Akte auf, die sie mitgebracht hatte. Nur sie beide wussten, dass es sich um eine beliebige Akte handelte, die sie in ihrem Wagen gefunden hatte, nichts, was mit diesem Fall zu tun hatte. Doch sie würde ihren Zweck erfüllen. Hatte man ein Schriftstück vor sich liegen, weckte das immer den Eindruck, dass es etwas Amtlich-Offizielles gab, etwas, was schwarz auf weiß geschrieben stand und gegen jemanden verwendet werden konnte.

Lilly entging nicht, wie Boysens Rechtsanwalt die Akte mit ebenso neugierigem wie besorgtem Blick musterte, als Sanna Harmstorf darin blätterte.

»Wir haben die Aussage einer Frau, die angibt, von Ihnen vergewaltigt worden zu sein«, sagte sie. »Einige Jahre vor den Geschehnissen um Eef Riewerts. Es drängen sich einige Parallelen auf. Die Frau behauptet, von Ihnen ebenfalls unter Drogen gesetzt worden zu sein. Dann hatten Sie gegen ihren Willen Geschlechtsverkehr mit ihr. Sie trat im Anschluss aus der Freikirche aus. Ich vermute, Sie wissen, von wem ich rede.«

Sie schlug die Akte zu, und Lilly beobachtete die Reaktion von Abbe Boysen. Er wirkte geschockt.

»Sie verstehen, dass für uns hier ein Muster erkennbar wird«, fuhr die Staatsanwältin fort. »Im Zuge der jüngsten Ermittlungen gegen Ihre Kirche werden wir Gespräche mit den Mitgliedern führen. Wir werden dabei auch ein Augenmerk auf diese Sache legen. Was meinen Sie, Herr Boysen, werden wir weitere Frauen finden, die uns ähnliche Geschichten erzählen?«

Der Anwalt räusperte sich und zog seine Krawatte zurecht. »Ich würde mich gerne mit meinem Mandanten allein unterhalten.«

»Das können Sie ruhig tun. Aber vielleicht warten Sie einen Moment«, sagte Lilly. »Wir sind noch nicht fertig.«

»Ich höre.« Der Anwalt, der sich bereits erhoben hatte, setzte sich wieder.

»Ihr Bruder Keke wurde in der Nacht, als Laas und Mette Riewerts ermordet wurden, in der Nähe von deren Haus gesehen«, erzählte Lilly. »Er kletterte völlig durchnässt am gegenüberliegenden Ufer aus der Gracht.«

»Wir gehen davon aus, dass es einen Grund für das nächtliche Bad Ihres Bruders gab«, nahm Sanna Harmstorf den Ball auf. »Möglicherweise befand er sich im Haus der Riewerts'. Er könnte Zeuge des Mordes geworden sein, vielleicht hatte er aber auch selbst etwas damit zu tun. Wir werden ihn noch dazu befragen. Allerdings wurden auch Sie an jenem Abend beim Haus der Riewerts' gesehen. Wir gehen davon aus, dass das kein Zufall war.«

»Tatsächlich sind wir mittlerweile der Überzeugung, dass der Doppelmord an den Riewerts mit dem an Eef zusammenhängt«, sagte Lilly. »Laas Riewerts wollte eine Aussage bei unserem hiesigen Kollegen machen. Sehr wahrscheinlich zum Mord an seiner ersten Frau. Sein Mörder wollte wohl verhindern, dass er redet. Sie und Ihr Bruder waren auch in der Nacht, als Eef ermordet wurde, im Haus der Riewerts'. Wir werden daher in beiden Fällen gegen Sie und Keke Boysen als Tatverdächtige ermitteln.«

Die Staatsanwältin stützte sich mit den Ellbogen auf den Tisch. »Ihr Anwalt wird Ihnen nun vermutlich erklären, dass wir nichts Konkretes gegen Sie in der Hand haben, sonst hätten wir Sie bereits festgenommen. Er wird Ihnen auch raten, von Ihrem Zeugnisverweigerungsrecht Gebrauch zu machen, was ein kluger Rat ist. Allerdings gibt es auch noch eine andere Möglichkeit …«

Abel muss sich nicht von Kain erschlagen lassen.

Tommys Worte gingen Lilly durch den Kopf. »Abbe, Ihnen bietet sich ein Ausweg aus der ganzen Sache. Wenn Sie nichts mit den beiden Morden zu tun haben, kooperieren Sie mit uns. Sollte Ihr Bruder dahinterstecken, müssen Sie sich nicht von ihm mit runterziehen lassen.«

Für einen Moment herrschte Schweigen. Dann erhob sich der Anwalt abermals. »Ich würde jetzt gerne mit meinem Mandanten …«

»Ich denke, das ist nicht nötig.« Abbe bedeutete ihm, sich wieder hinzusetzen. Dann faltete er die Hände und legte sie in den Schoß. »Ich habe diese Last lange genug mit mir herumgetragen, und die Kommissarin hat recht. Keke muss sich selbst für seine Taten verantworten.«

»Beginnen wir an dem Punkt, als Sie Eef Riewerts Geld für die Abtreibung anboten.« Lilly öffnete die Plastikflasche mit Wasser und trank einen Schluck. Boysen und seinem Anwalt hatte sie ebenfalls jeweils eine Flasche geholt. Schließlich wollte sie nicht, dass der Mann, nun, wo er redselig wurde, wegen der nach wie vor hohen Temperaturen dehydriert zusammenklappte. »Eef lehnte das Geld ab, korrekt?«

»Ja, so war es.«

Lilly ließ den Tatbestand der Vergewaltigung für den Moment bewusst außen vor. Im Fall von Eef würde es ohnehin schwierig werden, Abbe Boysen so viele Jahre später eine Vergewaltigung nachzuweisen. Doch er würde sich den Vorwürfen von Valerie Tönning stellen müssen, und eventuell würden sich in der Gemeinde der Gläubigen ja weitere Frauen finden, die seiner Masche zum Opfer gefallen waren und nun endlich bereit wären, auszusagen. Die Chancen standen also gut, dass er seine gerechte Strafe erhalten würde. Doch erst mal ging es um die beiden Morde.

»Was taten Sie dann?«

»Ich erzählte meinem Bruder von dem Problem«, berichtete Abbe. »Er verstand die Implikationen für unsere Familie und die Freikirche. Keke versprach, sich darum zu kümmern.«

»Weshalb erhofften Sie sich Hilfe von Ihrem Bruder?«, hakte Lilly nach.

»Keke ... hatte andere Methoden, einen Streit für sich zu entscheiden.«

»Und was tat Ihr Bruder?«

»Er sprach mit Laas. Ihm musste ebenso an einer Lösung der Situation gelegen sein«, erinnerte sich Abbe. »Keke schlug vor, dass wir uns bei Laas zu Hause treffen sollten, um gemeinschaftlich zu beraten und auf Eef einzuwirken.«

»Auf sie *einzuwirken*?«, wiederholte Lilly. »Was genau meinen Sie bitte damit?«

»Keke war der Ansicht, dass man sie auf den rechten Pfad zurückbringen musste. Auch um ihrer eigenen Seele willen.«

»Uns ist bekannt, dass Nele Flohr in ähnlich gelagerten Fällen die Reinigung der Seele durch Züchtigung empfahl«, schaltete sich Sanna Harmstorf ein. »Könnte es sein, dass dies auch im Fall von Eef Riewerts vorgesehen war?«

»Bitte glauben Sie mir, dass ich von so etwas nichts wusste, als ich an jenem Abend zum Haus der Riewerts' ging«, sagte Abbe. »Ich war selbst schockiert, was mich erwartete. Dass Keke die Frau fesseln würde und dann ...«

Abbe brach ab und begann, an den Fingernägeln einer Hand zu knabbern. Lilly war sich sicher, dass er nicht schauspielerte.

Sie hatte Ähnliches bereits erlebt. Es handelte sich um ein Erlebnis, an das er sich nur ungern erinnerte. »Erzählen Sie uns der Reihe nach, was geschehen ist, Abbe.«

»Als ich klingelte, öffnete mir Laas. Sein Gesicht ... kreideweiß und völlig verstört. Keke war vor mir eingetroffen. Er hatte Eef überwältigt, sie gefesselt ...«

»Moment«, hakte Lilly ein. »Sie meinen, Keke tat das im Beisein ihres Mannes?«

Ein kurzes Lächeln spielte um Abbes Mundwinkel. »Sie sind Keke begegnet. Glauben Sie ernsthaft, Laas hätte auch nur den Hauch einer Chance gehabt, sich gegen ihn zu wehren und ihn von diesem Vorhaben abzuhalten?«

Vor ihrem inneren Auge sah Lilly den stämmigen und muskulösen Keke Boysen. Abbe hatte recht. »Reden Sie weiter«, forderte sie ihn auf.

»Laas führte mich in den Keller. Keke ... er hatte Eef geknebelt, mit den Händen an ein Abwasserrohr an der Decke gefesselt und ihren Oberkörper entblößt. Er hielt mir eine Peitsche hin.« Lilly entging nicht, mit welch entsetztem Blick der Anwalt Abbe Boysen ansah. »Keke sagte mir, dass ich das Problem verursacht hätte, und nun sollte ich selbst dabei helfen, es aus der Welt zu schaffen. Er ... er wollte, dass ich sie schlage.«

»Und das taten Sie?«

»Nein.« Abbe schüttelte den Kopf. »Das konnte ich nicht, eine Frau schlagen. Bei Gott, Eef war schwanger! Ich fragte meinen Bruder, wie er auf diese teuflische Idee gekommen wäre. Er erinnerte mich an die Regeln der Gemeinde und zitierte die Bibel. Wir alle müssten dabei helfen, ihre Seele reinzuwaschen.«

»Was ist mit Laas, wie reagierte er?«

»Sie müssen wissen, dass Keke eine Waffe bei sich hatte. Er holte sie hervor, als wir uns weigerten. Er richtete sie auf Laas. Also ... nahm Laas die Peitsche und versetzte seiner Frau mehrere Hiebe. Sie schrie. Es war furchtbar.«

»Und Sie?«

»Ich weigerte mich weiterhin. Lieber sollte Keke mich erschießen.«

Lilly kaufte ihm diesen Teil nicht ganz ab.

Wer eine Frau vergewaltigte, war ihrer Meinung nach sicher auch im Stande, sie zu schlagen. Und ebenso gut konnten die Männer Eef in den Keller geschleppt und einfach umgebracht haben. Allerdings wäre sie kaum in der Lage, das zu beweisen, also machte es keinen Sinn, an dieser Stelle Widerrede zu halten. Sie ließ ihn weiterreden.

»Keke gab Eef schließlich ein Glas Wasser zu trinken. Dann befahl er Laas, weiterzumachen. Da verlor Eef das Bewusstsein. Ich habe mir später zusammengereimt, dass Keke ihr ein Mittel untergemischt haben musste. Er verfolgte einen Plan.« Abbe machte eine kurze Pause. »Dann klingelte es an der Tür. Ich ging mit Laas hoch. Durch den Spion sah ich Pfarrer Christensen draußen stehen. Laas war nicht in der Lage, mit ihm zu reden, also übernahm ich das und wimmelte ihn ab. Als wir dann wieder runter in den Keller gingen, da … war Eef tot.«

Lilly wechselte einen Blick mit der Staatsanwältin, die fragte: »Ich fürchte, das müssen Sie uns genauer schildern. Woran machten Sie fest, dass sie tot war?«

»Sie … sie hing noch immer mit den Händen an diesem Rohr. Ihr Kopf baumelte reglos herab. Keke war außer sich. Er machte den armen Laas glauben, dass er es mit seinen Hieben übertrieben und nun seine Frau auf dem Gewissen hätte. Ich ging zu Eef hinüber und fühlte ihren Puls. Nichts. Von Nahem fiel mir dann auf …«

Er brach ab und vergrub das Gesicht in den Händen.

»Was fiel Ihnen auf, Abbe?«, fragte Lilly.

»Die Male an ihrem Hals. Er musste sie gewürgt haben, als ich mit Laas oben an der Tür war.«

»Es tut mir leid, aber wir brauchen das klar und deutlich.«

Lilly warf einen Blick auf das Aufnahmegerät. »Sie sagen, dass Ihr Bruder Keke Eef Riewerts erwürgte?«

Abbe nickte. »Ja, so muss es gewesen sein. Laas bemerkte das aber nicht, und ich schwieg. Wir schafften ihre Leiche in den Garten und vergruben sie dort. Laas war völlig verwirrt, er glaubte wohl wirklich, dass er seine Frau ermordet hatte. Keke bläute ihm mit vorgehaltener Waffe ein, dass keiner von uns jemals ein Wort über diese Sache verlieren durfte.«

Lilly lehnte sich zurück. Die Geschichte jagte ihr einen kalten Schauer über den Rücken. Wenn sich denn tatsächlich alles so zugetragen hatte. »In den folgenden Jahren ging Laas Riewerts auf Distanz zur Freikirche. Ich nehme an, dass der Grund in den Geschehnissen jener Nacht zu suchen ist.«

»Das trifft zu. Laas reimte sich mit der Zeit wohl zusammen, welches Spiel Keke mit ihm gespielt hatte. Er machte Keke und mich für Eefs Tod verantwortlich, er wollte nichts mehr mit uns zu schaffen haben, was ich ihm nicht verdenken konnte.«

In Gedanken ging Lilly noch einmal die Ereigniskette durch, auch das, was sie über das Leben der beiden Brüder nach dem vermeintlichen Verschwinden von Eef Riewerts wussten. »Ihr Bruder wurde in den folgenden Jahren aus der Kirchengemeinde ausgeschlossen. Gehe ich recht in der Annahme, dass da ein Zusammenhang besteht?«

»Ich konnte nicht über das sprechen, was geschehen war, ohne uns alle in große Schwierigkeiten zu bringen«, gestand Abbe. »Aber ich konnte meine eigene Form der Rache für das üben, was mein Bruder getan und in was er mich verwickelt hatte. Ich erzählte unserem Vater davon. Ich konnte sicher sein, dass er es für sich behalten würde.«

»Und Sie wussten auch, wie Ihr Vater reagieren würde, zumal Keke schon immer das schwarze Schaf in der Familie gewesen war«, sagte Lilly. »Allerdings können Sie mir nicht weismachen, dass Sie es aus Rache für Eef Riewerts taten. Sie handelten vielmehr aus Eigeninteresse. In der Nachfolge Ihres Vaters war Keke Ihr natürlicher Konkurrent. Sie sahen die Chance, ihn loszuwerden.«

»Sagen wir doch einfach, dass dies der gewünschte Effekt war, ob nun für Eef oder für mich, das spielt letztendlich keine Rolle. Selbst wenn Keke das Gegenteil behauptete, hätte mein Vater ihm nicht geglaubt, dafür hatte er einfach schon zu oft gelogen und über die Stränge geschlagen. Daher beschloss Vater auch sehr schnell seinen Ausschluss aus der Gemeinde.«

»Und dann brachte diese alte Sache Sie beide am Ende doch wieder zusammen«, spannte Lilly den Bogen, »nämlich als Laas Riewerts sein Gewissen doch erleichtern wollte. Er sah, wie die Freikirche seiner neuen Frau Mette übel mitspielte, sich ihres Erbes bemächtigen wollte. Womöglich haben Sie ihn mit Ihrer Gier zu diesem Schritt getrieben. Wie auch immer Sie von seinem Vorhaben erfahren haben, Sie baten erneut Ihren Bruder um Hilfe.«

»Ich versuchte es im Guten«, schwor Abbe. »Ich suchte Laas mehrfach auf, zuletzt an jenem Abend, als er starb. Nachdem er mich abgewimmelt hatte, ging ich zurück ins Café und berichtete Keke davon. Er versprach mir, sich zu kümmern.«

»Dann ging er zu den Riewerts?«

»Das nehme ich an.«

»Sprachen Sie danach mit ihm?«

»Kurz, ja. Er sagte, das Problem sei nun ein für alle Mal gelöst.«

Lilly schaltete das Aufnahmegerät aus.

Sie hatten ein Geständnis. Das allerdings auf tönernen Füßen stand. Wenn Keke Boysen einfach alles abstritt oder das genaue Gegenteil behauptete, fiel das Kartenhaus in sich zusammen.

»Ich möchte mich kurz mit der Staatsanwaltschaft beraten«, sagte Lilly und stand auf. »Ihr Rechtsbeistand wird Sie in der Zwischenzeit über den Tatbestand der Beihilfe zum Mord aufklären.«

Sie ging hinaus, und Sanna Harmstorf folgte ihr.

Die Sonne war bereits untergegangen, und es dämmerte, als sie auf den Hof vor dem Haupthaus traten. Die Husumer Kollegen hatten ihr Tagwerk verrichtet und waren im Aufbruch begriffen. Zwei Streifenwagen fuhren gerade hintereinander auf die staubige Schotterallee hinaus.

Aus der Stadt drang Musik herüber. Das Fest war in vollem Gange, und auf der Treene drängten sich die Schiffe für den Bootskorso.

Lilly hörte Grillen zirpen.

»Da ist etwas, was mir zu denken gibt«, sagte die Staatsanwältin. »Gehen wir davon aus, dass Olger Andres an jenem Abend Laas Riewerts aufsuchte, den er für den Mörder seiner Tochter hielt. Vielleicht wollte er ihn töten, vielleicht wollte er ihn auch nur zum Reden bringen, damit die Wahrheit ans Licht käme. Sollte Letzteres der Fall gewesen sein, könnte Laas ihm diesen Gefallen getan haben. Er wollte ohnehin ein Geständnis ablegen.«

»Ja«, bestätigte Lilly, »das wäre möglich. Vielleicht hat er ihm alles erzählt.«

»In diesem Fall hätte Olger Andres erfahren, wer tatsächlich der Mörder von Eef war, nämlich Keke Boysen, wenn wir der Aussage von Abbe folgen.«

»Richtig. Und dann tauchte Keke bei den Riewerts auf. Sehr wahrscheinlich, als Olger noch im Haus war.«

»Was bedeutet, dass Olger Zeuge wurde, wie Keke Laas und Mette tötete.«

»Aber warum hat er uns dann nichts davon gesagt?«

»Das ist die Eine-Million-Euro-Frage«, meinte Sanna Harmstorf. »Wenn er weiß, dass Keke Eef getötet hat, müsste er doch ein Interesse daran haben, dass der Mörder seiner Tochter zur Rechenschaft gezogen würde.«

»Ja, allerdings könnte er sich auch vorgenommen haben, das selbst zu erledigen.«

»Rufen Sie den Mann an. Ich will mit ihm reden. So oder so könnte er sich in Gefahr befinden.«

Lilly wählte auf ihrem Smartphone die Nummer von Olger Andres. Eine Viertelstunde und ein Dutzend Versuche später war sie sicher. Olger Andres war nicht zu erreichen.

55 John

Das Chaos war perfekt. John drängte sich auf dem Friedrichstädter Marktplatz durch die Menge hinüber zur Großen Brücke, die den Mittelburggraben überspannte. Um ihn herum standen die Festbesucher dicht an dicht, in ausgelassener Laune, mit Bierflaschen und Essen von den Imbissständen in den Händen. Musik lag in der Luft. Es wurde langsam dunkel, und die vielen Lampions und Lichter an Land und auf den schwimmenden Gefährten tauchten die Szenerie mit den alten Stufengiebelhäusern im Hintergrund in ein uriges Licht. Ein friedlicher Abend, würde die Festillumination nicht unentwegt von flackernden Blaulichtern durchbrochen werden.

Die Lage war auf den ersten Blick etwas unübersichtlich.

Da waren zum einen die Klimademonstranten auf der Großen Bücke, zum anderen der Stau, der sich ihretwegen gebildet hatte. Und dann war da noch der Bootskorso.

An der Gracht saßen die Zuschauer links und rechts auf der Uferböschung und feierten die vorbeiziehenden Boote, oder besser, sie hätten es gerne getan. Denn im Moment herrschte Stillstand. Die selbst gebauten Gefährte verharrten auf der Stelle, denn den Demonstranten war es gelungen, auch den Schiffsverkehr lahmzulegen.

Begonnen hatte alles mit einem Unfall. Auf der Landstraße östlich des Stadtkerns waren an der Kreuzung zur Bundesstraße zwei Pkw zusammengestoßen. Die Straße war einspurig in westliche Richtung gesperrt worden. Einige besonders Eilige hatten – wohl in Unkenntnis des Festes oder aber in einem Anfall von kollektiver Ignoranz – versucht, dem Stau ein Schnippchen zu schlagen, indem sie ihn durch die Innenstadt umfuhren.

Das hätte wegen des Festes wohl ohnehin zu einem Verkehrschaos geführt. So aber war der Pulk aus genervten Autofahrern auf die Demonstranten getroffen, die sie am Weiterkommen hinderten.

Der Bürgermeister hatte am Telefon bereits seine Wut an John ausgelassen, weil die Klimaaktivisten sich nicht an die Abmachung gehalten hatten, es bei einer kurzen Kundgebung auf der Bühne zu belassen.

Zwar hatte sich tatsächlich ein junger Mann – der Sohn eines stadtbekannten Elektrikers – auf die Bühne gestellt und vor den Folgen des Klimawandels gemahnt und zu entschlossenem Handeln aufgefordert. Doch noch während er gesprochen hatte, war ein Trupp seiner Mitstreiter auf die Große Brücke gezogen und hatte sich dort auf dem Asphalt festgeklebt. Ein halbes Dutzend von ihnen hatte sich zusätzlich mit Klettergeschirr von der Brücke abgeseilt, und das, während der Bootskorso schon in vollem Gange gewesen war. Sie hingen noch immer zu beiden Seiten so tief von der Brücke, dass die Boote unmöglich an ihnen vorbeikamen.

Glücklicherweise waren die Streifenkollegen aus Husum eingetroffen, und bislang war es ihnen gelungen, eine Eskalation der Lage zu verhindern.

Ein Teil von ihnen war damit beschäftigt, die festgeklebten Demonstranten von der Straße zu lösen und die Kletterer zum Aufgeben zu bewegen. Der andere Teil hielt die empörten Autofahrer und die Festbesucher in Schach, die vom Ufer in Richtung Brücke kamen.

John drängte sich weiter durch die Menge zur Großen Brücke. Dabei ließ ihm eine Frage keine Ruhe: Wo steckte Celine?

Wie schon vor ein paar Tagen kannte er etliche der Demonstranten, es waren Freunde oder Schulkameraden von ihr. Sie erinnerten John an den ersten Versuch einer Demonstration hier auf der Brücke vor ein paar Tagen. Celine war dem Aufmarsch an der Spitze vorangegangen. In seinem Magen machte sich ein ungutes Gefühl breit.

Die Zahl der Demonstranten hatte sich im Vergleich zum vorigen Versuch verdoppelt. Es mussten an die fünfzig Leute sein, die hier dicht an dicht auf dem Boden saßen. Sie hielten Pappschilder und Spruchbänder in die Höhe und skandierten ihre Forderungen.

John ging zum Einsatzleiter hinüber, der am Fuß der Brücke gerade in der Tür eines Streifenwagens mit dem Funkgerät in der Hand stand. »Ich kenne einige von den Demonstranten«, sagte er. »Ich rede mit ihnen.«

»Dann beeilen Sie sich mal lieber«, gab der Mann zurück. »Ich weiß nicht, wie lange wir die Menge hier noch im Zaum halten können.«

John ging hinauf auf die Brücke. Als er die auf der Straße sitzende Gruppe umrundete und zur Spitze vordrang, sah er seine schlimmsten Befürchtungen bestätigt.

Celine saß in der vordersten Reihe. Eine Hand auf dem Asphalt festgeklebt, in der anderen ein Megafon.

John ging auf sie zu und blieb dann abrupt stehen.

Nur wenige Meter vor Celine ragte der Kühlergrill eines schwarzen SUV empor. Ein Dacia Duster, dessen Kennzeichen John kannte. Es war der Wagen von Olger Andres. Nur, dass dieser nicht selbst am Steuer saß.

Durch die Frontscheibe konnte John ein kantiges Gesicht erkennen. Dreitagebart. Kurz geschnittene schwarze Haare mit hohen Geheimratsecken. Keke Boysen. Er trommelte bei laufendem Motor mit den Fingern ungeduldig auf dem Lenkrad. Soweit John sehen konnte, war Keke allein in dem Wagen.

Boysen hatte ihn noch nicht bemerkt. John trat ein paar Schritte zurück und brachte eine Gruppe von Autofahrern, die aus ihren Wagen gestiegen waren und lautstark mit zwei Streifenbeamten diskutierten, in die Sichtlinie zwischen sich und Keke.

John griff nach seinem Smartphone und rief Lilly an.

»Wie läuft es bei euch?«, fragte er, als er ihre Stimme am anderen Ende hörte. Dabei ließ er Keke Boysen nicht aus den Augen.

»Ich würde meinen, gut«, antwortete sie. »Willst du die kurze oder die lange Fassung?«

»Kurz, bitte.«

»Abbe hat ein umfassendes Geständnis abgelegt, mit dem er seinen Bruder schwer belastet. Wir müssen davon ausgehen, dass Keke sowohl den Mord an Eef Riewerts als auch den an Laas und Mette begangen hat.«

»Dann haben wir ein Problem.« John beschrieb Lilly die Lage.

»Das erklärt, weshalb wir Olger Andres nicht erreichen können«, sagte sie. »Er hat vermutlich von Laas Riewerts erfahren, wer der wahre Mörder seiner Tochter war, und höchstwahrscheinlich ist er Zeuge des Mordes an ihm und seiner Frau geworden. Glaubst du, Keke hat ihn sich geschnappt?«

»Möglich. Ich kann Olger allerdings nicht im Auto sehen. Vielleicht ist er im Kofferraum.«

»Wir fordern Verstärkung an.«

»Tu das.« John blickte sich um. Weitere Autofahrer stiegen aus ihren Wagen, und von unten drängten Festbesucher auf die Brücke, die die Streifenbeamten nur mühsam zurückhalten konnten. »Ich fürchte aber, wir haben hier keine Zeit, auf sie zu warten.«

»Mach keine Dummheiten«, mahnte Lilly.

»Kommt so schnell wie möglich her.«

John beendete das Gespräch und sah sich nach dem Einsatzleiter um. Er entdeckte den Mann mit einem Kollegen auf der Uferwiese. Die beiden argumentierten mit den Kletterern, die sich von der Brücke abgeseilt hatten. Es würde viel zu lange brauchen, ihn durch die Menge zu erreichen.

John schnappte sich einen der Streifenkollegen. »Sehen Sie zu, dass die Leute wieder in ihre Wagen steigen. Und dann schaffen Sie die Demonstranten von der Straße.«

Der Mann lachte. »Was denken Sie, was wir hier gerade versuchen?«

»Ich fürchte, die Lage hat sich gerade verschlimmert. Sehen Sie den Mann dort drüben in dem schwarzen SUV?« John erklärte dem Polizisten die Situation. »Die Kripo ist mit Verstärkung unterwegs. Sorgen Sie dafür, dass niemand sich dem Wagen nähert.«

John wandte sich ab.

»Wo wollen Sie hin?«, hörte er den Kollegen hinter sich.

Im Gehen rief er über die Schulter: »Ich werde versuchen, eine Katastrophe zu verhindern.«

John klopfte an das Beifahrerfenster und bedeutete Keke Boysen, es runterzufahren, was dieser auch tat.

»Herr Kommissar.« Obwohl kühle Klimaanlagenluft aus dem Innenraum entwich, standen Keke die Schweißperlen auf der Stirn. »Was kann ich für Sie tun?«

»Keke, was halten Sie davon, wenn ich mich zu Ihnen setze und wir uns unterhalten?«

»Ich weiß nicht …« Er blickte mit einem Nicken auf die Demonstrantengruppe. »Die sind hoffentlich bald weg. Ich muss dringend wohin.«

»Ist das so? Wo geht es denn hin?«

»Ein Termin.«

John lehnte sich mit dem Ellbogen gegen die Tür und spähte ins Innere. »Keke, Sie und ich wissen, dass das hier nicht Ihr Auto ist. Ich glaube, Sie sind dabei, sich in schlimme Probleme zu bringen. Vielleicht können wir gemeinsam eine Lösung finden.«

Als keine Widerrede erfolgte, öffnete John langsam die Tür und schwang sich auf den Beifahrersitz. Erst jetzt bemerkte er die Pistole, die in dem Spalt zwischen der Mittelarmlehne und dem Fahrersitz steckte. Er ließ sich nichts anmerken, zog die Tür zu und sah sich kurz um. Wenn Olger Andres sich im Wagen befand, dann definitiv im Kofferraum, die Rückbank war leer.

Sein Blick wanderte wieder nach vorne.

Die Klimaaktivisten glichen von hier oben kleinen Puppen, die das Ungetüm von Fahrzeug jederzeit mühelos überrollen konnte. Ihre Stimmen drangen nur gedämpft in den Innenraum.

»Das hier ist der Wagen von Olger Andres«, bemerkte John.

»Er hat ihn mir geliehen«, antwortete Keke.

»Ich wusste nicht, dass Sie beide sich kennen.«

»Er war der Vater von Eef Riewerts.«

»Das weiß ich, und es beantwortet meine Frage nicht.«

John wartete auf eine Reaktion von Keke, die aber nicht kam. Währenddessen beobachtete er Celine, die weiter mit Inbrunst Parolen in das Megafon rief. Sie hatte ihn in ihrem Eifer nicht bemerkt.

Keke trommelte wieder auf dem Lenkrad und ließ den Motor mit einem Gasstoß aufheulen.

John versuchte es mit einem Schuss ins Blaue. »Hat Olger Andres Sie aufgesucht oder Sie ihn?«

Keke machte ein verdutztes Gesicht. »Wie?«

»Ich glaube, dass jeder von Ihnen beiden seinen ganz persönlichen Grund für einen gegenseitigen Besuch hatte. Olger weiß Dinge, die Ihnen zum Problem werden können. Ich kann mir vorstellen, dass Sie darüber mit ihm reden wollten.«

»Ich ... weiß nicht, was Sie meinen.« Das Zittern, das Kekes Finger befallen hatte, deutete auf das Gegenteil hin.

»Lassen Sie uns nicht um den heißen Brei herumreden«, sagte John. »Wir wissen, was geschehen ist, sowohl mit Eef Riewerts als auch mit Mette und Laas.«

Jegliche Farbe wich aus Kekes Gesicht.

John war sich bewusst, dass er auf einem schmalen Grat wanderte. Er kannte den Mann zu wenig, um einschätzen zu können, wie er reagierte. Es bestand die Gefahr, dass er durchdrehte und einfach aufs Gaspedal stieg. »Also, wo ist Olger Andres?«

Keke schluckte. »Er … kam zu mir.«

»Was wollte er?«

Kekes Blick wanderte zu der Waffe. »Er bedrohte mich damit. Er wollte mich töten. Aber ich konnte ihn entwaffnen.«

»Lebt er noch?«

Keke nickte. »Er ist hinten im Kofferraum. Ich … wollte gerade zu Ihnen auf die Wache und ihn abliefern.«

Netter Versuch, dachte John, kaufte ihm die Geschichte aber nicht ab. Olger Andres konnte vermutlich von Glück reden, dass er noch am Leben war. Denn viel wahrscheinlicher war, dass Keke sich seiner an einem stillen Ort hatte entledigen wollen. Dabei war er wohl leider in den Stau geraten und hatte wie die vielen anderen den Fehler begangen, eine Abkürzung durch Friedrichstadt zu suchen.

»Warum hat Olger Sie bedroht?«, fragte John.

Kekes Hände verkrampften sich um das Lenkrad. »Er hielt mich für den Mörder seiner Tochter.«

»Und? Ist das so?«

Keke schwieg.

Draußen war die Verstärkung eingetroffen. Ein neuer Trupp von Streifenbeamten machte sich daran, die Klimademonstranten von der Straße zu lösen. In der Menge erkannte John drei Gestalten, Lilly, Tommy und Sanna Harmstorf. Sie verteilten sich in einigen Metern Abstand um das Auto.

Er sah Lillys besorgten Blick. Mit einem kaum merklichen Kopfschütteln signalisierte er ihr, nicht näher zu kommen.

Die Zeit lief ihm davon. Bald würden ein Verhandlungsteam

und eine Spezialeinheit auftauchen, und noch immer klebten Demonstranten auf der Straße vor ihnen. Niemand konnte wissen, wie Keke darauf reagieren würde. Er musste ihn vorher zur Aufgabe überreden.

Tommys Worte kamen ihm in den Sinn. *In diesem Fall muss Abel nicht von Kain erschlagen werden.* Der Bruderstreit konnte der Schlüssel sein.

»Abbe hat gegen Sie ausgesagt«, sagte er. »Sowohl, was Eef Riewerts betrifft, als auch Mette und Laas. Das sind ernste Vorwürfe, die er da erhebt, und ich verstehe Ihre Lage. Sie sollten sie aber nicht noch schlimmer machen.«

Keke wandte sich John zu und runzelte die Stirn. »Ernsthaft? Das kleine Arschloch will mir alles in die Schuhe schieben?«

»Er hat meinen Kollegen offenbart, was in jener Nacht mit Eef geschehen ist und dass Laas die Wahrheit ausplaudern wollte …«

»Das ist doch nicht zu fassen!« Keke schlug auf das Lenkrad. »Er war es doch … Er hat auf Eef eingeschlagen wie ein Verrückter. Weil sie ein Kind von ihm bekam und es nicht abtreiben lassen wollte.«

»Soll das bedeuten, Sie hatten nichts damit zu tun?«

»Abbe wollte, dass ich die Drecksarbeit übernehme. Er schickte mich vor. Ich überrumpelte Laas und Eef und fesselte sie im Keller. Dann kam Abbe …« Keke schüttelte den Kopf. »Er hatte eine Peitsche mitgebracht, um Eef zu züchtigen, so, wie Nele Flohr ihm das ins Ohr geflüstert hatte. Damit schlug er auf sie ein. Irgendwann machte er eine Pause, weil es oben an der Tür geklingelt hatte. Abbe ging hoch. Ich sah mir Eef in der Zwischenzeit an, und … sie war tot.«

John hatte von Lilly nur die Kurzform von Abbes Geständnis gehört, doch das genügte, um zu erkennen, dass sich die Aussagen der beiden Brüder widersprachen.

Das wird später Sache der Staatsanwaltschaft sein, dachte

John. Vielleicht würde auch Olger Andres die Verwirrung auflösen können. Doch dafür musste er den Mann erst einmal lebend aus diesem Auto herausbekommen.

»Abbe hat uns das alles eingebrockt«, fuhr Keke fort. »Nun soll er die Suppe auch auslöffeln. Er konnte ja nie die Finger von den Frauen lassen …«

John hörte nur noch mit einem Ohr hin. Draußen vor der Motorhaube war ein Streifenkollege gerade dabei, Celines Hand von der Straße zu lösen. Nun, da sich ihr Eifer offenbar gelegt hatte, sah sie sich um und bemerkte John. Ihre Blicke trafen sich, und Celine machte ein verwundertes Gesicht, in das sich Sorge schlich, als sie Keke hinter dem Steuer entdeckte.

»Was halten Sie davon, wenn Sie all das mit einem Anwalt und der Staatsanwaltschaft besprechen?«, wandte John sich wieder Keke zu. »Ihre Aussage könnte von entscheidender Bedeutung sein …«

»Ach, so stellen Sie sich das vor. Ich soll in den Bau wandern? Niemals.« Keke setzte ein Grinsen auf, das seine Zähne entblößte, und deutete mit einem Nicken auf Celine. »Gegenangebot. Sie lassen mich in Ruhe, dafür, dass ich nicht Vollgas gebe und Ihre Kleine da draußen platt walze. Das ist doch Ihre Tochter, hab ich recht? Viel Ähnlichkeit hat sie nicht mit Ihnen. Aber ich hab schon bei Ihrem ersten Besuch bei mir gemerkt, dass Ihnen sehr viel an ihr liegt.«

»Tun Sie das nicht, Keke.« John spürte, wie sich seine Kehle zuschnürte. Wie lange würde er brauchen, um seine Dienstwaffe zu ziehen? Nie im Leben wäre er schnell genug. Keke würde zu der Waffe neben seinem Sitz greifen oder einfach Gas geben.

John sah zu Celine hinaus, die ihm einen fragenden Blick zuwarf. Sein Puls beschleunigte sich.

Er konnte zumindest versuchen, ihr ein Zeichen zu geben, damit sie sich in Sicherheit brachte. Er entschied sich für den strengen Blick. Das Zeichen dafür, dass die Lage wirklich ernst war.

Er hob eine Augenbraue und sah aus dem Augenwinkel zu Keke hinüber.

Celine verstand. Zumindest hoffte John das.

»Ich werde die da draußen einfach alle platt fahren«, fantasierte Keke. »Ihre Kleine, Ihre Kollegen. Und dann suchen wir uns einen ruhigen Ort. Ich werde erst das Problem mit Olger lösen und dann das mit Ihnen. Anschließend verschwinde ich auf Nimmerwiedersehen.«

»Meine Kollegen wissen Bescheid, Keke. Man wird Sie suchen, und man wird Sie finden. Das hier muss nicht so enden.«

»Das hat Laas Riewerts auch gesagt. Er hatte Angst vor mir. Er schwor, dass er nichts sagen würde. Aber das habe ich ihm nicht geglaubt. Und dann ... tja, hatte er plötzlich eine Waffe in der Hand. Keine Ahnung, wo er die herhatte ...«

John beobachtete, wie der Kollege draußen den letzten Finger von Celines Hand vom Asphalt befreite. Kaum war sie frei, sprang sie auf, stieß den Polizisten zur Seite und kam zum Auto herübergerannt. Sie stellte sich auf die Fahrerseite und schlug mit der flachen Hand gegen die Scheibe. »Hey, du Vollpfosten! Mach endlich mal den Scheißmotor aus!«

So hatte John sich das nicht vorgestellt. Sie sollte sich in Sicherheit und nicht noch mehr in Gefahr bringen.

Doch Celines kleine Schauspieleinlage genügte, um Keke für einen Moment abzulenken. Er wandte sich ihr mit verdattertem Gesicht zu. John griff nach der Waffe, die neben dem Fahrersitz steckte.

Er kannte das Modell, fand schnell den Sicherungsbügel, den er in einer fließenden Bewegung entsperrte, während er die Waffe auf Keke richtete.

»Die Hände bleiben schön auf dem Lenkrad, wo ich sie sehen kann.« Mit der freien Hand griff John nach dem Zündschlüssel und schaltete den Motor ab. »Ist wirklich nicht gut fürs Klima, ihn so lange laufen zu lassen.«

Lilly und Tommy hatten die Szene beobachtet. Sie kamen zum Wagen herüber. Lilly blieb mit gezogener Waffe vor dem Kühler stehen, während Tommy zur Fahrerseite trat. Celine ging auf Abstand, wurde von Sanna Harmstorf in Empfang genommen und in sichere Entfernung geführt.

Während Tommy Keke Boysen aus dem Wagen zog und ihm Handschellen anlegte, eilte John um das Auto herum zum Kofferraum.

Als er die Klappe öffnete, sah ihn mit vor Angst geweiteten Augen Olger Andres an.

56 Sanna

Olger Andres saß auf der Liege des Krankenwagens, der an der Gracht hinter der Brücke stand. Einer der Sanitäter versorgte die Platzwunde an seinem linken Jochbein, offenbar die Folge des rechten Hakens, den Keke Boysen ihm verpasst hatte, um ihn außer Gefecht zu setzen. Abgesehen von den Striemen an seinen Handgelenken, die von den Kabelbindern herrührten, mit denen Boysen ihn gefesselt hatte, und einem veritablen Schock schien Andres in guter Verfassung.

Sanna wartete, bis der Sanitäter die Behandlung abgeschlossen hatte, und ließ sich von ihm bestätigen, dass Andres sich in einem vernehmungsfähigen Zustand befand.

»Er gehört Ihnen«, sagte der Mann und kletterte aus dem Krankenwagen.

Sanna blickte sich um.

John Benthien stand auf der Brücke und hielt seine Tochter im Arm. Das Mädchen hatte wirklich Mut bewiesen. Wobei reichlich Leichtsinn im Spiel gewesen war, das Ganze hätte auch anders ausgehen können. Der Schrecken war Celine wohl erst später in die Knochen gefahren, wie den meisten ihrer Mitstreiter, als sie nach und nach begriffen hatten, in welcher Situation sie sich da befunden hatten. Tommy Fitzen sprach gemeinsam mit zwei anderen Streifenbeamten mit den Demonstranten, die mittlerweile alle von der Straße gelöst worden waren. Auch die Kletterer hatten in Anbetracht der Umstände aufgegeben und waren geborgen worden.

Der Verkehr war mittlerweile wieder freigegeben, und die Streifenbeamten lotsten die Autos an der Festmeile vorbei zurück auf die Landstraße.

Der Bürgermeister hatte sich vernünftigerweise dazu entschieden, den Bootskorso nicht abzubrechen. Die Gefahr, dass es zu einer Panik kam, wäre einfach zu groß gewesen. So war die etwas skurrile Situation entstanden, dass trotz des ganzen Trubels die Boote auf der Gracht weiterfuhren und die Menschen ihnen vom Ufer zujubelten.

Sanna wartete auf Lilly Velasco, die losgegangen war und eine Dose Cola besorgte, um die Olger Andres gebeten hatte.

»Wollen Sie auch eine?«, fragte sie, als sie zurückkam. Sie hatte drei Dosen mitgebracht, von denen sie Sanna eine hinhielt.

»Gerne. Wollen wir dann?«

Sie stiegen zu Andres in den Krankenwagen. Lilly gab ihm eine Cola, die er mit zittrigen Händen öffnete.

»Fangen wir damit an, was Sie heute bei Keke Boysen zu suchen hatten«, sagte Sanna.

Andres trank einen Schluck und meinte dann: »Ich wollte ihn für das, was er getan hatte, zur Rechenschaft ziehen.«

»Was genau meinen Sie damit? Was hatte er getan?«

»Ich denke, das wissen Sie.«

»Wir wollen es aus Ihrem Mund hören«, beharrte Lilly.

»Er hat meine Tochter auf dem Gewissen.« Olger Andres biss sich auf die Unterlippe. »Dafür sollte er bezahlen.«

»Sie fuhren zu ihm, auf das Gelände bei Seeth?«

»Ja. Aber ich hatte gegen ihn keine Chance.«

Sanna holte den Beweismittelbeutel mit der Waffe aus dem Geländewagen hervor. »Ist das Ihre?«

Andres nickte.

»Stammt die Pistole aus derselben Quelle wie jene, die Sie bei Laas Riewerts bei sich hatten?«

»Ich ... verstehe nicht ...«

»Doch«, sagte Sanna, »das tun Sie sehr wohl. Sie haben zwei Menschen mit dem Vorsatz aufgesucht, sie zu töten. Erst Laas Riewerts, dann Keke Boysen. Ungeachtet dessen, was die beiden getan haben, drohen Ihnen Konsequenzen. Es wäre also in Ihrem Sinne, wenn Sie ein wenig Kooperationsbereitschaft zeigen würden.«

»Bedeutet das, dass ich jetzt einen Anwalt brauche?«

»Sie haben das Recht, einen solchen hinzuzuziehen, und ich würde Ihnen tatsächlich dazu raten, dies bald zu tun. Allerdings ist das hier keine offizielle Vernehmung. Wir sind auch weniger an Ihnen interessiert als an dem, was sich in der Nacht zugetragen hat, als Laas und Mette Riewerts starben. Wir nehmen an, dass Sie in dem Punkt für Aufklärung sorgen können, wofür wir Ihnen dankbar wären.«

»Also gut.« Andres trank noch einen Schluck. »Ich war in jener Nacht tatsächlich bei Laas. Ich konnte diese Ungewissheit, was mit Eef passiert war, einfach nicht länger ertragen. Ich wollte endlich die Wahrheit erfahren. Laas bat mich ins Haus. Ich … hatte mir eine Waffe besorgt. Allerdings wollte ich ihn nicht umbringen. Lediglich die Wahrheit sollte er sagen.«

»Und das tat er?«, fragte Lilly Velasco.

»Ja. Laas erzählte mir alles. Abbe und Keke hatten Eef gemeinsam umgebracht und Laas gezwungen, dabei zuzusehen und später ihre sterblichen Überreste zu vergraben.«

»Entschuldigen Sie, wenn ich da nachhaken muss«, sagte Sanna. »Aber in diesem Punkt widersprechen sich die Aussagen der beiden Brüder bislang.« Benthien hatte ihr kurz berichtet, was Keke im Wagen zu ihm gesagt hatte.

Andres schüttelte den Kopf. »Es war vor allem Keke. Laas hat mir alles genau erzählt. Keke … fesselte Eef, und … er hatte eine Peitsche dabei, um sie zu züchtigen. Es entsprach den Glaubensvorstellungen der Freikirche, dass die Seele auf diese Weise reingewaschen wurde. Mein Gott, ich weiß nicht, wie ich so etwas …« Er seufzte und fuhr sich mit der Hand übers Gesicht.

»Jedenfalls war Abbe insofern beteiligt, als dass er Eef vergewaltigt und überhaupt erst in diese Lage gebracht hatte.«

»Danke.« Sanna tauschte kurz einen Blick mit Velasco. »Wir verstehen, dass es schwierig für Sie ist, darüber zu reden. Dennoch ist es wichtig. Nachdem Laas Ihnen das gestanden hatte, was geschah dann?«

»Ich … legte die Waffe auf den Wohnzimmertisch. Ich war am Ende. Laas war wohl froh, dass er endlich mit jemandem darüber gesprochen hatte. Er sagte, dass er ohnehin vorhatte, damit zur Polizei zu gehen. Dann … dann klingelte es an der Tür. Laas spähte durch die Gardinen. Es war Keke. Ich versteckte mich in der Küche. Laas ließ Keke herein. Vorher hatte er sich die Waffe vom Wohnzimmertisch geschnappt, er ahnte wohl, weshalb Keke kam.«

»Keke wollte ihn daran hindern, sein Wissen preiszugeben.«

»So war es. Aber Laas wollte nicht klein beigeben. Es gab ein Handgemenge, dann löste sich ein Schuss. Laas sank leblos zu Boden.« Andres hielt inne, und die Angst, die ihn in jenem Moment befallen haben musste, stand ihm wieder ins Gesicht geschrieben. »Ich beobachtete das aus der Küche heraus und … Ich war vor Schreck wie versteinert. Keke stand einen Moment reglos da und musste wohl auch erst begreifen, was er da gerade getan hatte. Da wurde die Haustür geöffnet. Mette. Sie sah Keke über der Leiche ihres Mannes stehen. Sie drehte sich noch um, um Hilfe zu holen, doch er stürzte sich auf sie. Dabei zerbrach der Glastisch. Die beiden landeten auf dem Boden, wo Keke sie erwürgte. Da habe ich die Beine in die Hand genommen. Ich bin hintenraus, durch den Garten. Erst wollte ich über die Mauer zu den Nachbarn. Dann habe ich mir ein Boot geschnappt und bin damit ans andere Ufer, wo mein Auto stand.«

»Vielen Dank, Herr Andres«, sagte Sanna. »Die Kollegen werden sich um Sie kümmern.« Sie bedeutete Lilly Velasco, ihr nach draußen zu folgen.

Sie gingen in Richtung Brücke.

»Der Rest ist wohl klar«, meinte Lilly. »Keke schafft es nicht, seine Tat zu verwischen. Cornelis Mohr kommt, um mit seinem Schwager über das Vermögen von Mette zu sprechen. Keke kann gerade noch zum Garten hinaus fliehen, wo er in die Gracht springt und ans andere Ufer gelangt.«

»Ja, so wird es gewesen sein.«

Von der Brücke kam ihnen John Benthien entgegen, der seine Tochter im Arm hielt und sie wohl nach Hause bringen wollte.

»Ihnen ist schon klar, dass John einen entscheidenden Anteil an der Aufklärung dieses Falls hatte«, sagte Lilly.

»Das weiß ich. An seiner alten Arbeitsstätte könnte er viel Gutes bewirken.«

»Soll das heißen …?«

»Das liegt schlussendlich nicht in meiner Hand.« Sanna blieb stehen und wandte sich Velasco zu. »Aber ich werde mit Gödecke reden. Ich habe es John versprochen, dafür, dass er mir im Gegenzug bei meinem Problem hilft.«

»Welches Problem?«

»Meine Vergangenheit. Mario Russo. John meint, dass es eine alte Freundin gibt, die mir helfen könnte.«

»Eine alte Freundin?« Lilly Velasco spitzte die Lippen. »Ja, ich kann mir schon vorstellen, wen er da im Sinn hat.«

Epilog

Zwei Wochen später

Flensburger Tageblatt

Die Teufel von Friedrichstadt

Mehrfachmord in Freikirche. Deutschlands bekanntester Ermittler löst sensationellen Fall. Rückkehr an alte Dienststätte?

Flensburg/Friedrichstadt. Von Celine Jacobs. Eigentlich gilt Friedrichstadt, im Volksmund auch das »Holländerstädtchen« genannt, Einwohnern und Urlaubern gleichermaßen als Idyll. In den vergangenen Wochen hat sich in der kleinen Stadt jedoch Furchtbares zugetragen. Nach dem Doppelmord an dem Ehepaar Laas R. und Mette R. und dem spektakulären Fund der Leiche einer seit zehn Jahren verschollenen Frau, Eef R., ermittelte die Flensburger Kripo mit einem Team um Oberkommissarin Lilly Velasco. Wie es nun scheint, erhielten sie dabei unerwartete Hilfe von ihrem ehemaligen Kollegen John Benthien, vormals Erster Kriminalhauptkommissar in Flensburg. Benthien hatte sich vor gut einem Jahr auf eigenen Wunsch nach Friedrichstadt versetzen lassen. Wie es scheint, sind ihm seine alten Instinkte in der Zwischenzeit nicht abhandengekommen. Auf den Fluren des Flensburger Präsidiums munkelt man hinter vorgehaltener Hand, dass der Ermittlungserfolg vor allem ihm zu verdanken ist.

Hinter den Morden – sowohl an dem Ehepaar als auch der vermissten Frau – scheint das Brüderpaar Keke B. und Abbe B. zu stecken, das mit der Kirche des wahren Glaubens assoziiert wird. Die Freikirche ist in Friedrichstadt ansässig, als geistliches Oberhaupt gilt eine Nele F., die zumindest der Mitwisserschaft in beiden Fällen verdächtigt wird. Gleiches gilt für Abbe B., der eventuell an den Taten seines Bruder Keke beteiligt war, sie aber auf jeden Fall gedeckt hat. Alle drei befinden sich bereits in Untersuchungshaft. Die Staatsanwaltschaft Flensburg wird Anklage gegen sie erheben.

Im Fall der vermissten und kürzlich gefundenen Eef R. gehen die Ermittler davon aus, dass sie von Abbe B. vergewaltigt wurde und ein Kind von ihm erwartete. Eef R. war zu diesem Zeitpunkt mit Laas R. verheiratet. Abbe B. fürchtete wohl um die Konsequenzen und stiftete seinen Bruder Keke B. an, die Frau zu töten. Vor wenigen Wochen ermordete dieser auch Laas R. und seine zweite Frau

Mette R. Wie es scheint, hatte Laas R. die Umstände des Todes seiner ersten Frau Eef R. gekannt und war kurz davor gewesen, diese nach langer Zeit doch noch öffentlich zu machen.

Verwickelt ist zudem ein weiterer Mann, dessen Name die Polizei der Öffentlichkeit nicht preisgibt. Ihm wird vorgeworfen, mehrere Menschen mit einer Schusswaffe bedroht zu haben. Da er in beiden Fällen als Schlüsselzeuge gilt, hat sich die Staatsanwaltschaft auf einen Handel mit ihm eingelassen, wie aus gut unterrichteten Quellen zu hören ist.

Doch damit nicht genug. Im Zuge der Ermittlungen ist die Kripo auf Fälle von Kindesmissbrauch in der Freikirche gestoßen. Unter den Gläubigen, die ihr Leben streng nach der Bibel ausrichten und ihr wortwörtlich folgen, war es offenbar gängige Praxis, Kinder zu züchtigen. Die Staatsanwaltschaft bereitet mehrere Anklagen vor. Die Kinder aus den betroffenen Familien wurden bei Pflegeeltern untergebracht.

Auch für die beteiligten Ermittler blieb der Fall nicht folgenlos. Allerdings im positiven Sinne.

Oberkommissarin Lilly Velasco wurde wegen ihrer Verdienste befördert.

Über John Benthien flüstern unsere Quellen, dass er durch die Ermittlungen wieder auf den Geschmack gekommen ist. Angeblich zieht es ihn zurück an seine alte Wirkstätte. Die Frage ist nur, ob man dort auch wieder auf seine Dienste zurückgreifen wird.

Wir werden Sie über die weiteren Entwicklungen rund um Deutschlands wohl prominentesten Kriminaler auf dem Laufenden halten.

57 Lilly

»Ein ungelenkes Stück.« Kriminalrat Gödecke legte die Tageszeitung auf seinem Schreibtisch ab. »Die lassen heute wohl alles durchgehen. Kann man ja gleich von einer KI schreiben lassen.«

»Also, für ein Erstlingswerk finde ich den Artikel durchaus gelungen«, erwiderte Lilly, die auf einem der Besucherstühle vor dem Schreibtisch saß.

Gödecke runzelte die Stirn. »Erstlingswerk? Woher wollen Sie das wissen? Kennen Sie diese …«, sein Blick wanderte kurz zu dem Artikel, »… Celine Jacobs?«

Lilly biss sich auf die Zunge. »Ich, ähm, habe mich vorsorglich bei meinen Quellen beim Tageblatt erkundigt. Scheint noch neu zu sein, die junge Dame.«

»Na ja, bei dem Geschreibsel brauchen wir uns wohl keine Sorgen zu machen, dass sie eine große Karriere vor sich hat und uns langfristig lästigfällt.«

Lilly räusperte sich. Sie wusste, wie viel Celine daran gelegen hatte, einen Artikel in der Flensburger Tageszeitung zu platzieren. Sie hatte die Geschichte zunächst dem Lokalblatt in Friedrichstadt angeboten, doch deren Chefredakteur hatte sofort das Potenzial erkannt und seine Kontakte spielen lassen.

Lilly hatte Celine mit den nötigen Insiderinformationen versorgt, die ihr noch gefehlt hatten. Immerhin hatte sie auf diese Weise nicht nur Celine, sondern auch John einen Gefallen tun können. Auch wenn er natürlich nichts davon wusste. Vermutlich würde im Hause Benthien heute Morgen eine kleine Diskussion zwischen Vater und Tochter losbrechen, sobald er die Zeitung aufschlug.

»Immerhin lässt die Dame unseren Freund Benthien in einem ziemlich guten Licht dastehen«, wandte Lilly ein.

»Allerdings.«

Gödecke stand auf und ging zum Fenster hinüber, wo er die Arme hinter dem Rücken verschränkte und mit interessiertem Blick das Treiben unten auf der Straße zu beobachten schien.

»Er hatte wirklich großen Anteil an der Aufklärung dieses Falls«, betonte Lilly noch einmal.

»Und das, obwohl ich ausdrücklich darum gebeten hatte, ihn nicht zu involvieren.« Gödecke klang oberlehrerhaft.

»Vor Ort haben sich die Dinge anders entwickelt. Mit Verlaub, es wäre töricht gewesen, auf seine Unterstützung zu verzichten.« Lilly stand auf und trat neben Gödecke ans Fenster. Sie wollte nicht dasitzen und sich wie ein Schulmädchen eine Standpauke anhören. »John hat bewiesen, dass er es immer noch draufhat. Er ist einer der Besten. Wir sollten ernsthaft in Erwägung ziehen …«

»Sagen Sie es nicht.« Gödecke warf ihr einen Seitenblick zu.

»… ihn zurückzuholen.«

»Ich habe es geahnt. Von Anfang an. Das kommt dabei rum, wenn man eine solch verschworene Truppe wie eure wieder zusammenbringt.«

»John hat sich eine zweite Chance redlich verdient.«

Gödecke seufzte. »Die Staatsanwältin hat sich mir gegenüber bereits ähnlich geäußert.«

»Tatsächlich?« Natürlich wusste Lilly, dass Sanna Harmstorf bereits beim Kriminalrat antichambriert hatte.

»Nun tun Sie nicht so«, meinte Gödecke, »das ist doch ein abgekartetes Spiel. Sie, Benthien und Fitzen … ihr habt die Frau doch um den Finger gewickelt.«

»Ich glaube nicht, dass das bei der Kollegin Harmstorf so einfach ist. Aber … offen und ehrlich: Was wäre so schlimm daran, wenn John zurückkäme?«

»Sie wissen, was er sich geleistet hat.«

»Er bereut, was er getan hat. Außerdem liegt das alles nun schon eine ganze Weile zurück, und in der Öffentlichkeit ist seine Reputation ganz offensichtlich tadellos.« Sie deutete auf die Zeitung. »Solche Berichte sind für uns Gold wert. Wir suchen händeringend Nachwuchs, und die Bewerber stehen wirklich nicht Schlange. So etwas bringt die Leute aber auf Gedanken, sie brauchen Helden als Vorbilder.«

»Ein schönes Vorbild.« Gödeckes Blick wanderte zu der großen Überschrift auf der ersten Seite des Tageblatts. »Meinen Sie wirklich?«

»Sicher. Außerdem könnte John uns allen eine Menge Arbeit abnehmen«, sagte Lilly. »Seine Stelle wurde nicht neu besetzt. Juri ist in Elternzeit. Mikke Jessen liegt nach seinem Fahrradunfall im Krankenhaus. Der Kollegin Thunby ist alles zu viel, sie will hinschmeißen … Wir brauchen Verstärkung. John kennt sich hier aus, und er bringt die Erfahrung mit.«

»Würde er denn überhaupt zurückwollen?«

»Ich denke, schon.«

Gödecke zwirbelte mit Daumen und Zeigefinger seinen Schnauzer. »Ich werde darüber nachdenken.«

»Tun Sie das.«

Lilly wandte sich zum Gehen und hatte bereits die Türklinke in der Hand, als Gödecke sagte: »Und … noch einmal herzlichen Glückwunsch zur Beförderung, Erste Hauptkommissarin Velasco.«

Sie drehte sich um und sah ein Lächeln auf dem Gesicht des Kriminalrats.

»Danke.«

Gödecke hatte ihr die Beförderung persönlich ausgesprochen und sie den Kollegen verkündet. Aber offenbar gab es da noch etwas, was er nicht in aller Öffentlichkeit hatte sagen wollen. »Ich gestehe ein, dass ich gewisse Vorbehalte hatte, ob Sie das alles unter einen Hut bekommen. Also das mit dem ... ach, Sie wissen schon.«

»Das mit dem Kind, der Familie und dem Beruf? Ja, ich weiß.«

»Ich entschuldige mich aufrichtig dafür. Sie haben das ausgezeichnet gemacht. Das sind heute andere Zeiten. Vielleicht gehöre ich allmählich zum alten Eisen.«

»Sie denken doch wohl nichts ans Aufhören?«

»Ewig lässt sich das nicht aufschieben. Aber ich glaube, ich werde Ihnen allen noch ein Weilchen auf den Zeiger gehen.«

Lilly musste schmunzeln. So offen und ehrlich hatte sie ihren Chef noch nie erlebt. Man mochte es kaum glauben, auch Gödecke war am Ende ein Mensch.

»Also dann«, sagte er. »Ich erwarte Sie am Montag pünktlich hier auf dem Präsidium. Sie übernehmen den Toten im Beach Club. Kessler und Fitzen stehen Ihnen zur Verfügung. Ein schönes Wochenende.«

»Das hat er tatsächlich gesagt?« Juri machte große Augen.

»Jep«, bestätigte Lilly. »Er hat seinen Mann gestanden und sich entschuldigt.«

»Das wird ihn einige Überwindung gekostet haben.«

»Vermutlich.« Lilly kniff die Augen zusammen und spähte aufs Wasser. »Amélie, nicht zu weit raus, ja?«

Sie saßen am Strand von Wassersleben. Amélie paddelte mit einer Luftmatratze auf dem Wasser. Hier, in der geschützten Bucht, wirkte die Förde trügerisch ruhig, doch weiter draußen waren einige Segelschiffe bereits ins erste Reff gegangen. Der Wind wehte ablandig, und Lilly wollte nicht, dass das Kind raus aufs offene Wasser getrieben wurde.

Juri verschränkte neben ihr auf der Picknickdecke die Arme hinter dem Kopf und schloss die Augen. Er gab es nicht zu, aber sie sah ihm an, dass die Tage allein mit den Kindern ihn ordentlich geschafft hatten.

Lilly wandte sich wieder Frouke zu, die vor ihr im Sand spielte, und schob ihr eine Schaufel zu. »Sag mal, hast du mit Leon Kessler gesprochen?«

»Hm?« Hinter ihnen wurde an der Strandpromenade gearbeitet. Ein neuer Pavillon entstand dort. Sie hatten ausgerechnet einen der Tage erwischt, an dem die Bauarbeiter ein wahrer Arbeitsrausch gepackt hatte.

»Du wolltest mit Leon sprechen. Wegen des Artikels über die Staatsanwältin.«

Das war ihr Teil der Abmachung gewesen. Gödecke hatte in Bezug auf Sanna Harmstorf nicht ganz unrecht gehabt, nur dass sie sich eher gegenseitig um den Finger gewickelt hatten. Im Gegenzug dafür, dass die Staatsanwältin beim Kriminalrat ein gutes Wort für John einlegte, würden sie herausfinden, wie Leon auf den alten Artikel über sie gestoßen war.

»Ach so«, Juri drehte sich herum und stützte sich auf den Ellbogen. »Leon meint, der Artikel habe eines Morgens auf seinem Schreibtisch gelegen. Er weiß nicht, wer ihn dort deponiert hat. Aber einige andere Kollegen haben ihn auch bekommen.«

Lilly stutzte. »Ernsthaft? Wer macht denn so etwas?«

»Keine Ahnung. Der- oder diejenige muss aber wirklich einen Groll gegen die Staatsanwältin hegen, bei der Mühe, sie in Misskredit zu bringen.«

»Hoffen wir mal, dass unsere gute alte Freundin mehr weiß.«

»Sie redet mit der Harmstorf?«

»Ja, hat sie versprochen.«

»Wir werden sehen.« Juri legte sich wieder auf den Rücken.

»Wie machen wir das jetzt eigentlich morgen Nachmittag mit den Kindern?«, fragte Lilly. John hatte zum Grillen in seinem Haus auf Sylt eingeladen. »Gehen wir beide hin und nehmen sie mit, oder bleibst du mit ihnen hier?«

»Was hat John denn gesagt?«

»Dass wir sie mitbringen können.«

»Also dann.« Juri lächelte und deutete mit einem Nicken auf Frouke. »Ich finde, es ist an der Zeit, dass die Kleine ihren Herrn Papa kennenlernt.«

58 Sanna

»Ehrlich gesagt bin ich froh, wieder hier zu sein.« Jaane nahm den Strohhalm zwischen die Lippen und sog daran. Sie hatte ihnen alkoholfreie Cocktails gemacht.

»Das freut mich«, sagte Sanna. Sie saßen unter der hohen Buche im Garten ihres Hauses in Munkmarsch. Obwohl dem Sommer langsam die Puste ausging, hatte die Sonne noch ordentlich Kraft, und der alte Baum spendete Schatten.

»Ich verstehe selbst nicht mehr, wie ich mich überhaupt derart in diese Sache verrennen konnte …« Jaane stellte ihr Glas auf dem Gartentisch ab. Um sie herum waren in ihrer Abwesenheit die Blumen, Kräuter und Büsche gewachsen. Der moosig-erdige Geruch von Heidekraut wehte Sanna in die Nase.

»Ich kann das schon ein Stück weit nachvollziehen.« Sie hob die Schultern. »Auch wenn ich selbst nicht religiös bin, gibt der Glaube an Gott doch vielen Menschen Stärke und Halt im Leben. Da bist du also nicht die Einzige.«

»Ehrlich gesagt … ich bin nicht deshalb dorthin. Es war mehr die Gemeinschaft, die Geborgenheit einer Familie.«

Jaane senkte den Blick, und Sanna griff nach ihrer Hand. »Ich weiß, was du meinst. Wir suchen das, was wir als Kinder nicht hatten, stimmt's?«

Jaane nickte. »Vermutlich.«

»Du musst dir keine Vorwürfe machen«, sagte Sanna. »Diese Leute haben das ausgenutzt. Weißt du, was? Ich habe mir Urlaub genommen. Drei Wochen. Wie wäre es, wenn wir gemeinsam wegfahren?«

»Du meinst … so richtig in Urlaub?«

Es musste Jahre her sein, dass Jaane weggefahren war. Sie war hier nach Munkmarsch gezogen, als ihre Mutter angefangen hatte abzubauen. Seitdem hatte sie sich nicht mehr von hier fortbewegt, von der unglücklichen Eskapade mit dem Friedenshof mal abgesehen.

»Die Reise geht auf mich. Also, wo würdest du gerne hin?«

Ohne langes Überlegen antwortete Jaane: »Nach Schottland.«

»Prima. Dann machen wir das.«

»Aber … wir haben doch gar nichts gebucht.«

»Spontan ist immer am besten. Wir setzen uns gleich Montag ins Auto und fahren los …«

»Wenn das so einfach ist, warum dann nicht jetzt gleich?«

»Ich muss morgen noch auf eine Grillparty. Du kannst übrigens gerne mitkommen, wenn du willst. Drüben in List bei Benthien. Er hat dich auch eingeladen.«

»Mich?«

»Nun ja, du kennst die Bande ja inzwischen. Ich vermute … wir gehören jetzt mit zur Familie, nach allem, was wir erlebt haben.« Sanna stand auf. »Gleich bin ich noch mit einer Dame zu Kaffee und Kuchen verabredet. Kann ich mir dein Fahrrad ausleihen?«

Von Munkmarsch nach Keitum war es keine Viertelstunde mit dem Fahrrad. Sanna stellte das Rad vor Nielsens Kaffeegarten ab und ging durch den Verkaufsraum hinaus auf die Terrasse, die sich wie immer guten Besuchs erfreute. Kein Wunder, bot sie von allen Plätzen aus einen atemberaubenden Blick auf das Wattenmeer.

Die Dame, mit der sie verabredet war, saß an einem Ecktisch. Sie trug einen eleganten blau-weißen Rock, darüber eine weiße

Bluse und eine Kostümjacke. Die Locken hatte sie sich mit Haarspray auftoupiert, eine Frisur, wie Sanna sie aus ihrer Kindheit in den Achtzigerjahren kannte.

Benthien und Velasco hatten gemeint, dass Sanna die Dame an der riesigen Handtasche erkennen würde, die sie stets mit sich führte. Und tatsächlich stand auf dem freien Stuhl neben ihr eine Handtasche, auf die wohl die Beschreibung »Großraumkoffer« besser zugetroffen hätte.

Sanna ging hinüber an den Tisch. »Guten Tag, Sanna Harmstorf.«

Die Dame erhob sich und reichte ihr die Hand. »Tyra Kortum.«

»Vielen Dank, dass Sie sich mit mir treffen.«

»Setzen Sie sich, meine Liebe.« Sie nahm die Handtasche vom Stuhl. »Es ist schön, dass wir uns endlich einmal kennenlernen. Ich habe schon viel von Ihnen gehört.«

»Das kann man so oder so auslegen.« Sanna nahm Platz.

»Machen Sie sich keine Sorgen, Lilly und John haben nur in den höchsten Tönen von Ihnen gesprochen ... Wobei Sie dem Armen ja ganz schön zugesetzt haben, aber das hat er sich nun mal selbst zuzuschreiben.« Tyra Kortum winkte die Kellnerin heran. »Und was uns beide angeht, mache ich Ihnen überhaupt keine Vorwürfe. Was nehmen Sie?«

»Einen Milchkaffee und ein Stück Friesentorte, bitte«, sagte Sanna zur Kellnerin.

»Eine ausgezeichnete Wahl. Für mich dasselbe, bitte.«

»Meinetwegen hat man Sie in den Ruhestand versetzt«, wandte Sanna ein, als die Bedienung fort war.

»Dafür können Sie aber nun wirklich nichts«, sagte Tyra Kortum. »Bleicken hat nur auf die Gelegenheit gewartet, mich vom Thron zu stoßen. Man wollte frisches Blut, also hat man mich in Rente geschickt, er ist aufgestiegen, und man hat seine Stelle mit Ihnen besetzt. So läuft das nun einmal. Außerdem muss man hin und wieder zu seinem Glück gezwungen werden. Ich genieße mein neues Leben.«

»Das freut mich. John und Lilly sagten, dass Sie mir vielleicht bei einem Problem helfen könnten.«

»In der Tat.« Tyra Kortum öffnete ihre Handtasche und holte ein Blatt Papier heraus, das sie Sanna rüberschob. Es war eine Kopie des Artikels über Mario Russo. »Den kennen Sie vermutlich?«

»Ja, Leon Kessler hat ihn irgendwo herbekommen ...«

»Nicht nur er, wie ich inzwischen gehört habe.«

»Da spielt mir wirklich jemand übel mit«, sagte Sanna.

»Ich würde das Mobbing nennen. Da möchte jemand, dass Sie freiwillig zurückstecken und Ihren Posten räumen«, sagte Kortum und hob einen Finger. »Ich weiß auch, wer. Aber der Reihe nach. Sagt Ihnen der Name Annabell Bergmann etwas?«

Sanna musste nicht lange überlegen. »Sie ist Referendarin bei uns, kurz vor dem zweiten Staatsexamen. Ich ... habe sie neulich bei den Ermittlungen in Friedrichstadt gesehen. An der Seite von Bleicken.«

Tyra lächelte listig. »Nun, dann raten Sie mal, wer den Kollegen in der Kripo und bei der Staatsanwaltschaft den Artikel auf den Tisch gelegt hat?«

»Doch nicht etwa Annabel?«

»Aber ja.«

»Warum sollte sie das tun?«

Tyra Kortum setzte ein beleidigtes Gesicht auf. »Kindchen, ist das denn nun wirklich so schwer?«

»Sie wollen doch wohl nicht etwa sagen ...?«

Der Kaffee und die Friesentorte kamen. Sie warteten, bis die Bedienung alles auf den Tisch gestellt hatte.

Tyra Kortum nippte an ihrer Tasse. »Die Zeiten ändern sich, aber manches ist dann doch wie früher. Die kleine Annabel mag vielleicht eine passable Juristin sein. Im Bett ist sie wohl aber auf jeden Fall eine Granate. Man munkelt, dass sie in Bleicken einen Förderer gefunden hat, der in ihr eine angehende Staatsanwältin sieht. Das Staatsexamen wird sie, gemessen an ihren bisherigen Noten, wohl mit links bestehen. Das Dumme ist nur, dass keine Stelle für sie frei ist. Zumindest im Moment noch nicht. Muss ich noch deutlicher werden?«

»Nein.« Sanna schob sich ein Stück Torte in den Mund, obwohl ihr der Appetit vergangen war. »Klingt, als könnte ich gleich meine Koffer packen.«

»Aber meine Liebe, das sehen Sie völlig falsch.« Kortum lehnte sich vor. »Männer, die nur mit ihrem besten Stück denken, sind leichte Beute. Sehen Sie sich das hier mal an.«

Sie griff wieder in die Großraumhandtasche und förderte ein Kuvert hervor, das sie ihr über den Tisch reichte.

Sanna öffnete es, und ein Packen Fotos rutschte ihr in die Hand. Sie betrachtete sie aufmerksam.

Die Bilder waren augenscheinlich von jemandem geschossen worden, der nicht viel von Fotografie verstand. Schlecht belichtet. Schief. Teilweise verwackelt.

Dennoch war genug darauf zu erkennen.

Zwei Menschen, die sich innig in den unterschiedlichsten Positionen liebten und sich gegenseitig nach allen Regeln der Kunst verwöhnten.

Bei der Frau handelte es sich um Annabell Bergmann. Und bei dem Mann um Oberstaatsanwalt Bleicken.

Sie schob die Bilder zurück ins Kuvert. »Die sind echt?«

»Und ob.« Kortum nahm den Umschlag wieder entgegen. »Der Mann, der mit seinem besten Stück denkt, hat sein Handy bei der EDV-Abteilung zur Reparatur abgegeben. Unglücklicherweise hat er vergessen, die Bilder vorher von dem Gerät zu löschen. Da zahlt es sich dann aus, wenn man jahrelang einen gewissen EDV-Kollegen, der an Naschsucht leidet, mit einer Tafel Schokolade für seine Dienste belohnt.«

»Was haben Sie mit den Fotos vor?«, fragte Sanna.

»Wie Sie sich vorstellen können, habe ich noch eine Rechnung mit Bleicken offen. Ich serviere meine Rache gerne tiefgefroren.« Tyra Kortum richtete den Blick aufs Watt. »Außerdem finde ich, dass die Staatsanwaltschaft unter meiner Ägide besser dastand.«

»Sie wollen Ihren alten Posten zurück?«

»Aber mitnichten, Kindchen. Ich sagte doch, dass mir der Ruhestand bestens bekommt.« Sie richtete den Blick auf Sanna. »Es ist an der Zeit, dass die nächste Generation Frau übernimmt. Also, kann ich auf Sie zählen, meine Liebe?«

59 John

John verteilte den Spezialkleber aus Epoxidharz auf dem letzten Steinstück und schob es vorsichtig an seine Position. Mit dem Daumen drückte er es einen Moment fest, damit der Kleber wirken konnte. Dann lehnte er sich zurück und betrachtete sein Werk.

Er saß in dem hölzernen Unterstand auf dem Dünengrundstück hinter seinem alten Kapitänshaus in List.

John schloss die Augen.

Der salzige Geruch der See. Das leise Rieseln von Sand, den der Wind vor sich hertrieb. Das Rauschen des Strandhafers. Der Schrei der Möwen.

Zu Hause.

Gott, wie er das vermisst hatte.

Er genoss den Moment.

Als er die Augen wieder öffnete, blickte er auf den Fischerkopf, den er vor Jahren eigenhändig aus einem Steinblock gemetzt hatte. Er konnte mit seinem Werk zufrieden sein. Vor einer gefühlten Ewigkeit hatte ein Filmteam, das für Fernsehaufnahmen auf dem Grundstück herumgestapft war, den Kopf heruntergestoßen. Er war in Dutzende Teile zerborsten.

Genau genommen hatte damit das ganze Unheil seinen Lauf genommen, dachte John. Der Fall um Gunilla Dornieden, der ihn zu Frede Junicke gebracht hatte. Eine unglückliche Liaison, die damit endete, dass er seinen Hut nahm und nach Friedrichstadt versetzt wurde.

Nun hatte er die Scherben wieder zusammengefügt. Sicher, der Fischerkopf war nicht mehr derselbe wie vorher. Allerdings verliehen die vielen Bruchlinien und Furchen dem Charakterkopf erst jetzt echten Charakter.

Auch in seinem Leben fügten sich die Teile, die auseinandergebrochen waren, langsam wieder zusammen. Dinge waren in Bewegung geraten, Dinge, von denen er nicht erwartet hatte, dass sie umkehrbar waren.

Kriminalrat Gödecke hatte ihn heute Morgen angerufen. An einem Samstag! Das Wochenende war dem Alten eigentlich heilig.

Sie hatten lange gesprochen und vereinbart, dass sie sich kommende Woche zum Mittagessen treffen würden. Im Café K, das mitten in Flensburg im Schatten der Nikolaikirche lag und es dem Kriminalrat wegen der Fischbrötchen mit geräuchertem Lachs angetan hatte. Ein Gespräch unter Männern. Unverfänglich, zwanglos. Man würde sehen, wohin es führte.

Er schuldete Lilly und Sanna Harmstorf seinen Dank. Die beiden hatten ihren Teil dazu beigetragen, dass es zu diesem Treffen kam. Und natürlich Celine. Ihr Artikel wurde auf dem Präsidium herumgereicht, wie Tommy und Lilly erzählt hatten. Zweifellos musste Celine sehr stolz auf die Veröffentlichung sein. Das ging ihm nicht anders. Ein wohliges Kribbeln breitete sich in seiner Brust aus, wenn er daran dachte, was seine Tochter zustande gebracht hatte. Allerdings hatte er mit ihr noch nicht darüber gesprochen und sich nichts anmerken lassen. Die Bäume sollten schließlich nicht in den Himmel schießen.

John stand auf und ging über den Dünenpfad zurück zum Haus. Er musste noch Einkäufe für das Grillen heute Nachmittag erledigen.

Als er die Terrassentür erreichte, hörte er den Motor eines Autos vor dem Haus. John ging durch das Wohnzimmer zur Haustür und öffnete. Ein Taxi hatte in der Einfahrt gehalten.

Gleichzeitig kam Celine die Treppe von oben herunter. »Das ist Ben, ich helfe ihm.«

John sah zu, wie sie nach draußen zum Taxi lief und die Beifahrertür öffnete. Ben stieg aus. Er tat sich sichtlich schwer dabei, wehrte aber alle Versuche von Celine ab, ihm zu helfen.

»Ich bin doch kein Tattergreis!«, hörte John ihn fluchen. »Das schaffe ich allein.«

Ben wankte vom Auto Richtung Haustür. Celine schlich ihm hinterher und griff ihm rasch unter die Arme, als er unversehens einen Schlenker machte und beinahe im Blumenbeet gelandet wäre.

»Danke«, brummelte Ben. »Das kommt nur davon, dass ich zu lange im Auto gesessen habe.«

»Vater, es ist eine Viertelstunde von der Klinik bis hierher«, wandte John ein.

»Das weiß ich selbst.« Ben schob sich an ihm vorbei in den Flur.

Celine folgte ihm kopfschüttelnd. »Stur bis zum Gehtnichtmehr.«

»Lass ihm Zeit«, meinte John leise, sodass Ben, der bereits im Wohnzimmer war, es nicht hören konnte. »Das wird schon wieder.«

Die Ärzte im Klinikum Heide hatten Ben in eine Kur entlassen, und er hatte sich entschieden, die Reha auf Sylt zu machen. »Warum nicht das Notwendige mit dem Schönen verbinden?«, hatte er gemeint. So konnte er wenigstens in seinem geliebten Kapitänshaus sein. Ab Montag würde Vivienne ihm hier Gesellschaft leisten und auf ihn aufpassen.

»Daddy?« Celine schloss die Haustür hinter sich. »Sag mal, hast du eigentlich gestern die Tageszeitung gelesen?«

»Welche meinst du?«

»Na, die Flensburger.«

»Oh ... ja, ich glaube, die lag hier auf dem Küchentisch. Hab mal kurz reingeblättert.«

»Und?«

John schob die Unterlippe vor. »Was meinst du?«

Ein Lächeln spielte um Celines Mundwinkel. »Komm schon, du hast ihn gelesen, oder?«

»Ich weiß wirklich nicht, was du meinst.« Nun konnte auch John sich ein Grinsen nicht mehr verkneifen.

»Du nimmst mich auf den Arm!« Sie knuffte ihn mit dem Ellbogen in die Seite.

»Okay, okay, ich gestehe.« John hob beide Hände. »Ich habe deinen Artikel gelesen.«

»Und, wie fandest du ihn? Ich meine … du bist doch nicht sauer? Weil du nichts gesagt hast …«

»Absolut nicht. Ein Meilenstein des Journalismus.«

»Du nimmst mich nicht ernst. Das ist unfair.« Celine stemmte die Hände in die Hüften.

»Ein wirklich gelungener Artikel. Meinen Glückwunsch«, sagte John nun in ernstem Ton. »Du hast das getan, was eine gute Journalistin mit Informationen macht, die ihr zufallen oder … angetragen werden.«

»Ich hatte ein wenig Hilfe von meinen Quellen im Präsidium.«

»Ja, das dachte ich mir. Ich bin euch dreien wirklich zu Dank verpflichtet«, sagte John. »Gödecke hat vorhin angerufen. Wir treffen uns nächste Woche.«

»Was?« Celine machte große Augen. »Heißt das, wir gehen zurück nach Flensburg?«

»Immer sachte. Warten wir ab, wie sich alles entwickelt. Jedenfalls …« Er legte einen Arm um Celines Schultern. »Bilde dir nicht zu viel darauf ein. Es ist noch ein weiter Weg, bis du eine richtige Journalistin bist. Wenn du nicht bei der Lokalpresse versauern willst, ist ein Studium Pflicht.«

»Das weiß ich doch, Daddy …«

»He, ihr zwei.« Ben steckte den Kopf in den Flur. »Wollt ihr da den ganzen Tag verbringen? Wir müssen das Grillen vorbereiten.«

»Schon gut«, sagte John. »Ich fahr jetzt einkaufen.«

»Celine und ich werden in der Zwischenzeit hier alles herrichten und den Tisch auf der Terrasse decken.«

»Lass mal, Vater, das mache ich gleich.«

»Nein. Der Arzt sagt, ich brauche Bewegung.«

»Du solltest dich lieber schonen.«

Bens Gesicht lief rot an. »Schonen. Verschon mich lieber mit deiner Fürsorge. Ich will nicht verhätschelt werden. Also, junge Dame, wie sieht es aus? Legen wir los?«

»Na klar, ich komme schon«, sagte Celine.

»Pass gut auf ihn auf«, rief John ihr hinterher. »Und wenn er irgendwo hinfällt, heb ihn bitte auf.«

»Mit einem Sohn wie dir braucht man keine Feinde!«, gab Ben zurück und lachte.

»Bis später«, verabschiedete sich John, nahm den Autoschlüssel vom Schlüsselbrett und ging nach draußen.

Das Wetter meinte es gut mit ihnen. Außer ein paar Schäfchenwolken, die der Wind vor sich hertrieb und die auf den Dünen ihre Schatten warfen, strahlte die Sonne vom Himmel. Sie hatten sich alle auf der Terrasse hinter dem Haus versammelt, Lilly, Sanna Harmstorf und ihre Schwester, Tommy, Juri und die Kinder. Celine spielte mit Amélie und der kleinen Frouke im Sand. Ben hatte sich den Posten am Grill gesichert, wo er mit fachmännischem Gesichtsausdruck Fleisch und Würstchen wendete. Celine hatte zur Feier des Tages dankenswerterweise darauf verzichtet, ihnen allen einen Vortrag über Veganismus und den Schaden zu halten, den zu hoher Fleischkonsum fürs Klima anrichtete. Stattdessen hatte sie mit Ben den langen Gartentisch mit einer weißen Tischdecke eingedeckt.

John stand mit Sanna Harmstorf neben der alten Zinkwanne, die Ben mit Eis gefüllt hatte, um die Getränke kalt zu halten. Sie hielten beide eine Flasche Flensburger in der Hand.

»Sie beide sehen sich wirklich ähnlich.« John blickte sich nach Jaane um, die gerade in eine Unterhaltung mit Tommy vertieft war.

»Als Kinder hat man uns ständig verwechselt.« Die Staatsanwältin setzte ein verschmitztes Lächeln auf, das John erwiderte.

Er musterte die Frau, die ihn in die Provinz verbannt hatte. Inzwischen sah er sie mit anderen Augen. Sie war mit ihrem weißen Haar, den strahlend blauen Augen und dem hellen Teint wirklich eine außergewöhnliche Erscheinung. Und eine durchaus sympathische noch dazu, wenn man sie denn einmal näher kennenlernte und sich mit ihr abseits des Berufs unter weniger dramatischen Umständen unterhielt.

»Haben Sie sich mit Tyra Kortum getroffen?«, fragte er.

»Ja. Eine einprägsame Dame.«

»Tyra ist eines der letzten Originale, das stimmt. Was hat sie gesagt?«

»Es ist Bleicken. Er möchte mich wohl durch seine Maitresse ersetzen. Glücklicherweise ist Tyra im Besitz gewisser Informationen, die sich zu meinen Gunsten auswirken könnten.«

»Dann hilft sie Ihnen also?«

»Das kann man so sagen.« Wieder trat ein Lächeln auf ihre Lippen, und in ihren Augen zeigte sich ein ebenso listiger wie vergnügter Ausdruck. »Wie schaut es bei Ihnen aus?«

»Ich rede kommende Woche mit Gödecke. Das habe ich wohl Ihnen und Lilly zu verdanken.«

»Vielleicht. Vielleicht liegt es auch einfach daran, dass Sie wieder einmal einen verdammt guten Job abgeliefert haben.« Die Staatsanwältin blickte zu ihrer Schwester hinüber. »Und ich bin froh, dass wir Jaane da rausgeholt haben. Danke, dass Sie mir geholfen haben, John … pardon …«

John lachte. »Schon gut. Wie wäre es, wenn wir es noch einmal mit dem Du versuchen?«

Sie waren bei ihrem ersten gemeinsamen Fall etwas vorschnell vom Sie auf die persönlichere Anrede gewechselt, was sich als Fehler erwiesen hatte. Doch jetzt, nach allem, was sie gemeinsam durchgemacht hatten, fühlte sich das Sie wiederum seltsam an.

»Sanna.« Sie hob die Bierflasche und stieß mit ihm an.

»John.«

»Es würde mich sehr freuen, wenn wir in Zukunft wieder öfter miteinander zu tun hätten.«

»Ja, das geht mir genauso.«

John spürte ein altvertrautes Kribbeln in der Bauchgegend, als Sannas blaue Augen ihn einen langen Moment eindringlich ansahen.

»Celine?« Bens Stimme holte ihn ins Hier und Jetzt zurück. »Würdet ihr das Essen auftischen?«

Celine und Amélie standen auf und gingen zu ihm hinüber an den Grill, wo er die fertigen Würstchen und das Fleisch bereits auf einen Teller gelegt hatte.

Die kleine Frouke blieb allein im Sand zurück.

»Entschuldige mich kurz«, sagte John und ging zu dem Kind hinüber.

Frouke hatte gerade mit einer Hand eine Ladung Sand in den Mund genommen.

»Aber nicht doch«, sagte John und setzte sich zu ihr. »Das schmeckt nicht. Komm mal her.« Er nahm die Kleine auf den Schoß und half ihr, den Sand aus dem Mund zu wischen.

Als er damit fertig war, hob Frouke den Kopf und musterte ihn mit neugieriger Miene.

John setzte ein breites Grinsen auf, das sie mit einem Giggeln erwiderte. Ein paar Grimassen brachten sie noch mehr zum Lachen.

»Kennst du den hier?« John imitierte den sprechenden Hund Bello aus dem alten Loriot-Sketch. Natürlich konnte der Hund in Wahrheit nicht reden, sondern gab nur eine Folge von Oh-Lauten von sich, immer gefolgt von einem Furzlaut, bei dem er die Zunge rausstreckte.

Frouke kriegte sich vor Lachen nicht mehr ein.

»Ihr beide scheint euch ja prächtig zu verstehen.« Lilly kniete sich neben ihn. »Habt ihr euch schon miteinander bekannt gemacht? John, das ist Frouke. Frouke, das ist ... John.«

Das Mädchen streckte den Arm aus und versuchte, nach Johns Gesicht zu greifen, kam aber nicht heran.

Er hob sie hoch, und sie packte mit der rechten Hand seine Nase und kniff hinein.

»Auuuiiii, das tut weh«, näselte John.

Frouke giggelte wieder.

»Die Kleine ist wirklich goldig«, sagte er. »Die habt ihr gut hinbekommen.«

»Ja ...« Lilly machte plötzlich eine ernste Miene.

»Was ist los? Oh. Du willst sie bestimmt wiederhaben.«

John machte Anstalten, ihr das Kind rüberzureichen, doch sie wehrte ab. »Nein, behalt sie ruhig noch ein bisschen bei dir. Sie mag dich.«

»Ja, scheint mir auch so.« Frouke klatschte ihm mit einem breiten Grinsen beide Hände auf die Backen.

»Nun, weißt du ... es könnte daran liegen ...«, stotterte Lilly.

»Was denn?«

»John, es ist ... vielleicht nicht der richtige Moment. Aber das ist es irgendwie nie, oder?« Lilly blickte zum Tisch hinüber, wo sich die anderen zum Essen hingesetzt hatten. Als sie den Kopf ihm wieder zuwandte, sah er Tränen in ihren Augen.

»Lilly, was ist denn los?«

»Nichts, es ist nur ...« Sie schluckte, und die Tränen liefen ihr nun auf beiden Seiten über die Wangen. »Frouke ... sie ist ...«

»Was ist mit ihr, Lilly?«

»Frouke ist deine Tochter, John.«

Ein Fall, der John Benthien tief in die Vergangenheit führt

Nina Ohlandt / Jan F. Wielpütz
SCHWARZE DÜNEN
Nordsee-Krimi

512 Seiten
ISBN 978-3-404-18873-4

An einem Frühjahrsmorgen stürzt über Sylt ein Kleinflugzeug ab; die Pilotin und ihr Passagier sind auf der Stelle tot. Die Untersuchung zeigt, dass das Flugzeug manipuliert wurde. John Benthien, Hauptkommissar der Kripo in Flensburg, übernimmt die Ermittlungen. Welche Rolle spielte der mysteriöse Passagier, der einen Koffer voll Bargeld mit sich führte? Wer war er in Wirklichkeit? Auch persönlich stellt der Fall Benthien vor Probleme, denn die neue Staatsanwältin scheint ihn nicht zu unterstützen. Bald schon muss John fürchten, dass sie sein Geheimnis ans Licht bringt – ein Geheimnis, das ihn nicht nur den Job kosten, sondern auch ins Gefängnis bringen könnte …

Lübbe

John Benthien ermittelt auf Föhr in seinem berührendsten Fall

Nina Ohlandt / Jan F. Wielpütz
TIEFER SAND
Nordsee-Krimi

416 Seiten
ISBN 978-3-404-18567-2

Nach dem Verschwinden ihrer Mutter wendet sich Nieke Dornieden an John Benthien. Der Hauptkommissar nimmt sich der Sache an. Wenig später wird Niekes Mutter tot in einem Kellerverschlag ihres Hauses gefunden, und Benthien beginnt auf Föhr zu ermitteln. Auf der Insel hatten nicht wenige Grund, der alten Dame nach dem Leben zu trachten, doch auch die Vergangenheit der Toten gibt Rätsel auf: Ihr Mann und ihre Tochter aus erster Ehe werden seit Jahren vermisst; niemand weiß, was geschehen ist. Benthien begreift, dass beide Fälle zusammenhängen – und stößt auf ein Familiengeheimnis und eine Wahrheit, die ihn selbst in eine dramatische Situation bringen …

Lübbe